Benjamin Percy
ROTER MOND

BENJAMIN PERCY

ROTER MOND

ROMAN

Ins Deutsche übertragen
von Michael Pfingstl

penhaligon

Die Originalausgabe erschien unter dem Titel
»Red Moon« bei Grand Central Publishing,
a division of Hachette Book Group, Inc., New York.

MIX
Papier aus verantwortungsvollen Quellen
FSC® C014496

Verlagsgruppe Random House FSC® N001967
Das FSC®-zertifizierte Papier *EOS* für dieses Buch
liefert Salzer Papier, St. Pölten, Austria.

1. Auflage

Satz: Buch-Werkstatt GmbH, Bad Aibling
Druck und Einband: GGP Media GmbH, Pößneck
Printed in Germany
ISBN 978-3-7645-3123-2

www.penhaligon.de

Alle Namen, Charaktere, Orte und Begebenheiten in diesem Roman sind fiktiv oder werden in fiktivem Kontext verwendet. Jede Ähnlichkeit mit tatsächlichen Ereignissen, Schauplätzen, lebenden oder bereits verstorbenen Personen ist rein zufällig.

Für Lisa, die Chefin,
und
für meine Mutter

Ich habe gelernt, dass wir alle in der Pest sind,
und ich habe den Frieden verloren.

Albert Camus, *Die Pest*

And I lost the taste for judging right from wrong
For my flesh had turned to fur
Yeah, and my thoughts they surely were
Turned to instinct and obedience to God

Blitzen Trapper, *Furr*

BUCH I

Kapitel 1

Er kann nicht schlafen. Die ganze Nacht schon sieht Patrick Gamble selbst mit geschlossenen Augen, wie die roten Leuchtziffern auf der Uhr weiterticken: 2:00, 3:30, 4:10, 4:30 mittlerweile. Er steht auf, bevor der Wecker losbrüllt, schlägt auf den Lichtschalter und zieht die Jeans und das schwarze T-Shirt an. Beides liegt gefaltet auf dem Stapel bereit – bereit für ihn, bereit für diesen Moment, vor dem er seit zwei Monaten zittert. Er schlurft ins Badezimmer, reibt sich Deo unter die Achseln, putzt sich die Zähne und schmeckt dabei den Pfefferminzschaum in seinem Mund.

Ein Koffer steht gähnend auf dem Boden seines Zimmers. Patrick wirft seinen Kulturbeutel hinein und wartet, als würden seine Hoffnungen wahr werden, wenn er nur lange genug hofft. Wartet, bis die Hoffnung verschwindet und er seinen Vater in der Tür stehen sieht.

»Es ist Zeit.«

Patrick weint nicht. Sein Vater hat ihm das beigebracht. Nicht weinen, und wenn, dann heimlich. Er zieht den Reißverschluss des Koffers zu, stellt ihn aufrecht hin und starrt in den Spiegel an der Schranktür, sieht die drei Tage alten Stoppeln auf seinem Kinn und die vom Schlafmangel violett geränderten Augen, dunkel wie verwelkte Blumen. Er hastet über den Flur ins Wohnzimmer, wo sein Vater bereits auf ihn wartet.

Der Motor des Pick-ups läuft schon. Es riecht nach Kiefern und Abgasen. Das erste Sonnenlicht kriecht über den Nachthimmel, aber es ist nur ein blasses Schimmern, nicht echt. Die

Räder des Koffers knirschen über den Kies. Er ist so schwer, dass Patrick ihn mit beiden Armen hochheben muss. Sein Vater will ihm helfen. Patrick sagt »lass es« und hievt ihn auf die Ladefläche.

»Sorry«, erwidert sein Vater, und das Wort schwebt in der Luft, bis Patrick die Heckklappe zuschlägt.

Patrick klettert auf die Sitzbank, sieht das in eine Papierserviette gewickelte Erdnussbutter-Sandwich. Sein Magen fühlt sich an wie eine wund geschlagene Faust. Er kann sich nicht vorstellen, mehr als einen Bissen hinunterzubekommen.

Sie fahren die lange Schotterauffahrt entlang. Schatten tanzen zwischen den Bäumen links und rechts der Auffahrt. Auf den Nebenstraßen sind sie allein, dann, als sie auf die Interstate 580 Richtung San Francisco einbiegen, schwimmen sie im Verkehr. Um sie herum Autos, über ihnen die Sterne, dazwischen rußschwarze Wolken, durch deren Bäuche vereinzelt goldene Blitze zucken.

Sein Vater sagt, er hofft, dass das Wetter aufklaren, dass es keine Probleme mit dem Flug geben wird, und Patrick sagt, ja, das hofft er auch.

»Du hast Neals Nummer?«

»Ja.«

»Falls es Schwierigkeiten mit deiner Mutter gibt.«

»Ja.«

»Ich geh zwar nicht davon aus, aber falls doch – er wohnt nur drei Stunden weit weg.«

»Ich weiß.«

Der Himmel hellt sich zu einem Pflaumengrau auf. Sonne, Sterne und Wolken kämpfen gegeneinander an. Genau wie hier, denkt Patrick, wie die Landschaft, alles ist zerteilt: Ozean, Wälder, Wüste, Stadt, Wolken und Sonne und Nebel, so viele Welten, zusammengepfercht in einer.

Eine halbe Stunde später erhebt sich die Sonne am Horizont. Sie schmerzt in Patricks Augen, wenn er hinsieht. Sein Vater hält das Lenkrad umklammert, als würde es machen, was es will, wenn er nur einen Moment locker lässt. Keiner der beiden sagt ein Wort, denn es gibt nichts zu sagen. Alles wurde bereits gesagt. Patrick will nicht weg, aber das spielt keine Rolle. Er muss. Und das gilt für sie beide: Sie müssen.

Der Himmel ist mit Wolken gesprenkelt. Es nieselt, Möwen kreischen, Nebel umgibt die Bucht wie eine Mauer. Die umliegenden braunen Hügel sind verschwommen, der Verkehrslärm ist ein fernes Rumoren. Wagen ergießen sich vom Freeway über die Zubringer in die Parkhäuser zu den Autoverleihen und den Terminals. Einer davon, eine schwarze Limousine mit silbernem Kühlergrill, verschwindet im Tiefgeschoss. Sie nimmt den Weg zum Ankunftsbereich des San Francisco International Airport, hält aber nicht an wie die anderen. Sie fährt nicht rechts ran, der Kofferraum bleibt zu, die Warnblinkanlage aus. Sie gleitet an der Fahrzeugschlange vorbei und biegt ab. Hinter der Kurve ist die Straße von zwei Betonwänden eingefasst. Dort verlangsamt der Wagen das Tempo, eine Tür geht auf, und ein Mann mit Aktentasche steigt wortlos aus, dreht sich nicht um, verabschiedet sich nicht.

Der Anflug eines Lächelns umspielt seine Lippen, als er eine Minute später unter dem Schild mit der Aufschrift »Terminal« durchgeht. Er sieht aus wie ein Geschäftsmann auf dem Weg zum nächsten Deal: Schwarze Lederaktentasche mit silbernen Schnallen, die polierten Budapester von Nunn Bush glänzen matt, der anthrazitfarbene Anzug ist makellos gebügelt, der weiße Hemdkragen gestärkt, die Krawatte vor seiner Brust rot. Der Scheitel sitzt perfekt, und das Gel lässt sein grau meliertes Haar ein wenig dunkler erscheinen. Nichts unterscheidet ihn von Hunderten anderer Männer am Flughafen heute Morgen. Sein Gesicht könnte jedermanns Gesicht sein.

Nur wer genauer hinsieht, dem fallen vielleicht die blassen Wangen und die stecknadelgroßen Rasierpickelchen an Kinn und Wangen auf, die bis zum Abend zuvor noch von einem Bart bedeckt waren, die verkrampfte Hand am Griff der Aktentasche, die rot geränderten Augen nach einer schlaflosen Nacht und die zuckenden Kiefermuskeln.

Es ist die hektischste Zeit des Tages, während der Sicherheitspersonal, Flugbegleiter und Mitreisende am stärksten abgelenkt sind. Der Flughafen ist ein einziger Strom aus Leibern, ein Karneval der Geräusche.

Der Bewegungsmelder über dem Eingang klickt, die Doppeltür gleitet zur Seite, und er betritt den Check-in-Bereich. Er sieht eine Schar schnatternder Japaner in neongrünen Trainingsanzügen. Ein fettleibiger Mann stemmt sich aus seinem Rollstuhl, ein erschöpft aussehendes Paar mit übervollen Rucksäcken schleift rotgesichtige Kinder hinter sich her. Ein alter Mann mit Klettverschlussschuhen und grauer Windjacke legt den Kopf in den Nacken und schaut nach oben. Eine Krähe döst auf den Metallstreben der offenen Dachkonstruktion. »Wie ist die denn hier reingekommen?«, fragt er.

Mit schnellen Schritten geht der Mann mit der Aktentasche an ihnen allen vorbei, läuft die Rolltreppe hinauf und auf dem kürzesten Weg zum Sicherheitscheck, immer stur geradeaus. Nur sein Blick springt unruhig von links nach rechts. Er greift in seine Brusttasche, aus der die in der Nacht zuvor ausgedruckte Bordkarte hervorlugt wie ein gefaltetes Taschentuch, und befingert sie, als müsse er sich vergewissern, dass sie noch da ist.

Der stämmige Sicherheitsbeamte mit dem Bürstenhaarschnitt blickt kaum auf, als er die Bordkarte scannt und seine Initialen darauf vermerkt. »In Ordnung«, sagt er.

»Danke.«

Die lange Schlange bewegt sich zügig durch das Zickzack aus schwarzen Absperrbändern. Als der Mann unter dem Metalldetektor durchgeht, hält er den Atem an und schließt kurz die Augen.

»Sie können durch«, sagt der Kontrolleur und winkt ihn weiter. Sekunden später spuckt das Röntgengerät die Plastikschale mit seiner Brieftasche, den Schuhen und dem Aktenkoffer wieder aus. Er legt die silberne Armbanduhr an und wirft einen kurzen Blick darauf. Noch vierzig Minuten bis zum Abflug.

Er hat den ganzen Morgen nichts gegessen. Sein Magen fühlt sich an wie eine Säuregrube. Der Geruch des Fast Foods, nach Wurst und Eiern, ist zu viel für ihn, und er bestellt ein Frühstückssandwich. Mit dem Nummernzettel in der Hand geht er auf und ab, bis er aufgerufen wird. Er holt das Sandwich ab, reißt die Tüte auf und schlingt es hastig hinunter. Bevor er die Verpackung wegwirft, leckt er die Reste der Soße von der Folie, schleckt sich über die Fingerspitzen und wischt sich die Hand am Hosenbein ab, ohne sich Gedanken über die Flecken auf dem Stoff zu machen. Erst jetzt blickt er auf, um zu sehen, ob jemand es bemerkt hat.

Es wurde bemerkt.

Eine alte Frau mit einer Gesichtshaut wie ein vertrockneter Apfel und weißem Löwenzahnflaum auf dem Kopf beobachtet ihn aus ihrem Rollstuhl. Ihr Mund steht offen, die Zahnreihen sehen aus wie gelbe Hügelkämme. »Sie haben ganz schönen Hunger.«

Er geht weiter zum Gate und stellt sich ans regengesprenkelte Fenster. Wie ein Gespenst schwebt sein Spiegelbild vor ihm, dahinter sieht er die geparkte Maschine. Tanklaster und Gepäckwagen huschen hin und her, lassen Wasser aus dunklen Pfützen aufspritzen und verzerren die Reflexionen der Wolken darin. Männer mit reflektierenden orange und grün gestreiften Sicherheitswesten über ihren Regenjacken werfen Gepäckstücke auf ein Förderband, das die Koffer und Taschen in den Flugzeugbauch transportiert. Weit dahinter rast wie eine übergroße Gewehrkugel eine Boeing 747 über die Startbahn. Immer schneller wird sie, hebt die Nase und löst sich vom Asphalt. Dann ist sie weg, verloren zwischen den Wolken.

Er sieht oft auf die Uhr. Seine Krawatte ist zu eng, der Anzug zu warm. Am liebsten würde er das Jackett ausziehen, doch er spürt jetzt schon, wie das Hemd an ihm festklebt. An den durchtränkten Stellen ist der Stoff wahrscheinlich bereits durchsichtig, vor allem über dem Kreuzbein, wo sich der Schweiß sammelt. Er tupft sich mit der Bordkarte die Stirn, die Druckertinte auf dem Papier verläuft.

Die Frau am Schalter beugt sich ans Mikrofon, sagt Flugnummer und Zielort an: 373 Portland. Ihre Stimme klingt blechern und routiniert. Passagiere der ersten Klasse sowie Inhaber einer Premier- oder Executive-Elite-Karte können jetzt an Bord gehen, sagt sie.

Zum hundertsten Mal schaut der Mann auf seine Uhr und dann auf die Bordkarte. Noch zwanzig Minuten. Er ist in Gruppe zwei. Am liebsten würde er auf und ab laufen, bis es so weit ist, muss sich beherrschen, es nicht zu tun. Minuten vergehen, und er denkt darüber nach, sich der Traube vor dem Schalter anzuschließen. Aber der Geruch, der ihn dort erwartet, die von den anderen Reisenden abgestrahlte Wärme, lässt ihn am Fenster verharren.

Passagiere mit kleinen Kindern und hilfebedürftige Personen können jetzt zusteigen, sagt die Frau ins Mikrofon. Danach folgt Gruppe eins, dann – endlich – wird Gruppe zwei aufgerufen.

Der Mann eilt zum Schalter und weiß im ersten Moment nicht, wo er sich anstellen soll: Dort, wo die Passagiere bereits einsteigen oder wo die stehen, die noch warten müssen. Er sieht nur ein Knäuel aus kleinen Rollkoffern und Menschen. Keiner bewegt sich, wie eine Mauer aus Fleisch stehen sie da. Er will sie zur Seite schieben, etwas gegen diese Mauer schleudern, aber dann hat er sich doch noch in der Gewalt. Er beruhigt seinen Atem und geht zu der Schlange, an deren Ende die Frau mit einem leeren Lächeln die Tickets scannt. »Danke«, sagt sie, »danke … danke … danke …«

Erst jetzt fällt ihm der zusätzliche Sicherheitscheck vor dem

Finger auf, der zur Maschine führt. Ein Mann und eine Frau, beide breitschultrig und so beleibt, dass sie kaum in ihre Uniformen passen, mustern die Zusteigenden. Bestimmt warten sie auf ihn. Jeden Moment werden sie sich auf ihn stürzen, ihn zu Boden drücken und ihm Handschellen anlegen. Er ist nur noch ein paar Schritte entfernt, als die beiden eine Frau mit Schlapphut und hawaiianischem Blumenkleid aus der Schlange ziehen.

»Stichproben«, erklären sie entschuldigend. »Zu Ihrer eigenen Sicherheit«, sagen sie.

Der Mann lächelt, als die Frau am Schalter mit einem »Danke« sein Ticket entgegennimmt.

»Danke *Ihnen«,* erwidert er und folgt den anderen Passagieren, die mit schweren Laptoptaschen über der Schulter im Schlund der Fluggastbrücke verschwinden. Ein kalter, feuchter Wind pfeift durch die Ritzen. Seine Kleidung ist schweißdurchtränkt, und er zittert leicht.

»Flugangst?«, fragt ein Mann hinter ihm. Er ist klein und bullig, hat ein Ziegenbärtchen, trägt Jacke und Baseballmütze mit dem orangefarbenen Logo der Oregon State University.

»Bisschen.«

Die Brücke beschreibt einen Bogen nach links, dann ist er an der Einstiegstür. In der Küchenkabine sieht er eine Flugbegleiterin. Dicker Lippenstift umrahmt ihr Lächeln. »Willkommen an Bord«, sagt sie, dann ist er vorbei, drängt und stolpert mit den anderen durch den Gang zwischen den Sitzreihen. Die schon Platz genommen haben, blättern raschelnd in ihren Zeitungen. Wie aufgerissene Mäuler warten die Gepäckfächer darauf, dass die Passagiere sie mit Wickeltaschen und Koffern füttern, um sich dann in ihre Sessel fallen zu lassen.

Er wird seine Aktentasche nicht brauchen. Es ist nichts drin außer ein paar Stiften und der Zeitung von gestern. Er verstaut sie und nimmt seinen Platz ein, 13 A. Er hat gerade erst das kleine Rollo vorm Fenster nach oben geschoben, um einen Blick nach draußen zu werfen, als der Sitz neben ihm unter dem Gewicht seines Nachbarn erzittert.

»Ich schon wieder«, sagt der Kerl mit dem Ziegenbärtchen.

Statt etwas zu erwidern, lässt er die Schnalle vor seinem Bauch zuschnappen und zieht den Gurt fest. Er schaut aus dem Fenster, betrachtet die Pfützen auf dem Asphalt, das Bodenpersonal, das die letzten Koffer aufs Förderband wuchtet, und hofft, dass der Typ ihn in Ruhe lässt.

Er tut es nicht. »Wohin geht's?«

»Portland.«

»Klar. Wie wir alle. Schon die Endstation für Sie?«

»Endstation.« Es fällt ihm schwer, die Worte zu bilden, irgendeine Art von Konversation zu betreiben. Es ist so sinnlos, eine ärgerliche Störung. Außerdem ist er mit den Gedanken bereits zwanzig Minuten in der Zukunft, befindet sich in der Zeit, wenn die Maschine in der Luft sein wird. »Ja.«

»Die Stadt der Rosen.« Das Wort »Rosen« zieht der Sitznachbar genüsslich in die Länge. »Dort geboren?«

»Nein.«

»Auch nicht. Ich komme aus Salem.« Er pfeift ein Liedchen, lässt es wenige Momente später aber wieder bleiben und zieht das Airline-Magazin und den SkyMall-Katalog aus der Netztasche des Sitzes vor ihm. »Mein Name ist übrigens Troy.«

Weitere Passagiere drängen durch den Gang, während draußen die Flugzeuge am wolkenverhangenen Himmel verschwinden oder daraus herabstoßen wie Seevögel auf Nahrungssuche. Rot, violett, blau leuchten ihre Schwänze, Reifen kreischen über die Rollbahn.

Die Tür wird verriegelt, und der Mann spürt den ansteigenden Kabinendruck auf seinen Ohren. Eine Stewardess heißt alle willkommen, bombardiert sie mit Informationen zum Flug und verfällt dann in einen Singsang über Sitzgurte und Sicherheit in der Luft. Er blendet die gut gelaunte Stimme aus. Das Lüftungsgebläse surrt, die Triebwerke heulen, dann rollt die Maschine von der Brücke weg und über mehrere Fünfundvierziggradkurven zum zugewiesenen Wartepunkt.

»Flugbegleiter bitte Startposition einnehmen«, schnarrt die Stimme des Piloten aus den Lautsprechern.

In dünnen silbrigen Streifen bewegen sich die Regentropfen waagerecht über die Scheibe, während die Maschine Geschwindigkeit aufnimmt. Schließlich löst sie sich vom Boden, und die Beschleunigung drückt die Passagiere in ihre Sitze.

Trotz des Zusatzgewichts, das auf seinem Körper lastet, verspürt der Mann einen Überschwang, als würde er schweben. Er blickt hinunter auf die im Nebel liegende Stadt und stellt sich vor, wie die Leute von Autos und Gehsteigen aus dem Flugzeug hinterherschauen, sich fragen, wohin es unterwegs ist, wer an Bord ist, was die Reisenden am Ziel erwartet – er kennt die Antwort, und das Gefühl von Macht ist unbeschreiblich.

Troy beugt sich so weit zu ihm herüber, dass sich ihre Schultern berühren. »Machen Sie sich nicht so einen Kopf. Fliegen ist das Normalste von der Welt. Ich mach das jeden Tag.«

Erst jetzt merkt der Mann, dass sein Mund offen steht und wie schnell er atmet. Mit einem Klacken lässt er den Unterkiefer hochschnappen. Seine Augenlider flackern wie Stroboskope. »Mir fehlt nichts.«

»Die Sache ist die«, erklärt Troy, »so gut wie alle Flugzeugabstürze – ist eine Tatsache, Sie können's nachlesen … oder vielleicht war's auch im Fernsehen – passieren während des Starts oder der Landung. Zum Start gehört sozusagen alles, bis wir auf Reiseflughöhe sind. Wenn's so weit ist, gibt die Stewardess Bescheid und sagt, dass Sie Ihren Computer wieder benutzen können und so. Und man hört einen Gong.« Bei dem Wort »Gong« faltet er die Hände auseinander wie eine aufgehende Blume. »Dann haben wir's geschafft. Statistisch gesehen, meine ich.«

Während der nächsten Minuten starrt der Mann die an den Tragflächen vorbeijagenden Wolkenfetzen an. Ein weicher Glockenton erklingt aus den Lautsprechern.

»Da wären wir«, sagt Troy. »Alles bestens.«

Die Flugbegleiterin meldet sich wieder zu Wort und erklärt, elektronische Geräte könnten jetzt wieder benutzt werden. Während der nächsten halben Stunde sei jedoch mit Turbulenzen zu rechnen, weshalb sie die Passagiere bitten möchte, angegurtet zu bleiben und ihren Sitzplatz nur zu verlassen wenn nötig.

Das Flugzeug erzittert. Aber vielleicht ist es auch er selbst. Er spürt ein Schütteln, als würde er jeden Moment aus seinem Körper katapultiert. Sein Puls hämmert, der Atem ist ein abgehacktes Keuchen.

Troys Lippen bewegen sich. Er sagt etwas, aber der Mann kann ihn nicht hören. Die Schnalle an seinem Gurt schnappt auf wie ein Springmesser.

Patrick wünscht sich, er hätte die große Cola nicht bestellt. Aber er war müde, und er trinkt keinen Kaffee, weil das Zeug wie Schmutzwasser schmeckt. Außerdem kostet der große Becher Cola nur zehn Cent mehr als der mittlere, also hat er sich gedacht: Was soll's? Es ist einer dieser Tage – ein Was-soll's-Tag. Sein Vater verlässt ihn, verlässt seinen Job bei Anchor Steam und zieht in den Krieg. Die gesamte Einheit wurde einberufen. Und Patrick verlässt seinen Vater, verlässt Kalifornien, seine Freunde, seine Highschool, lässt alles zurück, was bisher sein Leben ausgemacht hat, was ihn zu dem gemacht hat, der er ist. Am liebsten würde er ein Fenster einschlagen, ein Haus in Brand stecken oder ein Auto gegen eine Wand fahren, aber er tut nichts dergleichen. Was soll's?, sagt er sich. Er muss, weil sein Vater ihn darum gebeten hat. »Ich will nicht gehen, und du willst nicht gehen, aber wir müssen. Außerdem ist es nur für zwölf Monate«, hat er gesagt. »Sieh's als Urlaub. Eine Chance, deine Mutter ein bisschen besser kennenzulernen.« Zwölf Monate. So lange würde der Einsatz seines Vaters dauern. So lange würde Patrick sich zusammenreißen müssen.

Aber jetzt muss er pinkeln, und er hat den Fensterplatz. Keine Möglichkeit, sich an den beiden Frauen neben ihm vorbeizuquetschen, ohne dass sie ihre Laptops zuklappen und aufstehen müssen. Es wird ein großes Bohei geben, alle werden ihn ansehen und denken: Ach Gott, der Junge, er muss pinkeln. Genau das werden sie denken und sich vorstellen, wie er sich in dem nach Chemie stinkenden Kabuff einschließt, an seinem Reißverschluss herumfummelt und versucht, sich nicht von oben bis unten vollzupinkeln, während das Flugzeug von den Turbulenzen durchgeschüttelt wird. Vielleicht hält er es ja noch aus. Vielleicht aber auch nicht. Es sind noch zwei Stunden bis Portland, und seine Blase pocht jetzt schon.

Genau in dem Moment, als er seine Sitznachbarin am Arm berühren und Verzeihung sagen will, er müsse mal kurz wohin, steht zwei Reihen hinter ihm ein Mann in anthrazitfarbenem Anzug auf, das Gesicht blass und verschwitzt. Er zittert, vibriert geradezu, sieht aus wie ein verwackeltes Foto. Graue Strähnen der feinsäuberlich gekämmten Frisur hängen ihm in die Stirn. Patrick fragt sich, ob ihm die Turbulenzen so zusetzen, dass er sich übergeben muss.

Der Mann stolpert den Gang entlang, reißt die Toilettentür auf und schlägt sie hinter sich zu.

Patrick flucht. Nicht nur, weil er jetzt warten muss, sondern weil er warten muss, bis der Typ alles mit kleinen Bröckchen vollgekotzt hat: Spiegel, Klobrille, Türgriff, alles. Jede Minute dreht er sich um und sieht nach dem »Besetzt«-Zeichen. Dreimal jetzt schon. Wenn er könnte, würde er den Kerl mit Gedankenkraft da rausholen. Jedes Mal, wenn er nachsieht, steht eine Person mehr auf dem Gang, die Arme vor der Brust verschränkt, das Gesicht ernst, abwartend. Wahrscheinlich sollte er sich ihnen anschließen.

Er klappt die Gurtschnalle auf und öffnet den Mund, das »Verzeihung« schon auf der Zunge, als er hinter sich ein Brummen hört. Wegen der dröhnenden Triebwerke und der vielen durcheinanderplappernden Stimmen ist das Geräusch schwer zu orten. Patrick fragt sich, ob etwas mit dem Flugzeug nicht stimmt, erinnert sich an einen Fernsehbericht über den schlechten Wartungszustand vieler Maschinen, die besser am Boden bleiben sollten. Vielleicht haben die Turbulenzen die Schrauben losgerüttelt, die das Heck des Flugzeugs zusammenhalten?

Wieder dieses Geräusch, lauter diesmal, ein lang gezogenes kehliges Knurren, das eindeutig von einem Tier kommt. Es ist totenstill in der Kabine, nur die Sitze quietschen, als die Passagiere sich ängstlich umdrehen.

Die Toilettentür fliegt auf.

Ein glatzköpfiger Mann in einem Rose-Bowl-Sweatshirt steht als Erster in der Schlange und stirbt als Erster. Die Toilettentür schleudert ihn nach hinten. Wäre der Gang nicht so schmal, wäre er gestürzt, aber die Wand in seinem Rücken fängt ihn auf, versperrt ihm den Fluchtweg, als das Ding sich wie ein graues Gespenst auf ihn stürzt. Patrick sieht die Bewegung nur verschwommen, sieht Haare, Muskeln und Klauen. Ein Arm senst durch die Luft, und der Schrei des Mannes bricht abrupt ab. An seinem Hals öffnet sich ein zweiter Mund. Er presst die Hände auf den klaffenden Schlitz, als könnte er so das Blut zurückhalten, aber es quillt unaufhaltsam zwischen seinen Fingern hervor.

Wie als Fortsetzung seines Schreis brüllen die restlichen Passagiere auf. Es klingt wie das ansteigende Heulen einer Sirene.

Das Ding bewegt sich den Gang entlang, und Patrick muss an das Opossum denken, das sein Vater einmal gefangen hat. Sie leben auf einer kleinen Hobby-Farm nördlich von San Francisco in der Nähe von Dogtown. Ein halber Morgen Karotten- und Tomatenbeete, ein paar Himbeersträucher, drei Ziegen, mehrere Bienenstöcke und ein paar Hennen. Eines Nachts hörten sie panisches Gegacker vom Hühnerstall und rannten sofort hinüber. Der Strahl der Taschenlampe seines

Vaters tanzte durch die Dunkelheit, dann sahen sie die umherliegenden Federn, die zerschlagenen Eier auf dem Boden und die halb tote Henne in der Ecke. Ein Flügel fehlte, ebenso ein Stück des Halses. Sie kauften eine Falle, einen Käfig mit Schnapptür. Hart gekochte Eier und überreife Bananen dienten als Köder, und am nächsten Tag hatten sie ihr Opossum. Fauchend lief es im Käfig auf und ab, schlug mit den Krallen aus, warf sich gegen die Gitterstäbe und biss mit nadelspitzen Zähnen darauf herum. Patricks Biologielehrer hatte einmal gesagt, Tiere hätten keine Gefühle, wie Menschen sie haben, doch Patrick war sicher, dass der Lehrer falschlag. Das Opossum fühlte, und wie! Es war wütend und hasste sie. Es wollte sie töten für das, was sie ihm angetan hatten. Patrick wusste, ihm konnte nichts passieren, wusste, der Käfig würde halten und sein Vater würde dem Toben schon bald mit einem Pistolenschuss ein Ende machen. Trotzdem blieb er auf Distanz und zuckte jedes Mal zusammen, wenn das Opossum gegen das Gitter anrannte.

Natürlich weiß er, was das Ding ist: ein Lykaner. Seit er denken kann, hat er von ihnen gehört, Romane gelesen, in denen sie vorkamen, Geschichtsbücher, Zeitungen, hat Filme und Fernsehsendungen gesehen. Aber er ist noch nie einem begegnet, nicht im echten Leben. Das Gesetz verbietet ihnen, sich zu verwandeln.

Der Lykaner bewegt sich so schnell, dass Patrick mit den Augen kaum folgen kann. Er erkennt nur wenig, lediglich einen mehr oder weniger menschlichen Körper, der von flauschigem, grauem Fell bedeckt ist wie damals das Opossum, und blitzende Zähne. Aus einem Sitz quillt Polsterschaum, der aussieht wie menschliches Fettgewebe. Blut spritzt über die kleinen Fenster und tropft von der Decke. Manchmal bewegt sich das Monster auf allen vieren, manchmal aufrecht. Sein Rücken ist zu einem Buckel verkrümmt, die Schnauze kurz und stumpf, die Zähne lang und spitz wie die Fingerknochen eines

Skeletts. Die Lefzen sind wie zu einem Grinsen nach oben gezogen, übergroße Hände mit krallenartigen Nägeln daran zerschneiden die Luft. Einer Frau wird das Gesicht vom Schädel gerissen wie eine Maske. Ein Bauch platzt auf, und die Eingeweide schießen daraus hervor wie von einer Winde abgefeuerte Seile. Eine Kehle klafft rot nach einem tödlichen Kuss. Ein kleiner Junge wird gegen die Kabinenwand geschleudert, und seine Schreie verstummen.

Das Flugzeug erzittert, und die Stimme des Piloten brüllt aus den Lautsprechern, aber seine Worte gehen in den Entsetzensschreien der Passagiere unter.

Einige weinen, andere beten. Manche springen auf und rennen zur Cockpittür, trommeln mit den Fäusten und werfen sich mit der Schulter dagegen, versuchen verzweifelt, dem Schrecken zu entgehen, der sich unaufhaltsam zu ihnen vorarbeitet.

Patrick denkt an die Sendung, über die er gestern beim Zappen gestolpert ist. Es war eine dieser Expertenrunden. Ein pausbäckiger Mann, der aussah wie ein Schuljunge mit grauem Flattop, war zu Gast. Er redete über die Lykaner, über die Proteste in Washington und die Lage in der Republik. »Von wegen, wir sind alle gleich«, sagte er mit festem Blick in die Kamera. »Es wird wohl niemand behaupten, sein Hund hätte die gleichen Rechte wie er selbst. Die Natur hat das so festgelegt, nicht ich.«

Sein Vater packte die Fernbedienung, drückte auf den Ausknopf, und der graue Flattop faltete sich in sich selbst zusammen. »Der Kerl verdirbt mir den Appetit«, sagte er und stocherte mit der Gabel in seinen Spaghetti, verarbeitete sie zu einem roten Brei, ohne auch nur einen Bissen davon zu essen. Sein Gesicht war blass und aufgedunsen wegen all der Injektionen – den Impfungen, die eine Infektion verhindern sollten, falls er gebissen wurde. In ein paar Tagen würde er mit seiner Einheit, dem 235. Bay Area Ingenieurskorps, einrücken müssen. Zuerst zum Stützpunkt in Petaluma, eine Woche Intensivtraining. Dann nach Übersee, in die Republik, wo sie hauptsächlich zum Straßensichern eingesetzt werden sollten, Minen und Sprengfallen entschärfen und dergleichen. Die Anschläge und Zwischenfälle hatten in den letzten Monaten deutlich zugenommen, genauso wie die Feuergefechte und Hinterhalte. Mit Gewehren und Klauen kämpfen die Lykaner dafür, dass die amerikanischen Truppen abziehen. Sie wollen ihr Land zurück. Sein Vater hatte das Marschgepäck bereits zusammengepackt. Grün und prall lehnte der Seesack an der Wand. Für Patrick sah er aus wie der Eingeweidesack eines ausgenommenen Hirschen.

Der Krieg ist der Grund für all das hier. Der Grund dafür, dass Patrick in diesem Flugzeug sitzt, dafür, dass der Lykaner Menschen und Maschine in Stücke reißt. Patrick flucht, verflucht den Krieg, verflucht den Lykaner und verflucht seinen Vater, den er jetzt so gerne hier hätte. Seinen Vater, der das Herz in die Hand nehmen und kämpfen würde, statt sich in die Hose zu pinkeln wie Patrick. Heiß und nass bahnt sich die Cola einen Weg, klebt ihm den Stoff der Jeans ans Bein und füllt seine Schuhe.

Die roten Spritzer an den Wänden sehen aus wie Höhlenmalereien. Überall tropft das Blut, überall liegen Leichen in den unterschiedlichsten Verrenkungen wie umgestürzte und zersplitterte Statuen.

Die Frau neben Patrick hat sich noch nicht einen Millimeter bewegt. In Schockstarre sitzt sie vor ihrem aufgeklappten Computer und krallt sich mit einer Hand an der Tastatur fest. Das Dokument auf dem Bildschirm scrollt und scrollt. Ein einziger Buchstabe füllt Zeile um Zeile zu einem endlosen Wort, das niemand je lesen wird. Erst als der Lykaner auf ihre Sitzreihe zukommt, versucht sie aufzustehen. Aber sie kann nicht. Der Gurt hält sie fest. Wimmernd zerrt sie an der Schnalle, springt auf, zögert, dreht sich noch einmal um und packt den Laptop.

Der Lykaner stürzt vor, reißt ihr den Computer aus der Hand und zerschmettert ihn mit einem schmatzenden Geräusch auf ihrem Schädel. Funken knistern, ein bläuliches Rauchfähnchen steigt auf, Plastiksplitter regnen zu Boden. Wie zerfetzte Adern ragen die Drähte aus den Überresten des Gehäuses, das um ihren Hals hängt. Der Lykaner zieht sie an sich heran, als wolle er sie umarmen, und vergräbt die dreieckige Schnauze in ihrem Hals.

Ein Schrei, lauter als alle anderen, zerreißt die Luft. Einer der Flugbegleiter, ein Asiate, rennt den Gang entlang in ihre Richtung. Er kommt aus der Küchenkabine am hinteren Ende, strauchelt immer wieder wegen der vielen Leichen am Boden. In der einen Hand hält er eine dampfende Kaffeekanne umklammert, in der anderen einen Dosenöffner mit silbern glänzendem Dorn.

Der Lykaner stößt die Frau weg, und einen Wimpernschlag später spritzt ihm in einem braunen Bogen der heiße Kaffee ins Gesicht.

Die Frau landet auf Patrick und versperrt ihm die Sicht. Er hört nur, wie der Lykaner einen hellen, durchdringenden Schmerzensschrei ausstößt. Das Gewicht der Frau drückt Patrick zwischen die Sitze, aber er schiebt sie nicht weg. Wie ein Schild liegt sie auf ihm, und der Geruch ihres Parfüms mischt sich mit dem ihres Blutes. Das Flugzeug wird immer noch von Turbulenzen durchgeschüttelt. Patrick kann nicht sagen, ob die Frau noch lebt, ob sie vielleicht zittert oder ob es nicht doch das Flugzeug ist. Er zieht sie noch näher an sich heran und schließt die Augen, stellt sich vor, er wäre wieder zu Hause im Bett und würde darauf warten, dass sein Vater ihn weckt, ihm sagt, es sei Zeit. Er wünschte, er könnte auch die Ohren schließen und die Schreie ausblenden, die volle dreißig Minuten nicht abreißen – die längsten seines Lebens.

KAPITEL 2

August und schon der erste Schnee. Dicke Flocken ziehen an ihrem Fenster vorbei. Sie sitzt an dem Kirschbaumholz-Schreibtisch, den ihr Vater für sie gebaut hat. Die Tischbeine sind zu der Form von Wolfspfoten geschnitzt, und das Holz ist mit einer Nadel angeraut, sodass es aussieht wie Fell. Ganz unten sind die Krallen nachgebildet. Der Tisch passt nicht zum Rest der Einrichtung. Nicht zu dem weißen Himmelbett mit den vielen Stofftieren darauf, nicht zu der weißen Kommode mit aufgemalten Weinreben, nicht zu der chaotischen Ansammlung von Schminkdosen und Parfümfläschchen oder dem klapprigen Bücherregal, dessen Bretter sich unter dem Gewicht der Fantasyromane, Fabel- und Märchensammlungen durchbiegen. Dem gigantischen Kleiderhaufen auf dem kleinen orangefarbenen Vorleger, den pinken Wänden mit den Cats-, Wilco- und Zauberer-von-Oz-Postern. Der Korkpinnwand mit den vielen Fotos, den bunten Tassen, dem Smiley-Schlüsselanhänger, den vergilbten Comicheften, den Sporturkunden, der Seidenrose, die sie von einem Jungen geschenkt bekommen hat, der ihr so egal war wie nur was, und die jetzt aussieht wie ein zerknittertes Herz.

Claire zieht einen der zwei Dutzend College-Prospekte aus dem schiefen Stapel und schlägt ihn auf. Sie hat Hunderte von E-Mails geschrieben, um sich nach den Anforderungen zu erkundigen. Das hier ist ihr letztes Jahr, und sie will weg. Will etwas anderes als diese ewige Kälte, die immer gleichen Fischessen am Freitag, die Polkas und die kieferngetäfelten Kneipen Nord-Wisconsins.

In ihrem gelben Spiralblock macht sie Notizen über Schulgeld, Klassengröße, Aufnahmezahlen, Schülerschaft, besondere Angebote, Touristenattraktionen der jeweiligen Stadt und – natürlich – die Entfernung vom Heimatort. Entfernung ist eines der wichtigsten Kriterien. Das English Department am Macalester College mag noch so einen guten Ruf haben, aber alles, was nicht mindestens fünfhundert Meilen weit weg ist, kommt nicht infrage.

Es ist nicht so, dass sie aus einer zerrütteten Familie käme. Ihre Mutter ist zwar etwas zickig, ihr Vater hat Claire einmal geschlagen, als sie als Kind aus dem Haus gelaufen und hinaus auf die Straße gerannt ist, es gibt oft Streit über politische Themen, und in den Urlaub fährt die Familie fast ausschließlich nach Wisconsin Dells. Aber von diesen Punkten einmal abgesehen, hat Claire es ziemlich gut, ist sogar fast ein bisschen verwöhnt, und das weiß sie. Aber sie weiß auch, dass sie etwas anderes will. Sie will mehr, und das schon von Kindesbeinen an. Sie kann es beinahe am Gaumen schmecken, spürt, wie es sich von dort durch ihren ganzen Körper ausbreitet bis ins Mark: Abenteuer. Von der Art, wie man sie nicht findet in dieser verträumten Gegend, wo die Bäume dick und alt sind, die Seen klar und man alle paar Meilen über eine Käserei stolpert.

Palmen wären toll. Claire stellt sich vor, wie sie am Strand liegt und in einem Skript blättert, während die Brandung, so blau wie die mundgeblasenen Flaschen ihrer Mutter auf dem Fenstersims im Badezimmer, über den Sand rollt.

Das Lampenlicht taucht die Prospekte in einen goldenen Schimmer. Sie blättert jeden zweimal durch, beim ersten Mal sieht sie sich die Bilder an, beim zweiten die Texte – in etwa so, wie ihre Freundinnen die Modemagazine durchgehen. Claire hat eine Schwäche für Bilder, für die Uhrentürme, die ziegelgepflasterten Wege, die Campuswiesen im Sonnenschein. Prominente Redner in voll besetzten Hörsälen, mit dunklem Holz ausgekleidete Bibliotheken im weichen Licht, das durch die bemalten Fensterscheiben fällt. Jungs mit geflochtenen Halsbändchen und nacktem Oberkörper beim Frisbeespielen. Stiernackige, dreckverschmierte Mädels beim Rugby. Schüler, die im Schatten von Ulmen mit Laptops auf dem Schoß in einem Halbkreis um einen verschroben gekleideten Professor mit wild abstehender Frisur sitzen. Der Anblick gibt ihr ein Gefühl im Bauch, als hätte sie Hunger.

Manche Colleges werben mit einem besonders hohen Lykaneranteil, den speziellen Kursen und Angeboten, den Wohnheimen und Studentenverbindungen, andere nicht. Irgendwo in ihrem Stapel steckt auch ein Prospekt der William-Archer-Universität. Ihre Eltern waren beide dort. Claires Vater hat zwar nie direkt gesagt, dass sie sich dort einschreiben solle, aber er hat oft davon erzählt, wie toll die Zeit dort war, dass sie Stipendien für die Kinder von Absolventen haben, wie sicher und angenehm es sein würde, unter ihresgleichen zu sein, vor allem in diesen schwierigen Zeiten.

Claire interessiert das alles nicht. Sie will weniger Zeit mit Lykanern verbringen, und nicht mehr. Ihre Eltern laden ständig Leute zu Abendessen und Diskussionsrunden nach Hause ein, und die meisten davon sind genau wie sie: fast schon besessen. Ständig schlagen sie sich mit der Faust in die Hand, sprechen in ernstem, geradezu beschwörendem Tonfall davon, wie ungerecht die Lykaner behandelt werden, dass die US-Truppen nur wegen der Uranvorkommen in der Republik von Lupos sind, dass sich etwas ändern muss. Claire weiß, was sie meinen, aber sie sind immer so betont links, und manchmal würde sie gerne mit ihnen streiten. Ihnen sagen, dass die Regierung der Republik durchaus nichts gegen die Anwesenheit der Amerikaner einzuwenden hat, gegen die Ausbeutung der Rohstoffe im Gegenzug dafür, dass sie für Ordnung sorgen. Dass lediglich eine radikale Splittergruppe sich an den Besatzern stört. Aber sie hat das Gefühl, sie weiß nicht genug über das Thema. Außerdem will sie ihre Eltern nicht noch weiter anstacheln.

Claire würde lieber über ganz andere Dinge sprechen, über ihre Lieblingsepisode von Buffy im Bann der Dämonen zum Beispiel oder über Mike Romms Mundgeruch. Darüber, wie sich bei Mr. Bronson, ihrem Mathelehrer, der Penis in der dünnen Stoffhose abzeichnet … Was auch immer. Sie ist nicht gerne Lykanerin. Das kann sie ihren Eltern natürlich nicht ins Gesicht sagen, aber es ist die Wahrheit. Es ist schwer für sie, mit ihrer Doppelnatur zu leben. Sie fühlt sich geteilt, aufgespalten in zwei Hälften, als wäre sie mit sich selbst im Krieg. Das Leben ist leichter für sie, wenn sie die Lykanerin in ihr verleugnet.

Die William-Archer-Universität befindet sich zwar in Montana, ein Stück außerhalb des kleinen Städtchens Missoula und damit weit genug weg von zu Hause. Aber der Campus liegt am Rand eines Talkessels, ist vollkommen von hohen Bergen umschlossen, und für die nächsten paar Jahre hat Claire genug von der Kälte. Sie starrt aus dem Fenster, starrt auf den weißen Flaum, der vom Himmel rieselt, dann auf ihr Spiegelbild in der Scheibe.

Sie sieht blass aus. Claire weiß, der Teint, den sie sich den Sommer über so hart erarbeitet hat – jedes Mal hat sie sich mit Babyöl eingeschmiert, bevor sie den Rasen mähte oder zum Wasserskifahren und Sonnenbaden an den Loon Lake fuhr –, wird genauso schnell verschwinden, wie die Wolken am Himmel mehr werden. Sie wird sich einpacken in Mütze, Schal und Mantel und sich wappnen gegen den eisigen Wind, der von Kanada zu ihnen herunterbläst.

Und wieder kommt ihr der Strand in den Sinn, der weiße Sandstrand. Sie liegt auf einem roten Handtuch. Es hat dieselbe Farbe wie ihre lackierten Zehennägel und die Streifen auf dem mintgrünen Bikini. Ihr Bauch ist so braun und flach wie ein Pfannkuchen. Die Sonne hat ihre Nase mit Sommersprossen überzuckert. Jemand kommt auf sie zu, ein Junge mit nacktem Oberkörper. Er hat dichtes schwarzes Haar, ist schlank und muskulös, und sie legt ihr Skript weg. Er hat einen Picknickkorb mit einer Flasche Wein, Erdbeeren und Schokolade dabei. Es ist Raúl, ihr Freund. Sie haben sich in einem Freshman-Honors-Seminar kennengelernt. Zum ersten Mal Sex hatten sie in einer Hängematte am Strand. Seine Haut schmeckt salzig, und seine Zähne sind so weiß wie das Fruchtfleisch einer Kokosnuss.

Unten brüllt ihr Vater. Er schreit den Fernseher an, vor dem er fast schon den ganzen Tag sitzt, und der glitzernde weiße Sand wird wieder zu Schnee, dem Schnee draußen vorm Fenster.

Am Vormittag traf sie sich im Starbucks mit Stacey. Sie gingen in den Park, setzten sich auf eine Schaukel, ließen lustlos die Beine baumeln und tranken ihre aromatisierten Milchkaffees. Die Kaltfront war gerade erst heraufgezogen, der Himmel war grau, aufgewühlt und verschluckte jeden Sonnenstrahl. Die leeren Schaukeln bewegten sich quietschend im Wind, als säßen Gespenster darauf. »Das ist nicht fair«, sagte sie. »Das sind die letzten Sommertage, die uns da gestohlen werden.«

Als sie nach Hause kam, die Nase rot und tropfend von der Kälte, saß ihre Mutter auf dem Sofa, ihr Vater ging vor dem knisternden Kaminfeuer auf und ab. Die Flammen im Kamin duckten sich unter dem Luftzug weg, der durch die Tür hereinwehte, und Claire merkte sofort, dass sie die beiden bei einem Gespräch unterbrochen hatte. Ihre Eltern starrten sie an, der Vater mit offen stehendem Mund, die Hände halb erhoben.

»Was?«, fragte sie.

Ihre Mutter ist schlank, das ergrauende Haar über dem kantigen Gesicht kurz geschoren. Sie trug Jeans und ein rotes Kapuzensweatshirt mit einem Aufdruck der Wisconsin Badgers. Die Füße hatte sie überkreuzt, ihre Knie bewegten sich hin und her wie die Schenkel einer Schere. »Es ist was passiert«, sagte sie und blickte ihren Mann Hilfe suchend an.

Rein äußerlich passt Claires Vater nicht besonders gut zu seiner Frau. Er ist riesig und ständig in Bewegung, schreit oft, manchmal aus Wut, häufiger jedoch vor Begeisterung, begleitet von einem kehligen Lachen. Seine Schultern sind breit, die Taille ist dick wie ein Baumstamm, das Gesicht offen und freundlich wie das eines Kindes, nur am Rand ein wenig verknittert wie ein abgegriffenes Foto. Er ist Schreiner, hat im Garagenanbau eine eigene Werkstatt. Seine Fingernägel sind meist blau von Blutergüssen, und in seinem Haar hängen ständig Holzspäne, so wie andere Leute Schuppen haben.

Stockend berichtete er ihr von den Anschlägen. Drei Flugzeuge. Eines war außerhalb von Denver abgestürzt, hatte eine Brandschneise in ein Weizenfeld geschlagen. Die anderen beiden waren in Portland und Boston gelandet. Die Piloten waren in ihren abgeriegelten Cockpits unversehrt geblieben, aber von den Passagieren hatte nur ein einziger überlebt. Flug 373. Ein bisher noch nicht identifizierter Teenager. Mehr wusste man nicht.

Ihre Eltern gingen mit ihr in die Küche. Der Fernseher war auf stumm geschaltet, immer wieder wurden dieselben Bilder gezeigt: ein einsames Flugzeug auf der Rollbahn, darum herum Einsatzfahrzeuge mit blinkenden Lichtern. Das rote Textbanner am unteren Bildschirmrand besagte, dass sämtliche Flüge im gesamten Land abgesagt seien. Man befürchte eine Anschlagserie von lykanischen Terroristen, der Präsident habe bereits schnelle und harte Vergeltung angekündigt.

Claire stand da, zwischen ihren Eltern, die gespannt auf ihre Reaktion warteten.

Sie begriff durchaus, wie schlimm die Vorfälle waren, aber gleichzeitig schienen sie so weit weg, unwirklich wie ein Film, wie der Albtraum eines anderen, der sie emotional nicht berührte. »Das ist schrecklich«, war alles, was sie sagen konnte. Wie eine Schauspielerin, die eine Textzeile ausprobiert.

Das Gesicht ihres Vaters verhärtete sich. Er hatte ihr schon mal mangelndes Mitgefühl vorgeworfen. Damals, als sie keine Lust gehabt hatte, ihren Großvater in der Sterbeklinik zu besuchen. »Typisch Teenager«, hatte er gesagt, und sie hat ihn sofort dafür gehasst. Claire wusste nur zu gut, dass er jetzt exakt dasselbe dachte. Ein roter Fleck breitete sich über seinen Hals aus wie ein Ausschlag.

»Was regt ihr euch denn so auf?«, fragte sie. »Ich meine, es ist schlimm, dass diese Leute gestorben sind, aber ihr benehmt euch, als hättet ihr sie umgebracht.«

Ihre Eltern tauschten einen vielsagenden Blick aus. Was er bedeuten sollte, wusste sie nicht.

Für den Rest des Nachmittags verkroch sie sich in ihrem Zimmer. Nur einmal beugte sie sich über das Geländer und schrie die Frage nach unten, ob ihre Mutter heute keine Lust hatte, Abendessen zu machen, oder was los war.

»Ich habe keinen Hunger«, war die Antwort, so leise, dass Claire sie kaum verstand. Immer wieder hörte sie den Fernseher, und wenn er verstummte, sprach ihr Vater in ernstem Flüsterton ins Telefon.

Vor Kurzem war er zu ihr heraufgekommen. Normalerweise platzte er einfach mit einem »Hallo allerseits« herein, aber heute klopfte er an und wartete auf dem Flur.

Claire öffnete die Tür einen Spaltbreit. »Was?«, fragte sie, eine Hand auf der Klinke.

Ihr Vater machte Anstalten hereinzukommen, überlegte es sich dann aber anders und fragte mit einem Räuspern, ob er eintreten dürfe. Er wolle etwas mit ihr besprechen.

Claire ließ sich seufzend aufs Bett fallen, während ihr Vater unschlüssig durchs Zimmer wanderte. Schließlich setzte er sich neben sie. Die Matratze sank unter seinem Gewicht ein, und Claires Oberkörper kippte ein Stück in seine Richtung. Mit einem nachdenklichen Gesichtsausdruck gab er ihr einen weißen Briefumschlag.

»Was ist das?«

»Ich weiß nicht, was passieren wird. Vielleicht gar nichts. Aber wenn etwas passiert, möchte ich, dass du ihn öffnest.«

»Mach's nicht so dramatisch«, schnaubte Claire, nahm den Brief und warf ihn auf ihren Schreibtisch. Wie ein Vogel mit gebrochenen Flügeln trudelte er durch die Luft.

Ihr Vater sah sie nicht an, hielt den Blick fest auf den Umschlag geheftet.

Claire zupfte das kleine Stück Holz aus seinem Haar, das sich über seinem Ohr verfangen hatte, und ihr Vater tastete geistesabwesend nach der Stelle, wo es gehangen hatte.

»Dad?«, fragte sie.

»Ja?«

Claire konnte sich nicht vorstellen, dass sie irgendwelchen Ärger bekommen würden. Ihre Familie war vollkommen uninteressant, lebte mitten im Nirgendwo. Sie hatten niemandem etwas getan.

»Du meinst, sie wollen uns … sie werden alle Lykaner ins Gefängnis stecken oder was? Was passiert ist, hat doch nichts mit uns zu tun.«

Er spreizte die Finger und starrte seine Handflächen an, als stünde die Antwort in den Schwielen darauf geschrieben. »Es gibt Dinge, von denen du nichts weißt.«

»Was soll das schon wieder heißen?«

Er lächelte traurig, legte Claire einen Arm um die Schulter und zog sie an sich heran. Der Geruch von Baumharz und Old Spice stieg ihr in die Nase. »Wahrscheinlich sind meine Sorgen unberechtigt. Aber du weißt ja: Vorsicht ist die Mutter der Porzellankiste.«

»Howard?«, kam die Stimme ihrer Mutter von unten. »Dein Handy klingelt.«

»Komme!« Er stand auf, und die Federn der Matratze sprangen mit einem Quietschen wieder zurück in ihre alte Position. Er ging zum Schreibtisch, legte seinen dicken Zeigefinger auf den Briefumschlag und tippte zweimal darauf. »Du denkst an das, was ich dir gesagt habe, okay?«

»Okay.«

Claire schiebt den Stapel College-Prospekte beiseite und hebt den Brief auf. Mit geschürzten Lippen dreht sie ihn zwischen den Fingern hin und her. Ob Geld darin ist? Oder ist es tatsächlich ein Brief? Vielleicht beides. Soll sie ihn gleich öffnen? Wenn nicht jetzt, wann dann? Woher soll sie wissen, wann? Sie hat keine Ahnung.

Genauso wenig weiß sie, was gerade unten auf der Straße vorgeht, hat keine Ahnung von der kleinen Fahrzeugkolonne, den gepanzerten Wagen und den schwarzen Limousinen mit den Regierungskennzeichen, die mit ausgeschalteten Scheinwerfern in ihre Straße einbiegen. Sie wohnen in einer Art Gartenvorstadt. Jedes Haus hier hat einen halben Hektar Grund und steht ein Stück von der Straße zurückversetzt. Es gibt keine Straßenlaternen und auch keine Gehsteige. Die Kolonne bleibt stehen, Türen schwingen auf. Jedes Geräusch, das Claire ans Fenster locken könnte – das Getrampel der Stiefel, das Klappern der Sturmgewehre und Munitionsgürtel – wird vom Schnee geschluckt, der wie ein weißes Leichentuch über der Nacht liegt.

Sie ahnt nichts von dem glatzköpfigen Riesen in dunklem Anzug und Krawatte, der gerade aus dem schwarzen Lincoln steigt. Sieht nicht, wie er dasteht, die Hände in den Taschen, während der Schnee auf seinem kahlen Schädel schmilzt und ihm in kleinen Tropfen über das lächelnde Gesicht läuft.

Sie ahnt nicht, dass ihre Eltern gerade mit einer Flasche Merlot unten am Küchentisch sitzen und sich aneinander festhalten, während sie den CNN-Bericht verfolgen über den »koordinierten Angriff auf das Herz Amerikas«, wie der Präsident die Anschläge nennt.

Sie ahnt nicht, dass ihr Vater, als die Tür splitternd aus den

Angeln fliegt, gerade die Fernbedienung in der Hand hält, dieses längliche schwarze Plastikding, das man beim flüchtigen Hinsehen auch für den Lauf einer Pistole halten könnte.

Claire sieht nicht, wie er so plötzlich aufspringt, dass sein Stuhl klappernd nach hinten umfällt, hört nicht, wie er »Nein!« ruft, bekommt nicht mit, wie er die Arme nach vorn streckt in Richtung der Männer, die in einem Wirbel aus weißen Flocken von draußen durch den dunklen Türrahmen gestürmt kommen.

Das Einzige, was sie weiß, als sie das Krachen, die Schreie und das Rattern der Schüsse hört, ist, dass sie rennen muss.

Claire hat sich noch nicht oft verwandelt. Nicht, weil es verboten ist und sie dafür ins Gefängnis kommen könnte, sondern weil ihr nicht gefällt, wie sie sich dann fühlt. So grotesk anders. Danach tut ihr tagelang alles weh – wie einem Kind, das zu schnell wächst und das nachts im Bett vor Schmerzen weint. Aber ihre Eltern haben ab und zu darauf bestanden, wenn sie in Kanada an den sogenannten Vollmond-Retreats teilnahmen.

Sie kann die Männer jetzt riechen, ihr Deo und Aftershave, Zigaretten und Kaugummi. Waffenöl. Den Schwefel in den Rauchfahnen, die aus den Läufen ihrer Gewehre aufsteigen. Sie hört sie keuchen, hört das rasselnde »Sauber!«, mit dem sie sich Ecke für Ecke vorarbeiten, spürt die trampelnden Schritte, die sich die Treppe herauf ihrem Zimmer nähern.

Ihre Haut juckt fürchterlich, als hätte sie Nesselfieber, Haare bohren sich durch jede einzelne Pore. Ihr Zahnfleisch schrumpft, Zähne, die nicht in den zu kleinen Kiefer passen wollen, schaben aneinander. Ihre Knochen verbiegen sich, strecken sich mit einem Krachen. Wie eine Mutter auf dem Kindbett schreit Claire vor Schmerz, als ein Körper aus dem anderen schlüpft. Und sie weint wie jedes Mal. Tränen und Blut tropfen aus ihren Augen, diesmal jedoch nicht nur wegen der körperlichen Qualen, sondern weil sie weiß, dass sich von einer Sekunde auf die andere alles für immer verändert hat.

Aber das sind nur Gedanken, und Gedanken sind flüchtig. Die Wölfin in Claire hat keine Zeit für sie. Alles in ihrem Wesen konzentriert sich auf einen einzigen Punkt: überleben. Alles andere, Liebe, Trauer oder Angst, zählt nicht mehr. Sie spürt nur noch das Adrenalin, das ihren Körper überflutet und sie mit einem einzigen Satz aufs Fenster zuspringen lässt. Sie sieht noch, wie eine Kreatur, die sie kaum wiedererkennt, sich in den Scheiben spiegelt, dann zerspringt das Spiegelbild in tausend Scherben, die durch ihr Fell schneiden.

Es gibt kein Vordach, kein Rankgitter und keine Regenrinne, an der sie hinunterklettern könnte. Nur die leere, schwarze Nachtluft, die in ihren Ohren pfeift, während der Boden ihr entgegenrast. Glassplitter funkeln überall um sie herum. Der Schnee unter ihr ist vielleicht fünf Zentimeter hoch – zu wenig, um einen Sturz aus dem ersten Stock abzufedern. Claire landet auf allen vieren, rollt sich ab, hastet weiter über die kleine Wiese. Das Blut aus ihren Schnittwunden vermischt sich mit dem Grün des Grases, das sie an der Aufprallstelle freigelegt hat.

Ein Baum versperrt ihr den Weg. Claire sieht ihn zu spät, kracht dagegen, und alle Luft schießt aus ihrer Lunge. Ihr Handgelenk brennt, als hätte jemand einen glühenden Schürhaken hindurchgebohrt. Einen Moment lang wird die Dunkelheit um sie herum noch schwärzer.

Das Licht aus ihrem Zimmer bricht sich in den zersplitterten Scheiben und fällt in schillernden Prismen auf ihren Körper. Dann verschwinden die Prismen plötzlich, als ihre Verfolger am Fenster auftauchen und nach unten spähen.

Claire schüttelt den Schmerz ab und springt auf. Da sieht sie den Mann, den Riesen in seinem schwarzen Anzug. Aus zwanzig Metern Entfernung beobachtet er sie, den Kopf neugierig zur Seite geneigt. Er setzt sich in Bewegung, kommt in ihre Richtung, langsam zunächst, dann sprintet er los. Wie im Zeitraffer sicheln seine langen Arme durch die Luft.

Claire verschwindet zwischen den Bäumen. Sie muss weg von hier, weg von ihrem Zuhause. Schnee wirbelt um sie herum wie im Zentrum eines Sturms. Mit jedem Schritt wird er dichter, bis sie kaum die Hand vor Augen sieht. Nur ab und zu leuchtet irgendwo ein Fenster auf, um sofort wieder zu verschwinden wie ein Kugelblitz. Claire rennt weiter, tiefer hinein in die Deckung des Waldes, der sich um sie schließt wie eine Gewitterwolke.

Kapitel 3

Miriam ist früh aufgewacht. Sie zieht ihre Jeans an, streift sich einen dicken Pulli über und geht ans Fenster. Ihr Haar ist schwarz und zerzaust wie das Gefieder einer Krähe. Ihr Gesicht ist genauso scharfkantig wie ihr Körper, als hätte jemand sie zu einer Klinge geschliffen. Miriam ist Ende dreißig, aber wenn überhaupt zeigt sich das Alter nur an der Härte ihrer Gesichtszüge. Die mächtigen Douglastannen draußen biegen sich ächzend im Wind. In den Spalten um die Fenster und die Eingangstür pfeift es, als würde jemand über einen Flaschenhals blasen.

Vor der Hütte erstreckt sich eine kleine halbmondförmige Lichtung. Wegerich, Goldmelisse und Moos, dazwischen ein paar Steine. Ihr Geländewagen, ein alter schwarz-silberner Ramcharger, steht auf dem Schotterweg, der hinüber zum Wald führt. In weniger als einer Minute könnte jemand sich von dort bis zu ihrer Veranda schleichen.

Miriam behält den Waldrand im Auge. Etwas ist da draußen. Sie spürt es, wie Würmer und Kröten die Veränderung des Luftdrucks vor einem Sturm spüren und aus ihren feuchten Verstecken an die Oberfläche kommen. Würde sie nicht über diese geschärften Sinne verfügen, würde sie nicht immer schon vorher ahnen, was kommt, wäre sie nicht mehr am Leben.

Zehn Minuten vergehen, dann beginnt es zu dämmern. Miriam geht hinüber in die Küche und macht sich einen Kaffee. Falls etwas kommt, ist es besser, wenn sie wach ist.

Sie schaltet das Licht nicht an. Der Wald ist hier viel näher, aber das Fenster, vor dem ein paar Birken weiß aufragen wie Zähne in einem grinsenden Maul, lässt genug Licht herein. Die L-förmige Küchentheke unter dem Sims ist grau gesprenkelt. Eine billige Granitimitation. In die Arbeitsplatte eingelassen sind ein vierflammiger Gasherd und ein großes Spülbecken, neben dem der Kaffeekocher steht. Miriam mahlt die Bohnen und misst das Wasser ab. Während der Kaffee vor sich hin köchelt, geht sie zur Besteckschublade und zieht sie bis zum Anschlag auf. Sie greift über Messer und Gabeln hinweg bis nach ganz hinten. Eine Glock 21 liegt dort, Kaliber 10 mm, mit dreizehn Hohlspitzgeschossen im Magazin. Eine der vielen Waffen, die sie an verschiedenen Stellen im Haus deponiert hat.

Miriam steckt die Pistole an ihrem Rücken in den Hosenbund. Die Sonne geht auf, und die Schatten ziehen sich zurück, verkriechen sich in die Ecken der Hütte. Miriam gießt den Kaffee ein und geht zurück ins Wohnzimmer. Dort bleibt sie so abrupt stehen, dass der Kaffee über den Rand der Tasse schwappt und ihr die Finger verbrüht. Die ovale Milchglasscheibe der Eingangstür ist zu einem Drittel verdunkelt. Jemand steht davor. Könnte ein Mann sein oder auch nur ein Junge, so klein und schmal ist die Silhouette.

Eine Bö pfeift ums Haus, und Miriam stellt die dampfende Tasse ab. Behutsam setzt sie die nackten Füße auf die knarrenden Dielen und schleicht Richtung Tür. Als sie die Hand auf die Klinke legt, springt ein blaues Fünkchen über. Sie macht nicht auf, lässt den Riegel, wo er ist, und lehnt sich mit der Schulter gegen die Tür. »Lass mich in Ruhe, Puck.«

Die Silhouette reagiert nicht.

»Ich will nichts damit zu tun haben.«

»Wir brauchen dich.« Sie hat diese Stimme schon immer gehasst, diese schrille, zerhackte Melodie wie von einer verstimmten Blockflöte. »Mach auf.«

»Verschwinde. Lass mich verdammt noch mal in Ruhe.«

»Wir brauchen dich.«

Die Böen werden stärker. Sie spürt deren Kraft durch die Türritzen, riecht die Andeutung von Schnee darin. Der Winter kommt in dieser Höhe immer sehr früh. »Wir wollen dich auf unserer Seite.«

»Fick dich«, sagt sie mit stummen Lippen und lehnt die Stirn gegen den Türrahmen. Schließlich zieht sie mit einem Ruck den Riegel zur Seite und reißt die Tür auf. Kalter Wind schlägt ihr entgegen. Die Zeitung auf dem Kaffeetischchen flattert raschelnd.

Der Kerl auf der Veranda ist klein und muskulös wie ein Turner. Breitbeinig steht er da, die Hände in die Hüften gestemmt, trägt ein schwarzes T-Shirt, am Bund in die dunkelblauen Jeans gesteckt. Die wasserstoffgebleichten Haare sind sorgfältig unordentlich nach hinten gegelt. Sein Name ist Jonathan Puck. Einen Kaugummi im Mund, lächelt er Miriam an und streckt ihr die Hand entgegen. Wo einmal der kleine und der Ringfinger waren, wuchert knotiges Narbengewebe. Ähnliche Narben bedecken Bauch, Brust und Rücken. Wie Würmer kriechen sie über seinen Oberkörper. Miriam weiß es, denn sie hat sie ihm beigebracht.

»Noch einen Schritt näher, und du bist die anderen Finger auch noch los.«

Er lässt die Hand sinken. Seine Mundwinkel zucken kurz, dann grinst er. »Ich rieche Kaffee.« Seine Nasenflügel beben. »Möchtest du mich nicht auf ein Tässchen reinbitten?«

»Nein.«

»Kaffee wäre spitze.« Er bläst den Kaugummi auf und lässt ihn zerplatzen. »Warum bittest du mich nicht rein, Süße?«

»Ich sagte Nein. Lass mich in Ruhe.«

Puck zuckt die Achseln. »Auch gut. Hast mich schließlich nicht eingeladen. Reden wir hier.«

»Was immer du zu sagen hast, ich will's nicht hören.«

»Hast du die Nachrichten verfolgt? Hast du doch, oder? Du weißt, was wir getan haben.«

Die Zeitung auf dem Tisch bläht sich auf, und eine einzelne Seite segelt auf den Boden. »Ja, ich weiß, was ihr getan habt.«

Von der Steintreppe vor der überdachten Veranda führt ein schmaler Kiesweg hinüber zur Schotterauffahrt. Miriam ist nicht überrascht, den anderen Kerl dort stehen zu sehen. Die beiden trifft man selten alleine. Es ist Morris Magog, ein Hüne von einem Mann. Über zwei Meter groß und mindestens einen breit. Das Einzige, das unter der roten Mähne, dem langen Bart und dem langen schwarzen Ledermantel von ihm zu sehen ist, sind die leeren blauen Augen und die riesigen Hände, die halb aus den Manteltaschen ragen. Er spricht fast nie. Einmal hat Miriam gehört, wie er Puck fragte, ob er »bitte« was von der Schokolade haben könne. Seine Stimme klang wie eine Steinlawine.

»Du hattest genug Zeit zum Trauern«, sagt Puck. »Und das ist gut so. Wir sind echt froh darüber.« Er lächelt immer noch, aber sein Tonfall ist jetzt schärfer. »Denn jetzt ist diese Zeit vorbei. Weil wir Pläne haben. Große Pläne, und du bist ein Teil davon. Deshalb kommen wir dich holen, und du wirst mitkommen.«

Miriam hat gewusst, dass dieser Tag irgendwann kommen würde. Sie hat sich von ihrem Mann getrennt, den Höhlen den Rücken gekehrt und sich vom Widerstand losgesagt, aber dabei jeden Tag gewusst, dass die Zeit begrenzt war. Über die ganzen letzten Monate hinweg hat sie ständig die Gegenwart der anderen gespürt, nachts zum Waldrand hinübergeschaut und doch nur ihr eigenes Spiegelbild im Fenster gesehen. Mehrmals entdeckte sie Spuren, fand einen Fußabdruck vor der Veranda, roch den Zigarettengeruch in ihrem unabgesperrten Geländewagen. Sie sollte wissen, dass sie beobachtet wurde.

»Werde ich nicht.«

Sie starren einander an. Puck bläst den rosa Kaugummi zu einer Blase auf, die zischend in sich zusammenfällt. »Die Entscheidung liegt nicht bei dir, weißt du?« Er wirft einen Blick über die Schulter, und Magog macht einen Schritt in ihre Richtung, den Oberkörper leicht nach vorn gebeugt, als würde er sich jeden Moment auf sie stürzen. Miriam hört ein Schnauben, aber es könnte auch der Wind gewesen sein. »Du kannst dich nicht länger verstecken. Nicht in diesen Zeiten. Wir müssen zusammenhalten, alle, wie dein geschätzter Gatte immer sagt. Und das ist der Grund, aus dem ich hier bin. Um dich zu holen.«

Miriam zieht die Glock aus ihrem Hosenbund. Sie richtet die Pistole nicht auf Puck, sie zeigt sie ihm nur.

Pucks Lächeln verschwindet zum ersten Mal während ihrer Unterhaltung. »Wir waren nicht zum letzten Mal hier«, sagt er, die Augen auf die Waffe gerichtet.

»Spart euch die Mühe.«

Das erste Sonnenlicht fällt in dünnen gelben Strahlen auf die Lichtung. Einer davon spiegelt sich im Glas von Pucks goldener Armbanduhr und wird zurückgeworfen auf die Dielen zu Miriams Füßen. Wie ein kleiner Leuchtkäfer kauert er vor ihr auf dem Boden.

»Hey«, sagt Puck. »Sieh dir das an.« Er dreht sein Handgelenk und lässt den Lichtpunkt auf Miriams Fuß krabbeln. Dort verweilt er kurz und gleitet dann weiter, den Oberschenkel hinauf bis zu ihrem Gesicht, in ihr linkes Auge. Die Pupille zieht sich zusammen.

Miriam hebt die Pistole und zielt auf Pucks Stirn. »Hör auf.«

Sie weiß, wie schnell er sich bewegen kann – sie hat es selbst erlebt.

Der Blendfleck verschwindet, zurück bleibt ein rotes Nachbild, das Puck in Miriams Blickfeld umgibt wie eine Aura. Seine Kiefer mahlen genüsslich. »In Ordnung. Du brauchst Bedenkzeit? Ich versteh das.«

Vielleicht hat Miriams Mann die beiden geschickt, vielleicht war es auch ihre eigene Idee. Puck wollte sie schon immer haben. Mehrmals hat er versucht, sie sich zu nehmen. Deshalb hat er die Narben. Aber egal, wer den Plan ausgeheckt hat: Es geht um Besitz und um Begierde, nicht darum, dass Miriam noch zum Widerstand gehören oder jemandem aus dessen Reihen irgendetwas schulden würde.

»Ich bin fertig mit euch, Puck. Endgültig. Wenn ich dich noch einmal hier sehe, jag ich dir eine Kugel in den Kopf.«

Puck schlurft rückwärts Richtung Treppe. Vor der obersten Stufe bleibt er stehen und dreht den Kaugummi ein paar Mal mit der Zunge hin und her. »Fertig mit uns bist du erst, wenn du tot bist.«

Als sie eine Weile weg sind, bindet Miriam sich eine Stiefelscheide mit einem Army-Messer darin an jeden Unterschenkel und schlüpft in ihre Cowboystiefel. Die Glock steckt sie in das Schulterhalfter und streift die schwarze Jeansjacke über. Sie geht auf die Veranda und wartet fünf Minuten. Der Wind hat sich gelegt, und sie lauscht. Vom Wald kommt nur ein leises Flüstern, ab und zu zwitschert ein Vogel, oder ein Zweig knackt.

Mit polternden Schritten läuft sie die Stufen hinunter und über den Kiesweg, kniet sich neben den Ramcharger, untersucht den Boden darunter. Sie späht durch die Fenster ins Innere und wirft einen kurzen Blick unter die Haube, dann steigt sie ein und lässt den Motor an.

Ihr Blick springt ständig zwischen den Rückspiegeln und dem Forstweg vor ihr hin und her. Nach einer Viertelmeile hat sie die zweispurige Wellblechpiste erreicht, die von dem Bergrücken herunter zu dem Highway nach La Pine führt. Miriams Fuß schwebt ständig über dem Bremspedal, und sie behält die zu beiden Seiten der Piste wie Mauern aufragenden Bäume im Auge, als könnte jeden Moment etwas zwischen ihnen hervorbrechen.

Im Lebensmittelladen lädt sie ihren Einkaufswagen voll mit

Dosengemüse, Trockenobst, Pökelfleisch, Müslitüten und Getreideriegeln. In der Drogerie besorgt sie sich Verbandsmaterial, Desinfektionsmittel, Nadel und Faden und die jüngste Ausgabe der *US Weekly.* Dann ist der Eisenwarenladen dran: Akkuschrauber, Bohrmaschine, Stichsäge, eine Stahltür, zehn Sperrholzbretter, drei dicke Vierkantlatten, vier Bewegungsmelder, vier Magnum-Taschenlampen, Batterien, Holzschrauben und drei jeweils fünfundzwanzig Liter fassende Wasserkanister. Zuletzt die Tankstelle, wo sie sich zwei Benzinkanister mit bleifreiem Sprit füllen lässt.

Miriam muss mehrmals hin und her laufen, bis sie alles ausgeladen hat. Jedes Mal inspiziert sie den Waldrand, bevor sie zum Wagen zurückgeht. Der Schuppen ist ein Stück abseits. Mülltonnen, Werkzeuge, mehrere Rollen rostigen Maschendrahts, alles steht dort wild durcheinander. Miriam läuft hinüber und holt eine Ausziehleiter. Ihre Hütte hat die Form eines Schuhkartons, Veranda und Eingangstür befinden sich an der Stirnseite. Miriam klettert auf die Leiter und installiert die Bewegungsmelder, jeden an einer Seite.

Mit Hammer und Schraubenzieher schlägt sie die Bolzen aus den Angeln der Eingangstür. Miriam ist kräftig. Sie schwankt nur ein bisschen, als sie die schwere Tür auf die Veranda legt. Sie schraubt Klinke, Riegel und Angeln ab und befestigt sie an der Stahltür, an der immer noch das Preisschild klebt. Eine halbe Stunde später hat die Hütte eine neue Tür. Sie wird Magog nicht wirklich aufhalten, aber zumindest wird sie Miriam ein wenig Zeit verschaffen.

Mit dem Meterstab nimmt sie die Maße der Fenster ab und schreibt sie auf einen Zettel. Insgesamt sind es zehn, alle mit den gleichen Abmessungen, bis auf das im Bad, in der Küche und das große Wohnzimmerfenster. Miriam legt die Sperrholzbretter draußen auf die Wiese und zeichnet mit Filzstift die Umrisse der Fenster darauf. Aus dem Schuppen holt sie zwei mit Moos bewachsene Sägeböcke, legt die Bretter darauf und schneidet sie zu. In die Mitte sägt sie jeweils einen kleinen Schlitz, gerade groß genug, um etwas sehen oder einen Pistolenlauf hindurchschieben zu können.

Es dauert lange, denn Miriam lässt die Stichsäge immer nur dreißig Sekunden am Stück laufen. Dann hebt sie den Finger vom Knopf. Das Kreischen verstummt, und ihr Blick wandert von den zu ihren Füßen aufgehäuften Sägespänen hinüber zum Waldrand.

An der windabgewandten Seite der Hütte lagert das Brennholz. Miriam wirft den Verschnitt dazu, dann schleppt sie die frisch zugeschnittenen Bretter nach drinnen. Es dämmert bereits. Sie hebt die Bretter aufs Knie und befestigt sie mit den Schrauben am Fensterrahmen. Als sie damit fertig ist, dringt kein bisschen Tageslicht mehr in die Hütte. Sie schraubt die Vierkantlatten quer vor die Stahltür – sie ist der einzige Eingang –, verstaut die Vorräte in den Schubladen und stellt die Benzinkanister in die Abstellkammer. Sie bestückt die Taschenlampen mit Batterien und verteilt sie in der Hütte. Die Wasserkanister passen nicht ins Spülbecken, und Miriam muss den Schlauch der Waschmaschine losmachen, um die Kanister aufzufüllen.

Sie bekommt kaum mit, wie sie das Huhn mit Pesto in sich hineinstopft, das von gestern noch übrig war, und blickt erschrocken auf, als ihre Gabel plötzlich über den Boden des leeren Tellers schabt. Sie steht auf und trägt ihr Bettzeug in die Badewanne. Neben der Wanne deponiert sie ein langes Messer mit versilberter Klinge, zwei Glocks und sechs Magazine mit Silberkugeln. Eine Schrotflinte mit Schultergurt, in dessen Schlaufen weitere Silberpatronen stecken, und schließlich das Foto, das sie immer neben ihrem Bett liegen hat. Es ist ein Foto von ihrer Tochter. Miriam streicht kurz über das Gesicht darauf, dann schaltet sie das Licht aus. Sie kriecht in die Badewanne und starrt im Dunkeln an die Decke, bis irgendwann der Schlaf kommt.

Kapitel 4

Chase kann sich einfach nicht daran gewöhnen. Acht Monate seiner ersten Amtszeit sind bereits vorüber, und immer noch verspürt er den Impuls, sich umzudrehen und nachzusehen, ob nicht irgend so ein Schnösel von Yale-Absolvent hinter ihm steht, der eigentlich gemeint ist, wenn jemand ihn mit »Gouverneur Williams« anspricht. Chase sieht sich lieber als Mann des Volkes. Deshalb ist er auch gewählt worden, wie er nur zu genau weiß. Weil er »einer von uns« ist, wie seine Anhänger sagen.

Chase trägt immer noch Cowboystiefel und Jeans, dazu gemusterte Sakkos oder einen leichten Anorak. Er spricht nach wie vor den Dialekt der Gegend von Oregon, in der er aufgewachsen ist, vor allem wenn er ans Mikrofon tritt oder vor größeren Versammlungen spricht. Es ist lange her, seit er das letzte Mal einen Pferdestall ausgemistet, eine Bewässerungsleitung verlegt, einen Zaun repariert oder auf etwas anderes als eine Papierscheibe geschossen hat. Salem ist weit weg von der Farm seines Vaters, von den fünfzehnhundert Hektar Alfalfa und den sechstausend Vieheinheiten.

Sehr weit weg, vor allem im Moment, da er sich im Schneidersitz über eine Strohmatte beugt und hungrig mit seinen Essstäbchen klappert. Auf der Strohmatte vor ihm liegt eine nackte Frau, eine Japanerin. Ihr Körper ist mit farbenfrohen Sushiröllchen dekoriert. Sie atmet kaum und rührt sich selbst dann nicht, als er mit den Stäbchen ihr Schlüsselbein entlangfährt, sich den in Algenblätter gewickelten rohen Seeigel schnappt, der in dem Grübchen zwischen Hals und Brustbein liegt, und ihn mit einem Bissen verschlingt.

Chase ist im Kazumi Teahouse. Er kommt oft hierher zum Mittag- oder Abendessen. Es liegt im Südostteil der Stadt, in der Nähe des Lancaster Drive, nur zwanzig Minuten mit dem Auto vom Oregon State Capitol entfernt. Der Speiseraum wird von Papierlaternen und Teelichtern sanft erleuchtet. Pergamentrollen mit japanischen Schriftzeichen darauf hängen an den Wänden, dazwischen stehen in regelmäßigen Abständen Töpfe mit Bambuspflanzen. In der Mitte des Restaurants befindet sich ein lang gestreckter, rechteckiger Koi-Teich mit leuchtenden Wasserlilien. Links und rechts davon sitzen Männer und essen von nackten Frauenkörpern.

»Gouverneur Williams?«

»Was?« Chase dreht sich um.

Die Frau hinter ihm trägt einen schwarzen Kimono mit pinkfarbenen Rosenstickereien. Auf ihrem Tablett steht eine kleine Koro-Porzellanschale, daneben ein Glas Rogue Amber. Die Sake-Bombe, die Chase bestellt hat. Die Frau verneigt sich, gießt den Sake in das Bier und reicht Chase das Getränk.

Er prostet ihr zu und nimmt schmatzend einen großen Schluck. »Mann, tut das gut. Richtig gut. Danke.«

Ein Scheinwerfer leuchtet eine kleine Bühne neben dem Teich an, darauf kniet eine grauhaarige Frau in dunkelblauem Kimono. Sie spielt auf einem Koto. Der Korpus des Instruments ist geformt wie ein Drachen, die Stege sind aus Elfenbein, die Saiten handgewoben. Wenn sie mit den Fingern darüberstreicht, scheint die Luft im gesamten Raum zu vibrieren. Sie beobachtet Chase. Ihre Augen sind wie schwarze Schlitze, die alles Licht verschlucken. Chase glaubt eine stumme Missbilligung in ihrem Blick zu sehen, einen tadelnden Fingerzeig einer seiner Exfrauen – oder von Augustus, seinem Stabschef, der nicht müde wird, ihm zu erklären, dass er sich nicht in diesem Teahouse zeigen soll.

Die Fotografen zeigen Chase gerne, wie er gerade aus einer Stripbar kommt, bei einem Spiel der Trail Blazers den Schiedsrichter mit allem bewirft, was er gerade zur Hand hat, oder in einer Motorjacht mit zwei viel zu jungen Mädchen in Amerika-Bikinis den Columbia River auf und ab fährt. Die Boulevardzeitungen sind voll mit solchen Bildern. Chase interessiert das alles nicht.

Aber Augustus interessiert es. Augustus, der ihn mit seinem Büffelschädel und dem geschwollenen Vokabular beschwört – er hat tatsächlich das Wort »beschwören« benutzt –, an die nächste Wahl zu denken, seinen Gegnern nicht so viel Munition zu geben. Aber für Chase ist die nächste Wahl noch weit weg. Außerdem kandidiert er als Unabhängiger, und das ist es, was ihn ausmacht: seine Unabhängigkeit. Das und nichts anderes. »Ich verstecke mich nicht«, sagt er zu Augustus. »Ich bin wie ein offenes Buch. Ich verstecke meine schmutzige Wäsche nicht wie die anderen Heuchler, und das gefällt den Leuten. So schmutzig ist meine Wäsche nämlich gar nicht. Ich habe nichts zu verbergen. Ich nehme kein Schmiergeld, und ich betrüge meine Frau nicht.«

»Du bist nicht verheiratet.«

»Genau. Unabhängig eben.«

Japanisches Essen hat er erst vor ein paar Jahren entdeckt, und die Stäbchen sind immer noch etwas widerspenstig in seinen Fingern, aber wenn er sich konzentriert, schafft er es, die Temakis, Gunkan und Norimaki in einem Stück an seinen Mund zu bringen. Chase liebt diese ganz eigene Schärfe und die schwammige Konsistenz, versinkt in dem Geschmackserlebnis genauso wie in dem Anblick der Frau vor ihm. Ihre Haut ist so makellos und glatt, so ganz anders als seine gebräunten und schwieligen Hände mit den dunklen Borsten auf den Fingerknöcheln.

»Bist 'n hübsches Ding«, sagt er und beißt in eine Maki-Rolle.

Die anderen Gäste, Essstäbchen und Teeschalen, alles bewegt sich im langsamen, gleichmäßigen Rhythmus des Koto, als wären sie alle mit den Saiten des Instruments verbunden, an denen die alte Frau zupft.

Der Blackberry in seiner Brusttasche summt. Chase denkt darüber nach, nicht dranzugehen. Das ist das Schlimmste an seinem Job, die ständigen, lästigen Fragen. Dauernd will jemand etwas von ihm: seine Aufmerksamkeit, seine Stimme, ein Gesetz, ein Versprechen, eine Aufhebung, eine Rede. Chase wirft einen Blick auf das Display. Es ist Augustus Remington. Er weiß, Augustus wird so lange anrufen, bis er rangeht.

»Hallo, Büffel«, sagt er ins Telefon. »Rate mal, wo ich gerade …«

»Hör zu. Hör nur einmal einen Moment lang zu. Es ist was passiert.«

Kapitel 5

Der Schlaf kam immer wie ein Fallbeil. Patrick kroch ins Bett, zog sich die Decke bis unters Kinn, und nach weniger als einer Minute senkte sich die Dunkelheit über ihn wie eine Bleiglocke; so hat es sich immer angefühlt – als würde sie von oben auf ihn herabfallen.

Aber jetzt, wenn Patrick daliegt, die Schatten sich zusammenziehen und Anstalten machen, sich über ihn zu breiten, reißt er jedes Mal die Augen auf und schreckt hoch. Es ist nicht so, dass er nicht schlafen will. Patrick ist ständig erschöpft und wünscht sich nichts mehr, als endlich einmal wieder ausgeruht zu sein. Es sind seine Träume, auf die er lieber verzichten würde.

Er sitzt in einem Flugzeug. Draußen türmen sich Gewitterwolken, Blitze zucken. Patrick spürt eine Hand an seinem Arm und dreht den Kopf der Frau neben ihm zu. Sie öffnet den Mund, als wollte sie etwas zu ihm sagen, doch stattdessen fällt ihr nur die viel zu lange Zunge aus dem Mund, rollt im Rhythmus ihrer Atmung nach oben und wieder zurück, nach oben und wieder zurück. Ihr Atem riecht nach Aas. Ihr Zahnfleisch blutet, die Zähne wachsen, werden lang und spitz, und ihre Augen verfärben sich schwefelgelb. Hilfe suchend blickt Patrick sich um, aber die Flugbegleiter und die anderen Passagiere starren ihn nur an. Sogar die Piloten stieren durch die offene Cockpittür in seine Richtung. Dann fangen sie an zu kreischen, reißen sich die Kleider vom Leib und stürzen sich mit gierig ausgestreckten Krallen auf ihn.

Wären da nicht diese Träume, würde Patrick einfach weiterschlafen. Er würde sich all die Mühe sparen, das Aufstehen, das Frühstück, das Duschen. Die neue Jeans und das Polohemd – beides hat seine Mutter eigens für Patricks ersten Tag an der Old Mountain Highschool gekauft – würden unberührt auf dem Stuhl neben dem Bett liegen bleiben.

Patricks Mutter ist bereits weg, muss Interessenten ein Haus zeigen. Sie hat ihm eine Nachricht hinterlassen. Sie liegt auf dem Schränkchen unter seinem Schlüssel. »Viel Glück«, steht darauf und »Ich liebe dich!«. Ihre Handschrift erinnert Patrick an Stacheldraht. Er knüllt den Zettel zusammen und wirft ihn auf dem Weg nach draußen in den Mülleimer.

In der Einfahrt steht sein schwarzer Wrangler. Es ist Patricks erstes Auto aus dritter Hand. Seine Mutter hat ihn gekauft, um ihm die Umstellung leichter zu machen. »Ich weiß, das ist alles nicht leicht für dich«, sagte sie, als sie ihm den Schlüssel gab. »Und ich möchte, dass du glücklich bist. Ich hoffe, das hier hilft ein bisschen.« Sie strengt sich an, tut sie wirklich. Bei jeder Gelegenheit, die sich bietet, sagt sie »ich liebe dich«, fragt ihn, ob er reden möchte, wenn nicht mit ihr, dann vielleicht mit jemand anderem. Sie kennt da einen Therapeuten, der Patrick vielleicht helfen könnte. »Nein danke«, antwortet er jedes Mal. »Ist nicht so mein Ding.« Und wenn sie dann fragt, was nicht so sein Ding ist, sagt er: »Reden.«

Der rechte Scheinwerfer hat einen Sprung, und selbst das schwache Licht, das er gibt, ist irgendwie zersplittert. Das Verdeck ist mit Klebeband notdürftig repariert. Wenn er schnell fährt, flattert und pfeift es wie ein aufgescheuchter Vogelschwarm. Wo immer er parkt, hinterlässt der Wagen eine Öllache, vermischt mit Frostschutzmittel und Rost. Trotz des erbärmlichen Zustands liebt Patrick diesen Jeep.

Das Sonnenlicht funkelt in den Quarzeinschlüssen im Schotter, als Patrick von der Auffahrt in die Asphaltstraße einbiegt. Fünf Meilen sind es bis zur Schule. Vor einem Monat waren die

Seitenstreifen links und rechts zugeparkt mit Übertragungswagen. Vor dem Zaun hatte sich eine riesige Traube Reporter zusammengerottet. Ihre Kameras waren auf das Haus gerichtet wie Haubitzen. Sie warteten darauf, dass Patrick nach draußen kam. Als er es nicht tat, zogen sie irgendwann ab. Patrick hatte bereits ein Interview gegeben, und das war genug. Er hatte nichts zu sagen. Alle waren tot, und Patrick hatte als Einziger überlebt. Nicht weil er ein Held war, sondern weil er sich unter einer Leiche versteckt und tot gestellt hatte. Da gab es nichts zu erzählen und schon gleich gar nichts, was er noch einmal durchleben wollte. Vergessen war, was er überhaupt einmal gewollt hatte.

Der schlimmste Moment – der, als ihn die nackte Angst packte – kam nach der Landung. Das Flugzeug setzte ruckend auf, die Nase senkte sich, und ein Sturzbach aus Blut ergoss sich über den Mittelgang nach vorne. Die Maschine rollte aus, und Patrick war absolut sicher, dass der Lykaner ihn jeden Moment entdecken oder irgendeine Spezialeinheit das Flugzeug sprengen würde. Patrick würde nicht überleben, niemals. Zu viel Tod war um ihn herum, viel zu nahe, um ihm zu entrinnen. Starr lag er da, über und über mit halb getrocknetem Blut bedeckt, und wagte kaum zu atmen. Er sah sich selbst schon als Leiche.

Patrick konnte sie nicht sehen, aber er spürte sie, das Knäuel aus Einsatzwagen, Feuerlöschfahrzeugen und Ambulanzen, die blinkenden Lichter. Dann hörte er die Stimme des Piloten aus dem Lautsprecher: »Das ist dein Ende, du verdammtes Schwein!«

Der Lykaner stieß ein Geräusch aus, das klang wie zerreißendes Metall.

Die Frau lag bäuchlings auf ihm, ihre Arme umschlangen ihn kraftlos, und ihr Kinn drückte gegen seine Stirn. Das Einzige, was Patrick sehen konnte, war ihre blutverschmierte Bluse.

Er wagte nicht, die Leiche zu bewegen, aus Angst, der Lykaner hätte ihn hören können.

Er hörte das Monster den Gang entlanglaufen. Es stapfte über die Leichen, und seine Füße oder Pfoten oder wie auch immer man das nannte, schmatzten durch das Blut.

Überall war Blut. Der dünne Teppich auf dem Mittelgang hatte sich komplett vollgesaugt, genauso die Polster und Patricks Kleidung, alles troff und klebte. Als das Flugzeug endgültig stehen blieb, hörte Patrick die Klauen des Lykaners über das Plastik der Notausgangstür ein paar Reihen vor ihm schaben. Ein Windstoß fuhr herein, begleitet von einem Schwall Sonnenlicht, als er die Tür herausriss.

Sofort pfiffen die Kugeln durch die Öffnung und zersiebten das Monster. Auch das konnte Patrick hören – aufplatzendes Fleisch, ein Heulen, von gurgelndem Blut erstickt, und den dumpfen Knall, mit dem der Lykaner hintenüberfiel. Der Geschosshagel hielt noch ein paar Sekunden an, und Patrick zitterte schließlich so heftig, dass die Leiche über ihm verrutschte und sein Gesicht freigab. Ihr Kopf rollte zur Seite, nur ein Arm weigerte sich standhaft, Patricks Schulter loszulassen. Noch mehr Schüsse, Funken stoben aus Kabelbäumen, Polster zerplatzten, die Metallscharniere der Armstützen klirrten unter den Querschlägern, der Geruch von Schwarzpulver und Rauch vermischte sich mit dem von Blut.

Dann folgte eine lange Stille, und Patrick vergaß. Er vergaß, dass sie gelandet waren, dass der Lykaner tot und er in Sicherheit war, vergaß seinen eigenen Namen. Irgendwann hörte er eine schrille Stimme. »Ist irgendjemand hier drin!?«, brüllte sie, sich vor Angst und Wut überschlagend. »Irgendjemand am Leben?«

Patrick wollte antworten, aber er konnte nicht. Er konnte sich nicht einmal bewegen, konnte die Leiche nicht wegschieben, die auf ihm lag. Seine Hand hatte sich im Haar der toten Frau verfangen, und Patrick schaffte es nicht, mit dem anderen Arm dem Mann ein Zeichen zu geben.

Eine schiere Ewigkeit später – lange nachdem die Männer in ihren schwarzen Kevlarwesten sich mit Sturmgewehren im Anschlag Reihe um Reihe vorgearbeitet und die Piloten das Cockpit durch die Notluke verlassen hatten – kamen die Agenten an Bord. Sie trugen Atemmasken, Schutzanzüge aus irgendeinem milchig weißen Kunststoff, Gummihandschuhe und Plastiküberschuhe. Zwei hatten Klemmbretter dabei, einer eine Kamera mit langem Objektiv. Er machte mehrere Aufnahmen von dem toten Lykaner, dann wurde die Leiche in einen Plastiksack verfrachtet und abtransportiert. Der Mann ging weiter und kletterte über die Toten hinweg in den Businessclass-Bereich, in den sich so viele geflüchtet hatten. Dort blieb er eine ganze Weile, immer wieder sah Patrick das Blitzlicht seiner Kamera aufleuchten. Als er wieder zurückkam, arbeitete er sich systematisch durch die Reihen, fotografierte Sitznummern und die toten Passagiere.

Als er Reihe fünfzehn erreichte, blickte er Patrick direkt an, ohne ihn wahrzunehmen. Erst als Patrick unter dem Blitzlicht zusammenzuckte, sprang er entsetzt zurück.

»Gottverdammt!«, fluchte der Fotograf, und das Gleißen des Blitzes brannte sich durch Patricks Augen bis tief in seine Erinnerung an die nächsten Minuten.

Jemand zerrte ihn unter der Leiche hervor. »Sind Sie verletzt?«, fragte eine Stimme. »Was ist passiert?«, eine andere. »Wie ist Ihr Name?« – »Wieso sind Sie noch am Leben?«

»Nein«, war Patricks einzige Antwort. »Nein«, sagte er immer und immer wieder, als wäre es das einzige Wort, an das er sich noch erinnern konnte. Sein ganzer Körper schmerzte, und er sah nichts außer dem verschwommenen Nachbild des grellen Blitzlichts.

Erst später konnte er sich erinnern, dass er sich in diesem Moment gefühlt hatte, als wäre er um Jahrzehnte gealtert, als hätte man ihn halb tot aus dem Grab zurückgeholt.

Der Parkplatz der Old Mountain High schmiegt sich an eine Hügelflanke. Das Schulgebäude besteht aus nackten Basaltblöcken, das metallene Schrägdach schimmert rötlich in der Sonne. Obwohl der Parkplatz so groß ist wie ein Football-Feld, sieht Patrick keine einzige Lücke. Reihe um Reihe fährt er entlang und tritt immer wieder auf die Bremse, um die Jungen und Mädchen vorbeizulassen, die zum Eingang strömen. Sie lachen, rufen einander etwas zu, tippen auf ihren Handys herum, schleppen ihre Rucksäcke. Die Luft ist erfüllt von ihren Stimmen und dem Dröhnen der Countrymusik, die aus den aufgemotzten Pick-ups schallt. Die Sonne spiegelt sich auf der Motorhaube seines Wrangler, und Patrick blinzelt. Genau in dem Moment laufen zwei solariumgebräunte Mädchen in ultrakurzen Shorts vor ihm über den Parkplatz. Ihr Haar ist so glatt und so blond, als wäre es aus Gold. Er tritt reflexartig auf die Bremse, und der Jeep kommt mit einem Ruck zum Stehen.

Die beiden unterbrechen ihre Unterhaltung, mustern zuerst abschätzig den Wagen, dann ihn.

Am anderen Ende findet er schließlich doch noch einen freien Parkplatz. Er nimmt seine Tasche vom Rücksitz und wirft die Tür hinter sich zu. Als er losgeht, sieht er aus dem Augenwinkel, wie der Jeep ihm hinterherrollt. Fluchend wirbelt Patrick herum, stemmt sich vergebens gegen den Kühlergrill und springt schließlich noch einmal auf den Fahrersitz, wo er die Handbremse bis zum Anschlag anzieht – die einzig sichere Methode, den Wagen am Fleck zu halten.

Als Patrick zum Schulgebäude geht, blickt er immer wieder über die Schulter. Teils um sich zu vergewissern, dass der Wrangler sich nicht bewegt hat, kein Rad abgefallen oder der Motor in Flammen aufgegangen ist. Hauptsächlich aber, weil er nichts lieber tun würde, als sich wieder hinters Steuer zu setzen und an der Küste entlang nach Süden zu brausen, ohne auch nur ein einziges Mal in den Rückspiegel zu schauen.

Zweitausend Schüler, und er kennt keinen einzigen davon.

Patrick bleibt stehen und presst sich Daumen und Zeigefinger auf den Nasenrücken. Seit er hier ist, spürt er ständig diesen leichten Druck hinter den Augen. Seine Mutter schiebt es auf die Anspannung und die ungewohnte Höhe. Patrick hingegen sieht den Grund dafür in der Matratze, die seine Mutter einer Nachbarin abgekauft hat. Deren Sohn hat jetzt einen festen Job und ist zu seiner Freundin gezogen, also hat die Mutter sein Zimmer zur Gästesuite umfunktioniert und bei der Gelegenheit die alte Matratze gegen ein Himmelbett ausgetauscht. Jedes Mal, wenn Patrick sich in sein »neues« Bett legt, hat er das Gefühl, als läge jemand neben ihm. Die Kuhle, die der Vorbesitzer in der Matratze hinterlassen hat, macht Patrick nur umso bewusster, wie fremd ihm alles hier ist.

Die Landschaft ist gar nicht mal so schlecht. Vom Kaskadengebirge schimmern die Gletscher herunter, die Vorhügel sind dicht bewaldet und von Wanderwegen durchzogen. Überall gibt es Bärengraswiesen, Wildbäche und weite, von Canyons durchzogene Ebenen, auf denen der Salbei wächst. Dazwischen erheben sich ein paar erloschene Vulkankegel, und über allem spannt sich ein unglaublich hoher Himmel, so klar und blau, als wäre er aus Glas.

Aber seine Mutter ist eine Fremde für Patrick, und sein Bett erinnert ihn an einen Sarg. Wenn er nachts aufwacht und zum Pinkeln muss, läuft er gegen Wände und Bücherregale, weil er die Räume nicht kennt.

Zwölf Monate, sagt er sich, drückt die Glastür auf und schiebt sich durch den Strom der Schüler. Zwölf Monate – dann kommt sein Vater wieder nach Hause, und das bedeutet, dass auch Patrick dann wieder zu Hause sein wird, und alles wird sein, als hätte es Flug 373 nie gegeben.

Der Vormittag zieht an ihm vorüber wie eine Nebelbank. Er kann sich nicht an die Kombination seines Spinds erinnern, wühlt sich durch das Gewirr aus überfüllten Gängen, ohne jemanden nach dem Weg zu fragen, und kommt jedes Mal als Letzter ins Klassenzimmer. Die Blicke seiner Mitschüler bleiben undurchdringlich. Die Lehrer tragen Brillen und schlecht sitzende Hosen, gehen von Tisch zu Tisch und verteilen Lehrpläne oder lesen Kursanforderungen vor, als wären sie jetzt schon zu Tode gelangweilt.

Es fällt ihm schwer, sich zu konzentrieren. Er ist nervös, zittrig, bekommt nicht genug Luft. Das Licht in den Klassenzimmern ist zu hell, die Stühle sind zu hart. Patrick beißt sich in die Wange und trinkt das Blut. Das Ticken der Wanduhr erinnert ihn an eine Zeitbombe.

Er denkt an seine Grundschulzeit, an die Magic-Eye-Bücher, die damals so in waren. Man musste die Seiten so lange anstarren, bis der Blick unscharf wurde, dann erkannte man plötzlich ein in den bunten Mustern verborgenes Bild. An eines kann er sich noch ganz besonders gut erinnern. Es stellte die kraterübersäte Mondoberfläche dar, und wenn man lange genug hinsah, wurde daraus ein Totenschädel. Patrick hatte das Buch sofort wieder zugeschlagen und eine ganze Zeit lang den Anblick des Mondes gemieden. Nachts verriegelte er die Fensterläden aus Angst vor der grinsenden grauen Fratze am Himmel.

Genauso empfindet er jetzt. Nichts ist normal, alles ist potenziell gefährlich. Das Schlagen einer Tür ist ein Explosionsknall. Das Brechen einer Bleistiftmine ist das Knacken von Knochen. Ein Mädchen mit schwarzem Haar und weiß gepudertem Gesicht ist eine Leiche.

Ständig ruckt Patricks Kopf hin und her, ständig flüstert jemand seinen Namen, aber nie sagt jemand etwas zu ihm. »Patrick«, murmeln sie hinter vorgehaltener Hand, »Patrick.« Als er sich einen Schluck vom Wasserspender auf dem Flur holt und sich umdreht, steht ein Mädchen hinter ihm und starrt ihn unter langen Ponyfransen hervor an.

»Was?«

Sie schnappt halb nach Luft, halb kichert sie, dann ist sie weg.

Patrick fragt sich, ob er sich das alles nur einbildet oder ob die anderen ihn tatsächlich wiedererkennen. Hoffentlich tun sie's nicht. Sein Foto ist in allen Zeitungen, Magazinen und im Fernsehen gewesen. Im *Oregonian* und in der *Old Mountain Tribune.* »Den Wunderjungen« haben sie ihn genannt. Aber das ist einen Monat her. Patrick fand sich immer schon eher nichtssagend: braunes Haar, mittelgroß, drahtig, die Baseballkappe tief ins Gesicht gezogen. Der halbmondförmige Leberfleck neben seinem rechten Auge ist sein einziges unverkennbares Merkmal.

Aber sie beobachten ihn. Patrick täuscht sich nicht. Jedes Gesicht auf dem Flur dreht sich ihm zu, jeder Lehrer verfällt in kurzes Schweigen, wenn er seinen Namen vorliest, und mustert Patrick, sobald der die Hand hebt. Er versucht sich nichts daraus zu machen. Die meisten seiner Mitschüler kennen sich seit der Grundschule. Der Neue fällt eben auf. Das ist alles. Er ist der Neue. Sie versuchen ihn einzuschätzen, was für ein Typ er ist, in welche Schublade er passt.

Nur die Skinheads – zumindest glaubt Patrick, dass es welche sind, dem kalten Blick und den kahl geschorenen Schädeln nach zu urteilen – machen ihm Sorgen. Er hat bestimmt schon zehn von ihnen gesehen. Vielleicht gehören zu denen auch diese drei oder vier, die ihm ständig folgen und hinterherstarren. Sie tragen Springerstiefel, weiße T-Shirts und Army-Hosen, und auf dem Handrücken haben sie ein Tattoo, das aussieht wie eine Patrone.

Aber die Hand, die ihm schließlich die Kappe vom Kopf schlägt, ist nicht tätowiert. Patrick spürt einen Klaps auf dem Hinterkopf und sieht seine Mütze in Richtung Boden segeln. Sie kommt mit dem Schirm zuerst auf den Fliesen auf, macht eine kleine Pirouette und fällt dann um. Patrick stößt einen leisen Seufzer aus und dreht sich um.

»Hey, Wunderjunge.« Der Kerl ist mächtig, fast einen Kopf größer als Patrick, breit gebaut und hat Hängebacken wie eine

Bulldogge. Er trägt Jeans und Cowboystiefel, am Gürtel prangt eine Rodeoschnalle. »Wir kennen uns noch nicht.«

Patrick lässt seinen Rucksack von den Schultern gleiten und stellt ihn neben die Baseballkappe.

»Den ganzen Tag schon reden sie von dir. Wunderjunge hier, Wunderjunge da.« Er lacht hohl. »Du bist eine Berühmtheit. Ich hab noch nie jemanden getroffen, der berühmt ist. Krieg ich ein Autogramm?«

Die Schüler um sie herum verlangsamen das Tempo, sie schauen und tuscheln. Sie wissen, gleich wird etwas passieren. Und Patrick weiß, dass sein künftiger Status hier entscheidend vom Ausgang dieser Begegnung abhängt. »Fick dich«, sagt er, aber es klingt eher wie ein Achselzucken denn wie eine Drohung.

»Behandelt man so seine Fans?« In gespielter Verletztheit schürzt er die Unterlippe, dann springt der Kerl vor, und seine riesige Hand schlägt gegen Patricks Schläfe.

Patrick schwankt, Haarsträhnen fallen ihm ins Gesicht.

»Ich muss dich mal was fragen, Wunderjunge.« Der Kerl holt mit dem anderen Arm aus, aber Patrick pendelt zurück und spürt nur den Luftzug, als die Hand an seiner Nase vorbeizischt. »Solltest du nicht eigentlich tot sein? Warum bist du nicht mit den anderen gestorben?« Seine Augenbrauen wölben sich zu zwei gezackten Linien, die aussehen wie Brechstangen. Im Kreis geht er halb um Patrick herum, und Patrick folgt seiner Bewegung. »Nicht einen Kratzer. Das ist nicht gerecht, Wunderjunge.«

Wieder schießt sein Arm nach vorn. Die flache Hand landet genau auf Patricks Ohr, und die nächsten Worte klingen, als kämen sie von weit weg. »Was bist du? Ein Glückspilz oder ein Held? Ein Gespenst vielleicht?«

Wie eine Schlinge rücken die Umstehenden näher heran. Auf manchen Gesichtern sieht Patrick ein Lächeln, und er blickt sie Hilfe suchend an. Als keine Hilfe kommt, verschwimmen die Gesichter wieder. Seine Gedanken flirren wie die Flügel einer Hornisse. Sein Atem geht stockend, als würde er ersticken. Tausendmal hat er überlegt, was er im Flugzeug hätte tun können – seinen Gürtel aus der Hose ziehen etwa und den Lykaner damit erdrosseln oder einen Feuerlöscher aus der Halterung reißen und dem Monster damit den Schädel zertrümmern? Patrick zittert am ganzen Körper. Es ist, als würden all diese Gedanken endlich ein Ventil finden. Dunkelheit steigt in ihm auf und ertränkt ihn. Ein wundersames, schreckliches Gefühl.

Patrick zielt nicht, macht keinen Schritt auf seinen Gegner zu oder etwas dergleichen – er feuert einfach die Faust ab, mitten ins Gesicht des Kerls. Blut spritzt aus Nase und Mund, und der andere taumelt zurück. Erst ein paar Augenblicke später spürt Patrick den Schmerz, der wie ein Stromschlag von den Knöcheln bis hinauf in seine Schulter zuckt. Patrick öffnet die Faust und schüttelt seine Hand aus. Die Haut über den Knöcheln ist an mehreren Stellen aufgeplatzt. Patrick starrt seine Hand an wie ein Werkzeug, das er noch nie zuvor gesehen hat.

Der andere steht vornübergebeugt da und zittert. Ein kleiner roter Sturzbach ergießt sich über sein Hemd. Immer wieder fasst er sich an die Nase und bestaunt das Blut auf seinen Fingern.

Jemand lacht wie eine Krähe.

Der Junge richtet sich auf und stürzt sich mit ausgebreiteten Armen auf Patrick.

Patrick springt im letzten Moment nach links und streckt ein Bein seitlich weg. Noch nie im Leben hat er sich so bewegt, so schnell und hinterlistig.

Der Junge schlägt hart auf die Fliesen. Zuerst ein Knall, dann ein Krachen. Er rollt sich auf den Rücken, schreit, hält die Hände auf seinen Mund gepresst. Tränen schießen aus seinen Augen. Außer sich vor Wut und Scham starrt er Patrick an, als könne er sich nicht erklären, was gerade passiert ist. Als suche er schon jetzt fieberhaft nach einem Weg, die Verhältnisse wieder gerade zu rücken.

Direktor Wetmores Schnauzer ist dicht und steif wie ein Besen. Er trägt einen weit sitzenden, beigen Anzug, dazu eine Bugs-Bunny-Krawatte. In seinem Büro ist es geradezu unheimlich dunkel. Einzige Lichtquelle ist eine hohe Stehlampe mit dickem Schirm. Ihr Licht taucht den Raum in ein schmutziges Gelb, spiegelt sich auf Wetmores Glatze und in seinen rechteckigen Brillengläsern. Er beugt sich nach vorn und stützt die Ellbogen auf den Tisch. »Dein erster Tag, und schon landest du bei mir.«

»Sieht so aus«, erwidert Patrick und bewegt die Finger seiner rechten Hand. Die Knöchel pochen immer noch, als stünden sie unter Strom.

Die Wände sind mit Bücherregalen und Urkunden zugepflastert. Auf einem freien Fleckchen hängt ein Familienfoto, aufgenommen in einem JCPenney-Fotostudio. Der Direktor lächelt über der Schulter seiner dauergewellten Frau, davor sitzen ihre Zwillingsjungen. Auf dem Schreibtisch stehen eine halb leere Schale Erdnüsse mit einem Kranz aus Salz darum herum und ein Namensschildchen: OBERBOSS steht in Goldlettern darauf geschrieben. Die Tür ist zu, aber das Büro hat drei Fensterfronten, eine davon geht zu dem Flur mit der Pokalvitrine hinaus. Die Schüler strömen vorbei und schielen in Patricks Richtung. Patrick versucht sich vorzustellen, er wäre in einem Meeresaquarium und die glupschäugigen Schüler hinter der Scheibe bizarre Fische mit nadelspitzen Zähnen und durchschimmernder Haut.

»Er hat angefangen, oder?«, sagt Wetmore. »Seth.«

Im ersten Moment ist Patrick nicht sicher, ob der Direktor es nicht ironisch meint, und blickt ihn misstrauisch an.

»Natürlich hat er angefangen, und das tut mir leid. Es tut mir leid, wie dein erster Tag hier verlaufen ist.«

»Danke.«

»Um ganz ehrlich zu sein: Ich bin froh, dass du's getan hast. Aber erzähl's nicht weiter. Besser, er liegt am Boden als du. Aber das bleibt zwischen uns, von Mann zu Mann, verstanden?«

Patrick nickt und schaut hinüber zur Tür, wünscht, er stünde auf der anderen Seite.

»Jetzt werden sie dich hoffentlich in Ruhe lassen. Raufereien kann ich nicht tolerieren.« Er wackelt mit dem Zeigefinger. »Ist nicht drin.«

Patrick wippt mit dem Knie und kaut auf seiner trockenen Unterlippe herum.

»Das nächste Mal tu mir den Gefallen und geh weg.«

Patrick sieht durchs Fenster. Im endlosen Strom seiner Mitschüler entdeckt er zwei der Skinheads. Regungslos wie die vergoldeten Sprinterminiaturen in ihrem Rücken lehnen sie an der Vitrine, die Arme vor der Brust verschränkt, die Augen starr auf ihn gerichtet. Patrick nickt ihnen zu. Keine Reaktion.

»Patrick?«

»Ja, Sir. Ich werd's versuchen.«

»Hör zu.« Wetmore spreizt die Hände und legt die Fingerspitzen aneinander. »Du hast eine Menge durchgemacht. Die Medien und alles. Ich hatte überlegt, dich zu mir zu bitten. Wusstest du das? Hättest du damit gerechnet? Als ich vor ein paar Wochen hörte, dass du an unsere Schule kommst, hab ich tatsächlich überlegt, dich persönlich in mein Büro zu bitten … um Hallo zu sagen und dir in aller Aufrichtigkeit zu gestehen, dass ich einfach nicht weiß, wie die anderen dich hier aufnehmen werden. Ob sie dich vielleicht meiden werden oder dich als Helden verehren. Vermutlich beides, aber ich wusste es einfach nicht. Aber ich weiß, dass es fast immer schwierig ist, sich wo neu einzufinden. Manchmal nicht, meistens schon. Und wenn, dann möchte ich, dass du mir Bescheid sagst. Damit wir sehen können, was sich tun lässt. Okay? – Okay.«

Sie stehen auf, und Patrick schaut hinüber zur Vitrine. Die Skinheads sind weg. Als er sich wieder dem Direktor zuwendet, steht Wetmore mit ausgestreckter Hand da.

Patrick winkt mit seinen blutverschmierten Knöcheln. »Sorry.«

Kapitel 6

Claire mag keine offenen Flächen. Sie fühlt sich dort so ungeschützt und verloren, als könnte der nächste Windstoß sie davontragen. Sie steht auf dem von Unkraut überwucherten Parkplatz einer Shell-Tankstelle in Frazee, Minnesota. Am Himmel ziehen drei verschiedene Wetterfronten herauf: dunkle, hoch aufgetürmte Gewitterwolken, durch deren Bäuche sich Blitze ziehen wie Adern, eine gigantisch große Wolke, die aussieht wie eine graue Qualle mit giftigen Tentakeln, und ein ambossförmiger Cumulonimbus, der das Sonnenlicht aufsaugt wie ein Schwamm. Das Wort Cumulonimbus hat sie von ihrem Vater. Er hat es ihr beigebracht, außerdem die vielen Baumarten, Knoten, Vogelrufe und Sternbilder.

Sie weiß noch, wie sie nachts mit ihm draußen lag, kein einziges Licht im Haus, über ihnen nur der schwarze Himmel mit den funkelnden Sternen. Unzählige Sommerabende haben sie so verbracht. Eine nach der anderen fragte er Claire die Sternkonstellationen ab, während sie mit den Augen seinem Zeigefinger folgte: »Wie heißen die vier hier … und diese da … der Haufen dort drüben?« Die Sterne schlossen sich zu Bildern zusammen und schienen sofort heller zu leuchten. »Schiffskiel«, sagte Claire und stellte sich eine phönizische Galeere in einem mitternachtsblauen Meer vor. »Herkules, Rabe, Wasserschlange«, und so weiter.

Jetzt stellt sie sich vor, wie die Hand ihres Vaters immer blasser wird, bis die Sterne durch sie hindurchschimmern und sie schließlich ganz verschwindet. Claire verbannt die düsteren Gedanken und versucht sich auf etwas Kleines zu konzentrieren, etwas Schönes. Die endlose Nacht hat sie das gelehrt. Solange sie sich nicht auf etwas anderes konzentriert, kommt sie hier nicht weg, und dann werden sie sie finden. Claire weiß nicht warum, aber sie sind hinter ihr her. Die Männer, die die Treppe heraufgestürmt kamen, und der Riese im schwarzen Anzug.

Über ihr spannt sich – zumindest im Moment – ein Streifen blauer Himmel, und dafür ist Claire dankbar, denn sie weiß, sie kann sich auf nichts mehr verlassen. Seit sie die Twin Cities Minneapolis-Saint Paul hinter sich gelassen hat, bläst ihr ein stetiger Wind entgegen wie ein Zug aus einer offen stehenden Tür. Er frischt auf und lässt eine kleine Windrose aus Staub und Plastiktüten über den Asphalt tanzen, die sich nach ein paar Sekunden wieder auflöst. Claire verkriecht sich noch tiefer in ihre Carharrt-Jacke. Ein Trucker hat sie ihr gegeben. Sie ist zwei Nummern zu groß und hat dieselbe Farbe wie die hart gebackene Erde und das braune Gras, das sich bis zum Horizont erstreckt. In einer Tasche stecken ein Snickers und eine halb leer gegessene Tüte Erdnussflips, in der anderen ein Bündel Geldscheine und der Brief ihres Vaters. Außer den Turnschuhen, ihrer Jeans und dem langärmeligen blutverschmierten Oberteil ist Claire nichts geblieben – nicht einmal eine klare Erinnerung an die letzte Nacht.

Sie weiß, sie hat sich verwandelt, erinnert sich an die Wut und das Adrenalin, die in ihr tobten wie ein wildgewordener Rottweiler. Sie erinnert sich daran, wie sie durch das geschlossene Fenster gesprungen und durch die Nacht hinaus in den Wald gerannt ist. Sie erinnert sich an den Mann im schwarzen Anzug.

Da war Hundegebell, das Licht von Taschenlampen, fallender Schnee. Claire hoffte, der Wind würde ihre Witterung in eine andere Richtung tragen und der Schnee ihre Spuren verwischen. Ihre Freundin Stacey wohnte nur eine Meile weit weg. Claire wollte sich zu ihr flüchten, ans Fenster trommeln und um Hilfe flehen, und beinahe hätte sie in ihrer Panik genau das getan. Gerade noch rechtzeitig war ihr dann aber eingefallen, dass das ein schwerer Fehler sein würde. Sie bremste, krachte schlitternd gegen den nächsten Baum und sah die schwarzen Fahrzeuge vor dem Haus stehen. Jedes einzelne Fenster im Haus war hell erleuchtet, Schatten huschten dahinter hin und her. Auch Staceys Familie hatten sie geholt. Claire beobachtete, wie sie Stacey und deren Mutter zur Vordertür hinausbrachten und in einen der Wagen steckten. Die Leiche ihres Vaters schleiften sie die Verandatreppe hinunter und warfen sie in einen Kofferraum. Dann ging das Haus in Flammen auf. Feuer züngelte aus allen Fenstern, leckte dampfend nach dem Schnee, und Claire rannte los. Ohne nachzudenken, hinaus in die weiße Nacht. Ihre Kiefer mahlten, und sie versuchte, den Schmerz zu ignorieren, den in ihrem Handgelenk und den in ihrem Herzen.

Sie hatte nicht vorgehabt, auf den Zug zu springen. Ihr einziges Ziel war zu entkommen. Erst als sie das geisterhafte Pfeifen hörte, kam sie auf den Gedanken. Die Schienen führten direkt ins Stadtzentrum. Claire konnte die Güterwaggons sehen, wie sie als noch dunklerer Schatten hinter den dunklen Bäumen vor ihr vorbeihuschten. Der Boden bebte, sogar die Luft schien zu zittern, als sie aus dem Wald hervorbrach und die Gleisböschung hinaufhastete. Der Zug war unfassbar lang. Claire konnte die Lokomotive nicht sehen, aber sie hörte die Pfeife, und die Waggons wurden bereits langsamer. Also hatte die Lokomotive wahrscheinlich schon das Stadtgebiet erreicht. Der Wind blies ihr entgegen, als wollte er sie zurückhalten. Eis spritzte von den Rädern der Waggons auf, und das Kreischen der Schienen übertönte jedes andere Geräusch um sie herum. Gefährlich nahe lief sie an den Zug heran und streckte die unverletzte Hand aus, packte mit den zu Klauen verkrümmten behaarten Fingern eine Leiter an einem der Waggons. Ihre Füße schleiften über Schnee und Schotter, bis es ihr schließlich gelang, auch den anderen Arm an einer der Sprossen einzuhaken. Mit dem letzten bisschen Kraft, das sie noch hatte, zog Claire sich hinauf auf die Ladefläche. Dort rollte sie sich zusammen, um sich zu wärmen, und nahm wieder menschliche Gestalt an. Erst dann weinte sie.

Spät in der Nacht kam der Zug in Minneapolis an. Die Bremsen quietschten, und sie kamen rumpelnd vor einem Getreidesilo zum Stehen. Claire stand auf und taumelte benommen davon. Ihr war schwindlig, ihre Ohren schmerzten, alles tat ihr weh. Sie fand sich mitten in einem Industriegebiet wieder: Fabriken, Frachtzentren und große rostige Lagerhallen, dröhnende Maschinen. Von hohen Schloten stiegen Dampfschwaden auf und streckten sich nach dem Mond. Es lag kein Schnee, trotzdem war es bitterkalt. Claire presste die Arme an die Brust, um sich vor dem kalten Wind zu schützen – und ihr pochendes Handgelenk. Sie sah eine Straße. Es gab keinen Fußweg, also lief sie den grasbewachsenen Randstreifen entlang. Sie hatte sich keinen Plan zurechtgelegt. Alles, was sie wollte, war, in Bewegung zu bleiben, möglichst viel Abstand zwischen sich und ihre Verfolger zu bringen.

Eine Reihe Sattelschlepper fuhr an ihr vorbei, und Claire spürte die Blicke der Fahrer auf sich. Zwanzig Meter vor ihr blieb einer der Laster stehen. Die Warnblinkanlage ging an, und die Tür auf der Beifahrerseite schwang auf. Als Claire auf gleicher Höhe war, beugte sich ein schmalgesichtiger Mann mit grauem Kinnbart heraus und fragte, ob sie mitwolle.

»Nein.« Sie blickte die Straße entlang, als würde jeden Moment ihre Mitfahrgelegenheit auftauchen, dann sah sie wieder den Fahrer an. Die Kabine hoch über ihr war hell beleuchtet und kam ihr so geräumig vor wie ein Haus. Wahrscheinlich war es auch warm da drinnen. »Ich weiß es nicht.«

Mit einem Schmatzen saugte der Fahrer seine Unterlippe ein

und musterte sie. »In Ordnung. Ich habe eine Tochter in deinem Alter. Wenn ich sie an einem Ort wie diesem rumlaufen sehen würde, und das um diese Zeit, würde ich wollen, dass sie nach Hause kommt.«

Die Worte klangen unendlich mitfühlend und deprimierend zugleich. Er hatte noch nicht einmal zu Ende gesprochen, da hätte Claire ihm am liebsten alles erzählt, in einem einzigen tränenerstickten Schwall alles herausgelassen. Stattdessen sagte sie mit so leiser Stimme, dass ihre Worte wegen des Motorengeräuschs kaum zu hören waren: »Ich kann nicht nach Hause.«

Der Trucker senkte den Kopf. Nach ein paar Momenten blickte er sie traurig an. »Dann würde ich wollen, dass sie irgendwo hingeht, wo sie in Sicherheit ist.« Er legte eine Hand auf den Türgriff und zog sie ein paar Zentimeter zu. »Es ist deine Entscheidung.«

Claire wusste, wenn er keine Waffe hatte, würde sie mit ihm fertigwerden. Trotzdem wollte sie auf keinen Fall schon wieder eine quälende Verwandlung durchmachen und beschloss, ihm zu vertrauen. Das war es, was sie jetzt am meisten brauchte: jemandem vertrauen zu können. Sie atmete tief durch und kletterte in die Kabine.

Drinnen roch es nach Kautabak und Pommes. Der Fahrer musterte sie. »Alles in Ordnung?«, fragte er schließlich, deutete auf seine Stirn und sah dabei die ihre an.

Claire klappte die Sonnenblende herunter und schaute in den Spiegel. Ihr Gesicht war blau und lila von der Verwandlung. Damit hatte sie gerechnet, aber nicht mit dem Blut, nicht mit dem Schorf auf ihren Wangen und dem Schnitt, der sich wie eine Schlange quer über ihre Stirn zog.

»Ich bin gestürzt.« Sie leckte sich mit der Zunge über den Daumen und wischte das Blut weg, so gut es ging.

Er legte eine Hand auf den Schaltknüppel, und der Lastzug setzte sich stöhnend in Bewegung. Der Trucker schaltete den quäkenden CB-Funk ab und drehte die Heizung hoch. Die leise Melodie eines Countrysongs drang an Claires Ohren.

»Hier«, sagte er und warf ihr seine Jacke auf den Schoß.

Als er fragte, wohin sie unterwegs war, konnte Claire ihm keine Antwort geben. Der Fahrer schüttelte den Kopf, sagte aber nichts mehr, und sie fuhren schweigend zwischen den Lagerhäusern hindurch. Hinter einer mit Graffiti besprühten Brücke konnte Claire bereits das Ende des Bahnhofsgeländes sehen, und sie beschleunigten.

Die Interstate war erstaunlich stark befahren für die Uhrzeit – 3:03 sagten die Leuchtziffern auf dem Armaturenbrett. Claires Handgelenk brannte, und sie war vollkommen am Ende, aber das viele Metall um sie herum vermittelte ihr ein Gefühl von Sicherheit. Außerdem gefiel es ihr, so hoch zu sitzen. Wenn sie die Augen zusammenkniff, leuchteten die Lichter der Stadt wie Sterne, die Einkaufszentren waren ferne Galaxien. Schon bald schlossen sich ihre Lider ganz, und Claire schlief ein.

In der Morgendämmerung fuhren sie diverse Gemüseläden, Drogeriemärkte und Tankstellen an. Bei laufendem Motor stieg er aus, klappte die Ladeluke herunter und schleppte kistenweise Milchtüten. Claire blieb allein in der Kabine und untersuchte ihr Handgelenk. Es war dick, ein dunkler Streifen verlief über das zornige Rot der Schwellung. Mit trüben Augen schaute sie aus dem Fenster, dann sank sie in leere Träume. Irgendwann ging die Sonne auf. Sie parkten hinter einem Supermarkt, und als der Fahrer die Tür zuschlug, war Claire mit einem Ruck hellwach. Der Umschlag fiel ihr wieder ein.

Er war verknittert und warm. Claire riss ihn auf, fand zweihundert Dollar in Zwanzigern darin und einen Brief. Wenn man das linierte Stück Papier mit den Hunderten kleiner Pünktchen darauf als solchen bezeichnen konnte. Ihr Vater liebte Rätsel, und Claire wusste sofort, dass dies eines war.

Ebenso wusste sie, dass es diesmal kein Spiel war, sondern eine Sicherheitsvorkehrung für den Fall, dass die Nachricht in die falschen Hände geriet. Claire dachte an die Männer in den schwarzen Wagen und bekam eine Gänsehaut. Sie spürte, dass diese Leute sie verfolgten, und fragte sich, für wie lange das so sein würde.

Sie betrachtete den Brief und bewegte die Lippen, als würde sie lesen, als könnte sie so die Worte zum Vorschein bringen, die sich hinter der Zeichnung ihres Vaters verbargen. Aber ihr Kopf war zu benebelt, sie war zu verängstigt und erschöpft, um in den wenigen Minuten, bevor der Trucker zurückkam, etwas herauszufinden.

Er hieß Elwood. »Tenaya«, erwiderte Claire, und sie schüttelten einander die Hände, was sich nach den vielen Stunden, die sie bereits zusammen verbracht hatten, irgendwie seltsam anfühlte. Claire wusste nicht, warum sie ihm ihren wirklichen Namen nicht gesagt hatte. Es schien ihr einfach richtig so. Sie hatte einmal ein Buch gelesen, dessen Autorin mit Vornamen Tenaya geheißen hatte.

Schließlich parkten sie vor einem McDonald's, und Elwood kaufte Frühstück. Claire schlang ihren Eiertoast und die Hash Browns so gierig hinunter, dass er ihr auch noch seine Portion überließ. Eigentlich hätte die Trauer ihr den Appetit verschlagen müssen, aber Claire war hungrig, unglaublich hungrig, und schaufelte alles in sich hinein, als könnte sie damit ein Loch in ihrem Innern stopfen. Sie hielt ihre Tränen zurück, bis sie allein war, und wenn es nicht anders ging, drehte sie das Gesicht zum Fenster. Elwood sagte nichts, aber irgendwann bemerkte sie die Schachtel Papiertaschentücher, die er auf die Mittelkonsole gestellt hatte.

Gegen Mittag hatte Claire sich leergeweint. Ihre Gedanken wurden schärfer, und Fragen stiegen in ihr auf. Warum ihre Eltern? Warum Staceys Familie? Wie viele Lykaner sonst noch? Sie hatten nichts verbrochen, hatten nichts zu tun mit den Anschlägen. Ihre Eltern waren Mitglied in einer Konsumgenossenschaft und fuhren einen Toyota Prius, verdammt noch mal. Sie redeten viel, aber das war auch schon alles. Sie verachteten die Regierung, hassten sie für ihre Intervention in der Republik, hatten aber nie mehr getan, als sich mit Protestschildern an eine Straßenecke zu stellen und Flugblätter zu verteilen. Da fielen ihr die Worte ihres Vaters wieder ein: »Es gibt Dinge, von denen du nichts weißt.«

Vielleicht stand die Antwort in dem Brief.

Als sie auf dem Parkplatz einer Tankstelle in Frazee stehen bleiben, lässt Elwood die Hand auf dem Schaltknüppel liegen. »Endstation«, sagt er und zieht die Augenbrauen nach oben. »Außer du willst wieder zurück nach Saint Paul.«

Will sie nicht.

»Dachte ich mir.«

Sie hat seine Jacke als Decke benutzt. Als Claire sie zurückgeben will, schüttelt er den Kopf. »Sucht jemand nach dir?«

Sie gibt keine Antwort.

»Pass gut auf dich auf«, sagt Elwood mit einem Seufzer. »Und halte dich vom Interstate fern, wenn du nicht willst, dass man dich findet.«

Erst als er wegfährt und Claire die grauen Rauchfontänen aus den langen Auspuffrohren schießen sieht, fällt ihr ein, dass sie sich nicht einmal bedankt hat. In der Hoffnung, er würde es vielleicht im Rückspiegel sehen, hebt sie die Hand und winkt, bis der Truck nur noch ein kleiner Punkt am Horizont ist. Schließlich dreht sie sich weg, und Claire wird bewusst, dass sie niemanden hat, dem sie vertrauen kann. Sie fühlt sich verloren, unendlich allein. Es gibt nicht einen einzigen Ort, an den sie gehen könnte.

Der Parkplatz und die Tankstelle gehören zu einer Raststätte. Hinter der Fensterfront blinken Videospiele, daneben ist ein Subway-Laden. Überall stehen Pkws und Lastwagen, Leute tanken, reißen Getränkedosen auf, trinken schlürfend aus dampfenden Kaffeebechern. Claire hört die Hupe eines SUV und sieht den Fahrer wild gestikulieren. Erst jetzt merkt sie, dass sie im Weg steht, mitten auf dem Parkplatz, mitten im hektischen Verkehr.

Sie geht auf den Laden neben der Tankstelle zu. Ihr Handgelenk schmerzt bei jedem Schritt. Als sie die Tür aufdrückt, ertönt eine Glocke. Eins nach dem anderen, wie ihre Mutter immer sagte. Claire versucht, sich irgendeinen Plan zurechtzulegen. Sie braucht ein Waschbecken, eine Karte, Wunddesinfektionsmittel und was zu essen. Zumindest das sollte sie hinkriegen. Der Rest kann warten.

Hinter der Theke steht eine übergewichtige Frau. Das wasserstoffblonde Haar wächst an den Wurzeln bereits schwarz nach. Sie schaut Claire eine Sekunde zu lange an, und Claire spürt Panik in sich aufsteigen. Sie fragt sich, ob ihr Bild im Fernsehen gewesen ist, ob die Frau sie vielleicht erkennt. Unmöglich, denkt sie, aber alles, was in den letzten Stunden passiert ist, hätte sie bis vor Kurzem noch für unmöglich gehalten.

Als sie in der Toilette ihr Spiegelbild sieht, ist Claire sofort beruhigt: Sie sieht furchtbar aus. Ihre Haare, diese dichte blonde Mähne, die sie jeden Morgen mit Spülung und Kamm bändigen muss, stehen in allen Richtungen vom Kopf ab. Ihr Gesicht sieht aus wie ein zerschlagener Apfel. Und dann ist da noch dieser Schnitt, der wie ein zweiter Mund quer über ihre Stirn verläuft. Wer würde sie da nicht anstarren?

Der mit Gänseblümchen gemusterte Linoleumboden ist rissig. Zigarettenstummel und Toilettenpapierfetzen liegen herum wie Konfetti. Insgesamt gibt es vier Abteile. Claire achtet nicht auf die anderen Frauen, die plappernd hinter ihr vorbeigehen und dann plötzlich verstummen. Sie hängt ihre Jacke über den Handtuchspender und reißt ein langes Stück ab, macht es unterm Wasserhahn feucht, tropft etwas Seife darauf, betupft sich Gesicht und Haare.

Im Ladenraum stehen Regale voll DVDs, fünf Dollar das Stück, offene Kühlvitrinen mit Wurst und Käse, Kleiderständer mit T-Shirts, auf deren Brust wahlweise ein Wolf oder ein Adler gedruckt ist. In Schaukästen hängen Kuckucksuhren, ansonsten gibt es Chips, Salzbrezeln, Kekse und andere Süßigkeiten. Claire zieht einen No-Name-Rucksack aus einem der Stapel, hängt ihn sich über den Unterarm und beginnt ihn vollzupacken: einen Straßenatlas, Ibuprofen, eine Packung Stifte, einen Notizblock mit einem Football-Cartoon auf dem Deckblatt, zwei Wolf-T-Shirts, Klebeband, eine Dose Pökelfleisch, Müsli und eine Flasche Cola. Schließlich noch eine Sonderausgabe zu den Anschlägen auf die Flugzeuge.

Claire versucht zu lächeln und sich den Schmerz in ihrem Handgelenk nicht anmerken zu lassen, als sie den Rucksack auf die Theke hebt. Mit beinahe einem Drittel ihres gesamten Geldes bezahlt sie die Rechnung. »Danke«, sagt sie mit staubtrockener Stimme und macht sich auf den Weg in die Stadt. Die kleine Ansammlung von Häusern und Bäumen eine halbe Meile die Straße hinunter ist die einzige Abwechslung in der ansonsten von Mais- und Sojafeldern bedeckten Landschaft. In dieser Gegend kann man seinem Hund drei Tage lang beim Weglaufen zusehen, wie ihr Vater immer sagte. *Sagte,* denn es wird nie wieder ein Wort über seine Lippen kommen und über die ihrer Mutter auch nicht. Tote sprechen nicht. Claire weiß, sie wird die beiden nie wiedersehen.

Es wird allmählich wärmer. Claire ist dankbar, als sie den Schatten unter den knorrigen Eichen erreicht. Die alten viktorianischen Häuser stehen ein Stück von der Straße zurückversetzt, die Wiesen dazwischen sind bereits bräunlich verfärbt. Ab und zu braust ein Auto vorbei, ansonsten sieht alles sehr ruhig aus, nach einem Ort, an dem nie etwas Schreckliches passieren könnte. Bald treten kleine Geschäfte an die Stelle der Häuser. Neben einer Kirche mit spitzen Türmchen liegt ein kleiner Park mit Wegen und einem Spielplatz in der Mitte.

Die Bäume dort sind alt und groß, einige der knotigen Äste beinahe so dick wie die Taille eines Erwachsenen. Claire geht um die Riesen herum und sammelt ein paar fingerdicke Zweige vom Boden auf, die der Wind abgebrochen hat.

Zwei Mädchen in bunten Blumenkleidchen spielen auf der Rutsche, ihre Mutter sieht von einer Bank aus zu. An einem Picknicktisch sitzt eine ältere Frau. Sie ist in schwarze Lumpen gekleidet und schaukelt unaufhörlich mit dem Oberkörper vor und zurück – jede Stadt hat ihre Verrückten.

Claire entdeckt eine freie Bank, verscheucht das Eichhörnchen darauf und setzt sich hin. Sie holt die Dose Ibuprofen aus ihrem Rucksack und klemmt sie zwischen die Oberschenkel, schraubt umständlich den Deckel ab, drückt mit dem Fingernagel die Aluminiumfolie durch und fingert drei Tabletten heraus, die sie mit einem Schluck Cola hinunterspült. Als Nächstes zieht sie ein T-Shirt daraus hervor und eine Rolle Klebeband. Sie streift ihre Jacke ab, krempelt den Ärmel ihres Hemdes bis zum Ellbogen hoch und fährt mit dem verletzten Arm in das T-Shirt. Es ist die kleinste Größe, die sie finden konnte. Claire wickelt den Stoff um ihren Unterarm, so fest es geht, dann legt sie den Arm auf ihren Oberschenkel, die Zweige links und rechts daneben. Als sie nach dem Klebeband greift, bewegt sich auch der verletzte Arm, und die Zweige verrutschen. Sie nimmt die Rolle in die freie Hand und versucht, mit den Zähnen ein langes Stück abzurollen, doch das Band verdreht sich und klebt zusammen. »Scheiße«, flucht sie und ist versucht, die Rolle nach dem nächstbesten Vogel oder Eichhörnchen zu werfen. Das Klebeband fühlt sich erstaunlich schwer an, als wäre die Rolle aus Metall, und könnte bestimmt einigen Schaden anrichten. Vielleicht ginge es ihr dann besser.

Stattdessen blickt Claire auf, ob sie jemanden um Hilfe bitten kann. Die Mutter und die beiden Mädchen sind bereits fort, hüpfen ein ganzes Stück entfernt den Parkweg entlang. Bleibt also nur noch die alte Frau, die zehn Schritte weiter ins

Nichts starrt, als wäre sie in ein Gebet versunken, und ihren Oberkörper wiegt.

»Entschuldigung«, sagt Claire. Aber die Frau reagiert nicht. »Entschuldigung!«

Die Frau hält inne und blickt in Claires Richtung. Sie mag fünfzig sein, vielleicht auch siebzig. Schwer zu sagen. Ihr Haar hat die Farbe von schmutzigem Spülwasser, um die Ohren herum ist es struppig zurückgeschnitten, die Haut im Gesicht faltig von zu viel Sonne.

»Ich brauche Hilfe«, sagt Claire. »Können Sie mir helfen?«

Die Frau murmelt etwas, dann nickt sie und steht mit einiger Mühe auf. Wie ein Geier humpelt sie zu Claires Bank. Sie riecht, als hätte sie sich schon lange nicht mehr gewaschen. Ihre Augen sind trüb wie die einer Blinden, und ihr Lächeln – oder was auch immer dieses Zucken um die Mundwinkel zu bedeuten hat – löchrig wegen der vielen fehlenden Zähne.

»Brauchst Hilfe«, sagt sie mit einer Stimme wie eine rostige Türangel. »Ich kann helfen. Was für Hilfe brauchst du denn? Sag's mir, sag's mir.«

»Wie heißen Sie?«

»Strawhacker«, erwidert die Frau. »Miss Strawhacker.«

Claire erklärt ihr, was sie tun soll: Das Klebeband vorsichtig um die Zweige wickeln, oben vom Ellbogen weg bis hinunter zum Handgelenk, von dort aus noch ein paar Mal zwischen Daumen und Zeigefinger hindurch – fertig.

»Warum nicht zum Arzt?« Die Frau tippt Claire ans Knie. »Du brauchst einen Arzt, Liebes, einen ordentlichen Gips, nicht Äste und Klebeband.«

»Kommt nicht infrage«, gibt Claire so scharf zurück, dass die Frau abrupt verstummt und sich vorsichtig umblickt.

»In Ordnung, schon in Ordnung«, sagt sie schließlich.

Wie diese Miss Strawhacker mit ihren milchig grauen Augen etwas sehen kann, ist Claire ein Rätsel. Ihre Fingergelenke sind dick geschwollen, aber sie stellt sich nicht ungeschickt an, als sie das Klebeband abrollt und es – immer schön überlappend wie bei einer Mumie – um die provisorische Schiene wickelt.

»So?«, sagt sie mehr zu sich selbst.

»Ja, ja. Gut so.« Claire bittet sie, es gleich noch einmal zu machen, dann noch mal, drei Lagen insgesamt, bis ihr Unterarm sich ausreichend geschützt anfühlt.

Claire rollt den Ärmel wieder herab. Das Einzige, was jetzt noch von der Schiene zu sehen ist, ist die silbrige Klebebandschlinge um ihren Daumen und ein Stück weißer Stoff, das darunter hervorlugt.

»Sieh mal einer an«, meint Miss Strawhacker. »Gar nicht schlecht.«

Claire bedankt sich und wartet darauf, dass die Frau zu ihrem Picknicktisch zurückkehrt, um dort weiter vor sich hin zu wippen. Aber sie tut es nicht. Sie bleibt auf der Bank sitzen und starrt Claire mit trüben Augen an. Ein sanftes Lächeln spielt auf ihrem Gesicht, und sie legt eine Hand auf Claires Finger. Ihre Haut fühlt sich trocken an und brüchig wie Papier. Im ersten Moment glaubt Claire, Miss Strawhacker wolle ihr die Hand schütteln, ihr alles Gute wünschen, doch stattdessen fragt sie: »Deine Zukunft, wie wär's damit?«

»Wie bitte?«

»Ich kann sie dir vorhersagen. Aus Karten, Kaffeesatz, deiner Handfläche. Soll ich? Soll ich in deiner Zukunft lesen? Es würde uns ein bisschen die Zeit vertreiben.«

»Wahrscheinlich.«

»Aber natürlich. Jeder möchte gerne wissen, wie seine Zukunft aussieht. Jeder.« Sie fährt mit dem Fingernagel die Linien auf Claires Handfläche nach. »Aber wenn die Zukunft einmal ausgesprochen ist, lässt sie sich nicht mehr aufhalten.«

Dann, erwidert Claire, will sie nichts von ihrer Zukunft wissen. Ruckartig zieht sie ihre Hand zurück und klemmt sie unter ihrer Achselhöhle ein, als hätte sie sich verbrannt. »Lieber nicht«, sagt sie. »Danke.«

Es ist einfacher, nicht an die Zukunft zu denken, einfacher, den Linien in ihrer Handfläche keine Bedeutung beizumessen. Claires Zukunft ist ein einziger Hinterhalt, Schmerz und Verlust liegen darin. Im Moment kann Claire es sich nicht leisten, weiter als bis zur nächsten Abzweigung vorauszuschauen. Sie denkt in Minuten, nicht in Jahren. Wo bekomme ich etwas zu essen her, wo schlafe ich heute Nacht, wo kann ich mich bei Regen unterstellen? Das sind die Fragen, die sie im Moment interessieren.

Strawhacker beugt sich näher heran. Der weiße Haarkranz um ihr faltiges Gesicht sieht aus wie ein Vogelnest. »Verrätst du mir dann wenigstens dein Sternzeichen?«

»Widder.«

Strawhackers Falten verknoten sich zu einem Lächeln. Sie legt Claire eine Hand auf den Oberschenkel und steht wacklig auf. »Gut«, sagt sie. »Das wird ein guter Monat für Widder. Dein Planet ist im richtigen Haus.«

Da fällt es Claire wie Schuppen von den Augen: Das ist die Antwort! Linien auf ihrer Hand, Linien am Firmament – die Sternbilder. Claire betet, dass sie recht hat, zieht hastig den Brief aus ihrer Jackentasche, faltet ihn auseinander und streicht ihn mit der Handfläche glatt. Wie eine Spinne bewegt sich ihr Geist über das Papier und verbindet die Punkte mit hauchdünnen Fäden. Das ist es! Claire fragt sich, warum sie nicht schon früher darauf gekommen ist. Wahrscheinlich weil sie halb wahnsinnig war vor Schmerz, Angst, Trauer und Erschöpfung. Aber auch weil schwarze Punkte auf einem kleinen Fetzen weißen Papiers so vollkommen anders aussehen als die Sternbilder am unendlichen nachtschwarzen Himmel.

Sie zerrt einen Stift aus ihrem Rucksack und zeichnet die Konstellationen nach. Fuhrmann, Adler, Herkules ... Claire hat keine Ahnung, was ihr Vater ihr damit sagen wollte, aber zumindest scheint irgendwo am Horizont eine Tür aufgegangen zu sein, und sie hatte das Glück, direkt hindurchzustolpern.

In ihrer Aufregung hat Claire Miss Strawhacker ganz vergessen, die jetzt herangewackelt kommt und mit ihren verkrümmten Fingern auf den Zettel deutet. »Was zeichnest du da, Mädchen?«

»Meine Zukunft«, erwidert Claire.

Kapitel 7

Walt schiebt den Vorhang weg, hebt die Hände seitlich neben die Augen und beugt sich ans dunkle Fenster. Etwas hat die Tiere erschreckt. Sein Gehör ist nicht mehr das, was es einmal war, und das bedeutet, dass sie da draußen einen ganz schönen Lärm veranstalten, wenn er ihn sogar über das Brüllen des Fernsehers hört. Die Scheibe beschlägt von seinem Atem, und er wischt mit der Hand darüber, was alles nur noch schlimmer macht. Von hier aus kann er nicht viel erkennen außer der Staubwolke, die hinten beim Stall im bläulichen Lichtkegel der Natriumdampflampe aufsteigt wie Rauch. Walt glaubt, ein Zittern in der Luft zu spüren, Hufe, die über die Weide trampeln.

Da: dreimal kurzes Kläffen, gefolgt von einem Heulen. Kojoten. Nichts Ungewöhnliches in dieser Gegend. Im Herzen von Oregon scheint es weit mehr Kojoten als Menschen zu geben, und Walt ist weniger beunruhigt als verärgert. Hinter dem Stall steht ein weiß getünchter Hühnerverschlag, eingefasst von einem Maschendrahtzaun, der einen Meter weit unter die Erde reicht, damit die Kojoten sich nicht darunter durchgraben, wenn sie einmal Witterung aufgenommen haben. Vor seinem inneren Auge sieht er die Kojoten als graue Phantome um den Zaun herumschleichen, während die Hühner in wilder Panik gackernd durcheinanderflattern und Federn durch die Luft fliegen wie Baumwollsamen.

Er könnte mit seiner Flinte auf die Veranda gehen und drei Schüsse in die Luft feuern oder die Treppe hinunter in die Nacht hinaus stapfen und alles verscheuchen, was in der

Nähe der Gehege herumlungert. Aber Walt hat einen langen Tag hinter sich, hat seinem gesamten Rinderbestand Injektionen mit der Impfpistole verpasst. Bis vor wenigen Augenblicken saß er noch in seinem Ohrensessel vor den Nachrichten und döste mit einem Glas Bourbon in der Hand vor sich hin.

Das Letzte, worauf er jetzt Lust hat, ist Jacke und Stiefel anzuziehen und hinaus in die Kälte zu gehen, die ihm den ganzen Tag lang eine laufende Nase und taube Hände beschert hat. Er hat eigens ein paar Mexikaner angeheuert, die ihm halfen, die Rinder von der Weide in den Pferch zu treiben, den zu verriegeln und ihnen die Medikamente unters Fell zu jagen: Scourgard 3KC zur Immununterstützung vorm Kalben, Ivomec Plus gegen Leberegel und Würmer. Rotgesichtig hatten die Männer sich die Hände gerieben, sich auf Oberschenkel und Schultern geklopft, um die Kälte zu vertreiben, wenn sie nicht gerade damit beschäftigt waren, die schnaubenden Rinder mit elektrischen Viehstöcken vor sich herzuscheuchen.

Was anderes bekommt man heutzutage nicht mehr als Hilfskräfte, nur noch Mexikaner. Früher einmal hatte Walt einen Angestellten. Er lebte hier auf der Farm in einem Wohnwagen. Dann, vor zehn Jahren, als Walt sechzig wurde und beschloss, für den Stadtrat zu kandidieren, verkaufte er zweihundert Hektar Land und doppelt so viele Vieheinheiten. Über die Zufahrt spannt sich immer noch der hölzerne Torbogen mit dem Namen der Farm darauf, aber Walt bewirtschaftet seine verbliebenen zehn Hektar nur noch hobbymäßig mit einer kleinen Herde. Wenn er Hilfe braucht – mit den Impfungen, wenn eines der Tiere kalbt oder beim Schleppen von Säcken voll Alfalfa –, inseriert er in den entsprechenden Fachblättern, und die einzigen Anrufer sprechen stets diesen Singsang aus lang gezogenen Vokalen, den er manchmal kaum entschlüsseln kann. »Ich verstehe Sie nicht. Sprechen Sie langsamer«, hört Walt sich oft ins Telefon sagen.

Das Fenster ist schon wieder beschlagen, und Walt lässt den

Vorhang los. Er knipst eine Tischlampe an, dann noch eine. Es behagt ihm nicht, wie dunkel sich das Wohnzimmer plötzlich anfühlt. Als würden die Holzdielen alles Licht aufsaugen. Er lässt sich wieder in den Lehnsessel fallen, zieht sich eine Decke mit Stars-and-Stripes-Muster über den Schoß und nippt so lange an seinem Whiskytumbler, bis die Eiswürfel darin klappernd gegen seine Zähne schlagen und sich seine Wangen angenehm warm anfühlen. Halbherzig verfolgt er die inzwischen wohl vertrauten Berichte über die entführten Flugzeuge, über den nutzlosen Trottel von Präsidenten, der nur ebenso nutzlose Reden hält, anstatt etwas zu unternehmen.

Walt weiß, was er an seiner Stelle tun würde. Direkt nach den Anschlägen hatte er im Stadtrat einen Dringlichkeitsantrag eingereicht, die Identität jedes registrierten Lykaners öffentlich zu machen. »Schreiben wir's in die Zeitung«, hatte er gesagt. Ins Internet, auf ihre Pässe in Gottes Namen. Es wäre so einfach. Schon seit Jahren hatten sie erfolglos darüber debattiert, auf dem Führerschein eine Extrazeile einzuführen. Gleich neben Haar- und Augenfarbe könnte es stehen: Lykaner.

»Wir müssen wissen, mit wem wir es zu tun haben«, hatte er gesagt. Es war ein gewagter Vorschlag und absolut illegal. Walt hatte gewusst, der Schwachkopf von Bürgermeister würde versuchen, ihm einen Strick daraus zu drehen. Aber er war der Überzeugung, endlich aussprechen zu müssen, wozu alle anderen zu feige waren: Mensch und Tier gehören nicht zusammen, und es war an der Zeit, entsprechende Trennzäune hochzuziehen. Es so zu machen wie früher. Im *Oregonian* war ein vernichtender Kommentar zu Walts Vorschlag erschienen, daneben das grässlichste Bild von ihm, das je aufgenommen wurde. Mit offen stehendem Mund war Walt darauf zu sehen, ein gähnender Krater so dunkel wie die Tränensäcke unter seinen Augen.

Von draußen dringt ein schrilles Brüllen an seine Ohren – die Art Schrei, die Rinder ausstoßen, wenn ihnen ein Horn abgerissen wird oder sie mit dem Brandeisen markiert werden. Wenn sie den Hals bis zum Anschlag nach hinten durchbiegen und ihre Augen in den Höhlen zurückrollen, bis nur noch das Weiße zu sehen ist. Das Geräusch geht Walt durch und durch. Regungslos sitzt er da, als warte er, bis er den Schmerz, der das Brüllen verursacht hat, am eigenen Leib verspürt.

Dann verhallt der Schrei. Ein Sturzbach von Flüchen ergießt sich aus Walts Mund. Umständlich klappt er mit der Hacke die Fußstütze ein, und als er aufsteht, stolpert er um ein Haar über seine Decke. Er streckt sich nach der Fernbedienung, schlägt auf den Ausknopf und sieht sein Spiegelbild in der schwarzen Scheibe, wie er dasteht, die Fernbedienung vor sich ausgestreckt wie eine Pistole. Walts Augen verschwinden fast in seinen Gesichtsfalten, die Nase sieht aus wie ein Hammerkopf, und sein Haar ist zu einer silberfarbenen Bürste zurechtgeschoren. Er mag alt sein, aber er kann immer noch austeilen. Und wie!

Walt wirft die Fernbedienung auf den Sessel und läuft in die Küche. Er hat nie eine Frau getroffen, die eine Ehe wert gewesen wäre. Das war immer seine Antwort gewesen, wenn jemand ihn fragte, warum er immer noch Single war. Aber im ganzen Haus gab es nicht einen einzigen Haufen miefender Wäsche, keine leeren Bierflaschen auf dem Küchentisch und auch kein dreckiges Geschirr in der Spüle. Die Welt war schmutzig genug, und Walt wollte ein sauberes Leben. Einen Platz für alles und alles an seinem Platz. So lautet ein anderer seiner Aussprüche. Und deshalb weiß er jedes Mal genau, wo er findet, wonach er sucht. In diesem Fall eine Handfeuerwaffe. Im ganzen Haus hat er Waffen verteilt – ein Kleinkalibergewehr, drei Revolver und sogar das Bajonett, das sein Vater im Zweiten Weltkrieg benutzt hat –, aber am nächsten ist im Moment die geladene Smith & Wesson Kaliber 38. Walt entsichert die Waffe mit dem Daumen, dreht den Schlüssel im Schloss herum und reißt die Tür auf.

Das Geschrei von Kojoten, Hühnern, Pferden und Rindern schlägt ihm jetzt entgegen. Walt hebt den Revolver, bleibt dann einen Moment lang wie angewurzelt stehen. Dann schüttelt er sich und stimmt in den allgemeinen Lärm mit ein – nicht mit einem Fluch diesmal, sondern mit einem wütenden Urschrei. Er trampelt die Stufen hinunter und den Weg zum Stall entlang. In seiner Eile hat er Stiefel und Jacke vergessen, und der spitze Schotter tut seinen Fußsohlen weh. Er keucht, der Atem schießt in kleinen Dampfwölkchen aus seinem Mund, aber Walt spürt die Kälte nicht. Ihm ist sogar warm dank der zwei Gläser Bourbon, die in seinem Magen hin und her schwappen.

Wie ein Totenschädel hängt der Mond am Himmel, taucht den Stall in fahles Licht. Die hölzernen Wände beben, als wären sie lebendig geworden, aber das kommt von den Pferden, die wie wild in ihren Boxen ausschlagen.

Der infernalische Lärm macht jegliches Nachdenken unmöglich. Das Einzige, worauf Walt sich konzentrieren kann, ist, einen Fuß vor den anderen zu setzen und den Revolver fest umklammert zu halten. Der Geruch von Alfalfa liegt in der Luft, ein Hauch von Moschus und noch etwas anderem, Schärferem: Eisen.

Die Natriumdampflampe schwebt über dem zehn mal zehn Meter großen Pferch vor dem Stall wie ein zweiter Mond. Walts Schritt ist unsicher auf dem von den Hufen aufgewühlten Untergrund. Noch am Morgen hatte er hier eines seiner Rinder, eine Kuh mit rötlich braunem Fell und blassem Gesicht für den Schlachter ausgesucht, weil sie mittlerweile zu alt zum Kalben war. Doch die Sache hat sich erledigt, wie er sieht: Am anderen Ende des Pferchs liegt sie mit dem Rücken zu ihm auf der Seite. Der Boden um sie herum dampft von ihrem Blut. Mit schmatzenden Zehen geht er in dem aufgeweichten Schlamm um sie herum. Zweihundertfünfzig Pfund bestes Rindfleisch – einfach weg.

Walt konnte hohe Frequenzen noch nie ertragen, und das

Heulen der Kojoten verschmilzt jetzt zu einem einzigen, nervenzerfetzenden Ton. Die Luft vibriert, und Walt wird schwindlig. Er kniet sich hin und begutachtet den aufgerissenen Torso, die zerschmetterten Rippen, die ihn angrinsen wie Fangzähne in einem blutigen Maul. Walt denkt daran zurück, wie er sich vor ein paar Tagen einen armlangen Gummihandschuh übergestreift hatte. Er hatte den Schwanz der Kuh angehoben, in sie hineingegriffen und den warmen Bauchraum abgetastet, um festzustellen, ob sie trächtig war. War sie nicht. Aber nachdem er wieder von ihr abgelassen hatte, schlug sie so heftig aus, dass die Metallstangen der Box verbogen. Sie war nicht mehr die Jüngste, aber noch voll bei Kräften. Ein Rudel Kojoten hätte sie niemals so zurichten können.

Walt stützt sich auf ihrem kantigen Schädel ab und steht auf. Das Schwinden der Wärme aus dem Körper der Kuh macht ihm zum ersten Mal bewusst, wie kalt es ist. Vielleicht ist die Kälte der Grund, weshalb der Revolver in seiner Hand zittert, als er ihn auf die Dunkelheit richtet. In weißen Schwaden steigt der Atem aus seinem Mund, und Walt bemerkt die plötzliche Stille um ihn herum. Nur das Summen der Lampe ist zu hören.

Die flüsternden Schritte im Gras hört er nicht, genauso wenig das Ächzen der Holzlatten, als etwas Großes auf den Zaun des Pferchs klettert. Nur die plötzliche Lichtveränderung bemerkt er. Als er sich umdreht, ist das Letzte, was er sieht, eine Kreatur, die wie ein Wasserspeier auf einem der Pfosten kauert und den Mond verdunkelt.

Kapitel 8

Manchmal, wenn ihm langweilig ist, kritzelt Patrick etwas, eine Hand oder etwas in der Art. Das Ganze ist ein Spiel. Er kritzelt immer weiter, um zu sehen, wie sich die Zeichnung verändert, was daraus wird, ein Truthahn vielleicht oder ein sternförmiges Muster wie auf einer eingeschlagenen Fensterscheibe. Im Moment, während des Englischunterrichts in der dritten Stunde, zeichnet er einen Kreis auf den Rand der leeren Seite vor ihm. Aus dem Kreis wird ein Mond mit schwarzen Kratern, die aussehen wie Pickel. Aus dem Mond ein Gesicht mit Nase, Mund und wilden Augen. Lange, spitze Zähne wachsen aus dem Mund, und schließlich zeichnet Patrick zwei Spiralen in die Augen.

Die drei Reihen Schulbänke links und rechts sind durch einen Mittelgang voneinander getrennt. Patrick versteckt sich in der hinteren rechten Ecke. Neben ihm sitzt ein Mädchen. Sie ist ihm aufgefallen, weil sie nach Himbeeren roch, als sie sich setzte. Sie beugt sich ein Stück zu ihm hinüber und schielt auf die Zeichnung. Patrick schiebt schnell seine Hand darüber, wodurch nur noch mehr auffällt, wie leer der Rest der Seite ist. Das Einzige, was darauf steht, ist der Name des Stücks: Othello.

Das gleiche Wort, das in ausladend geschwungenen Buchstaben auf der Tafel steht. Mrs. O'Neil, die Lehrerin, hat schlitzförmige Augen und ein schamhaftes Lächeln. Ihre Frisur sieht aus wie ein grauer Helm. Mit verschränkten Armen geht sie vor der Tafel auf und ab, und die Schüler schreiben fleißig jedes Wort mit, das sie sagt. Über Verrat zum Beispiel oder »das

Andere«. Bei »das Andere« malt sie jedes Mal mit den Fingern Anführungszeichen in die Luft.

Patrick versucht dem Unterricht zu folgen, doch dann fällt sein Blick auf das Mädchen, und Mrs. O'Neils Worte verstummen. Die roten Haare, die über den Ohren in kleinen Locken auslaufen, umrahmen ihr Gesicht wie Flügel. Sie hält den Kopf ganz still, aber aus dem Augenwinkel fängt sie Patricks Blick auf und lächelt ihn an. Das Lächeln bleibt, selbst als sie wieder nach vorne schaut.

Mrs. O'Neil leiert weiter vor sich hin, erzählt etwas von einem Film, den sie nächste Woche ansehen werden. Kenneth Branagh hat Regie geführt und spielt den Mohren – einen Lykaner. »Klingt das nicht spannend?«, fragt sie.

Ein Handy klingelt und verstummt genauso schnell wieder. Mrs. O'Neil lächelt. Das Lächeln bringt viele kleine Fältchen in ihrem Gesicht zum Vorschein, die aussehen wie feine Risse in Porzellan. »Und jetzt«, sagt sie, »schlagen wir bitte alle den zweiten Akt auf, Szene eins.«

Das Klassenzimmer ist erfüllt vom Geräusch raschelnden Papiers, und Patricks Banknachbarin schiebt mit einem Quietschen ihren Stuhl näher an ihn heran. Wieder riecht er ihr Himbeershampoo. Es riecht nach Rot, der Farbe ihres Haares. Patrick atmet den Geruch tief ein und verschluckt sich beinahe, als er ihre Hand auf seinem Oberschenkel spürt.

Die Hand wiegt eine Tonne. Patrick rührt sich nicht. Alles Blut in seinem Körper scheint in seine Lenden zu schießen. Er kann weder sie ansehen noch Mrs. O'Neil, also schaut er einfach zum Fenster hinaus, wo die Sonne gleißend am östlichen Himmel steht.

Ihre Finger bewegen sich, tasten, kratzen sanft, als suchten sie nach seiner schwächsten Stelle. Patricks Mund füllt sich mit Speichel. Er würgt ihn mit einem hastigen Schluck hinunter. Mit jaulender Kreide schreibt Mrs. O'Neil in Großbuchstaben das Wort LUST an die Tafel.

Das Fenster. Patrick konzentriert sich auf das Fenster. Die Scheibe glüht orangefarben, als stünde sie in Flammen, als würde die Sonne sie als Brennglas benutzen. Es ist heiß im Klassenzimmer, unerträglich heiß. Unglaublich geschickt öffnet die Hand den Knopf an seiner Jeans, schiebt den Reißverschluss nach unten und legt sich um seinen Penis. Noch nie hat Patrick einen so harten Ständer gehabt. Es fühlt sich an, als müsste die Haut jeden Moment zerreißen. Sie drückt genussvoll zu und fährt dann die gesamte Länge nach unten.

Stifte hetzen über Papier, Mrs. O'Neils Kreide schabt über die Tafel, ihr Schatten tanzt flackernd über die Wand, Staub glitzert in den Sonnenstrahlen, die durchs Fenster hereinfallen, und das Mädchen bewegt seine Hand schneller, immer noch schneller. Den Blick hält sie starr geradeaus, ihr Arm bleibt vollkommen regungslos. Alle Bewegung kommt aus den Fingern und dem Handgelenk, und Patrick spürt, wie der Druck immer stärker wird, wie er die Kontrolle verliert, fühlt die Hitze der Sonne in sich, diese wunderbare Hitze, den anschwellenden Druck und die plötzliche Entladung, die Entspannung.

Er hüstelt nur, als er fertig ist. Bloß kein anderes Geräusch machen jetzt. Vornübergebeugt hockt er da, atmet pfeifend durch die Nase ein und aus. Das Mädchen wischt seine Hand an Patricks Hose ab, nimmt den Stift wieder auf und schreibt mit. Patricks Augen folgen der Hand – den glänzenden Fingernägeln, den blässlich grünen Adern – vielleicht fünf Minuten lang, dann ertönt die Glocke. Sie steht auf und verlässt wortlos das Zimmer, ohne sich noch einmal umzudrehen.

Patrick geht mit seinem Pausenbrot in den Fitnessraum gleich neben den Basketballfeldern. Die Wände sind verspiegelt, der Boden komplett mit Gummimatten ausgelegt. Zu Hause hatten sie eine Bank und ein paar Kurzhanteln in der Garage. Nachmittags stemmte er dort oft gemeinsam mit seinem Vater Gewichte. Sie redeten nicht viel, feuerten sich nur gegenseitig an während der letzten Wiederholungen, wenn die Arme bereits zitterten, genossen einfach die zusammen verbrachte Zeit. Aber das ist schon eine ganze Weile her. Während der letzten Monate vor seinem Einsatz hatte Patricks Vater immer mehr Zeit allein in seinem Hobbylabor verbracht, immer länger mit Neal, einem alten College-Kumpel, telefoniert, der Professor an der Universität von Oregon war. Sie arbeiteten an etwas. Mehr wollte Patricks Vater nicht sagen. Irgendwas Biochemisches, ein Brauzusatz für Bier wahrscheinlich, nahm Patrick an.

Die Spiegel vervielfältigen Patricks Abbild ins Unendliche, und er versucht, sich eine der Reflexionen als seinen Vater vorzustellen, während er seine Klimmzüge, Hantelübungen, Dips, Sit-ups und Liegestütze macht oder am Rudergerät sitzt. Er macht so viele Wiederholungen, wie es nur irgend geht während der dreißig Minuten, beißt nur ab und zu während der kurzen Erholungspausen in seinen Apfel.

Patrick hat niemanden gefragt, ob es in Ordnung ist, was er hier tut. Er liegt auf der Hantelbank, als er aus dem Augenwinkel jemanden hereinkommen sieht, und weiß sofort, was er gleich zu hören bekommen wird. »Du kannst hier nicht ohne Aufsicht trainieren«, wird ein Lehrer mit in die Hüften gestemmten Händen erklären. Vielleicht sagt er aber auch: »Wenn du dich so isolierst, wirst du nie Anschluss finden.«

Patrick wuchtet die Hantel auf die Ablage und setzt sich auf. Was er sieht, ist kein Lehrer, sondern ein Mitschüler. Er ist groß und etwas mollig. Das Milchgesicht macht es schwierig, sein Alter einzuschätzen. Könnte fünfzehn sein oder auch neunzehn. Die braunen Haare sind zu Stoppeln rasiert, er trägt ein weißes T-Shirt, dazu eine Army-Hose und Springerstiefel. Auf dem Handrücken sieht Patrick eine tätowierte Patrone.

Mit großen, grau schimmernden Augen starrt der Typ ihn an und sagt nichts. Vor zwei Sekunden hat Patrick noch an das

Mädchen gedacht und überlegt, was sie dazu gebracht hat, ihm in die Hose zu greifen, dass ihm so etwas noch nie passiert ist, ob er sich das Ganze nur eingebildet hat und was er sagen soll, wenn er sie das nächste Mal sieht. Und jetzt das: All die schönen und berückenden Gedanken wie weggefegt von diesem Skinhead, dessen Lider nicht ein einziges Mal blinzeln.

Patrick weiß nicht, worauf er sich einstellen soll. Auf die nächste Schlägerei? Unwahrscheinlich ohne Publikum. Schlägereien leben von Zuschauern, und hier sind gerade keine. Was also? Als er genug hat von dem Nicht-Wegschau-Wettbewerb, steht Patrick auf, holt sich zwei Zehnkiloscheiben und sagt: »Habt ihr irgendein Problem mit mir?«

»Wir haben kein Problem mit dir, Patrick.« Die Stimme des Milchgesichts klingt überraschend klar und voll. Wie die eines Radiosprechers.

»Also?«

Er heißt Max, sagt er, möchte, dass Patrick ein paar Freunde von ihm kennenlernt. »Ich wollte dich fragen«, erklärt Max und schiebt die Hände in die Hosentaschen, als würde er seine Waffen wegstecken und ihm ein Friedensangebot machen, »ob du diesen Freitag schon was vorhast.«

Nein, Patrick hat nichts vor, aber das sagt er nicht. Könnte eine Einladung sein oder auch eine Falle, eine Kellertür, hinter der Typen mit Baseballschlägern und Eisenstangen auf ihn lauern.

»Freitag …«, wiederholt Patrick. Freitag ist schulfrei wegen des Vollmondsabbats. Das Gesetz besteht schon so lange, dass kaum jemand mehr weiß, wozu es ursprünglich gedacht war: Keiner geht zur Arbeit, keiner verlässt überhaupt das Haus, außer in einem Notfall. Patrick sagt es ihm.

»Du bist kein Lykaner«, erwidert Max. »Wo liegt also das Problem?«

»Es gibt kein Problem.«

Es ist ihm nie leichtgefallen, Mädchen anzusprechen. Ein paar Mal hat er es beim Shoppen, beim Bowling oder in einem Burger King schon mit »bist du öfter hier?« versucht oder mit »das nächste Mal, wenn ich dieses Lied höre, erschieß ich mich«. Mit irgendwas vollkommen Fantasielosem jedenfalls, das gut genug für ein, zwei Sätze ist, aber danach weiß er nicht mehr weiter, nickt verschämt und starrt seine Schuhe an. Also versucht Patrick es normalerweise erst gar nicht.

Aber sie macht es ihm leicht, taucht plötzlich aus dem Nichts auf, streift auf dem Flur seine Schulter und meint: »Hast du irgendwas mitbekommen von dem, was Mrs. O'Neil heute erzählt hat?«

Im ersten Moment fehlen ihm die Worte. Das Einzige, woran er denken kann, sind ihre Hand, die Wärme ihrer Finger, der Druck. »Eher nicht.«

»Hab ich mir fast gedacht.«

Patrick versucht, nicht zu grinsen wie ein Idiot, versucht, etwas zu erwidern, aber er ist zu sehr damit beschäftigt, sie zu mustern: den gelben Pulli mit V-Ausschnitt, die dunkle Jeans, die so tief sitzt, dass er ihre Hüftknochen sehen kann.

»Hast du das Stück überhaupt gelesen?«

»Nein.« Patrick schließt die Augen. Das hilft ein wenig. »Aber ich werd's nachholen. Ich kann mich zurzeit einfach nicht richtig konzentrieren.«

»Wegen dem, was du durchgemacht hast.« Das war keine Frage.

»Mhm.«

Patrick wartet darauf, dass sie ihm mitfühlend zunickt, ihm eine Hand auf den Arm legt und ihn mit einer Million Fragen bestürmt, wie es gewesen ist, all die Menschen um ihn herum sterben zu hören, während er sich unter einer Leiche verkrochen hat wie unter einer Decke, aber sie tut es nicht. Patrick hält das für ein gutes Zeichen. »Du weißt also, wer ich bin?«

»Jeder weiß das. Sogar die, die so tun, als hätten sie keine Ahnung.«

Um sie herum schlagen Spindtüren zu, Stimmen rumoren, der Strom der Schüler drückt die beiden noch näher aneinander, fast alle anderen haben ihre Handys in der Hand. Patrick weiß nicht einmal, wohin sie gerade unterwegs sind. Er geht einfach weiter. Sie sagt etwas, aber er versteht sie nicht. »Sorry?«

Sie beugt sich so nahe an sein Ohr, dass er ihren Atem spürt. »Du bist eine Berühmtheit.« Das letzte Wort spricht sie so lange und überdeutlich aus, dass es klingt wie ein ganzer Satz.

»Könnte gerne drauf verzichten«, hätte er um ein Haar geantwortet, aber er will kein Jammerlappen sein und sagt stattdessen: »Du weißt also, wer ich bin. Aber ich weiß nicht, wer du bist.«

Sie sagt ihren Namen und streckt ihm die Hand hin.

»Malerie?«, wiederholt Patrick.

»Malerie.«

»Malerie. Okay.« Noch dreimal sagt er den Namen, bis es beinahe klingt wie ein Lied.

»Stimmt was nicht?«

»Doch, doch. Ich hab nur noch nie jemanden getroffen, der so heißt. Malerie.«

Sie unterhalten sich noch kurz – worüber, weiß Patrick nicht genau, über die Schule wahrscheinlich oder darüber, wie es in Portland so ist. Auf jeden Fall bewegen sich Patricks Lippen, und Wörter kommen heraus. Dann ertönt der Gong.

Er war noch nie gut im Verabschieden. Wenn jemand am Telefon zu ihm sagt: »Gut, ich schätze, ich muss dann …«, platzt Patrick jedes Mal mit einer Frage heraus, um das Gespräch am Laufen zu halten. Selbst wenn er jemandem schon zugewunken hat, schafft er nie mehr als ein paar Schritte, dann dreht er sich zwanghaft wieder um. Es ist ihm ein Rätsel, wie die anderen sich so einfach davonmachen können, mit vollkommen veränderter Miene, abgeschottet und in Gedanken schon am nächsten Ort, bei der nächsten Person, bei der nächsten Verabredung.

Aber Malerie ist anders. Patrick geht ein paar Meter und dreht sich um. Er hat nicht vor, ihr auf den Hintern zu schauen, er will sie nur ansehen. Sie gefällt ihm. Und im selben Moment – als hätte sie es gespürt – verlangsamt Malerie ihren Schritt, dreht den Kopf und lächelt ihn an, lässt den Blick aber sofort wieder sinken, als hätte sie gerade etwas Verbotenes getan.

»Französisch!«, ruft sie ihm zu. »Mein Name. Er bedeutet ›Pech‹.«

Kapitel 9

Claire ist sich so unglaublich schlau vorgekommen, als sie entdeckte, dass die Punkte auf dem Zettel Sternkonstellationen darstellen. Genauso schlau wie sie sich jetzt, zwei Wochen später, dumm vorkommt. Denn sie weiß immer noch nicht, was sie zu bedeuten haben, was ihr Vater ihr damit sagen wollte. Als Wegbeschreibung sind sie jedenfalls nicht zu gebrauchen. Würde sie den Sternbildern hinterherlaufen wie einem Wegweiser, würde sie nie irgendwo ankommen, sondern nur den Konstellationen auf ihrem Weg übers Firmament hinterherlaufen. Claire versucht, die Namen möglichst schnell hintereinander auszusprechen, in der Hoffnung, der Klang würde ihr irgendeinen Hinweis geben: Fuhrmann, Adler, Herkules, Rabe. Sie hält sich den Zettel direkt vor die Nase und bewegt ihn dann langsam von den Augen weg, als könnte sie auf diese Weise ein verstecktes Bild zum Vorschein bringen, denkt über den mythologischen Hintergrund nach, interpretiert jedes einzelne Sternbild wie ein Sonett im Englischunterricht, macht seitenweise Notizen in ihren Block, bis ihr vom Schreiben die Hand wehtut.

Claire ist so frustriert, dass sie den Brief am liebsten in kleine Stücke reißen und vom Wind davontragen lassen würde wie den Schnee, der in jener Nacht fiel, als all das seinen Anfang nahm; sich mit leeren Händen und leerem Kopf unter irgendeiner Veranda zusammenrollen und die vom Lesen und Wiederlesen tränenden Augen schließen. Auf den Tod warten. Das wäre das Einfachste.

Die Landschaft ist bretteben, Stacheldrahtzäune unterteilen sie in braune und gelbe Quadrate, sodass Claire sich vorkommt, als würde sie über ein gigantisches Schachbrett laufen. Der Wind zeichnet zitternde Muster in die Weizen- und Sojafelder, die sich bis zum Horizont erstrecken. Es gibt fast keine Bäume, nur als Windbrecher vor den Häusern, und die Entfernung zwischen den einzelnen Städten wird immer größer. Gelbbäuchige Murmeltiere strecken die Köpfe aus ihren Erdlöchern und pfeifen, als wollten sie ihr zurufen: »Wo zum Teufel willst du hin? Hier gibt es nichts!«

Während der letzten Jahre war Claire sich immer vorgekommen, als stünde sie im Zentrum von irgendetwas. Alles war wichtig: ihre Schuhe, ihre Jeans, ihre Jacke, ihre Noten, ihre Freunde, jede SMS, die sie schrieb. Ihr Film- und Musikgeschmack, was sie von dieser oder jener Fernsehshow hielt, von bestimmten Jungs. All das ist wie weggeblasen. Hier, in den weiten Ebenen des Nordens, wo ständig ein kräftiger Wind weht und der Himmel so viel größer ist als die Erde zu ihren Füßen, kommt Claire sich winziger und unbedeutender vor denn je. Wie ein kleines, harmloses Ding, das jeden Moment spurlos verschwinden könnte, und keiner nimmt Notiz.

Vor einem Lebensmittelladen sieht Claire eine grauhaarige, einäugige Frau, die gerade einen Einkaufswagen voll Tiefkühlmenüs zu ihrem Auto schiebt, und fragt, ob sie ein Stück mitfahren kann. Vier Kinder rennen durch den Garten vor einem weiß getünchten Einfamilienhaus und fangen Grashüpfer, die sie dann einer fetten Spinne ins Netz werfen. Claire fragt, ob sie auf der überdachten Veranda schlafen kann. Am Rand eines Feldes werfen zwei Männer mit dicken Lederhandschuhen Heuballen auf die Ladefläche eines Pick-ups. Claire fragt sie nach dem Weg. Die meiste Zeit aber verbringt sie allein, damit niemand sie fragen kann: »Bist du nicht das Mädchen aus den Nachrichten?«

Aber sie weiß, das ist unwahrscheinlich. Immer wieder war sie in Minimärkten und hat die Schlagzeilen überflogen. »Terror am Himmel«, »Lykanerverschwörung«, »Die Terroristen sind unter uns« und dergleichen stand dort geschrieben. Fotos von der Absturzstelle bei Denver waren zu sehen, rußgeschwärzte Metalltrümmer auf einem halb abgebrannten Weizenfeld. Die beiden Flugzeuge von Portland und Boston, wie sie auf der Rollbahn stehen. Rot- und Blaulichter Dutzender Einsatzfahrzeuge spiegeln sich in den Rümpfen der Maschinen, auf dem Asphalt liegt Reihe um Reihe schwarzer Leichensäcke. Trauernde Gesichter hinter Maschendraht, Menschen, die einander festhalten, Gesicht und Augen so nass wie ein benutztes Taschentuch. Und schließlich eine unscharfe Aufnahme von dem »Wunderjungen«, der in eine Decke gehüllt von Polizeibeamten zu einem Wagen eskortiert wird. Fotos von den Leichen, eine Sonderbeilage in *USA Today* zu Ehren der Toten und ihrer Hinterbliebenen, komplett mit Namen, Alter, Wohnort, Beruf und Hobbys.

Drei Boeing 737, fünfhundertdreiundfünfzig Leichen – aber kein einziges Wort über Claire.

Nicht ein Garten, in dem nicht eine amerikanische Flagge im Wind flattert, nicht eine einzige Stoßstange ohne Stars-and-Stripes-Aufkleber, und heute Morgen hat Claire gesehen, wie ein Mann mit Eimer und Schwamm die Ziegelwand eines McDonald's abschrubbte, auf die jemand »Auge um Auge – Tod allen Lykanern« gesprüht hatte. Bisher kannte sie so etwas nur aus Büchern und Filmen oder hat ihre Eltern darüber reden hören. Selbst hat sie dergleichen noch nie erlebt, und nun überlegt sie, ob sie überhaupt reingehen soll. Das Gebäude kommt ihr verseucht vor, aber der Geruch des Frittierfetts ist einfach zu verlockend. Claire läuft das Wasser im Mund zusammen, und schließlich scheucht die Kälte sie in das grell beleuchtete Restaurant. Sie kauft einen großen Kaffee – zwei Sahne und zwei Zucker, bitte – und einen Big Mac, dazu eine große Portion Pommes. Noch nie in ihrem Leben hat etwas so köstlich geschmeckt.

Claire holt den *Bismarck Tribune* aus ihrem Rucksack, den sie draußen aus einer Mülltonne gezogen hat. Das Papier ist so kalt, dass ihre Finger davon klamm werden. Gleich auf der ersten Seite springt ihr die Überschrift »Vergeltung« ins Auge. Claire beugt sich ungläubig nach vorn. Der Präsident ist abgebildet, vor ihm ein schwarzer Blumenstrauß aus Mikrofonen. Er spricht von der »schnellen und unerbittlichen Reaktion, die bereits in diesem Moment erfolgt«. Um den Erfolg der Maßnahmen nicht zu gefährden, könne er keine Einzelheiten nennen, aber die Bürger Amerikas könnten versichert sein, dass bereits mehrere Verhaftungen stattgefunden hätten und weitere im Lauf der nächsten Wochen folgen würden. »Dies ist nicht der Moment, in Panik auszubrechen«, wird er zitiert. »Dies ist nicht der Moment, unsere lykanischen Nachbarn unter Generalverdacht zu stellen, die in Frieden unter uns leben, registriert sind und überwacht werden, die ihre Medikamente nehmen und sich an die Gesetze halten. Denken wir daran, dass nicht jeder Lykaner ein Extremist ist. Deshalb möchte ich unsere Bürger zu Geduld und Besonnenheit aufrufen, während wir, die Regierung, unserer Pflicht nachkommen und die zur Strecke bringen, die für diese schrecklichen und verabscheuungswürdigen Gräueltaten verantwortlich sind.« Danach folgt ein kurzes Zitat von einer Lykanervereinigung, in dem eine massive Anhäufung von Feindseligkeiten in den Tagen nach den Anschlägen beklagt wird. Das war's.

Kein Wort über ein gestürmtes Wohnhaus, Maschinenpistolensalven und ihre getöteten Eltern. Claire hat die schwarze Fahrzeugkolonne und die Männer in den gepanzerten Kampfanzügen auch bei Staceys Haus gesehen, und das kann nur bedeuten, dass sie noch an anderen Orten gewesen waren, vielleicht über das ganze Land verteilt. Vor ihrem inneren Auge sieht sie Hunderte eingetretener Türen – wie zersplitterte Knochen hängen sie in den Angeln –, während der Mann im schwarzen Anzug über die Trümmer hinwegsteigt. Warum steht das nicht in den Nachrichten?

Sie weiß nicht, wo sie hinsoll, also geht sie nirgendwohin und verkriecht sich zehn Tage lang in einem verlassenen Motel am Stadtrand von Fargo. *The Seahorse Inn* steht über dem Eingang. Die Außenwände sind aquamarinblau, überall blättert die verblasste Farbe ab. In den Rissen auf dem Parkplatz wuchert das Unkraut. Alle zwölf Fenster sind mit Brettern vernagelt. Erst auf der Rückseite des Gebäudes entdeckt Claire eines, das mit einem Brecheisen aufgestemmt wurde. Die Bretter liegen im hohen Gras darunter. Als ihre Rufe unbeantwortet bleiben, späht Claire eine Weile ins Innere. Der abgewetzte Vorhang bewegt sich in der Brise, die über ihre Wange leckt, und allmählich gewöhnen sich Claires Augen an das Schummerlicht. Sie stellt sich auf einen großen Stein unter dem Fenster, stützt sich mit dem unverletzten Arm auf dem Sims ab und klettert hinein. Auf dem Boden stoßen ihre Füße klappernd gegen leere Bierdosen. Keystone Light. Anscheinend haben ein paar Teenager das Motel als Partykeller benutzt. Auf der gemusterten Tapete sind Segelschiffe und Seesterne abgebildet. Helle Rechtecke markieren die Stellen, an denen einmal Bilder hingen. In einer Trennwand gähnt ein großes Loch. Ein Stuhl liegt auf dem Boden. Auf der nackten Matratze hat jemand Bier verschüttet. Hoffentlich war es Bier. Nicht gerade der beste Ort zum Schlafen, aber immer noch besser als die Nächte, die sie unter Veranden, in Scheunen, auf Lkw-Pritschen oder in verrosteten Wohnmobilen verbracht hat.

Der Gestank der Toilette steigt ihr in die Nase, noch bevor sie die dunkle Höhle überhaupt entdeckt hat. Vertrocknete Kacke klebt an den Kloschüsseln. Auf dem Boden schimmern blass die Scherben des eingeschlagenen Wandspiegels. Claire zieht die Tür zu und inspiziert noch einmal den Hauptraum.

Schließlich lässt sie den Rucksack von den Schultern gleiten und beschließt, zumindest ein paar Tage zu bleiben.

Claire riecht nach sich selbst. Das hat ihr Vater immer gesagt, wenn er nach einem langen Arbeitstag den Arm hob und an seiner Achselhöhle schnupperte. »Ich rieche nach mir.« Sie hat sich jeden Tag gewaschen, in einem Fluss, in Tankstellen- und Supermarkttoiletten, aber ihre Kleidung fühlt sich so fettig an wie eine zweite Haut. Und erst das Handgelenk. Der Verband stinkt wie das erkaltete Fett in einer Bratpfanne. Immer wieder hat sie frisches Klebeband um die Fransen gewickelt, bis ihr Unterarm aussah wie ein Ritterhandschuh. Sie hat eine komplette Packung Ibuprofen leer gemacht, doch auch wenn der Schmerz nachgelassen hat, spürt sie oft ein Stechen, wenn sie mit der Hand irgendwo dagegen stößt.

Claire hat gelernt, alles nur mit einer Hand zu machen – essen, ihre Schuhe binden, die Hose aufknöpfen –, während die andere nutzlos in der Jackentasche steckt. Sie versucht, den Brief zu entschlüsseln, aber der nach wie vor ausbleibende Erfolg lässt ihre Gedanken schnell abschweifen. Geistesabwesend starrt sie an die Wand. Claire vermisst ihr Handy, denkt daran, wie sie einmal aus einem ausgehöhlten Kürbis ein Vogelhäuschen gebaut hat, wie an einem Septembertag eine Kaltfront über Nord-Wisconsin hereinbrach und sie mit ihren Eltern zum Loon Lake fuhr. Sie schlugen Löcher in das glasklare Eis, stellten ihre Campingstühle auf und beobachteten die Zander, Barsche und Forellen, die sich unter ihren Stiefelsohlen tummelten.

Claire weiß, die Kälte wird bald kommen. Fürchterliche Kälte, die Finger schwarz werden lässt und die Zähne so stark zum Klappern bringt, dass sie brechen. Die Fernseh-Wetterfrösche lieben Fargo, weil man hier ein Glas Wasser ausschütten und zusehen kann, wie es noch in der Luft gefriert. Oder man lässt eine Banane über Nacht draußen liegen, und am nächsten Morgen kann man mit ihr einen Nagel in die Wand schlagen.

Claire kann nicht lange hierbleiben. Jeden Tag klettert sie aus dem Fenster und streift durch die Stadt, und jeden Tag ist das Gras etwas brauner, sind die Bäume kahler, bis sie vollkommen nackt sind und das herabgefallene Laub raspelnd über die Straßen schabt. Bei Walmart hat sie sich eine Strickmütze gegen die zunehmende Kälte besorgt. Ihre Gedanken kreisen um den Brief, während ihr Körper um die Geschäfte und Wohnhäuser schleicht. Immer öfter bleibt Claire stehen, als würde der scharfe Wind sie zurückdrängen – dorthin, woher sie gekommen ist.

Und wenn sie tatsächlich zurückkehrt? Was dann? Was würde sie zu Hause finden? Claire stellt sich vor, wie sie durch das dunkle Haus geht, die Einschusslöcher in den Wänden betastet und über die Blutflecken auf dem Linoleum hinwegsteigt. Vor ihrem inneren Auge sieht sie sich die Schubladen voll Kleidung aufziehen, die nie wieder jemand tragen wird, sieht, wie sie sich die Kopfkissen ihrer Eltern aufs Gesicht drückt und daran riecht oder ihre Haare aus einer Bürste zupft.

Oder vielleicht auch nicht. Vielleicht sind sie gar nicht tot. Vielleicht wurden sie nur angeschossen. Vielleicht waren es auch nur Warnschüsse in die Decke, vielleicht ist es nicht getrocknetes Blut, das sie zu sehen bekommen wird, sondern abgeplatzter Putz, der überall herumliegt. Wenn sie sich der Polizei stellt – möglicherweise könnte sie ihre Eltern dann sehen, vielleicht schon morgen. In einem weiß gekachelten Aufenthaltsraum mit Leuchtstoffröhren an der Decke würden sie einander in die Arme fallen, lachen und weinen vor Erleichterung über die ganze Geschichte, über die Verwechslung. Sie hatten schließlich nichts getan. Claire hatte nichts verbrochen und ihre Eltern doch wohl auch nicht.

Oder sie könnte ihre Oma in dem Altenheim in Sleepy Hollow besuchen. Der Riese hat sie sicher in Ruhe gelassen. Die Worte, die aus dem Mund der halbseitig gelähmten Frau kommen, sind ohnehin kaum zu verstehen. Claire hatte sie nie besonders gemocht, aber ihre Oma gehörte immer noch zur Familie. Das war ein gewisser Trost, und vielleicht wusste sie ja etwas. Claire stellt sich vor, wie ihre Oma sich im Rollstuhl nach vorn beugt, ihr mit gekrümmtem Zeigefinger bedeutet, näher heranzukommen, und ihr ein Geheimnis ins Ohr flüstert.

Nach Süden gehen wäre auch eine Möglichkeit – wie die Gänse, die jeden Tag in Pfeilformation über den Himmel ziehen. Sie könnte barfuß über den Sand laufen, in einer von Petroleumfackeln beleuchteten Strandbar als Kellnerin arbeiten. Vielleicht sollte sie auch ihr Horoskop befragen, eine Münze werfen, auf einer Kirchenbank beten. Claire kann sich nicht entscheiden, sie traut sich selbst nicht. Ihr Hirn ist eine einzige graue Suppe, eine Wolke, aus der widerstreitende Gedanken regnen.

Es dauert eine ganze Zeit, bis sie die Vierteldollarmünze in das Telefon steckt und zu Hause anruft. Es klingelt nur einmal, dann vermeldet eine computergenerierte Stimme, die Nummer sei nicht vergeben. Claire hängt auf und starrt den Blechkasten vor sich an. Sie schiebt eine weitere Münze in den Schlitz und wählt die Handynummer ihres Vaters. Nach zwei Pieptönen nimmt jemand ab. Schweigen. Claire hört nur den Atem am anderen Ende.

»Hallo? Mom? Dad?«

Atmen, dann schmatzendes Knistern wie von mit Speichel verklebten Mundwinkeln, die sich zu einem Lächeln verziehen. Claire erkennt die Stimme nicht, die in einem prägnanten Bariton antwortet, aber den Sprecher kennt sie. »Wo bist du, Claire?«

Der Riese. Wer sonst sollte es sein, wenn nicht er?

»Sag mir, wo du bist.«

Claire knallt den Hörer so ruckartig auf die Gabel, dass es klingt, als hätte sie mit einem Schmiedehammer auf einen Amboss geschlagen.

Ihre Nase tropft, die Füße brennen, und ihre Fingerspitzen sind taub, als sie sich auf den Weg zurück ins *Seahorse Inn* macht. Claire versteht nicht, was der Kerl von ihr will. Ob er den Anruf zurückverfolgen und sie aufspüren kann? Sie ist nicht sicher, ob sie sofort verschwinden sollte, aber verschwinden muss sie, so viel steht außer Frage.

Als sie sich vom Fenstersims gleiten lässt, erstarrt Claire mitten in der Bewegung. Von drinnen kommt ein Rascheln, dann ist alles wieder still. Ihre Augen gewöhnen sich an das Zwielicht, und sie erkennt den Tisch, den Stuhl, das Bett. Die leeren Bierdosen hat sie schon vor Tagen hinter einen Busch geworfen. Ihr Instinkt sagt ihr, sie sollte abhauen, aber sie ist zu müde, um sich heute noch mit der Dunkelheit draußen herumzuschlagen. Und selbst wenn, was dann? Wohin sollte sie diesmal fliehen?

Vorsichtig setzt sie einen Fuß nach dem anderen flach auf den Boden und versucht, ihr Körpergewicht möglichst gleichmäßig zu verteilen, damit ihre Schritte sie nicht verraten. Sie braucht eine volle Minute, bis sie das Bett erreicht hat, hinter dem sich die Schatten zu einer undurchdringlichen schwarzen Pfütze verdichten.

In der Tasche hat sie eine bleistiftgroße Plastiktaschenlampe, Billigschrott für zwei Dollar. Claire holt sie hervor und knipst sie an. Die Schatten ziehen sich zurück. Nichts.

Da hört sie es: ein Schaben und Knacken wie von einem Skelett, das plötzlich zum Leben erwacht. Es kommt aus der Toilette. Die Tür steht offen. Vielleicht war es der Wind, der ständig von draußen hereinpfeift und an den Vorhängen rüttelt, vielleicht aber auch nicht.

Als sie sechs oder sieben Jahre alt war, hatte Claire solche Angst vor der Dunkelheit, war so sicher, dass ihr im Wandschrank eine blassgesichtige Kreatur mit knochigen Fingern auflauerte, dass sie lieber ins Bett pieselte, als aufs Klo zu gehen. Ein ähnliches Gefühl überkommt sie jetzt, ein Druck, als wäre ihre Blase kurz vorm Platzen. Sie inspiziert die offene Tür, stellt sich vor, was sie in der Dunkelheit dahinter erwarten könnte. Der Riese in seinem schwarzen Anzug. Ein Irrer mit verfaulten Zähnen und tätowiertem Gesicht. Die Geister ihrer Eltern, die sie mit durchschimmernden Armen umfangen.

»Kommen Sie da raus«, sagt Claire mit rasselnder Stimme.

Wie als Antwort verstummt der Wind, und in der darauffolgenden Stille hört Claire ein leises Klicken. Sie hat keine Waffe. Das Einzige, was sie tun kann, ist, die Wölfin in ihr übernehmen zu lassen, was in ihrem Zustand – halb tot vor Trauer und Erschöpfung – kaum möglich scheint.

Wieder ein Kratzen, ganz deutlich, gefolgt von einem Rascheln wie von Stoff.

Claire hat genug. Sie springt vorwärts und reißt die Taschenlampe hoch. Der fahlgelbe Lichtkegel tastet durch den Vorraum und wird förmlich verschluckt von einer Silhouette, die noch schwärzer ist als die Schatten darum herum. Stecknadelgroße Augen blitzen rot auf. Eine Krähe. Sie stößt ein Krächzen aus und flattert vom Toilettenrand auf, geht mit ihren Krallen auf Claire los, die schützend die Arme vors Gesicht hebt. Die Taschenlampe fliegt durch die Luft, und einen Moment lang weiß Claire nicht mehr, wo oben und unten ist, links oder rechts. Die Krähe kreischt wie wild und kracht flatternd gegen Wände, bis sie endlich durchs Fenster ins Freie verschwindet.

Zusammengekauert liegt Claire auf dem Boden und lacht, bis aus dem Lachen ein Schluchzen wird.

Früher hat sie mit ihrem Vater Krähen gezählt, auf Bäumen, am Himmel, und er hat ihr einen alten irischen Reim dazu beigebracht: Eine bringt Trauer, zwei bringen Glück, drei ein Mädchen, vier einen Jungen, fünf Silber, sechs Gold, sieben eine Geschichte, die niemand je gehört hat. »Sieben«, hat er dann immer gesagt und hinauf in die Wolken geschaut. »Ich will sieben. Ich will diese Geschichte hören.«

Hauptsache, es war mehr als eine. Immer wenn sie irgendwo

eine einzelne Krähe sahen, suchten sie hastig nach einer zweiten, bis sie eine entdeckt hatten. Genauso wie Claire jetzt, aber um sie herum ist nichts als Finsternis.

Claire packt ihre wenigen Habseligkeiten zusammen und trampt aus der Stadt. Ein Regentropfen streift ihre Wange, dann noch einer und noch einer. Als der Guss immer stärker wird, läuft sie zur nächsten Unterstellmöglichkeit, einer Tesoro-Tankstelle, und hofft, dass der Wolkenbruch bald vorüber ist.

Claire dreht den Kartenständer und zieht aufs Geratewohl eine heraus. Ein Cartoon von einem Baby mit vollgeschissener Windel ist darauf zu sehen, daneben ein Kleinkind mit verschorften Knien, das in der Nase bohrt. Ein Teenager mit Sonnenbrille, der in ein Sandwich beißt. Ein Rentnerehepaar mit dicken Brillen und verlaustem Hund und in der Mitte ein Mann mittleren Alters mit Halbglatze in weißem Feinrippunterhemd, unter dem sein Schmerbauch hervorlugt. Auf dem Unterhemd steht: »M.D.W. – danke für alles«. M.D.W. Eine Abkürzung für Mütter dieser Welt.

Claire nimmt die nächste zur Hand und die nächste und die nächste, überlegt, an wen sie die Karten schicken könnte. Schließlich geht sie hinüber zum Zeitschriftenstand und blättert die neueste Ausgabe von *People* durch. Auf einem Foto ist eine Frau an einem Strand zu sehen, die Brandung hat ihr das Bikinioberteil weggerissen. Ein schwarzer Balken bedeckt die nackten Brüste. »Hoppla!«, lautet die Bildunterschrift. Zu gerne würde Claire den dazugehörigen Artikel verschlingen, aber sie weiß, die Tage, in denen sie sich mit Promiklatsch die Zeit vertreiben konnte, sind vorbei.

Der Wind peitscht den Regen gegen das dunkle Fenster. Vom Highway nähern sich die Scheinwerfer eines Streifenwagens. Wasserfontänen spritzen von den Reifen auf, als er auf den Parkplatz einbiegt.

Reflexartig steckt Claire das Magazin zurück. Als es zu Boden fällt, hebt sie es nicht auf. Das muss ein Zeichen sein, ganz bestimmt, denkt sie, als der Fahrer einen Moment später durch die Tür kommt. Er lässt sich gerade einen Oberlippenbart wachsen, über den Pistolengürtel wölbt sich ein Bauchansatz. In der Hand hält er einen Plastikbecher im XXL-Format, ein Strohhalm rollt bei jedem Schritt darin hin und her. Am Automaten lässt er ihn voll Cherry-Cola laufen und geht pfeifend zur Kasse.

Claire tritt hinter dem Kartenständer hervor. »Entschuldigung.«

Das Liedchen verstummt abrupt. »Was?«

Das Funkgerät quäkt. Er greift mit der freien Hand nach dem Lautstärkeknopf und dreht das blecherne, von statischem Rauschen unterbrochene Geschepper der Stimmen herunter, und Claire erzählt ihm alles – in ihrer Fantasie.

In Wirklichkeit blickt sie stumm zu ihm auf, sieht die Handschellen an seinem Gürtel und weiß, er könnte sie einfach zu Boden drücken, ihr ein Knie zwischen die Schulterblätter pressen und ihr die Dinger anlegen. Oder ihr eine Ladung Pfefferspray ins Gesicht verpassen. Es ist geradezu bizarr, wie sich die Dinge innerhalb eines Monats verändert haben. Vor vier Wochen, etwa zur selben Tageszeit, saß sie mit ihren Eltern beim Abendessen. Es gab gegrillten Speck und Käse, sie weiß es noch genau, dazu Tomatensuppe. Musik schallte aus dem auf alt gemachten Radio neben der Spüle. Die alltäglichsten Dinge waren plötzlich unendlich besonders. Weil sie für Claire für immer verloren waren.

»Was?«, wiederholt der Polizist. Er hebt den Becher an den Mund, und der Strohhalm verdunkelt sich wie eine Vene, als er daran saugt. »Was gibt's?«

Claire kommt sich so nackt vor unter seinem Blick, unter dem Licht der Neonröhren, die noch das kleinste Detail gnadenlos hervorholen und jeden aussehen lassen wie eine Leiche.

Claire stellt sich vor, was der Polizist gerade sieht: ein Mädchen in einer zu großen Jacke, mit zerzaustem Haar, fettiger Haut und einer halb verheilten Schnittwunde auf der Stirn. Eine Ausreißerin. Das und nichts anderes wird er gerade denken. Und dann wird es ihm wie Schuppen von den Augen fallen: Sie ist das Mädchen aus der Fahndungsmeldung, die wahrscheinlich in jedem Polizeirevier des oberen Mittleren Westens aushängt.

Claire macht einen Schritt zurück und tritt klappernd gegen den Kartenständer in ihrem Rücken. Im ersten Moment kann sie an nichts anderes denken als an diese bescheuerte Karte, doch ihr Mund öffnet sich wie von selbst und sagt: »Eine Freundin hat mir erzählt, man kann sieben Meilen schneller fahren als erlaubt, ohne gleich rausgezogen zu werden.« Bei jedem einzelnen Wort wartet Claire darauf, dass ihr die Stimme versagt, aber sie tut es nicht. »Dass Sie und Ihre Kollegen den Leuten so eine Art Sieben-Meilen-Puffer geben. Stimmt das?«

»Das Beste ist, du fährst erst gar nicht zu schnell.«

»Okay. Mach ich nicht. Aber tun Sie's?«

»Ich fahr nie zu schnell.«

Die Karte. M.D.W. Mütter dieser Welt. Eine Abkürzung.

Es dauert ein paar Sekunden, bis Claire erwidert: »Ich meine, ziehen Sie die Leute raus, wenn sie nur sieben Meilen zu schnell gefahren sind?«

Er nimmt noch einen Schluck von seiner Cola und stellt den Becher auf die Theke. »Jeder macht das anders. Manchmal wird man rausgezogen, manchmal nicht. Manchmal habe ich gute Laune, manchmal schlechte.« Er kramt in seiner Hosentasche nach Kleingeld, und Claires Blick wandert zu den Zigaretten, Feuerzeugen und Koffeinkaugummis hinter ihm. »Wenn du das nächste Mal was anstellen willst, geh lieber davon aus, dass ich schlechte Laune habe.«

»Mach ich«, erwidert Claire, aber der Polizist ist bereits durch die Tür, und Claire hat ihn schon vergessen. Sie nimmt ihren Rucksack ab und wühlt darin nach Stift und Papier. Ihre Lider blinzeln wie im Zeitraffer, ihr Unterkiefer ist so verkrampft, dass die Zähne knacken. Ihre Gedanken springen zu den Sternbildern. »Fuhrmann, Adler«, murmelt sie, »Herkules, Rabe, Zwillinge.« Mit getragener Stimme, als praktiziere sie irgendein Ritual, spricht Claire weiter in die Stille hinein. »Ursa Major, Maler, Indianer.«

KAPITEL 10

Miriam hat das Warten satt. Seit zwei Wochen hat sie die Hütte nicht verlassen, läuft auf den Holzdielen auf und ab und wartet darauf, dass der Strom wegbleibt, die Wasserhähne mit einem Gurgeln trockenlaufen. Ihr Nacken schmerzt von den Nächten in der Badewanne. Ihre Zähne schmerzen vom Knirschen. Ihre Augen schmerzen, weil sie ständig durch die Sehschlitze nach draußen späht.

Manchmal glaubt sie, aus dem Wald ein Lachen zu hören. Manchmal gehen die Bewegungsmelder los, als würde ein Gespenst draußen durch die Nacht huschen. Eines Morgens weckte sie ein Geräusch an der Tür. Noch halb im Schlaf dachte Miriam im ersten Moment, es wäre die Zeitung, dann entdeckte sie das verblutende Kaninchen auf dem Fußabstreifer. Ansonsten war nichts passiert in den letzten zwei Wochen. Absolut nichts.

Miriam hat sich noch nie so lange nicht verwandelt. In der momentanen Lage traut sie diesem Teil ihrer selbst nicht. Sie kommt sich vor wie eine Alkoholikerin, die durstig auf eine Flasche Whiskey schielt und genau weiß, es würde nicht bei einem kleinen Schluck bleiben, würde mit Scherben, Schnitten und Polizeisirenen enden. Sie würde entweder die gesamte Einrichtung kurz und klein schlagen oder endlich ins Freie rennen.

Sie versucht sich abzulenken, springt mit dem Seil, bis ihr die Beine wehtun. Macht Liegestützen und Sit-ups auf dem Vorleger im Wohnzimmer. Sie spielt Schach gegen sich selbst und dreht nach jedem Zug das Brett, liest die Taschenbücher im Regal, eines nach dem anderen, darunter auch eine Dover-Ausgabe von *Dr. Jekyll und Mr. Hyde.* Auf dem untersten Brett stehen die Kinderbücher. Mehr als einmal blättert Miriam sie durch, um sich zu vergewissern, dass die Buchstaben und Bilder noch da sind. Immer wieder wandert ihr Blick zu dem Buch, das ihr Mann geschrieben hat, ein Manifest vom Gewicht eines Ziegelsteins mit dem Titel *Die Revolution.* Die Illustration auf dem Einband stellt einen Mann dar, der den Schatten eines Wolfs wirft. Dieses Buch wird sie auf keinen Fall lesen, egal wie sehr ihr die Decke auf den Kopf fällt.

Sie vertilgt eine ganze Tüte Tortilla-Chips, leckt sich auch noch den letzten Rest Krümel und Salz von den Fingern. Sie isst jede Menge Nüsse, Kekse und Müsliriegel, schlägt sechs Eier auf, schneidet ein paar Chilischoten klein, reibt Käse über das Ganze und brät sich daraus ein dampfendes Omelett. Sie hat so unglaublichen Hunger.

Heute Nacht ist es besonders schlimm. Der Mond ist beinahe voll und ruft ihr Blut. Miriams Mund füllt sich ständig mit Speichel. Ihre Muskeln fühlen sich an wie bis zum Brechen vorgespannte Sprungfedern. Sie knirscht mit den Zähnen und keucht, als käme sie gerade von einem Zwanzigmeilenlauf zurück. Bei jedem noch so kleinen Geräusch läuft sie mit der Pistole in der Hand ans Fenster. Jede noch so kleine Bewegung in den Schatten lässt sie die Augen zusammenkneifen. Sie geht im Uhrzeigersinn von Fenster zu Fenster, von Zimmer zu Zimmer und die von einer Mauer aus Bäumen umgebene Lichtung ab.

Das Licht ist aus, damit Miriam auch im Dunkeln sieht. Die Sehschlitze in den Brettern beobachten sie wie mitternachtsblaue Augen. Schließlich wirft sie sich im Wohnzimmer auf den Boden und macht im Zeitraffertempo fünfundzwanzig Liegestützen. Vor der letzten hält sie plötzlich inne. Brust und Kinn berühren den Teppich unter ihr beinahe, und Miriam hält den Atem an. Etwas ist anders. Sie spürt es, die Geräusche klingen nicht wie vorher, die Luft bewegt sich, als würde irgendwo eine Tür offen stehen.

Ganz langsam steht sie auf, geht ans Fenster und entsichert die Pistole. Der Sehschlitz hat in etwa die Abmessungen eines Lineals, sie muss ihre Augen regelrecht hindurchpressen, um überhaupt etwas erkennen zu können. Kleine Holzsplitter bohren sich in ihre Stirn und den Nasenrücken. Eine gute Minute vergeht, dann sieht sie einen Schatten, der sich von den dunklen Bäumen löst, als wäre er Teil des Waldes, und sich hinaus auf die Lichtung bewegt. Wie ein Gewirr aus Zweigen ragt das Geweih in die Höhe. Der weiße Fleck am Hals leuchtet wie der Mond über der Baumlinie. Ein Hirschbock.

Miriam schließt die Augen, und als sie sie wieder öffnet, sieht sie nur noch den Hirsch. Wie von einem Spotlight angestrahlt steht er da, der Rest der Welt ist verschwunden. Er senkt den Kopf und rupft etwas Gras ab. Auch Miriams Kiefer klappt nach unten. Sie fährt sich mit der Zunge über die Zähne. Ihr Blut jagt nur so durch die Adern, konzentriert sich pochend in ihrer Brust. Miriams Brustkorb fühlt sich an wie ein Gefängnisgitter, das den Händen, die daran rütteln, nicht mehr lange standhalten wird.

Wenn sie sich nicht beeilt, ist der Hirsch bald in Reichweite der Bewegungsdetektoren, und die aufflammenden Scheinwerfer werden ihn verjagen. Die Tür ist mit drei dicken Holzlatten vernagelt. Miriam legt die Pistole weg und nimmt den Akkuschrauber zur Hand. Sie zögert. Der Hirsch würde das Laufgeräusch hören, also zieht sie eine Schublade auf und wühlt darin nach einem Schraubenzieher. Sie spürt den Krampf in ihrer Hand kaum, nachdem sie die fingerlangen Schrauben aus dem Türstock gedreht hat.

Die Stimme, die sie zur Selbstbeherrschung mahnt, die Miriam anfleht zu bleiben, wo sie ist, ist nur noch ein kaum wahrnehmbares Wimmern. Miriam ignoriert sie und reißt sich die Kleider vom Leib wie eine zu eng gewordene Haut. Als sie die Tür aufreißt, die Holzbalken aus der Verankerung bricht und bebend die Lunge voll frischer Luft saugt – zum ersten Mal seit zwei Wochen –, als sie über die Schwelle tritt, hinaus aus der abgedunkelten Hütte und hinein in die mondhelle Nacht, verwandelt Miriam sich bereits. Der Vorgang ist für sie so einfach, so fließend, als würde sie in einen Weiher springen.

Der Hirsch hebt den Kopf und mustert sie mit schwarzen Augen. Seine Ohren zittern, und er hebt einen Vorderlauf, bereit zur Flucht. Dann, als Miriam in vollem Sprint von der Veranda heruntergerannt kommt, wirbelt er herum und springt davon in den Schutz der Bäume. Ein Bewegungsdetektor klickt, und es wird taghell. Miriams Schlagschatten eilt ihr voraus wie ein schwarzer Pfeil, dem sie hinterherjagt.

Der Wind rauscht in ihren Ohren, zerzaust ihr Haar, gibt Miriam das Gefühl, als würde sie auf ihm reiten. Sie huscht an Bäumen vorbei, springt über Gebüsche und umgestürzte Stämme, den Hirsch ständig im Blickfeld. Er ist schneller als sie, aber seine Größe behindert ihn. Immer wieder kracht er gegen Baumstämme, bleibt mit dem Geweih an niedrigen Ästen hängen, bis er sich schließlich an einem verfängt und abrupt zum Stehen kommt. Wie wild schüttelt er das Haupt und versucht sich loszureißen. Holz splittert, gibt aber nicht nach. Kiefernnadeln regnen herab.

Die Wucht ihres Aufpralls reißt den Hirsch schließlich los. Gliedmaßen schlagen und zucken, und als Miriams Krallen seinen Hals erwischen, ist es vorbei. Seine Knochen schimmern wie Perlmutt. Sein Blut ist warm, Dampf steigt davon auf wie ein befreiter Flaschengeist. Miriam verliert sich in ihrem Hungerrausch.

Dann krampfen ihre Muskeln, und sie spürt zum ersten Mal die Kälte der Nacht, spürt die Wölfin und die Frau in sich, aber die Frau ist kaum mehr als ein Anhängsel, eine Klette, die an einem Socken hängt. Ein lästiger Störenfried, der sie schließlich dazu bringt, von dem Kadaver abzulassen und sich misstrauisch umzublicken.

Eine Wolke schiebt sich vor den Mond und verdunkelt den Wald um sie herum. Miriam spürt Angst in sich aufsteigen und erhebt sich. Ihr Geruchssinn ist beeinträchtigt von all dem Blut auf ihren Armen, dem Gesicht, ihrem Fell. Ein Knacken lässt sie herumfahren. Der Mond schüttelt die Wolke ab und ergießt sein Licht auf etwas, das im ersten Moment aussieht wie ein von Moos überwachsener Felsblock.

Die Augen und Zähne blitzen wie Quarz, als die wuchtige Gestalt sich erhebt. Es ist Morris Magog. Miriam sieht seinen Atem aufsteigen, heiß wie die Abluft eines Hochofens.

Sie bleibt ganz still. Der beängstigende Anblick lähmt sie nicht. Ein kleiner Windhauch streicht über sie hinweg, dann prescht Miriam auf allen vieren los, überlässt der Wölfin die Führung. Die Äste der Bäume schlagen nach ihr, das Hirschblut in ihrem Fell trocknet zu einer klebrigen Kruste. Das Jagdfieber ist weg, verdrängt von kaltem, mitleidlosem Überlebensinstinkt. Die Angst kann warten.

Miriam blickt nicht über die Schulter, aber sie kann sich die Kreatur auch so vorstellen, die mehr Bär als Wolf ist, ein riesiger Berg aus Fell und Muskeln mit einem weit aufgerissenen Maul, das schwärzer ist als selbst die Nacht. Sie hört ihn dicht hinter sich, hört das Holz krachen und das kehlige Knurren.

Da ist es. Der Wald öffnet sich zu einer Lichtung. Sie sieht den schmalen Fahrweg, den Schuppen, den Dodge, die kastenförmige Hütte. Sie fühlt sich verwundbar auf dem freien Feld, und zum ersten Mal fragt Miriam sich, ob Magog allein gekommen ist. Die Bewegungsdetektoren schleudern ihr eine Wand aus weißem Licht entgegen. Irgendwo darin entdeckt sie die Stufen und springt hinauf, hechtet durch die offen stehende Tür und gestattet sich immer noch nicht zurückzuschauen, um zu sehen, wie dicht er ihr auf den Fersen ist. Sie knallt die Eingangstür zu, schiebt den Riegel vor und macht ein paar Schritte zurück. Jeden Moment wird die Tür nach innen bersten.

Miriam verwandelt sich bereits wieder zurück. Wie jedes Mal fühlt sie sich plötzlich so klein, verwirrt und verletzlich – wie jemand, der aus einem Traum aufwacht und feststellt, dass er einen fürchterlichen Kater hat. Ohne den Blick von der Tür abzuwenden, tastet sie nach dem Kaffeetischchen und umklammert die Glock. Miriam weiß, sie sollte besser noch das Gewehr holen, die Machete und ihre Munitionsgürtel, aber im Moment will ihr Körper nichts anderes, als sich in eine Ecke verkriechen und sich dort zusammenrollen.

Die Dielen der Veranda ächzen, wenige Sekunden später hört sie ein Kratzen an der Tür, eine Kralle, die über das Metall fährt. Ganz langsam dreht sich der Türknauf, dann blockiert das Schloss die Bewegung, und der Knauf schnappt mit einem Klacken zurück. Eine Minute vergeht, dann erlöschen die Scheinwerfer draußen. Die grellweiß erleuchteten Sehschlitze in den Fenstern verdunkeln sich zu einem wässrigen Blau.

Einer davon wird plötzlich schwarz. Miriam kauert sich auf den Boden, presst den nackten Rücken gegen die Wand hinter ihr und zwingt sich, mit der Hütte zu verschmelzen. Sie hebt die Glock und legt den Finger an den Abzug. Ein halbes Pfund Zugkraft ist alles, was es jetzt noch braucht.

Der Sehschlitz ist wieder frei, schimmert ein paar Sekunden diffus, um dann wieder in einen weißen Blitz zu explodieren, als der Bewegungsdetektor auf der Lichtung anspricht.

Miriam ist kein bisschen erleichtert. Sie fühlt sich, als hätte sie eine Schlinge um den Hals. Nur noch wenige Augenblicke, dann klappt die Falltür weg, auf der sie steht. Alles ist still, und Miriam wartet – so lange wie noch nie in ihrem Leben. Mit angehaltenem Atem lauscht sie auf jedes noch so kleine Geräusch. Dann erzittert die Hütte, als etwas auf dem Dach landet. Miriam unterdrückt einen Schrei, hebt ruckartig die Hand an den Mund und beißt hinein.

Die Nut- und Federbretter der Decke geben unter dem Gewicht vorsichtig tastender Füße nach. Fünfzig Jahre alter Staub rieselt Miriam in die Augen. Sie blinzelt ihn weg und umklammert die Pistole so fest, dass die Kanten des Griffs in ihre Haut schneiden. Miriam konzentriert sich auf die Dachbohlen, auf das leise Knarren, auf jeden einzelnen Schritt, bis sie weiß, wo Magog ist.

Er spielt mit ihr, und Miriam hat die Spielchen satt. Sie hebt die Glock und feuert.

Fünfmal drückt sie den Abzug, die heißen Patronenhülsen fallen auf ihren Schoß und versengen ihre Haut, aber Miriam spürt es kaum. Die Hütte erzittert, als wäre ein Kleinwagen auf das Dach gefallen. Ein Körper rollt rumpelnd über die Bohlen, dann ist es einen Sekundenbruchteil lang still, worauf ein heftiger Schlag folgt.

Kapitel 11

Chase denkt daran zurück, wie er das erste Mal mit Augustus gesprochen hat. Es war in der siebten Klasse an der Obsidian Junior High, im Umkleideraum nach dem Sportunterricht. Wasser plätschert aus den Duschköpfen, Dampfschwaden hängen in der Luft. Jungs reiben sich Seife unter die Achseln oder stehen vor ihren offenen Spinden und trocknen sich ab. Chase stellt die Nummern an seinem Zahlenschloss ein. Als er es gerade öffnen will, hält er plötzlich inne. Die Stimmen um ihn herum schlagen in ein höhnisches Gelächter um. Es klingt wie das Johlen eines Rudels Schakale.

Drei Jungen, alle noch in Unterhose und -hemd, stehen vor einer Toilette und treten mit solcher Wucht dagegen, dass sich die Tür verbiegt. »Komm schon«, grölen sie, »komm raus und zeig uns deine Muschi!« Noch ein Tritt, und die Tür fliegt auf.

Chase kennt den kleinen Kerl. Sie sind im selben Mathekurs. Ein paar Tage zuvor stand er vor ihm in der Warteschlange an der Cafeteria. Ein Mädchen mit Ponyschwanz und Schlaghosen drehte sich zu ihm um. »Fass mich nicht an«, keifte sie, nachdem der Kleine sie versehentlich gestreift hatte. »Du bist ja noch nicht mal in der Pubertät.«

Er trägt eine Brille mit winzig kleinen Gläsern, und der Kopf ist viel zu groß für den Rest des Körpers. Sein Haar hat die blassgelbe Farbe von Maisbart. Arme und Beine sind kurz, der Rumpf kugelrund. Er sieht aus wie ein zu groß geratenes Baby.

Ganz im Gegensatz zu Chase, der sich viel jünger fühlt, als sein Körper aussieht. Vor ein paar Jahren begannen seine Knochen zu wachsen, alles tat ihm weh, und er entwickelte einen unstillbaren Hunger. Zum Frühstück verschlang er sechs Eier, zum Abendessen eine XXL-Pizza, trank jede Woche zwanzig Liter Milch. Oft schaute er sich im Spiegel an, verfolgte, wie seine Gliedmaßen Stück für Stück die viel zu großen Füße und die Babytigerpranken, wie Chase' Mutter seine Hände nannte, einholten. In der fünften Klasse begann er zu onanieren, ab der sechsten rasierte er sich mit dem Apparat seines Vaters. Er ist größer als die meisten seiner Lehrer und spielt im Schulbasketballteam auf der Position des Power Forward.

Chase ist kein Gutmensch – das weiß er. Er hasst es, jeden Sonntag mit seinen Eltern in die Methodistenkirche gehen zu müssen, raucht heimlich unter der Tribüne des Footballstadions Zigaretten, schreibt sich Spicker für die Klassenarbeiten und lässt keine Gelegenheit aus, einem Mädchen unter den Rock zu greifen. Aber die meisten seiner Vergehen drehen sich um Vergnügen, um Ausprobieren – einen Bierrausch etwa oder das Gefühl, wie bei einem Blowjob sein ganzer Körper kitzelt wie eine überreizte Nervenbahn.

Aber er ist auch kein Arschloch. Chase hat einen gewissen Gerechtigkeitssinn, und genau der fühlt sich von den drei Dreckskerlen mit Zahnspangen und Pickeln auf dem Rücken provoziert, die sich unglaublich toll dabei vorkommen, einen Schwächeren zu drangsalieren.

Chase geht auf die Gruppe zu. Anscheinend hat der Knirps nach dem Sport lieber auf die Dusche verzichtet und sich stattdessen ins Toilettenhäuschen verkrochen, wo er sich unbeobachtet umziehen kann. Ein Stapel Klamotten liegt jedenfalls noch drinnen auf dem Boden, als die Kerle ihn herausziehen und halb nackt über die nassen Fliesen schleifen. Augustus wehrt sich, weint aber nicht, als die drei versuchen, ihm die weiße Feinrippunterwäsche, die kaum heller ist als seine Haut, vom Leib zu reißen.

Chase steht jetzt direkt hinter ihnen und tritt dem einen so heftig in den Hintern, dass er mit einem Klatschen gegen die Kacheln knallt und wimmernd auf dem Boden zusammensackt. Den anderen beiden schlägt er die Köpfe zusammen, dann steckt er ihre Gesichter in die Pinkelbecken an der Wand. Gute fünf Sekunden hält er sie dort und presst ihre Münder auf die Klosteine, dann drückt er den Spülknopf und lässt die Kerle röchelnd liegen.

Mit undurchdringlichem Gesicht sammelt der blasse Knirps seine Klamotten auf. Seine Brille ist beschlagen, und Chase kann seine Augen nicht sehen. Keiner der beiden sagt ein Wort. Erst am nächsten Tag, nach der Algebrastunde, stellt der Kleine sich als Augustus vor und fragt Chase, was er für ihn tun kann.

»Du schuldest mir nichts.«

Die anderen Schüler strömen an ihnen vorbei und beäugen das seltsame Paar: Augustus, wie er mit verschränkten Armen dasteht, und Chase, der mit gespreizten Beinen in seinem Stuhl lümmelt und Augustus selbst in dieser Haltung beinahe überragt.

»Ich bin anderer Meinung, und du wirst es vielleicht auch sein, wenn du meinen Vorschlag gehört hast.«

Diese Wortwahl, die selbstbewusst geschürzten Lippen und das gebügelte weiße Kurzarmhemd – Augustus sieht aus wie ein Buchhalter, der sich in die Schule verirrt hat. Chase kommt sich vor, als würde er sich mit einem Außerirdischen unterhalten. Er hat keine Ahnung, was er antworten soll. Muss er auch gar nicht, denn der Knirps spricht bereits weiter und verkündet, wenn Chase ihn beschützt, würde er alle Hausaufgaben für ihn erledigen, auf die er keine Lust hat.

»Ich bin nicht geistig minderbemittelt. Ich habe dich nicht um deine Hilfe gefragt, und ich brauche sie auch nicht.« Chase ist weniger verärgert als amüsiert. »Meine Noten sind okay.«

»Aber du hast Verpflichtungen, die ich nicht habe: Sport machen und dich mit anderen treffen. Hausaufgaben können da manchmal lästig sein, oder? Solange du sie selbst erledigen willst, wunderbar, aber wenn du einmal ein Auswärtsspiel hast oder ein heißes Date, dann gib mir die Sachen, und ich erledige sie für dich.«

»Und ich muss dafür nur jedem eine reinhauen, der dich schräg anmacht?«

Ein kurzes Nicken. »Du hilfst mir, ich helfe dir.«

Chase steht auf. Er könnte den Winzling einfach am Kragen packen und in seinen Rucksack stopfen, wenn er wollte. »Wir müssen keine Zeit gemeinsam verbringen oder so was?«

»Nur, wenn du willst.«

»Will ich nicht.«

Dieser Vertrag gilt nun seit mehr oder weniger dreißig Jahren.

Chase hat Augustus nie mit seinem Namen angesprochen. Viel zu sperrig und gestelzt. Tote Dichter, die über die Blumen in ihrem Garten geschrieben haben, heißen so. »Kleiner«, so hat Chase ihn immer genannt, bis sie sich eines Tages an der Universität von Oregon einschrieben und der Kleine Chase beiseitenahm, um ihm zu erklären, dass er ab jetzt nicht mehr so genannt werden wolle.

»Warum nicht?«

»Es klingt so schwach.«

»Wie zum Teufel soll ich dich denn dann anreden?«

»Mit meinem Namen.«

»Kommt nicht infrage.«

Chase entschied sich schließlich für Büffel. Wegen des riesigen Schädels, der zu groß war für jede Kopfbedeckung und direkt aus den hängenden Schultern zu wachsen schien. Chase hat Spitznamen für alle Leute, die er kennt. Seine Verwaltungsassistentin heißt Moneypenny, sein Rechtsberater Spaßbremse. Den Chef des Sicherheitsdiensts nennt er Shrek wegen seiner Glatze, der wulstigen Augenbrauen und dem bierfassartigen Rumpf über den spindeldürren Beinchen. Selbst für die Leute, die er nicht kennt, findet er etwas. Eine Barfrau heißt Honey oder Sugar, ein Hausangestellter Kumpel oder alter Knabe. So erregt er die Aufmerksamkeit der Leute. Sie kommen ein Stück näher heran, schauen ihm in die Augen und lächeln schließlich.

Herzchen ist sein Name für die Frau, die am Empfang des Kazumi Day Spa arbeitet. Er kennt sie aus dem Teahouse, kennt das faltige Gesicht, den stämmigen Körperbau und das silberglänzende, mit Holzstäbchen zu einem Dutt zusammengesteckte Haar. In der Ecke steht ein Bambustopf, hinter ihr hängt eine Papyrusrolle mit japanischen Schriftzeichen darauf. Ohne ein Lächeln hebt sie den Arm und deutet auf einen schummrigen Gang. »Letzte Tür links«, sagt sie mit starkem Akzent.

Das Etablissement liegt im Südwesten Salems, nicht weit vom Teehaus entfernt. Ein gesichts- und fensterloser Ziegelbau zwischen einem Pfandhaus und einem Geldverleiher. Auf der Straße parken halb verrostete Autos ohne Auspuff.

Das Hinterzimmer wird von der indirekten Beleuchtung in ein sanftes orangefarbenes Schimmern getaucht. Aus den Lautsprechern in der Wand sickert Musik. Chase erkennt das Instrument als ein Koto, wie die Frau im Teehaus es gespielt hat. Der Klang der Saiten lässt ihn an eine Spinne denken, die über die zitternden Fäden ihres Netzes tanzt. In der Mitte steht der Massagetisch, an der Wand thront eine Kommode mit Marmordeckplatte und Glastüren, hinter denen jede Menge flauschiger weißer Kissen, Ölfläschchen und Lotionen verstaut sind. Darauf sprudelt ein Tischbrunnen Wasser über bunte Plastiksteine.

Büffel sagt ihm ständig, er solle nicht herkommen. Eine ganze Zeit lang schien seine Hauptaufgabe als Stabschef darin zu bestehen, Chase zu erklären, was er alles nicht tun soll. Nicht schlecht über Weyerhaeuser reden. Sich nicht über die Trail Blazers lustig machen. Nicht fluchen während Pressekonferenzen, die live übertragen werden. Sich auf Wohltätigkeitsveranstaltungen nicht betrinken. Ron Wyden nicht ohrfeigen. Gegenüber einem Reporter des *Oregonian* nicht erwähnen, was für ein scharfer alter Feger Nancy Pelosi ist.

Die Anschläge haben alles verändert. »Dir ist klar«, sagte Büffel vor über einem Monat, direkt nach den Flugzeugentführungen, »dass das das Beste ist, was uns passieren konnte.« Sie waren gerade in Mahonia Hall, Chase' offiziellem Wohnsitz als Gouverneur. Er hat sich dort nie wohlgefühlt. All das Getue, der Tudorstil, der Ballsaal, der Weinkeller und die dornigen Rosengärten darum herum. Ganz abgesehen davon, dass es einem auf eintausend Quadratmetern nachts ziemlich einsam ums Herz werden kann, wenn man schlecht träumt. Manchmal wacht Chase mit einem Schrei auf den Lippen auf und glaubt, er wäre immer noch in der Republik, wo er zwei volle Dienstzeiten abgeleistet hat. Der Geruch verbrannten Fleisches hängt ihm in der Nase, und er sieht klauenbewehrte Hände, die wie graue Spinnen unter dem Bett hervorkommen. Mehr als einmal hat er sich mit dem Mann vom Wachdienst morgens um drei eine Dose Bier geteilt.

Als die Anschläge passiert waren, saßen er und Büffel in mit blutrotem Schweinsleder bezogenen Lehnsesseln vor dem Flachbildfernseher und schalteten zwischen CNN und Fox News hin und her. Die gleichen Bilder, nur andere Sprecher: ein schwelendes Wrack in einem Weizenfeld in der Nähe von Denver, zwei Flugzeuge, die aussehen wie weiße Särge, auf den Rollbahnen der Flughäfen in Portland und Boston.

Ein Reporter interviewt eine Frau in einem Bugs-Bunny-Sweatshirt und pinkfarbenen Leggings. Das Textbanner am unteren Bildschirmrand weist sie als Familienmitglied eines der Passagiere aus. »Es ist ein einziger schrecklicher Albtraum«, sagt sie und versucht, sich mit den Überresten eines Taschentuchs die Tränen aus dem Gesicht zu wischen. »Und ausgerechnet hier.«

Schnitt. Ein Bild von Jeremy Saber, dem Anführer der Widerstandsbewegung, die sich zu den Anschlägen bekannt hat, wird eingeblendet. Es folgt ein Video, das er ins Netz gestellt hat. Hemdsärmelig sitzt er an einem Schreibtisch, sein Kopfhaar ist der reinste Urwald, das kantige Gesicht wird von dicken Koteletten eingerahmt, und seine Arme sind von Tätowierungen bedeckt. Er wirkt eher wie der Barkeeper einer Punkkneipe oder wie ein ausgeflippter College-Lehrer denn wie der Sprecher einer Extremistengruppe. »Es wird heißen, wir hätten keinen Respekt vor dem Leben anderer Menschen, aber den haben wir. Sehr sogar. Er ist der Grund dafür, dass wir all diese Leben genommen haben. Wir taten es nicht ohne Reue, aber jetzt haben wir euer Gehör, und das ist es, was wir brauchen: euer Gehör, denn unsere Forderungen wurden immer noch nicht erfüllt.« Er verliest eine Liste. Zwangsmedikation und Bluttests, schlechte Berufsaussichten, die Besetzung der Republik durch amerikanische Truppen und die Pläne zur Einrichtung einer öffentlich zugänglichen Datenbank mit den Namen aller registrierten Lykaner sind seine Hauptkritikpunkte. »Falls die Regierung unseren mehr als nachvollziehbaren Forderungen nicht nachkommt, sehen wir uns gezwungen, weitere drastische Maßnahmen zu ergreifen. Der Terror wird nicht aufhören.«

Büffel stand auf, steckte die Hände in die Sakkotaschen und ging hinüber ans Fenster. Die im trüben Licht graublau schimmernden Regentropfen an den Scheiben erinnerten Chase an das Tarnmuster seines Marines-Kampfanzugs.

»Es gibt zwei Möglichkeiten, das Ganze zu betrachten«, sagte Büffel. »Als Tragödie.« Er drehte sich zu Chase um, zog eine Hand aus der Sakkotasche und streckte Daumen und Zeigefinger aus. »Aber es gibt noch eine: als vollkommen neue Situation genau zur rechten Zeit. Zu unserem Vorteil. Du bist der einzige Politiker im ganzen Land, der in der Republik gekämpft hat. Diesen Trumpf müssen wir ausspielen.« Wenn er spricht, betont Büffel sorgfältig jede einzelne Silbe, als wären es kleine Juwelen, die über seine Lippen kommen.

Zehn Jahre lang war er Anwalt gewesen, dann ging er zu einer Beratungsfirma, die Wirtschaftsbossen erklärte, welche Maschinen sie kaufen, welches Personal sie feuern und welche Standorte sie schließen sollten. Er entwickelte Marketingstrategien für große Firmen, um ihnen ein neues Image zu verpassen – aus einer gut gehenden Klitsche einen Global Player zu machen, wie er es gerne nannte –, und er war es auch, der Chase vorschlug, für den Gouverneursposten zu kandidieren. Und jetzt scheint er zum ersten Mal – Chase sieht es an Büffels zitternden Lippen – an die Chance auf eine Wiederwahl zu glauben. »Wir müssen dir noch heute Abend ein Mikrofon besorgen, am besten mit einem der Flugzeuge im Hintergrund.«

»Eine flammende Rede auf der Rollbahn?«

Büffel überlegt einen Moment. »Nicht ganz. Sie muss von Herzen kommen. Aber es muss mehr Wut als Trauer aus deinen Worten sprechen.«

Weitere Bilder von dem brennenden Wrack flimmern über den Bildschirm. Das orangefarbene Licht spiegelt sich in Büffels Brille und lässt die Gläser leuchten wie zwei Sonnen. »Wut ist genau das, was die Leute jetzt brauchen.«

Und Wut war, was Chase ihnen gab, als er zwei Stunden später vor dem offenen Hangar mit dem Flugzeug darin stand. »Was ich denke?«, sagte er zu den versammelten Reportern. »Ich denke, es ist Zeit, die tollwütigen Hunde in den Zwinger zu sperren. Es ist Zeit, dass wir ihnen mit dem Prügelstock in der Hand erklären, wo ihr Platz in dieser Welt ist.«

Seither hat er jedem größeren Nachrichtensender ein Interview gegeben, jedem Magazin und jeder Zeitung, wurde zum Helden erklärt oder zum Schurken. Zum ersten Mal hat auch er jetzt einen Spitznamen, sogar mehrere: »Hundebändiger« etwa oder »Wildhüter«. Jedes Mal, wenn er sich bei AOL einloggt, sieht er sein Gesicht. Auch wenn er in *Newsweek* die Seite mit den Cartoons aufschlägt oder wenn er sich mit einem kalten Bier auf dem Schoß durch die Nachrichtensendungen zappt. Chase tritt für eine Verlängerung des Militäreinsatzes in der Republik ein sowie für einen Ausbau der Atomenergie, zitiert Umfragen, denen zufolge die Bürger der Republik mehr oder weniger dasselbe wollen, weil sie angewiesen sind auf die Jobs, die Verbesserung der Infrastruktur und die Sicherheit, die die Anwesenheit der US-Truppen bedeutet. Er ist glühender Verfechter einer öffentlichen Namensliste, fordert einen Impfstoff gegen Lobos, Segregation und Einschränkung der Bürgerrechte von Lykanern. »Extremismus kann man nur mit extremen Maßnahmen bekämpfen«, lautet sein Credo.

All das Reden zehrt an seinen Kräften. Ohne eine Tüte Halsbonbons verlässt er gar nicht erst das Haus. Um sich abzulenken, reißt er jeden Abend fünf Meilen auf dem Stepper herunter oder flüchtet sich in Sex. Ab und zu macht er einen Aufriss – die blonde Reporterin von KOIN 6 zum Beispiel oder die rothaarige Barfrau im Irish Pub *Book of Kells* –, aber manchmal bezahlt er auch.

Heute ist so ein Tag. Das Digitalthermometer an der Wand zeigt vierundzwanzig Grad. Warm genug, um sich die Cowboystiefel von den Füßen zu reißen und Jeans, Baumwollhemd und Cordsakko in einer Ecke aufzustapeln. Am Hosengürtel hängt eine Lederscheide mit einem Jagdmesser. Achtzehnzentimeterklinge, versilbert. Sein Vater hat es ihm zum sechzehnten Geburtstag geschenkt. Chase hatte es während seines Einsatzes in der Republik getragen, und bis heute geht er nirgendwo mehr ohne hin. Als er aus dem Dienst schied, hatte er den Rang eines Colonels. Auf seiner Schulter prangen Adler und Anker der Marines, aber die Tätowiertinte ist mittlerweile so verblasst, dass es eher aussieht wie ein Bluterguss.

Chase fischt ein Kondom aus seiner Sakkotasche, nimmt das weiße Handtuch vom Wandhaken und wickelt es sich um die Hüfte. Das schummrige Licht lässt seinen Schatten verschwimmen wie eine trübe Pfütze. Er klettert auf den Massagetisch und bettet das Gesicht in die gepolsterte Aussparung. Er hört, wie sich der Knauf dreht und die Tür dann wieder ins Schloss fällt. Schritte nähern sich flüsternd. Ihr Name ist Choko. Alle paar Wochen verbringt Chase eine Stunde mit ihr. Manchmal lässt er sich von ihr mit Öl die Knoten aus den verspannten Rückenmuskeln massieren, und manchmal dreht er sich um. Dann nimmt Choko ihn in den Mund oder setzt sich auf ihn.

»Na?«, sagt er und hebt den Kopf. Die Frau steht ein paar Meter weit weg. Sie trägt einen roten Kimono, auf den ein schwarzer Drache gestickt ist. Das dunkle Haar reicht ihr bis zu den Ellbogen. Der Brunnen plätschert, und sie lächelt. Chase lässt die Stirn wieder zurück aufs Polster sinken. »Zuerst knetest du mich ein bisschen durch, okay? Ich kann's gebrauchen. Dann legen wir los.«

Gierige Erwartung steigt in ihm auf. Chase' Blut sammelt sich in der Körpermitte, und seine Erektion drückt schmerzhaft gegen die Liege. Er hört, wie Chokos Kleider zu Boden sinken, wie sie heftig atmet, fast schon keucht.

»Hey, du fängst doch nicht schon ohne mich an, oder?« Lächelnd stützt Chase den Kopf auf den Ellbogen. Wegen des Drucks, den die Unterlage auf seine Augen ausgeübt hat, ist seine Sicht leicht vernebelt, und im ersten Moment glaubt Chase, das wäre der Grund dafür, dass Chokos nackter Körper so verschwommen wirkt, sich biegt und krümmt wie ein Spiegelbild auf der Motorhaube eines vorbeifahrenden Autos. Er blinzelt ein paar Mal, dann wird die seltsam gebeugte Gestalt allmählich klarer, und Chase kann die länger werdenden Zähne erkennen, die schwarzen Borsten, die wie Stacheln aus ihrer Haut wachsen. Wieder spürt er dieses Loch in der Magengegend wie damals in der Republik, wenn in der Nähe plötzlich Schüsse fielen, wenn Leuchtspurgeschosse den Nachthimmel zerrissen wie blutrote Kometen.

»Ich habe eine Botschaft von der Widerstandsbewegung«, sagt Choko mit kehliger Stimme.

Noch bevor Chase von dem Massagetisch herunterspringen kann, hat sie ihn schon am Unterschenkel gepackt und vergräbt ihre Zähne darin.

Chase schlägt aus wie ein Pferd, und sie fällt mit blutverschmiertem Mund hintenüber. Sein Blut. Chase hält sich nicht erst damit auf, die Wunde zu inspizieren oder darüber nachzudenken, dass er jetzt infiziert ist.

Er stürzt zu Boden, und das Handtuch um seine Hüfte fällt herunter. Chase' erster widersinniger Impuls ist, es sich wieder umzubinden, seine Nacktheit zu verbergen. Dann verfällt er – ebenso widersinnig – auf die Idee, zur Tür zu rennen und nach Hilfe zu rufen. Er hat den Mund noch nicht einmal ganz aufgerissen, da wird ihm klar, dass das hier ein geplanter Hinterhalt ist und Choko kaum alleine handeln dürfte.

Sie knurrt. Es ist das Geräusch eines Tieres. Chase kann es bis in seine Knochen spüren wie die Basslautsprecher auf einem zu lauten Konzert. Noch nie hat er sich so verwundbar gefühlt, so nackt, ungeschützt und blutig. Er spürt keinen Schmerz, noch nicht, nur das warme Blut auf seinem Unterschenkel und die klebrige Pfütze unter seinen Fußsohlen, als er auf der Suche nach irgendeiner Waffe – egal was – rückwärtstaumelt.

Die Kommode kracht gegen sein Kreuz. Endstation. Chase spürt den Sprühnebel des Tischbrunnens auf seinem Rücken. Er packt das Gerät, reißt das Kabel heraus und schleudert der Lykanerin das Bassin entgegen. Wie bunte Hagelkörner klappern die Steine über den Boden, während das Becken auf die Lykanerin zusegelt.

Sie reißt schützend die Arme hoch, und die Steinschüssel schlägt gegen ihre Brust. Wasser spritzt auf und durchnässt ihr Haar, das herabhängt wie flüssiger Schatten.

Die Polsterung des Massagetischs ist zerfetzt und von tiefen gelben Schlitzen durchzogen. Sie steht auf der einen Seite, Chase auf der anderen. Er muss zu dem Kleiderstapel auf der anderen Seite des Raums, muss irgendwie an sein Jagdmesser kommen. Er kann sie riechen. Immer und überall würde er diesen Geruch nach ungewaschenen Schamhaaren erkennen, den Geruch der Lykaner, der angeblich von der überaktiven Hypophyse verursacht wird.

Vornübergebeugt steht sie da, ihre Brüste hängen herab wie Pendel, ihre Arme peitschen wild durch die Luft, ihr Gesicht ist unter all dem Fell kaum zu erkennen. Sie stößt ein lang gezogenes Knurren aus, das klingt wie ein kehliger Wortschwall, und Chase bekommt eine Gänsehaut. Als Choko über den Massagetisch klettert, rennt er los und rutscht beinahe auf den herumliegenden Plastiksteinen aus.

Er hat gerade seine Kleider erreicht, als sie ihn mit einem Hechtsprung zu Boden reißt. Einen Moment lang wälzen sie sich wie Liebende eng umschlungen und keuchend auf dem Boden. Die Lykanerin ist schneller als er, aber Chase ist stärker, und er nimmt sie von hinten in einen Würgegriff. Choko schlägt aus und zappelt, aber sein Arm, der wie eine Kette um ihren Hals hängt, lässt nicht locker. Chase drückt zu, und sie schlägt mit ihren Klauen nach ihm, reißt ganze Fetzen aus seinem Unterarm, seinen Oberschenkeln, von den Rippen, wo auch immer sie ihn erwischt. Chase presst die Kiefer aufeinander, ignoriert den Schmerz und tastet mit dem freien Arm nach dem Messer. Er zieht den Gürtel aus dem Kleiderstapel und fingert an der Lederscheide herum. Endlich hat er es. Für einen Sekundenbruchteil spiegelt sich sein Gesicht in der Klinge, und Chase sieht seine vor Angst weit aufgerissenen Augen. Wie ein Fallbeil rast die Spitze herab.

Die Frau – nein, die Lykanerin – versucht, die Hiebe abzuwehren, aber ihre Kraft lässt nach, und schließlich erwischt er ihren Brustkorb. Der Stoß wird von einer Rippe abgelenkt, dann bohrt er sich tief in sie hinein.

Chase' Würgegriff erstickt ihren Schmerzensschrei zu einem kläglichen Jaulen. Immer wieder stößt er zu – Messer, Messer, Messer –, weit öfter als nötig. Leblos liegt sie auf ihm und bleibt, wie sie ist. Sie nimmt nicht wieder ihre menschliche Gestalt an wie in den Geschichten. Sie hat ihn angefallen wie ein Tier, ist gestorben wie ein Tier, und auch im Tod bleibt sie ein Tier.

Chase ist schwindlig. Das Zimmer ist so kalt, ihre Leiche so warm. Er könnte einschlafen mit ihr als Decke, aber er tut es nicht. Er schiebt die tote Lykanerin zur Seite und steht mühsam auf, verscheucht mit aller Macht die dunklen Flecken am Rand seines Blickfelds. Als er mit dem Handtuch seinen in Fetzen hängenden Arm abbindet, versucht er, nicht hinzusehen. Rote Flecken breiten sich über das Frottee aus wie ein Rosenbukett.

Der Raum hat keine Fenster. Natürlich nicht. Es gibt nur einen einzigen Weg heraus und nur einen hinein. Es dauert eine ganze Weile, aber schließlich schafft er es, die Tür mit der Kommode zu verrammeln. Chase denkt an den durchdringenden Blick der alten Frau am Empfang und weiß, Choko hat nicht allein gehandelt. Er braucht Hilfe. Seine Hand ist über und über mit Blut beschmiert, und sie zittert, aber irgendwie schafft er es, seinen Handheld aus der Sakkotasche zu ziehen und Büffel anzurufen. Er erklärt ihm, was passiert ist, und sagt ihm, er solle sich beeilen.

Kapitel 12

Seit Tagen plant Patrick seine Flucht, überprüft, welche Stufen knarren, schmiert die Türangeln mit Sprühfett ein und testet, wie weit sein Jeep vom Parkplatz rollt, wenn er die Handbremse löst. Und dann erklärt ihm seine Mutter, dass sie übers Wochenende nicht in der Stadt ist. Die Maklervereinigung hält eine Konferenz in Portland ab.

Patrick ist so erleichtert, dass er nicht einmal mit den Augen rollt, als sie ihn fragt, ob er sie heute Nachmittag zu einer Hausübergabe begleiten mag. »Könnte dir gefallen«, sagt sie.

Er liegt auf der Couch und liest Zeitung, einen Artikel über die Untersuchungen zum Tod eines ortsansässigen Ranchers und Stadtratmitglieds. Der Boden um die Leiche war mit Pfotenabdrücken von Kojoten übersät, aber der Wildhüter hatte erklärt, es sei äußerst unwahrscheinlich, dass Kojoten ihn so zugerichtet haben.

Die Couch ist aus Leder, genauso wie der Lehnsessel daneben. Das ganze Wohnzimmer sieht aus wie aus einem Einrichtungskatalog: Wollteppich, schmiedeeiserne Wandlampen, Beistelltischchen aus dunklem Holz. Seine Mutter hat keine finanziellen Probleme.

Sie legt Ohrringe an und zerzaust mit dem Dorn eines Kamms ihr dichtes, rabenschwarzes Haar. Nur über der linken Schläfe leuchtet eine silbrige Strähne aus den halblangen Locken. Sie verbirgt ihr Alter gut. Die Fältchen um die Augen hat sie unter einer dicken Schicht Make-up vergraben. »Also kommst du mit?«

»Schätze schon.«

Wenn sie lächelt, bilden sich Grübchen auf ihren Wangen. Während der letzten Wochen hat er sie ausgiebig studiert, überlegt, was er alles von ihr hat. Patrick ist seinem Vater sehr ähnlich, sagen alle. Die gleiche Hakennase, die gleiche hohe Stirn, die gleichen dicken Finger an den schaufelgroßen Händen, dafür umso schmalere Handgelenke. Aber Patrick hat zwei Eltern.

Als sie aus dem Wohnzimmer geht, pikst sie ihn mit dem Dorn in die Wange.

»Lass das«, sagt Patrick und wischt ihre Hand weg. Er weiß, sie tut alles, damit er sich hier wohlfühlt. Also geht er auf sie ein, beantwortet ihre endlosen Fragen, macht seine Hausaufgaben am Küchentisch, setzt sich zu ihr, wenn sie diese bescheuerte Serie mit den sexbesessenen Ärzten anschaut.

Patrick will kein Drama. Was er braucht, ist weniger Trubel, nicht mehr. Viele würden sich in seiner Situation wahrscheinlich auf ihrem Zimmer verkriechen, dann und wann mit verquollenen Augen herauskommen und ihrer Mutter die Ohren vollheulen, weil sie sie im Stich gelassen hat. Aber wann immer es Patrick zu viel wird und er am liebsten etwas kaputt schlagen würde, denkt er an seinen Vater, der ihm eingeschärft hat, nicht in Selbstmitleid zu versinken.

Trotzdem gibt es ein paar Kleinigkeiten, die ihm auf die Nerven gehen. Wie sie beim Sprechen fahrig mit den Händen fuchtelt zum Beispiel oder dass sie ständig die Deckel verliert. Milchflaschen, Senfgläser, Müslidosen, alles steht offen da. Und wie sie erst die Klimaanlage einstellt: Den ganzen August über stand sie auf vierundzwanzig Grad, und kaum wird es kälter, dreht sie die Temperatur runter auf neunzehn. Mein Gott, denkt Patrick. Kann sie das Ding nicht einfach das ganze Jahr über auf einundzwanzig Grad lassen?

Außerdem ist sie eine Reinlichkeitsfanatikerin. Wenn er ein verknittertes T-Shirt anzieht, reißt sie es ihm direkt vom Leib.

Er braucht seinen Teller nur abzustellen, da schnappt sie ihn schon und spült ihn erst unterm Wasserhahn ab, bevor sie ihn in die Geschirrspülmaschine stellt. Als sie ihm das Geld für den Jeep gab, war deutlich zu spüren, was sie von dem Wagen hält. »Bist du sicher?«, fragte sie immer wieder und deutete auf die anderen Wagen – alles Limousinen. Ihr Okay zu dem alten Wrangler hat sie nur gegeben, weil sie alles getan hätte, um Patrick glücklich zu machen.

Sie fährt einen weißen Toyota Camry, der so sauber ist, dass sich der Himmel im Lack spiegelt wie in einem Swimmingpool. Der Innenraum riecht immer noch neu, obwohl der Wagen schon mehrere Jahre alt ist. Ganz im Gegensatz zum Pickup seines Vaters, aus dessen Lüftung der Staub hustet und auf dessen Fußmatten alte Pommes vor sich hin schimmeln.

Bevor sie sich auf den Weg machen, holt seine Mutter einen kleinen Käfig aus der Garage. Darin sitzt eine gescheckte Katze, die mit Krallen und Zähnen die Gittertür bearbeitet und Patrick anfaucht, als er nur in ihre Richtung schaut.

»Was hat es mit der Katze auf sich?«, fragt er.

»Die ist für einen Freund«, erklärt seine Mutter. »Die Leute von der Tankstelle wollten sie loswerden.«

Sie fahren durch Old Mountain. Der Ort hat sich von einer Mühlenstadt zur Luxuswohnlage für Leute gemausert, die ein Wochenendhaus oder einen Altersruhesitz suchen. Sie kommen zum Skifahren, zum Fliegenfischen, Mountainbiken und Reiten. »Als ich vor fünfzehn Jahren hierhergezogen bin, lebten fünfzehntausend Leute hier. Und jetzt? Zweihundertfünfzigtausend allein im Stadtgebiet«, erläutert seine Mutter. Heute ist Old Mountain eine der am schnellsten wachsenden Gemeinden im gesamten Land, die Anfeindungen zwischen den Alteingesessenen und Zugezogenen sind groß.

Die Mühle ist längst weg. Wo einst Industrie war, stehen jetzt Eigentumswohnungen, Bio-Kaffees und Boutiquen entlang einer gemauerten Flusspromenade. Es gibt nur wenige Kreuzungen, die Straßen scheinen aus einem einzigen Kreisverkehr zu bestehen. Patrick ist schwindlig von den ständigen Kurven, er hat die Orientierung längst verloren.

Seine Mutter deutet auf ein Viertel mit malerischen Bungalows. Früher lebten hier ausschließlich Lykaner, erklärt sie. Das war vor dem Freiheitskampf, als Wohngebiete, Schulen, Toiletten und Restaurants noch strikt getrennt waren. Heute stehen die Häuschen zum Verkauf, dreihunderttausend Dollar das Stück.

Die Straße führt einen Hügel hinauf in eine Gegend, die aussieht wie eine exakte Kopie des Viertels, in dem seine Mutter wohnt. Diese auf pseudoländlich gemachten Ortsteile mit eigenem Golfplatz scheint es überall in der Stadt zu geben. Sie haben so klangvolle Namen wie Elk Ridge oder Bear Hollow, beinahe jedes Haus hat einen aus Kieselsteinen gemauerten Kamin, naturbelassene Kiefernstämme tragen das Dach über der Veranda.

Der Himmel ist eine blassblaue Wand. Der böige Septemberwind weht vertrocknete Blätter über die Wiesen. Vor einem Haus mit einem Schild mit der Aufschrift Century 21 bleiben sie stehen. Seine Mutter lässt die Fenster herunter, damit die Katze genügend Luft im Auto bekommt, und holt dann Besen, Staubsauger und eine Papiertüte voll Putzutensilien aus dem Kofferraum.

Als Patrick aussteigt, bleibt eins der Blätter an seinem Schuh hängen. Es ist rund und schimmert golden, als würde das Geld hier tatsächlich auf den Bäumen wachsen.

Die Vorbesitzer sind letzte Woche ausgezogen. Sie saugt die Teppiche, bis alle Schuhabdrücke verschwunden sind, und entfernt die Wollmäuse an den Stellen, wo einmal Tisch und Couch standen. Mit Fensterreiniger entfernt sie die Fingerabdrücke von der Scheibe in der Tür und stellt überall im Haus Duftkerzen auf. Im Garten schneidet sie ein paar Blumen und stellt sie in eine Vase auf der Kücheninsel.

Patrick zupft das Gras aus den Fugen zwischen den Betonplatten der Auffahrt, fegt den Weg, das geflieste Badezimmer und die Garage. Schließlich klettert er noch durch ein Fenster aufs Dach und holt die Kiefernnadeln aus den Abflussrinnen. Als sie eine Stunde später fertig sind, fragt er seine Mutter, ob sie das bei jedem Haus so mache. Mehr oder weniger, meint sie. Er will wissen, ob es wirklich so wichtig ist, dass im Badezimmer eine Kerze brennt, und sie sagt: »Ja, absolut. Ein guter Auftritt ist immer wichtig.« Sie lässt das Gurtschloss zuschnappen, stellt den Rückspiegel ein und fährt sich mit den Fingern durchs Haar. »So funktioniert unsere Welt nun mal.«

Seit seinem ersten Amtstag hat Chase sich strikt gegen die Anstellung von Leibwächtern verwahrt. Kostet den Steuerzahler zu viel. Achtunddreißig Millionen allein in Kalifornien im letzten Jahr. Außerdem, so sagte er, könne er sich selbst beschützen. Letzten Monat allerdings, seit er regelmäßig in Radio und Fernsehen auftritt, konnte Büffel einen Kompromiss durchsetzen und hat einen privaten Sicherheitsdienst engagiert: Lazer Ltd. Die meisten Mitarbeiter sind stiernackige Exsoldaten. Chase nennt sie »seine Babysitter« und weigert sich, sich von ihnen begleiten zu lassen, außer wenn er irgendwo eine Rede hält. Büffel hat versucht ihn umzustimmen, erklärte, dass das Schlimmste meistens dann passiert, wenn man am wenigsten damit rechnet.

Das Schlimmste ist passiert. Vier Männer in Trainingsanzügen holen Augustus mit einem schwarzen Chevy Suburban ab und rasen zum Kazumi Day Spa. Die Reifen quietschen, rote Ampeln überfährt der Chevy mit brüllender Hupe. Es ist keine offizielle Adresse, und Augustus dirigiert den Fahrer vom Rücksitz aus. In den Kurven stützt er sich am Fenster ab oder hält sich mit einer Hand am Dachgriff fest, während er dem Fahrer zuruft, er solle sich verdammt noch mal beeilen.

Die Eingangstür ist verschlossen. Sie müssen sie mit einem

Rammbock aus den Angeln schlagen. Einer bleibt am Eingang, während die anderen mit gezogenen Pistolen den Flur entlangstürmen und die Lage überprüfen. Schließlich folgt Augustus ihnen. Nirgendwo brennt Licht, alle Zimmer und Flure sind leer. Nur eine Tür ist von innen verbarrikadiert. Sie drücken sie ein Stück auf. Orangefarbenes Licht schimmert durch den Spalt.

»Stopp!«, ruft Augustus.

Die Männer treten zur Seite und blicken ihn in Erwartung weiterer Befehle an.

»Wartet hier«, antwortet er, presst die Schulter gegen die Tür und stemmt sie so weit auf, bis er hindurchschlüpfen kann. Eilig schließt er sie hinter sich, damit die Männer Chase nicht sehen, der nackt, zitternd und halb bewusstlos am Boden liegt. Blut klebt an Wänden und Teppich. Jede Menge Blut.

»Ich bin's«, sagt Augustus, ohne seinen Freund zu berühren, weil er nicht sicher ist, wie lange der Erreger an der Luft überlebt. Mit der Schuhspitze stupst er die Leiche der Lykanerin an. Ihr blutverklebtes Haar sieht aus wie am Strand vertrocknendes Seegras. »Miststück. Du hast alles versaut.«

Er sieht die Schlagzeilen schon vor sich. »Gouverneur halb tot in Bordell aufgefunden. Wahrscheinlich infiziert.« Chase' politische Karriere ist am Ende. Augustus hätte Lust, ihr mit dem Fuß ins Gesicht zu treten, will sich aber die Schuhe nicht ruinieren. Er deckt die Leiche mit ein paar Handtüchern zu, damit die Sicherheitsleute sie nicht sehen, aber das Blut kommt trotzdem durch. Er nimmt einen Bademantel vom Haken und legt ihn Chase über die Schultern.

Niemand darf davon erfahren, sonst ist alles vorbei. Also bleibt nur eine einzige Möglichkeit.

Augustus öffnet die Tür und erklärt den Männern, sie sollen Chase ins Auto tragen. »Sobald er im Wagen ist, brennt ihr hier alles nieder. Bis auf den letzten Stein.«

Auf dem Weg nach Hause will Patricks Mutter einen Zwischenstopp einlegen. Es würde nur eine Minute dauern, sie müsse nur kurz was abgeben. »Die Katze. Ich hoffe, es macht dir nichts aus.«

Sie fahren an mehreren Autohändlern vorbei. Dutzende amerikanische Flaggen flattern über den glänzenden Neuwagen in der Brise. Über der Müllkippe ist der Himmel von Krähen und Möwen verdunkelt.

»Hier«, sagt seine Mutter unvermittelt und deutet auf einen weiß getünchten Betonkasten. »Das ist die ehemalige Schule für Lykanerkinder.«

Wie Dornen ragen die Überreste der eingeschlagenen Scheiben aus den Fensterrahmen, die Eingangstür steht offen, und aus dem Dach wächst eine Kiefer.

Nach einer Meile biegen sie von der Hauptstraße ab. Sie sind in Juniper Creek, einem begrünten Vorort mit vielen Bäumen, in dem kein Grundstück kleiner ist als ein halber Hektar. Braune Kiefernnadeln regnen auf die Windschutzscheibe herab. Zwanzig Meter entfernt sieht Patrick das Haus. Es ist eine Ranch. Die mit Lavagestein verkleideten Außenwände erwecken den Eindruck, als würde es direkt aus dem Boden wachsen.

Eine Bewegung am Rand seines Blickfelds lenkt Patrick ab. Aus den Gebüschen, hinter den Bäumen und unter der Veranda hervor kommen Hunde angelaufen, mehr als ein Dutzend. Staub spritzt von ihren Pfoten auf, als sie auf den Wagen zujagen. Patrick sieht einen Schäferhund, einen Rottweiler und einen Dackel, es ist ein bunt gemischter Haufen. Sie bellen wie wild, rennen im Kreis um den Toyota und folgen ihm die Auffahrt entlang.

Seine Mutter scheint keine Notiz von ihnen zu nehmen und summt das Lied im Radio mit. Noch bevor Patrick »Nein!« rufen kann, hat sie schon den Motor abgestellt und steigt aus.

Das Bellen verstummt. An seine Stelle treten leises Jaulen und Winseln.

Seine Mutter redet auf die Hunde ein wie auf kleine Kinder, tätschelt ihre Köpfe und krault ihr Fell.

»Wer wohnt hier?«, fragt Patrick.

»Ein Freund.«

Sie fragt ihn nicht, ob er mitkommen will, und bittet ihn auch nicht um Hilfe, als sie den Katzenkäfig aus dem Kofferraum holt. »Bin gleich wieder da«, sagt sie und geht zum Haus, ohne die Fahrertür zu schließen.

Ein paar der Köter laufen schwanzwedelnd und mit heraushängenden Zungen hinter ihr her – sie sind ganz aus dem Häuschen wegen der Katze. Der Rest bleibt beim Auto, darunter auch der Rottweiler, der sich übers Maul leckt, während er Patrick mustert.

Eine geschlagene Minute vergeht. »Braver Hund«, sagt Patrick schließlich leise, und prompt springt der Rottweiler auf den Fahrersitz. Seine Schnauze ist nur wenige Zentimeter von Patricks Gesicht entfernt. Er sieht nur noch das Maul des Viehs. Sein Atem riecht wie ein vergammelter Hamburger. Das Zahnfleisch ist von schwarzen Flecken übersät, die Reißzähne sind so lang und dick wie ein Daumen. Patrick wagt kaum zu atmen, als er im Zeitlupentempo die Hand an die Schnauze des Hundes hebt.

Der Rottweiler schnuppert kurz daran, leckt über Patricks Finger und stupst sie dann mit seiner kalten, feuchten Nase an – Patrick soll ihn hinterm Ohr kraulen.

Kurz darauf steht er mit einem Stock in der Hand neben dem Toyota, den Arm zum Wurf erhoben. »Bereit?«, fragt er, und die Hunde kläffen. Der Stock verschwindet wirbelnd zwischen den Bäumen, und die ganze Meute prescht hinterher. Ihre Pfoten trommeln so heftig auf den Boden, dass Patrick es bis in die Brust spürt wie seinen eigenen Herzschlag. Wenige Augenblicke später kommt der Schäferhund mit dem Stock im Maul zurück, der Rest trottet hinterher.

Gute zwanzigmal wirft Patrick den mittlerweile zerbissenen

und mit Hundespeichel vollgesabberten Stock. Schließlich verliert der Dackel die Lust und bleibt einfach sitzen. Patrick hebt ihn auf den Arm und streichelt ihn. Er kann nicht fassen, wie viel Angst er noch vor wenigen Minuten vor den zutraulichen Tölen gehabt hat. Als der Dackel ihn dankbar abschleckt, entdeckt er die weißen Härchen auf seiner Schnauze. Ein harmloser alter Rüde. Erst als das Tier die Lefzen ein Stück anhebt, sieht er die scharfen Zähne, die darunter verborgen sind.

Die Eingangstür des Hauses schwingt auf, und seine Mutter kommt plappernd die Veranda herunter. »Das wäre gut«, ruft sie über die Schulter. »Bis bald!«

Ein Mann schaut von der Tür aus in Patricks Richtung. Er trägt ein Anzughemd und eine kurze Hose. Er ist groß gewachsen und erschreckend dünn. Bis auf einen hufeisenförmigen silbernen Haarkranz ist sein Schädel komplett kahl. Er senkt das Kinn zu einem kaum merklichen Nicken, das Patrick nicht erwidert.

Chase zittert. Immer wieder verliert er das Bewusstsein. Seine Haut ist so fahl wie der Knochen, der aus seinem Unterarm ragt. Mit jedem Herzschlag zuckt neuer Schmerz durch seinen Körper. Er sieht, dass er auf einer blauen Plane liegt. Kein Krankenhaus. Sie können nicht riskieren, ihn in ein Krankenhaus zu bringen. Sein Kopf rollt zur Seite, die Plane raschelt. Er erkennt die Couch wieder, die an der gegenüberliegenden Wand steht. Kitschiges weißes Leder. Es ist Büffels Couch. Er ist in seinem Wohnzimmer.

Von weit weg hört Chase seine Stimme. Ein beruhigendes Geräusch. Wie damals als Kind, wenn er während einer langen Autofahrt ab und zu aufgewacht ist und hörte, wie seine Eltern sich vorne unterhielten. Mit einiger Anstrengung hebt er den Kopf und sieht Büffel mit dem Handy am Ohr auf und ab gehen. Seine Worte klingen panisch, abgehackt. Chase will ihm sagen, dass er sich entspannen soll, dann umfängt ihn wieder dunkle Nacht.

Kapitel 13

Max, der Typ mit den grauen Augen, lebt in der Altstadt. An dieser Gegend sind alle Veränderungen in Old Mountain spurlos vorübergegangen. Überall stehen die gleichen Bungalow-Schuhschachteln mit betonierter Terrasse und einem Ahornbaum neben der rissigen Einfahrt. Drei Autos und ein Pick-up parken vor dem Haus, alles Chevys. Straßenlaternen brummen, Telefonleitungen hängen wie Spinnweben vorm mondhellen Himmel. Noch bevor Patrick klopfen kann, geht die Tür mit einem Knarren auf, und aus der Tür blickt ihm das knorrige Gesicht eines Mannes entgegen, Max' Vater wahrscheinlich. Er winkt ihn herein, sagt, die Jungs seien unten.

Der Eingangsbereich ist mit Holzpaneelen verkleidet. Es riecht leicht nach Mottenkugeln. Drei Hirschtrophäen blicken Patrick von der Wand entgegen, auf dem Sideboard darunter steht die Attrappe einer Regenbogenforelle, daneben steinerne Bierkrüge und vom Zahn der Zeit gezeichnete Softball-Pokale. In einem Waffenschrank hängen mehrere Gewehre und Schrotflinten.

Patrick geht die Treppe hinunter. Musik von Minor Threat dringt an seine Ohren. Ein Dutzend Köpfe dreht sich in seine Richtung. Manche davon nicken im Takt, andere sind völlig reglos. Die kahlrasierten Schädel sind schwer voneinander zu unterscheiden. Erst als eins der Gesichter auf ihn zukommt, erkennt er es. »Schön, dass du gekommen bist«, sagt Max.

Patrick fällt zum ersten Mal die Luftröhrenschnittnarbe an Max' Hals auf. Wie ein leuchtend roter Wurm sitzt sie in der kleinen Grube zwischen seinen Schlüsselbeinen. Die Luft ist trocken, und der Polyesterteppich so grob gewoben, dass ein Funken überschlägt, als sie sich die Hand geben. Patrick blinzelt und bedankt sich stotternd für die Einladung.

Einer nach dem anderen stellen die Jungs sich vor – der eine hat kein Kinn, der andere Akne, als hätte er einen Ausschlag, der nächste Muskeln wie Hulk, und die Sehnen an seinem Hals treten hervor wie Klaviersaiten. Ihre Socken knistern auf dem Teppich, und ihre Finger spucken kleine blaue Blitze.

Dann wenden sich alle wieder ihrer vorigen Beschäftigung zu: Dart, Kicker, Laptop. In einer Ecke steht ein Fernseher mit Furniergehäuse. Darauf ist das Standbild eines Soldaten zu sehen. Er hat die Zähne zusammengebissen und die Lippen zurückgezogen. Zwei Jungs drücken auf ihre Controller, und der Soldat bewegt sich wieder. *Call of Duty: Lycan Wars.* Ein Ego-Shooter, der in der Republik von Lupos spielt. Jede Menge Levels, auf denen es gilt, so viele aufständische Lykaner zu töten wie möglich. Energie auffrischen und Waffen einsammeln: eine Kettensäge aus Silber, eine Gatling Gun, die schnurrend ihre Munition verschießt.

Sie versuchen, sich ein paar Mal im Monat zu treffen, nichts Formelles, erklärt Max. Einfach zusammen abhängen, Gemeinschaft erleben.

Patrick weiß nicht, was er erwidern soll, ob er fragen soll, was genau der Sinn dieser Gemeinschaft ist, was sie verbindet, also sagt er einfach: »Cool.«

Sie sprechen über die Highschool, wie es Patrick dort gefällt, was Max von den Lehrern hält, wer nichts taugt und wer in Max' Augen eigentlich ganz schlau, aber von seinen liberalen Ansichten verblendet ist. Unerbittlich schaut er ihm dabei in die Augen, legt die Hände übereinander und tippt dabei immer wieder mit dem Mittelfinger auf den Daumenballen der anderen Hand, wie um seinen Argumenten Nachdruck zu verleihen. »Möchtest du eigentlich was zu trinken?«, fragt Max schließlich.

Patrick bejaht. Einen Moment lang fragt er sich, ob er jetzt wohl ein Bier in die Hand gedrückt bekommt, da sieht er, dass die anderen ausnahmslos Cola, Squirt, Dr. Pepper und dergleichen in der Hand halten. Der Minikühlschrank ist bis oben hin voll. Patrick greift sich eine Cola.

»Bevor ich's vergesse.« Max schnippt mit den Fingern und hebt die Stimme. »Hört mal alle her.«

Die Musik wird leiser, das Bild auf dem Fernseher friert wieder ein, Köpfe drehen sich in ihre Richtung.

»Nächsten Mittwoch um vier treffen wir uns im Desert Flower, dem Altenheim auf der O. B. Riley. Zuerst kümmern wir uns um die Außenanlagen, dann wird Karten gespielt. Und du, Dan, spielst zum Abendessen Klavier.«

Alle nicken, dann rattern Kicker, Ego-Shooter und Gespräche wieder los.

Max hebt die Augenbrauen. »Nicht ganz das, was du erwartet hast, oder?«

Patrick weiß nicht, was er erwartet hat. Mehr Gegröle vielleicht. Eine Hakenkreuzfahne. »Seid ihr Antialkoholiker oder so was?«

»Nicht direkt.«

»Was dann?«

»Wir nennen uns ›The Americans‹.«

Sie reden über Einwanderung, über Waffengesetze, über Chase Williams' Aussichten, Präsident zu werden. Beinahe jeden seiner Sätze beendet Max mit einem bedeutungsvollen »stimmt's?«, als wolle er sich versichern, dass sie auch derselben Meinung sind.

Sie reden über die Anschläge, und als Patrick erklärt, er verstehe den Zeitpunkt nicht, verstehe nicht, warum die Widerstandsbewegung gerade jetzt so brutal losschlägt, ist Max fast beleidigt.

»Es hat nichts mit jetzt zu tun. Das geht schon seit Jahren so.

Seit unsere Eltern in unserem Alter waren, seit dem Beginn der lykanischen Freiheitsbewegung.«

Er zählt sie an seinen Fingern ab: das vereitelte Sprengstoffattentat vom Times Square, die Milzbrand-Panik, die Briefbomben, die Schießerei im Einkaufszentrum, den Gasanschlag in der U-Bahn. »Das waren alles Fehlschläge, mehr oder weniger. Ein paar Schlagzeilen, ein paar Tote, dann hat schon wieder das nächste Erdbeben oder der nächste Tsunami die Nachrichten übernommen. Die Flugzeuge waren das erste Mal, dass den elenden Kötern etwas richtig Großes gelungen ist. Und du, mein Freund, warst mittendrin und hast es überlebt. Ziemlich erstaunlich. Du bist jetzt eine historische Persönlichkeit, eine Symbolfigur. Du bist der wandelnde Beweis für ihr Versagen, der Grundstein unserer Hoffnung.« Max' Stimme wird immer lauter, bei jedem Wort pendelt sein Kopf vor und zurück wie die Pfote einer Winkkatze.

Patrick hasst es, wenn jemand ihn zum Symbol für irgendwas erklärt. Deshalb spricht er auch nicht mehr mit Reportern. Er versucht, das Thema zu wechseln, und fragt Max, ob er alle Lykaner für gefährlich hält. Ob er es fair findet, sie alle in einen Topf mit den Radikalen zu werfen. »Ich kenn nicht allzu viel Lykaner, aber ich würde sagen, die meisten sind ganz normale Durchschnittsbürger. Sie haben nicht viel Grund, sich zu beschweren, und scheinen einigermaßen zufrieden mit dem, wie es ist.«

Max schüttelt enttäuscht den Kopf und legt Patrick die Arme auf die Schultern. »Hör mal zu: Lykaner sind eine Bedrohung der öffentlichen Gesundheit. Sie sind Missgeburten. Das darfst du nie vergessen, okay?«

»Okay.«

Max lässt wieder von ihm ab, Patrick trinkt seine Cola aus und schüttelt die leere Dose als Zeichen, dass er sich noch eine holen wird.

Max folgt ihm zum Kühlschrank. »Und jetzt möchte ich, dass du mir was von deinem Vater erzählst.«

Patrick zieht an dem Verschluss und schlürft den Schaum vom Deckel. »Was willst du denn wissen?«

»Alles.«

Patrick weiß nicht, was er antworten soll. Sein Vater trägt Levi's-Jeans, Motorradstiefel und weiße T-Shirts, die er in Fünferpacks kauft. Seine Fingernägel sind ständig verdreckt, und mindestens einer davon ist immer blau von einem Bluterguss. Alle paar Wochen schneidet er sich vor dem Spiegel die Haare mit einer Schermaschine zu einer Marines-Bürste. Er war ein begabter Nichtstuer, sein Hauptfach am College war Biochemie. Dort, an der UC Davis, hat er auch Neal kennengelernt. Ihre Studienkollegen nannten sie nur Kirk und Spock. Keith fuhr Motorrad und hatte immer ein Messer am Gürtel hängen. Spannende Ideen begeisterten ihn, die Umsetzung weniger. Laborarbeit war nicht sein Ding. Neal hingegen trug beige Stoffhosen und Socken in den Sandalen. Er war ganz der pflichtbewußte Arbeiter, der sich später einen Namen als Experte für Veterinärmedizin machen sollte, während Patricks Vater mit seinem schlechten Abschluss und dem Händchen für Chemie zu Anchor Steam Brewing ging. Heute fährt er einen Dodge Ram und eine Indian. Auf der Stirn hat er eine rautenförmige Narbe. Er hat sie sich zugezogen, als er auf einer Weihnachtsfeier gegen eine offen stehende Vitrinentür lief. Mit verdutztem Gesicht sank er zu Boden und presste sich die Hände auf die Stirn. Der Vorfall war einer der schlimmsten Momente in Patricks Leben gewesen – noch nie hatte er seinen Vater bluten gesehen, geschweige denn, dass er sich vor den Leuten schämte, die um ihn herumstanden.

Nach etwa der Hälfte seiner Studienzeit – Keith brauchte sechs Jahre bis zu seinem Abschluss – ging ihm das Geld aus, also verpflichtete er sich bei der Nationalgarde, um die Unigebühren aufzutreiben. Mittlerweile ist er Sergeant und mit seiner Einheit gerade in dem Gefechtsvorposten Tuonela im Osten der Republik stationiert. Der ihm unterstellte Zug umfasst fünfundzwanzig von den insgesamt siebentausend Soldaten des kalifornischen Kontingents. Vor Jahren, als Patricks Großeltern noch lebten, hatte Keith schon einmal an einer militärischen Operation teilgenommen. Aber das war, bevor der Konflikt eskalierte, vor den gewalttätigen Demonstrationen und Aufständen gegen die Anwesenheit der US-Truppen, vor den Schlagzeilen über die zunehmenden Sprengstoffanschläge und den Straßenschlachten gegen die Zähne und Klauen der Lykaner.

Über Skype, E-Mail und Chat witzelt sein Vater gerne darüber, dass er vor der letzten Einberufung noch kein einziges graues Haar hatte, jetzt dafür umso mehr. Unter all den Kindern, die kaum älter sind als Patrick, kommt er sich vor wie ein alter Mann. Er schreibt über seine Gefühlszerrissenheit, dass er gerne zu Hause wäre und gleichzeitig weiß, dass sie hier das Richtige tun: »Es sind nur ein paar Querulanten. Der Rest der Bevölkerung – und das ist bei Weitem die Mehrheit – ist froh, dass wir hier sind. Vergiss nicht: Nur weil jemand Lykaner ist, ist er noch lange kein Monster. Behalt das immer im Hinterkopf.«

Nachts hört er Schusswaffen und das Heulen der Lykaner jenseits der Zäune, die den Stützpunkt umgeben. Ein Sprengsatz explodierte nur wenige Meter neben seinem Humvee. Er riss das Lenkrad scharf herum, und der Wagen überschlug sich auf der Böschung zweimal, aber bis auf ein paar Kratzer und einem Pfeifen in den Ohren blieben alle unversehrt. »Mir ist das Herz stehen geblieben. Es war nicht das erste Mal, dass es knapp war, und ich bin für diese Halbwüchsigen verantwortlich. Pass auf dich auf, Patrick. In Liebe, Dad.«

Sein Arbeitsvertrag bei Anchor Brew ruht einstweilen. Wenn Keith dort ist, verbringt er die meiste Zeit in einem weißen Overall, geht im Braudunst von Kupferkessel zu Kupferkessel und überprüft die Fermentation, überprüft sie noch einmal, reinigt Tanks, beult Fässer aus, notiert Temperatur- und

Hefekonzentrationskurven. Dann und wann führt er eine Touristengruppe mit Kamerataschen und weißen Leinenschuhen durch die Anlage. Sein Haar riecht immer nach Malz. Er spricht viel über Getreideschrot und Eichenfässer, und im Alltag verwendet er Wörter wie Hydrometer, Glykol oder Extrakt.

Es gibt so vieles, das Patrick über seinen Vater erzählen könnte, aber noch bevor er mehr als ein paar Sätze herausgebracht hat, geht die Kellertür auf, und Schritte kommen die Treppe herunter. Als Patrick sieht, wer es ist, verstummt er abrupt: das rothaarige Mädchen, Malerie.

Er spürt ein Loch in der Bauchgegend, durch das alle Kraft aus seinem Körper fließt, als hätte jemand den Stöpsel gezogen.

Sie sieht Patrick nicht an, nicht sofort. Sie geht direkt auf Max zu, schlingt ihm einen Arm um den Hals und küsst ihn schmatzend auf die Wange.

Max' Augenwinkel zuckt. Er wird leicht rot, schüttelt ihren Arm ab und blickt sich um, als wäre ihm Maleries Auftritt peinlich. Das Kreischen einer E-Gitarre ist das einzige Geräusch im Raum, als Max zu Patrick sagt: »Das ist Malerie, meine Freundin.«

Erst jetzt blickt sie ihn an. »Freut mich, dich kennenzulernen«, sagt Malerie und hebt die Hand zu einem Winken. Ihre rot lackierten Fingernägel leuchten wie ein Stoppschild.

Kapitel 14

Claire ist da. Es ist kaum zu glauben nach all der Zeit, aber auf dem Schild neben der Straße steht: La Pine, Bevölkerung 5799. Silbern schimmern die Buchstaben im Licht des Vollmonds.

Der Brief ihres Vaters hat sie hierhergelotst. Die Abkürzung auf der bescheuerten Postkarte hat ihr schließlich geholfen, ihn zu entschlüsseln. Claire nahm die Namen der Sternbilder, die er gezeichnet hatte, und schrieb sie hintereinander auf: *Fahr zu Miriam zehn zwanzig Battle Creek Road La Pine Oregon.*

Keine weiteren Informationen. Kein Hinweis darauf, weshalb er sie ausgerechnet zu seiner Schwester schickt, die Claire überhaupt nicht kennt. Vor zehn Jahren war sie aus nicht näher geklärten Gründen aus der Familie verstoßen worden. Vielleicht wohnt sie gar nicht mehr hier. Und selbst wenn. Es ist gut möglich, dass sie nichts mit Claire zu tun haben will.

Langsam, aber stetig hatte Claire sich immer weiter nach Westen vorgearbeitet, immer wieder ihren zerfledderten Straßenatlas studiert, bis sie eines Nachmittags traurig feststellte, dass sie ihr großes Ziel nun doch noch erreicht hatte: Sie war fünfhundert Meilen von zu Hause entfernt. Claire war in dem Minivan eines lesbischen Pärchens mitgefahren, saß eingeklemmt zwischen drei sabbernden Boxer-Hunden auf der Rückbank. Bei einem Rancher mit Stroh im Haar, dicken Handschuhen und einer Dose Kautabak auf dem Armaturenbrett. Sie hatte auf Veranden geschlafen, in Scheunen, Ställen, Wohnanhängern und unter den Bäumen. Eines Morgens war sie vom Hagel wach geworden, an einem anderen Tag von einem Geräusch, das klang wie Hagel, sich aber dann als ein Haufen Kinder herausstellte, die mit Stöcken gegeneinander fochten. »Du bist tot, Lykanermonster!«, schrien sie immer wieder und taten so, als würden sie sich gegenseitig die Bäuche aufschlitzen.

Wenn sie niemanden um eine Mitfahrgelegenheit anbetteln konnte, ging sie zu Fuß. Manchmal war es Tag und manchmal Nacht. Die Dunkelheit in den Great Plains war unendlich, nur ab und zu wurde das sternengesprenkelte Schwarz von der fahlen Lichtkuppel einer Stadt durchbrochen, die Namen wie Snakebite oder Elkhorn hatten. Ständig blies der Wind, zerrte an ihrer Hose und den schmierigen Haarsträhnen, die unter ihrer Wollmütze hervorlugten.

In einem Verschlag entdeckte sie eine Werkbank mit einer komplett ausgestatteten Werkzeugwand dahinter. Gabelschlüssel und Schraubenzieher und Hammer und Zangen, daneben zwei Werkzeugkästen, der eine rot, der andere schwarz, mit offenen Deckeln. Eine Ratsche, ein Satz Steckschlüssel. Claire inspizierte die Hämmer, wog sie in der Hand und steckte schließlich einen mit Kugelkopf und Gummigriff in ihren Rucksack. Da sah sie die große Drahtschere. Sie bewegte die Finger an ihrer linken Hand. Die Sehnen fühlten sich straff an, die Muskeln schwach und eigenartig, als wären es nicht ihre, aber ansonsten in Ordnung. Die nächsten Minuten mühte sie sich damit ab, die selbst gemachte Schiene aufzuschneiden. Als sie endlich herabfiel, war die Haut darunter blass und schwammig wie das Fleisch einer Auster.

Claire pustet warme Luft in ihre Hände und beobachtet, wie die Atemwölkchen in die Nacht verschwinden und sich auflösen. Als ihr Blick auf den fahlen Mond fällt, sieht sie weg. Claire hasst ihn. Sie weiß, es ist lächerlich, eine nackte Felskugel zu hassen, aber sie tut es trotzdem, hasst ihn zutiefst, wie jemand eine Flagge im Nachbargarten oder ein Firmenlogo auf einem Fabrikschornstein hasst. Er kommt ihr vor wie ein Totenschädel, der sie grinsend daran erinnert, was sie ist.

Claire hat noch nie Volpexx genommen, musste sie nicht, weil ihr Hausarzt ein Sympathisant war, ein Freund der Familie, der ihre monatlichen Bluttests fälschte. Aber an Stacey hat sie die Nebenwirkungen gesehen. Wie halb tot lag sie da, vor allem während des zunehmenden Mondes, wenn sie die höchste Dosis nehmen musste. Staceys Stimme war nur noch ein Nuscheln. Sie sank regelrecht in sich zusammen, bis auf die violetten Halbmonde unter den Augen schimmerte ihre Haut kränklich gelb. In der Schule schlief sie ein, vergaß ständig ihre Hausaufgaben.

Claire verspürt auch ohne Volpexx nicht das Verlangen, sich zu verwandeln. Und genau darum geht es: um Verlangen, um Loslassen, wie viele Lykaner es nennen. Das Tier von der Leine lassen wie ein unterdrücktes Es. Die meisten können kontrollieren, wann es passiert, können ihre Aggressionen unter Kontrolle halten, auch wenn sie verwandelt sind. Aber unter Stress oder bei Erschöpfung, wenn alles zu viel wird, kommt das Tier bei manchen auch ungerufen, übernimmt die Kontrolle über Körper und Geist. Bei Vollmond ist es am schlimmsten – der sogenannte »Mondeffekt«, den viele für die angebliche Zunahme an Raubüberfällen, Morden und Suiziden, Geburten, Autounfällen und Verwandlungen in solchen Nächten verantwortlich machen.

Endlose Kiefernreihen säumen die Straße. Claires Schritte entlang der weißen Begrenzungslinie sind das einzige Geräusch. Am Stadtrand von La Pine sieht sie das rote Leuchtschild eines Burger King-Restaurants. Die Fenster sind dunkel. Alle Restaurants und Geschäfte haben geschlossen, denn heute ist Vollmondsabbat. Nur die wichtigen Einrichtungen sind besetzt: Hotels, Krankenhäuser, Polizeireviere, Tankstellen. Ein Stück die Straße hinunter strahlt ihr der rote Stern einer Texaco-Station entgegen. Die Leuchtreklame summt wie ein

Schwarm Zikaden, als Claire ein paar Minuten später an den Zapfsäulen vorbeigeht.

Außer dem Mann an der Kasse ist niemand in dem Laden. Er ist etwa dreißig. Eingesunkene Augen. Der strähnige Kinnbart hängt bis zu dem Kruzifix um seinen Hals herab. Claire fragt ihn, wie sie zur Battle Creek Road kommt, und er erwidert, diesen Straßennamen habe er noch nie gehört. Sie fragt, ob er vielleicht ein Smartphone hat, auf dem sie kurz nachsehen könnte, und er sagt, wenn er sich ein Smartphone leisten könnte, würde er sicher nicht nachts an der Kasse bei Texaco rumhängen.

Draußen steht ein Sattelschlepper an der Dieselzapfsäule. Claire kann den Fahrer nur als schwarze Silhouette in der dunklen Kabine erkennen, aber sie weiß, dass er sie beobachtet. Sie kann es spüren. In der Kabine leuchtet die Glut einer Zigarette auf, die langen Auspuffrohre spucken, als würden sie den zugehörigen Rauch ausstoßen. Claire bekommt eine Gänsehaut. Der Anhänger des Trucks hat unzählige Luftlöcher – ein Viehtransport, Schafe auf dem Weg zur Schlachtbank. Claire hört das ängstliche Blöken, sieht hier und da ein Auge nach draußen spähen oder eine feuchte Schnauze.

Nach einer weiteren Viertelmeile beginnt ein Gehweg neben der Straße. Claire eilt auf den Lichtkegel der ersten Laterne zu. Vor einem Hotel stehen drei Autos. Der fliederfarbene Datsun dürfte der Nachtportierin gehören. Die Traumfänger-Ohrringe und das pechschwarz gefärbte Haar passen nicht zu ihrem faltigen Gesicht. Claire versucht ruhig zu bleiben, als die Frau sie zuerst geflissentlich ignoriert und sie dann fragt, ob sie ein Zimmer will oder nicht. Als Claire verneint, seufzt sie genervt, gibt aber schließlich nach und tippt die Adresse bei Google Maps ein. »Battle Creek?«

»Ja.«

»Nicht Battle River?«

»In dem Brief steht Battle Creek.«

»Kein Ergebnis für Battle Creek. Aber Battle River gibt es.

1020 Battle River, hier.« Ihre Stimme klingt rostig, ihr Atem riecht wie tausend Zigarettenkippen. »Richtung Süden ein Stück aus der Stadt raus, dann nach Westen. Ist 'ne ganz schöne Strecke. Mindestens fünf Meilen.« Sie klickt mit der Maus, und der Drucker spuckt ein grau schraffiertes Blatt aus. »Ich hoffe, du findest, was du suchst.«

Claire folgt dem Highway 97 Richtung Süden. Die Laternen verschwinden, die Häuser werden weniger, bis sie nur noch vereinzelte Leuchtpunkte zwischen den Bäumen sind. Ab und zu lichtet sich der Wald, und Claire kann den scharf gezackten Kamm des Kaskadengebirges erkennen. Jedes Mal, wenn eine Straße kreuzt – die meisten davon mit Schotterbelag –, leuchtet sie mit der Taschenlampe auf die ausgedruckte Karte, als hätte sie Angst, der Verlauf der Wegstrecke könnte sich in der Zwischenzeit verändert haben.

Claires Beine wollen nicht recht. Nicht wegen der Aufregung, sondern aus Sorge. Ihr Vater hat einen Fehler gemacht. Vielleicht stimmt der Straßenname nicht oder die Stadt, vielleicht ist auch beides falsch. Vielleicht stimmt nicht einmal die Hausnummer. Er war in Eile, und er war angespannt, als er die Nachricht schrieb, von der er wusste, sie könnte seine letzte sein. Claire kann nicht anders, als ihn zu verfluchen. Genauso wie sie nicht anders kann, als immer weiter zu laufen.

Sie ist so mit ihren Gedanken beschäftigt, dass sie den Sattelschlepper erst bemerkt, als er schon fast auf ihrer Höhe ist. Er rauscht an ihr vorbei, und in seinem Luftzug riecht Claire die Schafe und den Gestank ihres Kots. Nach hundert Metern leuchten die Rücklichter rot auf. Mit einem Ächzen wie von einem Dinosaurier kommt der Lastzug zum Stehen.

Claire verlangsamt ihr Tempo. Sie denkt zurück an den Lastwagenfahrer in Minneapolis, welche Angst sie hatte und daran, wie nett er dann war. Sie nestelt an dem Reißverschluss der Jacke herum, die er ihr geschenkt hat, und zieht ihn bis zum Kragen hoch. Ihr Blick wandert die Straße entlang, die sich wie eine schwarze Schlange mit gelben Streifen hinter ihr erstreckt, und versucht sich zu erinnern, wann sie das letzte Mal ein Auto gesehen hat.

Claire holt den Hammer aus ihrem Rucksack und hält ihn an den Oberschenkel gepresst. Der Viehtransporter kommt immer näher, und schon bald hört sie die Hufe auf dem Riffelblech, hört den Urin, der sich wie ein Wasserfall durch den Rost auf den Asphalt ergießt. Sie geht den Hänger entlang, da schwingt zehn Meter vor ihr die Beifahrertür auf. Der sanfte Lichtschein eines Heizstrahlers leuchtet daraus hervor.

Claire bleibt stehen und ruft in einer Lautstärke, die hoffentlich ausreicht, um das Dröhnen des Motors zu übertönen: »Ich hab meinen Daumen nicht rausgehalten.«

Keine Antwort. Claire spürt das Brummen der Dieselmaschine am ganzen Körper. Es fühlt sich an, als würde sie zittern. Sie weiß nicht, ob sie weglaufen oder zur Beifahrertür rennen und fragen soll, ob sie mitfahren kann. Sie weiß, fünf Meilen sind nichts im Vergleich zu den zweitausend, die sie bereits hinter sich hat, aber die Nacht ist kalt, und ihre Tante – Miriam – wartet vielleicht auf sie. Claire fällt kein Gesicht zu dem Namen ein. Es ist zu lange her, aber sie stellt sich eine Frau mit auffallend geradem Rücken vor. Die steht in der Küche, holt Tassen aus dem Regal und setzt einen Kessel auf. Wahrscheinlich wartet sie darauf, dass es an der Tür klopft.

Claire umklammert den Griff des Hammers. Schritt für Schritt tastet sie sich vorwärts. Ihre Sohlen schaben über den Boden wie auf Sandpapier. Beinahe glaubt sie, es wäre derselbe Fahrer wie in Minneapolis – gekommen, um sie ein weiteres Mal zu retten. Sie sieht das Lächeln auf dem Gesicht des Mannes, aber natürlich wirkt dieses Lächeln nicht.

Er trägt eine Clownsmaske. Das ist das Erste, was ihr durch den Kopf geht, als sie ihn sieht: Er trägt eine Clownsmaske! Warum in aller Welt?

Im Schein der Kabinenbeleuchtung sitzt er auf der Kante des Beifahrersitzes. Die Augen sind leere schwarze Höhlen, das Haar und die zu großen Lippen um das zu breite Grinsen leuchten in grellem Orange.

Die Schafe blöken, der Motor brummt, und er sagt: »Komm her. Komm her zu mir.« Er spricht ganz leise und ruhig, und das ist es, was Claire am meisten Angst macht: seine Ruhe. Noch bevor sie sich umdrehen und weglaufen kann, springt er von seinem Sitz herunter und direkt auf Claire drauf.

Sie stürzen. Claires Rucksack bohrt sich ihr in den Rücken. Der Trucker presst ihr einen Unterarm quer über den Brustkorb und drückt sie zu Boden.

Das muss ein Traum sein. Das versuchen die Leute immer zu glauben, wenn ihnen das Unmögliche passiert. Und was gerade geschieht, ist ganz und gar unmöglich: Ihre Eltern sind tot, ihr Haus ist von Kugeln durchsiebt, und jetzt, nachdem Claire quer durchs halbe Land gelaufen und getrampt ist, wird sie von einem Kerl in Clownsmaske vergewaltigt, dessen Körper die Sterne am Himmel verdunkelt, die sie überhaupt erst an diesen Ort gebracht haben.

Aber aus Träumen wacht man immer auf, bevor es zum Schlimmsten kommt. In Träumen fühlt man sich nicht, wie Claire sich jetzt fühlt, spürt nicht die Kälte des Straßenbelags im Rücken, riecht nicht den warmen säuerlichen Atem im Gesicht, fühlt nicht diese Spinnenfinger, die versuchen, unter ihr T-Shirt zu kommen.

Die Schafe blöken und stampfen mit den Hufen.

Claire könnte sich verwandeln, sollte sie sogar, und einen Moment lang glaubt sie, genau das würde passieren. Ein Zittern fährt durch ihren Körper wie ein Stromschlag, und jeder Muskel spannt sich an. Sie holt mit dem Hammer aus und schlägt zu, aber der Hieb gleitet an seiner Schulter ab.

»Das wird dir gleich leidtun«, knurrt er und schlägt Claire mit der Faust auf die Schläfe.

Claire hört ein Geräusch wie von einer Billardkugel, die auf einen Holzboden fällt. Dann schwimmt sie, schwebt zwischen zwei Welten und will nichts anderes mehr, als die Augen zu schließen und sich in den dunkelsten Winkel ihres Bewusstseins zu verkriechen, in irgendein kleines Kämmerchen, in dem sie die Tür verriegeln kann.

Patrick muss fahren. Die Fenster sind unten, die kalte Nachtluft schlägt ihm ins Gesicht wie eine Ohrfeige und macht seinen Kopf wieder klar. Er lässt Old Mountain hinter sich und das Leuchten der Außenbezirke. Die Dunkelheit ist ihm lieber. Er hat kein Ziel, will nur weg. In Bewegung bleiben ist alles, was zählt. Patrick will allein sein an dem einzigen Ort, an dem er sich zu Hause fühlt: in seinem heruntergekommenen Jeep.

Die Straßen sind vollkommen leer. Eine ganze Minute lang drückt er das Gaspedal bis zum Anschlag durch. Der Motor brüllt, und die Tachonadel bewegt sich zitternd auf die Achtzigmeilenmarke zu. Schließlich nimmt er den Fuß vom Pedal, damit die Karre nicht auseinanderfällt.

Es ist kurz vor Mitternacht, aber Patrick ist kein bisschen müde. Er denkt an Malerie, wie sie Max geküsst hat. Sie hat Patrick behandelt, als wäre sie ihm noch nie begegnet, hat ihm mit derselben Hand zugewunken, mit der sie ihm ein paar Tage zuvor einen runtergeholt hat. Bizarr. Bevor Malerie hereinkam, waren ihm die »Amerikaner« nur unheimlich gewesen, aber jetzt haben sie allen Grund, ihm was zu tun, falls Max je herausfindet, was passiert ist.

»Was für ein Spiel treibst du eigentlich?«, murmelt er, aber die einzige Antwort ist das Pfeifen, mit dem der Wind durch das rissige Verdeck fährt. Patrick streckt einen Arm aus dem Fenster und bewegt die Hand im kühlen Fahrtwind auf und ab. Es sieht aus wie ein bleicher Fisch, der gegen eine dunkle Strömung ankämpft.

Aus dem Augenwinkel sieht Patrick eine Bewegung und zuckt

zusammen. Im ersten Moment denkt er, es wäre ein Rudel Wölfe, das da aus dem Wald gerannt kommt, aber es sind Kojoten, die neben dem Seitenstreifen im Mondlicht dahinjagen. Er verlangsamt das Tempo, und eine Weile laufen sie neben seinem Jeep her wie eine graue Brandungswelle, dann drückt er wieder aufs Gas. Die Kojoten fallen zurück, und im Rückspiegel sieht Patrick, wie ihre Augen das Rot seiner Rücklichter reflektieren.

Tage später wird er sich fragen, ob es der Geruch der Schafe war, der sie angezogen hat, und ob es der Vollmond war, der *ihn* in dieser Nacht so in Rage versetzte, doch als Patrick hinter der nächsten Kurve einen Sattelschlepper auf dem Seitenstreifen stehen sieht und die beiden Gestalten entdeckt, die im grellweißen Licht der Scheinwerfer miteinander kämpfen, ist sein Kopf absolut leer. Sein Körper reagiert wie von selbst. Er tritt auf die Bremse, springt aus dem Wagen und rennt auf den Mann zu, der eine junge Frau auf den Boden gedrückt hält.

»Hey!«, brüllt Patrick, und der Mann hebt den Kopf. Ein schneeweißes Gesicht und ein rotes Clownsgrinsen blicken ihm entgegen. Patrick springt. Jemand schreit, vielleicht er selbst, als die beiden aufeinanderprallen. Sie rollen die Böschung hinunter. Patrick sitzt rittlings auf dem Kerl und reißt ihm mit einem schmatzenden Geräusch die Maske herunter. Darunter kommt ein rot angelaufenes, schwitzendes Gesicht zum Vorschein, so haarlos wie ein Radiergummi. Egal wie entsetzlich er zuerst ausgesehen hatte, er ist ein Mensch. Und ein Mensch kann bluten.

Patrick holt aus und schlägt zu, einmal, zweimal, zerquetscht ihm die Lippen zu Brei und merkt zu spät, warum sein Gegner nicht schützend die Arme hebt, sieht nur schemenhaft die Hand, die blindlings über den Boden tastet und nach einem faustgroßen Stein greift.

Patrick hört den Schlag eher, als dass er ihn spürt, und alles wird schwarz. Er liegt auf dem Boden und würgt an dem vom Kampf aufgewirbelten Staub. Als er wieder etwas erkennen kann, sieht er gerade noch, wie der Mann in seinen Truck klettert und die Fahrertür hinter sich zuschlägt. Mit einem Zischen lösen sich die Bremsen.

Patrick schüttelt den Schmerz ab und kommt schwankend auf die Beine, aber der Boden schwankt unter seinen Füßen. Er packt einen Stein und schleudert ihn nach dem Truck – mindestens fünf Meter daneben klatscht er auf den Asphalt. Noch bevor Patrick den nächsten aufheben kann, heult der Motor auf, und der Lastzug setzt sich schaukelnd in Bewegung. Wie die Augen eines Drachen, der sich in seine Höhle zurückzieht, werden die roten Rücklichter immer kleiner. Patrick starrt ihnen hinterher, bis sie hinter der nächsten Kurve verschwunden sind und als einziger Hinweis, dass er jemals da war, nur noch der feuchte Geruch der Schafe in der Luft hängt.

Patrick befühlt seine Schläfe. Er spürt Blut und ein loses Stück Haut. Hoffentlich nichts Ernstes. Zu seinen Füßen liegt die grinsende Maske mit den wirr abstehenden orangefarbenen Haaren. Zwei schwarze leere Augen starren ihm entgegen. Angewidert tritt er die Maske ins Gebüsch.

Das Mädchen liegt immer noch am Boden. Er sieht sie an, sie sieht ihn an, und die Luft zwischen ihnen knistert sofort, als stünde sie unter Strom, vibriert wie von einem Unterton, den seine Ohren nicht wahrnehmen können. Etwas Himmlisches umgibt dieses Mädchen, die blasse Haut, die schimmert wie Mondlicht.

»Ich habe einen Hammer«, sagt sie und hält ihn hoch.

»Wegen mir brauchst du dir keine Sorgen zu machen.«

»Mach ich auch nicht, aber ich will, dass du weißt, dass ich einen Hammer habe.«

Beinahe hätte er sie gefragt, ob alles in Ordnung ist, aber er verkneift sich die Frage gerade noch rechtzeitig. Nichts ist in Ordnung. Ob sie verletzt ist – das ist es, was er wissen will.

»Geht schon«, sagt sie. Ihre Kleidung ist nicht zerrissen, und das Mädchen blutet nicht. Wäre Patrick nur eine Minute später dazugekommen, hätte die Sache vielleicht anders ausgesehen. Eine Minute später hätte der Kerl sie vielleicht schon in seine Fahrerkabine gezerrt gehabt.

Patrick hält ihr die Hand hin, und das Mädchen nimmt sie. Er zieht sie auf die Beine, und für einen Sekundenbruchteil stehen sie sich direkt gegenüber. »Kannst du irgendwo hin?«

Sie macht einen Schritt zurück. »Ja.«

»Kann ich dich hinbringen?«

»Ja.« Hastig spuckt sie die Antworten aus, fast wie ein Roboter. Wahrscheinlich ist es ganz egal, was er fragt, wahrscheinlich würde er jedes Mal dasselbe Ja zur Antwort bekommen. Als sie Patrick zum Jeep folgt, geht sie so langsam, als müsse sie erst wieder laufen lernen, und als sie nach der Tür greift, verfehlt sie den Griff.

Patrick erledigt das für sie, fragt, ob er die Polizei verständigen solle. Er habe das Nummernschild zwar nicht gesehen, aber wenn sie jetzt gleich anrufen, dürfte der Scheißkerl nicht weit kommen.

»Nein«, sagt sie durch zusammengebissene Zähne, und Patrick muss zur Seite springen, als sie die Tür zuschlägt. »Keine Polizei.«

Er setzt sich hinters Steuer und lässt den Motor an. Das Radio brüllt los, irgendein kitschiger Popsong. Denkbar unpassend. Patrick schaltet es schnell wieder aus und wirft einen kurzen Blick in den Innenspiegel. Die Wunde an der Schläfe ist fast ganz von seinen Haaren bedeckt. Er kann die rote Schwellung zwar sehen, aber das Blut trocknet bereits. So weit scheint alles in Ordnung zu sein. Er wird's überleben.

Erst jetzt sagt sie »danke«, so leise, dass er es beinahe nicht gehört hätte.

»Keine Ursache.« Er legt die Hände aufs Lenkrad und sieht, dass seine Knöchel aufgeschlagen sind. »Wohin?«

Sie reicht ihm ein verknittertes Stück Papier, und Patrick begutachtet es einen Moment lang.

»Ich weiß nicht mal, wo wir hier sind, also sagt mir das hier nicht viel«, erklärt er schließlich, holt sein Handy hervor, tippt die Adresse ein und hält ihr die auf dem Display markierte Route hin. Im Lichtschein des Bildschirms sieht er zum ersten Mal ihr Gesicht, das so gar nicht zu ihrer Kleidung passen will. Sie ist in seinem Alter, vielleicht ein bisschen älter, und hübsch. Nicht der Typ, der von zu Hause ausreißt oder Drogen nimmt oder was immer es ist, das jemanden dazu bringt, mitten in der Nacht mit einem Hammer in der Hand auf dem Seitenstreifen eines Highways rumzulaufen. »Ist nicht weit.«

Sie fahren. Die Baumkronen glitzern silbern im Mondlicht, ihre Stämme sind in undurchdringliches Schwarz getaucht. Sooft er es wagt, schaut Patrick zu ihr hinüber. Wie sie wohl heißt? Er traut sich nicht zu fragen. Tränen laufen aus ihren Augen, aber sie scheint nicht zu weinen – zumindest nicht so, dass man es weinen nennen würde. Stocksteif wie ein Besen sitzt sie da und hält den Rucksack auf ihrem Schoß umklammert. Nicht einmal geblinzelt hat sie bis jetzt.

Was ist die richtige Reaktion in so einer Situation? Eine tröstende Berührung? Beruhigende Worte? Das Schwein verfluchen, das ihr das angetan hat? Mit einem Witz die Spannung auflockern?

»Hey«, meint er schließlich und berührt ihr Handgelenk. Mehr Worte fallen ihm nicht ein – tun sie nie –, aber Patrick hofft, die kurze Berührung sagt ihr, in Ordnung, es wird alles wieder in Ordnung kommen.

Sie hat diesen Albtraum so satt, und jetzt ist er beinahe vorbei. Der Junge fährt sie nach Battle River. Immer wieder springt sein Blick zwischen dem Handydisplay und der Straße hin und her, immer wieder bremst er ab und versucht die Nummern auf den Briefkästen vor den langen Auffahrten zu entziffern. Zwischen den hohen Bäumen schimmert das Gras blau im Mondschein. Um ein Haar verpasst er die Adresse. Miriam hat keinen Briefkasten, das Schild mit der 1020 in Leuchtziffern ist an einen Baum genagelt.

»Hier«, sagt er und reißt das Lenkrad herum. Schotter knirscht unter den Reifen, und sie fahren eine mehrere Hundert Meter lange tunnelartige Allee entlang bis zu einer Lichtung.

Die Scheinwerferkegel fallen auf eine einfache Blockhütte. Daneben steht ein Auto, ein silber-schwarzer Ramcharger. Sie bleiben stehen. Als Claire vor der Hütte ein weißes Licht aufflammen sieht, macht ihr Herz einen Sprung. Sie ist sicher, es ist der Lichtstrahl einer Taschenlampe und Miriam kommt ihr entgegen, um sie willkommen zu heißen. Erst dann merkt sie, dass es ein Blendscheinwerfer ist, der Eindringlinge abschrecken soll.

»Du wohnst nicht hier, oder?«

»Nein.«

»Aber du weißt, wer hier wohnt?«

»Ja«, sagt Claire und dann: »Nein.«

Die Standheizung surrt, und Claire lässt ihren Gurt aufschnappen.

»Soll ich mitkommen?«, fragt der Junge, und als sie Nein sagt, erklärt er: »Ich warte hier, bis dich jemand reinlässt.«

»Mach dir keine Sorgen. Es ist auf jeden Fall jemand da.« Claire spürt tatsächlich etwas. Jemand ist hier, wenn nicht in der Hütte, dann ganz in der Nähe. Sie stößt die Tür auf und schultert ihren Rucksack. Der Junge soll jetzt verschwinden, er soll sie vergessen. Sie hätte ihm die Adresse gar nicht erst sagen sollen – genauso wenig wie sie zu der offenen Lastwagentür hätte laufen sollen. Sie muss vorsichtiger werden. Es gibt zu viele Ungeheuer auf dieser Welt. »Du kannst jetzt fahren.«

»Klopf einfach, dann …«

»Fahr.« Es kommt aggressiver aus ihr heraus, als sie beabsichtigt hatte, und der Junge zuckt erschrocken zusammen. Erst jetzt fällt Claire auf, wie nett und gut aussehend er eigentlich ist. Alles Dinge, die ihr einmal wichtig waren.

»Danke«, sagt sie schließlich. »Aber ich komm schon zurecht.«

Er schaut sie einen Moment lang prüfend an, dann nickt er. Doch anstatt zu verschwinden, fischt er einen Notizblock von der Rückbank, kritzelt seinen Namen und eine Telefonnummer darauf, reißt den Zettel ab und reicht ihn ihr. »Nur für den Fall.«

Claire stopft ihn in die Jackentasche, und als er die Hand auf den Schaltknüppel legt, schlägt sie die Tür zu. Der Jeep wendet und fährt blubbernd die Allee zurück. Bald darauf sind seine Rücklichter nur noch ein geisterhaftes Leuchten zwischen den Bäumen.

Claire ist seltsam aufgekratzt. Muss am Mond liegen, vermutet sie. Am Mond und der Beinahe-Vergewaltigung und der Aussicht, es endlich geschafft zu haben, endlich in Sicherheit zu sein. Sie zittert, aber nicht wegen der Kälte, sondern vor Aufregung. Sie ist sicher, jeder andere würde an ihrer Stelle unter Schock stehen. Aber Claire ist weit über jeden Schockzustand hinaus.

Ein kurzer Schotterweg ist das Einzige, das sie noch von der Hütte trennt. Je länger sie ihn anschaut, desto länger scheint er zu werden. Er provoziert sie, fordert Claire heraus, endlich loszugehen. Sie blinzelt in das grelle Licht des Scheinwerfers auf dem Giebel. Wenn die Veranda darunter beleuchtet wäre, würde es die Sache vielleicht einfacher machen, aber die Fenster sind dunkel, was bedeutet, dass niemand zu Hause ist oder dass die Bewohner schlafen. Vielleicht ihre Tante, vielleicht auch nicht. Und wenn nicht, was dann? Dann hat sie niemanden mehr, kann nirgendwo hin. Claire kann sich nicht wehren gegen diese Gedanken, sie fallen über sie her wie Fliegen über einen Kadaver.

Sie versucht ihren Füßen zu befehlen, sich zu bewegen, es endlich hinter sich zu bringen, doch ihr Körper verweigert den Gehorsam. Schließlich beugt sie sich nach vorn, bis ihr

Gewicht sie vorwärts zieht, einen Schritt nach dem anderen. Ihr Schatten rollt neben ihr her wie eine kleine schwarze Kugel. Vielleicht ist dieser Schatten alles, was von der alten Claire noch übrig ist. Sie geht den knirschenden Pfad entlang, steigt die Stufen zur Veranda hinauf und klopft an die Tür. Und wartet. Keine Schritte von drinnen, kein Grillenzirpen aus dem Wald, nur das Flüstern der Brise, die Schneegeruch von den Bergen ins Tal trägt.

Sie klopft noch einmal, heftiger diesmal, bis sie glaubt, ihre Knöchel müssten jeden Moment brechen. Es muss jemand da sein. Claire fühlt es. »Hallo!«, ruft sie.

»Ich bin hier, Claire«, kommt eine Stimme von hinten.

Kapitel 15

Während der nächsten Wochen kümmert Augustus sich um Chase. Sein Wohnzimmer wird zu einem notdürftigen Krankenhaus umfunktioniert. Die blutverschmierte Lastwagenplane wird durch eine Luftmatratze ersetzt. Augustus desinfiziert Chase' Wunden und wechselt die Verbände. Er lässt warme Bäder ein und versetzt das Wasser mit Alkohol und einer Jodtinktur. Von einem Nachbarn – er ist Arzt und hat für Chase' Wahlkampf gespendet – kauft er Oxycontin und betäubt mit Dosen von je hundertsechzig mg Chase' Schmerzen. Verabreicht ihm Gatorade, um den Elektrolythaushalt wieder auf Vordermann zu bringen, macht ihm Eier und Toast, wenn er Appetit hat. Er trägt Mundschutz, Schutzbrille und Handschuhe und entsorgt jeden Tag einen großen Plastiksack voll benutzter Verbände, Waschlappen und Latexhandschuhe, die er so vorsichtig abstreift, als wären es infektiöse Kondome.

Dem Stab und den Reportern erklärt er, Chase befinde sich in Strategieklausur. Wenn er gefragt wird, ob die Gerüchte stimmen, dass Chase krank ist, lacht Augustus nur und erwidert: »Er ist das blühende Leben wie immer.«

Wenn Chase schläft – und er schläft oft, bis zu sechzehn Stunden am Tag –, sitzt Augustus mit Laptop, Stift und Notizblock am Küchentisch und gibt bei Google Wortkombinationen wie »Lykaner, Lobos, Prionen« ein. Eigentlich sollte er sich besser damit auskennen, aber Lobos war für ihn immer genauso abstrakt wie Aids. Eine schreckliche Krankheit, die nichts mit ihm zu tun hat, sondert nur mit den »anderen«.

Er findet einiges heraus: Der früheste Beleg für einen Lykaner findet sich in dem Höhlensystem von Revsvika auf der Lofoteninsel Moskenesøy. Durch einen engen Tunnel gelangt man in eine Höhle mit schamanischen Malereien, eine davon stellt einen Menschen mit Wolfskopf dar. Die Hände, aus denen statt Fingernägeln lange Krallen wachsen, hat er wie ein Priester beim Segen erhoben. Zu seinen Füßen liegt ein Kadaver, vermutlich ein Schaf. Mithilfe der C-14-Methode wurde die Malerei auf das siebte Jahrhundert datiert.

Die letzte Erhebung in den USA ergab, dass 5,2 Prozent der Bevölkerung mit Lobos infiziert sind.

Lobos ist weder ein Bakterium noch ein Virus, auch wenn es fälschlicherweise oft so genannt wird. Es ist ein Prion. Das Wort ist eine Zusammenziehung aus »Protein« und »Infektion« und bezeichnet krankmachende Stoffe, die nicht aus Nukleinsäuren, sondern aus missgebildeten Proteinen bestehen. Wie bei Viren gibt es verschiedene Stämme, die bei unterschiedlichen Wirten unterschiedliche Symptome hervorrufen. Alle bekannten Formen von durch Prionen hervorgerufene Krankheiten – wie Rinderwahn oder die chronische Auszehrungskrankheit CWD – wirken sich auf das Gehirn aus. Nervenzellen werden zerstört und das Hirngewebe nach und nach schwammartig umgebildet. Die Krankheit selbst lässt sich nicht behandeln, aber der Zerstörungsprozess im Gehirn schreitet so langsam fort, dass Infizierte meist nicht an dem Erreger, sondern an einer anderen, oft natürlichen Ursache sterben.

In einem Artikel von Amant J. Dewan, einem Geschichtsprofessor der Harvard University, liest Augustus, dass die Krankheit sich im siebten Jahrhundert von den Färöer-Inseln in Skandinavien her ausbreitete. Zur Wintersonnenwende wurden die Gehirne von Wölfen dort rituell verspeist. Nach Sichtung Dutzender in Runen verfasster altnordischer Schriften glaubt man, dass Lobos dort zunächst unter den heimischen Wölfen ausbrach. Die Tiere zeigten Symptome wie Gleichgewichtsverlust, Zittern und rapiden Gewichtsverlust. Außerdem litten sie an heftigem Juckreiz und kratzten sich ständig die Hinterläufe, an was immer gerade verfügbar war – selbst dann noch, wenn Fell und Haut bereits durchgeschabt waren. Die damaligen Bewohner glaubten, Kraft und Gerissenheit der verspeisten Wölfe in sich aufzunehmen. Stattdessen infizierten sie sich mit hoch aggressiven Prionen, die in den neuen Wirtskörpern weitermutierten.

Jeder reagiert anders auf den Erreger. Bei manchen dauert die Inkubationszeit ein paar Wochen, bei anderen zehn Jahre oder länger. Die Nebenniere stimuliert die Ausbreitung des Prions im menschlichen Körper; die am stärksten betroffenen Gehirnteile sind der Mandelkern, der für Aggression zuständig ist, sowie der Hypothalamus, der den Hunger reguliert. Genauso wie Viren wollen Prionen sich vermehren. Bei Lobos geschieht das durch Biss. Während der Verwandlung kommt es beim Wirt zu starkem Zahnfleischbluten, und meist erfolgt der Biss in den Nacken des Opfers, wodurch der Weg ins Nervengewebe besonders kurz ist.

Schweiß ist nicht infektiös, genauso wenig wie Husten oder Niesen. Der Erreger wird auch nicht durch Händeschütteln, Kratzen oder Trinken aus demselben Glas übertragen, sondern nur durch Blut. Wie HIV wird er von der Mutter an den Embryo weitergegeben oder kann auf sexuellem Weg übertragen werden. Ob der Wirt sich beim Geschlechtsverkehr in der latenten oder akuten, im Volksmund als Verwandlung bezeichneten Phase befindet, spielt keine Rolle: Er trägt den Erreger im Blut, und damit ist sein Blut infektiös.

Der Begriff »Lobos« kommt von »Wolf«, genauso wie das Wort »Lobotomie«, und wie bei einer Lobotomie werden durch Lobos Teile des Gehirns zerstört, wodurch der Infizierte nicht mehr er selbst sei, wie es heißt.

Die meisten Infizierten leben jedoch ein ganz normales Leben. Die Einnahme von Volpexx, so die Lykanervereinigungen, ist lediglich eine Vorsichtsmaßnahme. Lykaner fallen genauso selten einen Menschen an, wie Haie das tun, doch in beiden Fällen lassen Medieninteresse und Berichterstattung die Vorfälle weit häufiger erscheinen, als sie es tatsächlich sind. Der durchschnittliche Lykaner, ist auf einer Website zu lesen, würde einen Menschen genauso wenig angreifen, wie ein Jäger sein Gewehr auf den besten Freund richten würde.

Nach über tausend Jahren der Vereinzelung und fünfzig Jahren erfolgloser Versuche, eine Heimat für die Lykaner zu finden, wurde 1948 die Republik von Lupos gegründet. Sie liegt zwischen Finnland und Russland auf einem zu dieser Zeit so gut wie unbewohnten Gebiet. Heute leben dort mehrere Millionen Lykaner sowie Angehörige der US-Truppen und -Regierung. Nachdem große Uranvorkommen entdeckt worden waren, erlebte das Land einen wirtschaftlichen Aufschwung, bis die Lage sich während der letzten fünfzehn Jahre zusehends verschärfte, weil vereinzelte Extremistengruppen Autonomie für die Republik fordern, die sie mit Terroranschlägen gegen die amerikanischen Einrichtungen im Land durchzusetzen versuchen. Die Extremisten sind jedoch eine Minderheit. Achtzig Prozent der Bürger befürworten die Ausbeutung der Uranvorkommen durch die USA und die Anwesenheit der US-Truppen – nicht zuletzt aus Gründen der wirtschaftlichen und innenpolitischen Stabilität.

Augustus richtet einen Ordner mit mehreren Dutzend Lesezeichen ein, dann sitzt er lange regungslos da und starrt mit dem Stift in der Hand auf den Bildschirm. Die Buchstaben verschwimmen schon fast vor seinen Augen, als er schließlich herausfindet, dass es in den USA insgesamt fünf Forschungszentren für Prionen gibt – eins davon an der Universität von Oregon.

Der Duschkopf ist mit Kalk verkrustet, und das Wasser riecht nach Schwefel, aber Claire stellt sich trotzdem freudig darunter. Zu lange hat sie sich nur an den Waschbecken der Tankstellentoiletten mit etwas Wasser und Seife abreiben können. Zu ihren Füßen bildet sich ein Strudel aus Dreck und weigert sich hartnäckig abzufließen. Noch nie hat sich etwas so gut angefühlt. Claire duscht, bis das Wasser so kalt wird, dass sie zu zittern beginnt. Als sie den Vorhang zur Seite schiebt, hängen dicke Nebelschwaden in der Luft, als hätte eine Wolke sich auf das Badezimmer herabgesenkt.

Dreimal hat sie ihr Haar mit einer Spülung behandelt und bekommt trotzdem nicht alle Knoten heraus. Sie trocknet sich ab, öffnet das Kosmetikschränkchen und entdeckt eine Schere. Als sie mit der Hand über den Spiegel fährt, beschlägt er sofort wieder. Sie schaltet den Ventilator ein, der Nebel lichtet sich etwas, und Claire betrachtet sich eine Zeit lang im Spiegel. Eine violette Beule wölbt sich über ihrer Schläfe.

Claire greift nach der Schere, klemmt sich eine Haarsträhne zwischen die Finger und schneidet. Einmal, dann noch einmal, mit jedem Schnitt wird es leichter. Die nassen und verfilzten Büschel wirft sie in die Toilette. Als ihr Haar noch bis knapp über die Ohren reicht und die Person im Spiegel ihr wie eine Fremde vorkommt, hört sie auf. In ein Handtuch gewickelt geht sie aus dem Badezimmer.

Miriam begegnet ihr auf dem Flur und blinzelt verwirrt. »Ich erkenn dich kaum wieder.«

»Ist auch der Sinn der Übung, schätze ich.«

Sie winkt Claire ins Schlafzimmer. Ein großes schmiedeeisernes Himmelbett nimmt den größten Teil des Raums ein. Auf dem Nachtkästchen steht eine Lampe, daneben liegt eine Pistole. Unter einem der beiden mit Brettern verbarrikadierten Fenster steht eine Kommode aus Kiefernholz.

»Du hast Größe sechsunddreißig?«, fragt Miriam.

»Früher mal.«

»Dann dürfte es ungefähr passen.« Miriam deutet auf die Kommode, dann auf den Schrank. »Probier, was du willst.«

Zu Hause hat Claire am Wochenende oft zehn bis zwölf Stunden am Stück geschlafen. Gegen Mittag klopfte ihr Vater dann an die Tür. »Claire?«, sagte er. »Meinst du nicht, dass es jetzt reicht?« Aber es reichte nie. Claire bekam nie genug Schlaf. Gähnend schlurfte sie die Treppe hinunter, trank eine Tasse Kaffee, aß einen Teller Apple Jacks.

Aber jetzt, während der ersten Tage bei Miriam, kann sie nicht einschlafen, egal wie müde sie ist. Und wenn sie einmal schläft, wacht sie immer wieder auf. Tag und Nacht fließen übergangslos ineinander, bis es fast keinen Unterschied mehr gibt zwischen Träumen und Wachen. Ständig fallen ihr die Augen zu, und wenn Claire sie wieder öffnet, sitzt sie vor einem Teller kalter Spaghetti am Esstisch, während ihre Tante sie mustert, oder sie läuft eine Landstraße entlang und starrt auf eine dunkle Wolkenbank und fragt sich, ob sie vielleicht Regen bringen wird. Sie steht im Waschraum einer Tankstelle und hält ihre eiskalten Hände unter den Föhn, windet sich unter dem Gewicht eines Mannes mit Clownsmaske, und als sie ihm die Maske wegreißt, grinst ihr ein roter Totenschädel entgegen. Die ganze Welt ist zu einer Bedrohung geworden. Die ganze Welt trägt eine Maske.

So gerne sie auch würde, Claire kann sich nicht entspannen. Sie fühlt sich hier nicht sicher. Die im Haus verteilten Waffen und die Bretter vor den Fenstern – Claire kommt sich vor wie in einem belagerten Fort.

Schließlich fragt sie, warum – wozu die ganzen Sicherheitsmaßnahmen? –, und Miriam antwortet: »Weil es Leute gibt, die Jagd auf mich machen.«

»Dieselben Leute, die auch meine Eltern auf dem Gewissen haben?«

»Andere. Aber genauso gefährlich.«

Augustus sitzt am Esstisch und löffelt aus einer Schüssel Frischkäse, während Chase im Wohnzimmer kraftlos ein paar Fitnessübungen macht. Seit Wochen hat er nichts anderes getan, als zu schlafen und zum Badezimmer und wieder zurück zu schlurfen. Er muss seinen Kreislauf wieder in Schwung bringen, sagt er, sonst ist bald nichts mehr von ihm übrig als eine leere Hülle.

»Du weißt, wie es funktioniert, nehme ich an?«, fragt Augustus.

Chase trägt eine graue Jogginghose, ansonsten nichts außer den Verbänden an Arm und Oberkörper. Sein Kopf wippt auf und ab wie ein roter, nasser Basketball. »Wenn dich ein tollwütiger Hund beißt, hast du Tollwut. So in etwa, oder?«

»Nicht ganz. Speichel allein genügt Gott sei Dank nicht, sonst würde jeder Nieser in der U-Bahn ein Dutzend Leute infizieren.« Der Löffel schlägt klappernd gegen die Schüssel, dann gegen Augustus' Zähne. »Zum Glück wird Lobos genauso wie Aids nur durch Blut übertragen. Ein Biss bedeutet nicht zwangsläufig eine Ansteckung, aber das Risiko besteht. Nach der Verwandlung bluten Lykaner aus dem Zahnfleisch, was für die Prionen eine hervorragende Möglichkeit ist, sich zu verbreiten.«

»Ich bin im Arsch.«

»Wenn du damit meinst, dass du infiziert bist, würde ich sagen: Davon können wir ausgehen. Aber das muss nicht das Aus für deine Politikerkarriere bedeuten. Nicht zwangsläufig. Nur drei Menschen wissen, was passiert ist, und einer davon ist tot.«

Chase geht tief in die Knie und versucht die Spannung in den Oberschenkeln zu halten, aber seine Muskeln zittern zu stark, und er verliert das Gleichgewicht. »Du meinst, wir können die Sache vertuschen?«

»Du wirst deinen Lebensstil ein bisschen umkrempeln müssen.« Augustus schaufelt einen weiteren Löffel in sich hinein und spricht mit vollem Mund weiter. Seine Stimme klingt wie von Speichel erstickt. »Ich werde versuchen, ein Rezept für medizinisches Marihuana zu bekommen. Und es sieht ganz so aus, als könnte ich aus Kanada Volpexx organisieren. Wir könnten es mit kleinen Dosen probieren. Aber für den Moment wirst du den Ball erst einmal flach halten müssen, nicht die Kontrolle verlieren und dich nicht verwandeln. Und das bedeutet: keine Frauen mehr, keine Trinkexzesse mehr, keine Wutausbrüche.«

Chase lässt die Kniebeugen bleiben. Er geht ans Fenster und schaut hinaus in den Tag. Dunkle Wolken hängen am Himmel wie eine zu niedrige Decke. Ein kahler Ahornsetzling biegt sich im Wind. »Passt nicht besonders gut zu mir, oder?«

»Nein«, erwidert Augustus. »Tut es nicht.«

Miriam ist eher markant als schön. Claire erkennt ihren Vater in ihr wieder. In dem kräftigen Kiefer und den breiten Schultern, in den Augen, die so blau sind wie die Flamme eines Schweißbrenners. Aber während die unter dem dichten Bart verborgenen Lippen ihres Vaters meist ein Lächeln umspielte, scheint Miriam vollkommen humorfrei zu sein. Ihr Gesicht ist hart wie Stein, ihr Mund ein lippenloser dunkler Strich. Sie kann sich keine Sekunde stillhalten und trägt ein schwarzes Tanktop, das ihre muskulösen Arme nur noch mehr betont.

So etwas wie Familiensinn kannte Claire bisher nicht. Jedes Mal, wenn sie keine Lust hatte, ihre Oma im Altenheim zu besuchen oder mit ihren Cousins zu einer Grillparty zu gehen, sagte ihre Mutter: »Aber sie gehören doch zur Familie.« Als würde das als Grund reichen. Doch jetzt versteht Claire es. Sie versteht, was Blutsbande sind, warum eine Frau, die eigentlich eine Fremde ist, sie ohne Zögern bei sich aufnimmt.

Ihre gehetzten, verhörartigen Gespräche werden immer wieder von langem Schweigen unterbrochen. Jeder sitzt an seinem Ende der Couch, Claire im Schneidersitz, Miriam nach vorn gebeugt, die Ellbogen auf die Knie gestützt. Anfangs hat sie nichts als Fragen. »Und was ist dann passiert?«, rangiert ganz oben auf ihrer Liste. Sie fragt nach dem Überfall auf das Haus, nach dem Brief von Claires Vater, nach dem endlosen Weg von Wisconsin hierher. Als Claire davon erzählt, wie sie die Schüsse unten im Erdgeschoss hörte, hätte sie eine etwas emotionalere Reaktion erwartet, aber Miriam senkt lediglich den Kopf und murmelt, als sie Claire auf der Veranda stehen sah, habe sie sofort gewusst, dass ihr Bruder nicht mehr am Leben ist.

Dann wird ihre Stimme plötzlich wieder scharf. »Wer war dieser Junge? Der in dem Jeep.«

»Niemand.« Claire schildert, was passiert ist. Sie erzählt von der gesamten Nacht, auch von dem Vorfall mit dem Truckfahrer, den sie bis jetzt verheimlicht hatte. Sie wartet darauf, dass Miriam sie in die Arme schließt, ihr erklärt, wie unendlich leid ihr das alles für sie tut. Stattdessen steht Miriam auf und geht aus dem Zimmer. Claire hört sie über den Flur gehen, hört, wie sie in der Küche ein Schränkchen aufmacht. Gläser klappern. Einen Moment später kommt Miriam mit zwei gefüllten Whiskygläsern zurück und reicht Claire eines davon. Wortlos heben sie die Gläser und leeren sie in einem Zug. Claire muss husten. Ihr Brustkorb brennt, als hätte sie einen Brocken glühender Kohle verschluckt.

Mit einem Scheppern stellt Miriam ihr Glas auf den Sofatisch. »Du weißt, dass es dumm von dir war, den Jungen hierherzubringen? Ziemlich dumm.«

»Weiß ich.«

»Er kennt dein Gesicht. Und jetzt weiß er auch noch, wo wir wohnen.«

»Ich weiß.« Claire senkt den Blick, aber trotz der Schärfe in Miriams Worten hört sie nur ein einziges Wort: *wir.* Wo *wir* wohnen. Claire schwebt beinahe.

Claire versucht sich zu beschäftigen. Sie wischt die Böden, dreht die Klopapierrolle um, damit die losen Blätter nach vorne zeigen, und sortiert die Bücher im Regal alphabetisch. Sie spült ihren Teller ab, lässt die Hand mit dem Trockentuch einen Moment unentschlossen darauf liegen und stellt ihn schließlich doch in den Abtropfständer. Sie öffnet die Kühlschranktür und starrt in das kalte weiße Summen. Kleine Aufgaben und tägliche Rituale spenden ihr etwas Trost nach Wochen im freien Fall.

Im Abfluss sitzen Fliegen. Auf den Fenstersimsen, dem Boden und sogar unter der Bettdecke, überall schwirren sie herum. Die Hütte wurde seit Wochen nicht gelüftet, die Luft ist abgestanden und ranzig. Eigentlich hatte Claire sich nach einem Dach über dem Kopf gesehnt, aber sie ist den freien Himmel mittlerweile so gewohnt, dass sie sich hinter den verbarrikadierten Fenstern vorkommt wie in einer Falle. Sie sagt es Miriam.

Ihre Tante späht gerade durch einen der Sehschlitze. Als sie sich zu Claire umdreht, fällt ein schmaler Lichtstreifen auf ihr Gesicht. »Lust, Holz zu hacken?«

»Egal, Hauptsache, es ist draußen.«

Miriam wendet sich wieder dem Fenster zu, schabt mit den Zähnen die trockenen Hautschuppen von ihrer Unterlippe. »Schätze, das müsste drin sein. Solange wir Waffen mitnehmen. Und du bleibst in meiner Nähe.«

»Du glaubst, jemand könnte uns draußen auflauern?«

»Ich weiß es nicht. Glaube nicht. Nicht im Moment zumindest. Aber erst vor ein paar Wochen war jemand hier.«

»Was ist passiert?«

Miriam formt mit Zeigefinger und Daumen eine Pistole und deutet auf Claire. »Peng.«

In voller Ausgehuniform – Schirmmütze, dunkelblaue Offiziersjacke mit roten Säumen und Stehkragen – geht Chase die Marmortreppe des Oregon Statehouse hinab in die Kuppelhalle. Hinter ihm folgen Mitglieder der Nationalgarde. Säbel rasseln, Stiefel trommeln im Gleichschritt. Chase tritt an das mit dem Wappen Oregons verzierte Podium und wartet, bis die Nationalgardisten vor der zwischen zwei Säulen aufgespannten Amerikaflagge in Habtachtstellung gegangen sind. Er hebt den Arm zu einem zackigen militärischen Gruß, nimmt die Schirmmütze ab und legt sie auf das Rednerpult.

»Danke«, sagt er zuerst zu den Nationalgardisten, dann zu den versammelten Reportern auf den zwanzig Reihen tief stehenden Klappstühlen. Das Blitzlichtgewitter blendet ihn. Seit drei Wochen ist er nicht mehr vor die Öffentlichkeit getreten. Nachdem er allgegenwärtig gewesen war, war er plötzlich verschwunden, und das weckte die Neugier der Medien. Die offizielle Erklärung lautete, er habe sich in Strategieklausur zurückgezogen, aber nicht wenige munkelten, Chase sei ernsthaft erkrankt. Die Pressekonferenz war Büffels Idee – eine öffentliche Demonstration von Stärke mit einer markigen Erklärung, die alle Gerüchte über sein plötzliches Verschwinden aus dem Weg räumen würde.

Trotz der strammen Haltung und des Lächelns auf seinem Gesicht fühlt Chase sich nicht gut. Nicht wie er selbst, besser gesagt. Chase ist zweigeteilt, ein Erreger hat sich bei ihm eingenistet, der jeden Moment die Kontrolle übernehmen könnte. Manchmal rast sein Herz, sein Atem wird zu einem abgehackten Keuchen, und seine Muskeln brennen. Die Zahnbürste ist oft blutverschmiert. Chase fährt sich mit der Hand durchs Haar und merkt, dass es schweißnass ist. Er riecht den feuchten Moschus, den seine Achselhöhlen und sein Schritt ausdünsten. Manchmal jagen seine Gedanken dahin, als hätte er einen Kurzschluss im Gehirn, und er sieht ein flackerndes Licht, vor dem abwechselnd die Silhouette eines Menschen, dann die eines Wolfes vorbeihetzt.

Büffel hat ihn gewarnt. Es würde Zeit brauchen, bis er sich daran gewöhnt hat, an die veränderte physische und psychische Verfassung und daran, dass er jetzt etwas in sich trägt, das wie ein Alien durch seine Bauchdecke brechen und ihn mit der eigenen Nabelschnur erdrosseln kann. »Symbiose« nennt Büffel Chase' momentanen Zustand. »Fluch« ist das Wort, mit dem Chase ihn bezeichnen würde. Volpexx wird die Dinge leichter machen, sobald sie welches haben. Volpexx, versprach Büffel, ist das Würgehalsband für das Tier in ihm.

Und er wird es brauchen. Lobos lässt die Nebennierenrinde, wo das Adrenalin produziert wird, auf die doppelte Größe anwachsen. Der Mandelkern im Gehirn, der zentrale Bedeutung für die emotionale Verfassung eines Menschen hat, gehört zum limbischen System, das wiederum mit dem Hypothalamus in Verbindung steht, der eine wichtige Rolle im Hormonhaushalt spielt. Wut, Angst und Erregung jeglicher Art bewirken bei Chase jetzt eine gewaltige Hormon- und Adrenalinausschüttung. Was während der Verwandlung innerhalb des menschlichen Körpers passiert, ist vergleichbar mit einer heftigen Dosis Angel Dust.

Die Reporter lassen die Kameras sinken, aber das weiße Nachbild der Blitzlichter bleibt.

»Hier stehe ich, ein bescheidener und stolzer Sohn Oregons«, beginnt Chase und hält dann inne. Zuerst ist er nicht sicher, woher das Geräusch kommt, dann merkt er, es sind die Stifte der Reporter, die übers Papier kratzen wie Insektenbeine über ein Trommelfell. Vor allem während der letzten Tage haben sich seine Sinne unglaublich geschärft. Er spürt die Etiketten in seinen Hemden und die Nähte an den Socken. Nichts schmeckt normal, selbst das Leitungswasser hat das eigenartige Aroma von Eisen und Fluoriden. Er kann ein totes Eichhörnchen wittern, das drei Straßen entfernt in einem Gebüsch liegt.

Hinter den Reportern steht Büffel, der ihm mit der Hand bedeutet weiterzumachen.

Chase räuspert sich. »Meine Familie lebt seit vier Generationen hier. Mein Urgroßvater hat im Ostteil Oregons Straßen gebaut. Mein Großvater hat die Sägemühle gebaut, die so lange das wirtschaftliche Herz von Old Mountain war. Mein Vater hatte eine Ranch mit sechstausend Rindern. Meine Wurzeln reichen tief.«

Chase liest seine Reden fast nie vom Blatt ab, aber Büffel sagt, das müsse sich jetzt ändern, er dürfe nichts mehr dem Zufall überlassen, um keinen plötzlichen Wutausbruch zu riskieren.

Irgendwo in der Ferne heult eine Sirene. Chase ist sicher, es ist ein Streifenwagen, auch wenn er keine Ahnung hat, wie er dieses Geräusch von dem eines Krankenwagens oder eines Feuerwehrautos unterscheiden können sollte. Aber ganz egal, was für eine Sirene es ist: Jemand ist in Schwierigkeiten.

»Einige von Ihnen werden sich an die Zeiten erinnern, als auf den Schildern an unseren Staatsgrenzen geschrieben stand: ›Willkommen in Oregon. Und jetzt fahrt nach Hause‹.«

Ein paar der Zuhörer lachen.

»Das war als Witz gemeint, aber nicht nur. Oregon ist eine Schatzkammer, und wir wollen nicht, dass Fremde sie besudeln. Doch genau das ist passiert. Wir sind eine Lykanerzuflucht geworden, vor allem die liberalen Hochburgen Eugene und Portland. Wir haben unsere Grenzen und unsere Sicherheit kompromittiert. Und wenn ich als Ranchersohn eines weiß, dann das, dass man gute Zäune braucht. Ich werde einige Gesetzesvorlagen einbringen, die, wie ich hoffe, bis zum Jahresende verabschiedet sein werden.«

Wieder blitzen die Kameras, und Chase legt eine Pause ein. Die Reporter flüstern untereinander. Es klingt wie aufkommender Wind.

»Zu meinen Vorschlägen zählen striktere Tests, verschärfte Strafen sowie lebenslängliche Überwachung und eine öffentliche Datenbank mit Namen, Foto und Adresse, auf die jeder online zugreifen kann. Außerdem werden wir den Lykanerausschuss, der 1970 aufgelöst wurde, wieder ins Leben rufen, und ich habe meinen Stabsleiter Augustus Remington gebeten, den Vorsitz zu übernehmen.«

Einen Moment lang sagt niemand ein Wort, niemand blickt auf, alle sind damit beschäftigt, wie wild in ihre Notizblöcke zu schreiben oder auf die Tastatur einzuhacken. Ein Handy klingelt, aber niemand nimmt das Gespräch entgegen. Chase sieht das rote Blinklicht einer Videokamera und starrt direkt hinein.

»Wir dürfen in Oregon kein Erbarmen mehr zeigen mit lykanischen Gesetzesbrechern. Meine Eingaben garantieren unseren Bürgern ein Höchstmaß an Sicherheit. Die alte Maxime, bloß keine Unschuldigen in Mitleidenschaft zu ziehen, muss über Bord geworfen werden. Nur so können wir die Sicherheit aller garantieren. Unannehmlichkeiten für wenige – Sicherheit für alle. Oregon hat die Chance, damit eine Vorreiterposition für die gesamte Nation einzunehmen. Und wer glaubt, meine Ziele seien zu hoch gesteckt, zu extrem, dem sage ich: Das ist erst der Anfang.«

Chase legt eine Hand aufs Herz, dreht sich zu der Flagge in seinem Rücken um und singt mit getragener Stimme »America the Beautiful«.

Nach der Rede war keine Fragerunde vorgesehen, aber sie fragen trotzdem, und Chase läuft schon die Treppe hinauf, als er hört, wie jeder der anwesenden Reporter ihm hinterherruft. Doch genau wie Büffel vorausgesagt hat, fragt kein einziger nach Arbeitslosenprogrammen, eventuellen Gewerbesteuersenkungen oder nach Chase' angeblicher Erkrankung.

Der Hackstock ist ein vernarbter alter Baumstumpf. Daneben liegen frisch mit der Kettensäge zurechtgeschnittene Baumstämme. Eine nach der anderen wuchten sie die nach Harz duftenden Scheiben auf den Stumpf, spalten sie zweimal und schichten die Scheite auf den Stapel an der Längsseite der Hütte.

Es war immer Claires Lieblingsarbeit im Herbst gewesen. Ihr Vater kaufte eine Lizenz, sie fuhren in die Wälder, schlugen markierte Bäume, entasteten sie, luden das Brennholz auf den Pick-up und verbrachten die nächsten Wochen damit, es zu Hause zu zerkleinern.

Auch jetzt denkt sie an ihn. Der Schmerz in ihrem Herzen ist genauso groß wie der, der jedes Mal, wenn sie den Spalthammer hebt, in ihr Handgelenk fährt. Trotz der Kälte schwitzen sie. Sie ziehen ihre Sweatshirts aus, und das raue Holz zerkratzt ihre nackten Unterarme. Miriam blickt immer wieder zum Waldrand hinüber. Ab und zu versichert sie sich, dass die Glock noch an ihrem Gürtel ist.

Der Stiel schimmert vom vielen Gebrauch wie auf Hochglanz poliert. Claire lässt die Axt in einem Bogen niedersausen, und die Klinge gräbt sich in das widerspenstige Holz. Es ist nicht lange genug getrocknet und in der Mitte noch weiß und feucht wie das Fruchtfleisch eines Apfels. Einige Blöcke sind so hartfasrig, dass sie Keil und Vorschlaghammer brauchen. Claires Arme schmerzen, aber der Schmerz fühlt sich angenehm an.

Sie arbeiten in unverkrampftem Schweigen, das Miriam schließlich bricht. »Wie viel weißt du über deine Eltern?«

Claire hat schon lange auf diesen Moment gewartet, auf die Frage, die sie sich selbst nicht zu stellen traute. Die Axt gräbt sich schräg ins Holz. Claire zieht und zerrt am Stiel und tritt mit dem Fuß gegen das Scheit, um die Klinge wieder freizubekommen.

»Meine Mutter macht gerne Quilts. Sie trägt kein Make-up, legt Rüben, Gurken und Tomaten in Gläsern ein. Pro Woche liest sie ein Buch, meistens was Historisches oder Politisches. Gelb ist ihre Lieblingsfarbe.« Erst jetzt merkt Claire, dass sie in der Gegenwart von ihr spricht, belässt es aber dabei. »Mein Vater …«

Miriam nimmt ihr die Axt aus der Hand. »Das heißt, du weißt so gut wie gar nichts.«

»Sie sind die uninteressantesten Menschen, die man sich nur vorstellen kann. Was gibt es da schon zu wissen?«

Miriam hebt die Axt, durchschlägt das Scheit, und die Klinge beißt sich im Hackstock fest. »Du hast nicht die geringste Ahnung.«

Der Himmel wird dunkler, und ganz allmählich zieht die Dämmerung herauf. Es ist die Tageszeit, zu der die Sonne wie zwischen den Welten hängt. Augustus begleitet Chase zu dessen Haus in Keizer. Es ist ein weißer Neokolonialbau mit schwarzen Fensterläden. Chase hat nie Besucher. Bis auf den Ikeatisch und ein paar Stühle in der Essecke, die Couch mit dem Flachbildfernseher davor und das nackte Bettgestell mit Federkernmatratze im ersten Stock sind die Zimmer so gut wie leer, und das Haus sieht immer noch so aus wie am Tag seines Einzugs. Das bis oben hin mit Akten- und Bücherregalen vollgestopfte Arbeitszimmer und die beiden L-förmig angeordneten Schreibtische darin sind das Einzige, was Chase an diesem Haus interessiert.

Der Keller ist immer noch eine Baustelle. Decke und Wände sind nach wie vor unverputzt, auf dem Estrich mit dem Abfluss in der Mitte liegt nicht einmal ein billiger Läufer. Drei nackte Glühbirnen spenden schummriges Licht. Augustus hat die Souterrainfenster ausgeschäumt und mit Holz verkleidet, damit keine Geräusche nach draußen gelangen und keine neugierigen Blicke nach drinnen. Von einer Sicherheitsfirma hat er einen Stahlkäfig mit dicken, an den Kreuzungspunkten miteinander verschweißten Gitterstäben installieren lassen. Die Tür hängt in massiven Angeln, das Vorhängeschloss ist aus einer extraharten Legierung.

Auf dem Boden liegt ein aufgerollter Gartenschlauch. Später wird Augustus damit die Kacke, Pisse und das Blut in einem schäumenden Strudel aus dem Käfig in den Abfluss spülen.

»Ich hasse das«, sagt Chase und bleibt vor dem Käfig stehen.

»Ich weiß.« Augustus legt seinem Freund eine Hand auf die Schulter. »Zieh deine Sachen aus. Damit du sie nicht wieder ruinierst wie beim letzten Mal.«

Es ist nicht, dass Chase wachsen würde. Aber er besudelt sich begeistert und reißt vor Aufregung alles in Stücke. Also streift Chase seine Ausgehuniform ab und wirft sie auf den nackten Boden. Narben überziehen seine Schultern und Brust – Andenken an die Lykanerin. Sein linker Unterarm sieht aus wie ein gordischer Knoten aus Narbengewebe.

Die Tür fällt krachend zu, und das Sicherheits-Vorhängeschloss schnappt ein. Augustus setzt sich in den bereitgestellten Klappstuhl, rückt die Brille zurecht und faltet die Hände auf dem Schoß wie ein Theaterbesucher, der darauf wartet, dass das Licht ausgeht und der Vorhang sich hebt.

Chase verwandelt sich jede Nacht. Augustus besteht darauf. Um es aus seinem Körper zu bekommen, ihn zu erschöpfen. Es normal werden zu lassen und zu kontrollieren. Die Verwandlung ist keine leichte Sache, wie Augustus erklärte, und er hatte recht. Es fühlt sich an, als würde jeder einzelne Knochen in Chase' Körper brechen, und seine Haut brennt wie von tausend Wespenstichen. Er brüllt und sackt zusammen, zuckt wie unter Stromstößen. Aber Augustus hat gelesen, dass es mit der Zeit einfacher wird – wie Schläge, die man irgendwann nicht mehr spürt. »All das wäre nie passiert«, flüstert Augustus, »wenn du nur auf mich gehört hättest.«

Wie als Reaktion auf den Kommentar wirft Chase sich gegen die Gitterstäbe. Er hätte einen hervorragenden Berserker abgegeben. Augustus denkt an die germanischen Lykaner, die sich vor der Schlacht verwandelten, um sich in einen tranceartigen Zustand der Raserei zu versetzen. Es würde dauern, Monate vielleicht, aber als Junge hatte Augustus mehrere Hunde, und mit Disziplin und Geduld lernten sie schließlich alle, ihm seine Hausschuhe zu bringen und zum Kacken nach draußen zu gehen. Zweifellos würde es bei Chase genauso sein. »Habe ich nicht recht, alter Freund?«

Chase läuft im Kreis. Seine Arme zerreißen die Luft, seine Zähne schlagen stakkatoartig aufeinander, als würde er in einer Geheimsprache vor sich hin plappern. Mit weit aufgerissenen Augen presst er das missgestaltete, von einem grässlichen Maul zerteilte Gesicht zwischen die Stäbe.

Aus dem Kühlschrank in der Ecke holt Augustus eine eingeschweißte Packung Hackfleisch. Er reißt die Folie auf, gräbt die Finger in die halb blutige Masse und rollt sie zu kleinen roten Kugeln. Die wirft er in den Käfig und beobachtet mit einem eigentümlichen kleinen Lächeln, wie Chase sie eine nach der anderen gierig verschlingt.

Kapitel 16

Ein Frosch liegt auf dem schwarzen Seziertisch. Klammern halten die Hautlappen des aufgeschnittenen Bauches fest. Die Eingeweide glänzen feucht wie Juwelen. Patrick stochert mit Schere und Skalpell darin herum und macht Notizen. Er atmet durch den Mund, schmeckt einen Hauch von Formaldehyd auf der Zunge. Seine rechte Hand, in der er die Schere hält, tut immer noch weh. Eine Woche liegt die Vollmondnacht jetzt zurück, in der er das Mädchen am Straßenrand gerettet hat. Als er am Morgen darauf aufwachte, war er nicht sicher, ob die Erlebnisse dieser Nacht Wirklichkeit waren oder nur das aus dem Schorf auf seinen Knöcheln aufgestiegene Nachbild eines Traums.

Am Kopfende des Raums referiert Mr. Niday, dessen Achseln ständig nass vom Schweiß sind, über einen dreibeinigen Frosch. Er erzählt, wie häufig solche Mutationen seien, dass sie von Pestiziden und Parasiten verursacht werden, dass die Froschpopulationen stark zurückgehen, dass etwas getan werden müsse …

Patricks Blick wandert zu seiner Tasche. Sein Handy summt zweimal. Patrick versichert sich, dass Mr. Niday immer noch mit dem dreibeinigen Frosch beschäftigt ist, dann zieht er es heraus. »Treffen uns mittag @ deinem Wagen«, schreibt Malerie.

Patrick ist so verwirrt, dass er ein paar Minuten später, als Mr. Niday ihm über die Schulter schaut, mitten durch das Herz des Froschs schneidet.

Er ist Malerie aus dem Weg gegangen, doch jetzt – Gott allein weiß warum, manchmal kann er einfach nicht anders – fährt er durch Old Mountain, und sie sitzt neben ihm. Es ist ein sonniger Tag, alle Farben leuchten. Malerie hat das Radio aufgedreht und das Fenster heruntergelassen. Eine Zigarette hängt in ihrem Mundwinkel, sie singt. »Well, you've got your diamonds and you've got your pretty clothes«, wabern die Worte durch den Rauch.

Patrick schaltet das Radio aus, und Malerie singt einen Moment lang ohne weiter, dann breitet sich Stille aus. Er fährt sich mit der Zunge über die Lippen, weiß nicht, was er sagen soll. »Ich versteh nicht, was los ist«, bringt er schließlich heraus.

»Wir schwänzen die Schule und fahren ein bisschen rum.«

»Du und Max. Ihr seid zusammen.«

Die Spitze ihrer Zigarette leuchtet kirschrot. »Max ist okay.«

»Wenn er herausfindet, dass was zwischen uns ist ...«

»Schiss?«

Irgendetwas im Motor pfeift, und der Kilometerzähler springt auf hundertfünfundvierzigtausend. »Ich will keinen Ärger. Davon hatte ich schon mehr als genug.«

Die Straße macht eine Kurve, die Sonne strahlt durchs Fenster und lässt ihr Haar rot aufblitzen. »Ich hab Hunger.« Malerie dreht das Radio wieder an und fragt über die Musik: »Wohin lädst du mich ein?«

Patrick schüttelt den Kopf, weiß nicht, ob er lachen oder sie aus dem fahrenden Wagen werfen soll. Ein paar Meilen später biegt er auf den Parkplatz vor Hamburger Patties ein. Sie bestellen Shakes und Burger, Pommes, Senf und Ketchup in winzigen Papierschälchen.

»Glaubst du an Max?«, fragt er. »An seine Gang und all das?«

»Und all das.« Malerie zuckt die Achseln und schluckt einen Bissen von ihrem Hamburger hinunter. »Er unterhält mich. Und ich habe Leute, mit denen ich Zeit verbringen kann.« Sie taucht die Zungenspitze in ihren Milchshake und lässt sie kurz dort verharren, um sie dann wie einen lockenden Finger wieder aufzurollen.

»Gott«, stöhnt Patrick, »du weißt, wie man die richtigen Knöpfe drückt.«

Sie will ein bisschen durch die Gegend fahren. Zu irgendeinem abgelegenen Ort. Patrick weiß es eigentlich besser, aber er ist machtlos. Jedes Mal, wenn sie ihn an der Schulter oder der Hand berührt, durchzuckt es ihn wie ein Stromschlag.

»Ich kenne da einen Platz«, sagt sie.

Patrick zieht sein Handy hervor. Er muss auf die Karte sehen. Die App fährt hoch und zeigt die letzte Suchanfrage an: Battle River Drive. Er zögert einen Moment – zu lange, denn er spürt bereits Maleries Blick auf sich –, dann drückt er auf »Speichern« und ruft eine Karte von Old Mountain auf.

Sie folgen einem Müllauto auf dem Weg zur Deponie. Eine feuchte Zeitungsseite flattert aus der Heckklappe und klatscht gegen die Windschutzscheibe. Malerie kreischt entzückt. Es ist die Sonntagsausgabe, die Seite mit den Cartoons. Sonnenstrahlen fallen durch das Papier und projizieren bunte Quadrate auf ihre Jacken.

Patrick macht den Scheibenwischer an, und die Zeitung verschwindet. Sie fahren an der Müllhalde vorbei und biegen links auf einen mit einer Kette abgesperrten Fahrweg ab, der zu der ehemaligen Lykanerschule führt. Patrick steuert den Jeep durchs Gras an der Kette vorbei und lässt ihn zurück auf den knirschenden Fahrweg klettern. Sie kommen zu einem moosüberwucherten Parkplatz. Risse im Asphalt knabbern an den Reifen.

Malerie schmiert sich Labello auf die Lippen und schmatzt. »Du weißt, dass Max Straightedger ist.«

Patrick steuert den Wagen über ein Basketballfeld. Die Ketten an den Körben hängen herab wie verrostete Kronleuchter. Schließlich sind sie hinter dem Schulgebäude, wo man sie von der Straße aus nicht mehr sehen kann. »Er hat so was gesagt.«

»Keine Drogen, keine Zigaretten, kein Alkohol«, schnaubt Malerie.

Patrick tritt auf die Bremse und macht den Motor aus.

»Nicht einmal darauf hat er Bock.« Malerie dreht Patrick den Kopf zu und beugt sich über seinen Schoß.

Von der Seite kommt ein Auto, als Patrick den Blinker einschaltet und auf die Hauptstraße einbiegen will. Es ist ein Camry, so weiß wie poliertes Elfenbein. Hinter dem Steuer sitzt seine Mutter. Sie hält das Handy ans Ohr gepresst und sieht ihn nicht. Sie ist abgelenkt von dem Gespräch.

Patrick zögert einen Moment. Schließlich ignoriert er den Blinker und biegt in die entgegengesetzte Richtung ab, folgt dem weißen Camry Richtung stadtauswärts.

»Was machst du da?«, fragt Malerie.

»Was überprüfen.«

Die Uhr auf dem Armaturenbrett zeigt 88:88. Malerie schlägt mit dem Handballen darauf, dann kramt sie ein pinkfarbenes Motorola Razr aus ihrer Handtasche. »Ich muss bald zur Arbeit«, sagt sie nach einem kurzen Blick darauf. Drei Nachmittage die Woche arbeitet sie bei Walgreens. Patrick hat ihr versprochen, sie hinzufahren.

»Dauert nur eine Minute.«

Patrick hält hundert Meter Abstand zu dem Toyota seiner Mutter. Nach einer Meile biegt sie nach Juniper Creek ab, genau wie er es sich gedacht hat. Er tritt auf die Bremse, bis der Jeep beinahe stehen bleibt.

»Was ist?«, fragt Malerie.

»Nichts.«

KAPITEL 17

Miriam sagt, sie sei schwach. Ihre Stimme klingt dabei nicht grausam, sondern eher kühl und präzise. »Du schläfst nicht genug. Du isst zu wenig und bewegst dich nicht. Du siehst aus, als hättest du Angst vor deinem eigenen Schatten.« Wenn Claire bei ihr leben – nein, wenn sie *überleben* will –, wird sie härter werden müssen.

Sie fangen mit Muskelaufbau an. Im Wohnzimmer machen sie Liegestütze, die Hände abwechselnd weit auseinander und eng zusammen. Dips zwischen Kaffeetisch und Sofa. Sit-ups, Hampelmänner, Körperspannungsübungen. Wie Kugelstoßer werfen sie einen Medizinball hin und her. Miriam hält die Hände hoch, und Claire schlägt Jabs. Eins-zwei, eins-zwei, klatschen ihre Fäuste in Miriams Handflächen.

Sie fahren zum Supermarkt und laden den Einkaufswagen voll, trinken Eiweiß-Shakes, braten ein halbes Pfund Speck mit Eiern, essen Bohnen, dicke Käsescheiben und Salami, Äpfel. Am fünften Tag beginnt die Wirkung einzusetzen. Claires Rippen stehen nicht mehr hervor, und sie spürt, wie ihre Muskeln und Sehnen sich straffen.

Und die ganze Zeit über, meistens während des Essens oder beim Dehnen, erzählt Miriam Claire von ihren Eltern.

Sie gehörten einer radikalen Bewegung an, zum Untergrund, wie Miriam es nennt. Es begann in den Sechzigern, als sie sich an der William Archer Universität einschrieben und der politische Widerstand der Lykaner sich auf seinem Höhepunkt befand.

Es wäre nicht schwierig gewesen, diese Dinge herauszufinden. Eine einzige Google-Suchanfrage mit ihren Namen hätte eine ellenlange Liste von Artikeln ausgespuckt, aber Claire war nie auf die Idee gekommen. Sie war nie auf die Idee gekommen, dass ihre Eltern mehr hätten sein können als brave Wohnzimmerrevolutionäre, die jeden Tag Nachrichten hören. Sie sprachen oft von der Bewegung, die vor ein paar Jahrzehnten ihren Höhepunkt erreichte, aber erst jetzt erkennt Claire, dass sie Teil dieser Bewegung waren, Gewerkschaftsmitglieder gewesen sind, Erster-Mai-Demonstrationen angeführt und Boykotts organisiert haben mit dem Ziel, der strikten Trennung an Schulen, am Arbeitsplatz, in Restaurants, in öffentlichen Toiletten und Schwimmbädern, Hotels und Geschäften sowie der Besetzung der Republik von Lupos ein Ende zu machen.

Sie gingen auf die Straße, haben Polizisten mit Eiern und Steinen beworfen. Sie haben Briefe an Kongressabgeordnete geschrieben, standen mit Protestschildern in Einkaufszentren und haben Vollmondekstasen organisiert, bei denen Massen von Lykanern sich in öffentlichen Parks oder auf Stadtplätzen verwandelt haben. Sie wurden verhaftet, haben Kautionen hinterlegt und wurden wieder verhaftet. Irgendwann wurde der vierzehnte Verfassungszusatz verabschiedet, und die Regierung machte ein paar Zugeständnisse, aber nicht genug. Nach wie vor durften Lykaner nicht als Lehrer arbeiten, nicht als Ärzte, nicht bei der Polizei. Auch der Armee durften sie nicht beitreten, außer einer speziellen Kampfeinheit mit der inoffiziellen Bezeichnung »Hundesoldaten«. Pflichtmedikation und die monatlichen Bluttests blieben weiter in Kraft.

»Die Grundhaltung meines Bruders – ich bin sicher, du hast sie schon tausendmal gehört«, erläutert Miriam, »war, dass Lykaner eine eigene Bevölkerungsgruppe sind. Sie leiden nicht an einer Krankheit. Sie sind Individuen mit eigenen Rechten und Bedürfnissen.«

Bevor Anfang der Achtziger die Prionen entdeckt wurden,

war es schwierig, in diese Richtung zu argumentieren. Erst nachdem bekannt war, dass der Erreger aus dem Wirt sozusagen einen neuen Organismus macht, der halb Mensch und halb Wolf ist, wurde es möglich. »Er kämpfte dafür, dass Lykaner als eine neue Spezies anerkannt werden, wovon die meisten Leute aber nichts wissen wollen.«

Dann, sagt Miriam, kamen die Tage des Zorns.

Weder Patricks Vater noch er selbst reden viel, und seit seiner Einberufung haben sie erst zweimal geskypt. Angespanntes Schweigen durchzog die Gespräche, und wenn sie einmal etwas sagten, überlagerten sich ihre Worte ständig wegen der langsamen Verbindung. Ständig fragten sie: »Was? Was hast du gerade gesagt?« Das Gesicht seines Vaters war verpixelt, immer wieder rauschte das Bild, und seine Lippen bewegten sich entweder zu früh oder zu spät, als er sagte: »Mir wird ganz schlecht, wenn ich daran denke, was dir in dem Flugzeug passiert ist.«

E-Mails sind besser. Jeden Tag kommt eine oder jeden zweiten. Meistens sind sie kurz. »Was hast du heute so getrieben?« oder »Ich liebe dich«. Sein Vater schreibt, er solle Neal besuchen, und Patrick würde gerne antworten, dass es schon genug Fremde in seinem Leben gibt, tut es aber nicht. Sein Vater beklagt sich über die ständigen Schneefälle, über den beißenden Wind, über die Feldrationen, die schmecken wie Klebstoff. Vor Kurzem wurde es nachts so kalt, dass ein Wasserrohr geplatzt ist. Zwei Tage lang hatten sie kaum Druck auf den Leitungen. Manchmal schreibt er auch vom Krieg. Wie ihn nachts der Donner eines Raketeneinschlags aus dem Bett gerissen hat oder von dem Hinterhalt, in den sein Zug geriet. Fünf Meilen mussten sie sich durch steiles Felsgelände kämpfen. An manchen Stellen lag der Schnee hüfthoch, aber nur einer seiner Männer wurde verletzt. Und er schreibt, dass nicht alle Lykaner etwas gegen ihre Anwesenheit haben. Die meisten sind sogar froh, die Patrouillen auf den Straßen zu sehen und die Wachposten vor den Uranminen. Seine Einheit arbeitet mit den örtlichen Polizeikräften zusammen, sie treffen sich mit Dorfbewohnern, schütteln Hände, trinken Kaffee und essen dieses grässliche Fischgericht namens »Lutefisk«, das nichts anderes ist als in Lauge eingelegter Trockenfisch.

Patricks Handy summt. »keithgamble1@gmail.com« steht auf dem Display – eine E-Mail von seinem Vater. »Berge, Wälder, Seen. Ohne all die Idioten, die mich umbringen wollen, wäre es ein wundervolles Land.«

Patrick stößt Max mit dem Ellbogen an und zeigt ihm die Nachricht. Sie rechen gerade Laub zusammen und pflanzen Blumenzwiebeln auf der Wiese vor dem Frauenwohnheim – Tulpen, Iris, Narzissen.

Max zieht die erdverkrusteten Handschuhe aus, nimmt das Handy und lächelt. Ob Patrick wisse, was für ein Glückspilz er sei, so einen Vater zu haben, fragt er und wirft seine Pflanzkelle in die Luft. Die Kelle schlägt einen Salto, blitzt kurz in der Sonne auf.

»Sobald ich achtzehn bin«, erklärt Max, »gehe ich ins nächste Rekrutierungsbüro und melde mich zu einer Kampfeinheit. Ich schätze, du hast ähnliche Pläne.«

»Klar«, erwidert Patrick. In Wahrheit hat er sich nur im Netz ein paar Unis angesehen, auf die er nach dem College gehen könnte, aber er will Max nicht enttäuschen. »Hab daran gedacht.«

Claire hat gelernt, nicht zu viele Fragen auf einmal zu stellen. Ihre Tante wird sonst wortkarg oder sagt überhaupt nichts mehr. Häppchen für Häppchen hat sie während der letzten Wochen herausgefunden, dass die Namen ihrer Eltern seit Anfang der Sechziger auf einer schwarzen Liste geführt wurden, dass sie öfter im Gefängnis waren, als Miriam sich erinnern kann, und dass sie schließlich der Gewalt abschworen, weil auf diesem Weg nichts zu erreichen war außer Ärger. In den Achtzigern begannen sie, sich auf gewaltfreie Aktionen zu verlegen, organisierten Kampagnen, die das öffentliche Interesse auf soziale Ungerechtigkeiten lenken sollten. »Und dann haben sie ganz aufgehört.«

»Was ist passiert?«

»Sie haben *dich* bekommen.«

Miriam sagt, sie riecht den ersten Schnee. »Kann jeden Tag losgehen.« Sie stehen auf der verwilderten Wiese vor der Hütte, der Himmel ist betongrau, das braune Gras raschelt unter ihren Füßen. Miriam entrollt eine Wolldecke, zieht eine Glock 17 daraus hervor, Kaliber 9 mm, und eine Schrotflinte. Claire legt die Munitionspäckchen daneben.

Die Pistole ist eine in Österreich hergestellte Halbautomatik, selbstladend, das Polymergehäuse, angerauter Griff, erklärt Miriam in einem Kurzreferat. Standardwaffe bei Spezialeinheiten. Was Bedienung, Präzision und Zuverlässigkeit angeht, jeder anderen Pistole auf dem Markt weit überlegen. Zweireihiges Stangenmagazin mit siebzehn Schuss.

Sie zeigt Claire, wie sie das Magazin einsetzen muss und die Waffe entsichert, wie man über Kimme und Korn zielt. »Sie ist ziemlich laut und hat einen ganz schönen Rückstoß. Du wirst nach jedem Schuss neu zielen müssen.«

Claire fragt, auf was sie schießen soll, und Miriam deutet auf eine Kiefer am Rand der Wiese. Sie ist vielleicht zehn Jahre alt, zwei Mann hoch und etwa so dick wie ein Oberschenkel.

Jedes Mal, wenn Claire den Abzug drückt, zuckt die Pistole in ihrer Hand, als wäre sie lebendig. Donner hallt in ihren Ohren und macht sie halb taub. Wie Erdnussschalen regnen messingfarbene Patronenhülsen zu Boden, stechender Schwefelgeruch hängt in der Luft. Die meisten Schüsse gehen vorbei, aber ein paar lassen die Kiefer erzittern, reißen gelbliche Klumpen aus dem Stamm.

Als sie das Magazin auswirft und ein neues einsetzt, denkt sie an ihre Eltern und die Tage des Zorns, jene dreitägigen Demonstrationen, die im Oktober 1969 – zur gleichen Jahreszeit wie jetzt – stattfanden.

»Die Macht liegt auf der Straße« war das Kapitel in dem Buch überschrieben, das Miriam ihr mit dem entschuldigenden Kommentar »Ist so ein linkes Propagandamachwerk« gezeigt hatte. Auf den folgenden Seiten wurde geschildert, wie viele Lykaner auf dem Höhepunkt des lykanischen Freiheitskampfes während der späten Sechziger und frühen Siebziger versuchten, ihre politischen Ziele mit gewaltsamen Aktionen zu erreichen. An Häuserwänden tauchten regierungsfeindliche Graffitis auf, Standbilder wurden verwüstet, an Colleges und Unis wurden Flugblätter verteilt. In Chicago wurde die Gedenkstatue eines Polizisten gesprengt, der während des Haymarket-Massakers ums Leben gekommen war. In Milwaukee explodierte eine Bombe vor dem Rathaus, ein Betonklotz auf den Schienen brachte einen Personenzug zum Entgleisen, in Lincoln gingen mehrere Postlaster und Streifenwagen in Flammen auf. Tausende nahmen an den Demonstrationen in Chicago teil. Autos wurden umgeworfen, Fenster von Büros und Wohnhäusern eingeschlagen, die Aufrührer mit Schlagstöcken, Feuerwehrschläuchen und Tränengas von »faschistischen« Polizisten und Nationalgardisten in voller Schutzausrüstung von der Straße gezerrt.

Und es gab ein Schwarz-Weiß-Foto von ihrem Vater. In voller Verwandlung steht er auf dem Portal des Gerichtsgebäudes von Chicago, die Arme erhoben, den Kopf zu einem Schrei in den Nacken gelegt, vor ihm Hunderte von Demonstranten, die die Fäuste in die Luft recken. In den Klauen hält er eine brennende Amerikafahne. Es war surreal, erschreckend und beinahe komisch zugleich. Nur Miriams Gesichtsausdruck war todernst, als Claire das Buch weglegte und sagte: »Das ist alles ein bisschen viel auf einmal.«

Die Revolution. So hieß das Buch. Auf dem Einband war ein Mann abgebildet, der den Schatten eines Wolfes wirft. Claire drehte es um und betrachtete das Foto auf der Rückseite. Ein Mann mit Lockenfrisur starrte ihr finster entgegen. »Wer hat das überhaupt geschrieben?«

»Jeremy Saber. Mein Mann«, erwiderte Miriam, ging aus dem Zimmer und ließ Claire mit einem Mund voll unausgesprochener Fragen zurück.

Im Moment korrigiert Miriam ihre Beinstellung, erklärt ihr die Besonderheiten der einzelnen Waffen, der Smith & Wesson, der Browning Pumpgun. Nach einer Stunde zittern Claires Arme, und ihre Ohren dröhnen. Ein letztes Mal zielt sie über den rauchenden Lauf, und als sie die Schrotflinte wieder senkt, neigt sich die Kiefer splitternd zur Seite.

»Wow!«, ruft Claire. »Jetzt bin ich richtig gefährlich.«

»Das glaubst nur du.«

»Sieh dir den Baum an. Der ist fertig!«

»Bäume bewegen sich nicht, und sie schießen auch nicht zurück.«

Claire verdreht die Augen.

Miriam betrachtet sie einen Moment lang ernst, dann reißt sie die Glock hoch, macht eine Hechtrolle vorwärts und schießt drei Kiefernzapfen von drei verschiedenen Bäumen. Das Ganze geht so schnell, dass Claire kaum mit den Augen folgen kann. Miriam steht auf, hebt den Pistolenlauf vor den Mund und bläst Claire den Rauch ins Gesicht.

Sprachlos steht Claire da. »Wie hast du das gemacht?«

»Was gemacht?«

»So schnell reagiert. Als hättest du was gesehen, bevor irgendjemand sonst es sehen kann.«

»Wie oft hast du dich schon verwandelt?«

»Zehnmal ungefähr.« Es waren neun.

»In deinem ganzen Leben?« Miriam bleckt die Zähne, als sie das sagt.

»Ich mag nicht, wie es sich anfühlt.«

»Claire.« Es klingt wie ein Schimpfwort, und Miriams Lippen zittern, als läge ihr noch viel mehr auf der Zunge, aber sie sagt nichts. Stattdessen geht sie in die Hütte und sperrt sich in ihrem Zimmer ein. Dreißig Minuten später kommt sie wieder heraus und packt Claire so fest am Unterarm, dass sie am nächsten Tag einen blauen Fleck an der Stelle haben wird. »Du hast noch viel zu lernen.«

Patrick bekommt sie nicht aus dem Kopf, das Mädchen von letzter Nacht. Das Mädchen, das er gerettet hat. Er hat sie gerettet. Der Gedanke fühlt sich gut an. Nachdem die ganze Welt ihn einen Helden genannt hatte – dafür, dass er sich unter einer Leiche versteckt hatte, während die anderen Passagiere in Stücke gerissen wurden –, gibt Patrick sich nun der verlockenden Fantasie hin, es könnte vielleicht doch ein Körnchen Wahrheit stecken in dem, was die Reporter über ihn geschrieben und gesagt haben.

Jedes Mal, wenn er an Malerie denkt und ihm das alles mit ihr falsch vorkommt, springen seine Gedanken zu dem Mädchen. Was er für die getan hat, war richtig. Punkt. Jedes Mal, wenn sein Handy klingelt, stellt er sich vor, sie sei dran. »Ich wollte mich noch mal bei dir bedanken«, sagt sie mit zögerlicher, warmer Stimme, und er fragt, ob sie sich mal treffen wollen. Ja, sagt sie, und er lädt sie auf einen Kaffee ein. Sie sitzen hinter einer sonnendurchfluteten Fensterfront, ihre Füße berühren sich zufällig unter dem Tisch, und sie lächeln sich über den Rand ihrer Kaffeetassen hinweg an.

Auch jetzt, in Max' Keller, als Malerie direkt vor ihm steht, denkt er an sie.

Malerie sagt, es sei einfach gewesen, überhaupt kein Problem. Sie ging zur Arbeit wie immer. Durch die Glastür, zwischen den Theken hindurch, an den Fotodruckern vorbei und hinein in das von kalten Neonröhren beleuchtete Büro. Sie gab den dreistelligen Code in die Stechuhr ein, warf ihre Handtasche in den Spind und streifte den sackartigen blauen Kittel über, den sie so sehr hasst. Er ist von Land's End, die Nähte kratzen, und der Schnitt ist total daneben, an keiner Stelle passt er auch nur halbwegs. Wie dem auch sei. Als pharmazeutische Aushilfe hat sie drei Funktionen. Funktionen, so nennt das ihr Boss: Auffüllen, Bestücken und Ausgabe.

Auffüllen ist todlangweilig. Sie hasst Auffüllen. Sie reißt die Rezepte von der Druckerrolle, schaut auf den Zeitstempel und füllt, füllt, füllt die Tabletten in die entsprechenden Röhrchen, wie Hagelkörner prasseln sie hinein. Die Röhrchen kommen in Plastiktaschen und die Plastiktaschen auf ein Fließband, von dem der Apotheker sie entgegennimmt und den Inhalt noch einmal überprüft.

Max sagt, sie soll es kurz machen, sie haben nicht die ganze Nacht Zeit. Heute ist Halloween. Alle tragen Tarnanzüge, die sie im Army-Shop gekauft haben. Alle außer Malerie, die Plastikhörner auf dem Kopf trägt, dazu einen hautengen roten Bodysuit, an dem ein Teufelsschwanz baumelt. Eine Hand in die Hüfte gestemmt steht sie vor ihnen. In der anderen hält sie einen linierten Zettel mit handgeschriebenen Notizen darauf. Patrick sitzt zwischen Max und einem Bullen von einem Kerl eingekeilt auf der Couch. Sein Name ist Cash, und er riecht nach Dosenfleisch.

Malerie verdreht die Augen und erzählt weiter. Die ganze Woche schon hat sie aufgefüllt, und sie hasst es, weil sie dann mit niemandem reden kann. Sie mag alte Menschen, und alte Menschen mögen sie. Die sind süß. Deswegen war sie froh, als sie an die Ausgabe verlegt wurde. Da konnte sie wenigstens mit jemandem reden – und erledigen, worum Max sie gebeten hatte. Und übrigens den Job verlieren, falls es herauskam. Aber nicht, dass sie jetzt den Schwanz einziehen würde oder so. »Für Max tu ich alles«, erklärt sie, den Blick auf Patrick geheftet.

An der Ausgabe nimmt sie die Rezepte der Kunden entgegen

oder holt die Bestellungen aus dem Faxgerät. Sie scannt den Empfängercode, tippt die Daten in den Computer und schickt das Ganze weiter an die Apotheker. Normalerweise muss sie ihre Initialen und ein Passwort eingeben, was ein gewisses Problem ist, weil sich damit alles zurückverfolgen lässt, was sie tut, aber einer der Angestellten hatte vergessen, sich auszuloggen. Deshalb war es unwahrscheinlich, dass jemand dahinterkam. Sie rief die Bestandsliste auf, suchte nach »Volpexx«, und es erschien eine Datei mit Namen, Adresse und Telefonnummer von allen Kunden, die innerhalb der letzten zehn Tage welches abgeholt hatten. Sie hätte die Datei auch ausdrucken können, aber das wäre zu riskant gewesen, weil der Drucker vorne im Verkaufsraum steht. Sie hat immer einen kleinen Notizblock dabei. Jeder hat das. Für Passwörter, PINs, Sperrnotrufnummern und so weiter. Also dachte sich auch niemand was dabei, als sie ihn hervorzog und munter hineinschrieb.

»Und hier bin ich. Hier ist die Liste«, sagt Malerie, hält Max den Zettel hin und zieht ihn wieder weg, als er danach greift.

»Das hier ist kein Scherz, Malerie«, sagt Max mit todernstem Blick, und schließlich rückt sie ihn heraus. Sie könne jetzt gehen, fügt er hinzu.

Einen Moment lang rührt Malerie sich nicht vom Fleck. Dann dreht sie sich so ruckartig um, dass das Teufelsschwänzchen sich um ihre Beine wickelt, stampft die Treppe nach oben, und alle schauen ihr hinterher. Alle außer Max, der eine volle Minute lang die Namen auf der Liste durchgeht. Schließlich hebt er den Blick. »Ziehen wir's durch.«

Die Hosenbeine der Kampfanzüge haben sie in die schwarzen Springerstiefel gesteckt. Sie ziehen sich weiße Kissenbezüge mit fransig ausgeschnittenen Löchern für Augen und Mund übers Gesicht und streifen schwarze Lederhandschuhe über.

»Behaltet sie an, egal wie heiß euch wird«, erklärt Max. »Keine Fingerabdrücke.«

Sie verteilen sich auf drei Autos und fahren in Kolonne zu der ersten Adresse auf der Liste, Terrabonne Road 312, Mr. James Duncan.

Die Kinder haben ihre Süßigkeiten schon vor Sonnenuntergang eingesammelt, Gehwege und Seitenstraßen sind so gut wie leer. Ausgehöhlte Kürbisse leuchten in den Gärten, die Kerzen flackern in der Brise und lassen die dreieckigen Augen und gezackten Zahnreihen tanzen.

»Du bist dabei, oder?«, fragt Max, und Patrick sagt: »Bin dabei.«

Sie parken mehrere Straßen vom Ziel entfernt. Ihre Stiefel trommeln einen zornigen Rhythmus in die kalte Nacht, ihr Atem verfliegt in grauen Schwaden. Auf der Terrabonne schlagen sie mit Baseballschlägern die Scheiben des Autos ein, das in der Einfahrt parkt. Auf der Macintosh und Ridgeway sprühen sie ein Pentagramm auf ein Garagentor und eine Motorhaube. Auf der Dreizehnten werfen sie einen Kanonenschlag in den Briefkasten, rennen, was das Zeug hält, und beobachten aus sicherer Entfernung den hell orangefarbenen Blitz. Der Knall ist so laut, dass sie einen Schritt zurücktaumeln. Sie brüllen vor Lachen.

In einer Wohnwagensiedlung in Malibu Village schleichen sie durch das Labyrinth aus Einachsern, Hühnerverschlägen, aufgebockten Rostlauben, aus deren Motorblöcken die Königskerzen wuchern, bis sie ihn gefunden haben: einen hässlichen grauen Plastikeimer, der aussieht wie ein toter Wal. Davor steht ein kahler, mit Angelködern und leeren Budweiserdosen behängter Baum, den sie mit Benzin übergießen. Ein Zippo schnappt auf, und der Baum erstrahlt wie eine blaue Fackel.

Bei der B&B-Servicestation klettern sie über den Maschendrahtzaun, pirschen über den von Halogenscheinwerfern hell erleuchteten Parkplatz und lachen durch ihre Masken furchtlos in die Überwachungskameras, während sie in tropfenden schwarzen Großbuchstaben »Lykaner« aufs Bürofenster sprühen.

Die ganze Zeit über versucht Patrick, an das Flugzeug zu denken – daran, wie der Lykaner aus der Toilette geplatzt kam, wie das Blut über den Mittelgang schwappte und die Leichen sich um ihn herum stapelten. Er fühlt sich gut. Denjenigen Schaden zuzufügen, die ihm Schaden zugefügt haben, ist etwas Gutes. Sein Herz schlägt wie wild. Es zappelt wie eine giftige Kröte, die sich aus der Brust befreien will.

Als sie in einem der noblen Neubaugebiete weiterwüten – die meisten Fenster sind bereits dunkel, nur in ein paar Wohnzimmern ist das blaue Schimmern eines Fernsehers zu erahnen –, ist es Patrick, der einen Ziegelstein durch ein Fenster wirft und glitzernde Scherben in das Luxusheim regnen lässt.

Sie rennen, und Patrick hört eine wutentbrannte Stimme hinter sich. »Ich bring euch um, ihr Schweine!«, brüllt sie. Als wäre es seine Schuld. Als wäre Patricks Lebensziel gewesen, ein Scheidungskind zu werden und den Vater in den Krieg ziehen zu sehen. Als hätte er sich mit Absicht in dieses Flugzeug gesetzt, in dem alle Passagiere bis auf ihn massakriert wurden. Endlich einmal brüllt er seinen bleiernen Schmerz hinaus in die Welt, und dann kommt dieser Kerl und bedroht ihn!

Am liebsten würde er sofort mit dem Baseballschläger in der Hand umdrehen. Oder über die Schulter zurückschreien: »Sorry, aber ich dachte auch, die Dinge würden anders laufen!«

Kapitel 18

An den Ausläufern des Kaskadengebirges, am Fuß der North Sister, öffnet sich der Wald zu einer mit rostfarbenen Felsen übersäten Lichtung. Die Luft riecht nach Schwefel, wie aus geheimen Schloten steigen Dampfschwaden in den Himmel. Das Wasser der Blood Bath genannten heißen Quellen ist erdig und rot wegen des Eisengehalts im Boden. Die Felsen sind warm und schneefrei. Um die kleinen Becken herum liegen Kleiderstapel und Handtücher. Menschen, hauptsächlich alte Männer und Frauen, planschen bis zum Kinn im warmen Wasser.

Viele glauben, dass das Wasser hier Heilwirkung hat. Das ist auch der Grund, aus dem Alice und ihr Mann Craig hergekommen sind. Er hat Schnupfen. Jetzt ist er nackt, Jacke und Polohemd, die hellblauen Jeans und weißen Tennisschuhe liegen auf dem Felsen gleich neben ihm. Sein Haar ist an einigen Stellen bereits ergraut. Er trägt eine Zweistärkenbrille. Die runden Gläser erinnern an Eulenaugen. Sein Körper ist spindeldürr, nur die Wangen sind dicklich und lassen seine Mundwinkel so aussehen, als würden sie ständig mürrisch nach unten zeigen. Er hat eine Vorliebe für Weihnachtslieder, pfeift sie das ganze Jahr über. Er macht den Eindruck, als wäre er der durchschnittlichste Mann der Welt, aber Alice weiß es besser. Sein Atem riecht nach dem Tonicwater, das er ständig trinkt. Er hat nur einen Hoden und einen winzigen, dünnen, nicht beschnittenen Penis. Einmal hat sie mit angesehen, wie er einen Hundewelpen tötete, weil er den Teppich beschmutzt hat. Sie hatte ihn aus dem Tierheim geholt, und er hat ihn totgetrampelt. Er lernt Leute im Internet kennen und zwingt Alice, mit ihnen Sex zu haben, während er zuschaut. Er sagt, das sei gut für sie.

Genauso wie er sagte, es sei gut für sie, zu den heißen Quellen zu fahren und dort zusammen mit dieser seltsamen Mischpoke aus Hippies und europäischen Touristen nackt zu baden. Seine Brille ist beschlagen, und sie weiß nicht, ob er die Augen auf oder geschlossen hat, als er sagt: »Besser, viel besser. Genau das Richtige.«

Sie weiß, seine Zufriedenheit wird nicht lange anhalten. Bald wird er sie wieder anbrüllen, wie fett sie ist, wie dumm, wie langweilig. Alice versucht, den Moment zu genießen. Sie bettet den Kopf auf das steinerne Ufer und genießt die Aussicht. Der Vulkangipfel der North Sister ragt auf wie ein Fangzahn. In der Luft tanzt der Schnee, aber nicht eine einzige Flocke geht auf sie nieder – sie lösen sich alle in der aufsteigenden Hitze auf. Alice kommt sich vor wie unter einer unsichtbaren Glocke.

Schweiß läuft ihr übers Gesicht. Ihr Herz schlägt langsam und gleichmäßig. Ihre Haut fühlt sich an wie verbrüht von dem dampfenden Wasser. An einer Hügelflanke in der Nähe sieht sie einen vom Gletscher gespeisten Bach, dessen Ufer von braunen Farnen gesäumt ist, dahinter leuchten dichte Edeltannen. Ihr Blick verweilt auf einem umgestürzten Baumstamm oder Felsen – schwer zu sagen bei dem ständigen Schneefall – in etwa zweihundert Metern Entfernung. Ihr ist schummrig wegen der Hitze, und die Augen fallen ihr zu. Dann gehen sie ruckartig wieder auf, als das Ding neben dem Bach, was auch immer es ist, ein Hirsch oder ein Bär, aufspringt und zwischen den Tannen verschwindet.

»Craig.« Sie steht so schnell auf, dass das Wasser in Wellen gegen sein Gesicht schlägt. »Craig, ich hab was gesehen.«

Er fährt sich mit der Zunge über die Lippen und schmeckt das Wasser. Seine Brille ist bespritzt. Er nimmt sie ab, wischt mit dem Daumen über die Gläser und legt sie zu seinen Kleidern. »Du hast mich nass gemacht.«

»Da oben. Ein wildes Tier. Es war wie …«

»Halt den Mund. Halt einfach den Mund, okay? Ich hab's so satt. Deine Stimme, du klingst wie ein Vogel, der gerade erwürgt wird. Mein Gott.«

Alice merkt, dass sie splitternackt ist, und lässt sich zurück in das siedend heiße Wasser gleiten. Sie wartet auf mehr, aber Craig hat die Augen schon wieder geschlossen. Es ist eine Erleichterung, seinen Blick nicht mehr auf ihrer Haut zu spüren. In die Ecke ihres Schlafzimmers hat er einen Stuhl aus Wurzelholz gestellt – sie haben ihn auf dem Kunstmarkt gekauft. Dort sitzt er und beobachtet sie, wenn sie auf dem Bett liegt und irgendein Fremder ein Kondomtütchen aufreißt oder ihr den Hintern mit Öl einschmiert. Er masturbiert nie. Er sitzt einfach nur still da, das Kinn in die Hand gestützt, und schaut mit glasigen Augen zu.

Alice starrt auf den Wald, dann auf die zerklüfteten roten Felsen und fragt sich, ob irgendjemand sonst gesehen hat, was sie gesehen hat. Oregon ist bekannt für seine reiche Natur, aber die Male, die sie hier beim Wandern war, kann sie an einer Hand abzählen. Sie verbringt praktisch ihre gesamte Zeit in der Arbeit. Alice ist Geschäftsstellenleiterin eines Büros der Grayson Insurance Company. Oder sie ist zu Hause, brät Hamburger und faltet Craigs Unterwäsche zu weißen Dreiecken. Ihre Begegnungen mit der Natur beschränken sich normalerweise auf überfahrene Tiere, die sie am Straßenrand liegen sieht.

Alice hört leise Gespräche und Gelächter, das klingt, als käme es von weit weg. Dann ein Spritzen. Ein alter Mann klettert aus einem der Becken. Schlaffe Haut, ein Bauch so weiß wie eine Eierschale. »Meine Knochen«, sagt er und seufzt beseelt. Einen Moment lang steht er da und rekelt sich. Wasser tropft, Dampf steigt von seiner Haut auf. Als er nach seinem Handtuch greift, sieht Alice den ersten Lykaner.

Aber sie erkennt ihn nicht sofort. Er steht am Rand der Lichtung, halb verdeckt von den wabernden Dampfschwaden und so reglos, als wäre er ein Teil des Waldes. Ein Troll, denkt Alice. Ein Wesen aus dem Märchen, die sie als Kind gelesen hat, das in den Wäldern lebt oder unter einer Brücke.

Der alte Mann hat sich ein Handtuch um den Kopf gewickelt. Wie ein Araberschleier hängt es herab. Er sieht den Lykaner nicht, wie er auf allen vieren über die Felsen schleicht, sich hinter ihm erhebt und ihm mit einem Klauenhieb die Kehle durchtrennt. Der alte Mann schwankt, und ein roter Sturzbach ergießt sich über seine Brust wie ein Vollbart. Er hebt die Hände, als wolle er jemandem in die Arme sinken, aber da ist niemand. Er stürzt zurück in das Becken, aus dem er gerade erst geklettert ist, und das Wasser schlägt über ihm zusammen wie eine Falltür. Ein Klatschen, dann ist er weg. Schreie zerreißen die Luft.

Alice fällt in den Lärm mit ein und brüllt aus vollem Hals. Es kommt Bewegung in den Wald, drei, vier, fünf Lykaner preschen zwischen den Bäumen hervor und kreisen die Badenden ein, die sich panisch im Kreis drehen oder hastig ans Ufer klettern. Nackt rennen sie über die Felsen, reißen sich die Fußsohlen auf, stolpern und fallen.

Das Geräusch von kullernden Steinen in ihrem Rücken lässt Alice herumfahren. Ein Lykaner kommt auf sie zu, ein kleiner, das Haar auf seinem Kopf leuchtet gelblich weiß wie ein Blitz. »Craig«, sagt sie, dann noch einmal und noch einmal, wie ein Schnellfeuergewehr.

Ihr Mann öffnet ein Auge. »Hab ich dir nicht gesagt, du sollst den Mund halten?« Das Auge schließt sich wieder.

Alice hat noch nie einen Lykaner gesehen, außer in einer Zeitschrift oder im Fernsehen. Was sie am meisten beunruhigt, sind die Zähne. Sie sind zu groß für das grinsende Maul, und das Zahnfleisch blutet. Ein Blick genügt, um das Böse zu erkennen. Nicht wie bei ihrem Mann, dessen innere Hässlichkeit der Außenwelt verborgen bleibt, als trage er eine Maske. Alice wünscht sich, jede Bedrohung wäre so offensichtlich wie diese – ein schwarzer Umhang, ein drittes Auge, ein blutiges Grinsen.

Sie kann nicht anders, als das Grinsen zu erwidern, als der Lykaner noch weiter herankommt und am Rand des Felsbeckens stehen bleibt, als überlege er, ein Bad zu nehmen. Seine Arme schießen nach unten, packen ihren Mann und ziehen ihn am Kopf aus dem Wasser. Craig bleibt kaum Zeit zu reagieren, und dann ist es zu spät: Als wolle er sich mit dem Bösen vereinen, das unter Craigs harmloser Hülle lauert, gräbt der Lykaner die Zähne in seinen Hals.

Alice dreht sich um und rennt weg. Nur dieses eine Mal, denkt sie, würde sie gerne die Rollen tauschen. Dieses eine Mal würde sie gerne danebensitzen und zusehen.

Kapitel 19

Auf der Lichtung liegt Schnee. Ihre Fußspuren durchziehen sie wie ein dunkler Strom. Vor einer Minute ist Miriam mit Claire auf die Veranda gegangen, hat ihr gesagt, sie soll sich ausziehen und ihr folgen. Wie ein Gespenst schimmert die Sonne hinter den Wolken, aber sie spendet keine Wärme. Miriams Augen durchleuchten sie wie ein Röntgenapparat. In Unterwäsche steht Claire da und beginnt zu zittern.

»Genug herumgespielt«, sagt Miriam. »Es ist an der Zeit.«

»Ich weiß nicht …«

»Denk an den Riesen. Denk an das, was er mit deinen Eltern gemacht hat.«

Claires Kehle schnürt sich zu. »Hör auf.«

Miriam spricht leise und langsam, beinahe beschwörend. »Denk an die Kugeln, die sie durchsiebt haben. Denk an ihre Schreie. Denk an die Schritte, die dich verfolgt haben. Denk an die Zeit danach, nachdem du weggerannt bist. Denk an die Männer, wie sie keuchend durch euer Haus laufen. Sie sind überall. Reißen Schubladen auf, wühlen alles durch.«

»Hör auf!« Tief in Claire regt sich etwas. Vielleicht ist es Angst, vielleicht Wut. Wie ein schwarzer Regenschirm spannt es sich auf. Eisig kalte Tränen laufen über ihre Wangen.

»Versetz dich zurück in diese Nacht.«

Die Wolken hängen tief wie eine dunkle Decke, die unter dem Gewicht der Sonne einzustürzen droht. Claire zittert nicht mehr – ihr ganzer Körper schüttelt sich unkontrolliert. Sie hört, wie ihre Füße über den Boden scharren.

»Versetz dich zurück in diese Nacht. Statt wegzulaufen möchte ich, dass du kämpfst. Ich möchte, dass du diese Männer umbringst.«

Der neuen Claire gefällt der Gedanke. Sie weiß, dass, stünde einer dieser Männer in schwarzem Körperpanzer jetzt vor ihr, sie ihm ohne Zögern die vor Angst hervortretenden Augen auskratzen würde. Das Gesicht zerfetzen und den roten Schädel darunter freilegen, die unter einem Schrei erzitternde Zunge herausreißen. Claire stellt sich das warme Blut in ihrem Mund vor, als ihre Zähne sich in den weichen Bauch graben.

Und dann, als hätte ein Schlüssel den eingerosteten Mechanismus überwunden und das störrische Schloss endlich geknackt, gibt sie nach: Claire verwandelt sich.

»Gut«, sagt Miriam, aber ihre Stimme klingt weit weg.

Es ist anders diesmal. Claire widersetzt sich nicht, drängt das Gefühl nicht zurück. Sie beschwört es herauf und gibt sich ihm hin. Adrenalin beschleunigt ihren Herzschlag. Ihre Haut beginnt zu prickeln, ihr wird warm, Fell sprießt. Ihre Knochen geben Geräusche von sich, die beinahe klingen wie ein Lechzen. Ihre Zähne wachsen, und Claire schmeckt das eisenhaltige Blut in ihrem Mund. Für einen winzig kleinen Moment bricht die Sonne durch die Wolken, und Claire sieht ihren Schatten zu ihren Füßen. Er biegt sich wie ein Baum unter einer Sturmbö.

Sie spürt mehr Energie in sich aufsteigen, als ihr Körper fassen kann. Es ist, als hätte sich eine Tür in ihrem Kopf geöffnet. Claire lässt alles in sich hinein. Eine Maus kriecht durchs Unterholz. Eine Eule beißt mit ihrem Schnabel einen Knochen durch. Salbei raschelt in der Brise. Claire hört und riecht und sieht es. Alles. Als wäre ihr Hirn bis jetzt in Watte gehüllt gewesen, als hätte sie alles um sie herum wie durch einen Filter wahrgenommen. Jetzt ist dieser Filter weg, und Claire entwickelt tausend neue Sinne. Sie hat sich verwandelt, hat sich geöffnet und einen toten Fluss in ihr wiederbelebt, nimmt zum ersten Mal die Welt um sie herum in all ihrer Fülle wahr.

In diesem Moment hört sie das Auto.

Ein leises Brummen, vielleicht eine Viertelmeile weit weg. Der Wagen kommt die Auffahrt entlang, Kies spritzt klappernd gegen die Bodenwanne. Claire wirbelt herum und stürzt darauf zu. Ein animalischer Impuls, ihr Revier zu verteidigen, treibt sie. Es ist der Riese. Claire ist absolut sicher. Miriam wollte sie kämpfen sehen. Wollte, dass sie tötet. Jetzt soll sie ihren Willen haben.

Claire hört sie nicht – und selbst wenn, würde es nichts ändern –, als Miriam hinter ihr brüllt: »Nein!«

Patrick folgt der Straße aus La Pine hinaus und fährt auf die Kaskadenkette zu, gibt sich der süßen Selbstvergessenheit hin, dem schönsten aller Nervenkitzel. Er hat sie gerettet. Immer wieder denkt er daran zurück. Er hat sie gerettet, und wenn man jemanden rettet, schafft das ein unzertrennbares Band. Das Gefühl muss dem ganz ähnlich sein, das Eltern spüren, das Gefühl eines dankbaren Schöpfers, ein Gefühl von Besitz.

Er bremst, schaltet den Blinker ein und biegt auf den halb verfallenen Fahrweg ab, rattert zwischen Gelbkiefern über die Wellblechpiste. Nach fünfzig Metern springt ein Hirsch über den Schotterweg, so schnell, dass Patricks Fuß noch nicht einmal das Bremspedal erreicht hat, als das Tier schon wieder zwischen den Bäumen verschwunden ist. Rutschend kommt der Jeep zum Stehen, als zwei weitere Hirsche folgen, langsamer diesmal, mit gesenkten Köpfen. Ihre Hufe scharren über die Piste, und Patrick lacht erleichtert.

Das Lachen verstummt abrupt, als er durch das Seitenfenster eine weitere Bewegung sieht und der Jeep plötzlich erschüttert wird. Anscheinend hat er doch nicht so viel Glück gehabt. Ein weiterer Hirsch ist der Gruppe gefolgt und gegen seinen Wagen gekracht.

Da wird das Nylonverdeck aufgerissen. Der Wind fegt ungehindert herein und bläst die Atemwolken weg, die aus seinem Mund quellen. Patrick schaut nach oben, und da ist sie. Er erkennt sie sofort, obwohl sie so anders aussieht, genauso wie er einen guten Freund hinter einer Halloween-Maske erkennen würde. Rote Augen, Blut läuft aus ihrem Mund. Eine Lykanerin.

Ein Arm fährt herab und packt seine Schulter. Nackte Panik durchzuckt Patrick wie ein Stromstoß. Er spürt die Klauen kaum, als sie durch seine Haut schneiden, ist zu überwältigt von dem Anblick, als wäre er in der Zeit zurückgefallen, zurück in das Flugzeug, nur dass der Lykaner ihn diesmal gefunden hat. Diesmal wird er sterben wie alle anderen. Patrick kann weder atmen noch sich bewegen. Sie kann mit ihm machen, was sie will.

Sie zieht den Arm zurück, wahrscheinlich um zum Schlag auszuholen. Dann wirbelt sie herum und springt vom Dach. Keuchend steht sie da und betrachtet ihn. An ihren Augen sieht er, dass auch sie ihn erkannt hat. Sie weint. Patrick ist nicht sicher, weshalb. Vielleicht ist es eine Begleiterscheinung der Verwandlung. Aber sie weint weiter, rote Tränen laufen ihr übers Gesicht. Schließlich dreht sie sich weg und verschwindet im Wald.

Pfeifend saugt er die Luft ein. Seine Schläfen pochen, eine Hand hat er auf sein Herz gepresst, und der rechte Fuß drückt so fest auf die Bremse, dass er einen Krampf im Oberschenkel bekommt. Noch bevor er weiß, ob er stehen bleiben oder den Rückwärtsgang einlegen soll, fliegt die Tür auf, und Patrick starrt in die Mündung einer Pistole. Verschwommen sieht er dahinter das Gesicht einer Frau. Es ist spitz wie ein Keil. »Stell den Motor ab und leg dich auf den Boden«, sagt sie.

Ein paar Stunden zuvor stand er noch in seinem Zimmer vor der halb offenen Schranktür und hielt das T-Shirt hoch. Das T-Shirt, das er im Flugzeug getragen hatte, das T-Shirt mit einem Blutfleck darauf, der so groß ist wie ein Kontinent. Sie hatten es ihm vom Leib geschnitten und sofort in einen Plastikbeutel gesteckt, den er später stibitzt und bei sich versteckt hatte. Er weiß nicht, warum er es getan hat. Vielleicht aus demselben Grund, aus dem Menschen ihre Zähne oder einen herausoperierten Blinddarm aufbewahren. Irgendwie schien das T-Shirt wichtig. Patrick hielt es hoch, steif und rostfarben. Es kam ihm vor wie eine alte Haut, aus der er herausgewachsen war. Es roch metallisch. Sein Atem beschleunigte sich, und er spürte entsetzliche Scham in sich aufsteigen. Patrick knüllte es zusammen, verkrustetes Blut platzte ab, und er stopfte es in die hinterste Ecke des Schranks. Darüber legte er eine Zeitschrift.

Jetzt hat er ein weiteres T-Shirt für seine Sammlung. Auf der linken Schulter ist der Stoff zerfetzt und rot, und über Brust und Bauch verläuft ein grün-brauner Streifen. Die Frau hat ihn gestoßen, er ist gestolpert, konnte den Sturz gerade noch mit einem ausgestreckten Arm ein wenig abfedern.

»Warum bist du zurückgekommen? Was willst du hier?«, fragt sie und tritt ihn in die Seite. »Sprich!«

Tausend Nadeln stechen seine Schulter, als er sich zum Sitzen hochdrückt. Die Frau steht vor ihm, hält ihm die Pistole wenige Zentimeter vor die Stirn, dann noch näher. Seine Augen tränen, und er riecht das Waffenöl. Er wollte sehen, wie es ihr geht, sagt Patrick mit erstickter Stimme, das ist alles. Wollte sehen, ob alles in Ordnung ist.

Die Frau neigt den Kopf und blickt ihn forschend an. »Bescheuerte Idee.« Sie winkt mit der Pistole, sagt ihm, er soll aufstehen und vorausgehen. Er hört das Ticken der Motorhaube in seinem Rücken, und sie gehen los in Richtung der Hütte. Als er die Hände in die Hosentaschen steckt, sagt sie: »Nein. Lass sie draußen. Geh weiter.« Kalter Wind weht, ein Staubteufel schlingert auf ihn zu und bombardiert Patrick mit kleinen Steinchen.

Die Hütte ist viel kleiner, als er sie in Erinnerung hatte. Sie steht auf einem erhöhten Fundament, die Veranda ist von einem Geländer eingefasst. Die Frau sagt ihm, er soll die Tür öffnen, und Patrick gehorcht. Ein schmaler Lichtstreifen fällt auf den Boden vor ihm, zerteilt von seinem Schatten, dann dem der Frau, die ihm die Pistole in den Rücken drückt und ihn vorwärtsschiebt.

Das Mädchen wartet auf ihn. Sie ist nicht mehr verwandelt. Im Dunkeln sitzt sie vornübergebeugt auf der Couch. Ihr Rücken ist so verkrümmt, als hätte sie einen übergroßen Angelhaken verschluckt. Sie trägt ein graues Kapuzensweatshirt und eine schwarze Jogginghose. Das sandblonde Haar ist kurz geschnitten. Patrick gefällt der Schnitt nicht an jedem, doch an ihr schon. Die Sommersprossen auf Nase und Wangen gehen nahtlos in frischen Schorf über – die Spuren der Verwandlung. Sie saugt die Wangen ein, fährt sich mit der Zunge über die Zähne, wischt mit dem Handrücken den Blutklumpen an ihrer Unterlippe weg.

»Es tut so weh«, sagt sie zu der Frau.

»Gewöhn dich dran.«

Die Luft riecht muffig. Nach Staub und Fett und Körperausdünstungen. Die Frau knipst eine Lampe an, und erst jetzt sieht Patrick die verbarrikadierten Fenster. Sie lassen den engen Raum noch kleiner wirken: eine Couch, ein Stuhl, ein Kaffeetisch, eine Kommode und kaum Platz für sie drei.

Die Frau schließt die Tür und schiebt den Riegel vor. Die unverkleidete Decke mit den offenen Dachsparren ist das Einzige, das seine Klaustrophobie etwas lindert.

Das Mädchen sieht ihn zum ersten Mal an, seit er die Hütte betreten hat. Ihre Augen sind rote Kugeln. »Warum bist du hier?«

»Ich wollte dich sehen.«

Ein kleines Lächeln tritt auf ihre Lippen und verschwindet ebenso schnell wieder. »Du hättest nicht kommen sollen.«

»Ich hab dir gesagt, es war falsch, ihn herzubringen«, erklärt die Frau. Sie steht immer noch hinter ihm.

»Zu spät.«

Patrick spürt den Lauf der Pistole an seinem Ohr. Er hat das Gefühl, als würde er schwingen wie eine angeschlagene Stimmgabel.

»Aber nicht zu spät, um ihm eine Kugel in den Kopf zu jagen.«

Sie tauschen stumme Blicke aus, die Frau drückt ihn zu Boden, erklärt ihm, er brauche nicht zu glauben, er könne schnell genug rennen, um ihr zu entkommen, also solle er es besser gar nicht erst versuchen. Dann gehen die beiden in das angrenzende Zimmer und lassen ihn allein. Mit einem dumpfen Knall schließt sich die Tür hinter ihnen.

Patrick hört das Wortgefecht, versteht aber nicht, was sie sagen. Seine Angst hat nachgelassen, aber er ist so verwirrt, dass ihm beinahe schlecht wird. Sie ist Lykanerin. Sie hat ihn gekratzt. Doch die Krankheit wird nur durch Blut übertragen, glaubt Patrick – oder hofft es zumindest.

Sie ist das, wogegen sein Vater kämpft. Das, was Max verteufelt. Sie ist das, was drei Flugzeuge und deren Insassen ausgelöscht hat. Sie ist die Fratze des Todes, das Monster aus so vielen Büchern und Filmen und Fernsehserien und Comics.

Und gleichzeitig ist sie das Mädchen mit kurz geschorenem Haar in Sweatshirt und Jogginghose, das gerade an ihm vorbei zur Tür geht und sagt: »Komm mit.«

Als Patrick sich nicht von der Stelle rührt, bleibt sie stehen. Eingerahmt vom hellen Sonnenlicht draußen steht sie da, die Hand auf den Türknauf gelegt, und blickt ihn an. »Komm schon.«

Sie verlassen die Hütte und gehen über die schneebedeckte Lichtung. Ohne sich umzudrehen, verschwindet sie zwischen den Bäumen, geht einfach davon aus, dass Patrick ihr folgen wird, und er tut es. Kurz bevor die Hütte außer Sichtweite ist, blickt er sich noch einmal um und sieht die Frau auf der Veranda stehen. Sie beobachtet ihn und das Mädchen.

»Du willst mich jetzt nicht umbringen, oder?«, fragt Patrick. Niemand weiß, dass er hier ist. Ein Bild drängt sich ihm auf von einem kleinen Erdhaufen irgendwo tief im Wald. Ein einzelner Stein liegt darauf, einen halben Meter darunter seine Leiche.

Kapitel 20

Der Riese steigt aus seinem Lincoln Town Car. Das Dach des Wagens reicht ihm gerade einmal bis zum Gürtel. Er trägt ein langärmeliges Button-down-Hemd. Es ist von der langen Fahrt verknittert. Seine Jacke liegt feinsäuberlich zusammengelegt auf dem Beifahrersitz. Er hebt sie auf, entfernt sorgsam jeden kleinen Fussel, dann lässt er sie über die Arme gleiten, zuerst den linken, dann den rechten. Sein Kopf ist kahl, nicht weil er sich jeden Morgen eine Glatze rasiert, sondern wegen der fürchterlichen Verbrennungen. Seine Haut sieht aus wie ein ausgespuckter Kaugummi. Es ist schwer zu sagen, wo seine Lippen anfangen und wo sie enden. Die dunklen Augen scheinen keine Lider zu haben. Seine Nase ist klein und etwas stupsig. Aus der Entfernung sieht sie nicht einmal aus wie eine Nase, sondern wie zwei Löcher in einem Totenschädel.

Auf dem von einem Lattenzaun eingefassten Parkplatz stehen noch drei Polizeiautos, ein Bronco von der Forstverwaltung und ein Spurensicherungswagen. An einem Pfosten hängt ein lasiertes Holzschild. »Blood Bath Hot Springs« steht in Schnitzbuchstaben darauf. Schnee hat sich an den Kanten festgesetzt.

Seine langen Beine bewegen sich wie im Zeitraffer, und er legt die halbe Meile in null Komma nichts zurück. Seine schwarzen Budapester sind rot gesprenkelt, als er die felsige Lichtung erreicht. Es wimmelt nur so von Polizisten. Dampf steigt vom Boden auf wie der Atem eines Tieres, das unter den Felsen haust. Schwefelgeruch hängt in der Luft, und es riecht so stark nach verfaulten Eiern, dass nicht wenige der Männer sich ein Tuch über die Nase halten.

Das Absperrband reichte nicht, um den gesamten Bereich abzuriegeln, also haben sie einfach zwischen zwei Bäumen einen gelbschwarzen Streifen quer über den Weg gespannt. Die meisten Menschen würden sich darunter durchducken, aber der Riese steigt darüber hinweg.

Ein Mann mit Kinnbart – er trägt eine schwarze The North Face-Fleecejacke – kommt auf ihn zu. Er braucht gar nicht erst zu fragen; der Riese hält ihm bereits seine Marke hin.

»Hab Sie noch nie gesehen«, sagt der Mann mit einem Nicken.

»Können Sie auch nicht.« Seine Stimme ist tief, jedes seiner Worte sorgsam artikuliert.

Der Polizist ist wie gefesselt von seinem Anblick. »Don, Deputy«, sagt er schließlich, zieht einen Kaugummi aus seiner Brusttasche und schiebt ihn sich in den Mund. »Sind Sie von dem Büro in Portland oder von dem in Salem?«

»Weder noch.«

Der Deputy kaut einen Moment lang weiter. »In Ordnung, Mister Geheimnisvoll. Sagen Sie mir, was Sie wissen wollen.«

Die Leichen sind mehrere Tage alt. Wären da nicht die heißen Quellen, hätte die Kälte sie perfekt konserviert. Aber die Haut ist an den Rändern geschwärzt, dazwischen leuchten rote Schwellungen wie bei einem Hotdog, der zu lange auf dem Grill war. Von der Krone eines spitzen Felsens starrt dem Riesen der abgetrennte Kopf eines alten Mannes entgegen. Der Mund steht offen. Ein Stück weiter liegt die Leiche einer Frau, die Gliedmaßen hat sie vom Körper weggestreckt wie ein X, die Bauchhöhle ist ausgeweidet, die Gedärme liegen in einem gelblich braunen Haufen daneben.

Polizisten in blauen Anoraks machen Fotos. Immer wieder wird das Blitzlichtgewitter unterbrochen, wenn sie über einen der porösen roten Gesteinsbrocken am Boden stolpern. Nur der Riese stolpert nicht. Langsam und bedächtig schreitet er ein Becken nach dem anderen ab, steigt über die Leichen, balanciert auf einer Kuppe, dreht sich ab und zu um dreihundertsechzig Grad im Kreis und betrachtet nachdenklich den umliegenden Wald.

In einem der Becken hat er etwas entdeckt. Eine nackte Leiche, hart gekocht und weiß wie ein Ei schwimmt sie mit dem Bauch nach oben. Don steht ganz in der Nähe und spricht in ein Telefon. Nachdem er das Gespräch beendet hat, blickt er den Riesen an, der die Leiche inspiziert. »Es waren Lykaner.«

»Ich weiß.«

»Was denken Sie?«

»Ich denke gerade an meine Zeit auf dem College, als ich noch vorhatte, eines Tages Vulkanologe zu werden. Ein eigenartiger Berufswunsch, nicht wahr? Diese Vulkane, sie haben etwas, das mich schon immer fasziniert hat. Ich war am Krater des Mount Saint Helens, als er noch rauchte, bin mit einem Helikopter über den Kilauea geflogen und habe hinabgeblickt in sein schreckliches, leuchtendes Auge. Doch wie sich herausstellte, war ich nicht geeignet für Chemie und Physik. Dennoch habe ich genug gelesen und genug Vorlesungen besucht, um zu wissen, dass es immer nur eine Frage der Zeit ist, wann es zur nächsten Eruption kommt. Eine Frage der Zeit und der angestauten Energie.« Er hält sich eine Hand über die Augen und blickt hinauf zu den wolkenverhangenen Gipfeln. »Wussten Sie, dass die Three Sisters im Moment zwar inaktiv sind, dass sich unter ihnen aber bereits wieder das Magma sammelt? Wussten Sie, dass ihre Höhe jedes Jahr um mehrere Zentimeter variiert? Eines Tages werden sie wieder ausbrechen, und der Boden, auf dem wir in diesem Moment stehen, wird aussehen wie ein rot glühendes Meer. Es ist lediglich eine Frage der Zeit.«

Der Kopf der Leiche ist unter Wasser und kaum zu erkennen in der roten Brühe. Der Riese taucht die Schuhspitze ins Wasser, als wolle er die Temperatur überprüfen, und stupst sie an. Für einen Moment durchbricht das Gesicht die Oberfläche und schaut ihn an. Es sieht aus wie ein vermodertes Aquarellporträt.

»Der Zeit und der angestauten Energie.«

Kapitel 21

Neal Desais Tochter hat einen ihrer düsteren Tage, erklärt seine Frau am Telefon und bittet ihn, früher nach Hause zu kommen. Wenn möglich. Seine Tochter braucht ihn.

»Ja«, sagt er, »natürlich.« Aber dann nimmt ihn wieder die Laborarbeit in Beschlag, und als er das nächste Mal auf die Uhr sieht, ist es bereits halb acht. Es gibt keine Fenster hier. Oft vergehen Stunden, ohne dass er ein einziges Mal vom Mikroskop oder Computerbildschirm aufblickt. Ein weiteres verpasstes Abendessen. Ein weiteres Mal wird er nach Hause kommen zu einer aufgebrachten Frau, die ihr Gesicht hinter einem Buch versteckt oder vor dem zu laut aufgedrehten Fernseher sitzt.

Er arbeitet im Labor für biologische Sicherheit im infektionsmedizinischen Forschungszentrum der Universität von Oregon. Sein Labor ist ausgelagert, an den Stadtrand von Eugene, und besteht aus einer Ansammlung von größtenteils fensterlosen, von elektrischem Sicherheitszaun umgebenen Betonklötzen. Bewaffnetes Wachpersonal patrouilliert über das Gelände. Von außen könnte man seinen Arbeitsplatz leicht für ein Gefängnis halten.

Er führt den Titel eines Professors, aber bis auf eine Handvoll Vorlesungen im Jahr hält er keine Lehrveranstaltungen. Die Forschung ist sein Hauptgebiet. Zum Laborgelände gehören fünf Ställe und fünf Hektar Weideland. Heute überwacht er seine Promovenden und Post-Doktoranden beim Impfen von Kälbern. Die Tiere werden mit Xylazin betäubt, die Stirnhaut wird aufgeschnitten, ein Loch ins Schädeldach gebohrt und der Impfstoff mit einer Einwegnadel ins Mittelhirn injiziert. Der Schnitt wird wieder zugenäht, und alle chirurgischen Instrumente inklusive Bohrer werden in einem Beutel für Gefahrengut entsorgt. Im Umgang mit Prionen kann man nicht vorsichtig genug sein.

Prionen sind sein Spezialgebiet. Rinderwahn und CWD gehören ebenfalls zu seinem Forschungsbereich, aber den größten Teil der letzten zehn Jahre hat er sich mit Lobos beschäftigt.

Seine Tochter Sridavi ist eine verlorene Seele. Das ist das Bild, das er von ihr vor Augen hat. Sie ist jetzt zweiundzwanzig, und ihre Augen sind ständig glasig von den Medikamenten und Drogen. Unter ihrer vierundzwanzig Stunden am Tag schweißnassen Haut zeichnen sich die Knochen so scharfkantig ab, dass er befürchtet, sie könnten eines Tages hindurchbrechen. Bis auf die dunklen Säcke unter den Augen ist ihr Teint kränklich gelb. Wenn er sie ansieht, fühlt er sich wie ausgehöhlt – eine Wunde, die keine Naht je verschließen kann.

Zehn Jahre ist es jetzt her, dass er in ihrem Zimmer ein ohrenbetäubendes Krachen hörte, begleitet von einem Schrei. Ihre Zimmertür war verschlossen. Als er anklopfte und ihren Namen rief, reagierte Sridavi nicht, also drückte er die Tür mit seinem Körpergewicht ein. Er war schon immer von kräftiger Statur gewesen, aber nicht so kräftig wie jetzt, da er literweise überzuckerten Kaffee trinkt und Schokoriegel in sich hineinstopft, um sich all die endlosen Arbeitsstunden hindurch wachzuhalten.

Er brach ins Zimmer seiner Tochter und sah das Bücherregal umgestürzt am Boden liegen. Darunter schauten zwei Schuhe hervor, und im ersten Moment glaubte er, das Regal hätte sie erschlagen. Dann hörte er ein Knurren aus einer Ecke und entdeckte sie. Zusammengerollt lag sie am Kopfende ihres Bettes, das lange schwarze Haar bedeckte beinahe ihren ganzen Körper. Doch die Erleichterung hielt nur kurz an. Als er noch einmal ihren Namen rief und sie den Kopf hob, kam unter all dem Haar eine Dämonenfratze mit blutunterlaufenen Augen zum Vorschein. Blut rann aus ihren Mundwinkeln.

Er wusste sofort, was passiert war, auch wenn er es nicht wahrhaben wollte. Er hätte sofort das Zimmer verlassen und die eingetretene Tür irgendwie verriegeln sollen. Stattdessen rannte er zu ihr, stolperte über die herumliegenden Bücher und stammelte »nein, nein, nein«, als könnte er damit den Dämon vertreiben.

Sie sprang vom Bett auf, und er streckte ihr die Arme entgegen. Der Aufprall riss sie beide zu Boden, sie zerfetzte sein Hemd und die Haut auf seiner Brust, als wollte sie ihm das Herz herausreißen.

Obwohl er mehr als doppelt so schwer war wie seine Tochter, konnte Neal sie kaum am Boden halten. Wie ein federndes Sprungbrett bäumte ihr Körper sich unter ihm auf, bog sich mit unbändiger Kraft vor und zurück. Seine Frau stand im Türrahmen, beide Hände vor den Mund geschlagen, und er schrie ihr über die Schulter zu, sie solle verdammt noch mal den Notarzt rufen.

Während er auf das Heulen der Sirenen wartete, auf die Sanitäter mit der Beruhigungsspritze und nach Leibeskräften versuchte, sich die schnappenden Kiefer seiner Tochter vom Hals zu halten, brannte ein Schmerz in seiner Brust, der nicht das Geringste zu tun hatte mit den tiefen Kratzern, die Sridavi ihm beigebracht hatte.

Er zieht Überschuhe und Schutzanzug aus und wirft sie in den Mülleimer. Er gibt seinen persönlichen Code in das Tastenfeld ein, ein grünes Lämpchen leuchtet, und mit einem Klacken öffnet sich die automatische Sicherheitstür. Er betritt einen weiß gefliesten Raum, zieht Schuhe, Socken und Unterwäsche aus, wirft sie in einen weiteren Eimer, stellt sich unter den siedend heißen Duschstrahl, schrubbt seinen Körper, trocknet sich mit einem Handtuch ab und geht zu seinem Spind. Er stellt die Zahlenkombination ein, reißt das Schloss auf, zieht eine Sporttasche heraus, streift Jeans und das Hemd von Izod über – ein Geburtstagsgeschenk seiner Frau, aber zum Golfen hat er schon lange keine Lust mehr. Die Jacke hängt er über den Arm.

Bei der Frau am Nachtschalter trägt er sich aus. Ihr Name ist Beatrice. Ihre Kopfhaut schimmert rosa durch das dünner werdende rote Haar. Sie drückt auf den Summer und entlässt ihn aus dem Labor in einen kurzen grauen Korridor, der bis auf ein paar verstaubte Birkenfeigen aus Plastik vollkommen kahl ist. Am Ende des Korridors stehen ein Metalldetektor und ein Röntgenscanner. Er sagt Hallo zu dem Sicherheitsbeamten – einer von mehreren, die jedes Gebäude bewachen –, leert seine Hose, wirft die Tasche auf das Transportband, nimmt sie auf der anderen Seite wieder entgegen und sagt: »Bis dann.« Wieder summt der Türöffner. Dahinter wartet nicht der Empfangsbereich – es gibt so gut wie nie Besucher –, sondern die Kälte der Nacht.

Er weiß, im Vergleich zu anderen Gegenden Oregons, wo heute Nacht noch mehrere Zentimeter Schnee fallen sollen, ist das Klima im Willamette-Tal eher mild, aber selbst nach dreißig Jahren in den USA sind ihm Temperaturen unter zehn Grad einfach zu kalt. Die Luft ist nebelig, es nieselt. Neal streift die Jacke über und zieht den Reißverschluss so hektisch zu, dass er sich die Haut am Hals einklemmt – an der Stelle, die seine Frau schnippisch sein zweites Kinn nennt. Während er über den mit Betonplatten gepflasterten Weg zum Tor geht, überprüft er seine Finger nach Blutspritzern.

Schon aus einigen Metern Entfernung hört er das Brummen des Elektrozauns. Der Wachmann öffnet das Plexiglas-Schiebefenster, reicht Neal ein Clipboard mit Stift. Mit einem Nikotinkaugummi im Mund macht er Small Talk über das letzte Spiel der Trail Blazers, während Neal sich austrägt. Auf seinem Schreibtisch stapeln sich Listen, Dutzende Bildschirme zeigen

Fischaugenbilder des Geländes. Das Tor schwingt auf, und die beiden Männer wünschen einander eine gute Nacht.

Zwischen der Fernbedienung fürs Garagentor und einem Anhänger kramt Neal den Autoschlüssel hervor, lässt sich hinter das Lenkrad seines Honda Accord fallen, wirft Gebläse und Sitzheizung an. Im Licht der Scheinwerfer auf dem Parkplatz sieht er die großen Limousinen und SUVs der Kollegen. In den Brombeerhecken am Rand der Asphaltfläche hängen Plastiktüten wie Spinneneier.

Seine Augenhöhlen pochen von den Anstrengungen des Tages und in Erwartung dessen, was er zu Hause vorfinden wird: seine Tochter, wie sie mit glasigen Augen katatonisch und besudelt daliegt, weil sie zu viel Volpexx geschnupft und zu viel medizinisches Marihuana geraucht hat. Das Letzte, was er will, ist mit jemandem reden. Der Spießrutenlauf durch die Sicherheitsvorkehrungen war schlimm genug. Als er seinen Namen hört, seufzt er nur genervt.

»Dr. Desai?«

Neal dreht den Kopf und sieht, dass die Stimme aus dem Wagen neben ihm kommt, einem silbernen Chevy Equinox. Die Innenbeleuchtung ist eingeschaltet, und in dem sanften gelben Lichtschein sieht er ein rundes Gesicht, beinahe kindlich, wären da nicht die Fältchen um den Mund und der graue Haarkranz auf dem ansonsten kahlen Schädel. »Es tut mir leid, Sie so spät noch zu belästigen.« Der Mann streckt ihm die Hand entgegen. Sie ist klein und feucht. »Aber ich habe Ihnen ein geschäftliches Angebot zu unterbreiten.«

Sie sitzen in der McMenamins-Brauereikneipe am Willamette River hinter einem von Regentropfen besprenkelten Fenster. Eine Brücke überspannt das Wasser, das Licht der Laternen lässt die Wellen diamanten schimmern. Neal lehnt die Spezialität des Abends – nussbraunes Malzbier – ab und bestellt stattdessen Tee.

Der Mann, er heißt Augustus, legt die Hände übereinander auf den Tisch wie Papierservietten. »Sind Sie Muslim?«

Ist er nicht. Neal ist gar nichts. »Ich bin müde.«

Der Kellner bringt ein Ale für Augustus und für Neal ein Tablett mit einem Kännchen und mehreren zu einem Fächer ausgebreiteten Teebeuteln. Den langen Ziegenbart trägt er zu zwei Zöpfchen geflochten, am Handgelenk hat er ein Hanfbändchen. Er zieht Block und Stift aus seiner Schürze. »Darf's auch was zu essen sein?«

»Nein«, sagt Neal genau in dem Moment, als Augustus sagt: »Vielleicht.«

»Vielleicht«, wiederholt Augustus, und der Kellner erwidert, er werde in ein paar Minuten noch mal kommen.

Neal entscheidet sich für Schwarztee, legt den Beutel in die Tasse und gießt das heiße Wasser auf.

»Sie hatten einen langen Tag?«

»Ja.« Neal lässt den Tee kurz ziehen, dann hebt er die Tasse an den Mund.

»Und es erwartet Sie eine ebenso lange Nacht?«

Neal erwidert nichts. Die Tasse schwebt vor seinem Mund. Er spürt den heißen Dampf an seinem Kinn und betrachtet Augustus durch den aufsteigenden Dunst.

Augustus lächelt, die Zähne so klein und weiß wie unreife Maiskörner. »Ihre arme Tochter.«

Neals Finger werden heiß. »Was wissen Sie über meine Tochter? Hat sie was angestellt?« Der aufsteigende Dampf bebt unter seinen Worten.

»Nein.« Augustus lacht. Es klingt wie ein kurzes, prägnantes Bellen. »Gar nichts hat sie angestellt.« Er nimmt einen Schluck von dem Bier und tupft sich mit einem Stofftaschentuch den Schaum von den Lippen. »Verzeihen Sie meine Neugier, aber wurde sie gebissen? Wurde sie so infiziert?«

»Nein«, erwidert Neal wie automatisch und weiß selbst nicht, warum er einem Fremden gegenüber so bereitwillig über sein Privatleben spricht. »Sie hat sich auf anderem Weg angesteckt.« Dabei belässt er es. Es passierte beim Sex. Fünfzehn Jahre alt und schon ungeschützter Geschlechtsverkehr. Noch immer schließt er beschämt die Augen, wenn er daran denkt. Er wünschte, sie wäre gebissen worden. Dann würde er ihr vielleicht nicht vorwerfen, was passiert ist, wie sie mit ihrem Leichtsinn ihr Leben zerstört hat.

»Das tut mir leid.«

Der Tee schmeckt bitter. Mit einem Klappern stellt Neal die Tasse ab und schüttet zwei Tüten Zucker hinein. »Sie müssen entschuldigen, aber ich verfolge das politische Tagesgeschehen nicht. Was tun Sie noch mal?«

»Wie ich bereits sagte, ich bin Stabschef des Gouverneurs.«

»Ja, aber was *tun* Sie?«

»Dasselbe, was ich schon immer getan habe: Ich bin Berater. Die Grundlage für mein Berufsbild ist, dass Manager, Gremien oder eben auch Politiker, sagen wir … manche Dinge nicht allein lösen können.« Das Licht der Deckenlampe lässt seine Brillengläser aufblitzen. »Ich bin eine außenstehende Kompetenz.«

»Verstehe.« Neal nimmt noch einen Schluck von seinem Tee – er schmeckt jetzt besser –, dann steht er auf und zieht seine Jacke an, sagt, es tue ihm leid, aber er müsse jetzt los. Er muss nach Hause zu seiner Familie. Wenn Augustus will, kann die Sekretärin ihm einen Termin zu den normalen Verkehrszeiten geben und …

Augustus schneidet ihm das Wort ab. »Nachdem Ihre Einrichtung, wie ich sehe, stark unterfinanziert ist – vor allem in letzter Zeit wegen der Budgetkürzungen. Und nachdem ich Abhilfe schaffen kann auf diesem Gebiet – falls ich es will, und nachdem Ihre Tochter an ebenjener Krankheit leidet, die wir beide gerne aus der Welt schaffen würden – glaube ich, bleibt Ihnen nichts anderes übrig, als sich zu setzen und mir zuzuhören.« Er nimmt einen weiteren Schluck von seinem Bier, das so schwarz ist wie die Nacht draußen. »Setzen Sie sich, bitte.«

Neal gehorcht. Ohne die Jacke auszuziehen, lässt er sich langsam in seinen Stuhl zurücksinken.

Der Kellner taucht wieder auf. »Haben die Herren sich schon entschieden?«

»Nein, haben wir nicht«, erwidert Augustus, »noch nicht«, und der Kellner verschwindet wieder.

Neal hört sich an, was Augustus zu sagen hat, und nach einer Weile merkt er, dass sein Tee kalt geworden ist. Ein paar Minuten später drückt er einen Handyanruf weg, ohne aufs Display zu schauen. Er weiß auch so, dass es seine Frau ist, die ihn fragen will, wo er bleibt. Ab und zu nickt er oder lächelt traurig, ansonsten verharrt er praktisch regungslos, bis Augustus fertig ist. Anschließend sitzen die beiden eine ganze Weile schweigend da. Neal vermeidet jeden Augenkontakt und starrt den Beutel in seiner Tasse an, als könnte er aus den durchtränkten Teeblättern etwas ablesen.

Augustus nimmt lautstark einen Schluck von seinem Bier. »Himmel, ist das gut.«

Neal mag diesen Mann nicht besonders, aber was der zu sagen hat, gefällt ihm umso besser. Er schaut aus dem Fenster. Moosbärte hängen tropfend an den Bäumen. Irgendwo am Horizont verschwindet der Fluss in der Dunkelheit. In der Scheibe mustert er das Spiegelbild des Mannes, der ihm gegenübersitzt und ihn mustert. Das ist leichter, als Augustus' starren Blick zu ertragen.

»Manchmal«, sagt Neal, »denke ich, es wäre einfacher, wenn sie gestorben wäre.«

»Einfacher für Ihre Tochter? Oder einfacher für Sie?«

»Ja.«

Kapitel 22

Der Weg der Sonne am Himmel wird kürzer, der Wind stärker, die Luft kälter. Patrick geht nicht ans Telefon, obwohl Malerie ihn in den letzten Tagen mehr als zehnmal angerufen hat. Drei Sprachnachrichten, die erste fröhliches Geplapper, die zweite ein langes Seufzen, und in der dritten fragt sie, was zum Teufel los sei. »Patrick? Im Ernst. Du rufst mich besser zurück.« Ihre Stimme klingt grausam. »Vielleicht ist es ja Zeit, dass Max erfährt, was mit uns beiden läuft.«

Er hat keine Ahnung, was er tun soll, wenn sie ihn nach dem um den Montagssabbat verlängerten Wochenende in der Schule anspricht. Ihr die Wahrheit sagen? Dass es Spaß gemacht hat? Mehr als Spaß – ihre runden Brüste, ihr saugender Mund, das Versteckspiel –, aber dass ihm jetzt nicht mehr danach ist? Dass er mit ihr zu vögeln für keine gute Art hält, Max' Freundschaft zu vergelten?

Er hat sich ein Kissen hinter den Rücken geklemmt und sitzt aufrecht im Bett, der Laptop ruht auf seinem Schoß. Der Himmel draußen ist ein sterbendes Lila. Die Lampe ist heruntergedimmt; ihr sanftes Licht passt nicht zu dem grellen Leuchten des Bildschirms. Patricks Augen schmerzen, und ihm ist schwindlig.

Er geht die Online-Nachrichtenseiten durch. Zuerst die Neuigkeiten zu den Entwicklungen in der Republik. Er wusste, es würde neue Opfer geben, und er behält recht. Aber jeder dieser Toten verschafft Patrick eine perverse Erleichterung, als gelte es, eine Quote zu erfüllen, als würde jeder Tote seinem Vater mehr Lebenszeit verschaffen. Er liest einen Leitartikel mit der Überschrift »Nicht jeder Lykaner ist ein Extremist«, in dem der Autor analysiert, wie ein paar Radikale die öffentliche Wahrnehmung sowohl in den USA als auch in der Republik bestimmen. Er liest von einer ausgehobenen Terrorzelle in Florida, die aus Düngemitteln Sprengsätze hergestellt hatte. Von dem seit über drei Monaten geltenden Flugverbot für Lykaner, gegen das die Bürgerrechtsvereinigung rechtlich vorgehen will. Dass die allgemeine Gefahrenstufe von Rot auf Orange zurückgesetzt wurde, an Flughäfen und Bahnhöfen die Sicherheitsvorkehrungen jedoch weiterhin verschärft bleiben und Passagiere stichprobenartig durchsucht werden.

Danach geht Patrick die Regionalzeitungen durch, den *Oregonian,* die *Old Mountain Tribune,* und sucht nach Meldungen über den Gouverneur, über den jede Zeitung eine äußerst entschiedene Meinung zu haben scheint. Hier ein Artikel über Chase Williams, den Atomenergiebefürworter, der am Ufer des Columbia ein Kernkraftwerk bauen will. Da ein Leitartikel, der besagt, die Pläne des Gouverneurs seien ein geeignetes Mittel, die uranreiche Republik zur Räson zu bringen.

Dann entdeckt er eine Überschrift, die lautet: »Blutbad bei Blood Bath«. Am Tag zuvor war am Santiam-Pass eine als Alice Slade identifizierte Frau nackt aufgefunden worden. Sie war halb erfroren gewesen und hatte etwas von Wölfen in den Wäldern gefaselt. Nachdem sie ins Krankenhaus gebracht und befragt worden war, wurden bei den abgelegenen Blood Bath Hot Springs nördlich von Sisters zwölf Leichen entdeckt. Man gehe davon aus, dass Lykaner das Blutbad angerichtet haben. Bei Mrs. Slade scheint es sich um die Ehefrau des dort ebenfalls zu Tode gekommenen Craig Slade zu handeln. Einige der Leichen waren bis zur Unkenntlichkeit verstümmelt.

Er klickt auf eine Werbung für Handyverträge, auf eine Werbung von Victoria's Secret, klickt, klickt, klickt, liest auf den Sportseiten die Wochenendergebnisse aus der Footballliga nach, versucht mit ein paar Kumpels zu Hause zu chatten – er war etwas nachlässig in letzter Zeit –, aber im Moment ist keiner von ihnen online. Er sieht sich einen Werbespot der Marines an, in dem ein junger Soldat mit einem Schwert einen Drachen tötet, und lädt die Anmeldeformulare von ein paar Unis herunter: University of California in Los Angeles, Davis, Irvine. Er wird sie sich später ansehen. Bewerbungsschluss ist erst in ein paar Monaten.

Dann starrt er zum Fenster hinaus. Sterne ziehen am Himmel herauf. Der Wind frischt auf und lässt das Glas zittern. Für heute Nacht ist Schnee angesagt, der erste Wintersturm. Patrick wendet sich wieder seinem Laptop zu und geht auf Google Maps. Die Blood Bath Hot Springs sind weniger als eine Stunde mit dem Auto entfernt. Er denkt an das Mädchen, an Claire. Eigentlich hat er in letzter Zeit an kaum etwas anderes gedacht als an sie. Ständig schwebt sie am Rand seines Bewusstseins. Wie ein Totenkopfschmetterling.

Im Wald hat sie ihm schließlich ihren Namen verraten. Zuerst sagte er nichts. Er hätte nicht gewusst, was. Schön, dich kennenzulernen? Aber sie hatten sich bereits kennengelernt, und die Umstände, damals wie jetzt, waren alles andere als schön.

»Und du bist Patrick«, sagte sie, ging immer noch voraus und blickte ihn immer noch nicht an. »Keine Angst, Patrick. Ich werde dich nicht umbringen. Aber ich glaube, meine Tante hätte es getan, wenn ich dich nicht von ihr weggebracht hätte.«

Auf der Fahrt zur Hütte hatte er alles durchgeplant, jede einzelne Antwort vorbereitet. Doch jetzt war alles anders. Sie war nicht die, für die er sie gehalten hatte, und wenn er versuchte, sich zu erinnern, griff er ins Leere. Sie war eine Lykanerin. Und nicht nur das. Sie nahm keine Medikamente. Sie war eine Illegale, eine Widerständlerin. Max nennt solche Leute »die Seuche«. Der Gouverneur nennt sie die größte Bedrohung für das Land, eine Bedrohung, die er mit aller Gewalt abwenden wird.

All das ging Patrick durch den Kopf, aber er konnte kein Gefühl dazu entwickeln, konnte all diese Aussagen nicht in Zusammenhang bringen mit dem hübschen Mädchen vor ihm.

Schließlich ging sie langsamer. »Danke noch mal«, sagte sie. »Vielleicht bist du ja deshalb wiedergekommen. Weil ich mich nicht bei dir bedankt habe.«

»Das ist nicht der Grund.«

»Trotzdem: danke.«

Sie beugte sich plötzlich zu ihm, und Patrick warf erschrocken die Hände in die Luft. Er dachte, sie würde ihn beißen. Ihr halb geöffneter Mund war nur Zentimeter von seinem Gesicht entfernt.

Patrick sah die schwarze Farbe an seinen Fingern. Es war die Farbe aus der Sprühdose von letzter Nacht. Sie war irgendwie in seine Handschuhe gelaufen. Er ließ die Hände sinken. »Sorry.«

Sie schien nicht vor den Kopf gestoßen, betrachtete ihn noch einen Moment lang, dann fragte sie: »Schon mal eine Lykanerin geküsst?« Sie schien genauso überrascht von der Frage wie er.

»Nein.«

Ihre Lippen berührten seine Wange. »Jetzt schon.«

Dann begann sie zu reden, die Worte sprudelten nur so aus ihr heraus, als wäre ein Damm gebrochen. Sie sagte, sie sei von Wisconsin hergezogen. Nein, »hergezogen« ist das falsche Wort. Sie *kommt* aus Wisconsin. Beinahe ihr gesamtes Leben war es ihr sehnlichster Wunsch gewesen wegzukommen, weg vom Schnee und der Langeweile, endlich auf eigenen Beinen zu stehen. Doch jetzt wünschte sie, ihr Traum wäre nie in Erfüllung gegangen. Dann verfiel sie in Schweigen, und Patrick hatte das Gefühl, er sollte etwas sagen.

»Aber so ist es doch immer, oder? In all den Geschichten über Glücksfeen und gute Geister. Wenn die Menschen ihre Wünsche erfüllt bekommen, bringen sie ihnen nur Unglück.«

Sie nickte. »Es ist besser, sich nichts zu wünschen.«

Sie standen da, irgendwo im Wald unter einem von drohenden Wolken verhangenen Himmel, sahen einander an und schauten wieder weg. Patrick trat einen Stein aus dem halbgefrorenen Boden. Quarzeinschlüsse funkelten in der Oberfläche. Sein Vater wusste alles, was man über Steine und Mineralien wissen konnte. Oft hatten sie am Wochenende die Ladefläche des Pick-ups mit Schaufeln und Spitzhacken vollgeladen und waren sammeln gegangen. Auf ihrer Veranda stand eine Druse von der Größe eines Kinderschädels, in deren Herzen ein violetter Kristall leuchtete. Manchmal fuhren sie auch in stillgelegte Minen. Sie erkundeten die von Holzträgern abgestützten Tunnel, und sein Vater erzählte ihm alles über Silber. Das chemische Symbol lautet Ag, abgeleitet vom lateinischen Wort *argentum.* Von allen Metallen hat es die höchste elektrische und thermische Leitfähigkeit. Hippokrates, der Urvater der Medizin, hielt es für ein hochwirksames Mittel gegen Krankheiten und Infektionen. Während beider Weltkriege wurde es in Medikamenten und Salben verwendet. Heute war es ein wichtiger Inhaltsstoff von Volpexx. Jedes Mal, wenn sein Vater die Taschenlampe auf eine Silberader richtete, schimmerte sie wie ein unterirdischer Fluss.

Patrick denkt an all die Mineralien, die Äonen lang unter der Erdoberfläche gepresst und zermahlen werden, versteckt und verborgen liegen unter einer harten, hässlichen Schale, bis eines Tages jemand mit einer Stange Dynamit die Bergflanke aufreißt und die schimmernden Schätze ans Tageslicht fördert. Vielleicht ist es das, was Claire mit ihm gemacht hat: ihn aufgebrochen.

Patrick ist nicht sicher, was ihn geweckt hat. Als er aufwacht, stellt er fest, dass er aufrecht im Bett sitzt, alle Klamotten noch am Leib. Der Laptop neben ihm ist auf Stand-by. Das Licht der Straßenlaterne fällt durch die Jalousien und wirft schwarze Schattenstreifen an die Wand.

Dann hört er es, ein leises Tappen und Kratzen auf dem Flur. Die Zimmertür ist zu, aber Patrick ist sicher, etwas dahinter versucht, sich möglichst lautlos zu bewegen. Er schwingt die Beine vom Bett und zuckt zusammen, als die Federn in der Matratze quietschen. Ganz langsam gibt er Gewicht auf seine Beine, schleicht vorwärts und legt das Ohr an die Füllung, bereit, die Tür zu öffnen, was auch immer ihn dahinter erwarten mag. Irgendwo in der Ferne rattert ein Zug durch die Dunkelheit, ein lang gezogenes, einsames Pfeifen ertönt. Der frisch gefallene Schnee dämpft es zwar etwas, aber es ist immer noch laut genug, um jedes Geräusch auf dem Flur zu übertönen. Patrick wartet, bis das Pfeifen verhallt. Die Sekunden schleppen sich dahin. Endlich ist der Zug weg, nur noch ein entferntes Poltern ist von ihm zu hören.

Die drückende Stille im Haus umfängt ihn. Dann ist es wieder da, dieses Geräusch. Klick, klick, klick. Als würde jemand mit einem Stück Kreide auf eine Tafel klopfen. Es ist ganz nah und direkt vor seiner Tür. Der Knauf bewegt sich nicht, aber die Tür stöhnt ganz leise in den Angeln, als würde jemand von draußen die Hand dagegendrücken.

Patrick hat einen Baseballschläger unter seinem Bett und begreift nicht, weshalb er ihn nicht mitgenommen hat. Er kommt sich nackt vor und klein. Zitternd legt er die Hände flach auf die Tür. Er presst nicht dagegen, noch nicht, aber er ist bereit, falls sie plötzlich auffliegen sollte. Ganze fünf Zentimeter Holz. Nicht einmal, denn die Füllung ist innen hohl. Vor seinem inneren Auge sieht Patrick eine schattenhafte Figur auf der anderen Seite, einen Zwilling seiner selbst mit überlangen Armen und Zähnen.

In Gedanken geht er die Möglichkeiten durch. Es könnte Claires gefühlskalte Tante sein, die überzeugt ist, er würde sie verraten. Könnte Malerie sein mit dick geschminkten Wimpern und einem langen Messer in der Hand. Könnte ein Lykaner sein, ein Mitglied der Terrorzelle, die die Flugzeuge überfallen hat, das geschickt wurde, um ihm endlich den Garaus zu machen. Vielleicht auch nichts von alledem. Vielleicht bildet er sich das alles nur ein.

Patrick wartet lange, so lange, dass er einnickt und wieder hochschreckt, so oft, bis er nicht mehr sicher ist, ob er überhaupt jemals etwas gehört hat. Schließlich legt er eine Hand auf den Knauf und dreht ihn herum. Mit einem Geräusch wie von einem Pistolenabzug springt der Schnapper zur Seite.

Was auch immer hinter der Tür gelauert hat, zuckt zurück und läuft mit einem Klickklickklickklick, das nur von Krallen kommen kann, den Flur entlang, die hölzernen Treppenstufen hinunter und zur Hintertür hinaus auf die Terrasse.

Neben dem Bett liegt Patricks Handy. Er packt es, und um ein Haar hätte er die Polizei gerufen. Er könnte sie anrufen und hier hinter der sicher verriegelten Tür warten. Stattdessen steckt er das Handy in die Hosentasche. Keine Versteckspielchen mehr. Nicht, wenn seine Mutter nichts ahnend unten schläft. Er holt den Baseballschläger unterm Bett hervor, umklammert den Griff mit beiden Händen, reißt die Tür auf und tritt hinaus auf den gähnenden Flur.

Kapitel 23

Über der Kaskadenkette türmt sich eine blauschwarze Wolkenbank auf. Schnee fällt. Dicke Flocken verfangen sich in Claires Haaren, an ihrer Kleidung und bleiben auf ihrer Handfläche liegen, als sie am frühen Morgen nach draußen geht.

Miriam schläft einen Kater aus. Manchmal kommt ihre Tante ihr vor wie ein Alien, kalt und frei von menschlichen Gefühlen, aber dann und wann tut sie etwas, das Claire vollkommen überrascht. In einem Buch lesen und plötzlich lauthals loslachen zum Beispiel, oder sie gießt eine Tasse Tee auf und fragt mit Cockney-Akzent: »Stück Zucka dazu, Chef'n?«

Oder sie schließt sich mit einer Flasche Whiskey stundenlang in ihrem Zimmer ein, bis irgendwann eine Art Wehklagen von hinter der Tür ertönt, ab und zu unterbrochen von einem Schniefen und dem Rascheln von Papiertaschentüchern.

So war es auch letzte Nacht, als Claire fragte, ob sie einen Cousin oder eine Cousine hat. »Wegen der Kinderbücher im Regal?«, fragte sie.

Sie saßen gerade am Küchentisch, und Miriam bearbeitete mit dem Messer ihr Rumpsteak. Wässriges Blut quoll daraus hervor. »Hattest«, erwiderte sie.

»Was?«

»Du hattest mal eine Cousine.« Miriam führte die Gabel an den Mund und legte sie dann weg, ohne in das Fleisch zu beißen. »Du hattest eine Cousine. Ich hatte eine Tochter.«

Sie brauchte nicht erst zu fragen, was passiert war. Die Worte kamen aus Miriam heraus, als hätte Claire die Naht in ihrer Kehle durchtrennt, die die Worte all die Jahre zurückgehalten hatte. Sie hieß Meg. Sie war sieben, schon fast acht. Braune Locken wie ihr Vater. Unfassbar schlau. Kannte alle Hauptstädte und konnte das Alphabet rückwärts aufsagen. Ihr Vater baute Bomben aus Düngemittel. Er wollte sechs Umzugswagen für die Unabhängigkeitsfestzüge in Oregon damit bestücken und sie gleichzeitig hochgehen lassen, all die Clowns mit ihren Wasserspritzen, die Taktstock schwingenden Ladys und Kinder auf der Jagd nach Süßigkeiten in die Luft jagen.

»Stattdessen hat es sein eigenes Kind erwischt. Wir wissen nicht genau, wie es passiert ist. Wir wissen nur, dass die Bombe losgegangen ist, und ich schätze, mehr gibt es dazu nicht zu wissen. Das Zeug war in einer Scheune, eher ein Unterstand mit Blechdach, nach allen Seiten offen. Gerade noch hat sie gespielt und herumgestöbert, und dann war sie tot. Ich erinnere mich noch, wie ich losgerannt bin und dachte, es wäre ein Schwarm Fledermäuse. Aber es war Blech. Schwelende Metallsplitter, die durch die Luft flogen.«

Miriam weinte nicht. Sie hatte all ihre Tränen bereits vergossen. Stattdessen nahm sie das Messer und umklammerte den Griff so fest, dass die Knöchel an ihrer Hand weiß wurden.

»Deine Eltern hatten recht. Sie haben es richtig gemacht, als sie nach deiner Geburt ausgestiegen sind. Ich habe es zu spät begriffen.«

Wieder und wieder hat Miriam Claire eingeschärft, nicht allein nach draußen zu gehen, jede Sekunde absolut wachsam zu sein, aber Claire hat die Paranoia satt. Mehr als einen Monat ist sie jetzt hier, und während all dieser Zeit lief Miriam fast ständig mit einer Waffe in der Hand umher, spähte dauernd durch die Sehschlitze nach draußen, aber nichts war passiert. Im Wald regte sich nichts und schon gleich gar nicht auf der Veranda. Erst recht nicht bei einem Wetter wie diesem, wo man kaum die Hand vor Augen sieht vor lauter Schneetreiben.

Sie muss raus, etwas gegen die endlosen Stunden des Tages unternehmen. Ihr Handgelenk schmerzt wegen der Kälte. Ihre Stiefel rascheln durch den Schnee. Sie trägt ein Kapuzensweatshirt unter der alten Carharrt-Jacke, die Miriam hatte verbrennen wollen, aber Claire hat sie behalten. »Für mich ist sie so eine Art Doktorhut«, hatte sie gesagt. In der Jackentasche spürt sie ein zerknittertes Stück Papier. Sie zieht es hervor. Patricks Name und Telefonnummer stehen darauf. Claire lächelt. Sie spürt, wie eine Schneeflocke auf ihre Lippen fällt und schmilzt.

Er ist muskulös und ein paar Zentimeter größer als sie. Seine leuchtend grünen Augen hatten sie abwechselnd durchdringend angestarrt oder sich verschämt abgewandt. Sein braunes Haar wäre bestimmt lockig, wenn er es wachsen ließe. Sie konnte ihn riechen, als er ihr in den Wald gefolgt war – eine Nachwirkung der Verwandlung. Und er roch gut, selbst sein Schweiß, ein bisschen nach schwarzer Erde. Es gefiel ihr, wie ruhig er war und sich nur bewegte, wenn er musste. Wenn er sprach, dann langsam und bedacht, jedes einzelne Wort zählte.

Es war eine solche Erleichterung gewesen, mit jemandem in ihrem Alter zu sprechen, mit jemand anderem als Miriam, und Claire saugte jedes einzelne seiner Worte in sich auf. Sie fragte ihn, wo er herkam, und er sagte, Kalifornien, und sie bat ihn, von zu Hause zu erzählen. Patrick tat es, erzählte ihr von der Hobby-Farm seines Vaters, davon, wie er als Kind die Hühner von ihren Eiern scheuchte, unter Stacheldrahtzäunen hindurchkroch, mit einer Steinschleuder auf Hasen schoss und Eidechsen die Schwänze abschnitt, die er dann in einem Glas aufhob. Wie er Grashüpfer fing und sie dann in Spinnennetze warf. Er erzählte ihr, wie er mit seinem Vater auf der Indian über den Highway 1 durch Big Sur gefahren war, vom Nebel, der über dem Ozean aufstieg, von den in den Wellen treibenden Bojen und dem Gebell der Seelöwen. Er erzählte ihr von San Francisco, vom Fischen auf den Kais.

»Klingt, als ob du es vermisst.«

»Ja.« Patrick vermisste es, aber jetzt weniger als früher. Er sagte, er hätte so viel durchgemacht, dass ihm das alles vorkommt, als wäre es in einem anderen Leben gewesen.

»Ich kenne das Gefühl«, erwiderte Claire. Und das Gefühl, ständig etwas zurückzuhalten, ja nicht zu viel zu sagen. In diesem Moment spürte sie etwas, einen Zug wie aus den Geschichten, die ihr Vater ihr am Lagerfeuer erzählt hatte von Geistern, die einen beim Schwimmen an den Fußgelenken packen und nie wieder loslassen. Patrick hatte sie gepackt.

Claires Stiefel flüstern durch den knietiefen Schnee. Die Windseite der Kiefernstämme ist nahtlos weiß, was die nackte Rinde daneben eigentümlich rot erscheinen lässt. Ihre Äste biegen sich unter der Schneelast durch. Claire stapft durch das weiß überzuckerte Unterholz, dann rennt sie ein Stück, nur so zum Spaß.

Als gestern die Temperatur fiel, hörte sie tief aus dem Wald Geräusche, die sie zuerst für Schüsse hielt. Ein lautes, widerhallendes Krachen.

»Mach dir keine Sorgen«, sagte Miriam. »Das sind nur die Bäume.«

Wasser läuft in die Risse und gefriert, und die Stämme bersten. So wie jetzt direkt neben ihr. Ein morscher Stamm klappt mit einem Knacken auseinander, Claire schreit erschrocken auf und schlägt sich dann die Hand vor den Mund, um nicht lauthals loszulachen.

Neben einem großen weißen Haufen bleibt sie stehen. Muss ein zugeschneiter Fels sein. Der Wind frischt auf, und Claire sieht, wie er feine, verwischte Linien in den Schnee zeichnet. Ihre plappernden Gedanken verstummen allmählich, Wind ist das einzige Geräusch um sie herum, Weiß die einzige Farbe.

Der Haufen bebt. Claire sieht einen roten Streifen unter dem Weiß hervorleuchten. Sieht aus wie Haare, aber das kann nicht sein. Sie dreht sich einmal im Kreis herum. Etwas stimmt nicht. Es hängt in der Luft wie das Echo eines Schreis, den sie nicht hören, aber deutlich spüren kann.

Der Schneehaufen erzittert erneut, als würde er atmen, dann explodiert er. Schnee spritzt auf, aber Claire kann sich nicht bewegen. Sie bekommt keine Luft mehr, reißt die Augen weit auf und sieht wie in Zeitlupe, wie zwei riesige Arme sie packen.

Patrick sitzt am Küchentisch. Sein Kopf ist wie benebelt. Den größten Teil der Nacht hat er mit dem Rücken gegen die Zimmertür gelehnt verbracht, den Baseballschläger griffbereit auf seinem Schoß. Vor ein paar Minuten ist er aufgewacht, als er seine Mutter in der Dusche hörte, und nach unten gestapft.

Er löffelt gerade von seinem Müsli und nippt an einer Limo, als seine Mutter in Stöckelschuhen über den Flur läuft. Sie trägt einen schwarzen Hosenanzug mit cremefarbenem Kragen, dazu eine einreihige Perlenkette. »Du siehst gut aus«, sagt er.

Seine Mutter macht einen Knicks und verzieht plötzlich das Gesicht.

»Was ist los?«

Sie reibt sich das Knie. »Meine Gelenke. Ich werde wohl langsam alt.«

Patrick erzählt ihr von letzter Nacht, von den Geräuschen vor seiner Tür und auf der Treppe. Dass er mit erhobenem Baseballschläger das ganze Haus abgesucht und das Bett in ihrem Schlafzimmer leer vorgefunden hat, erzählt er ihr nicht. Die Hintertür stand offen und bewegte sich im Luftzug sanft vor und zurück. Der Wind hatte Schnee hereingeweht, der auf den Holzdielen schmolz. Er schaltete sein Handy ein und wollte gerade 911 wählen, da sah er ihre SMS: Seine Mutter würde heute nicht nach Hause kommen. Sie wollte bei einem Freund bleiben, der gerade »in Schwierigkeiten steckte«. Sie würden sich dann am Morgen sehen. Er hatte die Nachricht schon am frühen Abend gelesen, sie aber in seiner Verwirrung ganz vergessen.

Sie hört auf, sich das Knie zu reiben, richtet sich auf und atmet tief durch. Sie kommt in die Küche, kramt in der Besteckschublade und schließt sie wieder, ohne etwas herauszunehmen. »Wie heißt es immer so schön in den Filmen? War wahrscheinlich nur der Wind.«

»Aber in den Filmen war es dann doch jedes Mal was anderes.«

Sie schenkt ihm ein verkrampftes Lächeln, holt eine Tüte Orangensaft aus dem Kühlschrank, gießt sich ein Glas ein und trinkt es in einem Zug leer. »Es gab eine Änderung. Ich werd heut Nacht nicht hier sein können.«

Schon wieder. Sie ist oft weg in letzter Zeit, mindestens zweimal pro Woche. Patrick denkt an den dürren Kerl, der ihm vor dem Haus zugenickt hat, erinnert sich, wie er seine Mutter mitten am Tag zu dem Viertel hat fahren sehen, in dem er wohnt. »Was für eine Änderung?«

»Eine Tagung.«

»Noch eine? Aber wir haben Sabbat.«

»Richtig.« Sie hat den Blick gesenkt und zupft an ihren Fingernägeln herum. »Zu viel zu tun.«

Erst jetzt sieht er den dunklen Fleck auf ihrer Wange, den nicht einmal das Make-up überdecken kann. »Wer war das?« Patrick fährt sich mit dem Handrücken über die Wange, und seine Mutter betastet die Schwellung auf ihrem Gesicht.

»Nichts. Niemand. Ich habe Kunden ein Haus gezeigt und bin gegen eine offene Tür gelaufen. Blödes Missgeschick. Peinlich.«

Auf der Küchentheke steht ein Zwanzigzollfernseher. Seine Mutter greift nach der Fernbedienung und schaltet ihn ein. Der Ton ist schneller als das Bild. »Was ist das Schlimmste?«, fragt jemand. Es ist Anderson Coopers Stimme, wie sich herausstellt. Er berichtet live aus der Republik, ist in eine Daunenjacke gehüllt und hält einem Soldaten ein Mikrofon hin. Augen und Gesicht sind knallrot vom eisigen Wind. Die Landschaft im Hintergrund ist nahtlos weiß, genauso wie der Ausblick aus ihrem Küchenfenster.

»Das Schlimmste?« Der Soldat trägt einen schwarz-weißgrauen Wintertarnanzug, das Gesicht ist von Schutzbrille und Helm verdeckt. Er könnte irgendjemand sein. »Einen Kumpel auf einer Bahre zum Rettungshubschrauber zu tragen. Das ist das Schlimmste.«

Cooper gibt einen Crashkurs zur Geschichte der Republik. Sie sei ein Schmelztiegel der Kulturen, erklärt er, alle Bürger geeint durch ein gemeinsames Merkmal: ihre Infektion. »Die größte Leprakolonie der Welt« hat Chase Williams, der Gouverneur von Oregon, sie vor Kurzem genannt. Praktisch jeder Einwohner außer den amerikanischen Staatsangehörigen, die hier arbeiten, ist infiziert. Manche Familien leben seit Generationen hier, aber jeden Tag kommen neue hinzu auf der Suche nach einer Heimat, die sie nirgendwo sonst finden.

Das Bild wechselt zu Tuonela. Sie ist die größte Uranmine in der Republik und einer der wichtigsten Zulieferer der USA. Cooper zieht sich einen Schutzanzug an. Offensichtlich wird er gleich das Gelände besuchen. Unterdessen erläutert der Hintergrundkommentar die wechselseitigen Abhängigkeiten zwischen den USA und der Republik – und die Gefährdung dieser Beziehung durch eine Handvoll lykanischer Extremisten.

Seine Mutter drückt noch einmal auf die Fernbedienung, und der Bildschirm wird schwarz. Sie murmelt etwas von »nichts als schlechte Nachrichten heutzutage« und sagt schließlich: »Deinem Vater geht es bestimmt gut. Wenn es jemanden gibt, der auf sich aufpassen kann … Es geht ihm gut.«

Und was ist mit meiner Mutter?, hätte Patrick um ein Haar gefragt.

Sie holt einen Mantel aus dem Schrank auf dem Flur, kramt in den Taschen herum und zieht mit einem Klimpern den

Autoschlüssel hervor. »Bis dann!«, ruft sie Patrick über die Schulter zu und verschwindet durch die Verbindungstür in die Garage.

Patrick sagt nichts. Er starrt immer noch auf den dunklen Fernsehschirm. Schließlich holt er sein Handy heraus. Seit drei Tagen hat er nichts mehr von seinem Vater gehört, und mit der letzten E-Mail konnte er herzlich wenig anfangen. »Durchbruch!« hatte darin gestanden, sonst nichts. Ob damit eine erfolgreich abgeschlossene Militäroperation gemeint war oder etwas anderes, konnte Patrick nur raten. »???« hatte er zurückgeschrieben und bis jetzt keine Antwort erhalten.

Also schiebt er noch eine Mail hinterher: »Bei dir alles okay? Das mit dem Durchbruch musst du mir erklären.« Seine Finger schweben einen Moment lang unentschlossen über dem Touchscreen. »Hier alles normal«, schreibt er schließlich. Sein Vater hat auch so schon genug Sorgen. Am Leben bleiben zum Beispiel.

Als Miriam die Hütte leer vorfindet, hat es aufgehört zu schneien. Ihr Magen ist übersäuert, ihr Kopf benebelt, aber sie kann halbwegs klar denken. Claire hat sich ihren Anweisungen widersetzt. Teenager tun das nun mal. Testen ihre Grenzen aus. Der Schnee blendet Miriam, als sie zur Vordertür hinausschaut, und sie kneift die Augen zusammen. Eine Fußspur führt von der Veranda in den Wald, und am Ende dieser Spur findet sie Claire. Das hofft Miriam zumindest, als sie die Jacke überwirft, in ihre Sorel-Stiefel schlüpft und die Glock von der Kommode nimmt. Sie geht nach draußen, bleibt kurz stehen und kotzt zwischen ihre Füße, wischt sich mit dem Ärmel über den Mund und läuft weiter.

Die Luft ist so still, als würde sie den Atem anhalten und auf etwas warten. Das einzige Geräusch kommt von dem Schnee unter ihren Sohlen, von den kleinen Lawinen, die von den Ästen herabregnen, und von einem wispernden Wind, der schlangenförmige Muster auf den weißen Boden zeichnet. Die Fußstapfen liegen grau im Schatten, sind bereits halb zugeschneit. Miriam überlegt, was sie getan hätte, wenn es weitergeschneit hätte und die Spuren verschwunden wären. Sie verdrängt den Gedanken. Besser nicht immer gleich an das Schlimmste denken.

Aber das Schlimmste ist passiert, wie sie kurz darauf feststellt, als sie einen Flecken zwischen den Bäumen findet, wo die Spuren zu einem ausgetretenen Krater explodieren. Eine ganze Weile steht sie regungslos da, atmet durch die Nase, dann geht sie einmal um den Krater herum, sieht eine neue Spur, die im Dickicht verschwindet. Claires Stiefelabdrücke sind genauso groß wie ihre eigenen. Ihnen zu folgen war, als hätte Miriam ihren eigenen Schatten verfolgt. Aber diese hier? Miriam setzt einen Fuß hinein. Sie sind doppelt so groß, ihre Stiefel verschwinden förmlich darin.

Magog lebt. Sie hat durchs Dach auf ihn geschossen, hat gehört, wie er am Boden aufschlug. Als sie nachsah, war er weg, aber es war so viel Blut am Boden, dass sie dachte, er würde es auf keinen Fall überleben.

Und jetzt hat er sich Claire geholt. Obwohl sie schon lange weg sind, kann Miriam sie spüren. Wie ein Geruch hängt die Erinnerung an das, was hier geschehen ist, in der Luft. Sie kniet sich hin, hebt eine Handvoll blutverschmierten Schnee auf und presst ihn so lange und so hart, bis er zu einem roten Eisklumpen verschmilzt.

Da entdeckt sie etwas. Etwas Weißes hängt in einem Gebüsch wie der Flügel eines Vogels. Es ist ein Stück Papier. Es gibt ein kratzendes Geräusch von sich, als Miriam es von den Ästen pflückt und den in eckiger Handschrift darauf geschriebenen Namen liest: Patrick.

Kapitel 24

Der Mond ist fett und rund, er scheint direkt auf den Kamin des Hauses gepfropft zu sein, vor dem Patrick steht. Vor wenigen Minuten hat er den Jeep auf der verschneiten Fahrbahnschulter geparkt. Das Loch, das Claire ins Verdeck gerissen hat, hat er zwar mit Klebeband repariert, aber die Luft pfeift immer noch hindurch. Ihm ist kalt von der Fahrt, und er zittert, als er die ungeräumte und mit Reifenspuren übersäte Auffahrt entlanggeht. Patrick hat den Wind im Rücken und hofft, die Hunde werden sich an seinen Geruch erinnern.

Sie tun es. Nach ein paar Bellern fangen sie an zu quieken und zu winseln. »Schhhh!«, macht Patrick, beugt sich zu ihnen hinunter, lässt sich abschlecken und krault sie hinter den Ohren, dass sie vor Wonne mit den Pfoten scharren. Wie er sich gedacht hatte, steht der Wagen seiner Mutter vor dem Haus, leuchtet so weiß wie die verschneiten Bäume auf dem Grundstück.

Er stapft durch die Schneeverwehungen, geht um das Haus herum und späht durch jedes Fenster. Die Hunde bleiben ihm dicht auf den Fersen, stupsen seine Hand mit ihren kalten Schnauzen an. Ständig rechnet er damit, seine Mutter wimmernd auf dem Boden liegen zu sehen, eine Hand auf ein geschwollenes Auge oder die blutenden Lippen gepresst. Die Scheidung seiner Eltern liegt über fünfzehn Jahre zurück. Seine Mutter kann tun und lassen, was sie will. Aber wenn der Kerl sie schlägt, wird er dafür bezahlen.

Das Haus scheint verlassen. Patrick ist erstaunt. Alle Räume sind blitzsauber und nur sparsam mit Designermöbeln eingerichtet, wie er sie lediglich aus Fernsehserien kennt, die in LA oder New York spielen. Nicht gerade das, was er von einem Typ erwartet hätte, der mit zwanzig Hunden zurückgezogen am Rand eines Viertels lebt, dessen Wahrzeichen die städtische Müllhalde ist.

Da hört er einen Schrei. Er klingt erstickt, als käme er von unter einem Kissen. Patrick rennt die Veranda hinauf und reißt an dem Türknauf. Es ist offen. In der Küche brennen Duftkerzen. Aus der Stereoanlage erklingt leiser Jazz. Patrick läuft durchs ganze Haus, sieht zweimal in jedem Zimmer nach, weiß nicht, ob er nach seiner Mutter rufen soll, da hört er das Geräusch wieder. Es ist beinahe ein Kreischen, kommt von einer Tür, die an die Küche angrenzt.

Patrick reißt sie auf und schaut zunächst ins Leere, erst dann entdeckt er die Holztreppe, die in einen spärlich beleuchteten Keller führt. Es stinkt fürchterlich, schlimmer als im Zoo, aber das nimmt Patrick kaum wahr, als er ein paar Stufen nach unten geht und sich über das Geländer beugt.

Sein Magen wird so kalt, als hätte er einen Eisklumpen verschluckt. Im ersten Moment ist er nicht sicher, um was genau es sich bei dem Haufen aus Knochen und Blut handelt, dann entdeckt er ein weißes Haarbüschel. Eine Ziege wahrscheinlich. Schwer zu sagen. Darüber beugen sich wie Raubvögel zwei nackte Gestalten und fressen. Patrick muss an die Katze denken, die seine Mutter vor Kurzem hierhergebracht hat, und fragt sich, ob sie wohl ein ähnliches Schicksal ereilt hat. Lauthals ruft er den Namen seiner Mutter, dann schlägt er sich – zu spät – eine Hand vor den Mund.

Die beiden Gestalten wirbeln herum. Die silberne Haarsträhne an der Schläfe lässt keinen Zweifel, auch wenn der Rest des Gesichts blutverschmiert und verformt ist, kaum zu erkennen. Der Mann neben ihr ist am ganzen Körper mit dichtem Fell bedeckt, außer am Kopf, der lächerlich kahl ist.

Patricks Mutter steht auf. Ihre Füße hinterlassen braune Streifen wie von Sirup auf dem Estrich, als sie auf ihn zukommt. Ihr Mund bewegt sich. Entweder kaut sie, oder sie versucht, etwas zu sagen, aber Patrick wartet nicht, um es herauszufinden.

Claire weiß nicht, wie viel Zeit vergangen ist. Ein Tag, vielleicht zwei. Sie hat sich vollgepinkelt. Sie hat weder zu essen noch zu trinken bekommen. Immer wieder hat sie geschlafen, aber selbst wenn sie wach war, machte das keinen Unterschied. Die Welt um sie herum ist dunkel und wie entrückt. Ihre Hände sind über Kreuz an die Fußgelenke gefesselt. Jedes Mal, wenn sie sich bewegt, rasseln die Ketten der Handschellen, und es scheint unmöglich, den Leinensack von ihrem Gesicht zu bekommen. Schließlich schafft sie es doch, indem sie den Hinterkopf an der Wand in ihrem Rücken reibt und an der Vorderseite mit der Zunge nachhilft. Als sie ihn endlich los ist, sieht Claire, dass sie sich am Ende eines dunklen Tunnels befindet. Der Boden ist schwarz und sandig. An den Wänden hängen LED-Leuchtbänder. Ihr bläuliches Licht lässt die höhlenartige Umgebung aussehen, als befände sie sich unter Wasser.

Die schwarze Lavaröhre verläuft etwa zwanzig Meter geradeaus und macht dann eine Linkskurve. Die Luft ist vollkommen still und muffig, es riecht nach Erde und Schwefel. Wahrscheinlich befindet sie sich tief unter der Erde, in irgendeiner der unzähligen Höhlen hier in der Gegend.

Claire hat schon ein paar Mal ergebnislos um Hilfe gerufen, aber diesmal – es dauert zwar fünfzehn Minuten – kommt jemand. Als Erstes hört sie das Pfeifen, eine leise Melodie von weit her, die sie erst erkennt, als es schon ganz nahe ist.

»Sah ein Knab ein Röslein stehn, Röslein auf der Heiden«.

Das schleppende Tempo des Liedes macht sie halb wahnsinnig, und der vielfache Widerhall erweckt den Eindruck, als käme es aus mehreren Mündern gleichzeitig.

»War so jung und morgenschön.«

Bei den letzten Noten streckt er den Kopf um die Ecke.

»Lief er schnell, es nah zu sehn.«

Sein Haar hat die Farbe von Starkstrom. Das ist das Erste, was Claire auffällt, dieses gespenstische Schimmern im Licht der LEDs. Dann bemerkt sie seine Größe: Er ist klein, aber muskulös wie ein Turner.

Mit den Händen in den Hosentaschen schlurft er auf Claire zu. Sand spritzt von seinen Stiefeln auf und ihr ins Gesicht, als er ein paar Schritte vor ihr stehen bleibt.

»Hallo, kleines Fräulein«, sagt er mit hoher Stimme. Er hat einen leichten Akzent, vielleicht britisch.

»Klein«, wiederholt sie. »Das sagt der Richtige.«

Er setzt ein falsches Lächeln auf. »Ganz schöne Klappe, was? Genau wie deine Tante, das Miststück.« Er zieht die rechte Hand aus der Hosentasche. Sie ist zierlich, und die zwei fehlenden Finger lassen sie noch zierlicher erscheinen. Rosafarbenes Narbengewebe bedeckt die Stelle, wo einmal Ring- und kleiner Finger waren. Die Hand wird plötzlich größer, ballt sich zur Faust und schießt auf Claire zu. Sie hört gerade noch, wie ihr Hinterkopf mit einem dumpfen Knall gegen die Höhlenwand kracht.

Als sie wieder zu sich kommt, kann Claire nicht durch die Nase atmen. Sie schmerzt, ist geschwollen und blutverkrustet. Sand rieselt von ihrer Wange, als sie sich aufrichtet und die drei Männer entdeckt.

Der Kerl, der sie geschlagen hat, sieht aus wie ein Kobold. Wie eine Gestalt aus einem Märchen, die einen im Wald in die Irre führt oder hinterrücks absticht. Neben ihm steht ihr Entführer, ein Berg von einem Mann. Er ist genauso unglaublich breit wie groß, sein Kopf berührt beinahe die Höhlendecke. Langes rotes Haar, langer roter Bart, darunter ein kaum erkennbares Gesicht mit kleinen Augen, die überall und nirgendwohin zu schauen scheinen. Ein schwarzer Ledermantel umhüllt ihn wie schlaff herabhängende Fledermausflügel. Hände, so groß, als könnten sie einen Basketball zerquetschen. Claire hat ihre Kraft am eigenen Leib gespürt, als er sie packte, ihr einen Sack über den Kopf stülpte und stundenlang durch den Wald schleppte.

Den Dritten erkennt Claire wieder, kann ihn aber zunächst nicht einordnen. Er hat ein breites Gesicht, das von dicken braunen Locken eingerahmt ist. Auf seinen Wangen wuchern viel zu lange Koteletten. Er trägt Jeans und ein Flanellhemd, die Ärmel hat er hochgerollt. Auf die Unterarme ist ein jagendes Wolfsrudel tätowiert. Die Tiere verschmelzen miteinander wie zu einer Welle aus Fell, Pfoten und Zähnen. Er geht ruhelos auf und ab, fährt sich mit der Hand durchs Haar. »Du hast den Verstand verloren«, sagt er schließlich.

Wasserstoffblond hat die Arme vor der Brust verschränkt. Seine Stimme ist hell und durchdringend, als er erwidert: »Manche behaupten das Gleiche von dir.«

Der Tätowierte sagt etwas, das Claire nicht versteht. Es geht um heiße Quellen, um unbedachte, unsinnige Aktionen, darum, wie er sie alle in Gefahr gebracht hat. Dann fällt sein Blick auf Claire. »Du rührst sie nicht an.«

»Nicht einmal einen kleinen Grapscher? Einen kurzen Blick auf ihre kleine Muschi?«

Jetzt weiß sie es: Der Tätowierte mit dem finsteren Blick ist der Kerl, der auf dem Buchrücken abgebildet war, der Autor von *Die Revolution.* Jeremy. Miriams Mann. Ihr Onkel. Claires Augen kochen über vor Wut.

»Du fasst sie nicht an, Puck.«

»Und wenn doch?«

»Dann werde ich *dich* anfassen.« Er ballt die Hände zu Fäusten, und die Wölfe auf seinen Unterarmen ducken sich wie zum Sprung.

Der Gigant, der bis jetzt so still gewesen war, als wäre er Teil der Höhle, ein Stalagmit, der sich über Jahrtausende aus giftigem Tropfwasser gebildet hat, bewegt sich plötzlich und stellt sich zwischen Puck und Jeremy.

Jeremy – ist sie wirklich mit ihm verwandt? Wie in aller Welt kann dieser Mann Claires Onkel sein? Als der Gigant vor ihm steht, ist es plötzlich Jeremy, der aussieht wie ein Kobold.

Im selben Moment steht Patrick auf halber Höhe der Kellertreppe, wirbelt herum und rennt um sein Leben.

Er weiß nicht, dass vor sechzehn Jahren, als seine Mutter auf dem John Muir Trail wandern war, ein Landstreicher aus dem Unterholz gestürmt kam und sie gebissen hat. Er war Lykaner, nahm keine Medikamente. Damals waren solche Zwischenfälle so selten wie Grizzly-Attacken, und als es passierte, war es in allen Nachrichten, sprach die schlimmsten Ängste aller an. Zwei Tage lang waren Fernsehen und Zeitungen voll mit Interviews und Artikeln, die eine Verschärfung der Lykanergesetze forderten.

Genauso wenig weiß er, dass der Biss der Grund dafür war, dass seine Eltern sich schließlich scheiden ließen. Er schuf eine tiefe Kluft zwischen ihnen, viel tiefer, als widersprechende politische oder religiöse Überzeugungen es jemals könnten. Die Nebenwirkungen des Volpexx stürzten seine Mutter in eine tiefe Depression, machten sie zu einem unberechenbaren, fahlen Häufchen Elend, das eines Tages Patricks Müslischale vom Tisch schlug und sein Milchglas gegen die Wand schmetterte, weil er nicht aufhörte zu quengeln. Sie kam zu dem Schluss, dass es das Beste für alle Beteiligten war, wenn sie einfach verschwand.

Mittlerweile geht es ihr besser. Natürlich hat sie den Erreger immer noch in sich, aber psychisch geht es ihr besser. Sie hat ihre Gefühlswallungen im Zaum und verwandelt sich nur, wenn es sicher ist – sicher für Patrick. Sonst hätte sie ihn nie zu sich genommen.

Auch weiß er nicht, dass der Mann, mit dem sie sich seit zwei Jahren regelmäßig trifft, Arzt ist. Er infizierte sich mit Lobos, als ein Patient ihn im Fieberwahn angriff. Sie haben sich im Internet kennengelernt, in einem Chatroom für Lykanersingles. Sie haben sich verliebt, und seither fälscht er ihre Bluttests, um ihr das Volpexx zu ersparen.

Aber das alles wird er erst später erfahren. Hals über Kopf stürmt er zu seinem Jeep, tritt das Gaspedal bis zum Anschlag durch und fährt stundenlang ziellos dahin, Hauptsache, er bleibt in Bewegung, bringt möglichst viel Abstand zwischen sich und die grausige Entdeckung. Immer wieder schaut er in den Rückspiegel, als könnte sich jeden Moment etwas aus den Schatten hinter ihm auf ihn stürzen. Endlich verlangsamt sich sein Puls, die verkrampften Muskeln lassen ein wenig locker, und seine Augenlider werden tonnenschwer. Auf dem Parkplatz vor einer Raststätte bleibt er stehen, und der Schlaf stülpt ihm einen schwarzen Sack über den Kopf. Irgendwann wacht er auf, hebt den Kopf vom Lenkrad und fährt nach Hause.

Sein Atem hat Eisblumen auf die Innenseite der Windschutzscheibe gemalt. Dahinter sieht er seine Mutter, wie sie auf der Couch im Wohnzimmer sitzt und auf ihn wartet. Sie trägt Sweatshirt und Jeans und kein Make-up. Ihr Gesicht sieht aus wie das einer Unbekannten, geschwollen, von blauen Flecken und Kratzern übersät.

Patrick zittert. »Du siehst nicht gut aus«, sagt er schließlich.

»So sehe ich immer aus.« Ohne Make-up, wollte seine Mutter sagen, ohne Maske. »Du siehst aber auch nicht gerade toll aus.« Sie versucht ein Lächeln, und Patrick versucht es zu erwidern.

»Ich hab nicht viel geschlafen.«

»Das kann ich mir denken.« Die Falten in ihrem Gesicht scheinen tiefer zu werden, die Haut blasser. Sie klopft auf das Kissen neben ihr, sagt, er solle sich zu ihr setzen, sie wird ihm alles erklären.

Er schwänzt die Schule. Ausgeschlossen, sich auf irgendwas zu konzentrieren, irgendjemandem in die Augen zu schauen. Das Gedränge auf den Gängen, monotone, endlose Unterrichtsstunden, Matheaufgaben, Small Talk in der Cafeteria mit Max, all das wäre ihm unerträglich, nachdem er innerhalb weniger Stunden jedes Gefühl dafür verloren hat, wer er ist.

Den Vormittag verbringt Patrick mit seiner Mutter, den Nachmittag allein. Er setzt sich in seinen Jeep, fährt herum. Das Rütteln des Motors schüttelt ihn durch, und er hat einen bitteren Geschmack im Mund wie von wochenaltem Kaffee. Die Sonne geht jetzt schon so früh unter. In der immer dunkler werdenden Dämmerung kommt er in Old Mountain an einer Baustelle vorbei. Noch ein Neubaugebiet. Lastwagen, Generatoren und Kräne stehen um halb fertige Häuserskelette herum. Alle machen Überstunden, nutzen die letzten Novembertage.

In der Mitte der Stadt erhebt sich ein Aschenkegel, der Lava Butte. Im letzten Moment reißt Patrick das Lenkrad herum und biegt auf die Straße ein, die sich hinauf zum Gipfelplateau schraubt. Warum auch nicht? Von weiter oben hat man schließlich den besten Überblick, und das ist es, was Patrick jetzt braucht. Die Straße ist nicht geräumt, die Reifen rutschen und schlittern übers Eis.

Patrick bleibt stehen und setzt sich auf die Motorhaube. Er sieht die Sonne versinken, beobachtet, wie der Mond aufgeht und die ersten Sterne aufleuchten. Unter ihm schimmert die Stadt wie ein See, in dem sich der dunkle Himmel spiegelt. Patrick kommt sich vor wie auf einer Insel, von der er hinunterschaut auf die Ertrunkenen.

Als er seine Mutter fragte, wie es sich anfühlt, wenn sie sich verwandelt, lächelte sie, und ihre Lippen zitterten. »Gut«, sagte sie. Nicht die ersten paar Male. Die ersten Male wacht man auf, schnappt nach Luft, nackt, die Lippen sind blau. Der Körper ist zu einer Kugel zusammengerollt und übersät mit Kratzern und Prellungen. Verwirrt blinzelt man in die Morgensonne, fühlt sich verkatert und weiß nicht, was passiert ist, wo man war und was man getan hat. Dann macht es Klick, und die Erinnerung an die letzte Nacht ist da.

Aber später, wenn man es unter Kontrolle hat, fühlt es sich an, als wäre man wieder Kind – die einzige Zeit im Leben, zu der man wirklich lebendig ist, ungestüm und hungrig.

Unter ihm leuchtet die Baustelle wie eine Unterwasserstadt. Er hört das entfernte Brummen der Traktoren und Schaufellader, das Heulen der Kreissägen und das Klirren der Hämmer. Die Schreie der Vorarbeiter und das Piepen der Laster. Noch eine Unterteilung. Jeden Tag sieht die Stadt weniger aus wie sie selbst. Die Stadt, in der Max, dessen Vater und Großvater aufgewachsen sind, hat sich verpuppt. Wo einmal Fabriken waren, stehen jetzt Siedlungen mit Eigentumswohnungen, Kreisverkehre verdrängen die Kreuzungen mit Ampeln, die Einwohner sind Weiße und Mexikaner und Asiaten und Schwarze und Lykaner. Alles ist im Wandel, zerfällt und entsteht wieder neu. Zum ersten Mal erkennt Patrick, wie klein Max ist, wie sinnlos sein Widerstand gegen jede Veränderung.

Patrick liest nicht gerne, schon gleich gar nicht die Stücke, die ihnen ihr Englischlehrer vorsetzt, aber das letzte – wie auch immer der Autor geheißen haben mag – war okay. Keine wichtigtuerischen Allegorien, keine Holzhammer-Message, nur ein paar helle Köpfe, die Dinge sagten, von denen Patrick schwindlig wurde. »Die beste Zeit, in der man leben kann, ist die, in der so gut wie alles, das man wusste, sich als falsch herausstellt«, zum Beispiel. Er hat die Zeile mit Leuchtstift markiert.

Patricks Handy summt. Er greift hastig danach, hofft, es ist eine SMS von seinem Vater, von dem er immer noch nichts gehört hat. Aber er hat Pech: Es ist Max. Patricks Daumen schwebt über der Entsperrtaste. Der Wind ist kalt und stürmisch hier oben, und Patrick stellt sich vor, wie er weggeblasen wird wie Herbstlaub. Er ruft die Nachricht auf. »Jagdsaison. Halte dich bei Sonnenaufgang bereit. Holen dich ab.«

Kapitel 25

Neals Tochter ist frühzeitig gealtert. Sie sieht genauso alt aus wie ihre Mutter, wenn nicht älter. Ihr Gesicht, das einst voll und fleischig war wie der Mond, ist knochig und hart. Das Haar, früher so kohlrabenschwarz wie ein Gewehrlauf, wird an einigen Stellen bereits grau. Am meisten fällt ihm das am Wochenende auf. Es sind die einzigen Tage, an denen er zu Hause ist, wenn seine Tochter aufsteht, was normalerweise am frühen Nachmittag passiert. Sie schleppt sich in die Küche und macht sich einen Kaffee. Ihre Augen sind dunkle Krater, ihr Rücken ist verkrümmt. Sie bewegt sich wie ein Zombie.

Ab und zu liest er ihr die Leviten, meistens auf Geheiß seiner Frau. »Wir unterstützen dich«, sagt er dann, »und du musst uns unterstützen. Auch du musst deinen Beitrag im Haushalt leisten.« Sie fängt an zu weinen und erklärt ihm unter Tränen, wie hart alles für sie ist, wie beschissen es ihr geht. Er fährt ihr zärtlich durchs Haar, sagt »schon gut«, und sie wischt sich mit dem Hemdsärmel über die Augen, sagt, sie werde sich bessern. Und das wird sie.

Neal arbeitet immer, und seine Frau arbeitet immer, und während sie weg sind, macht Sridavi die Betten, saugt die Teppiche, wischt Kaffee- und Weinflecken von der Küchenarbeitsplatte. Ein, zwei Wochen vergehen, dann ist alles wieder genauso dreckig wie zuvor. Die braunen Tassenabdrücke lassen den Kaffeetisch aussehen wie eine Pfütze im Regen. In den Körben stapelt sich die Wäsche. Überall liegen Krümel herum. In den Ecken der Duschkabine wuchert der Schimmel. Wenn sie

Gartenarbeit macht, bleibt die Hälfte der Wiese ungemäht, sie schneidet die Bäume und lässt die Äste einfach liegen, lässt alles unfertig zurück. Sie geht nach drinnen, um sich einen Schluck Wasser zu holen, und vergisst, womit sie gerade beschäftigt war.

Manchmal, wenn er am Telefon mit seinem Freund Keith über Prionen spricht, über die Aussichten auf einen Impfstoff, schweifen Neals Gedanken ab. Er unterbricht das Gespräch und fragt Keith nach dessen Sohn. »Ist er genauso wie Sridavi? Faul und unfolgsam? Stiehlt er sich auch nachts davon und schläft dann den ganzen Tag?«

»Nein, überhaupt nicht«, erwidert Keith dann jedes Mal, sein Junge sei ziemlich in Ordnung.

Neal freut sich aufrichtig für ihn, aber gleichzeitig wünscht er sich, auch Keith hätte Probleme mit Patrick. Dann könnte er Sridavis Zustand auf ihr Alter zurückführen und nicht auf ihre Krankheit. Dann könnte er hoffen, sie würde irgendwann aus ihren Problemen herauswachsen.

Manchmal, wenn er vom Labor nach Hause kommt, hat er gerade noch genug Energie, um sich vor den Fernseher zu setzen – auf dem Schoß einen Teller mit kaltem Abendessen. Meistens schaltet er History oder Discovery Channel ein, sieht sich eine Doku über Diktatoren, Bigfoots oder Loch Ness an, über die Prophezeiungen des Nostradamus oder darüber, wie die Welt aussehen wird, nachdem die Menschheit von einer Seuche dahingerafft wurde. Aber am meisten haben es ihm Spukgeschichten angetan.

Eine Episode über ein Haus am Stadtrand Pennsylvanias hat sich ganz besonders tief in Neals Gedächtnis gebrannt. Eine Familie war frisch eingezogen, und kurz darauf begannen sich seltsame Dinge zu ereignen: Lampen flackerten ohne erkennbaren Grund, Fenster gingen auf und zu, Gläser wanderten über den Tisch und zerschellten auf dem Boden. Eines Abends, als die Eltern im Wohnzimmer saßen und lasen, kippte die

Couch plötzlich um, die Fenster flogen auf, und von draußen ertönte ein Heulen wie von einem Geisterheer. Ein anderes Mal sah der Vater, dass die Wandfarbe im Badezimmer Blasen warf. Als er sie mit dem Finger betastete, platzten die Blasen auf, und Blut quoll aus ihnen hervor. Kurz darauf engagierten sie ein Medium, eine stattliche Hawaiianerin, ihr Name war Serena. Sie dachten, Serena würde ihnen erklären, das Haus werde von einem Dämon heimgesucht, es stehe auf einem alten Indianerfriedhof oder dergleichen. Stattdessen sagte sie, ihre Tochter sei der Auslöser dieser Erscheinungen. Sie war ein paar Jahre jünger als Sridavi, hatte schwarzes Haar und schwarze Fingernägel und war bis oben hin mit Antidepressiva vollgepumpt. Deshalb, sagte Serena, habe die dunkle Macht sich nun auf das Haus verlegt und werde sie alle verschlingen.

Wenn Neal im flackernden Licht des Fernsehers sitzt, wenn er die mit Erbrochenem verklebte Kloschüssel sieht und das Stöhnen aus dem Zimmer seiner Tochter hört, hat auch er das Gefühl, als würde seine Tochter sie langsam verschlingen.

Er ist nicht sicher, woran es liegt: ob an den Medikamenten oder an der Krankheit. Manchmal kommt es ihm vor, als wären die Medikamente die Krankheit. Dann denkt er zurück an eine Geschichte, die ihm sein Kindermädchen erzählt hat. Er war noch ein kleiner Junge und half ihr oft in der Küche. Er musste sich auf einen Stuhl stellen, damit er an die Arbeitsplatte herankam. Er mischte Gewürze, zerstampfte Linsen und Kartoffeln, und sie erzählte ihm Geschichten von Tigern, von zerbrochenen Krügen, von einem Jungen mit einem Mond auf der Stirn und einem Stern auf dem Kinn.

Eine dieser Geschichten handelte von einem Dorf, das sich eine Schlange zulegte, um einen Schakal loszuwerden. Der Schakal fraß die Babys der Dörfler, stahl ihren Schmuck und hielt sie mit seinem nächtlichen Geheul vom Schlafen ab. Das ganze Dorf sah zu, als die Schlange den Schakal mit einem einzigen Biss verschlang. Zappelnd verschwand er in ihrem

Schlund, und es dauerte mehrere Minuten, bis er im Bauch der Schlange endlich stillhielt. Schließlich rollte die Schlange sich auf dem Dorfplatz zusammen und verdaute den Schakal, während um sie herum die Bewohner tagelang feierten und tanzten. Als die Schlange wieder aufwachte, erwachte auch ihr Hunger von Neuem, und sie fing an, die Dorfbewohner zu verspeisen – die Dörfler hatten den Dämon nicht vertrieben, sie hatten ihn nur durch einen anderen ersetzt. Genauso fühlt sich Neal, wenn er an die Medikamente seiner Tochter denkt.

Früher nahmen Lykaner hohe Dosen Methaqualon, das damals unter dem Namen »Wolfsbann« verkauft wurde. Dann kam in den Achtzigern Volpexx auf den Markt, ein Cocktail aus Antipsychotika und Benzodiazepinen mit extrem sedierender Wirkung. Im Lauf der Jahre wurde die Zusammensetzung immer wieder verändert. Im Moment beinhalten die kleinen weißen Pillen zwanzig Milligramm Haloperidol und vier Milligramm Lorazepam, versetzt mit Silber. Die Einnahme ist verpflichtend, und registrierte Lykaner bekommen es kostenfrei. Einzige Pflicht des Patienten ist, sein Blutbild monatlich auf Einnahme des Medikaments hin überprüfen zu lassen. Jede Zuwiderhandlung wird mit Gefängnis bestraft. Die meisten Lykaner wollen jedoch nicht mehr Pillen, sondern weniger. Volpexx ist für sie wie ein inneres Gefängnis, es tötet ihre Gefühle ab, macht sie taub und stumpf.

Nur bei Neals Tochter ist das anders. Sie nimmt Volpexx zusammen mit Robitussin und NyQuil. Mit Marihuana und Red Bull, mit Sudafed und Benadryl. Sie schluckt es und snieft es. Manchmal ist ihre Haut so dünn und durchschimmernd, dass Neal glaubt, das Blut in ihren Adern fließen sehen zu können. Manchmal weint sie ohne Grund drauflos, weint stundenlang schwarze bittere Tränen.

Neal erzählt niemandem davon, auch nicht Augustus, als der ihn auf dem Platz des Deerstalker Golfklubs nach Sridavi fragt.

»Es geht ihr gut«, sagt er nur, und Augustus erwidert: »Gut. Das ist gut.«

Es ist ein grauer, nasser Tag. Das Gras ist immer noch verklebt vom Regen der letzten Nacht, durchweicht ihre Schuhe und macht die Bälle langsam, gibt ihnen eine gute Ausrede für die vielen Slices und Mulligans. Sie sitzen in einem Golfwagen, in jeder Kurve klappern die Schläger in den Taschen, Wasser spritzt von den Reifen auf. Hinter ihnen folgt ein weiteres Wägelchen mit zwei Leibwächtern.

Beim achten Loch – einem Par 5 mit einer scharfen Linkskurve – schlagen Augustus und Chase ihre Bälle weit zwischen die Bäume.

Neal entscheidet sich für ein 5er-Eisen, lässt es ein paar Mal vor- und zurückschwingen, und der Ball fliegt in einem eleganten Bogen bis exakt zu der Stelle, an der die Bahn die Kurve beschreibt.

Chase pfeift anerkennend durch die Zähne. »Sie sind ein echter Golfer.«

»Früher mal.«

»Was ist Ihr Handicap?«

»Golf ist mein Handicap.« Neal tätschelt seinen Bauch. »Und meine Leidenschaft für Eiscreme.«

Ein harmloser Scherz, über den Chase ein klein wenig zu laut lacht. Wegen des Volpexx, wie Neal vermutet.

Als sie sich vor etwa einer Stunde auf dem Parkplatz trafen, holte Neal einen Karton mit hundert Fläschchen aus seinem Kofferraum, jede davon mit hundert Pillen bestückt. Er hat sie an sein Büro auf dem Campus liefern lassen statt ans Labor, damit er die Rechnung aus einer schwarzen Kasse bezahlen kann.

Chase zog sofort sein Taschenmesser heraus, schlitzte den Karton auf und öffnete die erstbeste Packung. »Als ich noch ein Junge war«, erklärte er, »bekam mein Cousin auf einmal heftige Kopfschmerzen. Zuerst vergingen sie immer wieder von selbst, aber irgendwann konnte er so viel Aspirin schlucken, wie er wollte – es half nichts. Als er auch noch aus der Nase zu bluten begann, brachten sie ihn ins Krankenhaus. Gehirntumor – keine Chance, ihn zu operieren. Er war damals dreizehn und der Tumor so groß wie ein Seeigel. Zum Schluss hat er angefangen, die entsetzlichsten Dinge anzustellen und zu sagen. Niemand wollte ihn mehr in seiner Nähe haben.«

Mit dem Jackenärmel wischte er ein Fleckchen auf der Motorhaube eines Autos trocken, legte drei Pillen darauf, zerstampfte sie mit dem Flaschenboden und schob das weiße Pulver mit seiner Kreditkarte zu zwei feinen Linien zusammen. »Genauso komme ich mir jetzt vor, Doc. Mit diesem *Ding* in mir. Ich will, dass Sie es töten.«

Chase rollte einen Dollarschein zu einem Röhrchen zusammen und steckte es sich ins Nasenloch. Das andere hielt er mit dem Zeigefinger zu. Dann atmete er tief ein. Mit tränenden Augen taumelte er ein paar Schritte zurück und rieb sich heftig die Nase. Er schlug sich mit beiden Händen auf die Oberschenkel, schnäuzte sich in seinen Ellbogen und grinste die beiden Männer benebelt an. »Wow! Der erste Schritt wäre gemacht.«

Jetzt stehen sie zwischen den Bäumen und suchen die zwei verschlagenen Bälle. Sie stapfen durch die nasse Laubdecke, die Blätter rascheln und schmatzen unter ihren Schuhsohlen, während Augustus ihnen den Plan erklärt. Es ist ein guter Plan. Am Anfang stehen zwei Telefonanrufe bei Senator Wyden und Senator Merkley.

Chase tritt mit dem Fuß nach einem Laubhaufen. »Wyden habe ich eine runtergehauen. Zweimal.«

»Er wird es dir verzeihen, denn wir werden den geschätzten Herren Senatoren Folgendes versprechen: großzügige Wahlkampfspenden von Nike, Intel, Lithia, Harry and David und von Alliance Energy. Alliance Energy ist unser wichtigster Trumpf. Immerhin wird Atomenergie einer der Hauptpunkte in unserem Wahlkampfprogramm sein. Im Gegenzug stellt der

Senat ein hübsches Sümmchen an Fördergeldern für das Lobos-Forschungszentrum der Universität von Oregon zur Verfügung, das unser verehrter Dr. Desai leiten wird. In ein oder zwei Jahren werden wir dann hoffentlich einen Impfstoff haben. Das liegt durchaus im Bereich des Möglichen. Sie sagten, es sei möglich.«

Neal späht zwischen den Bäumen hindurch hinüber zum Abschlagpunkt und schätzt noch einmal ab, wo die Bälle aller Wahrscheinlichkeit nach aufgekommen sind. Er sieht Augustus nicht an, als er erwidert: »Einen Impfstoff zu finden, ist nicht das Problem. Ihn zu legalisieren könnte schwierig werden. Die Bürgerrechtsvereinigung sperrt sich seit zwanzig Jahren gegen jede Impfforschung.«

»Dies sind besondere Zeiten. Amerika wird angegriffen.«

Als Neal noch zur Schule ging, lebte seine Familie in Los Angeles. Sein Vater hatte dort eine Stelle als Professor für psychiatrische Pharmakologie, und Neal verbrachte seine Wochenenden damit, Golfbälle zu suchen. Er lief durch die kleinen Wäldchen, durchkämmte Sandlöcher und watete durch Teiche. Pro Ball bekam er fünf Cent. Die Platzwarte hielten ihn für einen Mexikaner und nannten ihn José. Wenn er ihnen erklärte, er sei Inder, fragten sie ihn, wo er denn Tomahawk und Kopfschmuck gelassen habe. »Kein Indianer, *Inder*«, sagte er dann, und die Fragen verstummten. Er hatte immer einen Rucksack dabei, und der war am Ende des Tages voll mit kleinen weißen Bällen, auf denen Titleist oder Dunlop stand. Außerdem hatte er Schwimmbrille und Badehose darin verstaut. Die brauchte er, um in den trüben Seen und Teichen nach den Bällen zu tauchen. Er hielt die Luft an und wühlte im Schlamm, bis er schwarze Punkte vor Augen sah, als wären es Perlen, die er dort unten fand.

Neal geht auf einen Rhododendronstrauch zu, lugt unter das Geäst und spürt die gleiche Erregung wie jedes Mal, wenn er als Erster und Einziger etwas entdeckt. Er hält die Luft an, beugt sich über seinen dicken Bauch und greift nach dem Ball. »Sie glauben, das reicht?«

»Es wird nicht einfach, aber es wird funktionieren.« Augustus nimmt die Brille ab, wischt mit dem Ärmel die Gläser sauber und beäugt ihn, als könnte in seinen Augen auch Neal eine gründliche Politur vertragen. »Wir werden dafür sorgen, dass Sie jede Unterstützung bekommen, die Sie brauchen.«

»Wirklich?«

»Absolut.« An den Stellen, wo die Brillenbügel waren, verlaufen zwei zornig rote Striche von den Augen bis zu Augustus' Ohren. »Und wenn Sie den Impfstoff erst entwickelt haben, wird sich der Gouverneur entsprechend erkenntlich zeigen.«

Chase hat die Suche aufgegeben. Mit glasigen Augen steht er an einen Baum gelehnt und raucht eine Zigarette.

Neal geht zu ihm und hält den Ball hoch. »Ich habe gefunden, wonach Sie suchen.«

Chase zieht an seiner Zigarette. Er blinzelt Neal verwirrt durch den Rauch an und streckt ihm die Arme entgegen, die Handflächen wie zum Gebet nach oben gedreht.

KAPITEL 26

Die Zeit vergeht, wie viel, kann Claire nicht sagen. Das LED-Band als einzige Lichtquelle und der schwarze Fels als einzige Gesellschaft machen es schwer abzuschätzen, ob es Minuten, Stunden oder Tage sind. Sie befindet sich in einem Schwebezustand irgendwo zwischen Schlafen und Wachen. Die Kälte macht ihren Körper taub und ihren Geist blind. Wenn sie versucht, sich zu konzentrieren, flattern ihre Gedanken sofort in alle Richtungen davon wie die Fledermäuse, die in den Nischen unter der Felsdecke schlafen. In einer Ecke steht ein Eimer, daneben liegt eine Rolle Klopapier. An den Füßen ist Claire immer noch gefesselt, aber ihre Handgelenke sind frei. »Ich will es nicht schlimmer für dich machen als nötig«, sagte ihr Onkel. »Aber bevor ich dir die hier auch noch abnehme, muss ich wissen, dass ich dir vertrauen kann.«

Claire spürt nichts, weder Panik noch Wut, nur endlose Leere, und starrt den schwarzen Basalt an. Die winzigen Poren und Löcher und Kanten kommen ihr vor wie eine Miniaturlandschaft, wie eine verborgene Welt innerhalb dieser unter dem Lavagestein verborgenen Kommune. Sie kann nur raten, wie viele Lykaner hier leben. Vielleicht ein paar Dutzend, vielleicht auch mehr. Es gibt Strom, immer wieder hört sie neue Stimmen, immer wieder bringt ein neues Gesicht ihr das Essen. Aufgeschnittene Wurst und Rote-Bete-Salat, Reis mit Rosmarinhuhn. Zu Claires Erstaunen bekommt sie das Essen auf einem Tablett mit Teller, Besteck, Serviette und einem Glas Wasser serviert. Also muss es hier eine richtige Küche geben.

Das ist kein provisorischer Unterschlupf, sondern eine unterirdische Siedlung.

Puck beugt sich über sie, und Claire wacht auf.

»Du darfst hier gar nicht sein«, sagt sie.

»Warum nicht?«

»Mein Onkel hat dir gesagt, du sollst mich in Ruhe lassen.«

»Schöner Onkel. Legt deine Füße in Ketten. Stellt dir einen Eimer zum Pissen hin.«

»Ich habe nicht behauptet, dass ich ihn mag.«

Die ganze Zeit schon hat Puck gegrinst, und jetzt wird sein Grinsen noch breiter. Er hält seine verstümmelte Hand hoch. Die Nägel an den verbliebenen Fingern sind dick und gelb. »Ein Andenken an deine Tante. Willst du wissen, wie es passiert ist?« Er wartet nicht erst auf die Antwort. »Die Schlampe läuft immer halb nackt rum. Trägt gern knappe Hemdchen und so, damit ihr auch ja alle hinterherschauen, ob es nicht irgendwo noch ein bisschen mehr nackte Haut zu sehen gibt. Damit ihnen das Wasser im Mund zusammenläuft. Und es funktioniert. Eines Tages … Sie steht gerade in der Küche und schneidet Gemüse klein. Ich komme von hinten und massiere ihr ein bisschen die Schultern. Nichts Unanständiges, eine rein freundschaftliche Geste. Ich wollte sie nur ein bisschen locker machen. Ist ziemlich verkrampft, deine Tante. Und wie revanchiert sie sich für meine Fürsorglichkeit? Dreht sich ohne Vorwarnung um und schlägt mit dem Messer nach mir. Ich bin nicht der Typ, der auch noch die andere Wange hinhält. Es gab eine hübsche kleine Keilerei.«

Claire sieht, wie eine Erektion Pucks Hose ausbeult. Sein Blick geht einen Moment lang ins Unendliche, dann fixiert er sie wieder. »Ich könnte dir die Fußfesseln abnehmen, weißt du? Überhaupt kein Problem.« Er macht einen Schritt auf sie zu, und Claire kommt die Höhle mit einem Mal erschreckend klein vor.

Alle, die sie bis jetzt gesehen hat, hatten ein Funkgerät am

Gürtel, und Pucks beginnt genau in diesem Moment zu quäken. Eine Stimme ruft seinen Namen.

Er drückt die Sprechtaste. »Was?«

Es gibt ein Lieferproblem. Eine Verspätung. Das Nitro. Sie brauchen seine Hilfe.

»Bin gleich da.« Puck beißt auf die Antenne und starrt sie an.

»Ich werde Jeremy erzählen, dass du hier warst«, faucht Claire, nur um etwas zu sagen, um diese unerträgliche Stille zu durchbrechen, diesen unerträglichen Blick abzuwehren.

Pucks Zähne geben die Antenne frei. »Kindchen.« Sein Haar leuchtet so weiß wie brennender Phosphor. »Du scheinst zu glauben, dass er hier das Sagen hat. Hätte er auch gerne. Sehr gerne sogar. Aber hat er nicht. Da kann er mir noch so oft unter die Nase reiben, was für eine große Nummer er ist.«

»Wer hat denn hier das Sagen?«

Pucks Gesicht erschlafft, seine Augen weiten sich ein Stück. »Balor.«

Die .30-06 hat Patrick zum vierzehnten Geburtstag von seinem Vater bekommen. Sie hat einmal ihm gehört. Es ist eine Mossberg mit Walnusskolben, der Lauf schimmert bläulich, der Ledergurt ist abgetragen. Als er sie zur Hand nimmt und das Waffenöl riecht, springen seine Gedanken zurück nach Kalifornien. Draußen ist es noch dunkel, sein Vater öffnet die Tür und sagt leise: »Raus aus den Federn.« Auf dem Frühstückstisch stehen Eier mit Speck. Im Pick-up liegen zwei orangefarbene Sicherheitswesten und Jagdmützen bereit, daneben eine Thermoskanne voll Kaffee. Der Highway ist so leer wie die Schotterstraßen, über die sie fahren. Als sie losgehen, spannt sich ein hauchzarter rosafarbener Streifen über den Horizont. Der Wald ist dicht und dunkel.

Im August hat Patrick das Gewehr zusammen mit ein paar Klamotten und Bücherkisten vorausgeschickt. Sein Vater war nicht müde geworden zu betonen, wie toll man in Oregon jagen kann. Als würde Patrick dorthin in Urlaub fahren.

Jetzt liegt das Gewehr auf der Ladefläche des Chevy Silverado, und Patrick sitzt eingequetscht zwischen fünf von Max' Jungs. Alle tragen Jeans und Leuchtwesten über ihren Tarnjacken. Max fährt. Als sie Patrick abholten und er fragte, wohin es gehen solle, sagte Max nur: »Auf Wolfsjagd.«

Max erklärt, er habe so ein Gefühl wegen der heißen Quellen. Warum ausgerechnet hier, warum an einem so abgelegenen Ort? Warum haben sie nicht in einem Einkaufszentrum, einem Park oder während eines Gottesdienstes in einer Kirche zugeschlagen? Die Lykaner müssen zufällig über die Badenden gestolpert sein und haben die Gelegenheit beim Schopf ergriffen. Schnell rein und schnell wieder raus, und der Schnee verdeckt ihre Spuren. Als die Leichen dann ein paar Tage später gefunden wurden, waren sie längst weg. Hatten sich wieder in ihrem Unterschlupf verkrochen.

Bevor Patrick irgendetwas erwidern kann, hat Max schon die Stereoanlage aufgedreht. Keiner spricht. Das geht auch gar nicht, solange aus den Lautsprechern diese Punkband brüllt. Sie nennt sich Slovak. Die Gitarre klingt wie ein Messer, das über ein Messer schabt, der Gesang ist ein geschrienes Kauderwelsch. Patrick versteht kein Wort. Er fragt Max, ob er die Musik nicht ein bisschen leiser machen könne.

»Max. Max?«

Keine Reaktion. Alle starren stur geradeaus, als wären sie vollkommen in die brüllende Musik versunken. Nicht zum ersten Mal fragt Patrick sich, was er bei ihnen verloren hat.

Zuerst geht es über kleine Asphaltstraßen, dann über Vulkansand und schließlich über nackte, matschige Erde. Sie kommen an ein paar Häusern vorbei, dann an Wohnanhängern und schließlich an hektargroßen Kahlschlagflächen. Lastzüge stehen am Fahrbahnrand, auf den Hängern liegen entastete Baumstämme. Schließlich steigt die Forststraße steil an und ist kaum noch als solche zu erkennen unter dem wuchernden Unkraut. Die Bäume rücken immer näher, alle paar Meter schlägt ein Ast wie eine Eisklaue gegen die Windschutzscheibe, bis sie eine Stelle erreichen, an der ein Erdrutsch den Weiterweg versperrt. Max parkt den Chevy neben der gefrorenen Stein- und Schlammlawine.

»Da wären wir«, sagt er und macht den Motor aus.

Vor ein paar Jahren lag Claire mit ihrer Freundin Stacey im Garten und genoss die Sonne, als plötzlich ein Schatten über sie fiel wie ein kühles, nasses Handtuch. Sie öffnete die Augen und sah Staceys kleinen Bruder mit einem Luftgewehr in der einen und einem toten Kaninchen in der anderen Hand dastehen. Er hatte es im Wald hinterm Haus geschossen. Jetzt schwenkte er den Kadaver in ihre Richtung. »Wie eklig!«, kreischten sie und drohten, ihn an den Haaren zu ziehen oder ihm die Zehennägel zu lackieren, falls er sie nicht in Ruhe ließ. Dann überfiel Claire ein eigenartiger Impuls – sie wusste selbst nicht, woher er kam –, und sie nahm ihm das Luftgewehr ab. Auf einem Baum trällerte ein Rotkehlchen. Claire pirschte in ihrem rosa Bikini näher heran, das Gewehr im Anschlag. Sie drückte ab, hörte ein Knacken, das Rotkehlchen fiel zu Boden und rührte sich nicht mehr. Staceys Bruder johlte begeistert, doch Claire war mucksmäuschenstill, als sie sich neben den toten Vogel kniete und ihn aufhob. Er wog nichts. Seine Augen waren glasig, in seinem Schnabel glänzte eine Blutblase. Noch nie im Leben hatte sie sich so schrecklich gefühlt. Claire schwor, nie wieder etwas Lebendiges zu töten. Sie aß zwar das Steak, das ihr Vater am Nachmittag grillte, fühlte sich aber nicht recht wohl dabei. Claire zog es vor, Töten nicht als Teil des Lebens zu betrachten.

Jetzt sitzt sie in dieser Höhle und denkt darüber nach, wie sie Puck – oder wer auch immer als Nächster auftaucht – am besten umbringt, zermartert sich den Kopf, wie sie hier rauskommt. Sie muss wachsam bleiben, bereit, wie Miriam es ihr beigebracht hat.

Also verwandelt sie sich, lässt die Wölfin in ihr los. Anfangs tut sie es nur, um ihre Kräfte zu erproben, zu sehen, ob sie die Kette zerreißen kann, dann, um die Zeit rumzubringen. Sie ist nicht sicher, wie viel Lärm sie dabei macht. Genauso wenig weiß sie, wie sie aus dieser Höhle rauskommen soll, ob ihre Kleidung bereits in Fetzen hängt oder vielleicht auch ihre Haut. Jedes Mal, wenn sie wieder zu sich kommt, wenn ihr Pulsschlag langsamer wird, ihr Atem sich allmählich beruhigt und sie wieder menschliche Gestalt annimmt, erscheinen ihr die letzten Minuten wie ein verworrener Traum.

Ihre Fußgelenke bluten. Durch das ständige Zerren haben die Fußfesseln sich bis in die Haut geschnitten, aber der Schmerz kümmert sie nicht. Wenn sie in den letzten Monaten irgendetwas gelernt hat, dann das, dass man mit Schmerz umso besser umgehen kann, je vertrauter er ist, dass Körper und Nervenbahnen sich an die ständige Beanspruchung gewöhnen.

Ihre Sinne sind jetzt schärfer. Sie hört das Flüstern der Fledermausflügel, das Zischen von Fleisch auf dem Grill, den sanften Luftzug, der durch die unterirdischen Tunnel weht. Als hätte sie durch ein Guckloch einen kurzen Blick erhascht oder in einer Bar einen Gesprächsfetzen aufgeschnappt, weiß Claire, lange bevor sie die Schritte im Sand hört, dass jemand kommt. Gleich wird er hier sein, in ihrer Reichweite. Falls es Puck ist und er nahe genug herankommt, wird sie sich auf seinen Hals und seine Augen stürzen. Sie wird ihn töten.

Es dauert einige Momente, bis Patrick begreift, was er sieht. Fell und Haut und Knochen liegen in einem Umkreis von etwa drei Metern verstreut. Ein Stück daneben entdeckt er den Kopf einer Hirschkuh. An dem Halsstumpf hängt noch ein Stück der Wirbelsäule. Ein Käfer krabbelt aus dem Maul des Kadavers, kriecht über die Schnauze und taucht die Fühler in die gelatineartige Masse, die einmal Augen des Tiers waren.

Er ist allein. Vor zehn Minuten haben sie sich getrennt und sich in verschiedenen Richtungen auf die Pirsch gemacht. Es dauerte nicht lange, bis Patrick die anderen nicht mehr hören konnte. Ein Windteufel wirbelt eisverkrustete Blätter hoch. Ein paar Sekunden lang sausen sie durch die Luft, dann fallen sie raschelnd zu Boden. Hier und da erheben sich verharschte Schneehaufen. Patrick überlegt, ob er die anderen rufen soll, damit sie sich das ansehen. Aber was beweist schon eine tote Hirschkuh? Könnte genauso gut ein Puma gewesen sein.

Sein Handy vibriert. Patrick ist überrascht, dass er so weit draußen Empfang hat. Er zieht es heraus. Eine SMS von Malerie: »Ich habe dich beschützt. Anscheinend brauchst du meinen Schutz nicht.«

Patrick hat keine Ahnung, was er mit der Nachricht anfangen soll. Er spielt mit dem Gedanken, sie einfach zu ignorieren, aber sie beschäftigt ihn immerhin genug, dass er ein Fragezeichen als Antwort zurücksendet. Bevor er weiter darüber nachdenken kann, hört er ein leises Knacken. Es kommt aus einiger Entfernung. Etwas bewegt sich durchs Unterholz. Patrick entsichert das Gewehr und schleicht näher heran, achtet darauf, kein Gebüsch zu streifen, nicht auf einen Ast zu treten oder in eine überfrorene Pfütze. Nach einer Minute verstummt das Geräusch plötzlich. Patrick bleibt stehen und neigt den Kopf. Da ist es wieder. Er pirscht weiter, bleibt wieder stehen, horcht, nimmt die Verfolgung wieder auf. Etwa fünf Minuten lang geht das so.

Patrick versucht, seinen Atem zu beruhigen. Er kann seinen Pulsschlag bis in die Fingerspitzen spüren. Könnte auch einer von Max' Truppe sein. Könnte irgendwer sein, irgendwas. Er stellt sich vor, wie zwischen den Bäumen der Lykaner aus dem Flugzeug auftaucht. Wie ein Wasserspeier kauert er auf einem Baumstumpf und reißt das vor Fangzähnen starrende

Maul auf. Patrick fragt sich, wie seine Chancen diesmal wohl stehen – ohne Leiche, unter der er sich verstecken kann, ohne eine Rückzugsmöglichkeit. Der Drang, einfach zu dem Chevy zurückzurennen, ist immens, aber er kann nicht. Sein Vater würde bestimmt nicht davonlaufen.

Das Geräusch hat seine Position nicht mehr verändert, verharrt etwa dreißig Schritte vor ihm auf der Stelle. Der Untergrund fällt dort zu einer kleinen Senke ab. Patrick hört Wasser plätschern, dann ein lautes Klatschen.

Er hat den Rand der Senke erreicht. Vor ihm bricht der Boden steil ab, unten sprudelt ein Bach. Wie angewinkelte Arme recken sich die Stämme der Weiden nach oben, die an der Böschung wachsen. In dem Bachbett sieht er zwei große Maultierhirsche, die sich duellieren.

Patrick hebt das Zielfernrohr ans Auge und versucht, die Enden der Geweihe zu zählen, aber es geht nicht. Die Kronen sind zu stark ineinander verheddert. Der Größere der beiden blutet aus einem Auge, ebenso aus dem Ohr und einigen Stellen am Hals. Der Bach, der ihre Hufe umspült, ist dunkel wie Brombeerwein. Die Tiere schnauben, Wasser spritzt auf, wenn sie das Gewicht verlagern und die Köpfe wild hin und her schütteln, ansonsten bewegen sie sich kaum. Es sieht beinahe aus, als würden sie sich mit aneinandergelehnten Köpfen ausruhen. Erst jetzt begreift Patrick: Die Geweihe haben sich so sehr ineinander verheddert, dass sie sich nicht mehr voneinander lösen können.

Er lässt den Finger vom Bügel auf den Abzug gleiten, stellt sich vor, wie die Trophäen in seinem Zimmer aussehen würden. Er sieht sie so deutlich über seinem Bett hängen, als befänden sie sich bereits dort, sieht die verästelten Schatten, die sie an die Wand werfen, wenn er das Licht einschaltet.

Patrick drückt ab, und das größere der beiden Tiere bricht zusammen. Das Wasser spült über seinen Körper hinweg wie über einen Fels und bildet einen schäumenden Kranz um den nach oben gereckten Hals. Der zweite Hirsch kommt immer noch nicht los. Regungslos steht er da, den Schädel gesenkt, als hätte er vor, bis ans Ende aller Zeiten aus dem Bach zu trinken.

Wieder das Handy. Die Beute entkommt Patrick nicht mehr, also wartet er mit dem Nachladen und wirft zuerst einen Blick aufs Display.

Wieder Malerie. »Ich weiß über deine Mutter Bescheid«, schreibt sie. »Und Max jetzt auch.«

Um ein Haar wäre Patrick das Telefon aus der Hand gefallen. Er vergisst den Wald, die Jagd und alles um ihn herum. Seine gesamte Aufmerksamkeit ist auf diese zwei Sätze konzentriert, die ihm die Luft abschnüren, und seine Gedanken beginnen zu rasen: Malerie, Walgreens, die Liste …

Er blickt auf und sieht Max auf der anderen Seite der Senke stehen, das Gewehr in der Hand, den Blick starr auf ihn gerichtet.

Claire tut so, als würde sie schlafen. Die Schritte sind jetzt ganz nah. Sie hört seinen Atem, stellt sich vor, wie Puck vor ihr steht, sieht das leuchtende Haar.

Claires Blut fließt schneller, sie spürt das charakteristische Auflodern, das kurz vor der Verwandlung kommt. Sie öffnet die Augen gerade so weit, dass sie zwischen ihren Wimpern einen Umriss erkennt. Der Kerl beobachtet sie und greift an seinen Gürtel, vielleicht auch an den Reißverschluss der Hose. Ein weit größerer Mann, als sie erwartet hatte. Claire zuckt zusammen. Es muss der Gigant mit dem schwarzen Ledermantel sein. Gleich wird er die Arme ausbreiten und über sie kommen wie ein Adler. Ein Schrei steigt in ihrer Kehle auf.

Aber es ist ihr Onkel. Er hebt abwehrend die Hände, als wäre sie es, von der die Bedrohung ausgeht. »Heyheyhey«, sagt er, »ist ja gut.«

Sein Gesicht ist breit und freundlich, die braunen Locken umrahmen es fast wie ein Heiligenschein. Sie würde ihn so gerne hassen, aber als er in die Hosentasche greift, einen Schlüssel hervorzieht und mit dem Kinn auf ihre Beinfesseln deutet, spürt sie nichts als Erleichterung. »Ich dachte, ich führ dich mal ein bisschen rum. Solange du mir nur versprichst, nichts Dummes anzustellen.« Als Claire nicht reagiert, lässt er den Schlüssel wieder in seiner Hand verschwinden.

Sie nickt.

»Gut.«

Selbst ohne die Fesseln fühlen ihre Beine sich wie festgekettet an. Jeder Schritt ist irgendwie falsch, ihre Beinmuskeln sind schwer und steif, weigern sich zu reagieren. Claire beugt sich vornüber, berührt mit den Fingern ihre Zehenspitzen, macht einen Ausfallschritt. Linkes Bein vor, rechtes Bein vor, dann ein paar Hüpfer. »Kann losgehen«, sagt sie schließlich.

Der Sand unter ihren Füßen knirscht wie Papier in einem Reißwolf. Jeremy geht voraus. Sie kommen an eine Abzweigung, dann an noch eine. Claire versucht, sich den Weg einzuprägen, falls sich irgendwann eine Gelegenheit zur Flucht bieten sollte. Links, dann noch mal links bisher.

»Das ist unser Zuhause«, erklärt Jeremy. Dieses Netz aus Lavatunneln, dieses von einem mächtigen Felspanzer geschützte unterirdische Dorf. An manchen Stellen schimmern die Wände feucht, kleine Rinnsale laufen an ihnen herab. An anderen sind sie staubtrocken, weiße Kalkadern und vertrocknete Flechten leuchten auf dem Gestein. Jeremy führt Claire eine Art Treppe aus flachen Felsblöcken hinauf. Oben öffnet sich der Tunnel zu einer großen Kammer, und das Licht der LED-Bänder verliert sich in dem undurchdringlichen Schwarz über ihr. Claire kann die Decke nicht sehen, nur die Wurzeln, die wie Tentakeln von oben herabbaumeln. Jeremy packt eine davon und schwingt sich daran ein paar Meter über den Boden. Mit einem strahlenden Grinsen dreht er sich zu ihr um. »Versuch's!«

Sie tut es nicht.

»Bist du wütend auf mich?«

»Was glaubst du?«

»Es tut mir leid, dass wir uns auf diese Weise kennenlernen mussten.«

Claire fragt, wessen Schuld das wohl sei. Sie sagt, er sei zwar ihr Onkel, aber bis vor wenigen Tagen wusste sie nicht einmal, dass es ihn gibt. Sie weiß nicht das Geringste über ihn.

»Das ist nicht meine Schuld. Es ist die deiner Eltern. Sie wollten nichts mit uns zu tun haben, nicht umgekehrt.«

»Ich weiß nicht das Geringste über dich«, wiederholt Claire, und er erwidert: »Was möchtest du denn wissen?«

»Nichts … Wo nehmt ihr eure Energie her?«, fügt sie nach einer kurzen Pause hinzu. »Den Strom, meine ich?«

»Das willst du wissen? Wo wir unsere Energie herbekommen?«

Genau das. Also erklärt er ihr, dass der Strom, den die Dämme entlang des Columbia River produzieren, über Hochspannungsleitungen ins kalifornische Netz eingespeist wird. Die Leitungen verlaufen über das Kaskadengebirge. Und, um ihre Frage zu beantworten, nein, Computer und Hausgeräte lassen sich nicht mit fünfundzwanzigtausend Volt betreiben. Deshalb wird die Spannung in den Transformatorstationen heruntergeregelt. Weniger als eine halbe Meile von hier entfernt befindet sich ein Reparaturlager der PacifiCorp mit einem Hundertzwanzig-Volt-Transformator. »Da stöpseln wir uns ein.«

Claire fragt, was sie tun wollen, wenn die PacifiCorp merkt, dass die Leitung angezapft wurde.

»Das wird nicht passieren«, erklärt Jeremy. »Weil wir für die PacifiCorp arbeiten. Genauso wie für UPS, die Hafenbehörde, den Nosler Waffenkonzern, die Union Pacific Eisenbahngesellschaft und American Airlines.« Für jeden Namen hält er einen Finger hoch, bis ihm die Finger ausgehen. Er lächelt. »Wir sind überall.«

Claire duckt sich unter den herabhängenden Wurzeln durch

und geht weiter. Sie erreichen eine hell beleuchtete kuppelartige Höhle, etwa zwanzig Meter im Durchmesser. Stimmen dringen an ihr Ohr, die sofort verstummen, als die Neuankömmlinge entdeckt werden. Kabel laufen kreuz und quer über den Boden, Laptops, Desktop-Computer, Scanner und Drucker stehen auf Schreibtischen, irgendwo blinkt ein Modem mit Wireless-Antenne. An der Wand hängt eine Karte der USA, daneben eine von Oregon. Beide sind mit Stecknadeln in unterschiedlichen Farben gespickt. Eine weiße Lichterkette schlängelt sich über die Decke und lässt sie ein bisschen aussehen wie einen Sternenhimmel.

Die Männer blicken von ihren Bildschirmen und Papierstapeln auf und starren die beiden an. Starren Claire an. Manche von ihnen sehen blass und aufgedunsen aus wie Schmetterlingsraupen, andere ausgezehrt und beinahe wie Clowns in ihren schlecht sitzenden Klamotten, den zu großen Discounter-Hemden und mit Naturdarm zusammengenähten Hosen aus ungegerbtem Leder.

»Was gibt's Neues?«, fragt Jeremy.

»Problem gelöst«, antwortet einer von den Blassen. Er trägt ein Darth-Vader-Sweatshirt und Bluejeans. Sein Blick springt kurz zu Claire und dann wieder zurück zu Jeremy. »Die Lieferung aus Kanada hat Verspätung, ist aber auf dem Weg. Ein Lastwagen steht schon auf Abruf. Er wird sie an der Grenze abholen und nach Sandy bringen. Es bleibt nicht mehr viel Zeit.«

»Dann machen wir uns besser schon mal bereit.«

Den Rest des Gesprächs bekommt Claire nicht mit, denn auf dem Schreibtisch neben ihr hat sie unter einem Papierstapel eine Schere entdeckt. Möglichst beiläufig legt sie ihre Hand darauf. Sie könnte die Schere packen und sie Jeremy in die Schläfe rammen. Da fällt ihr Blick auf eine Spinne, die in einem zwischen zwei Computern aufgespannten Netz hockt. Sie sieht aus wie eine schwarze Pupille, die Claire anstarrt.

Wenn sie mit der Schere zugestoßen hat, was dann? Was

könnte sie danach schon ausrichten? Die anderen hätten sie im Handumdrehen überwältigt. Claire tastet nach der Schere und lässt sie in ihren Ärmel gleiten. Sie kann warten.

Kurz darauf folgt sie Jeremy durch einen Gang mit vergilbten Zeitungsausschnitten an den Wänden. Sie flattern im Luftzug, als sie an ihnen vorbeigeht. »Terror in der Luft«, lautet eine der Überschriften, »Hunderte Tote« eine andere. »Die ganze Nation in Angst«, »Lykaneraufstand« und so weiter. Vor einer Titelseite der *USA Today* bleibt sie stehen. »Wunderjunge« steht darauf. Claire kennt das Gesicht auf dem Foto darunter. Es ist Patrick, und Claire fühlt sich, als wäre sie in einer fremden Stadt unvermittelt einem Freund über den Weg gelaufen – am liebsten würde sie laut seinen Namen rufen. Das Foto zeigt Patrick von Polizisten umringt, die ihn zu einem Krankenwagen bringen. Er schaut in die Kamera, scheint Claire direkt anzublicken. Ein Schimmelfleck verdunkelt eines seiner Augen.

»Was habt ihr vor?«, fragt Claire.

»Das wirst du früh genug mitbekommen. So wie alle anderen«, antwortet Jeremy, ohne sich umzudrehen.

»Alles okay?«, fragt Patrick. Er weiß nicht, was er sonst sagen soll, aber irgendetwas muss er sagen, um dieses Schweigen zwischen ihm und Max zu brechen, der immer noch auf der anderen Seite der Senke steht.

Max blickt ihn nur stumm an. Vielleicht hat das Plätschern des Bachs Patricks Worte übertönt, oder es war der Wind in den Bäumen. Vielleicht zieht Patrick voreilige Schlüsse, vielleicht weiß Max gar nichts, egal, was Malerie behauptet.

»Ob alles okay ist?«, ruft Max. »Ist Lügen okay? Ist Verrat okay? Ist mit der Freundin eines anderen vögeln okay?«

Patrick hat ihn noch nie zuvor dieses Wort benutzen hören, und es trifft ihn wie ein Hammerschlag. »Wir haben nicht miteinander geschlafen.«

»Ihr habt genug miteinander gemacht!«, brüllt Max, und seine Stimme hallt von den Bäumen wider, zwischen denen jetzt mit tief ins Gesicht gezogenen Kapuzen die anderen hervorkommen. »Bastard.«

»Ich bin kein Lykaner.« Patrick wird klar, es ist völlig egal, was er sagt. Sie hassen ihn so oder so. Trotzdem kann er nicht aufhören, als müsste er seine Identität vor sich selbst beweisen. »Sie ist gebissen worden, nachdem ich schon auf der Welt war.«

»Deshalb bist du immer noch ein Hurensohn.« Max richtet das Gewehr auf ihn.

Patrick reißt seine Waffe hoch. Sie haben ihn hergebracht, um ihn fertigzumachen, hier, irgendwo tief in den Wäldern, wo niemand seine Schreie hört, wo niemand ihn findet. Er weiß nicht, was den Kerlen alles zuzutrauen ist, aber das wird sich bald ändern.

Max hält den Blick fest auf Patrick gerichtet und ruft den anderen zu: »Er hat noch nicht nachgeladen. Schnappt ihn euch.«

Sie springen über die Kante und preschen den Abhang hinunter. Das Wasser des Bachs spritzt von ihren Stiefeln auf, und sie stürmen auf Patrick zu, während er nur dasteht, regungslos wie der Hirsch unten in dem Bach. Er ist zu erschöpft, um wegzurennen, zu erschöpft, um irgendetwas anderes zu tun, als die leere Patronenhülse auszuwerfen. Er versucht erst gar nicht nachzuladen. »Es tut mir leid … das mit Malerie.«

»Ein bisschen spät.«

Sie kommen schnell näher. Ein Kampf wäre sinnlos. Es sind zu viele, und sie würden es ihm nur umso härter heimzahlen, je mehr er sich wehrt. Patrick lässt das Gewehr fallen und rollt sich zu einer Kugel zusammen, dann sind sie über ihm. Er spürt ihre Fäuste und Stiefel auf seinem Rücken, in seinen Rippen, am Hinterkopf, überall. Zuerst sind es nur einzelne Stiche, dann werden die Stiche zu einem Brennen und schließlich zu einem Glühen, das sich über seinen ganzen Körper ausbreitet.

Zwischen all den anderen spürt er Max auf sich liegen. Sein

Bauch fühlt sich weich und klamm an, wie ein durchnässtes Kopfkissen.

»Wir könnten dich töten, weißt du?«, keucht er in Patricks Ohr. »Behaupten, es wäre ein Unfall gewesen. Keiner würde was merken. Ich könnte sogar die Trauerrede an deinem Sarg halten, der natürlich geschlossen wäre, damit niemand deinen zerplatzten Schädel sieht.«

Wie ein Schmiedehammer schlägt eine Hand auf Patricks Ohr. Am Rand seines Gesichtsfelds fallen schwarze Pünktchen wie Regentropfen. Jemand dreht ihn auf den Rücken. Patrick starrt hinauf in den Himmel, sieht die Kondensstreifen der Flugzeuge, die das fahle Blaugrau durchziehen wie verheddertte Angelschnüre.

Er wünscht ihnen eine sichere Reise.

Jeremy zeigt Claire einen Raum mit Gewölbedecke. Drei verschimmelte Sofas stehen vor einem alten Fernseher, darauf ein Videorekorder und ein DVD-Player. Sie kommen an einem Saal mit Schlafpritschen vorbei, an einem Vorratsraum voll Dosen und Säcken und Kisten, manche davon in Regale einsortiert, andere achtlos auf dem Boden verstreut. Der stechende Geruch von Waffenöl hängt in der Luft.

In der Küche baumelt ein an den Hinterläufen aufgehängter gehäuteter Hirsch von der Decke und dreht sich knarrend hin und her. Der Kopf fehlt. Der Duft von rohem Fleisch lässt in Claire den Drang aufsteigen, mit der Hand über die bloß liegenden Keulen zu streichen, mit der Zunge über die blutigen Muskeln zu lecken.

An der Wand sieht sie einen alten Gasherd, eine verbeulte Propangasflasche und mehrere Klapptische mit Töpfen, Schneidebrettern, Messerblöcken und Tassen voll Besteck darauf. Pfannenheber und Holzlöffel fächern sich auf wie Blumensträuße. In der Ecke brummt ein gelblich verfärbter Kühlschrank, links und rechts davon stehen alte Küchenvitrinen.

Bei den meisten fehlen die Türen, und Claire sieht die Pfannen, Töpfe, Gläser, Teller und Gewürze darin. Sie hört ein Tröpfeln und geht darauf zu, bis sie das Loch in der Wand entdeckt, aus dem sich ein kleines Rinnsal in ein badewannengroßes Steinbecken ergießt.

Jeremy nimmt eine Schöpfkelle mit einem Siebfilter von einem Haken und taucht sie in das Becken. »Durst?«, fragt er, nachdem er sie leer getrunken und wieder aufgefüllt hat.

Claire ist mehr als durstig. Ihre Lippen sind trocken und aufgeplatzt. Sie nickt, beugt sich gierig über die Kelle und trinkt an derselben Stelle, an der auch Jeremy getrunken hat. Viermal fasst sie nach, dann nickt sie erneut, und sie gehen weiter.

»Wer ist Balor?«

»Woher kennst du den Namen?«

Claire zuckt die Achseln. »Wer ist er?«

»Erzähl mir von deiner Tante.«

»Du meinst: von deiner Frau.«

»Ja.«

»Warum bin ich hier?«

»Weil ich sie zurückwill. Sie wird kommen und versuchen, dich hier rauszuholen. Kannst du mir irgendetwas über sie erzählen?«

»Ich schätze, mittlerweile ist sie ziemlich sauer und macht sich die größten Sorgen.«

»Das hoffe ich. Denn dann wird sie bald hier sein.«

Der Pfad steigt an und wird breiter. Claire spürt einen Luftzug. Es gibt keinen Weg mehr, der Boden besteht aus großen Lavabrocken. Bei jedem Schritt strecken sie die Arme seitlich weg und springen von Stein zu Stein, während es um sie herum allmählich heller wird.

»Sie hat nichts von Polizei gesagt?«

»Warum sollte sie?«

»Dass sie zur Polizei gehen und ihnen alles erzählen will? Hat sie nichts davon gesagt?«

»Sie will nur ihre Ruhe. Ihr solltet sie einfach in Ruhe lassen. Was wollt ihr überhaupt von ihr?«

»Ich brauche sie. Eine Frau gehört an die Seite ihres Mannes.« Jeremy blinzelt und spricht plötzlich schneller, als wolle er die Worte verscheuchen, die er soeben ausgesprochen hat. »Außerdem ist sie ein wichtiger Teil von dem, was wir hier tun. Ein wichtiger Teil der Revolution.«

»Übertreibst du nicht ein bisschen?«

»Wir sind die Revolution.« Er rutscht aus und muss sich mit der Hand an der Wand abstützen, um nicht zu stürzen. »Wir sind die Lederfransen-Revolutionäre, die gegen die britischen Blauröcke kämpfen. Wir sind die Schwarzen, die die Busse in Montgomery boykottieren. Wir sind die Demonstranten, die sich mit erhobener Faust auf dem Tahrir-Platz versammeln. Was wir hier tun, ist Basisdemokratie.«

Claire rollt mit den Augen. Eine demokratische Vereinigung würde Miriam einfach ziehen lassen, wenn sie gehen will. Aber wer verzweifelt genug ist, findet immer eine Rechtfertigung für sein Tun, findet immer einen Sinn, wo keiner ist. Jeremys Tochter ist tot, und seine Frau hat ihn verlassen. Er will die Leere in seinem Innern füllen. Claire kennt das Gefühl nur zu gut.

Aber sie ist auch ein Teenager mit all der dazugehörenden Aufsässigkeit, und es ärgert sie, wie Jeremy den Versuch, seine Frau zurückzubekommen, als politischen Befreiungskampf verklärt. Für sie klingt er wie ein Schauspieler, der seinen Text noch nicht beherrscht, und sie kann sich eine Bemerkung nicht verkneifen. »Hast du gerade *Despo*kratie gesagt?«

Jeremy wirbelt herum und durchbohrt sie mit den Augen, bis Claire den Blick senkt. »Willst du mich verarschen?«

Claire wird zum ersten Mal bewusst, dass Jeremy ihr durchaus gefährlich werden könnte, wenn sie es zu weit treibt.

»Ihr bringt Menschen um.«

Jeremy springt auf den Brocken, auf dem Claire gerade steht, und stellt sich direkt vor sie. Sie spürt seinen Atem, als er sagt: »Alle Menschen sterben irgendwann.«

»So wie deine Tochter.«

Claire sieht die Ohrfeige nicht kommen, so schnell bewegt sich die Hand, die ihr hart auf die Wange schlägt. Sie hört nur den Knall, spürt ein Brennen und sieht vor ihrem inneren Auge, wie Jeremys Finger sich auf der knallroten Haut abzeichnen.

Jeremys Augen weiten sich ein Stück. Er senkt den Kopf und dreht sich weg.

»Komm«, sagt er schließlich, und nach ein paar Sekunden folgt ihm Claire weiter den Abhang hinauf.

Die Luft wird kühler und besser. Der Untergrund flacht ab, und sie erreichen einen Ausgang, vor dem ein Netz aus dicken Nylonseilen hängt. Die Maschen sind von braunen Ranken überwuchert. Es ist einer von vier Eingängen, erklärt Jeremy. Das Netz dient zur Tarnung, hält den Wind ab und lässt ein bisschen Luft durch.

»Nicht zu unterschätzen bei dem Mief, den wir hier unten ausdünsten«, sagt er gut gelaunt, als wäre nie passiert, was gerade passiert ist.

Die Sonne draußen ist rot, die Bäume schwarz. Es dämmert. Claire hat jedes Zeitgefühl verloren. Sie versucht, so viel von dem Anblick in sich aufzusaugen wie möglich. Eine geröllübersäte Talflanke, dichtes Gestrüpp aus Bärentrauben, verwitterter und von Flechten überwachsener Fels. Sie befinden sich in beträchtlicher Höhe, ganz in der Nähe sieht Claire einen schneebedeckten Aschenkegel, hinter dem die Kaskadenkette aufragt. Nachts würde man von hier wahrscheinlich die Lichter der Städte weit unterhalb sehen, aber jetzt, im Gegenlicht der aufgehenden Sonne, kann Claire nichts erkennen außer endlosen Wäldern, die sich irgendwo am Horizont im trockenen Hochland verlieren.

»Wo sind wir?«

Jeremys Augen haben die gleiche Farbe wie der Winterhimmel über ihnen. »In deinem neuen Zuhause.«

Max hebt Patricks Gewehr auf. Er wiegt es eine Weile in der Hand wie einen Baseballschläger, dann holt er aus und schmettert es gegen einen Baum. Einmal, zweimal, dreimal. Die Rinde splittert, gelb leuchtet das feuchte Holz darunter hervor, Schaft und Kolben zerbrechen.

Patrick hebt nicht einmal den Kopf. Das eine Auge ist bis auf einen schmalen Schlitz komplett zugeschwollen. Sein Mund ist voll Blut, seine Zunge fühlt sich an wie ein zappelnder Aal und weigert sich, ihm zu gehorchen. Sein Schädel dröhnt, als stecke er in einer Schraubzwinge. Sein ganzer Körper ist eine einzige Wunde.

Max tritt die Überreste des Gewehrs ins Unterholz und schüttelt seine Hände aus. Mit einem letzten vernichtenden Blick auf Patrick dreht er sich um und geht davon. Die anderen folgen ihm.

»Was machen wir mit dem Hirsch?«, fragt einer von ihnen.

»Lasst ihn verrotten.«

Lange liegt Patrick einfach da und bemitleidet sich, weiß nicht, was schlimmer ist: der Schmerz oder die Erniedrigung. Alle Farbe scheint aus der Welt um ihn herum gewichen zu sein. Die von Spechthöhlen durchlöcherte Kiefer neben ihm ist nur noch ein graues Etwas.

Sie haben ihn einfach liegen gelassen. Zehn Meilen von der nächsten Straße, vierzig oder mehr von Old Mountain entfernt. Aber er ist am Leben. Patrick rollt sich auf die Seite und zieht die Knie an die Brust. Er kann die Prellungen überall auf seinem Körper förmlich sehen. Er atmet gegen den Schmerz in seinen Rippen an und lauscht dem Plätschern des Bachs unterhalb. Weit weg schreit eine Eule.

Das gleichmäßige Trommeln in seinen Ohren hält Patrick im ersten Moment für seinen eigenen Herzschlag, aber es sind

Schritte, und sie kommen auf ihn zu. Max und seine Leute. Sie kommen zurück, um ihm den Rest zu geben. Patrick hebt den Kopf und blinzelt das Blut von seinen Augen, aber er versteht nicht, was er sieht. Eine Frau im Tarnanzug geht die Schulter des Bachbetts entlang in seine Richtung. Miriam.

»Zumindest *du* bist noch am Leben.« Sie streckt ihm eine Hand entgegen. »Komm, steh auf.«

Kapitel 27

Etwas ist im Gange. Während Jeremy sie zurück zu ihrer Zelle bringt – Claire weiß nicht, wie sie den sandigen Blindschacht, in dem sie gefangen wird, sonst nennen soll –, rennen die Männer durch die Tunnel und sprechen in ihre Walkie-Talkies. Einer von ihnen trägt ein Bündel Kabel unterm Arm und eine Videokamera, ein anderer einen ölverschmierten Karton, der wackelt, als wolle er sich seinem Griff entwinden. »Auf in den Kampf!«, ruft Jeremy oder »Gebt es ihnen!«, klopft auf Schultern, tätschelt die Vorbeihastenden auf den Rücken.

Als sie die Treppenstufen erreichen, sieht Claire ihn unten an einer Ecke stehen. Puck. Mit in die Hosentaschen gesteckten Händen lehnt er regungslos an der Wand, als hätte er nichts anderes zu tun, als auf sie zu warten.

»Mir wurde gesagt, ich darf nicht mitkommen«, quietscht er mit einer Stimme wie eine Fledermaus. »Mir wurde gesagt, ich soll hierbleiben.«

Jeremy bleibt stehen. Gedankenverloren hatte er den Kopf gesenkt und Puck nicht bemerkt. »Deine Aufgabe ist hier.«

»Soll das eine Strafe sein? Für die heißen Quellen? Weil ich dich nicht um *Erlaubnis* gefragt habe?« Er spuckt die Worte aus wie Gift.

Jeremys Blick springt zwischen Claire und Puck hin und her. »Wir sprechen später darüber«, sagt er und geht weiter.

Claire folgt ihm dicht auf den Fersen, als wäre er ihr Schild. Die Luft vibriert vor angestauter Aggressivität, die sich nur in Gewalt entladen kann.

Der Tunneleingang ist sehr schmal, und Puck rückt kein Stück zur Seite, als Jeremy und Claire an ihm vorbeigehen. Als Claire ihn streift, spürt sie einen Funkenüberschlag wie von einem Blitz. Ohne es zu wollen, blickt sie kurz auf.

Puck leckt sich mit der Zungenspitze über die Schneidezähne und lässt die Kiefer zuschnappen.

Patrick ist nicht sicher, weshalb – vielleicht liegt es an den vielen Messern in der Küche oder auch an der Pistole in Miriams Schulterhalfter –, aber er kann nicht anders, als wie ein kleines Kind zu fragen: »Du bist nicht böse oder so, oder?«

»Nein«, sagt sie. »Du vielleicht?«

Miriam steht mit dem Rücken zu ihm, also sieht er es nicht, aber er glaubt, ein Lächeln in ihrer Stimme gehört zu haben. Sie sind wieder in der Hütte, und Patrick fühlt sich kein bisschen weniger wie ein Gefangener als beim ersten Mal, aber etwas hat sich doch verändert: Miriam ist nicht mehr so hart zu ihm. Er sitzt an einem runden Küchentisch, sie steht in Tarnhose und Tanktop am Spülbecken. Zwischen den Trägern lugen die schwarzen Flügel hervor, die auf ihre Schultern tätowiert sind.

Neben dem Tisch liegt eine offene Mülltüte voller Führerscheine. Etwa zehn davon sind wie Spielkarten auf dem Tisch ausgebreitet. Die Fotos der jungen Frauen darauf sehen Claire verblüffend ähnlich.

Miriam füllt eine Schüssel mit dampfendem Wasser und kommt damit an den Tisch. Sie schiebt die Führerscheine zur Seite, stellt die Schüssel ab, rückt sich einen Stuhl zurecht, taucht einen Waschlappen in das Wasser und wringt ihn aus. »Halt still«, sagt sie und fängt an, seine Wunden abzutupfen.

Der Lappen ist so rau wie eine Katzenzunge. Patrick schließt die Augen und versucht, den schmerzhaften Druck auf die Risse und Schwellungen zu ignorieren, während Miriam leise vor sich hin summt. Es ist ein Kinderlied. Nach kurzer Zeit ist das Wasser in der Schüssel trüb und rot.

Miriam tupft ihn mit einem Handtuch ab, dann reißt sie eine Packung Hautklammern auf und versorgt seine Platzwunden.

Patrick sitzt da, die Arme eng um den schmerzenden Brustkorb geschlungen.

»Das Hemd ziehst du besser aus«, sagt Miriam schließlich.

Er versucht es, aber seine Rippen tun so weh, dass er die Arme nicht über den Kopf heben kann. Miriam hilft ihm. Sein Oberkörper ist von roten Striemen übersät. Ein langer blauschwarzer Bluterguss erstreckt sich quer über seine Brust.

Patrick fallen Miriams dicke Fingernägel auf, die Fingernägel einer Lykanerin. Max hat ihm davon erzählt, von den verschiedenen Anzeichen, an denen man einen Infizierten erkennt. Dicke Fingernägel waren eines davon, so dick wie Zähne, so dick wie Knochen. Patricks Mutter feilt sie ab und lackiert sie, damit es nicht so auffällt.

Miriam tastet seinen Brustkorb ab, und er spürt das Kratzen ihrer harten Nägel.

»Vielleicht gebrochen«, sagt sie, »vielleicht auch nicht. So oder so wirst du's überstehen.« Sie holt eine Dose Schmerztabletten aus dem Badezimmer und drückt ihm vier davon in die Hand, zusammen mit einem großen Glas Wasser. Schließlich fragt sie Patrick, ob er bereit sei zuzuhören.

»Denke schon«, sagt er, und Miriam beginnt zu reden.

»Manches von dem, was ich dir jetzt sage, wird nichts Neues für dich sein, anderes schon.« Die Schatten draußen werden immer dunkler, während Miriam ihm ausführlich von der Widerstandsbewegung, von ihrer Ideologie und ihren Aktionen während der letzten Jahrzehnte berichtet. Sie erzählt, wie sie sich von der Bewegung losgesagt hat und die Kerle sie trotzdem nicht in Ruhe lassen, von Claires Entführung und den Fußspuren, die sie vor der Hütte fand, von den allzu vertrauten Riesenstapfen, die sie schließlich im Wald entdeckte.

»Das sind die Bösen«, murmelt Patrick.

»Das sind sie.«

»Haben sie irgendeine Nachricht hinterlassen?«

»Mussten sie nicht. Ich weiß, wo sie zu finden sind, und die Botschaft war klar genug: Komm zu uns zurück, sonst ...«

Miriam erklärt, sie sei gerade auf Erkundung in der Nähe des Unterschlupfs gewesen, als sie Patrick unter einem Knäuel Leiber begraben entdeckte. Sie seien viele, und sie seien stark, aber sie werde Claire trotzdem zurückbekommen. Und er werde ihr dabei helfen.

»Wann?«

»Jetzt.«

Patrick hat Angst, fürchterliche Angst, aber das ist nicht der Grund dafür, dass er zögert. Er zögert, weil er Miriam noch nicht nach den Anschlägen auf die Flugzeuge gefragt hat, weil er nicht weiß, ob sie vielleicht etwas damit zu tun hatte, auch wenn sie sich von den Widerständlern losgesagt hat. Und er zögert, weil er immer noch so entsetzlich schwach ist. Sein Schädel dröhnt. Er dürfte kaum von großem Nutzen sein. Als er seine Hände zu Fäusten ballt, fühlen sie sich an wie Zangen, die ihn genau dann im Stich lassen werden, wenn er sie am nötigsten braucht.

Miriam stützt die Ellbogen auf die Knie und beugt sich ganz nahe an ihn heran. Ihr Gesicht ist so spitz wie ein Messer. »Empfindest du etwas für sie?«

Patrick ist selbst überrascht, wie schnell er antwortet. »Ja.«

»Sonst wärst du auch nicht zurückgekommen, oder? Hättest nicht diese kleine Spritztour hierhergemacht, wenn sie dir nicht am Herzen läge, stimmt's?« Ihre Stimme klingt so hart, dass Patrick nicht sagen kann, ob sie sich über ihn lustig macht.

»Stimmt.«

»Ich möchte, dass du weißt, dass sie nicht in Sicherheit ist. Je länger wir warten, desto wahrscheinlicher werden sie ihr etwas antun.«

Patrick versucht, eine möglichst entschlossene Miene aufzusetzen. »Okay«, sagt er und kommt sich gleichzeitig so klein vor, als würde er in seine eigene Hosentasche passen. Die ganze Welt scheint sich gegen ihn verschworen zu haben. Er denkt an Max' Bande und an die Lykaner in den Bergen und weiß nicht, ob er in diesem Kampf bestehen kann. Wenigstens wirken die Tabletten, und seine Kopfschmerzen lassen etwas nach.

Miriam legt die Pistole auf den Tisch und streicht mit den Fingern über den Lauf. »Du weißt, wie man mit so was umgeht?«

»Mehr oder weniger.« Er hat noch nie mit einer Pistole geschossen. Nur mit Gewehren und Revolvern, auf der Jagd oder beim Büchsenschießen im Steinbruch.

Miriam entsichert die Waffe und legt den Hebel dann wieder um. Sie wirft das Magazin aus und lässt es wieder einrasten. »Siebzehn Schuss, zweireihiges Stangenmagazin. Immer gut zielen. Finger auf dem Bügel, nicht am Abzug, es sei denn, du willst schießen. Wenn ja, dann: Peng! Peng!«

Sie steht auf und kommt mit zwei Magnum-Taschenlampen zurück, zwei Stiftleuchten, vier Klappmessern mit Kunststoffgriff, einer Machete und einer Pumpgun Kaliber 12. Sie legt alles auf den Tisch, öffnet den Schrank neben dem Herd, als suche sie nach einem Topf, und zieht stattdessen ein halbes Dutzend Munitionspäckchen hervor. Aus dem Wandschrank auf dem Flur holt sie vier Pistolenhalfter. Sie sind auf der Rückseite mit Sattelleder gepolstert, damit man sie unter dem Hosenbund tragen kann.

Sie sagt ihm, er solle aufstehen, und er tut es. Ohne Hemd steht er da, ohne zu fragen, lockert Miriam seinen Gürtel und schiebt zwei Halfter unter seinen Bund. Die Pistolengriffe zeigen nach vorne, sodass er sie mit überkreuzten Armen gleichzeitig ziehen kann. Sie mustert ihn, mustert ihn lange und seufzt, als hätte sie ihn schließlich als das Kind erkannt, das er ist. »Ich setz uns einen Kaffee auf«, sagt sie. »Der wird uns ein bisschen wacher machen.«

Der Himmel draußen sieht aus wie ein Aquarell. Miriam

mahlt die Bohnen mit der Hand und füllt einen Topf mit Wasser, während Patrick mit den Pistolen herumprobiert. Er reißt sie aus den Halftern und streckt die Arme, wie er es im Kino so oft gesehen hat. Leider zittern sie erbärmlich, ganz egal, wie sehr er auch versucht, die Arme stillzuhalten. Es liegt nicht nur an seinen Rippen, die schmerzen, als würde ein Messer zwischen ihnen stecken. Es ist die Schwäche, die er in sich spürt.

Er denkt an Claire, die irgendwo im Dunkeln liegt, und stellt sich vor, wie sie ihm überglücklich das Gesicht zudreht. Das Bild lindert seine Schmerzen weit mehr als die Pillen von vorhin. Patrick hat sie einmal gerettet, und er wird es ein weiteres Mal tun.

Vom Herd kommt ein Tick-Tick-Tick, und säuerlicher Gasgeruch breitet sich aus. Die Flamme will sich einfach nicht entzünden.

»Sie haben sie also deinetwegen entführt?«, fragt Patrick.

Der Herd tickt weiter wie eine Zeitbombe. Miriam flucht, reißt eine Schublade auf und zieht eine Packung Streichhölzer hervor. »Ja.«

»Warum wollen sie dich so unbedingt zurück?«

Miriam macht das Streichholz an und hält es an den Brenner. Mit einem Knall lodert eine blaue Stichflamme auf, und sie taumeln beide einen Schritt zurück. »Weil ich mit einem von ihnen verheiratet bin.«

Jeremy bittet sie, sich hinzusetzen, legt ihr die Handschellen an und erklärt, wie nett er den kleinen Spaziergang gefunden habe, fragt, ob sie irgendetwas brauche, und Claire erzählt ihm beinahe von Puck. Beinahe.

Denn endlich wittert sie ihre Chance: Etwas ist im Gange, und Puck ist nicht dabei. Die meisten sind bereits aufgebrochen, und Jeremy wird sich ihnen anschließen.

»Nein.« Sie nestelt an ihren Handschellen herum und senkt

die Augen für den Fall, dass sich ihre Aufregung darin spiegelt. »Alles in Ordnung. Danke.«

Claire weiß, es ist nur eine Frage der Zeit, bis Puck zu ihr kommt. Aus den wenigen Gesprächen konnte sie deutlich genug ableiten, dass er sie will. Außerdem will er sie bestrafen, sich an ihr rächen, als wäre sie Jeremy.

Claires Füße lässt er diesmal frei. Die Schere steckt nach wie vor in ihrem Ärmel. Sie spürt die kalten Klingen auf ihrem Unterarm, spürt, wie ihr Puls gegen das Metall hämmert. Sie zählt die Sekunden, die Minuten, die Stunden, bis es schließlich still wird in den Tunneln, still und leer. Und dann, wie sie es erwartet hatte, hört sie Schritte. Wie ein lauter werdendes Flüstern im Sand kommen sie näher.

Es ist nicht klar, wo ihre Zelle beginnt und wo sie endet. Es gibt keine Tür und kein Gitter, durch das sie nach draußen spähen, gegen das sie ihre Blechtasse schlagen könnte. Die Röhre endet einfach im Lavagestein, als hätte sich vor Äonen ein riesiger Wurm bis hierher durchgegraben und wäre dann verendet, sein Fleisch zu Sand zerfallen, die Form der Wände die einzige Erinnerung an seine einstige Gestalt. Aber wenn es einen Eingang gäbe, eine Linie, hinter der sie sich gefangen fühlt, dann die, an der Puck jetzt steht, zehn Schritte entfernt an der Tunnelbiegung.

Keiner spricht ein Wort. Sie wissen beide, weshalb er hier ist.

Claire sieht Pucks Unterkiefer mahlen. Er dreht einen Kaugummi zwischen seinen Zähnen hin und her, macht eine Blase und lässt sie zerplatzen. »Draußen schneit's«, sagt er schließlich.

»Schön.« Claire weiß nicht, was sie mit seinen Worten anfangen soll. Über das Wetter redet man, wenn man nicht weiß, worüber man sonst reden soll. »Ich mag Schnee«, erwidert sie, was natürlich völliger Unsinn ist. Claire versucht, ihre Stimme möglichst sanft und einfühlsam klingen zu lassen. Sie will ihn einlullen.

Puck hört auf zu kauen. »Tatsächlich?« Er macht einen langsamen Schritt in ihre Richtung, dann noch einen. Sein Gesicht sieht aus, als wäre er von Claires Antwort genauso überrascht wie von ihrer scheinbaren Freundlichkeit. »Die meisten ja nicht.«

»Um diese Jahreszeit mag ich ihn. Fühlt sich so nach Weihnachten an.«

»Aber er bleibt zu lange liegen.«

»Wahrscheinlich.«

Puck senkt die Stimme. Er ist nur noch fünf Schritte entfernt, als er beinahe flüstert: »Der Winter kann in dieser Gegend sehr, sehr lang sein.« Seine Augen leuchten weiß, nur die Pupillen sind schwarz wie ein Abgrund.

Claire hat das Gefühl, als könnte sie jeden Moment hineinstürzen. Vornübergebeugt, als wäre sie erschöpft, hockt sie auf einem Stein, der einzigen Sitzgelegenheit, die sie hat. Sie ist gespannt wie eine aufgezogene Feder, bereit zum Sprung. Sie tut, als würde sie sich am Unterarm kratzen, und zieht die Schere halb aus dem Ärmel.

Puck lässt seinen Kaugummi zerplatzen, und Claire zuckt zusammen wie damals, als ein Junge in der Pause von hinten an ihrem BH zupfte. »Dieses Drecksstück von deiner Tante wird doch nichts Bescheuertes anstellen, oder? Sie wird doch nicht den Schwanz einziehen und sich bei der Polizei ausheulen, uns verpetzen, oder?«

»Bestimmt nicht.«

»Jeder bricht irgendwann zusammen.« Puck beugt sich zu ihr herab und berührt Claires Fußgelenk. »Engelchen.«

Claire zittert. Puck ist immer noch zu weit weg, und er ist schneller und stärker als sie. Claire kann es nicht riskieren, sich auf ihn zu stürzen, solange er noch Zeit hat zu reagieren. Sie versucht, die Hand an ihrem Fuß zu ignorieren, aber das ist ungefähr so, als würde sie versuchen stillzuhalten, während ihr eine Schwarze Witwe übers Gesicht läuft. Ein Schaudern fährt durch ihren Körper, und Claire zieht ihre Füße weg. »Hör auf.«

»Aufhören?« Puck schiebt den Kaugummi von einer Backe in die andere. Claire kann ihn riechen. Irgendetwas Fruchtiges. »Du glaubst, ich würde aufhören? Du glaubst, irgendwas von dem hier würde jemals aufhören? Wir fangen gerade erst an. Wenn du glaubst, ich werde Dinge zu dir sagen wie ›du tust besser, was ich sage‹ oder ›behandle mich gefälligst mit Respekt‹, dann hast du dich geschnitten. Hier unten glauben wir nicht an Worte. Wir glauben an Taten. Ich werde nichts sagen, ich werde *tun.* Nur so bringt man die Menschen zum Zuhören. Man tut ihnen Dinge an, und je grässlicher diese Dinge sind, desto besser hören sie zu. Und ich möchte, dass du verdammt gut zuhörst. Du glaubst vielleicht, ich halte dich hier in dieser dunklen Ecke gefangen, aber in Wirklichkeit beschütze ich dich. Vergiss Jeremy. Ich bin dein Beschützer. Ich brauche nur mit dem Finger zu schnippen, dann wirst du den Wölfen vorgeworfen. Wölfe beißen gern, und sie ficken gern. Du wirst dich fühlen, als hätten sie dich von innen nach außen gestülpt, als hätten sie dich mit Schwertern gevögelt. Wenn sie mit dir fertig sind, machen sie vielleicht noch ein, zwei Runden lang weiter, vielleicht geht ihnen aber auch dein Gewimmer auf die Nerven, und wenn das der Fall ist, dann machen wir ein Feuer, ein großes, und schmeißen dich rein. Deine Haut schält sich vom Körper, während wir lachen und heulen und um die Flammen tanzen, und danach knabbern wir ein bisschen an deinen verkohlten Knochen. Wie hört sich das für dich an, Claire?«

Pucks Hand kommt näher, und Claire stellt sich vor, wie sie sich unter seiner Berührung in einen Krähenschwarm auflöst. Kreischend flattern sie auf, erheben sich wie eine mit Schnäbeln und Krallen um sich schlagende Wolke in den Himmel. Es ist die von Miriams Messer verstümmelte Hand, mit der er ihre Wange berührt und ihr übers Kinn streicht. Claire schließt die Augen und atmet tief ein, riecht den Erdbeergeschmack von Pucks Kaugummi und hat das Gefühl, als wäre er schon in ihr. Als sie ein Kratzen auf ihrem Gesicht spürt, reißt sie die Augen auf: Puck hat sich verwandelt. Lange Zähne ragen aus seinem Mund, rot geränderte Augen starren sie an wie glühende Kohlen. »Jeder bricht irgendwann zusammen.«

In diesem Moment stößt sie zu.

Der pockennarbige Mond hängt tief am Himmel. Bald wird er hinter einer dunklen Wolkenbank verschwinden. Miriam sitzt am Steuer des Ramcharger, Patrick daneben, auf der Rückbank klappern ihre Waffen. Der Asphalt surrt unter den Reifen, leichtes Schneetreiben flimmert im gelblichen Schein des Fernlichts.

Miriam fährt vom Highway herunter und biegt auf den Parkplatz einer Tankstelle mit alten Pumpzapfsäulen ein. Statt anzuhalten, fährt sie weiter bis zur Rückseite eines Holzverschlags, wo ihr Mann zehn Autos, Lieferwagen und Lkws abgestellt hat. Am Morgen fehlten nur drei. Jetzt, am frühen Abend, insgesamt sieben. Der Asphalt, auf dem sie standen, ist bereits weiß vom Schnee.

»Was hat das zu bedeuten?«, fragt Patrick.

»Dass sie etwas vorhaben.«

Er fragt, ob sie Claire mitgenommen haben könnten.

Miriam reißt das Lenkrad herum und wendet den Ramcharger. Erst als sie wieder auf dem Highway sind, sagt sie: »Kaum. Sie wäre nur im Weg.«

Nach fünf Minuten biegen sie scharf links auf eine kleine Nebenstraße ab, die mit jeder weiteren Abzweigung immer noch schmaler wird. Die Kiefern links und rechts der Schotterpiste rücken immer näher.

Vor einem eingezäunten Transformatorhäuschen bleiben sie schließlich stehen. PacifiCorp steht auf dem Schild am Maschendrahtzaun. Patrick ist hellwach von dem vielen Kaffee und dem Adrenalin in seiner Blutbahn. Sie steigen aus und holen ihre Ausrüstung aus dem Kofferraum. Die Hochspannungsleitungen dröhnen in Patricks Ohren wie ein Heuschreckenschwarm.

Miriam sagt, er solle hier warten. Als er fragt, wohin sie geht, bekommt er keine Antwort. Sie lässt ihren Rucksack da, schultert nur die Schrotflinte, deren Tragegurt sich zwischen ihren Brüsten eingräbt. Leichtfüßig wie eine Katze klettert sie über den Zaun, springt auf der anderen Seite hinunter und sucht den Boden entlang des Transformatorhäuschens ab, bis sie findet, wonach sie sucht: ein Loch in der Seitenwand, durch das sich ein Kabel von der Dicke eines Gartenschlauchs schlängelt. Miriam nimmt die Flinte von der Schulter, zielt und feuert zweimal. Funken fliegen, und Donnern zerreißt die Nacht.

Patrick zieht seine Pistole und duckt sich hinter die Motorhaube. Fluchend blickt er sich in alle Richtungen um, aber bis auf das Brummen der Hochspannungsleitungen und das fauchende Knistern des zerschossenen Kabels ist die Nacht wieder vollkommen still.

Patrick hört, wie Miriam vom Zaun herunterspringt und auf den Wagen zukommt. »Jetzt wissen sie, dass wir kommen«, flüstert er, als sie bei ihm ist.

»Sie sind blind wie Maulwürfe. Das ist es, was sie wissen.«

Patrick folgt ihr in den Wald, der mit einem Mal so still ist, als würde er sie belauschen. Nach nicht einmal zehn Minuten haben sie das Versteck erreicht, was Patrick jedoch erst begreift, als Miriam den eisverkrusteten Windfang vor dem Eingang hochhebt und dahinter verschwindet. Einen Moment lang ist er allein und versucht, nicht daran zu denken, was ihn in den Tunneln erwartet, welch wahnwitziges Risiko er eingeht. Er holt noch einmal tief Luft, dann knipst er die Magnum an und taucht ein in die Dunkelheit.

Kapitel 28

Claire hatte gehofft, seinen Hals zu erwischen, aber Puck ist schneller, als sie dachte. Er springt zurück, und die Schere verfehlt ihr Ziel, wenn auch nicht ganz. Sie bohrt sich durch das weiche Gewebe unterm Kinn, weiter in den Mund und von dort in den hinteren Teil des Gaumens. Puck schreit auf, aber er kann den Unterkiefer nicht bewegen. Wie ein Nagel hält die Schere ihn zu.

Claire hat ein Büschel seiner Haare in der Hand, als er mit weit aufgerissenen Augen zurücktaumelt und mit zitternden Händen die Schere aus seinem Kiefer zieht. Blut läuft über seinen Hals und tropft auf den schwarzen Sand. Puck wirft die Schere weg, die klappernd gegen die Wand schlägt. Dann öffnet er vorsichtig das Maul. Er bebt vor Schock und Raserei.

Dann wird die Höhle plötzlich stockfinster.

Als Patrick sich aus dem Wind in den Eingang duckt, ist er überrascht wegen des Temperaturunterschieds. In der Höhle ist es deutlich wärmer. Mit seinem Vater hat er ein paar Führungen im Lava Beds Nationalpark mitgemacht. Er erinnert sich daran, wie er die Stalagmiten befühlt hat und durch enge Tunnel gekrochen ist und, wenn auch verschwommen, an die Erklärungen der Führer: In großen Höhlen und Stollen herrscht das ganze Jahr über die gleiche Temperatur, irgendwas um die zehn Grad.

Die Luft riecht süßlich nach einer Mischung aus Schimmel, Fledermauskacke und dem Schwefel, der sich an einigen Stellen orangefarben, an anderen gelb auf den Wänden niederschlägt. Der Wind, der durch den Tunnel pfeift, und das Geräusch des von den Wänden tropfenden Wassers übertönen Miriams Stimme beinahe, als sie sagt: »Bleib dicht hinter mir.«

Die Lavaröhre fällt nach unten ab. In einer Hand hält Patrick die Pistole, in der anderen die Taschenlampe, lässt den Lichtkegel über den Boden und die Wände streichen. Fast alles ist schwarz. Nur an manchen Stellen schimmern Flechten, oder eine Quarzader funkelt im Schein der Lampe. Die Stalaktiten an der Decke lassen ihn unwillkürlich an Reißzähne denken.

In den Hosentaschen hat er das Klappmesser und die Munitionspäckchen. Seine Gürtelschnalle quietscht, der Rucksack klappert, und sein Atem entweicht in zitternden Wölkchen. Mehrere Male stolpert er über einen Stein oder einen Basaltblock. »Sorry«, flüstert er jedes Mal, wenn Miriam sich irritiert nach ihm umdreht. Die Angst fühlt sich an wie ein Wespenschwarm unter seiner Haut, wie zornig schlagende Flügel, wie winzige Beinchen, die ihn kitzeln, wie Stacheln, die ihn piksen.

Gerade noch hat sie Puck gesehen, und jetzt ist alles schwarz. Im ersten Moment fragt Claire sich, ob sie tot ist, ob Puck ihr das Herz aus der Brust gerissen hat oder sich ein Stück Fels aus der Decke gelöst und ihr den Schädel eingeschlagen hat. Vielleicht hat ihr Körper aber auch einfach aufgegeben.

Da hört sie einen lang gezogenen Schmerzensschrei und begreift, dass sie nicht tot ist. Noch nicht, aber der Tod ist nah, näher denn je. Claire ist eingeschlossen in dieser schwefeligen Dunkelheit, eingeschlossen unter Tonnen von Gestein, und wenn sie nicht schnell handelt, wird diese Dunkelheit ihr Grab.

Sie ruft sich den Verlauf des Tunnels ins Gedächtnis und fragt sich, ob sie sich seitdem bewegt hat, ob sie immer noch Richtung Ausgang schaut. Sie streckt einen Arm seitlich weg und bewegt sich nach links, bis ihre Finger über den Fels schrammen, tastet sich an der Wand entlang und fährt immer wieder mit den Händen durch die Luft, als würde sie Spinnweben zur Seite wischen. Bei jedem Schritt hebt sie die Füße weit vom Boden, um bloß nicht zu stolpern. Puck dürfte ihre stampfenden Schritte kaum hören, dazu brüllt und wimmert er viel zu laut.

Claires Augen sind weit aufgerissen, aber sehen kann sie nur mit den Händen. Wie die Fühler einer Schnecke tasten ihre Finger durch die Dunkelheit. Das Heulen in Claires Rücken wird leiser, bis es schließlich ganz verstummt, und es ist diese Stille, die sie beunruhigt. Claire versucht, sich so leise zu bewegen wie möglich, aber immer wieder tritt sie gegen einen Stein oder löst mit den Fingern an der Wand eine kleine Sandlawine aus.

Claire spürt einen leichten Luftzug, als sie die erste Gabelung erreicht. Links und dann noch mal links. Sie stolpert beinahe über die erste Stufe der Treppe und geht unsicher weiter. Wenn sie sich nur erinnern könnte, wie viele Stufen es waren. Jeden Moment rechnet sie damit, dass Arme sie von hinten packen und zu Boden reißen. Dann tritt sie auf eine Stufe, wo keine ist, und ihr Fuß klatscht laut auf den Boden.

Die Wände links und rechts öffnen sich zu einer großen Höhle. Der Widerhall ihrer Schritte und ihres Atems wird leiser. Claire weiß, es wäre schlauer, weiter an der Wand entlangzugehen, aber sie kann sich nicht erinnern, ob noch andere Tunnel von der Höhle abzweigen. Auf keinen Fall darf sie sich hier unten verirren. Zum Computerraum geht es geradeaus. Claire beschließt, sich auf ihren Richtungssinn zu verlassen, und schleicht weiter. Sie kann die Erde an den Wurzeln riechen, die von der Decke herabhängen, und schreit kurz auf, als ihr plötzlich eine übers Gesicht streicht wie eine Zunge.

Die Luft ist schwarz wie Tinte, so schwarz wie eine versiegelte Gruft tief unter der Erde, so schwarz wie ein Ort, an den Menschen nicht gehören. Die Schwärze durchdringt ihre Haut, erstickt ihre Lunge und lähmt ihre Muskeln. Claire möchte sich nur noch auf dem Boden zusammenrollen und warten, bis es endlich passiert. Denn es wird passieren. In einer stockfinsteren Höhle kann man einem Raubtier nicht entrinnen.

Claire bleibt stehen und lauscht. Etwas bewegt sich in der Dunkelheit. Sie hört ein Rascheln, nein, es sind Schritte. Weiche Sohlen, die über Fels schaben, über Sand. Sie werden immer lauter. Die Finsternis um sie herum lässt die schwärzeste aller Fantasien in ihr aufsteigen, und statt Puck sieht Claire den Mann mit der Clownsmaske auf sie zuschleichen, mit diesen leeren Augenhöhlen und den Lippen, die so rot sind wie rohes Fleisch. Wenn er sie findet, wird er seinen Schlund öffnen und sie in einem Stück verschlingen.

Claire spürt, wie sich die Wölfin in ihr regt. Sie will endlich von der Leine gelassen werden, aber Claire widersetzt sich. Sie traut der wilden Selbstvergessenheit nicht, die sie befällt, sobald sie sich verwandelt hat. Sie hat Angst, sie könnte in Panik ausbrechen, die Kontrolle verlieren und am Ende versuchen, sich durch die Wände zu graben, bis ihr das Fleisch in Fetzen von den Fingern hängt.

Claire konzentriert sich, als könnte sie mit bloßer Willenskraft durch die Dunkelheit sehen, und schon bald beginnen ihre Augäpfel zu schmerzen. Es fühlt sich an, als würden sie gleich platzen, und dann hört sie auch noch Pucks bellendes Lachen. Von Wänden und Decken, aus den endlosen Tunneln und Gängen um sie herum hallt es wider. Könnte noch fünfzehn oder auch fünfzig Schritte entfernt sein.

»Ich kann dich riechen, Kleine«, flüstert Puck direkt neben ihrem Ohr. Das Blut in seinem Mund lässt die Worte klingen wie ein Gurren.

Sie sind seit einer Stunde hier unten, schätzt Patrick. Sie haben rieselnden Sand gehört, flatternde Fledermäuse und Lavabrocken, die sich mit einem leisen Klicken von der Decke lösen und mit einem polternden Knall auf dem Boden aufschlagen. Einmal flitzte etwas mit roten Augen durch den Lichtkegel seiner Taschenlampe, verschwand und tauchte nie wieder auf.

Miriam zuckt unter seiner Berührung zusammen, als er ihr von hinten auf die Schulter tippt und fragt, wie weit es noch ist.

»Wie weit wohin?«, flüstert sie entnervt zurück.

»Zu Claire.«

»Keine Ahnung. Hier unten gibt es Dutzende versteckte Winkel.«

Im Schein der Lampe taucht die Küche auf. Patrick ist nicht zum ersten Mal überrascht, wie gut ausgestattet der Unterschlupf ist. Er weiß selbst nicht, was er erwartet hatte – Strohmatten und Tierhäute als Betten, eine Feuerstelle mit abgenagten Knochen vielleicht –, aber bestimmt nicht das: Gläser und Messer und Töpfe blinken ihm entgegen, in einer Ecke steht ein Kühlschrank mit Magnetaufklebern, auf einer Anrichte liegt in einer kleinen braunen Pfütze eine umgekippte Cola-light-Dose. Der Geruch von frisch geschnittenen Chilischoten liegt in der Luft.

Miriam wirft einen Blick in den Kühlschrank und lässt die Hand kurz auf dem Türgriff liegen, als wäre sie einen Moment lang in Erinnerungen versunken.

Patrick hört ein Plätschern und sucht nach dem Ursprung des Geräuschs. Zwischen zwei Schränken glitzert die Wand, als wäre sie feucht. Eine Schöpfkelle funkelt silbrig. Dann sieht er das kleine Rinnsal, das sich aus einer Öffnung in ein Steinbecken ergießt, das so groß ist, dass er hineinspringen könnte.

Und er sieht eine Reflexion in dem Wasserfilm auf der Wand, eine flimmernde Silhouette, die aus einer Tunnelöffnung auf ihn zugerannt kommt. Patrick wirbelt herum, reißt Taschenlampe und Pistole hoch und will gerade abdrücken, als er sie im letzten Moment erkennt: Claire.

Der weiße Lichtpunkt auf ihrer Brust wird immer kleiner und schließt sich wie ein Auge, als er Claire in seinen Armen auffängt. Blut leuchtet auf ihrem aschfahlen Gesicht, und sie hört erst auf, sich zu wehren, als Patrick mehrmals ihren Namen sagt.

»Lauf!« Claire reißt sich los und zerrt Patrick an der Jacke hinter sich her.

Patrick sieht aus dem Augenwinkel eine Bewegung und schlägt hart zu Boden. Seine Rippen brennen wie Feuer, und er verliert um ein Haar das Bewusstsein. Die Taschenlampe fliegt durch die Luft, Schatten zucken durch die Küche wie Gespenster. Patrick riecht Blut, vielleicht sein eigenes, neben ihm liegt jemand. Er kann nur einen leuchtenden Haarschopf erkennen und hört den röchelnden Atem des anderen. Das Geräusch klingt wie ein kehliges Gurgeln oder Knurren. Patrick rollt sich auf den Rücken, schiebt sich mit Händen und Füßen rückwärts über den Boden, als das Ding auf ihn zuspringt. Ein Schuss donnert durch die Küche und wird x-fach von den Wänden zurückgeworfen. Patrick ist so benommen von dem Dröhnen in seinen Ohren, dass er nicht einmal weiß, ob die Kugel ihn oder seinen Angreifer erwischt hat – oder überhaupt jemanden.

Ein Lichtstrahl fällt auf das Gesicht des Lykaners. Er ist kaum größer als ein Kind. Zusammengerollt liegt er auf dem Boden und schlägt mit einer Hand wild um sich, während er die andere auf seinen Bauch gepresst hält.

Miriam leuchtet ihn mit der Magnum an und feuert in den Lichtstrahl. Dreimal drückt sie ab, und mit jedem Schuss erhellt ein Blitz wie von Tageslicht die Küche. Sie geht auf ihn zu, und als sie direkt vor ihm steht, schießt sie ein letztes Mal. Seine Augen rollen nach oben, und sein Körper erzittert, als würde er gegen einen Geist ankämpfen, der versucht, von ihm Besitz zu ergreifen.

Kapitel 29

Die Feierlichkeiten sollen bei Einbruch der Dunkelheit beginnen, also in wenigen Minuten. Die Sonne wirft noch einen letzten Lichtstrahl übers Firmament und lässt die Fenster des Fox Tower und der umliegenden Einkaufs- und Bürogebäude in orangefarbenem Glanz erstrahlen. Wie ein mit Ziegeln ausgekleideter terrassierter Krater liegt der Pioneer Courthouse Square, den die Einwohner liebevoll »das Wohnzimmer« nennen, im Herzen der Innenstadt Portlands. Die Brunnen auf dem Platz sind trocken, die großen Pflanzentöpfe leer. Säulen und Bäume sind mit Girlanden und Lichterketten dekoriert, die aussehen wie verhedderte Spinnweben. Eine Straßenbahn fährt vorbei und klingelt mit einem Mitarbeiter der Heilsarmee um die Wette.

Tausende sind an diesem kalten Novemberabend auf dem Platz zusammengekommen. Sie stampfen mit den Füßen, um sich warm zu halten, kleine Kinder mit roten Weihnachtsmannmützen auf dem Kopf sitzen auf den Schultern ihrer Väter oder trinken heiße Schokolade aus Pappbechern und fragen zum hundertsten Mal, wann endlich die Lichter angehen. »Gleich, gleich«, sagen die Eltern, und alle Augen sind auf die fünfundzwanzig Meter hohe Douglasfichte in der Mitte des Platzes gerichtet.

Ein beleibter Mann mit aufgeklebtem Bart und Weihnachtsmannkostüm geht durch die Menge und ruft: »Hoho!« Er tätschelt Kinderköpfe, verteilt in durchsichtige Plastikfolie eingeschweißte Zuckerstangen, beugt sich herab und blickt freundlich die Kleinen an, die sich schüchtern hinter den Beinen ihrer Eltern verstecken.

Der Wind frischt auf und bläst funkelnde Schneekristalle von Dächern und Bäumen in den klaren Abendhimmel. Reporter von KGW, KATU und KOIN stehen mit roten Schals und schwarzen Kolanis bekleidet vor den Kamerastativen und erklären den Zuschauern, dass jede Minute der Gouverneur auf den Platz kommen wird, um am Weihnachtsbaum die Lichter zu entzünden.

»Moment«, sagt einer von ihnen, presst mit dem Zeigefinger auf den Stöpsel in seinem Ohr und blickt über die Schulter, »da ist er!«

Chase Williams trägt Cowboyhut, Sakko und Jeans. Lächelnd und mit von der Kälte geröteten Wangen kommt er flankiert von sieben Personenschützern eine Treppe hinunter, schüttelt Hände und klopft auf Schultern. Hier und da erheben sich Gemurmel und ein paar Buhrufe, aber die meisten klatschen.

Kurze Zeit später hat er die Bühne des Amphitheaters erreicht und besteigt das Podium. Das schwarze Mikrofonpult ist auf der Vorderseite leicht abgerundet und sieht ein wenig aus wie ein aufrecht stehender Sarg.

»Es ist wieder so weit, Freunde und Bürger«, sagt er ins Mikrofon, und seine Stimme schallt aus den zahllosen Lautsprechern quer über den ganzen Platz. »Die schönste Zeit des Jahres bricht an.« Mit leuchtenden Augen bewundert er die Douglasfichte, die sich dunkel vom rosafarbenen Himmel abhebt, und spricht über Weihnachten als Zeit des Friedens und der Geschenke und der Mildtätigkeit.

Er spricht weder über Lykaner noch über seine Präsidentschaftskandidatur und gibt auch sonst keinen der markigen Kommentare, für die er so bekannt ist. Stattdessen erzählt er von Zimtsternen und Plätzchen, vom Zauber der kommenden Wochen und der Gabe der Milde, schildert, wie die Weihnachtszeit auf der Rinderfarm seines Vaters war, zitiert Charles Dickens, und für ein paar Minuten sind alle glücklich. Alle blicken mit einem freundlichen Lächeln zu ihm auf, als hätte er eine Kerze in ihrem Innern entzündet, die den Platz in einem überirdischen Leuchten erstrahlen lässt, noch bevor Williams überhaupt auf den Schalter neben seinem Pult gedrückt hat. Als er es schließlich tut, schnappen die Versammelten entzückt nach Luft. Bunte Weihnachtslichter vertreiben alle Schatten von den Gesichtern, und ihre Augen glänzen wie Sterne.

Der Chor der bischöflichen Privatschule Oregons versammelt sich vor dem Baum und singt »Chestnuts Roasting on an Open Fire«. Die Stimmen der Chorknaben sind so hell und klar wie die Lichter in ihrem Rücken. Die Kinder in der Menge strahlen und schunkeln, Männer küssen ihre Frauen auf die Wange, Familien schließen sich in die Arme.

Währenddessen umkreist ein weißer Lieferwagen den Platz. »Totman Party- und Cateringdienst« lautet der schwarze Schriftzug auf der Seitenwand. Darüber flattern Trauben von bunten Luftballons im Fahrtwind. In den verspiegelten Fenstern der Fahrerkabine spiegelt sich die hell erleuchtete Douglasfichte. Nachdem der Lkw den Platz fünfmal umrundet hat, heult der Motor auf. Der Wagen beschleunigt, schert von der Straße aus und rast mit trommelnden Reifen über das Ziegelpflaster auf dem Platz.

Den Menschen am Rand der Menge bleibt keine Zeit zu reagieren. Sie werden vom Kühlergrill erschlagen, von den Reifen überrollt, unter der Karosserie zu Tode geschleift. Und dann, als wären sie durch ein unsichtbares Band miteinander verbunden, erhebt sich aus allen Kehlen gleichzeitig ein Schrei. In Panik rennen die Leute los, zuerst in die eine Richtung, dann in die andere.

Der Chor singt immer noch, als der Lieferwagen hinunter ins Amphitheater poltert. Das metallische Kreischen, mit dem das Chassis über die Stufen schrammt, übertönt die engelhaften Stimmen. Es folgt ein Krachen, Mahlen und Scheppern wie von einem gigantisch großen Werkzeugkasten, der eine steinerne Treppe hinuntergeschleudert wird. Von den Radkästen fliegen gelbe Funken auf.

Der Laster hat den Baum beinahe erreicht, als er plötzlich in einem orangefarbenen Blitz verschwindet. Ein ohrenbetäubender Knall hallt über den Platz. Rußgeschwärzte Metallfetzen fliegen durch die Luft, Flammen lecken in alle Richtungen, entzünden Kleidung und Haut. Nägel, Schrauben und kleine Edelstahlkügelchen zersieben die Luft, durchschlagen Ziegel, Beton und Fleisch.

Die Helligkeit der Explosion verscheucht für ein paar Sekunden die Nacht und taucht den Platz in teuflisches Tageslicht. Als der Feuerball wieder in sich zusammenfällt, gähnt an der Stelle des Amphitheaters ein rauchender Krater. Menschliche Körper liegen übereinander gehäuft, manche bewegen sich noch, manche nicht. Ihre Haut ist schwarz und übersät von roten Schlitzen, die aussehen wie offen stehende Münder.

Auf einer Bank sitzt eine Frau ohne Schädeldecke. Wo kurz zuvor noch ihre Haare waren, ist jetzt nur noch graue Hirnmasse. Blut rinnt ihr übers Gesicht und durchtränkt ihren Anorak. Sie scheint die Verletzung nicht zu spüren und blickt auf das Display ihres Smartphones, als überlege sie, jemanden anzurufen.

Ein halb nackter Mann taumelt über den Platz. Wie abgefallene Verbände hängen seine Kleider in roten Fetzen an ihm herunter. Die Genitalien wurden ihm abgerissen, Blut strömt an den Innenseiten seiner Oberschenkel hinunter. Einer hat keine Nase mehr, ein anderer keine Zähne. Beim Nächsten fehlt der gesamte Unterkiefer, und die Zunge hängt hinter der oberen Zahnreihe hinab ins Leere.

»Hilfe«, sagt seine Frau in einem Rudolph-the-red-nosed-Reindeer-Pulli. »Kann mir jemand helfen?« Aber selbst wenn jemand antworten könnte, sie würde es nicht hören, denn ihre Trommelfelle sind zerfetzt. Das Blut, das aus ihren Ohren quillt, lässt den Stoff an den Schultern ihres Pullovers noch röter werden. Rudolphs batteriebetriebene Nase blinkt wie die Karikatur eines Notrufsignals.

Der Weihnachtsmann liegt am Boden, alle viere von sich gestreckt. Sein Hals endet in einem roten Stumpf.

Chase sitzt in der Mitte des Platzes und hört nichts außer dem Dröhnen in seinen Ohren. Dröhnen ist das falsche Wort, es ist eher wie ein durchdringendes Pfeifen, wie das Zirpen von Millionen Zikaden. Um sich herum sieht er die anderen Opfer, blutverschmiert und verkohlt, manche kriechen, manche taumeln, andere verharren regungslos. Er sieht sie durch den aufsteigenden Rauch, angeleuchtet von den Flammen, und sein durchgeschütteltes Gehirn glaubt, er sei wieder im Krieg.

Ein Mann eilt auf ihn zu. Sein Sakko schwelt, in der Hand hält er eine Pistole. Chase erkennt ihn vage. Sein Mund bewegt sich, aber Chase hört nur die Zikaden. Ein weiterer Mann stößt zu ihm, dann noch einer. Immer mehr tauchen aus dem Rauch auf, sammeln sich um ihn und bewegen die Lippen, zirpen ihn an. Am liebsten würde er wegrennen, aber seine Glieder fühlen sich an, als wären sie ausgekugelt. Am liebsten würde er die Augen schließen und so tun, als wären diese Männer nicht da, aber sie greifen nach ihm, betatschen ihn, versuchen ihn zu bewegen und auf die Beine zu ziehen. Als es Chase zu viel wird, schlägt er nach ihnen und brüllt etwas Unverständliches.

Hinter den Rauchschwaden sieht er den Sichelmond am dunkler werdenden Himmel aufgehen. Bei dem Anblick regt sich etwas in ihm. Auf Büffels Anweisung hin hat er während der letzten vierundzwanzig Stunden kein Volpexx genommen. Für die Feierlichkeiten sollte Chase einen klaren Kopf haben. Solange er sich ruhig verhielt, konnte nichts passieren, wie Büffel ihm versicherte. Sie machten Atemübungen – Rot ein, Grün aus, Gutes ein, Schlechtes aus –, sprachen über Zwischenrufer und darüber, den Moment einfach ganz entspannt zu genießen.

Chase atmet durch den Mund. Er fühlt den rasenden Herzschlag in seiner Brust, schmeckt das Blut auf seiner Zunge, fühlt den Wolf, der sich in ihm regt. Als er plötzlich einen heftigen Stich im Hintern spürt, kommt er so ruckartig hoch auf die Knie, dass sich sein Rücken grotesk nach hinten durchbiegt.

Mit einem Kreischen wirbelt er herum und sieht Büffel vor sich stehen, der ihn fest in die Arme schließt. »Schhhhh«, sagt er, die kugelschreibergroße Beruhigungsspritze noch in der Hand. Chase spürt die Wirkung bereits, einen beruhigenden Nebel, der sich in ihm ausbreitet, jede Angst und jedes Verlangen verscheucht.

Büffel. Chase blickt seinen alten Freund dankbar an. Blut läuft ihm über die unfassbar hohe Stirn. Er möchte Büffel fragen, ob ihm etwas fehlt, aber seine Zunge kann die Worte nicht bilden. Eins von Büffels Brillengläsern ist schwarz vom Ruß, das andere klar, und Chase' Gesicht spiegelt sich darin. Trotz der Kälte hat er Schweißperlen auf der Stirn, und seine Haut ist blass, als wäre er einbalsamiert.

Zwei der Fernsehkameras funktionieren noch. Sie zoomen auf den Gouverneur und fahren dann plötzlich herum, als hinter ihnen ein Ploppen ertönt, das klingt wie Schüsse aus einer Kleinkaliberpistole. Die Objektive schwenken himmelwärts und bleiben schließlich auf den Weihnachtsbaum ausgerichtet stehen: Er brennt. Anfangs ist es nur ein gelbliches Leuchten am Rand der unteren Äste, dann breiten die Flammen sich schnell nach oben aus, fressen sich mit immer lauter werdendem Knistern und Zischen durch die Nadeln, bis sie Schreie, Autoalarmanlagen und Sirenen übertönen. Die roten und grünen und blauen elektrischen Weihnachtskerzen zerplatzen – zuerst zwei, dann sechs, dann vierzehn, wie im Zeitraffer immer schneller hintereinander – in scheinbar schwereloses

Glaspulver, das in funkelnden Wölkchen mehrere Sekunden lang über dem Baum schwebt.

Nach weniger als einer Minute haben die Flammen die gesamte Fichte erfasst. Sie ist jetzt ein leuchtender Feuerkegel, dessen sengende Hitze die Überlebenden von dem verwüsteten Platz scheucht und die Uhren, Brillen und Schuhsohlen der herumliegenden Leichen zum Schmelzen bringt. Eine schwarze Rauchsäule erhebt sich über die umstehenden Wolkenkratzer in den ansonsten klaren Himmel.

Kapitel 30

Patricks Wrangler steht vor einem Einkaufszentrum, der Motor läuft noch. Seine Hände liegen auf dem Lenkrad, eine ganze Weile schon. Shopko, Supercuts, Pizza Hut, Old-Mountain-Spirituosen steht auf den Ladenschaufenstern vor ihm. Und US-Army-Rekrutierungsbüro. Es ist Dezember, sechs Tage nach seinem achtzehnten Geburtstag. Beinahe einen Monat ist es jetzt her, dass er mit Miriam und Claire dreckig und blutverschmiert und vollkommen erschöpft aus den Höhlen entkommen ist. Erschöpft, aber am Leben. Schweigend fuhren sie in Miriams Ramcharger zurück, Claire saß in der Mitte und hatte den Kopf auf seine Schulter gelegt. Patrick zitterte geradezu vor Erleichterung und Anspannung zugleich. Vor Lebendigkeit.

Aus der Nacht war Tag geworden, während sie in den Höhlen waren. Das Brummen des Motors, das Klimpern des Kieses in den Radkästen, der Schnee, der wie ein Kristallschleier von den Ästen der Bäume fiel, die wenigen weißen Wölkchen unter der gleißenden Sonne am blauen Himmel, das Gewicht und die Wärme von Claires Kopf auf seiner Schulter – all das gab ihm ein Gefühl von unendlichem Frieden, als hätte ein Knoten in seinem Innern sich gelöst.

Bis er die Limousine mit dem Militärkennzeichen vor dem Haus seiner Mutter sah. Patrick sagte nichts, dachte nichts, sprang aus dem Wagen und rannte auf das Haus zu. Er stieß die Tür auf und rief den Namen seiner Mutter, obwohl er sie bereits auf dem kleinen Sofa sitzen sah, ihr gegenüber zwei Männer, ein Offizier und ein Priester, beide in Uniform. Die

Schirmmützen hatten sie abgenommen, um den Oberarm trugen sie ein schwarzes Band. Seine Mutter stand sofort auf, als sie ihn sah.

»Was ist passiert?«, fragten beide gleichzeitig. Seine Mutter meinte Patricks zugeschwollenes Auge, Patrick das, was wirklich zählte – den Grund, weshalb ihr Make-up sich unter einem Sturzbach von Tränen aufgelöst hatte. Als keine Antwort kam, schaute Patrick weg, zurück auf die Straße. Hinter der spiegelnden Windschutzscheibe des Ramcharger glaubte er Claires Augen zu sehen, die in seine Richtung schauten.

Es sah ein bisschen aus wie jetzt, als er auf die überfrorene Glastür des Rekrutierungsbüros starrt. Wenn in ein paar Minuten jemand vorbeikommt und versucht, etwas dahinter zu erkennen, wird er die Gestalt drinnen kaum erkennen, ob es ein Junge oder ein Mann ist, der da gerade dem Offizier hinterm Schreibtisch die Hand reicht.

Kapitel 31

Der Riese steht am Fuß eines unter Wolken verborgenen Berges. In einer langen Linie führen Fußspuren vom Wald zum Eingang einer Höhle. Sie haben eine regelrechte Schneise in den Schnee gegraben, so viele waren es. Der vereiste Windfang vor dem Eingang liegt auf dem Boden. Drei Agenten mit Sturmmasken und kugelsicheren Westen bewachen die Lichtung, drei weitere das Transformatorhäuschen ein Stück unterhalb. Der Rest des aus zwei Dutzend Männern bestehenden Teams hat das Tunnelsystem vor einer Stunde gestürmt.

»Alles sauber«, schnarrt eine Stimme aus dem Walkie-Talkie. »Jede Menge Blut, aber es ist keiner mehr da. Ende.«

Der Riese hält das Funkgerät so nahe an den Mund, dass er es beinahe mit der Zunge berührt. »Niemand«, wiederholt er.

Ein kurzes Rauschen aus dem Lautsprecher, dann: »Sie sind spurlos verschwunden.«

»Niemand verschwindet spurlos. Sie haben sich nur irgendwo andershin verkrochen«, sagt er leise, als das Walkie-Talkie bereits wieder an seinem Gürtel hängt. Die Worte sind nicht für das Einsatzteam bestimmt. »Wir werden sie finden.«

Er geht in die Knie und zieht ein unnatürlich helles Haarbüschel aus dem festgetrampelten Schnee zu seinen Füßen, rollt die Strähne zwischen seinen Fingern hin und her. An den Wurzeln hängt noch ein Stück Kopfhaut. Der Riese schnuppert kurz daran, dann steckt er das Büschel ein. »Und wenn es so weit ist, sind sie tot«, sagt er und tätschelt das Fundstück in seiner Brusttasche.

Buch II

Kapitel 32

Der braune Briefumschlag ist in der Mitte gefaltet, damit er in ihren Campusbriefkasten passt. Der Absender hat ihren Namen – oder besser gesagt: ihren jetzigen Namen, Hope Robinson – in schwarzen Großbuchstaben darauf geschrieben. Er steht in Anführungszeichen. Kein Absender, genauso wie beim letzten Mal, und der Brief wurde in Seattle gestempelt, genauso wie beim letzten Mal.

Dass manche es mit der Interpunktion nicht so genau nehmen, ist für Claire nichts Neues. »Alle Mitarbeiter müssen sich die Hände waschen« steht in Anführungszeichen über nicht wenigen Waschbecken auf Firmentoiletten. Als wäre die Anweisung ein Zitat des phobisch veranlagten Chefs. Aber wenn ihr Name in Anführungszeichen steht, ist das etwas anderes. Es muss Absicht sein.

Vor Kurzem bekam sie einen Brief mit einem Notizzettel darin. »Buh!« stand darauf. Sonst nichts. Und jetzt das. Mit spitzen Fingern dreht Claire den Umschlag um. Vielleicht steht ja auf der Rückseite etwas geschrieben. Sie hört, wie ein flacher, fester Gegenstand darin verrutscht.

Claire betrachtet die anderen Briefkästen. Es sind mehrere Tausend, jeder hat eine Nummer und ein kleines Kombinationsschloss. Die Ziffern auf den Rädchen sind von den vielen Jahren vollkommen abgegriffen. Sonst herrscht hier immer Hochbetrieb. Mitarbeiter an Informationsständen der verschiedensten Studentenorganisationen bitten um Unterschriften oder versuchen, Freiwillige anzuwerben, aber um diese späte Stunde ist der Raum dunkel und leer. Aus der Cafeteria dringen Stimmen und leise Musik an ihre Ohren. Sie hat noch bis Mitternacht offen.

Claire überlegt kurz, den Umschlag gleich hier zu öffnen, steckt ihn dann aber zusammen mit Laptop und Notizblock in ihren Rucksack. Sie wartet lieber, bis sie wirklich ungestört ist. Die Absätze ihrer glänzenden Stetson-Cowboystiefel klappern über die Fliesen. Miriam hat sie ihr vor dem Umzug nach Montana gekauft. An den Schwarzen Brettern links und rechts hängen Bandflyer, Werbeplakate für Sketchshows, Namenslisten für die Wahl der Studentenvertreter, Informationsblätter von Lykanervereinigungen. Sie flattern im Luftzug, als Claire an ihnen vorbeigeht und gegen die Glastür kracht, deren einer Flügel bereits verschlossen ist.

Die Nacht draußen ist kühl, und Claire zieht den Reißverschluss ihrer Fleecejacke bis oben hin zu. Das gesamte Gelände ist von hellen Scheinwerfern beleuchtet. Die Insekten, die sie umflattern, lassen die Lichtkegel aussehen wie aufgewühltes Wasser. Vor dem Studentenwerksgebäude steht ein Brunnen mit vier Wölfen, aus deren Mäulern Wasser in das grünlich beleuchtete Becken sprudelt. Bei der Einweisung wurde ihnen gesagt, das Gebäude sei seit der Eröffnung der Universität im Jahr 1875 unverändert geblieben. Er ist auf der Homepage abgebildet und ziert die Vorderseite aller Prospekte. Mit seinen Säulen und den venezianischen Fenstern steht es in krassem Kontrast zur Architektur des restlichen Campus, zu den gefängnisartigen, strukturlosen Betonklötzen aus den Fünfzigern mit ihren Fenstern, die sich nicht öffnen lassen.

Claire geht über den rechteckigen Innenhof hinüber zum Wohnflügel. Ihre Hand liegt auf dem Griff des Messers in ihrer Tasche, die Augen springen zwischen Bäumen und Gebüschen und den Schatten dazwischen hin und her. Nicht weit entfernt steht eine Notrufsäule mit Blaulicht, eine von Dutzenden auf dem Gelände. Claire braucht nur auf den roten Rufknopf zu drücken, schon kommt einer der Wachleute angerannt, die ständig auf dem Campus patrouillieren. Sie haben Netze und Elektroschocker, Betäubungsspritzen und Pistolen. Eigentlich sollte sie das beruhigen, tut es aber nicht. Jede Woche finden sie tote Hunde auf dem Campus. Immer wieder werden die Wände der Gebäude mit Pentagrammen beschmiert, Würgehalsbänder hängen an den Bäumen wie Lametta – alles in allem nichts Neues, aber seit dem Bombenanschlag auf den Courthouse Square haben die Anfeindungen gegen Lykaner noch einmal deutlich zugenommen, und der Campus ist ein dankbares Ziel. Auf Fox News lief kürzlich sogar ein Beitrag, in dem die Frage gestellt wurde, ob hier nicht heimlich Terroristen ausgebildet werden.

Ironie des Schicksals. »Hier bist du in Sicherheit«, hatte Miriam zu ihr gesagt. Ein neuer Name, ein neues Leben: Sicherheit. Miriam hatte das Gefühl, das schuldete sie ihrem Bruder. Sie verfügt über gute Kontakte zu Lykanern und Sympathisanten, und die hat sie spielen lassen, um Claire ein Bankkonto zu verschaffen, die nötigen Dokumente und Abschriften, einen Führerschein samt Geburtsurkunde und Lykanerregistrierung. »Damit kannst du zwar keinen Flug buchen, aber für die William Archer reicht es«, sagte sie.

Claire färbte ihre Haare walnussbraun, und Miriam half ihr dabei. Sie kaufte ihr eine Brille mit dickem, schwarzem Rahmen und erklärte, für die nächsten paar Jahre würde Claire – nein, Hope – sich um ihrer eigenen Sicherheit willen bedeckt halten müssen. Am besten sollte sie sich voll und ganz in ihr Studium vertiefen. »Vergiss den Jungen«, sagte Miriam, die Patrick so gut wie nie beim Namen nannte. Für sie war er »der Junge«, und der Junge hatte sie verraten, hatte sich freiwillig zur Armee gemeldet, nachdem sein Vater in der Republik verschollen war. Eigentlich wollte Claire ihn dafür genauso hassen, wie Miriam es tat, aber sie hatte nicht die Kraft dazu.

Sie würden in Kontakt bleiben, aber Miriam hatte in der

Zwischenzeit ein paar Dinge zu erledigen. Als Claire fragte, ob diese Dinge etwas mit Jeremys Verhaftung nach dem Bombenanschlag zu tun hatten, erwiderte Miriam nichts. Auch sonst hat Miriam, seit sie sich Ende August am Bahnhof von Portland mit einer steifen Umarmung und einem knappen »bis dann« von ihr verabschiedete, nichts von sich hören lassen. »Bis bald«, hatte Claire tonlos erwidert.

Jetzt ist es Oktober. Bald wird die Kälte Insekten und Blätter vertreiben und das Gras unter einer weißen Decke begraben. Der Campus liegt in der Nähe von Missoula, in einem kesselartigen Tal am Rand der Rockies. Die Lage und all die Sicherheitsvorkehrungen lassen den Campus erscheinen wie eine Kaserne.

Am Himmel leuchtet der Halbmond. Ein Flugzeug fliegt vorüber und lässt die Sterne kurz verschwinden. Claire denkt an ferne Orte, an Patrick. Verdammter Mistkerl. Ab und zu schreiben sie sich E-Mails. Ab und zu googelt sie seinen Namen und seine Einheit, die Namen der Gefallenen, aber nur wenn sie es ansonsten gar nicht mehr aushält. Wie ein Gespenst hängt die Atemwolke aus Claires Mund in der Luft und verwirbelt sich, als sie hindurchgeht. Die Flügel des Wohnheims sind zu einem Fünfeck angeordnet. In der Mitte befindet sich ein Innenhof mit Bänken zum Sitzen.

Als Claire durch die Eingangstür geht, beschlägt ihre Brille. Statt sie abzuwischen, schiebt sie das Gestell einfach nach oben. Die Gläser sind ohnehin fake. Claire weiß, sie muss vorsichtiger sein, wenn sie nicht eines Tages wegen irgendeiner gedankenverlorenen Geste in Schwierigkeiten geraten will. Sie geht die Treppe hinauf, überprüft den Flur und sperrt schließlich die Zimmertür auf. Das Licht brennt, aber es ist niemand da. Andrea, ihre Mitbewohnerin, ist irgendwo unterwegs. Wahrscheinlich ist sie oben und trinkt mit Freunden, obwohl es mitten in der Woche ist.

Claire verspürt eine Mischung aus Erleichterung und Leere, und diese Leere frisst an ihr. Als sie die Tür schließt und den Rucksack vom Rücken gleiten lässt, kommt sie sich vor wie ein ausgehöhltes Schneckenhaus, das unter dem kleinsten bisschen Druck zu Staub zerbröselt.

Ein Streifen Mondlicht dringt durch die Fenster herein. Claire blinzelt, als sie die Jalousien schließt.

Bis auf die Löcher von den Reißzwecken und ein paar Klebebandstückchen an den Stellen, wo einmal Poster gehangen haben, ist die Wand über Claires Bett kahl. Die Bücher in ihrem Regal sind alphabetisch geordnet, ihre Anziehsachen hat sie ordentlich gefaltet in Schubladen einsortiert, die Socken sind nach Farben sortiert in geraden Reihen angeordnet: weiß, braun, grau und schwarz. Früher war sie nicht so, aber Claire braucht diese Ordnung als Gegengewicht zu dem Chaos, das vor zwei Monaten in ihr Leben Einzug gehalten hat. Sie weiß, es ist nicht mehr als eine Selbsttäuschung, ein Trugbild von Ordnung, aber das ist ihr egal. Die Ordnung hilft ihr.

Aus demselben Grund kann Claire das Zimmer und ihre Mitbewohnerin kaum ertragen. In Andreas Hälfte liegen so viele Chipstüten, Spitzen-BHs, Jogginghosen, T-Shirts und leere Cherry-Cola-Dosen auf dem Boden, dass der Teppich darunter kaum zu sehen ist. Kein einziges Mal hat Andrea während der letzten zwei Monate ihr Bett gemacht. Die Decke liegt zu einem U zusammengeknüllt da und grinst Claire verächtlich an. Die Wand darüber ist übersät mit Ausschnitten aus *US Weekly* und Fotos von Freunden, wie sie am Strand liegen, um ein Lagerfeuer herumsitzen oder eine Party feiern. Sie küssen in die Kamera, liegen sich in den Armen, halten Bierflaschen hoch.

Wenn Claire diese Wand ansieht, fühlt sie sich unendlich allein. Sie hat keine Fotos, keine Vergangenheit, keine Geschichte. Jedes Mal, wenn Claire an ihre Eltern denkt und in Selbstmitleid versinkt, versucht sie, es mit aller Kraft niederzukämpfen.

Claire kramt den Brief aus ihrem Rucksack und reißt ihn auf.

Im ersten Moment sieht sie nur einen leeren dunklen Schlitz. Sie greift hinein und spürt etwas Flaches, Hartes. Es ist eine DVD. Sie glänzt kurz im Licht der Zimmerlampe, als Claire sie in den Player neben dem Fernseher schiebt. Mit einem Surren springt das Laufwerk an. Claire hat keine Ahnung, was auf sie zukommt. Ihr Kopf ist genauso leer wie der Umschlag, den sie einfach auf den Boden fallen lässt. Sie verschränkt die Arme vor der Brust, macht ein paar Schritte zurück und stolpert um ein Haar über Andreas Kleiderhaufen.

Claire sieht ein Gebäude, ein Motel dem Anschein nach, aber es gibt kein Schild. Das Bild wackelt. Das Rascheln des Windes im Mikrofon ist das einzige Geräusch. Offensichtlich wurde der Film mit einer Handkamera aufgenommen. Außer dem Motel und der brüchigen Asphaltdecke auf dem Parkplatz ist nichts zu sehen. Da entdeckt Claire die Motorhaube eines silber-schwarzen Ramcharger und hält den Atem an. Er steht vor dem Zimmer ganz am Rand des braunen einstöckigen Gebäudes. Über dem Dach ist gerade noch das Grün von Bäumen zu erkennen, die irgendwo dahinter stehen. Die Kamera zoomt auf eine der Zimmertüren. Nummer sieben. Fünf Minuten lang, die Claire vorkommen wie eine Ewigkeit, passiert nichts. Dann geht die Tür auf, und Miriam kommt aus dem Zimmer. Misstrauisch schaut sie hinaus auf den Parkplatz. Ihre Haare sind länger, sie hat sie zu einem Pferdeschwanz zusammengebunden, und sie trägt eine dunkle Sonnenbrille, aber die steife Haltung und der angespannte Kiefer sind unverkennbar. Schließlich sperrt sie die Tür ab, klettert in ihren Wagen und braust davon. Dreißig Sekunden lang zeigt das Bild den leeren Parkplatz, dann endet die Aufzeichnung.

Kapitel 33

Es gibt tausend Arten, sich wachzuhalten, wie der Ausbilder Patrick erklärt hat. Kaffee trinken, Koffeintabletten kauen, einen Muskel nach dem anderen dreißig Sekunden lang anspannen oder das Lied der Marines singen. »Von den Hallen Montezumas bis zur Küste Nassaus kämpfen wir die Schlachten unseres Landes, in der Luft, zu Land und zu Wasser.« Oder sich die Aufgaben eines Soldaten auf Wache ins Gedächtnis rufen: Den Stützpunkt und sämtliches Regierungseigentum im Umkreis im Auge behalten. Dem Wachoffizier sofort jede Unregelmäßigkeit melden. Alle Personen auf oder in der Nähe des Stützpunkts, die sich verdächtig verhalten, unverzüglich in Gewahrsam nehmen. Patrick könnte noch ewig weiter vor sich hin rezitieren, aber die Gefahr, während einer Wachschicht mit Trevor einzuschlafen, ist gleich null.

Trevor ist neunzehn. Er kommt aus Tuscaloosa in Alabama. Statt Haaren hat er eine rote Drahtbürste auf dem Kopf, und er hört nie auf zu reden. Nie. Sein heller Teint ist vor lauter Sommersprossen kaum zu sehen, und in der Backe hat er stets ein Päckchen Kautabak, das seinen Atem nach roten Beeren riechen lässt. Er spricht davon, dass er bei der Footballmannschaft der Tuscaloosa High der Placekicker war und dass niemand begreifen will, wie wichtig der Placekicker ist. Dabei entscheidet die Leistung des Placekickers verdammt oft über Sieg oder Niederlage. Er erzählt von Archibald's, was für ihn das beste Grillrestaurant der Welt ist, auch wenn es in keinem Telefonbuch steht und nicht einmal ein Schild draußen hängt.

Von außen sieht es aus wie ein ganz normales Haus, vor dem die unterschiedlichsten Leute Schlange stehen, erklärt Trevor. Leute, die einen zwanzig Jahre alten Buick fahren genauso wie Leute, die in einem funkelnagelneuen Lexus hergekommen sind. Alle stehen sie Schlange für ihre vier Scheiben Wonder Bread mit Spareribs und kriegen einen Orgasmus, wenn sie sie endlich haben. Er erzählt von dem Tornado mit einer Meile Durchmesser, der vor gar nicht so langer Zeit durch Tuscaloosa gefegt ist, und dass er früher immer Witze über die vielen Kirchen in dem Kaff gemacht hat. Aber bei Gott, nach dem Tornado war es die Kirche, die jedem ein Dach über dem Kopf gab, der keins mehr hatte, und jeden, der nichts mehr zu essen hatte, mit einer warmen Mahlzeit versorgte. Trevor arbeitete gerade in dem Gemischtwarenladen, als der Tornado über die Stadt hereinbrach. Er konnte sich gerade noch unter die Kassentheke retten. Alles um ihn herum ist in sich zusammengestürzt, aber er konnte sich aus eigener Kraft aus den Trümmern befreien, und den Rest des Tages hat er damit verbracht, Verschüttete auszubuddeln. So war das damals bei diesem Tornado.

Patrick hört dem Wortschwall nur mit einem halben Ohr zu. Die Nacht beansprucht seine ganze Aufmerksamkeit. Die Nacht, die von Tag zu Tag länger wird. Die Nacht, die alles unter ihrem dunklen Schleier verbirgt, was sich im Umkreis des Stützpunkts und ihres zehn Meter hohen Wachturms befindet. Das Lager ist stockfinster, aber draußen funkeln Schnee und NATO-Stacheldrahtzaun nur so im grellen Licht der Flutlichtscheinwerfer.

Auf den Sandsäcken vor Patrick ruhen die Zweibeinstative ihrer M4-Karabiner, Schwenkbereich fünfundvierzig Grad. Darunter liegen drei Packungen Munition, ein Funkgerät und eine Tüte voll gefrorener Sonnenblumenkerne. Manchmal späht Patrick mit zusammengekniffenen Augen in die Dunkelheit, manchmal benutzt er das Fernglas. Der Stützpunkt liegt an einer kahlen Hügelflanke. Kein Baum, kein Busch wächst hier, nicht einmal Unkraut. Erst an den Rändern des benachbarten fünfzig Meilen langen und sieben Meilen breiten Tals beginnt der Nadelwald.

Jenseits der Flutlichtscheinwerfer ist alles schwarz. Der Halbmond schafft es gerade mal so über die Felsspitzen. Irgendwo in der Ferne schimmern die Straßenlaternen Hiisis und die unirdische Lichtkuppel über der Tuonela-Uranmine. Sie ist so groß wie eine Stadt, ganz aus Stahl erbaut und Tag und Nacht in Betrieb. Rote Lichter blinken an den Schornsteinen, die unaufhörlich schwarze Wolken in den Himmel spucken. Wenn Patrick das Fernglas zur Hand nehmen würde, könnte er die Waggons und Lastwagen sehen, die Grubenaufzüge und Förderbänder, aber danach wäre er für mehrere Minuten so gut wie nachtblind. Wenn der Wind richtig steht, hört er das Piepen der Kipplaster, das Rumsen und Quietschen, mit dem das Erz beim Abladen über die Ladefläche rutscht, und den Donner der Dynamitexplosionen.

Ein frisch beladener Zug verlässt ratternd das Minengelände und stößt ein klagendes Pfeifen aus, das sich mit dem Heulen der Wölfe in den umliegenden Bergen vermischt. Die Mine ist der Grund dafür, dass es diesen Stützpunkt überhaupt gibt. Wegen dieser einen und dem anderen knappen Dutzend in der Republik, die alle Alliance Energy gehören, sind die USA überhaupt in Lupos präsent. Manche nennen es einen Krieg, andere einen Konflikt, wieder andere eine Besetzung. Manche halten es für einen Fehler, andere für notwendig, einige nennen es endlos. Es ist, was es ist, und das schon seit 1948, dem Jahr, in dem die Republik als paramilitärischer, mehrheitlich von Lykanern bewohnter Staat errichtet wurde. Egal wie diese oder jene ihn nennen und was sie davon halten. Nichts in der Welt wird daran etwas ändern. Patrick weiß, die Republik braucht die USA, und die USA brauchen die Republik. Es ist wie ein Tumor, der untrennbar mit dem Gehirn verwachsen ist und sich nicht mehr operieren lässt. Sie können nicht mehr ohne einander existieren, selbst wenn sie wollten.

Die letzte offizielle Erhebung ergab eine Bevölkerungszahl von 5 507 300, alle infiziert. Eine Zahl, die in keinem Verhältnis steht zu den vierundsechzigtausend hier stationierten US-Soldaten – hier auf diesem zwanzigtausend Quadratmeilen großen Fleckchen Erde zwischen Finnland, Russland, dem Weißen Meer und der Barentssee, das niemand haben wollte. Während der viel zu kurzen Sommer ist es von Seen und glasklaren Flüssen durchzogen, an deren Ufern Nadelwälder sprießen, die während der langen Winter unter Schnee und Eis beinahe in Vergessenheit geraten. Der heftige Wind lässt ungeschützte Haut binnen Sekunden erfrieren. Es ist ein bitterkaltes Land mit einem heiß glühenden Herzen aus giftigem Erz.

In der Ecke glüht ein Heizstrahler, der ein bisschen, aber bei Weitem nicht genug Wärme spendet. Das Thermometer daneben zeigt minus zehn Grad. Mit dem Wind sind es wahrscheinlich minus fünfzehn. Ganz in der Nähe gibt es eine Meereszunge. Als Patrick hier ankam, konnte er, wenn die Luft warm genug war und der Wind richtig stand, die Algen und das Watt riechen und die Schreie der Möwen hören. Wann immer ihm der Schnee zu viel wird, wenn seine Lippen aufplatzen und die Nase während der Wachen zu bluten anfängt, wenn er erst das Eis vom Duschkopf kratzen muss, bevor er das Wasser aufdrehen kann, ruft Patrick sich ins Gedächtnis, dass es in ein paar Monaten wärmer werden und die Welt um ihn herum dann weniger feindselig aussehen wird. Patrick stellt sich vor, wie er an einem Kiesstrand steht. Der Wind peitscht Schaum aus den Wellen, und er geht hinaus in die Brandung, atmet die salzige Luft ein und stürzt sich in den nächsten Brecher.

Im Moment trägt er eine Sturmhaube unter seinem Helm und einen dicken Wollpulli unter dem Wintertarnanzug. Immer wieder macht er Kniebeugen und stampft mit den Füßen auf, um nicht zu frieren. In der Ecke liegt ein Stapel zerfledderter Pornohefte. Manche seiner Kameraden benutzen die Heftchen, um sich warm zu halten, aber jedes Mal, wenn Patrick an eine Frau denkt, denkt er an Claire. Sie hat ihn verflucht, als er sich freiwillig meldete, und ihn einen Heuchler genannt. Hat ihm ins Gesicht gebrüllt, wie sehr er sie anwidert. Patrick hat versucht, es ihr zu erklären und ihr von seinem Vater zu erzählen, aber Claire war nicht zu beruhigen gewesen. Er würde in die Republik gehen, was für Claire einem Verrat gleichkam. Und für Patricks Mutter. Monatelang hat sie nicht auf seine E-Mails geantwortet, bis sie es eines Tages dann doch tat.

Manchmal gehen innerhalb eines Tages Dutzende Mails zwischen ihnen hin und her, und manchmal herrscht wochenlanges eisiges Schweigen, ausgelöst durch eine Meinungsverschiedenheit, die meistens mit den Unterschieden zwischen Infizierten und nicht Infizierten zu tun hat. Sie kann es nie dabei belassen. Immer wenn Patrick denkt, der Streit wäre vorüber, kommt die nächste Mail über einen Kerl, der ein Rentnerehepaar umgebracht hat, um an ihre Pensionsschecks ranzukommen, oder über ein Experiment, bei dem die Probanden ohne mit der Wimper zu zucken einen anderen auf dem elektrischen Stuhl exekutiert hätten, über Kinderprostitution in Thailand. Aber ein nicht vorhandenes Gewissen sei nicht ansteckend, schrieb Patrick zurück, und seine Mutter antwortete: »Was hat das denn damit zu tun?« Alles, wie Patrick nach wie vor findet, während seine Mutter darauf bestand, dass es keinen Unterschied gebe zwischen ihm und ihr. »Ich beiße keine Menschen!«, lautete Patricks Antwort-Mail.

Oft genug schon ging das jetzt so, auch mit Claire. Einer von beiden wird zu aufdringlich, zu verletzend oder zu irgendwas, woraufhin der andere erklärt, er brauche eine Pause. Manchmal dauert sie eine Woche, manchmal nur einen Tag, und meistens ist es Claire, die zurückschreibt: »Okay, du hast gewonnen.«

Während er auf Wache ist, versucht Patrick, sie aus seinen Gedanken zu verbannen. Aber manchmal, wenn er nachts wach auf der Pritsche liegt und die Innenseiten seiner Augenlider anstarrt, ist es schlichtweg unmöglich. Er vertreibt sich die Zeit damit, sich die tanzenden Lichtpunkte auf seinen Lidern als einen Schwarm schillernder Libellen vorzustellen, als Wind, der über einen Teich streicht, als roten Mund – Claires Mund –, der zu Hause auf ihn wartet.

Trevor sitzt im Schneidersitz am Boden und redet immer noch, wenn er nicht gerade einen Sonnenblumenkern in seine leere Coladose spuckt. Der Wind stöhnt, und der Schnee peitscht durch die Luft. Wenn Patrick zu lange hinschaut, wenn die Wachstunden zu lang werden und Erschöpfung sich in ihm breitmacht, sieht er Dinge, die nicht da sind. Dunkelheit kann dieselben Täuschungen hervorrufen wie die Sonne – blickt man zu lange hinein, brennt sie sich in einem fest. Schwarze Umrisse huschen über seine Netzhaut. Ein Felsvorsprung wird zu einem Lykaner, ein dunkler Fleck zu einer Blutlache. Patrick stellt sich Tunnel unter der Schneedecke vor und sieht grässliche Geschöpfe, die sich darin zum Stützpunkt durchwühlen. Und er sieht seinen Vater, wie er plötzlich aus der Dunkelheit auftaucht.

Er ist einer von fünf Vermissten. Die anderen sieben aus seinem Zug sind tot, letzten November einem Hinterhalt zum Opfer gefallen. Sieben Monate ist das jetzt her. Eine lange Zeit, zu lange, um noch zu hoffen. Das hier war sein Stützpunkt, Gefechtsvorposten Tuonela. Sein Tal, seine Mine. Patrick hat darum gebeten, genau hier stationiert zu werden. Mit den Soldaten der fünf anderen Kompanien teilt er hier Waffenlager, Hangar, Schlafsäle, Latrine, Wartungshalle, Sanitäts- und Waschanlagen, die Kantine und den Freizeit- und Erholungsraum, in dem sie Gewichte stemmen, boxen, Basketball und Poker spielen, Meile um Meile auf dem Stepper herunterreißen, skypen und E-Mails schreiben. Betongebäude, eingefasst von Betonmauern, eingefasst von Stacheldraht, der so scharf ist, dass er bis auf die Knochen schneidet.

Manche rufen ihn beim Namen, aber die meisten nennen ihn nur Wunderjunge. Patrick konnte es nicht verhindern. Trotz rasiertem Schädel, trotz Uniform und trotz ständiger psychologischer Betreuung kommt er sich verloren vor, lebt ein Leben unter einem Namen, der nicht der seine ist. Ein Leben, das bestimmt wird durch die Uniform, die er trägt, und die Befehle, die andere in Uniform ihm erteilen. Sein Vater ist das Einzige, das Patricks Geist zusammenhält.

Eine Bewegung.

Jenseits der Flutlichter bewegt sich etwas auf den Stützpunkt zu. »Sei still«, sagt er zu Trevor, und Trevor verstummt.

»Was?«, fragt Trevor zurück. Als er keine Antwort bekommt, springt er auf die Beine und wirft beinahe seine M4 vom Ständer. »Was, verdammt?«

Es sind mehr als zehn, wie eine kleine schwarze Welle kommen sie den Hang hinauf auf sie zugerollt. Patrick ist seit vier Monaten hier. Während dieser Zeit wurde der Stützpunkt nur einmal von einem einzelnen Lykaner angegriffen, der auf keinen Zuruf reagierte und einfach weiterging, bis er direkt vorm Tor stand. Er zündete seinen Sprengstoffgürtel, und die in seine Jacke eingenähten Stahlkugeln rissen ein paar Löcher in den Beton. Von ihm selbst blieb praktisch nichts übrig.

Patrick richtet sein Gewehr aus und versucht, sie ins Visier zu bekommen. Aber es ist zu dunkel, sie bewegen sich zu schnell, und er verliert sie immer wieder. Patrick hebt den Kopf über das Zielfernrohr und korrigiert ein Stück nach rechts, ein wenig nach unten, dann hat er sie: Wölfe, ein ganzes Rudel. Er kann ihr Knurren hören. Sie haben einen Hirsch gestellt, der immer wieder im Schnee ausrutscht und kaum noch aufstehen kann vor Erschöpfung. Patrick hört, wie Trevor seine Waffe entsichert. »Nicht«, sagt er, aber es ist zu spät.

Fünf Schüsse, und Trevor johlt.

Patrick schließt die Augen. Als er sie wieder öffnet, humpelt der Hirsch davon, und die Wölfe zerstreuen sich. Nur einer liegt hechelnd und blutüberströmt im Schnee.

Das Funkgerät knistert. »Wachposten drei. Wir haben Schüsse gehört. Wie ist die Lage?« Dann eine zweite Stimme, lauter als die erste: »Wachhabender Offizier, Wachposten zwei. Wir haben Schüsse gehört. Wie ist die Lage?«

Patrick schüttelt den Kopf. Er weiß, der Kommandant und die Hälfte der Besatzung stehen mittlerweile senkrecht im Bett. Sie werden für den Fehlalarm büßen müssen. Statt auf Patrouille zu gehen, werden sie eine Woche lang keinen Fuß mehr außerhalb des Stützpunkts setzen, Teller waschen und die Latrinen ausbrennen.

»Wachposten Nummer eins hier. Die Schüsse, das waren wir. Kein Alarm. Nur Wölfe. Ein paar Wölfe vorm Tor.«

Kapitel 34

Es ist schon zehn nach neun. Claire ist spät dran. Normalerweise wacht sie ohne Wecker auf, geht eine Runde laufen und holt sich anschließend in der Cafeteria einen Bagel oder einen Fruchtquark. Aber gestern kam Andrea erst nach Mitternacht ins Zimmer gestolpert, wollte über irgendeinen Jungen reden und kotzte schließlich ihr Bett voll. Bis Claire alles neu bezogen, ihre Mitbewohnerin abgeduscht und mit einem Raumspray den Gallegeruch übertüncht hatte, war es schon nach zwei.

Sie schiebt sich durch die Eingangstür der Carver Hall, einem dreistöckigen Betonklotz mit hohen, schießschartenartigen Fenstern, und versucht, sich möglichst leise in den Hörsaal zu schleichen.

Geschichte der Lykaner ist für alle Erstsemester verpflichtend. In diesem Jahr sind es dreihundert. Immer im Frühling und Herbst findet die Vorlesung statt, gehalten von Professor Alan Reprobus, der sich selbst als alten Hippie bezeichnet und sich strikt weigert, E-Mail oder PowerPoint zu benutzen. Auf dem Podium stehen Tisch und Stuhl bereit, aber Reprobus setzt sich nie und geht ständig mit auf dem Rücken verschränkten Händen auf und ab, als hätte man ihm Handschellen angelegt. Er trägt Jeans, ausgebleichte T-Shirts und Motorradstiefel, hat breite Schultern und einen nicht zu übersehenden Bauch. Sein Vollbart ist lang und dünn, aber nicht so dünn wie das bisschen Haare, das noch auf seiner altersfleckigen Kopfhaut wächst. Die meiste Zeit spricht er frei, wirft nur ab und zu einen Blick auf seine Notizen. In den letzten Monaten ging es um den Ursprung von Lobos, um Lobos als die Schnittstelle zwischen Biologie und Kultur, um frühe Lykanergemeinschaften, alte Rituale und Mythen, den Genozid an den Lykanern und die Beinahe-Ausrottung während der Kreuzzüge, um die Expansion nach Westen und den Zweiten Weltkrieg.

Zweimal die Woche hält Reprobus die Vorlesung, am Freitag werden sie aufgeteilt in Gruppen von je dreißig Studenten und von einem wissenschaftlichen Mitarbeiter unterrichtet. In Claires Fall von einem höheren Semester namens Matthew Flanagan. Er ist groß und dürr und hat ein Ziegenbärtchen. Die Frisur trägt er vorne zu einem Spitz gegelt. Wenn er zu ihnen spricht, setzt er immer eine betont ernste Miene auf, trägt eine Bundfaltenhose und ein gebügeltes Hemd mit aufgekrempelten Ärmeln. Auf dem Campus hat sie ihn auch schon etwas lässiger gekleidet gesehen. Einmal spielte er Frisbee auf der großen Wiese. Als er in die Luft sprang und den Arm nach der Scheibe streckte, rutschte sein T-Shirt hoch, und Claire sah, wie sich zwischen seinen Hüftknochen imposante Bauchmuskeln spannten.

Im Moment steht er neben der Tür und verteilt kopierte Skripten. »Du kommst zu spät«, flüstert er ihr ins Ohr.

»Ich weiß«, flüstert Claire zurück und verdreht die Augen. Sie weigert sich schlichtweg, jemanden als Autorität anzuerkennen, der nur drei Jahre älter ist als sie. Claire provoziert ihn nicht offen, meldet sich aber nie zu Wort und antwortet nur zögernd, wenn Flanagan sie aufruft.

Claire reißt ihm das Skript aus der Hand. Das Papier raschelt, und der Professor schaut hinauf zur Tür.

»Miss Robinson?«, dröhnt seine Stimme durch den Hörsaal.

Wie angewurzelt bleibt Claire noch auf der Türschwelle stehen, nicht nur, weil Reprobus ihren Namen kennt, sondern weil alle sich nach ihr umdrehen. Stühle ächzen und Jacken rascheln, und Claire blickt zu Boden. Die Blicke ihrer Mitstudenten spürt sie trotzdem.

»Würden Sie nach der Vorlesung kurz zu mir kommen?«

Claire nickt und setzt sich auf den nächsten freien Stuhl. Sie wartet, bis Reprobus fortfährt und alle sich wieder der Vorlesung zuwenden, erst dann holt sie ihren Notizblock aus dem Rucksack. Die nächsten Minuten ist sie zu sehr mit ihren Gedanken beschäftigt – verachtet abwechselnd Flanagan, ihre Zimmermitbewohnerin und den Professor –, um irgendetwas von der Vorlesung mitzubekommen oder gar aufzuschreiben. Stattdessen malt sie lauter kleine Kreuzchen auf ihr Blatt, die aussehen wie Gitterstäbe vor einem Gefängnisfenster oder wie ein leeres Feld für Drei gewinnt. Plötzlich hört sie einen Namen und zuckt so heftig zusammen, dass das Papier unter dem Druck ihres Stifts zerreißt. Hat der Professor tatsächlich gerade »Balor« gesagt?

Den Zusammenhang hat sie nicht mitbekommen, aber im Moment spricht Reprobus über Lykaner – beziehungsweise Skalpwandler, wie sie damals genannt wurden – unter den amerikanischen Ureinwohnern des achtzehnten Jahrhunderts und über deren Weigerung, die Fremdherrschaft der Weißen aus dem Westen anzuerkennen. Von den Überfällen auf Siedlungen und Forts, den Tausenden, die getötet oder gebissen wurden, der Panik, die damals in den Zeitungen verbreitet wurde, von der krassen Gewalt gegen Soldaten und Zivilisten, von den Skalps, die zu Decken verarbeitet wurden, von dem Mädchen, das halb gefressen und dann an einem Fleischerhaken an einem Baum aufgehängt wurde.

»In vielerlei Hinsicht«, erklärt Reprobus, »hat sich seit Geronimo nur wenig geändert. Die Revolutionäre der Sechzigerjahre wie Howard Forrester und auch heutige Freiheitskämpfer wie Balor verwenden mehr oder weniger dieselbe Taktik.«

Howard Forrester, ihr Vater. Claires Stift fällt klappernd zu Boden, und Reprobus blickt auf. Claire hält sich eine Hand vor den Mund und tut so, als würde sie gähnen. Dass ihr Vater im

Widerstand war, wusste Claire bereits, aber seinen Namen in einer Vorlesung zu hören, ist fast schon surreal. Sie muss vorsichtiger werden, sich besser kontrollieren, auch wenn sie die Nacht davor nicht genug geschlafen hat.

Reprobus schaut sie immer noch an. Sein Mund steht offen, als würde er gleich etwas zu ihr sagen.

In den vorderen Sitzreihen hebt jemand die Hand.

»Ja?«, meint Reprobus. »Was gibt's?«

Ein Junge mit sorgfältig gescheiteltem, gelbem Haar und hellblauem Nadelstreifenhemd richtet sich in seinem Sitz auf und sagt, er finde die Wortwahl des Professors interessant. »Sie nannten Balor einen Freiheitskämpfer.«

Reprobus zupft an seinem Bart. »Vielleicht hätte ich sogenannter Freiheitskämpfer sagen sollen.«

»Soweit ich weiß, waren auch Sie in den Sechzigern im …«

Reprobus fuchtelt mit der Hand und schneidet ihm das Wort ab. »Außer meiner akademischen Qualifikation tut meine Person hier nichts zur Sache«, erklärt er und fährt mit der Vorlesung fort, als wäre nichts gewesen.

Der Junge mit dem Scheitel hebt erneut die Hand. Nachdem Reprobus nicht reagiert, lässt er sie nach einer Minute wieder sinken.

Claire spürt ein leichtes Pochen im Kopf und kann sich nicht konzentrieren. Das Einzige, was sie jetzt noch interessiert, ist die Uhr über dem Notausgang rechts vom Podium. Als der große Zeiger endlich die Zwölf erreicht, entlässt Reprobus die Studenten. Reißverschlüsse ratschen, Handys piepen, und alle außer Claire drängeln nach draußen. Als sie mit Reprobus allein ist, geht sie die Treppe hinunter zum Podium, wo der Professor gerade einen Stapel Blätter in seiner Ledertasche verstaut. Claire hat ihm noch nie direkt gegenübergestanden und ist überrascht, dass er genauso klein ist wie sie.

»Ah, Miss Robinson. Habe ich Sie in Verlegenheit gebracht vorhin?«

Claire zuckt die Achseln und versucht sich nichts anmerken zu lassen.

»Es sah aus, als wären Sie überrascht gewesen.«

Claire weiß nicht, ob er den Moment meint, als er sie vor allen anderen zurechtgewiesen hat, oder den, als er den Namen ihres Vaters erwähnte.

Er lächelt. Seine Zähne und Barthaare sind gelb verfärbt von Kaffee und Pfeifentabak. Über der Rückenlehne des Stuhls hängt seine Jacke. Sie ist unglaublich altmodisch: Wildleder mit Fransen an den Ärmeln. Er zieht sie mit einiger Mühe an und hängt sich die Ledertasche über die Schulter. »Kann ich mich darauf verlassen, dass Sie in Zukunft pünktlich sind?«

Claire nickt.

»Sehr schön. Sie werden sehen, es gibt das ein oder andere an Ihrer Geschichte, das Sie auf keinen Fall verpassen sollten.«

Jeremy Saber hat keine Ahnung, wie lange seine Verhaftung schon zurückliegt. Seine drei mal drei Meter große Zelle hat kein Fenster, es gibt weder eine Uhr noch einen Kalender, nicht den geringsten Anhaltspunkt, wie viel Zeit vergeht, ob es Stunden sind, Tage, Wochen oder Monate. Alles verschwimmt zu einem einzigen Brei, so zermürbend wie das eiskalte Wasser in den Duschen, so zäh wie der Haferschleim, den sie ihm geben, oder der Reis mit Huhn in grauer Soße. Er kann weder klar denken, noch kann er sich verwandeln, was bedeutet, dass sie ihm eine heftige Dosis Volpexx ins Essen mischen. Er hat versucht, ohne durchzuhalten, aber schließlich war der Hunger stärker. Die Zellenbeleuchtung geht nie aus, Tag und Nacht dröhnt ohrenbetäubende Musik aus den vergitterten Lautsprechern. Kein Schlaf, kein klarer Gedanke. Die einzigen Einrichtungsgegenstände sind eine Metallplatte als Bett und die Edelstahltoilettenschüssel in der Ecke. Kein Waschbecken. Mehr als einmal hat er das Wasser aus der Schüssel geschlürft, als er sich fühlte, als hätte er seit Tagen nichts mehr zu trinken oder zu essen bekommen.

Jeremys Gedanken sind wie Kaugummi. Sie lassen sich nicht greifen, haben keine Richtung. Manchmal spricht er mit sich selbst oder sieht Bilder: seine Tochter, wie sie Steine in einen Fluss wirft, der im Sonnenlicht glitzert. Wie sie Löwenzahn pflückt und ihm den Strauß überreicht. Spaghetti, die ihr von Mund und Lippen hängen wie ein Walrossbart. Seine Frau – sie ist nackt und lächelt ihn über die Schulter an, als er den Duschvorhang zur Seite schiebt. Es ist dunkel, Glühwürmchen schwirren um ihren Kopf. Gartenerde klebt an ihren Händen, und sie fährt sich durchs Haar. Sie liegt zusammengerollt auf dem Bett, das Gesicht hart und kalt wie Stein.

Er kann sich schemenhaft an seine Verhaftung erinnern. Sie waren in ihrem Unterschlupf in Sandy, in einer abgelegenen Farm mit fünf Hektar Eichen, Fichten und Brombeergestrüpp, eingefasst von Stacheldraht und umgeben von seit Langem brachliegenden Alfalfafeldern. Der Anschlag lag zwei Tage zurück. Seither hatten er und seine fünfzehn Mann kaum etwas anderes getan, als im Internet zu surfen und mit Whiskey aus Pappbechern die Nachrichten im Fernsehen zu verfolgen. Immer wieder stießen sie auf Thomas an, der den Lieferwagen gefahren und sich selbstlos geopfert hatte. Magog hatte Wache, aber es kam keine Warnung, als die Einsatzkräfte die Farm umzingelten und durch beide Zugangstüren gleichzeitig ins Haus stürmten. Sie rissen Jeremy zu Boden, fesselten ihn mit Kabelbindern und sedierten ihn, noch bevor er richtig wach war und sich verwandeln konnte.

In der Zelle kam er wieder zu sich. Er weiß nicht, ob geschossen wurde, ob die anderen getötet oder ebenfalls gefangen genommen wurden. Er weiß vieles nicht. Wo er gefangen gehalten wird, zum Beispiel, und von wem. Warum er nicht verhört wird. Ob die Medien von seiner Verhaftung wissen, und wenn ja, wie sie ihn in der Öffentlichkeit darstellen.

Nichts davon spielt jetzt eine Rolle. Er hat seinen Kopf mit voller Absicht leer werden lassen. Während der letzten Stunde spielte Britney Spears in einer Endlosschleife, und Jeremy hat ein paar Methoden gefunden, den Lärm und das Licht auszublenden, den Wahnsinn zu vermeiden, der unter seiner Pritsche lauert. Eine davon ist, das Alphabet vorwärts und rückwärts aufzusagen. Oder er stellt sich Muster in den Poren des Betons vor. Im Moment streift er auf einem Trampelpfad durch die Wälder. Er sieht eine knorrige Kiefer, geht darauf zu und zieht an einem Ast. Im Stamm öffnet sich eine Tür. Jeremy geht hinein und über eine Wendeltreppe hinunter in einen höhlenartigen Raum. Feuchte Wurzeln hängen von der Decke, in dem Teich zu seinen Füßen schwimmen glitzernde Fische. Er zieht sich aus und springt hinein.

Dort ist er jetzt, schwimmt in dem unterirdischen Teich, während er gleichzeitig vornübergebeugt auf seiner Pritsche kauert und sich die Hände auf die Ohren presst. Die Fantasieblase zerplatzt, als er merkt, dass die Musik aufgehört hat. Er ist nicht sicher, wie lange schon. Fünf Minuten vielleicht, vielleicht auch fünf Sekunden. Er lässt die Hände sinken und schreckt hoch.

Jemand ist in seiner Zelle. Diesmal ist es keiner der kahlrasierten gesichtslosen Wachsoldaten, die ihm das Essen bringen oder ihn zur Dusche begleiten, die auf keine seiner Fragen oder Bitten reagieren und Uniformen tragen, die genauso grau sind wie der meterdicke Beton um ihn herum. Dieser hier ist anders.

Er ist so groß, dass er sich geduckt haben muss, als er die Zelle betrat. Brandnarben überziehen sein Gesicht, und seine Nase zeigt leicht nach oben, als hätte jemand die Spitze abgeschnitten. Die Wülste an der Stelle, wo einmal die Augenbrauen waren, wölben sich nach oben wie Fragezeichen.

Zwei Wachen mit Aluminium-Klappstühlen kommen herein und stellen sie mit einem Abstand, als stünde ein unsichtbarer Tisch dazwischen, einander gegenüber auf. Der Mann hebt eine Hand und bedeutet Jeremy, sich zu setzen.

Nach kurzem Zögern steht Jeremy auf und geht langsam zu dem ihm zugewiesenen Platz. Als er sich setzt, werden ihm die Arme auf den Rücken gedreht und mit Handschellen an den Stuhl gefesselt, aber das überrascht ihn nicht.

Die eine Wache verlässt den Raum wieder, die andere geht neben der Tür in Habtachtstellung, die Augen auf Jeremy gerichtet.

Der Riese stellt seine Aktentasche ab und setzt – nein, er faltet sich in seinen Stuhl. Mit einem Seufzen schlägt er die Beine übereinander und legt die Hände auf das obere Knie. Jeremy sieht, dass er kaum noch Fingernägel hat. Was von ihnen übrig ist, sieht aus wie gelber Gips.

»Ich bedaure, dass ich Ihnen nicht schon früher einen Besuch abstatten konnte«, erklärt der Riese. »Ich war beschäftigt. Auf der Jagd sozusagen. Sie verstehen.«

Jeremys Wange juckt. Als er sich kratzen will, wird sein Arm von der klappernden Handschelle zurückgerissen.

Der Riese lächelt mitfühlend. »Nachdem Sie etwas Zeit zum Nachdenken hatten, denke ich, sollten wir uns nun ein bisschen unterhalten.« Er stellt die Füße nebeneinander auf den Boden und klappt seine Aktentasche auf. Die Instrumente in dem samtenen Futteral glänzen metallisch. Einen Moment lang schwebt seine Hand unentschlossen in der Luft, dann entscheidet er sich schließlich für eine Zange.

Die nächsten sechzig Minuten unterhalten sie sich. Der Riese erklärt Jeremy, dass er nie ein Buch geschrieben hat. *Die Revolution* ist nichts als ein Stapel gebundener leerer Blätter. Er hatte nie eine Widerstandsgruppe angeführt, hat nie eine Frau oder eine Tochter gehabt. Die Anschläge auf die Flugzeuge haben nie stattgefunden. Es gab keine Bombe auf dem Courthouse Square. Das alles geschah nur in seinem Kopf. Der Mensch, der er zu sein glaubt, das Leben, das er geführt zu haben glaubt, seine Anhänger, das alles existiert nicht. »Sie haben Ihr gesamtes Leben in diesem Raum verbracht und werden auch den Rest Ihres Lebens hier verbringen. Dieser Raum, diese neun Quadratmeter sind Ihre Welt. Sie sind Ihr Universum, und ich bin Ihr Gott. Und als Ihr Gott verfüge ich, dass Schmerz Ihr einziger Daseinszweck ist. Ihr Leben ist Schmerz, und Schmerz ist das einzige Wort, das Sie kennen, das Einzige, das zu fühlen Sie in der Lage sind. Schmerz.«

Fünf von Jeremys Fingernägeln sind mittlerweile der Zange zum Opfer gefallen. Wenn auch die anderen fünf weg sind, vermutet er, sind die Zehen dran, und nach den Zehen die Zähne. Und außer den Zähnen gibt es noch so viele andere Stellen an seinem Körper, bleich und verletzlich, willige Opfer für ein Skalpell, für Salz, das jemand in die Wunden streut, für Stromkabel. Vielleicht, denkt Jeremy, hört der Schmerz nie mehr auf.

Die normale Post – Kreditkarten-Werbung, Spring-Break-Flyer, Modekataloge und dergleichen – kommt normalerweise gegen zwei Uhr. Es ist ein paar Minuten nach zwei, als Claire zu den Briefkästen geht. Jede Menge Kommilitonen stehen herum, tippen Nachrichten in ihre Handys, rufen einander ihre letzten Noten zu, verabreden sich zum Kaffee. In all dem Trubel kommt Claire sich vor, als wäre sie stumm. Sie öffnet ihren Briefkasten und zieht einen Katalog von J. Crew heraus, ein Erinnerungsschreiben von Mastercard und einen großen braunen Briefumschlag.

Wieder kein Absender, wieder ist er in Seattle gestempelt, wieder steht der Name Hope Robinson in Anführungszeichen. Claire merkt erst, dass sie Richtung Ausgang geht, als die Tür aufschwingt und ihr ein keuchender kalter Wind entgegenschlägt.

Es ist der Junge mit dem gelben Scheitel und dem Nadelstreifenhemd. Francis heißt er, soweit Claire sich erinnert. Er will rein, und sie will raus, also geht er wortlos ein Stück zur Seite und hält ihr die Tür auf. Auf seinem Kinn wuchert die Akne.

»Danke«, murmelt Claire und schiebt sich vorbei.

Die Mittagssonne hat den Nebel vertrieben, und jetzt ist der Himmel strahlend blau, sogar die schneebedeckten Berge sind zu sehen. Claire will zurück in ihr Zimmer. Aber wahrscheinlich ist Andrea immer noch dort und schläft ihren Kater aus, sieht sich auf YouTube irgendwelche Videos an oder schüttet im Chatroom ihr Herz aus über den Typen von letzter Nacht. Claire beschließt, stattdessen in die Bibliothek zu gehen.

Die Bibliothek ist ihr zweitliebstes Gebäude auf dem Campus. Die Glasbauerweiterung neben dem altehrwürdigen Sandsteingebäude mit dem Säulenportal ist eine perfekte Symbiose aus Alt und Neu. Die meiste Zeit verbringt sie in den Seminaren und Einführungskursen zu Mathe, Komparatistik, Politologie und Geschichte. Aber wenn sie frei hat, geht sie in die Bibliothek, geht Andrea aus dem Weg, geht allen aus dem Weg. Claire kann sich nicht mit den anderen unterhalten. Während der endlosen Einführungs- und Kennenlernveranstaltungen stellte sich schnell heraus, dass ihre Kommilitonen gleich nach dem Namen und der Fächerkombination alles über die Familie des anderen wissen wollen, wo man herkommt und welche Pläne man für die Zukunft hat. Claire hat keine Antwort darauf. Ihre Geschichte wurde ausgelöscht, ihre Zukunft ist ungewiss. Also versteckt sie sich in der Bibliothek, wo alle schweigen.

Claire nimmt den Aufzug zum vierten Stock, geht an den Lesekabinen vorbei und verkriecht sich in einer dunklen Ecke. Sie zieht ihr Laptop aus dem Rucksack, und während es piepsend hochfährt, reißt sie den Umschlag auf. Eine weitere DVD purzelt heraus, und Claire schiebt sie ins Laufwerk.

Sie sieht eine Wiese, durch die eine Asphaltlaufbahn führt. Offensichtlich ein Park. Neben der Laufbahn steht eine Bank, dahinter ein Picknicktisch, dahinter ein paar Bäume. Graue Wolken bauschen sich am Himmel, auf der Kameralinse sind Regentropfen zu erkennen. Verblühter Löwenzahn biegt sich im Wind.

Nach ein paar Minuten taucht eine Gestalt zwischen den Bäumen auf. Es ist Miriam in schwarzem Trägerhemd und schwarzer Laufhose. Ihre Arme und Beine sicheln durch die Luft, sie sprintet. Einen Moment lang befürchtet Claire, Miriam würde verfolgt, doch dann bleibt sie stehen, stützt die Hände in die Hüften, keucht und schüttelt die Beine aus. Sie geht eine Weile auf und ab, dann läuft sie aus dem Bild, und die Kamera folgt ihr zu dem Spielplatz gleich daneben. Im Hintergrund erkennt Claire eine weitere Laufbahn, die in der Ferne zwischen den Weidenbäumen verschwindet. Miriam springt hoch, hält sich an der Turnstange fest und macht im Zeitraffertempo zehn Klimmzüge. Die Muskeln an ihren Armen und Schultern spannen sich und lassen die tätowierten Flügel zucken, als würden sie mithelfen.

Dann taucht plötzlich eine Hand im Bild auf – die Hand desjenigen, der die Kamera hält. Wie eine Pranke schlägt sie nach Miriam und verschwindet dann wieder. Das Ganze dauert nur den Bruchteil einer Sekunde, und Claire weiß nicht, ob sie richtig gesehen hat, ob sie die Hand tatsächlich erkannt hat. Sie spult zurück und drückt auf Pause, sobald die Bewegung im Bild zu erkennen ist. Da ist sie, verschwommen zwar, aber es gibt keinen Zweifel. Die perspektivische Verzerrung lässt die Hand so groß erscheinen, als könnte sie Miriam zerquetschen, und das, obwohl Zeige- und kleiner Finger fehlen. Puck.

Von acht Uhr morgens bis zehn Uhr abends fährt jede Stunde ein Bus nach Missoula. Er ist in den Farben der Highschool lackiert, Grau und Violett. William Archer liegt ab vom Schuss, und auch wenn sie sich dort alle Mühe geben mit den kleinen Geschäften, Cafés, der Bowlingbahn, dem Bücherladen und der Bar – der Bus ist praktisch immer voll. Die Fahrt dauert zehn Minuten, und es gibt drei Haltestellen: Gewerbegebiet, Einkaufszentrum und Stadtmitte.

Claire ist zur Stadtmitte unterwegs, aber nicht wegen der Bars und Restaurants wie die meisten anderen ihrer parfümierten Kommilitonen. Sie will ins Café Diablo. Die Wände sind rot, die Kronleuchter aus dunklem Eisen, die Lederpolster brüchig, aber das Café hat einen kostenlosen Internetzugang. Auf dem Campus wird der gesamte E-Mail-Verkehr überwacht, wie Miriam ihr erklärte. Wenn überhaupt, dann soll Claire ihre Mails von außerhalb schicken. Nicht über gmail, denn dort werden die Nachrichten ebenfalls gescannt, wenn auch für Werbezwecke. Yahoo ist besser. Lost.girl176 lautet Claires Benutzername. Als Claire die Adresse für sie aufschrieb, verdrehte Miriam die Augen und fragte, warum sie nicht gleich drama.queen genommen habe.

Seit Beginn des Semesters haben sie sich erst ein paar Mal geschrieben. Ohne Namen und möglichst unkonkret. »Läuft gut«, lautete Claires erste Nachricht vom Campus. »Bin gut angekommen, und es ist hübscher hier, als ich gedacht habe.« Sie hat lange überlegt, bevor sie auf Senden drückte, war nicht sicher, was sie preisgeben darf und was nicht. Miriam hatte darauf bestanden, dass Claire weder den Namen der Highschool erwähnt noch, welche Kurse sie besucht – nichts, das Rückschlüsse auf ihre Identität zulassen könnte. Außerdem sollte sie im Diablo immer nur bar bezahlen, nicht mit der Kreditkarte, damit niemand die Zeiten, zu denen sie dort war, mit dieser oder jener E-Mail abgleichen kann, die vielleicht irgendwann irgendwo auftauchen könnte. Claire fragte Miriam, ob sie vielleicht an Verfolgungswahn leide. »Vielleicht«, bestätigte Miriam. »Aber es gibt Leute, die suchen nach uns. Solange wir unsichtbar bleiben, werden sie nichts finden.«

Claire ist erst gestern hier gewesen. Sie war jeden Tag hier, seit sie die erste DVD bekam. Mit einer Tasse grünem Tee eilt sie zu einem der Einzeltische, klappt ihr Laptop auf, wippt nervös mit dem Fuß und mustert die wenigen Gäste, die lesen oder sich bei einer Tasse Cappuccino oder einem Glas Wein unterhalten. Sie öffnet den Browser und loggt sich bei Yahoo ein, aber alles, was sie im Posteingang findet, ist eine Nachricht von Patrick. »Gestern habe ich eine Frau gesehen. Ihr Haar hatte die Farbe von Honig. Sie stand mit dem Rücken zu mir. Dachte schon, du wärst es gewesen. Hätte beinahe deinen Namen gerufen. Geht's dir gut? Denke an dich.«

Was normalerweise ein Lächeln auf Claires Gesicht gezaubert hätte, lässt sie jetzt die Stirn runzeln. Kein Lebenszeichen von Miriam. Vier E-Mails in vier Tagen und keine Antwort.

Claire hackt auf die Tastatur ein. »Heute ist noch ein Video gekommen. Du im Park. Beim Laufen. Es ist der kleine Kerl. Er lebt. Bitte antworte sofort, damit ich weiß, dass bei dir alles o.k. ist!!!« Claire liest die Nachricht noch zweimal durch, um sicherzugehen, dass sie keine kritischen Details preisgibt, dann setzt sie hastig darunter: »In Liebe, C.« In keiner ihrer Mails hat Claire bisher dieses Wort benutzt, aber es fühlt sich irgendwie richtig an.

Claire überlegt, was das Ganze soll. Sie kann sich kaum vorstellen, dass Puck Miriam beschattet. Was hätte er davon? Es muss eine Art psychologischer Zermürbungstaktik sein. Er spielt mit ihr. Vielleicht will er Claire auch zurücklocken, legt einen Köder aus, während er wie eine Spinne im Netz lauert. Oder hat Puck es doch auf Miriam abgesehen? Vielleicht hat er sie sich nur noch nicht geholt, weil er sich seiner Sache noch nicht ganz sicher ist, zuerst ihre Gewohnheiten auskundschaften und den richtigen Moment abwarten will? Vielleicht zögert er es aber auch nur hinaus wie einen Orgasmus.

Claire bleibt in dem Café, bis der letzte Bus kommt, versucht Hausaufgaben zu machen, verbringt die meiste Zeit jedoch damit, neu laden, neu laden, neu laden im E-Mail-Fenster des Browsers zu drücken. Aber nichts passiert. Schließlich schickt sie noch eine Antwort an Patrick, ganze vier Worte lang: »Geht mir nicht gut.«

Vor Claires Abreise hat Miriam ihr eine ihrer Glocks geschenkt, dazu zwei Päckchen Munition. »Hab sie immer griffbereit«, sagte sie. Nachdem Claire wieder in ihrem Zimmer ist und einen kurzen Blick hinüber zu Andrea geworfen hat, die schnarchend und mit flatternden Augenlidern im Bett liegt, holt sie die Pistole aus ihrer Schreibtischschublade und kriecht unter die Decke. Sie lässt die Waffe gesichert, legt aber den Finger auf den Abzug, bevor sie einschläft.

Kapitel 35

Letzte Nacht hat Patrick von seinem Vater geträumt. Er stand vorm Eingangstor des Stützpunkts. Der Tarnanzug hing in Fetzen an ihm herunter, rote Striemen leuchteten an Hand- und Fußgelenken, und seine nackten Füße schimmerten blau im Mondlicht. Auf seiner Schulter saß eine Krähe. Als er den Mund öffnete, kamen keine Worte daraus hervor, sondern ein höhnisches Krächzen.

Das war zu der Zeit, als der Kälteeinbruch kam, als ein Wind aus der Arktis über das Tal herfiel und die Temperatur innerhalb weniger Stunden um fünf Grad nach unten drückte. Mehrere Leitungen froren ein und platzten. Das Reparaturteam arbeitet bereits daran, aber in der Zwischenzeit bleibt ihnen nichts anderes übrig, als die Klohäuschen zu benutzen, und davon haben sie nicht genug. Exakt zwölf Stück. Zwölf Klohäuschen für den gesamten Stützpunkt. Für die Ingenieure, das medizinische Personal, die Mechaniker und Köche sowie fünf Kompanien von je dreißig Mann, die sich bei jeder Mahlzeit das Tablett so vollladen, wie es nur geht, und stolz berichten, wie oft sie zum Kacken gehen und was für einen großen Haufen sie diesmal hinterlassen haben.

Einmal am Tag müssen die Latrinen ausgebrannt werden. Patricks Zug wird diese Aufgabe übernehmen. Die Kompanien wechseln sich alle zwei Wochen ab mit den gerade anstehenden Aufgaben. Die Personenschützer eskortieren den Kommandanten und andere Offiziere in die umliegenden Städte und zur Mine. Die schnelle Eingreiftruppe bleibt im Stützpunkt, stets bereit, sofort auszurücken, falls eine Patrouille, ein Vorposten, eine der Uranminen oder eine Schlachtposition angegriffen wird. Die Präsenzpatrouillen sind je vier Stunden unterwegs, durchkämmen Gelände und Dörfer und greifen Verdächtige auf. Oder sie reden einfach nur mit den Einwohnern und verteilen Süßigkeiten an die Kinder. Bei den meisten Lykanern sind sie gern gesehen, weil ihre Anwesenheit ihnen ein Gefühl von Sicherheit vermittelt und sie dankbar sind für die Jobs in den Minen.

Dann gibt es noch die Stützpunktsicherung und Mädchenarbeit – Aufgaben, die stets den Mannschaften vorbehalten bleiben: Wache schieben, Teller waschen, Wäsche stapeln, Böden schrubben, wischen und polieren, Munition sortieren, Container voll Toilettenpapier und Lebensmitteln ausladen. Und die Latrinen ausbrennen.

Patricks Kompanie ist während der nächsten Rotation für Stützpunktsicherung und Mädchenarbeit zuständig. Jede Kompanie besteht aus drei Zügen zu je zwölf Mann, und der Sergeant wird dafür sorgen, dass Patricks Zug die Latrinen bekommt. Dank Trevor.

Sie zurren vier Klohäuschen auf der Ladefläche des Lasters fest, nehmen Rohrzangen und mit Kacke verkrustete Eisenstangen mit, Schweißerhandschuhe und mehrere Kanister Diesel. Damit fahren sie fünf Meilen gegen den Wind zu einer kohlrabenschwarzen Jauche- und Abfallgrube. Sie ist schon seit Jahren in Benutzung, und der Gestank ist bestialisch. Dort laden sie die Häuschen ab, zerren mit den Rohrzangen die Scheißebehälter heraus, übergießen den halbgefrorenen braunen Inhalt mit Diesel und zünden ihn an. Aus sicherer Entfernung beobachten sie ein paar Minuten, wie tiefschwarzer Rauch aus den brennenden Fässern in den Himmel steigt, dann müssen sie zurück in die glühende Hitze und den Gestank und rühren mit den Eisenstangen in den Fässern, damit auch alles schön verbrennt. Schon seit Tagen geht das so.

Seit die Duschen nicht mehr funktionieren, kann Patrick sich am Waschbecken abschrubben, so viel er will. Den Latrinengeruch wird er nicht mehr los.

Im Moment steht er da und lehnt sich auf die Eisenstange. Seine Augen tränen, und sein Gaumen fühlt sich wie abgestorben an von den fauligen Gasen. Trevor scheint das alles nichts auszumachen. Gerade erzählt er davon, wie er und seine Kumpels mit einer Schnur und allem, was sich als Haken verwenden ließ, immer in den Sümpfen angeln gingen. Über seinem Helm trägt er das Fell des Wolfs, den er geschossen hat. Wie eine zweite Haut hängt es über seinen ganzen Rücken hinunter. Die Kacke brennt und wirft Blasen, der Schnee um die Fässer herum schmilzt, und darunter kommt das versengte Gras zum Vorschein.

Seine Dienstzeit in der Republik hat Patrick sich anders vorgestellt.

Er sah sich in einem Humvee am Maschinengewehr sitzen. Durch von Trümmern übersäte Straßen wollte er fahren und alles niedermähen, was sich bewegt. Patrick hatte gedacht, Tuonela wäre ein Gefechtsvorposten mit Handgranaten werfen, sich ducken, sich die Ohren zuhalten, mit allem Drum und Dran also. Er dachte, er würde einem bärtigen Kerl den Gewehrkolben ins Gesicht rammen, ihn mit einem Kabelbinder fesseln und zum Stützpunkt bringen und dort den Aufenthaltsort seines Vaters aus ihm herausprügeln. Vor seinem inneren Auge sah Patrick bereits, wie er sich auf das Gelände schleicht, eine Tür eintritt, die Widerstandskämpfer vor dem Fernseher oder im Bett überrascht, sie zum Takt seiner M4 einen letzten Totentanz aufführen lässt und in einem Hinterzimmer seinen Vater findet. Er hat die Augen verbunden, ist an Händen und Füßen gefesselt, ausgehungert und geschunden, aber am Leben.

Patrick hatte sich das alles eher wie ein Videospiel ausgemalt, so, wie es in den Filmen immer aussieht. Und er hatte gedacht, er würde eine neue Gemeinschaft finden, eine stabilere, gesündere als bei Max und seinen Americans.

Stattdessen findet er sich in einem Land wieder, in dem die Menschen Angst haben und nur in Frieden gelassen werden wollen. In dem harmlose Bürger ihr Leben durch die Umtriebe extremistischer Rebellen bedroht sehen, von denen sie als Feiglinge und die amerikanischen Soldaten als Vergewaltiger und Plünderer beschimpft werden.

An Patricks erstem Abend auf dem Stützpunkt witzelte sein Ausbilder, er sei unsterblich, hielt sich eine Pistole an den Schädel und drückte ab. Das Magazin war leer, Patricks Baracke voller Rekruten, die sich vor Lachen den Bauch hielten. Der Name des Offiziers war Dave Decker. Er hatte einen Eierkopf und eine dicke, rechteckige Brille, hinter der seine Augen kaum zu erkennen waren. Er war muskulös und hatte einen breiten Hintern, den sein leichtes Hohlkreuz noch größer aussehen ließ. Sein Mund stand ständig offen wie das Maul eines Haifischs. Schließlich steckte Decker die Pistole zurück ins Halfter, schlug Patrick mit seiner Pranke auf den Rücken und erklärte, er habe natürlich nur Spaß gemacht, aber Patrick dürfe hier keine Sonderbehandlung erwarten.

Während der ersten paar Wochen versuchte er, etwas über seinen Vater in Erfahrung zu bringen. Auf dem Stützpunkt hatte gerade ein großer Wechsel stattgefunden, weil die zwölfmonatige Dienstzeit für die meisten vorüber gewesen war. Nur wenige außer den Offizieren kannten einen Keith Gamble, und für die Offiziere waren die neuen Rekruten nichts als scheißefressendes Gewürm. Sie verstanden nicht, was eine Medienschwuchtel und Prinzessin wie Patrick hier zu suchen hatte, und fragten ihn, was er eigentlich beweisen wolle. Ob er nicht wisse, dass er hier mit einem Fadenkreuz auf der Stirn rumliefe, und warum zum Teufel ein noch nicht mal den Windeln entwachsener Hosenscheißer wie er glaube, er könne einfach so einen Offizier ansprechen. Andere kamen zu ihm und sagten, »er war ein guter Mann« oder »tut mir leid für dich, Junge« oder »verdammt gutes Bier hat er gebraut, dein Vater«, was Patrick auch nicht viel weiterhalf.

Er fand schnell heraus, wie er sich gegenüber den höheren Rängen zu verhalten hatte. Sie gehörten einer anderen Rasse an. Der Kommandant, die Artillerieoffiziere, die Leutnants und Majore nahmen nicht an Einsätzen teil. Sie verließen kaum je den Stützpunkt. Sie sichteten Karten und Informationen und arbeiteten Schlachtpläne aus, die die Infanteristen dann ausführten. »Habt ihr jetzt begriffen, was ihr seid?«, brüllte Decker während eines Drills. »Ihr seid ein kleines Rädchen in der großen Tötungsmaschine.«

Die große Tötungsmaschine. Patrick ist nicht sicher, was Decker damit meinte, die Soldaten oder das gesamte Militär, den Stützpunkt oder die Republik. Vielleicht auch das Leben selbst. Vielleicht ist das Leben eine Tötungsmaschine, die wie eine Riesenkakerlake mit Kreissägen an Fühlern und Beinen alles niedermäht und nie aufhört zu fressen.

Jetzt, da er neben dieser kohlschwarzen Grube steht und die grauenvollen Dämpfe einatmet, erscheint ihm Letzteres als die wahrscheinlichste Möglichkeit. Nie hat er sich der Unterwelt, dem Tod, dem Ende, oder wie immer man es nennen mag, näher gefühlt. Patrick verflucht sich und sein Leben, seine Machtlosigkeit, und rührt weiter in dem Kackefass. Aber er ist zu unkonzentriert, seine Bewegungen sind zu ruckartig, und die brennende Brühe schwappt über. Patrick flucht noch einmal, lauter diesmal, und pfeffert die Eisenstange in hohem Bogen durch die Luft. Ein paar Meter entfernt schlägt sie mit einem eigenartigen Knirschen auf und reißt einen kleinen Brocken Erde aus dem vom Feuer aufgetauten Boden.

Patrick blickt sich um, aber niemand scheint seinen kleinen Anfall mitbekommen zu haben. Trevor ist ganz in das Gespräch mit seinem Nachbarn vertieft. Sie rühren in ihren Fässern, als wären es Suppenkessel, und diskutieren darüber, wer wohl die größere Kanone im Bett sei, Angelina Jolie oder Cameron Diaz.

Patrick geht ein paar Schritte, hebt die Eisenstange auf und sieht einen Knochen aus dem Loch ragen, das sie beim Aufprall gerissen hat. Er geht in die Knie und gräbt ein Stück weiter. Könnte ein Hunde- oder ein Wolfsschädel sein. Er hebt ihn hoch, klopft die Erde ab, die daran festhängt, und bläst die Asche aus den Augenhöhlen. Dann sieht er es: Überall, wo der Boden nicht von Schnee oder Asche bedeckt ist, ragen Knochen aus der Erde, Dutzende davon.

KAPITEL 36

Chase Williams wartet im Green Room. Eigentlich ist es das Büro des Basketballtrainers der Redmond Senior High. Er sitzt in einem Drehstuhl und nippt an einer Dose Monster Energy Drink. Auf dem Tisch vor ihm liegen Mannschaftslisten und kopierte Zettel mit Spielzügen darauf. Er trägt einen Anzugsakko, seine Jeans ist gebügelt, die Cowboystiefel sind blitzsauber. An den Wänden hängen Sportkalender und Mannschaftsfotos der Panthers.

Er war einmal einer von ihnen, gehörte zur Abschlussklasse von '85. Es ist lange her, aber die Erinnerungen sind kein bisschen verblasst: Mit seinem weißen Dodge Pick-up zur Highschool fahren und an den Wochenenden raus ins Grüne. Selbst gebastelte Böller in Mülltonnen werfen und die Beulen bestaunen, die die Detonation in das Blech schlägt. Ein Football, der ohne das kleinste Schlingern seine Hand verlässt, sich perfekt um die Längsachse dreht und im Gegenlicht der Stadionscheinwerfer verschwindet. Bullen kastrieren, Rinder füttern, ihnen Brandzeichen und Wurmkuren und Impfspritzen verpassen. Mit dem Boot raus auf den Stausee rudern und mit Mädchen nacktbaden, deren Bäuche braun sind wie Haselnüsse.

Ein Klopfen an der Tür reißt Chase aus seinen Gedanken, und er lässt den Stuhl herumschwingen. Noch bevor er »herein« sagen kann, kommt Büffel schon auf ihn zu mit diesem Blick, der Chase sagt, dass es jeden Moment losgeht. Die Lachgrübchen auf Augustus' Wangen erinnern ihn an die Plätzchenringe, die seine Mutter gebacken hat. Büffel lächelt immer, wenn er einen Raum betritt. Es ist ein breites, entspanntes Lächeln, das schließlich verblasst und einem angespannten, entschlossenen Ausdruck Platz macht, als hätte er unglaublichen Hunger und überlege gerade, was er sich zu essen bestellen soll. »Bereit?«, fragt Büffel.

»Absolut.«

In wenigen Minuten wird er auf den momentanen Amtsinhaber treffen, einen Demokraten, und dessen republikanischen Herausforderer. Es ist das zweite von drei Fernsehduellen vor den Wahlen am 6. November. Jedes findet an einem anderen Ort statt, jedes Mal darf ein anderer der Kandidaten bestimmen, wo. Chase hat bereits Spitznamen für seine Konkurrenten. Den ehemaligen Gouverneur von Massachusetts mit dem drahtigen schwarzen Haar, dem grotesk kantigen Schädel, aber ansonsten profillosen Gegen-Abtreibung-für-Todesstrafe-und-Steuersenkungen-Programm nennt er Herman Munster. Der Herausforderer, der in allen Bereichen derart liberal und kompromissbereit ist, dass keine erkennbare politische Haltung mehr übrig bleibt, heißt bei ihm Versager. Chase ist nicht nervös. Er hat es einfach nur satt. Viel lieber würde er das ganze Gerede sein lassen und sich auf andere Arten mit seinen Gegnern messen. Im Laufen zum Beispiel oder in einem Käfigkampf.

Er stellt sich vor, wie er dem Versager ein Ohr abreißt und sein Blut schmeckt. Wie Kinderhustensaft mit Kirscharoma wahrscheinlich. Chase fährt sich mit der Zunge über die Schneidezähne. Er hat es aufgegeben, dagegen anzukämpfen, hat gelernt zu akzeptieren, was aus ihm geworden ist. Sich weiter selbst zu hassen, wäre, als würde er das Hautmuster auf seinen Fingerkuppen hassen, die Sonne oder den Mond. Es gibt Dinge, die sind, was sie sind, und nichts kann daran etwas ändern.

Büffel lehnt sich an den Tisch und verschränkt die Arme vor

dem Bauch. »Hast du die Bücher zur Außenpolitik gelesen, die ich dir gegeben habe?«

»Mehr oder weniger.«

»Entweder du hast oder du hast nicht.«

»Warum soll ich lesen, was mir die Beraterstreber schon hundertmal erklärt haben? Ein paar habe ich gelesen, ein paar habe ich weggelassen. Bücher, mein Gott! Wenn sie nur alle so gut wären wie *Freakonomics.* Da erfährt man wenigstens was und wird gleichzeitig unterhalten.«

»Mein Job ist nicht, dich zu unterhalten. Mein Job ist, dich auf die anstehende Aufgabe vorzubereiten.«

Ganz langsam dreht Chase sich in seinem Stuhl im Kreis. Als er Büffel wieder anschaut, rückt der gerade mit dem Mittelfinger seine Brille zurecht. »Dir ist bewusst, dass sich diese Duelle nicht kontrollieren lassen wie eine Debatte im Stadtrat. Du weißt, dass du in der Öffentlichkeit als selbstbewusst, aber nicht gerade gebildet wahrgenommen wirst. Als eine Einmannpartei ohne richtiges Programm. Als Unabhängiger bist du weder Fisch noch Fleisch. Stimmst hier mit dem einen Konkurrenten überein und da wieder nicht. Das verwirrt die Leute. Wir brauchen etwas, das dich eindeutig von den anderen unterscheidet. Cowboy und Kriegsheld allein reicht nicht.«

»Du hast mein Leckerchen?«

Büffel mustert ihn einen Moment lang. Schließlich greift er in seine Reverstasche und wirft Chase eine Dose Volpexx zu.

Allein der Anblick lässt Chase' ganzen Körper vibrieren. Er spürt ein sofortiges, elementares Verlangen. Wie Durst. Die Dose klappert, als er sie auffängt. Er schüttelt ein paar kleine weiße Pillen und blaue Kügelchen auf den Tisch. Es ist eine Mischung aus Volpexx und Adderall. Er zerdrückt sie mit dem Boden einer Kaffeetasse und snieft das Pulver mit einem aufgerollten Geldschein. Einen Moment lang dreht sich alles, dann spürte er Büffels Hände an seinem rechten Ohr, der gerade die Hörmuschel befestigt. Er schiebt daran herum, bis sie nicht mehr zu sehen ist, hebt den Saum des Sakkos an und befestigt den Empfänger an Chase' Gürtel. Chase sitzt währenddessen mit geschlossenen Augen da und wartet, bis Büffel ihm auf die Schulter klopft.

Nach der Explosion hatte sich sein linkes Ohr sofort wieder erholt, aber das Pfeifen im anderen hielt ganze zwei Wochen an. Chase fragte sich schon, ob er überhaupt je wieder etwas damit hören würde. Nicht besonders viel, wie sich herausstellte. Hohe Stimmen versteht er besser als tiefe, und alles klingt, als hätte er einen Wattebausch im Gehörgang.

»Hab ich das richtige erwischt?«, fragt Augustus.

»Ja«, antwortet Chase und befühlt sein rechtes Ohr.

Das Bombenattentat gab den Ausschlag für seine Präsidentschaftskandidatur. Drei Tage war Chase im Krankenhaus gewesen, dann wurde er mit einer Gehirnerschütterung, Verbrennungen dritten Grades und einem geplatzten Trommelfell entlassen. Büffel lud einen AP-Fotografen in die Gouverneursvilla ein, und der machte Fotos von Chase, wie er zerschlagen und bandagiert, aber äußerst lebendig mit Stift und Papier am Schreibtisch sitzt und telefoniert – nicht kleinzukriegen, dieser Williams.

Über Nacht war Chase nicht nur Aggressor, sondern auch Opfer. Jemand, dessen Geschichte die Leute berührt und um den sie sich sammeln können. Ein Treffen mit dem Präsidenten, dem Verwaltungsdirektor und dem Aufsichtsrat der Universität von Oregon wurde vereinbart. Kurz darauf wurde das Zentrum für Lobos-Forschung eingerichtet, und zum ersten Mal seit über fünfzig Jahren eröffnete sich die Aussicht auf einen Impfstoff. Innerhalb einer Woche wurden Dutzende Klagen eingereicht, auf der Titelseite des *Time Magazine* wurde Chase in voller Uniform abgebildet, die eine Hälfte seines Gesichts von einem Schatten verdunkelt. Kurz darauf gingen die ersten Spenden ein, und wie versprochen war auch Alliance Energy unter den Gebern.

Büffel organisierte einen Vizepräsidentschaftskandidaten, einen erzkonservativen, verfassungstreuen Liebling der Waffenlobby und Senator aus Arkansas namens Pinckney Arnold. Er und Chase kennen einander nicht besonders gut – außerhalb der Wahlkampfveranstaltungen sprechen sie kaum miteinander –, aber Pinckney ist eine gute Wahl, spricht wohlbedacht und artikuliert, ist bescheiden und gottesfürchtig und damit ein gutes Gegengewicht zu Chase' Hau-drauf-Charakter. Sagt Büffel.

Chase nimmt noch einen Schluck von seinem Energydrink. Schmeckt irgendwie nach Kreide. Irgendwo hat er gehört, dass alle Muntermacher-Getränke diesen Beigeschmack haben. Nicht wegen der Inhaltsstoffe, sondern weil die Leute es so haben wollen. Was aufputscht, muss auch ein bisschen scheußlich schmecken, wenn es wirken soll. Vielleicht ist das der Grund dafür, dass die Leute sein Benehmen tolerieren, dass Chase so plötzlich vom Außenseiter zum ernsthaften Präsidentschaftskandidaten avancieren konnte. Chase macht nicht auf Vorbild und Moralapostel wie die anderen Trottel. Er macht sich vor laufender Kamera über seine Gegner lustig oder verdreht die Augen. Einmal hat er einfach das Podium verlassen, als er wütend wurde. Er fällt ihnen ins Wort, sagt, dass sie Mist reden, und flucht so oft, dass die Fernsehstationen mittlerweile mit dreißig Sekunden Verzögerung senden. Und dann wären da noch die anzüglichen Anekdoten: Weshalb man nie hinter einer niesenden Kuh stehen sollte beispielsweise, oder er erzählt, wie er sich einmal während einer Patrouille im tiefsten Winter beim Pinkeln eine Erfrierung an seinem besten Stück zugezogen hat. Und genau deshalb vertrauen die Leute ihm. »Er ist einer von uns«, sagen sie. »Ein Mensch wie du und ich.«

Wieder klopft es an der Tür. Ein junger Mann mit Koteletten und einem Clipboard in der Hand steckt den Kopf herein. »Noch zehn Minuten.«

»Danke«, sagt Büffel und bedeutet Chase mit einer Geste aufzustehen. »Lass mich dich ansehen.«

Chase dreht sich geduldig im Kreis, und Büffel pflückt ein paar Fussel von seinem Jackett, glättet ein paar Falten. Er deutet auf sein Ohr. »Du wirst auf mich hören, oder?«

»Klar. Wie immer.«

»Gut. Dann hör mir zu. Heute Abend haben wir eine kleine Überraschung für unser Publikum. Du wirst nämlich die Republik besuchen, in exakt zwei Wochen, direkt vor der Wahl. Du wirst den Stützpunkten einen Besuch abstatten und den Minen, mit den Soldaten sprechen und sich ihre Probleme anhören. Vier Jahre ist der Präsident jetzt im Amt und war noch kein einziges Mal dort.«

»Und ich lasse ihn aussehen wie ein Weichei.«

Da sind sie wieder, die Grübchen auf Büffels Wangen. »Völlig egal, was du heute Abend alles verbockst, denn daran werden die Leute sich erinnern. Das ist das Merkmal, das dich von den anderen Kandidaten unterscheidet.«

»Gefällt mir«, erwidert Chase, aber in Wahrheit wird ihm ein wenig kalt und schwindlig bei dem Gedanken. Er kommt sich vor wie auf dünnem Eis, in dem sich gerade die ersten Risse bilden. Die Republik. Oft genug spricht er von seiner Dienstzeit dort, aber die liegt über zehn Jahre zurück. Für Chase ist sie eher eine Erinnerung als ein real existierender Ort. Der Gedanke, mitten zwischen den Soldaten zu stehen, die hoffnungsvoll zu ihm aufschauen und ihm die Hand schütteln, ohne zu wissen, dass diese Hand gleichzeitig eine Pfote ist, behagt ihm nicht gerade.

Noch ein Klopfen an der Tür.

Chase spürt etwas Warmes auf der Oberlippe, und Büffel blickt ihn besorgt an. »Ich mach das«, sagt er, tupft mit einem Seidentaschentuch das Blut von Chase' Nasenlöchern und steckt es zurück in seine Brusttasche. »Perfekt.«

Kapitel 37

Die Schlange vor dem Campus-Fitnesscenter erstreckt sich durch die offene Doppeltür bis hinaus auf den Gehweg, aber die Studenten sind nicht wegen eines Basketball- oder Volleyballspiels hier. An der William Archer gibt es keinen klassischen Universitätssport, sondern nur ein paar Gymnastikkurse. Lykaner sind weder in der Collegeliga noch im Profibereich zugelassen. Das Risiko ist zu groß. Zu viel Blut, zu viel Adrenalin. Zwischenfälle und anschließende endlose Gerichtsverfahren wären vorprogrammiert.

In der Turnhalle zeigen sie ihre Ausweise vor, füllen jeweils ein Formular aus und gehen zu einer der provisorischen Sanitätskabinen, in der ein Klappstuhl und ein mit Plastikfolie abgedeckter Tisch bereitstehen. Eine Krankenschwester mit Gummihandschuhen fragt nach dem Befinden. »Gut«, sagen die meisten, »danke.« Mit einer Nadel sticht sie in die Daumenkuppe und drückt einen Tropfen Blut heraus. Zum Abschluss überreicht die Krankenschwester eine Dose Volpexx und, je nach Belieben, ein Snickers oder einen Lolli. Jeden zweiten Freitag im Monat wiederholt sich die Prozedur aufs Neue.

In der Turnhalle wimmelt es nur so von Studenten. Gummisohlen quietschen über den Holzboden, überall wird getuschelt, geflirtet und gelacht, als würde gleich ein Spiel stattfinden. Aber für Claire ist es alles andere als ein Spiel. Ihre Eltern hatten ihr immer eingeschärft, niemandem – absolut niemandem, wenn sie nicht möchte, dass sie alle ins Gefängnis wandern – von dem Arzt zu erzählen, der jeden Monat ihre Bluttests fälschte. Damals wusste Claire es nicht zu schätzen. Das kam erst später, als sie eines Abends eine heimlich aus Staceys Badezimmer stibitzte Volpexx-Tablette einnahm. Claire wurde so schummrig, dass sie noch während American Idol vor dem Fernseher einschlief.

Jeder geht anders mit den Nebenwirkungen um. Manche laufen wie ferngesteuert umher, andere versuchen den Effekt mit Koffein, Adderall oder Dexedrin auszugleichen. Bei einigen verschwinden sie mit der Zeit, und wieder andere nehmen das Medikament erst gar nicht ein, bestechen die richtigen Personen oder lassen ihre Verbindungen spielen, was wahrscheinlich immer noch besser ist, als es früher war. Claire hat Geschichten über Lobotomien gehört, die an Lykanern durchgeführt wurden. Mit langen sterilen Nadeln wurden die »fehlerhaften Schaltkreise im Gehirn« durchtrennt, wie die Ärzte es nannten. Lobos, das im Spanischen »Wolf« bedeutet und in der Medizinsprache für »Gehirnlappen« steht; Tomos, das so viel wie »Schnitt« heißt: den Wolf herausschneiden, ihn töten und den Patienten wieder zum Menschen machen. Anfang der Dreißigerjahre war diese psychochirurgische Methode weit verbreitet. Sie wurde nicht nur bei kriminellen Lykanern angewendet, sondern auch bei Schizophreniepatienten und Leuten, die manisch-depressiv waren. Unter Psychiatern galt Lobos als Geisteskrankheit, als ein außer Kontrolle geratenes Es, das sich auch auf Stoffwechsel und Körper auswirkt. Erst in den Siebzigern rückte man von dieser Praxis ab und verschrieb stattdessen Psychopharmaka, wenn auch weniger aus humanitären als vielmehr aus finanziellen Gründen. Die ständig steigende Zahl von halb hirntoten Lobotomieopfern kam Staat und Steuerzahler auf Dauer einfach zu teuer.

Den Arzt gibt es jetzt nicht mehr, aber Miriam hat über Schwarzmarktkanäle daumenkuppengroße, hautfarbene und mit Blut gefüllte Kissen organisiert. Blutgruppe 0, wie bei Claire, und das Blut darin ist mit Volpexx versetzt. Wenn Claire sie sich mit Maskenbildnerkleber auf den Finger klebt, sind sie praktisch unsichtbar. Trotzdem macht sie sich immer erst sehr spät auf den Weg in die Turnhalle, wenn die Krankenschwestern schon wässrige Augen haben von den langen Stunden und dem vielen Blut.

»Danke«, sagt Claire und nimmt den Lolli. Als sie vor ihrer Zimmertür steht, ist von ihm nichts mehr übrig bis auf den Stiel.

Heute gehört das Zimmer ihr. Andrea arbeitet den ganzen Nachmittag im Victoria's Secret Store in der Stadt, wo sie auch den größten Teil ihres dort verdienten Geldes ausgibt. Jedes Mal kommt sie mit einem neuen Oberteil, einem neuen Kajal oder neuen High Heels zurück. Auf fast jeder von Andreas Shorts steht »PINK« quer über den Hintern geschrieben.

Die nächsten vier Stunden verbringt Claire am Schreibtisch und frisst sich durch einen Stapel Bücher. Es fällt ihr schwer, sich zu konzentrieren. Ständig gehen ihr die Videoaufnahmen von Miriam durch den Kopf. Aber die Zwischenprüfungen stehen an, und sie zwingt den Stoff in sich hinein, so gut es geht.

Ihre Gedanken wandern zu Patrick. In ihren E-Mails tauschen sie sich über ihre Lieblingsfilme und -bücher aus, schicken einander Textzeilen, und der andere muss raten, von welcher Band der Song ist, oder sie debattieren darüber, wo es die besten Hamburger gibt. Es gibt auch ernstere Themen. Den Verlust der Eltern zum Beispiel oder die Besetzung der Republik. Manchmal gehen die Mails über drei Stunden hinweg fieberhaft hin und her, alle zwei Minuten eine, und manchmal herrscht Schweigen. Nicht, weil sie sich nichts zu sagen hätten, sondern weil sie nichts zu sagen brauchen – wie bei einem Paar, das unter einem Baum sitzt und die Sterne anschaut, die Stille genießt und die Nähe.

Claire nimmt die Brille ab und reibt mit dem Daumen gedankenverloren über die Gläser, wischt einen Fleck weg, wo keiner ist. Sie muss aufhören. Aufhören, an ihn zu denken. Er reißt sie aus dem Moment. Claire kann nicht in zwei Welten gleichzeitig leben. Sie muss sich auf die Gegenwart konzentrieren, braucht einen Fokus.

Sie lässt die Jalousien herunter, beugt sich über den Schreibtisch und markiert Zeile um Zeile in ihren kopierten Aufsätzen und Artikeln. Sieben bis zehn Seiten will Reprobus bis zur nächsten Vorlesung haben, und Claire hat beschlossen, über ihren Vater zu schreiben. Über dessen Rolle im Kampf um Gleichberechtigung. Claire weiß, es ist gefährlich zurückzuschauen. Die meisten Leute, vermutet sie zumindest, sehen eine Art Leiter vor sich, wenn sie an ihre Vergangenheit oder Zukunft denken. Die Leiter mag ein paar krumme Sprossen haben, oder die Farbe blättert ab, aber sie sind immer noch stabil genug, um immer weiter an ihnen hinaufzuklettern, bis durch die Wolken, wenn es sein muss. Claires Leiter hat nur eine einzige Sprosse, an der sie sich verzweifelt festhält, und die Wolken unter ihr sind dunkle Gewitterwolken.

Sie klappt ihr Laptop auf und öffnet einen Artikel aus der *Chicago Tribune,* in dem es um den Höhepunkt des lykanischen Freiheitskampfes geht, die sogenannten Tage des Zorns. Sie entdeckt das Foto von ihrem Vater, das Miriam ihr bereits gezeigt hat. Er steht auf der Treppe vor dem Gerichtsgebäude, hat den Kopf in den Nacken gelegt und brüllt aus vollem Hals. In seiner Hand hält er eine brennende Amerikafahne. Statt weiterzulesen, verweilt Claire bei dem Bild. Sie klickt auf die vergrößerte Ansicht und versucht, sich in die Szene hineinzuversetzen, in die Vergangenheit, und zum ersten Mal fallen ihr Details auf. Die drei Säulen auf dem dunklen Eingangsportal im Hintergrund. Die Strahlen der untergehenden Sonne, die jede glänzende Oberfläche auf dem Bild genauso hell leuchten lassen wie die brennende Flagge. Die Glastüren am Eingang, in denen sich die Demonstranten auf dem Vorplatz spiegeln. Den Polizisten mit Schnurrbart, der auf ihren Vater zugeht, eine Hand nach vorn gestreckt, die andere am Griff der Pistole an seinem Gürtel. Und schließlich im Vordergrund die angeschnittene Silhouette eines Mannes, der mit dem Rücken zur Kamera steht. Das Einzige, was Claire erkennen kann, sind die emporgereckte Faust und das lange, zu zwei Zöpfchen geflochtene Haar.

Claire scrollt nach unten zum nächsten Bild, dann zum nächsten und zum nächsten. Leichen auf einer von einem Bombenanschlag verwüsteten Straße. Eine nackte, von Bisswunden übersäte Frau, die die Hände vor den Kopf hebt, als wollte sie die Sanitäter abwehren, die ihr zu Hilfe eilen. Protestschilder, eine Hand, die ein Victoryzeichen macht, Kratzwunden, ein von einer Kugel zerfetzter Brustkorb, ein Fahndungsfoto von ihrem Vater, auf dem er trotzig das Kinn nach vorn reckt und direkt in die Kamera schaut.

Bei jedem dieser Bilder verweilt sie einige Zeit. Auf dem Foto mit den Opfern des Bombenanschlags sieht sie eine Frau mit dicken Beinen und Feinstrumpfhose auf dem Boden liegen. Einer ihrer Pumps fehlt, die Strumpfhose hat sich in ihre Haut gebrannt wie ein Spinnennetz. Ein Krankenwagen mit Blaulicht biegt gerade auf die Straße ein. Ein Mann sitzt auf dem Bordstein und hält sich ein Stück Stoff auf die blutende Stirn. An der Ecke ist ein Briefkasten aufgestellt. Eine Taube sitzt darauf, daneben steht ein Mann und betrachtet das Chaos. Er hat zwei lange Zöpfe.

Der Mann mit den Zöpfen. Claire scrollt zurück zum ersten Foto. Viele hatten damals lange Haare, vielleicht auch Zöpfe, aber die hier scheinen auf beiden Bildern genau gleich lang zu sein. Auch die breiten Schultern stimmen überein.

Claire geht die restlichen Artikel durch, über andere Demonstrationen in anderen Städten und in verschiedenen Jahren, und immer wieder taucht der Mann mit den Zöpfen auf den Fotos auf. Er ist nie im Zentrum, nie derjenige, der fotografiert wird. Wie eine Laterne oder ein Baum steht er halb verschwommen mal im Vorder-, mal im Hintergrund.

»Wer bist du?«, murmelt Claire.

Sie beschließt, einen kleinen Spaziergang über den Campus zu machen, um wieder einen klaren Kopf zu bekommen. Der Himmel draußen schimmert genauso golden wie die Blätter, die von den herbstlichen Bäumen fallen. Eins davon verfängt sich im Haar eines Mädchens, das mit seinem Freund knutschend auf einer Bank sitzt. Sie hat die Augen geschlossen, das Blatt kümmert sie nicht.

»Woran denkst du bei dem Wort Chemie?«, hat sie Patrick in einer ihrer letzten E-Mails gefragt, und seine Antwort lautete: »Chemie ist, wenn man jemanden trifft, und es macht klick. Alles passt, alles fließt. Wie in einem Stromkreislauf.«

»Strom ist für mich ein Buch mit sieben Siegeln«, schrieb sie zurück.

Claire hört, wie Schritte durch das Laub hinter ihr rascheln, und verlangsamt das Tempo, damit der Kerl oder das Mädchen sie überholen kann, aber die Schritte werden ebenfalls langsamer. Eine Minute lang versucht sie, das Geräusch zu ignorieren, dann fährt sie herum.

Matthew bleibt ruckartig stehen, stolpert beinahe und hebt beschwichtigend die Hände. Noch nie haben sie einander so dicht gegenübergestanden.

»Hallo«, sagt er.

»Ebenso.«

Claire geht weiter, und Matthew holt sie im Laufschritt ein. Er ist einen ganzen Kopf größer als sie, hat seine »Lehreruniform« gegen alte Doc Martens, abgewetzte Jeans und einen Fleecepulli ausgetauscht. »Wo gehst du hin?«

»Nach Hause.« Claire hat dieses Wort noch nie in Bezug auf ihr Zimmer benutzt; es ist das einzige Zuhause, das sie noch hat.

Schweigend gehen sie nebeneinander her, und Claire versucht sich mit allem Möglichen zu beschäftigen, nur nicht mit Matthew. Ein Eichhörnchen müht sich mit einem Kiefernzapfen ab. Irgendwo auf dem Campus heult ein Laubbläser. Ein Football schraubt sich in die Luft und landet in den ausgestreckten Armen irgendeines Jungen. Ihr Blick fällt auf Matthews Schatten, der sich halb mit dem ihren überlappt. »Fang jetzt bloß nicht mit Lykanergeschichte an.«

»Kein Wort.«

»Gut. Ich kann's nicht mehr hören.«

Hinter den Baumkronen ein Stück weiter vorn sieht Claire das Wohnheim und beschleunigt ihren Schritt. Matthew fällt zurück. Claire fühlt sich, als hätte sie eine unsichtbare Fessel abgeschüttelt.

»Sag mal, steckst du in irgendwelchen Schwierigkeiten?«, ruft er von hinten.

Claire bleibt stehen. Von der Kiefer neben dem Weg rieseln braune Nadeln. Sie dreht sich um und versucht Matthews Gesichtsausdruck zu deuten. Er hat die Augenbrauen nach oben gezogen und beißt sich auf die Unterlippe. »Was soll das heißen?«

Matthew schaut von links nach rechts, als wolle er sich versichern, dass niemand sie belauscht. »Ich war gestern im Sekretariat, hab mich für die Kurse fürs nächste Semester eingetragen. So ein Typ im Anzug war da, die Sekretärinnen waren ganz aufgeregt. Er hat eine Liste mit Namen überprüft. Deiner war auch drauf.«

»Versteh ich nicht.«

»Ich auch nicht. Wollt's dir nur sagen.«

Die Tür zu ihrem Zimmer ist nicht abgesperrt. Claire lässt die Hand auf dem Knauf liegen und späht den Flur entlang. Leer. Eine kaputte Glühbirne geht knisternd aus und wieder an. Hier und da steht eine Tür offen, dahinter spielt leise Musik. Sie greift in ihre Jackentasche, schließt die Finger um den Griff des Messers darin und drückt ganz langsam die Tür auf. Die Angeln quietschen.

Durchs Fenster fallen die letzten Sonnenstrahlen. Sie ist allein. Niemand unterm Bett, niemand im Wandschrank. Claire schließt die Tür und stellt ihren Rucksack ab. Als Andrea eine Sekunde später in Flipflops und in ein Handtuch gewickelt hereinkommt, schreit Claire beinahe auf. Der Geruch des Shampoos verbreitet sich im Zimmer. Andrea wirft den nassen Duschbeutel aufs Bett, zieht einen Kamm hervor und beginnt, die Knoten in ihrem Haar zu entwirren.

Claire gesteht es sich nur äußerst ungern ein, aber sie braucht Andrea. Sie könnte ihre Mitbewohnerin leicht als Vollidiotin abschreiben, aber was Computer und Grafikprogramme angeht, ist Andrea ein absolutes Genie. Während der Orientierungsphase sagte sie zu Claire: »Gib mir das Scheißding mal«, schnappte sich ihren Laptop und verbrachte die nächsten zwei Stunden damit, Software und jede Menge Musik sowie Videos darauf zu laden, das Meiste davon schwarz. Sie hat einen eigenen Blog – PinkGirl heißt er –, betreut die Homepage einer Firma in ihrer Heimatstadt Chicago und schreibt Programme für ihren Computerkurs, während sie gleichzeitig mit Freunden chattet. So gut wie jeden Abend kommt jemand mit einer Frage zu Linux hier, Kerberos da zu ihr.

»Andrea?«

»Ja.« Sie kämpft gerade mit einem besonders hartnäckigen Knoten, dreht sich halb herum und schaut Claire aus dem Augenwinkel an.

»Weißt du noch, wie du gesagt hast, wenn ich mal was brauche, soll ich's dir sagen?«

»Klar.«

»Ich brauche deine Hilfe.«

Claire muss die Klamotten auf dem Boden beiseiteschieben, damit sie ihren Stuhl neben Andreas stellen kann. Gemeinsam starren sie auf den Bildschirm des nagelneuen iMac. Claire kennt sich nicht besonders gut mit Computern aus. Word, Internet Explorer und iTunes sagen ihr gerade noch was, aber das war's dann auch schon. Sie erinnert sich noch gut, wie Andrea ihr von dem Vierkernprozessor, der HD-Grafikkarte und der FaceTime-Kamera vorgeschwärmt hat. »Schreibtisch-Nirwana« nannte sie es.

Mit einem USB-Stick überträgt Andrea die Dateien von Claires Laptop auf ihren Mac und öffnet alle gleichzeitig. Der Bildschirm sieht aus wie ein Stapel Pokerkarten. Dann kopiert sie die Bilder aus den PDFs und wandelt sie in Photoshop um. Das alles geht so schnell, dass Claire mit den Augen kaum folgen kann.

»Was willst du mit dem Kram eigentlich?«, fragt Andrea, nachdem sie sich ein paar der Fotos angesehen hat.

»Soll ein Aufsatz für Lykanergeschichte werden.« Claire deutet auf den Schirm und fragt, ob Andrea die Bilder schärfer machen kann, diese Gestalt im Hintergrund vergrößern – hier, hier und hier.

»Kein Problem.«

Claire weiß nicht genau, was Andrea als Nächstes tut. Der Mauszeiger bewegt sich viel zu schnell, wie im Zeitraffer gehen Fenster auf und wieder zu, aber es scheint etwas mit der Auflösung der Bilder zu tun zu haben.

»Eklig«, sagt Andrea, als sie das Foto von den Bombenopfern bearbeitet. Sie vergrößert einen Ausschnitt und glättet ihn, vergrößert und glättet wieder. »Besser krieg ich's nicht hin.« Das Gesicht ist unscharf und verpixelt, aber der Bart ist deutlich zu erkennen.

Als Nächstes öffnet Andrea das Bild mit Claires Vater vor dem Gerichtsgebäude und betrachtet den Rückenausschnitt im Vordergrund.

»Schätze, aus dem lässt sich wohl nichts machen«, murmelt Claire.

Andrea nickt ihr entschuldigend zu, antwortet auf eine Chatnachricht, die gerade hereingekommen ist, und beschäftigt sich wieder mit dem Foto. »Mal sehen, mal sehen«, sagt sie leise und schiebt die Bildschirmlupe über die gläserne Drehtür im Eingangsbereich. Die Sonne spiegelt sich darin. Andrea zoomt näher heran, dann noch mal, wandelt das Bild in Schwarz-Weiß um und verändert den Helligkeitswert, um das Blendlicht wegzubekommen. Wieder glätten. Die Pixel verschmelzen zu einem Spiegelbild des Mannes mit den Zöpfen. Es ist nicht gerade eine Porträtaufnahme, aber scharf genug, um ein paar Details zu erkennen. Die Hälfte des Gesichts ist von einem Vollbart bedeckt, und er trägt eine Wildlederjacke mit Fransen. Professor Alan Reprobus.

Kapitel 38

Miriam weiß, wie es ist, keine Verbündeten zu haben, wenn jeder ein potenzieller Feind ist, niemand ein Freund: Es ist verdammt schwer. Für jeden und erst recht für eine Achtzehnjährige. Ihr Bruder wollte, dass sie Claire beschützt, und das bedeutete, sie irgendwo möglichst weit weg zu verstecken. Sie musste Claire gehen lassen, egal wie schwer es ihr fiel. Je weiter weg, desto besser, desto sicherer.

Als sie vor dem Bahnhof wieder in ihren Ramcharger stieg, verriegelte sie die Türen und warf sich auf die Rückbank, damit niemand sie sehen konnte. Dann weinte Miriam. Sie zitterte nicht nur, sie wurde am ganzen Körper von Krämpfen geschüttelt. Fünf Minuten gab sie sich, dann riss sie sich zusammen, wischte die Tränen weg und fuhr ohne sich anzugurten los.

Es war Zeit, etwas zu unternehmen.

Miriam hat ein paar Nachforschungen angestellt. Aus den Zeitungsartikeln, die sie zu den Verhaftungen und dem Bombenanschlag gelesen hat, ging hervor, dass die örtliche Polizei mit einer landesweiten Behörde zusammengearbeitet hatte. Weder der Ort noch die Namen der Verhafteten wurden genannt. »Außerhalb von Portland« hieß es lediglich. Aber Miriam wusste auch so, wo der Unterschlupf ist, oder besser: war. In Sandy.

Sie fuhr zur Portland State University und schlenderte auf dem Campus umher, bis sie ein Mädchen sah, das in etwa die gleiche Statur und ein ähnliches Gesicht wie sie hatte. Mit einem breiten Lächeln ging sie auf das Mädchen zu und rief: »Cynthia! Toll, dich zu sehen!«

Das Mädchen hatte einen großen Wanderrucksack dabei und schwankte leicht unter dem Gewicht. »Ich heiße nicht Cynthia.«

»Das gibt's doch nicht! Wie peinlich! Aber du siehst ihr zum Verwechseln ähnlich. Das muss ich ihr gleich erzählen, dass sie einen heimlichen Zwilling hat«, erwiderte Miriam mit einem schrillen Lachen. »Wie heißt du dann?«

»Ich bin Kirsten. Kirsten Packer.«

»Ich werd ihr sagen, sie soll nach dir Ausschau halten. Wenn ihr euch gegenübersteht, werdet ihr beide glauben, ihr schaut in den Spiegel. Echt abgefahren. Nichts für ungut, Kirsten.«

Kirsten lächelte etwas verwirrt, schob ihren Rucksack zurecht und schlurfte weiter.

Miriam zog ihr Prepaid-Handy heraus, rief im Sekretariat an und erklärte mit panischer Stimme, sie habe ihren Geldbeutel verloren, und darin sei auch ihr Studentenausweis gewesen. »Kirsten Packer ist der Name. Lässt sich da irgendwas machen?«

Sie könne den neuen Ausweis gleich abholen, kein Problem.

Auf dem Weg zum Sekretariat kniff Miriam sich in Wangen und Lider, damit die Haut rot wurde. Vor dem Eingang blieb sie stehen und schaute dreißig Sekunden lang direkt in die Sonne, bis ihre Augen tränten. Dann ging sie hinein.

Am Schalter stand ein junger Typ, das kurze Haar zu einem Irokesen frisiert. »Ich kenn das«, meinte er. »Nervt voll. Ich hoffe, mit dem Rest geht auch alles gut.«

Miriam schob den Studentenausweis in ihre Hosentasche. »Wird's schon.«

Im Campus-Buchladen kaufte sie ein rosafarbenes Sweatshirt mit dem Aufdruck der Universität, dann fuhr sie die zwanzig Minuten zum Polizeirevier in Sandy. Dort erklärte sie,

sie studiere im Hauptfach Kriminalwissenschaften und schreibe gerade eine Arbeit über Razzien. Ob sie ein paar Polizeiberichte einsehen dürfe.

Um jünger zu erscheinen, hatte sie sich das Haar zu einem Pferdeschwanz zusammengebunden und tat so, als würde sie einen Kaugummi kauen. In der einen Hand hielt sie einen Notizblock, in der anderen ihren Studentenausweis.

Eine Frau mit Hängebacken und einem schwarzen Helm von Frisur warf einen Blick auf den Ausweis, sagte, selbstverständlich, sie müsse nur eine Verwaltungsgebühr entrichten.

Zwanzig Minuten später hatte Miriam alle Informationen, die sie brauchte. Zehn Namen, alles Mitarbeiter der örtlichen Polizei. Sie machte ein paar Anrufe, stöberte im Netz, fuhr durch die entsprechenden Stadtteile und entschied sich schließlich für Ernest Hobbes, einen Inspektor in Sandy, und Dennis Hannah, Mitglied eines SWAT-Teams des Clackamas County. Beide Single.

In Hobbes' Wohnung findet Miriam einen großen Stapel Gay-Pornos auf dem Schreibtisch, also konzentriert sie sich auf Hannah, einen stiernackigen Kerl mit Schnauzbart, der in abgeschnittenen Jeans rumläuft, den Ölwechsel an seinem Auto selbst macht und jeden Freitagabend in der Tip-Top Tavern anzutreffen ist.

Miriam streift durch die Kaufhäuser. Bei JCPenney kauft sie Pumps, bei Victoria's Secret einen Push-up-BH mit Spitzen, dazu einen Minirock, ein knappes Oberteil mit tiefem Ausschnitt und eine lange Halskette von Maurices. Fehlt nur noch das Parfüm.

Die Verkäuferinnen bei Nordstrom tragen weiße Kittel. Als sie ihr ungeschminktes Gesicht sehen, blicken sie Miriam mitfühlend an – wie Ärztinnen in einem Krankenhaus, die einer Patientin eine unangenehme Diagnose mitteilen müssen.

»Kann ich Ihnen helfen?«

»Ich brauche Lippenstift, Make-up, Rouge, Kajal. Irgendwas, das zu meinem Teint passt. Und ein gutes Parfüm. Jetzt gleich.«

Zu Hause breitet Miriam die Sachen auf ihrem Bett aus und arrangiert sie zu einem Abbild der Frau, in die sie sich verwandeln wird.

Anscheinend hat Miriam einen kleinen Kopf. Die schulterlange blonde Perücke hat die kleinste Größe, die sie in Portland bekommen konnte, und ist immer noch zu groß. Miriam muss sie festhalten wie einen Hut, als sie aus ihrem Ramcharger klettert und über den Parkplatz zum Eingang der Tip-Top Tavern geht. Die Jacke lässt sie trotz der Kälte im Wagen. Sie entspannt die Schultern, geht leicht ins Hohlkreuz, lässt ihre Hüfte bei jedem Schritt leicht hin- und herschwingen und geht durch die Tür.

Die Jukebox spielt einen Johnny-Cash-Song. In der Ecke wirft jemand auf eine Dartscheibe. Über der Bar hängt eine Uhr mit dem gelbgrünen Logo der Oregon Ducks. Hannah sitzt an einem Stehtisch und teilt sich mit einem Kumpel einen Krug Leichtbier.

Miriam lässt sich Zeit, als sie an die Bar geht. Alle sollen sie sehen. Mit übereinandergeschlagenen Beinen setzt sie sich auf einen Hocker, bestellt ein Whiskey-Cola und verfolgt das Spiel der Trail Blazers auf dem Bildschirm.

Es dauert nicht lange. Sie spürt den Typ in der braunen Lederjacke mit der aufgenähten Amerikafahne, noch bevor er etwas sagt. Er stützt den Ellbogen so dicht neben ihrem auf die Bar, dass er sie beinahe berührt.

»Kann ich dir einen ausgeben?«

Miriam hebt ihr Glas und lässt die Eiswürfel darin klimpern.

»Dann eben den nächsten.«

Sie schüttelt den Kopf.

Er redet weiter, aber Miriam gleitet bereits von ihrem Hocker herunter und geht hinüber zu Hannahs Stehtisch.

Die beiden heben gerade die Gläser an die Lippen und halten mitten in der Bewegung inne.

»Was dagegen, wenn ich mich dazusetze? Der Penner da drüben lässt mich nicht in Ruhe.«

»Absolut nicht«, erwidert Hannahs Begleiter. Er ist älter und breiter, trägt ein schwarzes Polohemd und Jeans. Am Gürtel hängen Dienstmarke und Pistole.

»Was hat er denn gesagt?«, fragt Hannah und späht über Miriams Schulter. »Sollen wir ihm ein bisschen Manieren beibringen?«

»Nicht nötig, glaube ich, solange ich bei euch sitze. Ihr seht aus, als wärt ihr zwei harte Burschen.«

Hannah lächelt, und Miriam sieht die Lücke zwischen seinen vorderen Schneidezähnen.

Zwei Krüge Bier und zwei Stunden später sitzt sie in seinem Wagen, einem Dodge Challenger. Er hat ihn unter einer Eiche geparkt, an der noch ein paar letzte braune Blätter hängen. Sein Reißverschluss ist offen, und Miriam hat seinen Schwanz in der Hand.

In der Kneipe unterhielten sie sich über die beschissene Wirtschaftslage, die Trail Blazers, über Miriams an Krebs verstorbenen Cousin und darüber, wie es so ist, als Friseurin zu arbeiten. Schließlich fragte sie, was die beiden denn so machen.

Hannah tauchte den Zeigefinger in die kleine Kondenswasserpfütze, die sich um den Krug gesammelt hatte, und berührte Miriams Handrücken. »Wir sind Polizisten.«

»Nicht möglich!«

»Doch. Sind wir.«

»Und? Ist es wie im Fernsehen, wie bei CSI?«

Die beiden lachten, schüttelten die Köpfe und sagten, die Fernsehserien seien zwar recht unterhaltsam, aber die Realität sehe dann doch etwas anders aus. Miriam wäre überrascht, wie wenig Hollywood mit dem Arbeitsalltag eines Polizisten zu tun hat.

»Erzählt mir von einer richtig harten Nummer, die ihr durchgezogen habt«, sagte Miriam mit halb ironisch, halb gespanntem Unterton. »Was richtig Gefährliches, was für echte Helden.«

Hannah wischte sich den Bierschaum vom Bart und grinste seinen Freund an. »Da gäbe es schon so ein, zwei Geschichten. Was meinst du, Paulie?«

»Und ob.«

Kurz darauf fing Hannah mit der Erstürmung des Lykanerunterschlupfs an, erzählte, wie es war, mit den arroganten Säcken von der Bundespolizei zusammenzuarbeiten, durch das hohe Gras zu schleichen und die Tür aufzubrechen, um dann das gesamte Gebäude leer vorzufinden. Bis auf einen einzigen Lykaner, der sich schließlich als *der* Lykaner herausstellte – der Typ, der dieses mittlerweile verbotene Buch geschrieben hatte. »Schon seltsam«, sagte Hannah. »Ein Typ, ganz allein. Als hätten sie ihn extra für uns dagelassen.«

Bei jedem seiner Worte ließ Miriam ihren Kiefer ein Stück weiter nach unten klappen. »Unglaublich«, sagte sie immer wieder. »Das … das war doch neulich sogar in den Nachrichten, oder?«

»Und wie«, erwiderte Hannah. »Das war 'ne richtig große, richtig gefährliche Nummer.«

Jetzt, in Hannahs Wagen, hört sie an seinem Stöhnen, dass er jeden Moment kommt. Miriam beugt sich ganz nah an ihn heran und knabbert an seinem Ohrläppchen. »Wo haben sie den Typ hingebracht? Den aus dem Unterschlupf?«

»Was?« Hannahs Augen sind glasig. Er blinzelt. »Wieso interessiert dich das?«

»Bin nur neugierig.«

»Mach weiter. Bitte.«

»Wo ist er?« Miriam zieht, und Hannahs Becken wölbt sich nach oben. »Wo ist er?«

»Sie haben ihn nach Washington gebracht«, stammelt er. »Ins Bundesgefängnis.«

Miriam lässt los und verpasst ihm eine Ohrfeige. »Für was für eine Schlampe hältst du mich eigentlich?«, fragt sie und lässt Hannah mit offenem Mund und offener Hose allein in seinem Dodge zurück.

Kapitel 39

Augustus weiß alles über Eugenik. Von 1907 bis 1940 wurden in Amerika Hunderttausende Lykaner, Homosexuelle, Arme, körperlich oder geistig Behinderte sterilisiert. In Deutschland, während der Hitlerzeit, spielten sie Gott und versuchten, einen Übermenschen zu züchten, den perfekten Arier. Juden, Zigeuner und alle, die in den Augen der Nazis einer »minderwertigen Rasse« angehörten, wurden sterilisiert oder umgebracht. Sie stellten Experimente mit ihnen an, spritzten ihnen Gifte und Krankheitserreger, setzten sie Senfgas aus und nähten sie danach wieder zusammen, tauchten sie stundenlang in eiskaltes Wasser, zwangen sie zum Sex mit Hunden, schlugen ihnen mit Hämmern die Schädel ein und untersuchten die Verletzungen am Gehirn.

Und er weiß, dass die Bürgerrechtsvereinigung, ein paar Kongressabgeordnete und die Demonstranten vor dem Weißen Haus ihn jetzt derselben Verbrechen bezichtigen. Augustus versucht, Interviews zu meiden. Chase ist sein Sprachrohr, nicht er selbst, und das muss so bleiben. Vergangenen Monat jedoch, als ein Reporter Augustus den Weg versperrte und ihm sein Mikrofon direkt unter die Nase hielt, konnte er sich nicht zurückhalten. »Alle müssen begreifen, dass es hier letztendlich um die öffentliche Gesundheit und die öffentliche Sicherheit geht. Nichts anderes ist das Ziel unserer Anstrengungen. Aids ist kein Mensch. Rinderwahn ist kein Mensch. Genauso wenig wie Schweinegrippe oder Lobos. Lobos ist ein hochgefährliches Pathogen.« Ein gewisser Anteil der Bevölkerung schien das immer noch nicht wahrhaben zu wollen. Lobos war eine Gefahr, die viele lieber ausblendeten – wie die Möglichkeit, eines Tages Krebs zu bekommen.

Aber Augustus weiß, dass er recht hat. Ohne jeden Zweifel. Das ist eine seiner herausragendsten Qualitäten, glaubt Augustus, diese absolute Gewissheit. Nur aufgrund dieser Gewissheit ist es ihm gelungen, die privaten und öffentlichen Sponsoren auf seine Seite zu ziehen, die Universität von Oregon dazu zu bringen, die unvermeidlichen Verfassungsklagen in Kauf zu nehmen und gleichzeitig die Gelder für Neal Desais Forschungen zur Verfügung zu stellen. Nur so konnte er innerhalb eines halben Jahres das komplette Team auf die Beine stellen und Neal zum Leiter des Lobos-Forschungszentrums machen.

Mit bloßem Auge kann er den Fortschritt der Arbeiten verfolgen. Die Baustelle ist nur ein paar Hundert Meter weit weg. Er kann sie sehen, die Bulldozer, Kipplader, Betonmischer, die Männer mit Helm und Sicherheitsweste, wie sie den fünf Millionen Dollar teuren Zusatzbau auf dem Pfizer-Gelände hochziehen.

Neals Team arbeitet im Moment noch in einem provisorischen Labor. Die Fliesen auf dem Boden sehen aus wie die in einem alten Krankenhaus. Ihre Farbe erinnert Augustus an Gallenflüssigkeit. Die Labortische sind mit Plastikfolie bespannt, die notdürftig mit Klebeband befestigt ist. Darauf stehen Schachteln voll Pipetten, Gläser mit Eddings, Zentrifugen, ein Spektralfotometer, Reagenzgläser, Messkolben, Kartons mit Latexhandschuhen und Wegwerfhandtüchern, Mikroskope. An den Wandhaken hängen weiße Kittel und Schutzbrillen. In der Ecke summt ein medizinischer Tiefkühlschrank, der über einen Schlauch mit einer Flasche Flüssigstickstoff verbunden ist. Minus hundertfünfzehn Grad steht auf der Digitalanzeige.

Im Moment hilft er Neal dabei, einen abgeschnittenen Schäferhundkopf in dem Schraubstock auf dem einzigen Edelstahltisch im gesamten Labor zu befestigen. Das Fell kitzelt seine Finger selbst durch die Latexhandschuhe.

»Danke«, sagt Neal und wirft eine Stichsäge an. Als das Blatt in den Knochen schneidet, wird das Kreischen der Säge etwas leiser. Behutsam schneidet er ein kreisrundes Stück aus der Schädelplatte und hebt es mit einem leisen Plopp ab. Das Gehirn darunter sieht aus wie eine vertrocknete Walnuss. Es ist regelrecht schwarz vom Prionenbefall.

Neal glaubt, Augustus wäre hier, um zu fragen, wie die Dinge laufen, sich das Labor anzusehen und eine weitere Kiste Volpexx abzuholen. Damit hat er nicht ganz unrecht, doch Augustus ist auch hier, weil Neal Chase in die Republik begleiten soll. »Als sein medizinischer Betreuer. Inoffiziell, natürlich. Ihre offizielle Rolle ist die des Botschafters für unsere Sache.«

»Meine Familie braucht mich hier.«

»Soweit ich weiß, nimmt Ihre Tochter zurzeit an einem Reha-Programm teil. Mir scheint, sie ist im Moment gut versorgt.«

»Nein.«

»Sie lassen sich fotografieren, halten ein paar kurze Vorträge, unterhalten sich mit den Vertretern von Alliance Energy …«

»Nein.«

»… die, wenn ich Sie daran erinnern darf, der Hauptsponsor Ihrer Arbeit sind.«

»Meine Arbeit ist hier«, erwidert Neal, wenn auch nicht mehr ganz so entschlossen wie zuvor. Sie wissen es beide: Im Labor wird er im Moment nicht gebraucht. Er hat mehr als genug Leute, die alle anstehenden Aufgaben erledigen: ein voll besetztes Sekretariat, Professoren, Post-Doktoranden und Promovenden. Aber das Labor gibt ihm die Möglichkeit zu tun, was er am meisten liebt – sich über ein Mikroskop beugen, den Geruch des Formaldehyds einatmen, das Talkum auf den Handschuhen auf seinen Fingern spüren.

»Ich will Ihnen nicht erklären, wo Ihre Pflichten liegen«, seufzt Augustus. »Aber wenn ich muss, werde ich es tun.«

Neal ist nie auf Anhieb einverstanden, aber Augustus setzt sich immer durch, und während der letzten Monate fand sich Dr. Desai öfter auf einem Rednerpult wieder, als ihm lieb war, saß in Flugzeugen und Besprechungszimmern, sprach mit Politikern, Sponsoren und Vertretern anderer Universitäten, die sich an dem Forschungsprojekt beteiligen wollen. Und dann gibt es noch die Interviews. Neal sitzt neben Chase, dankt ihm für die großzügige Unterstützung und versucht in Worten, die auch einem Laien verständlich sind, zu erklären, um was es geht.

Schritt eins: Diagnose. Bei einem erkennt man Tollwut an dem Schaum vorm Maul. Bei einer Fledermaus daran, dass sie einen unvermittelt in den Finger beißt, wenn man auf dem Dachstuhl ahnungslos auf den Lichtschalter drückt.

Schritt zwei: Den Erreger isolieren. Das heißt, dem Hund oder der Fledermaus den Kopf abschneiden und nach Negrikörpern suchen – jenen dunkel verfärbten Regionen im Gehirn, die aussehen wie verschimmelte Reiskörner.

Schritt drei: Die DNA und RNA analysieren, den Erreger vervielfältigen und einem gesunden Tier injizieren.

Schritt vier: Überprüfen, ob das infizierte Tier die gleichen Symptome entwickelt.

Schritt fünf: Zeigen sich die gleichen Symptome, hat man den Erreger, das Gift sozusagen. Was noch fehlt, ist das Antiserum. Hierzu wird eine stark abgeschwächte Version des Erregers hergestellt und wiederum einem gesunden Tier injiziert, das daraufhin Antikörper entwickelt, auf die es sein Leben lang zurückgreifen kann und somit immun wird.

Sogenannte Zoonosen sind Infektionskrankheiten, die vom Tier auf den Menschen übertragbar sind – Pilze, Bakterien, Viren, Parasiten, Prionen. Viele davon sind aus den Nachrichten bekannt: Aids, Milzbrand, Rinderwahn, E. coli. Es gibt etwa fünfzehnhundert Erreger, die den Menschen befallen können. Einundsechzig Prozent davon sind Zoonosen. Zu dieser Gruppe gehört auch Lobos.

Lobos wird durch Prionen verursacht. Prionen sind missgebildete Proteine, die sich von einem gesunden Protein so wenig unterscheiden, dass das Immunsystem sie nicht als pathogen erkennt und deshalb nicht bekämpft. Sie haben keine DNA und auch keine RNA, weshalb die normale Vorgehensweise – den Erreger zu isolieren, dessen Gencode aufzuschlüsseln und ihn dann zu replizieren – bei Prionen nicht funktioniert.

»Wie lösen Sie das Problem?«

Neal lächelt. »Streng geheim. Nur so viel: Vor ein paar Monaten konnte ich einen entscheidenden Durchbruch erzielen.«

Das mag zwar sein, aber die weiteren Schritte ziehen sich schon seit einer schieren Ewigkeit hin. Augustus ruft Neal regelmäßig an und fragt nach Fortschritten, aber die Frustration ist Neal deutlich anzuhören. Tausende infizierter Mäuse mussten untersucht werden, die Antikörper isoliert, der Impfstoff entwickelt, repliziert und modifiziert werden, damit er bei Hunden und Wölfen funktioniert. Jetzt hat Neal Tausende infizierter Hunde und Wölfe, die ganze Prozedur geht wieder von vorne los, und am Ende muss der Impfstoff noch einmal modifiziert werden, damit er beim Menschen anwendbar ist. Wenn das geschehen ist, dauert es mindestens drei Monate, bis er hergestellt, verpackt und verkauft werden kann.

»Warum kann er nicht einfach ein bisschen schneller machen?«, fragt Chase immer wieder, und Augustus erklärt ihm, dass es, bis ein infiziertes Tier Symptome zeige, bis zu neunzig Tage dauern könne. Das Gesetz schreibe jedoch vor, dass bis zu vierhundert Tage gewartet werden muss, ob der Erreger sich zeigt.

Doch so viel Zeit haben sie nicht. Die Wahlen stehen an.

»Dann sind wir uns also einig«, sagt Augustus. »Sie kommen mit. Ich besorge Ihnen das Ticket und erledige alle Formalitäten.«

Im Labor arbeitet Neal mit etwa dreißig Post-Doktoranden

zusammen, die ihn stur mit »Doktor Desai« anreden, egal wie oft er ihnen sagt, »Neal« genüge völlig. Im Moment stehen sie alle vor einem Schreibtisch mit einem Laptop darauf. Einer aus der Gruppe blickt auf und sucht Blickkontakt mit Neal. Es ist Adam. Orangerotes Haar, struppiger, lichter Bartwuchs, hauptsächlich am Hals.

»Es ist etwas passiert«, sagt Adam.

»Bin gleich da«, erwidert Neal und kratzt sich am Ohr. »Muss es wirklich unbedingt sein?«, fragt er Augustus.

»Es wird Ihnen gefallen.«

»Es ist verdammt kalt in der Republik. Ich hasse Kälte.«

»Doktor Desai«, wiederholt Adam.

»Gleich.« Neal schreibt etwas in sein Notizbuch, zieht die Latexhandschuhe aus, wäscht sich die Hände, nimmt die Sicherheitsbrille ab und geht mit Augustus an den Wärmeschränken und Zentrifugen vorbei zu der vor dem Laptop versammelten Traube.

»Doktor Desai, das müssen Sie sich ansehen.«

»Jaja. Bin schon da.«

Adam rückt nervös ein Stück zur Seite, und Augustus beäugt das kleine rechteckige Fenster in der Mitte des Bildschirms. »Was gibt es da zu sehen?«

»Sie zeigen es überall. CNN, AOL, Facebook.« Er greift nach der Maus und lässt das Video noch einmal von vorne abspielen.

Ein Gesicht ist zu sehen, das Gesicht eines alten Mannes. Sein Kopf ist nicht kahlrasiert oder missgestaltet. Seine Haut ist nicht von Narben übersät und auch nicht mit Totenschädeln, Schlangen oder Stacheldraht zutätowiert. Seine Stimme ist weder laut noch bösartig. Er sieht aus wie ein freundlicher alter Mann. Das Licht ist schummrig, seine Augen liegen im Schatten, und seine Züge sind halb unter dem langen silberfarbenen Haar verborgen, das wie ein Vorhang links und rechts der Stirn herabhängt. Was am stärksten ins Auge sticht, ist die lange spitze Nase. Er spricht ruhig und mit einem eigenartigen

Akzent, einer singsangartigen Mischung aus Schwedisch und Internatsenglisch. »Amerika hat sich lange genug von uns ernährt«, sagt er. »Jetzt ernähren wir uns von Amerika.«

Der alte Mann beginnt zu keuchen, als würde er plötzlich hyperventilieren. Der Kopf zittert, die Lippen beginnen zu beben. Augustus sieht, dass er verschiedenfarbige Augen hat. Die eine Iris ist dunkel wie eine Aubergine. Der pfeifende Atem des Mannes und das Surren der Kamera sind die einzigen Geräusche. Das Keuchen steigert sich, als stünde er kurz vor einem Orgasmus. Er krümmt sich nach vorn, und sein Gesicht wird einen Moment lang unscharf. Er springt auf, und die Kamera stellt wieder scharf. Wülste bilden sich auf seinem Gesicht, die Augenlider flackern auf und ab, Blut und lange Zähne kommen aus seinem Mund. Er dreht sich weg, und die Kamera schwenkt herum, zeigt einen halbdunklen Raum mit bröckligen Betonwänden. Auf dem Boden liegt ein junger Soldat im Kampfanzug. Die Bürstenfrisur ist mittlerweile herausgewachsen, sein Gesicht ist von blauen Flecken übersät. Er ist an Armen und Beinen gefesselt, über dem Mund ist ein Streifen Klebeband zu erkennen. Wie ein Wurm versucht er wegzukriechen, weg von dem alten Mann, dem Lykaner, der jetzt am linken Rand wieder ins Bild kommt.

Das nächste Geräusch klingt wie ein Knurren, es folgt ein kurzer, erstickter Schrei. Der Soldat bewegt sich nicht mehr, man hört nur noch ein Schlürfen und Schmatzen.

»Balor.« Adam greift zitternd nach der Maus und hält das Video an. »Es heißt, sein Name sei Balor.«

Kapitel 40

Eine Woche lang fährt Patricks Zug durch die Dörfer und Städte und klappert die Häuser von Verdächtigen ab, dann sind wieder Präsenzpatrouillen dran. Ab und zu liefern sie Kisten voll Volpexx bei den Grabhügeln ab. So nennen sie die trostlosen Plattenbausiedlungen, in denen die Sozialfälle leben, wo sich der Müll auf den Gehwegen stapelt, in den Seitenstraßen steif gefrorene Leichen herumliegen und die Bewohner verängstigt zurück in den Hauseingang springen, sobald sie eine Patrouille sehen. Alle vierzehn Tage lädt ein Konvoi mehrere Dutzend in Plastik eingeschweißte Kartons an den Kreuzungen ab. In jedem Karton befinden sich hundert Packungen Volpexx mit je hundert Pillen darin.

»Wir lassen ihnen die Wahl«, sagt der Oberkommandierende. »Jeder Lykaner kann selbst entscheiden, ob er seine Krankheit in den Griff bekommen will oder nicht. Wir, die amerikanischen Streitkräfte, geben ihnen die Möglichkeit dazu.«

Manche tun es tatsächlich, sniefen die zerdrückten Pillen, driften in neblige Tagträume ab und werden zu Schatten derer, die sie einst waren.

Soweit Patrick es beurteilen kann – am Beispiel seiner Mutter, an Claires Beispiel oder dem nicht weniger Einheimischer –, haben die Lykaner die Symptome auch ohne Medikamente bestens im Griff. Ab und zu fährt seine Einheit durch die Fischerdörfer und besucht die Familien. »Kontakt zur Bevölkerung halten« heißt das. Sie nehmen Schokolade mit und verteilen sie an die Kinder, sagen: »Komm schon, hol's dir«, als wären sie Hunde. Sie werden eingeladen, stehen schwitzend in voller Montur in Küchen herum und sehen Frauen mit oberschenkeldicken Armen beim Teigkneten zu. Alte Männer rauchen Pfeife und flicken ihre Netze. Auf dem Boden sitzen Kinder und spielen Domino. Ständig wird gegessen oder Kaffee getrunken. Die Häuser sind klein, manchmal bestehen sie nur aus einem einzigen großen Zimmer. Die Dachstühle sind meist offen. Zwischen den Stützbalken ist Brennholz aufgeschichtet, daneben lagern Schlitten und Schneeschuhe. Der Geruch von Fett und Fisch hängt in der Luft. Werkzeuge, Gürtel und Jacken, Angelruten und düster graue Ölbilder vom Meer hängen an Wänden und Türen. Sie schenken Patrick Plätzchen, die aus nichts als Butter und Mehl zu bestehen scheinen und beim Kauen den letzten Tropfen Speichel aus seinem Mund saugen. Sie sprechen Finnisch, Französisch, Russisch, Deutsch, Chinesisch, Spanisch und Englisch, und sie erklären, wie dankbar sie sind, dass das Militär hier ist, dass es die Uranmine gibt. »Ihr sorgt für unsere Sicherheit«, sagen sie.

Ab und zu fragt Patrick – manchmal direkt, manchmal über einen Dolmetscher – nach seinem Vater, aber keiner kennt ihn. Sie schütteln nur die Köpfe, geben ihm noch ein Butterplätzchen und fragen, wie ihm der Schnee gefällt. Einheimischen jungen Männern begegnen sie so gut wie nie. Als Patrick Sergeant Decker danach fragte, sah der ihn nur verwirrt an. »Weil das die sind, gegen die wir kämpfen, Sie Vollidiot«, bekam er schließlich zur Antwort.

Manchmal werden sie auf Patrouille in ein Gefecht verwickelt. Der Himmel ist dann meist von dunklen Wolken verhangen, und Patrick kann kaum die Hand vor Augen sehen wegen des dichten Schneefalls. Der Mündungsblitz einer Panzerfaust flackert auf, ein Explosionsknall zerreißt die Stille, und Patrick kommt sich vor, als wäre er mitten in einem Sommergewitter.

All das vermisst er jetzt. Mittlerweile hat er mehrmals zwei Wochen am Stück auf dem Stützpunkt verbracht, und die mit Stacheldraht bekrönten Betonmauern scheinen immer näher zu kommen. Irgendwann werden sie ihn zerquetschen. Anscheinend wird Patrick allmählich weich. Die Zeit vergeht immer langsamer und gleichzeitig schneller. Ein weiterer Monat ist vergangen, in dem er nichts über das Schicksal seines Vaters in Erfahrung bringen konnte. Wahrscheinlich ist sowieso alles umsonst. Die Lykaner gewinnen. Er sollte es einfach akzeptieren.

Gerade hat er den Boden in der Schlafbaracke der Nationalgarde fertig geschrubbt. Patrick stellt den Wischer in den dreckigen Eimer und betrachtet die Doppelstockpritsche, in der sein Vater geschlafen hat. Er war schon oft hier, aber noch nie allein. Durch die Fenster fällt trübes Licht, die Luft riecht nach Scheuermittel. Unter der Matratze kriecht eine Spinne hervor, krabbelt über das Laken und bleibt in der Mitte des Kopfkissens sitzen. Patrick schnippt sie weg.

Seine Hand schwebt einen Moment lang über dem Kissen, dann streicht er die kleine Kuhle glatt, die der Schläfer von letzter Nacht hinterlassen hat, und setzt sich auf das Bett. Der Rahmen quietscht unter seinem Gewicht. Vielleicht eine Minute lang sitzt er nur still da. Schließlich schwingt er die Beine aufs Bett und streckt sich aus, liegt, wo bis vor ein paar Monaten noch sein Vater gelegen hat, und fragt sich, ob etwas von ihm vielleicht noch hier ist – in der Matratze, in den Laken oder den Wänden – und ihn beobachtet.

Patrick starrt die Spiralfedern des Lattenrosts über ihm an. Sie sind sechseckig angeordnet wie Bienenwaben. Da fällt ihm etwas auf. Im ersten Moment glaubt er, es wäre ein Etikett, einer dieser lästigen Zettel mit Pflegehinweisen, die immer nur im Weg sind, die man aber doch nie abschneidet. Aber das Material sieht eher nach Papier aus, ist faltig und vergilbt und an den Rändern eingerissen. Er streckt die Hand aus und zieht.

Es ist ein Notizzettel. Patrick setzt sich so ruckartig auf, dass er mit den Stiefeln den Eimer umwirft. Scheppernd kippt er um und ergießt den Rest des Wischwassers über den Boden. Patrick horcht eine Weile, ob jemand den Lärm bemerkt hat, aber es kommt niemand.

Patrick weiß nicht, was er erwartet hatte, aber bestimmt nicht diese Ansammlung von Hieroglyphen. Er erkennt die Handschrift zwar wieder, aber die Vermerke zu Vitalität, Propagatoren, Zählkammern, Methylenblau, pH-Wert, Suspension, Ausflockung, Sauerstoffsättigung und Metallothionein – das Wort, das am häufigsten auftaucht – sagen ihm überhaupt nichts.

Dann entdeckt er doch noch etwas. »Lobos-Versuch #14«, lautet die letzte Zeile. »Besserung für zwei Tage, danach Tod.« Die Grube mit den Knochen fällt ihm wieder ein.

Bei der nächsten Rotation wird Patricks Zug der schnellen Eingreiftruppe zugeteilt, und das bedeutet, dass er den Stützpunkt wieder verlassen kann. Endlich. Jeden Tag hatte er nichts anderes getan, als acht Stunden lang zu wienern, zu scheuern und zu schrubben. Der Geruch von Ammoniak und Chlor hat sich tief in seine Haut geätzt. Präsidentschaftskandidat Chase Williams wird den Stützpunkt besuchen. Der genaue Zeitpunkt ist aus Sicherheitsgründen streng geheim, und der Kommandant will für die Fotos und Filmaufnahmen alles blitzsauber haben.

Aber das ist jetzt nicht mehr Patricks Problem. Gestern wurden sie gebrieft. Gleich neben dem Waffenlager hatte Lieutenant Colonel Steve Bennington, ein West-Point-Absolvent mit aschgrauem Haar, in einer Schneeskulptur von etwa drei Metern Durchmesser das Terrain in hundert Kilometern Umkreis nachgebildet. Wichtige Bereiche waren mit Lebensmittelfarbe markiert. Blau für Wasser, Grün für US-Truppen, Rot für die Aufständischen. Er stieg über Hügel und Bergketten, watete durch Flüsse und zeigte auf Gegenden, in denen mit Schwierigkeiten zu rechnen sein würde. Vor allem in Ukko, einem

Gefechtsvorposten siebzig Kilometer von hier. Das 167. Bataillon ist dort stationiert. Ukko war wiederholt mit Mörsern beschossen worden, mit verstärkten Angriffen innerhalb der kommenden Woche war zu rechnen. »Der Luftdruck ändert sich in den nächsten Tagen«, sagte Bennington. »Wir bekommen wärmeres Wetter. Und das bedeutet immer Ärger.«

Am nächsten Morgen hört Patrick das Wasser von den Regenrinnen tropfen. Er steht auf, zieht einen Wollpullover über das olivfarbene Hemd und hängt das Funkgerät an seinen Gürtel. Mitglieder der schnellen Eingreiftruppe müssen immer und überall erreichbar sein.

Der Boden ist matschig, als er hinüber zum Freizeit- und Erholungsraum geht. Vor den Computern muss er immer Schlange stehen, und heute dauert es über dreißig Minuten, bis er endlich an der Reihe ist. Gehäuselüfter rauschen, Tastaturen klappern, alle schreien oder lachen vor ihren Skype-Bildschirmen und schauen sich ab und zu verschämt um, ob jemand mitgehört hat. Mehr als die meisten glauben, wie Patrick aus eigener Erfahrung weiß. Einmal, als er am Vormittag mit seiner Mutter geskypt hat, kam am Nachmittag der Lieutenant zu ihm. Seine Mutter sei eine registrierte Lykanerin. Elektronische Kommunikation mit ihr gefährde den gesamten Stützpunkt. Mutter hin oder her, in Zukunft solle er Briefe schicken.

Als Erstes ruft Patrick seine E-Mails ab. Claire hat geschrieben. »Wollte dir nur sagen, wie wichtig mir unsere Mails sind. Sie sagen mir, es gibt jemanden, dem ich wichtig bin, und das bedeutet, dass ich wirklich existiere.«

Patrick liest die Nachricht zweimal durch, dann schreibt er zurück, wie es für ihn war, als er Claire eröffnete, dass er in der Republik kämpfen würde. Am liebsten würde er noch einmal zu diesem Moment auf der Veranda vor Miriams Hütte zurückkehren. Er ist noch nicht alt genug, um es mit Sicherheit sagen zu können, aber es kommt ihm vor, als sei das Leben am Ende nichts anderes als eine endlose Aneinanderreihung von Erinnerungen an verunglückte Momente wie diesen. Eine endlose Aneinanderreihung von hätte ich doch nur und könnte ich doch bloß, die immer dann in seine Gedanken bricht, wenn er am wenigsten damit rechnet. Unter der Dusche oder nachts auf Patrouille zum Beispiel. Aber es gibt kein Zurück. Der Trick ist, nach vorne zu schauen, die Dinge vorherzusehen und den Fehler gar nicht erst zu begehen.

Wenn er noch einmal vor der Wahl stünde, würde er nicht tatenlos zusehen, wie Claire wutentbrannt in die Hütte stampft und ihm die Tür vor der Nase zuknallt. Er würde sie festhalten, ihren Kopf zwischen die Hände nehmen und sie küssen, das auch, aber vor allem würde er sich ihr Gesicht einprägen. So oft hat er schon daran gedacht. Wenn er nur diese Erinnerung hätte … sie wäre wie ein unzertrennbares Band zwischen ihnen.

Aber all das erkennt er erst jetzt. Erkennt, welchen Fehler er gemacht hat, als er sie einfach gehen ließ. »Wenn du mir eine Million Dollar anbieten würdest oder einen Kuss – ich würde den Kuss nehmen«, schreibt er. Patrick ist nicht sicher, ob der Satz romantisch oder einfach nur kitschig ist, aber es ist die Wahrheit.

Mit einem Seufzen drückt er auf Senden und zieht den Notizzettel seines Vaters hervor. Er legt ihn neben die Tastatur, ruft Google auf und gibt dieses seltsame Wort ein, das sein Vater so oft darauf geschrieben hat: Metallothionein.

Es dauerte jedes Mal eine halbe Ewigkeit, bis die Seiten aufgebaut sind. Jedes Bild ruckelt beim Laden wie eine verklemmte Jalousie. Auf bestenbalt.com findet er schließlich, wonach er gesucht hat. Metallothioneine kommen in praktisch jedem Organismus vor, steht dort. Ihre Funktion ist noch nicht ganz geklärt, »aber aktuelle Forschungsergebnisse deuten darauf hin, dass Metallothioneine eine wichtige Rolle bei der Regulation des Zn- und Cu-Haushalts spielen sowie bei der Entsorgung toxischer Metalle wie Kadmium, Silber, Kupfer und Quecksilber. Des Weiteren beim Zellschutz gegen reaktive Sauerstoffspezies und Alkylantien.«

Patrick liest den Absatz dreimal durch, dann gibt er auf. Er hat keine Ahnung, was die Zeilen bedeuten sollen. Aber irgendetwas müssen sie bedeuten. Er drückt auf Print und steckt den Ausdruck ein.

Der Riese kommt regelmäßig. Manchmal stellt er Jeremy Fragen – nach der Widerstandsbewegung, nach Adressen, nach E-Mails und Telefongesprächen, nach Finanzierung, Führung und Infrastruktur, nach Puck, Miriam, Claire und hundert anderen Namen. Manchmal zieht er dann sein kleines schwarzes Notizbuch hervor und schreibt ein paar Stichpunkte auf.

Aber meistens foltert er Jeremy. Das ist ihr Hauptkommunikationsweg: Schmerz. Der Riese versetzt ihm Stromstöße, reißt ihm mit einer Zange Bartsträhnen, Achsel- und Schamhaare aus, zwingt ihn, einen lebenden Skorpion zu verschlucken. Er drückt Zigaretten auf seiner Haut aus, reibt ihm Salz in die Augen und in offene Wunden. Drückt sein Gesicht in einen Eimer voll eiskaltem Wasser oder übergießt ihn mit kochend heißem.

Anfangs hielt Jeremy es aus. Er verließ seinen Körper und flüchtete sich auf jenen Trampelpfad, an dessen Ende die knorrige Kiefer stand. Er zog an dem Ast und stieg die dunkle Treppe hinunter zu dem unterirdischen Teich. Das war seine sichere Zuflucht.

Dann wurde es zu viel. Die unendlichen, mannigfachen Schmerzen ergriffen auch noch von der letzten Nervenbahn Besitz, bis Jeremy nichts anderes mehr wahrnahm. Es war nicht wie in den Filmen. Der Riese stellte keine Fragen und quetschte dann die Antwort aus ihm heraus. Er folterte Jeremy stundenlang, ohne ein Wort zu sagen, und beobachtete. Seine Augen schienen kein einziges Mal zu blinzeln. Er weidete sich an Jeremys Schreien und an den glänzenden Instrumenten. Irgendwann ließ er sich schließlich in seinen Klappstuhl sinken, nahm lautstark einen Schluck aus seiner Wasserflasche, wischte sich mit dem Handrücken über die verstümmelten Lippen und sagte: »Was meinen Sie? Bereit für eine Pause?«

Die Pausen dauern nur so lange, wie Jeremy redet. Mittlerweile ist Jeremy immer bereit für eine Pause, immer bereit zu reden. Eine Zeit lang schwieg er eisern, aber diese Zeit ist vorbei. Sein früheres Leben und seine einstige bedingungslose Loyalität kommen ihm vor wie eine Geschichte, die er irgendwann einmal gelesen hat. Wenn Jeremy dann zu erzählen beginnt, erzählt er ebenfalls wie aus einer Geschichte, Begebenheiten aus dem Leben eines anderen, die ihm nichts mehr bedeuten.

Manchmal erzählt er von seiner Tochter, wie die Bombe sie zerfetzt und er die Leichenteile aufgesammelt und in einen schwarzen Müllbeutel gepackt hat. Manchmal erzählt er von seiner Studentenzeit an der William Archer, wie er in Alan Reprobus' Büro gerufen wurde, weil der Professor mit ihm über einen Aufsatz reden wollte, den er über Gewalt als Form des Widerstands geschrieben hatte. Der Aufsatz sollte später das erste Kapitel in Jeremys Buch *Die Revolution* werden. Manchmal erzählt er von den nächtlichen Treffen in Reprobus' Haus, wo sie über Politik diskutierten, Protestaktionen planten und Flugblätter verfassten. Harmlose Dinge zumeist. Aber dann und wann nahm Reprobus ein paar von ihnen beiseite – die »Vertrauenswürdigen«, wie er sie nannte – und plante mit ihnen einen Anschlag: Briefbomben, durchgeschnittene Bremsleitungen, Sabotage auf einer Baustelle. Dann und wann erzählt Jeremy von seinem Auslandssemester in der Republik, wie er dort Häuser gebaut und Englisch unterrichtet hat. Und er erzählt, wie der Meister dort auf ihn aufmerksam wurde. So nennt er Balor, den »Meister«, und der Riese interessiert sich sehr für den Meister.

Nur manchmal, wenn Jeremy die Geschichten ausgehen, erfindet er eine, irgendwas, das den Riesen bei Laune hält.

Wenn sein Vater hier Bier gebraut hat, muss er irgendwo auf dem Stützpunkt ein geheimes Labor gehabt haben. Patrick könnte sich in den Arsch beißen, dass er nicht schon früher darauf gekommen ist. Als dieser Offizier vor Monaten zu ihm sagte, wie gut das Bier seines Vaters gewesen sei, hatte Patrick geglaubt, er spreche von Anchor Brew. Jetzt hat er ein paar Stunden dienstfrei und beabsichtigt, sie mit ein paar Feldrecherchen zu verbringen.

Vielleicht haben die Köche ihm geholfen, ihm Zutaten, Gerät und Räumlichkeiten zur Verfügung gestellt, also sieht Patrick in der Kantine nach. Er sucht in den Lagerschuppen, in den Werkstätten, dem Hangar und dem Waffenlager.

Als er von den Latrinen zurückkommt, sieht er Sergeant Decker über den Platz gehen. Patrick duckt sich hinter die nächste Ecke, dreht den Lautstärkeknopf an seinem Funkgerät zurück und wartet, bis er Deckers Schritte nicht mehr hört. Da entdeckt er ein Stückchen hinter den Überresten von Lieutenant Colonel Benningtons halb geschmolzenem Schneeschaubild einen alten Werkzeugschuppen.

Patrick hat den Schuppen schon Dutzende Male gesehen, ohne ihn wahrzunehmen. Doch jetzt springt er ihm ins Auge wie ein kostbares altes Buch, das er beim Abstauben in einem Regal entdeckt. Die Wände des Holzverschlags sind dunkel und verwittert. Abgestorbenes graues Unkraut rankt sich an ihnen hoch wie verödete Adern. An der Tür hängt ein Vorhängeschloss, das sich mit keinem von Patricks Schlüsseln öffnen lässt. Also nimmt er stattdessen einen Stein.

Patrick zieht die Tür hinter sich zu. Die knisternde Glühbirne drinnen scheint mehr Schatten als Licht zu werfen. Er riecht die Hefe in den Fässern, die in einer Ecke zum Gären aufgestapelt sind. An einer Wand steht ein hüfthoher Arbeitstisch. Das verrostete Mikroskop und das Chaos aus Bechergläsern, Ampullen, Pipetten und Petrischalen darauf erinnern Patrick an das kleine Labor, das sein Vater zu Hause in Kalifornien hatte. Die Glühbirne flackert ein letztes Mal und geht dann ganz aus. Die spärliche Wintersonne draußen ist jetzt Patricks einzige Lichtquelle.

In einem Regal stehen schwarze Ordner und Schnellhefter, alle Seiten darin sind randvoll mit verwischtem Bleistift beschrieben. Es ist eindeutig Keith' Handschrift. Patrick blättert Seite um Seite durch, findet nichtssagende Einträge zu Hefen, blauen Zellen, Regionen, Verdünnungsfaktoren und Suspensionen. Schließlich stößt er auf eine ausgedruckte E-Mail-Korrespondenz und wirft einen kurzen Blick darauf. Offensichtlich sind es keine persönlichen Mails. Der Inhalt besteht aus dem gleichen wissenschaftlichen Kauderwelsch wie die Einträge in den Ordnern und Schnellheftern. Patrick faltet die Ausdrucke zusammen und steckt sie ein.

Auf dem Arbeitstisch sitzt eine Motte. Als Patrick sie berührt, zerbröselt sie zu Staub. Daneben steht ein Glasbehälter mit einem verklumpten Pulver darin. »Metallo« steht auf dem Klebebandstreifen darauf geschrieben.

Patrick nimmt eine Plastikdose mit kindersicherem Verschluss aus dem Regal. Als er sie schüttelt, klappert etwas in ihrem Innern. Patrick dreht das Döschen in der Hand, bis er das Etikett lesen kann: Volpexx.

Etwas knackt unter seinem Stiefel. Patrick tritt einen Schritt zurück und schaut unter den Tisch. Ein halb verwester Kadaver liegt dort, ob Hund oder Wolf, ist schwer zu sagen. Der Rumpf ist eingesunken, das Fell zum größten Teil ausgefallen. Um die Schnauze hängt noch der Maulkorb, um den Hals eine in der Wand befestigte Kette. Eins ist sicher: Sein Vater hat hier nicht nur Bier gebraut.

Da hört er ein weiteres Geräusch, ein Schnauben und Zischen. Es kommt aus seinem Funkgerät. Hektisch dreht er den Regler hoch und hört Deckers Stimme aus dem Lautsprecher brüllen: »Alle Soldaten der schnellen Eingreiftruppe zum sofortigen Aufbruch sammeln! Sofort!«

Patrick bleibt keine Zeit mehr, weiter über seinen Vater nachzudenken. Er rennt nach draußen, durch das Labyrinth aus Schuppen und Baracken und Pfützen, und reiht sich in den Strom aus Soldaten ein, der sich aus den Gebäuden in Richtung des wartenden Fahrzeugkonvois ergießt.

Der Notruf kommt aus Ukko, wie zu erwarten. Seit den Morgenstunden liegen die Kameraden unter Beschuss und brauchen Verstärkung.

Patrick sammelt seine Ausrüstung zusammen und überprüft das Visier seiner Kaliber 0.50, vergewissert sich, dass Luftfeuchtigkeit und Temperaturveränderung es nicht verstellt haben.

Der Konvoi besteht aus vier Kampffahrzeugen, zwei Humvees und zwei gepanzerten Transportern für die Maschinengewehre, Lenkraketen- und Granatwerfer.

Decker geht durch die Reihen und klopft jedem auf den Helm. »Hört ihr sie? Die Posaunen der Apokalypse! Machen wir sie platt.«

Der Riese beugt sich so nahe an ihn heran, dass sein Gesicht das Einzige ist, was Jeremy noch sieht. Es ist ein ausdrucksloses Gesicht, ausdruckslos und tot. Die wulstige Haut darauf schimmert in verschiedenen Rot- und Pink- und Gelb- und Brauntönen. »Es interessiert Sie schon die ganze Zeit, aber Sie trauen sich nicht zu fragen. Sie wollen wissen, warum ich so aussehe.«

Der Riese fragt, und Jeremy antwortet. So war es immer. Jeremy weiß nicht, wie er reagieren soll. Was, wenn er die falsche Antwort gibt?

Der Riese atmet durch seine Nasenschlitze aus, ein langes zischendes Geräusch. »Es passierte vor langer Zeit. Sie waren damals noch nicht einmal geboren. Ich war Polizist in Chicago. Es war mein erstes Dienstjahr. Ich war auf Streife, zu Fuß, während der Tage des Zorns. Sie kennen sich aus mit den Tagen des Zorns, Mr. Saber, nicht wahr? Ich habe Ihr Buch gelesen. Ein interessantes Stück Propaganda. Und ich bin ein Teil davon, eine Fußnote in einem Ihrer Kapitel. Ich bin ein wandelndes Beispiel dafür, was geschieht, wenn ein Tier versucht, Mensch zu spielen. Wie Sie wissen, explodierte am 9. Oktober 1969 eine Bombe vor dem Kapitol. Es gab viele Opfer, Tote und Verletzte, und noch mehr Menschen kamen, Polizisten und Schaulustige. Es war ein schlauer Köder, das muss ich den Lykanern lassen. Ich war ebenfalls dort und zog gerade eine verletzte Frau aus ihrem Auto, als die zweite Bombe hochging. Ich stand in einer Benzinpfütze.« Er spitzt die nicht vorhandenen Lippen und bläst Jeremy ins Gesicht. »Puff!«

Der Riese beugt sich zurück und schlägt die Beine übereinander. Seine Knie sind so scharfkantig, als könnten sie den Stoff seiner Anzughose durchschneiden. Er scheint zu lächeln, sein Tonfall ist gesprächig. Man könnte die beiden für Freunde halten, die sich über alte Zeiten unterhalten.

»Sie mögen es vielleicht nicht glauben«, spricht er weiter, »aber ich war einmal ein gut aussehender Mann. Und es wird Ihnen gefallen, was ich Ihnen als Nächstes sage, sehr sogar: Es ist Ihr verstorbener Schwager, der für meinen jetzigen Zustand verantwortlich ist. Er war verantwortlich für die Bombenanschläge. Er und kein anderer. Er wurde nie vor Gericht gestellt, aber er wurde dennoch seiner gerechten Strafe zugeführt. Dafür habe ich gesorgt.«

Er will gerade weitersprechen, als jemand zweimal gegen die Tür hämmert. Noch bevor er sich umdrehen kann, gleiten die Bolzen zur Seite, und die Tür schwingt auf.

»Augustus Remington ist hier, Sir, und will Sie sprechen«, sagt der Wachposten mit einer Hand auf der Klinke.

Ein klein gewachsener Kerl mit einer Figur wie ein Gartenzwerg schiebt sich an dem Wachposten vorbei in die Zelle. Er trägt einen hellgrauen Anzug mit roter Krawatte. Das Licht der Neonröhren spiegelt sich auf seiner Stirnglatze und in den dicken Brillengläsern.

»Da ist ja unser Junge«, sagt er, nickt in Jeremys Richtung, und der Riese steht auf. Direkt nebeneinander geben die beiden ein geradezu groteskes Bild ab. Wie in einem Zerrspiegel. Sie geben einander nicht die Hand und begrüßen sich auch nicht. Ob aus Vertrautheit oder gegenseitigem Misstrauen kann Jeremy nicht sagen.

»Das Gerichtsverfahren ist beschlossene Sache. Er kommt vor ein Militärtribunal.«

»Militärtribunal? Diese Angelegenheit hat nichts mit dem Militär zu tun.«

»Sie stufen es als kriegerische Handlung ein. In einer Woche. Ich habe getan, was ich konnte, aber der Termin ließ sich nicht aufschieben. Jemand hier drinnen hat geredet. Die Presse ist bereits an der Sache dran. Die Bürgerrechtsvereinigung schreit Zeter und Mordio. Unmenschliche Haftbedingungen, widerrechtliche Einzelhaft, Verdacht auf Folter, das übliche Blabla. Dieser ganze Mist von wegen Verstoß gegen die Menschenrechte.«

»Der Patriot Act wurde nicht ohne Grund verabschiedet.«

»Vor mir müssen Sie sich nicht rechtfertigen. Ich setze Sie lediglich davon in Kenntnis, dass Sie die meisten Informationen, die Sie aus ihm herausgeholt haben, vor Gericht nicht werden verwenden können. Weil er keinen Anwalt hatte.«

»Es ging nie darum, Material für eine Anklage zu sammeln.«

Augustus verstummt einen Moment lang. Seine Augen wandern von dem Riesen über Jeremy zu dem Koffer mit den glänzenden Instrumenten, der offen auf dem Boden steht. »Nun, ich hoffe, Sie hatten Ihren Spaß, denn jetzt ist er vorbei. Die Presse wird ihn zum Märtyrer machen.«

Der Riese geht ans andere Ende der Zelle und starrt an die Wand, als wäre an der Stelle ein Fenster. »Ich frage mich, wer die Informationen wohl weitergegeben hat.«

Augustus scheint ihn nicht zu hören. Er stellt sich vor den leeren Stuhl, zieht die Hosenbeine hoch und setzt sich mit einem tiefen Seufzen. »Soweit ich weiß, wird er morgen ins Hochsicherheitsgefängnis in Colorado verlegt. Anklage in elf Punkten.«

Der Riese steht immer noch mit dem Rücken zu ihnen. Nach einer kurzen Pause sagt er: »Außerdem frage ich mich, wem ein Gerichtsverfahren so kurz vor den Präsidentschaftswahlen nutzt. Das interessiert mich. Es interessiert mich wirklich sehr.«

»Fragen Sie sich, solange Sie wollen.« Augustus beäugt den Koffer. Seine Finger bewegen sich wie Spinnenbeine in der Luft. Er greift nach einem Skalpell, wiegt es in der Hand und lächelt Jeremy an. »Darf ich?«

KAPITEL 41

CNN ist ihre Startseite. Sobald Claire den Browser geöffnet hat, durchsucht sie die neuesten Meldungen zur Lage in der Republik und den Aktivitäten der Widerständler. Ab und zu liest sie etwas von einem Humvee, der auf eine Mine gefahren ist, oder von einem Mörserangriff auf einen Stützpunkt. Jedes Mal schwebt ihr Finger zögernd über dem Touchpad, bevor sie nach unten scrollt und die Nummer des betroffenen Bataillons liest, aber heute gibt es kein Zögern. Sie hat sich in der Bibliothek in eine Lesekabine verkrochen und weiß auch so, was in dem Artikel steht. »Führer der Widerstandsbewegung in elf Punkten angeklagt«, lautet die Überschrift einer Eilmeldung, die in weißer Schrift über das Banner am oberen Rand der Seite läuft.

Denver – Jeremy Saber, mutmaßlicher Drahtzieher der Flugzeugentführungen vom 3. August sowie des Bombenanschlags auf dem Pioneer Courthouse Square, wurde heute in elf Punkten angeklagt, darunter Verschwörung zur Verwendung von Massenvernichtungswaffen, Gebrauch von Massenvernichtungswaffen und mehrfacher Mord.

Saber war seit Ende November des letzten Jahres in einem Bundesgefängnis in Seattle, Washington, inhaftiert und wurde dort verhört. Die Geheimhaltung seiner Inhaftierung in Berufung auf den Patriot Act geriet in die Kritik, als eine anonyme Quelle der Presse Informationen über mutmaßliche Folterungen zuspielte, darunter Waterboarding, Essensentzug und mo-

natelange Einzelhaft. Die Bürgerrechtsvereinigung reichte Klage gegen FBI und ATF ein wegen Menschenrechtsverletzung, darunter widerrechtliche Verhaftung und Verweigerung eines ordentlichen Verfahrens.

Saber wurde mittlerweile nach Colorado verlegt, wo sein Fall vor einem Militärgericht in Fort Collins verhandelt werden soll, was für weitreichende Überraschung und Kritik sorgte, weil damit ein Berufungs- oder Aufhebungsverfahren von vornherein ausgeschlossen ist, sollte Saber zum Tode verurteilt werden. Einzige Aussage der Bundesbehörden, die jeden weiteren Kommentar verweigern, ist, dass das US-Militär die Flugzeugentführungen und den Bombenanschlag als kriegerische Handlungen einstuft.

Claire setzt ihre Kapuze auf und verlässt mit hängendem Kopf die Bibliothek. Sie muss nachdenken. Nach dem Bombenanschlag hatte sie mehrere Meldungen über Razzien, Hauserstürmungen und Verhaftungen gelesen. Angeblich um die laufenden Ermittlungen nicht zu gefährden, gab das FBI keinerlei Namen oder andere Details preis. Es hatte noch weitere Anschläge gegeben – eine Autobombe, die neben einem Weihnachtsumzug detonierte, ein Düngerfass voll Diesel und Lösungsmittel, das vor einer Methodistenkirche explodierte und jeden Baum in zwanzig Meter Umkreis in Brand steckte –, aber der Anschlag in Portland hatte bei Weitem die meisten Opfer gefordert. Mehrere Fernsehkameras hatten ihn live übertragen, was bei vielen Zuschauern das Gefühl auslöste, als wären sie selbst dabei und direkt von der Explosion des Lieferwagens betroffen gewesen.

Das war gerade zu der Zeit, als Claire und Miriam die Hütte räumten und in ein Zimmer über einer Kneipe umzogen, dem Weary Traveller. Die Miete bezahlten sie wöchentlich in bar. Miriam sagte, sie müsse ein paar Nachforschungen anstellen, ließ Claire mehrere Tage allein und bestand darauf, dass sie während dieser Zeit das Zimmer nicht verließ. Claire sah sich Weihnachtssendungen an, beobachtete die Schneeflocken vor dem Fenster, lauschte der Musik, die aus der Kneipe heraufdröhnte, und machte sich Sorgen um Patrick.

Dann kam Miriam zurück. Sie stand in der offenen Tür, Schnee schmolz in ihren Haaren, und sie sagte: »Jeremy. Sie haben Jeremy verhaftet.«

»Nur ihn?«

»Nur ihn.«

»Wie kann das sein?«

»Die Bundespolizei hat einen anonymen Tipp bekommen. Ein Anruf von einem nicht registrierten Handy. Jeremy war als Einziger noch im Unterschlupf, als sie ihn stürmten.«

»Das war Puck«, sagte Claire. »Er muss es gewesen sein.«

»Puck ist tot.« Miriam schloss die Tür hinter sich und lehnte sich dagegen.

Claire fragte sie, was sie vorhabe, und Miriam erwiderte, sie könne nichts tun, Jeremy habe sich da selbst reingeritten. Dann verriegelte sie die Tür.

Von da an war Miriam immer zugeknöpfter geworden. Bis jetzt war Claire sich vorgekommen wie Miriams Schülerin, doch von diesem Tag an war sie nur noch die Nichte. In den folgenden Monaten fuhren sie zu allen möglichen Kreditinstituten und Banken, hoben Geld ab, lösten Konten auf und richteten neue ein. Sie zogen in ein Apartment in Hawthorne um, wo jeder tun und lassen konnte, was er wollte. Miriam besorgte Claire einen Studienplatz an der William Archer, jede Menge Bücher und neue Klamotten, lud sie zum Essen ein, ging mit ihr im Forest Park wandern, und sie besichtigten das Mahnmal, das am Pioneer Courthouse Square errichtet worden war. Aber wenn Claire irgendeine Frage stellte, zuckte Miriam nur die Achseln und sagte: »Zerbrich dir darüber nicht den Kopf.«

Manchmal, wenn Claire nachts aufwachte, sah sie Miriam stocksteif am Fenster stehen und nach draußen starren oder im

Internet etwas zu dem Bombenanschlag recherchieren. Von da an wusste sie, dass etwas zwischen ihnen sich für immer verändert hatte. Trotzdem waren diese Monate ein Geschenk gewesen, waren so etwas wie Normalität, und diese Normalität war mit einem Schlag vorüber, als sie sich am Bahnhof voneinander verabschiedeten. Danach war Miriam auf die Jagd gegangen und hatte keine Ahnung gehabt, dass sie schon bald selbst die Gejagte werden würde.

Claire macht sich keine Sorgen wegen Jeremy, sie macht sich Sorgen um Miriam. Seine Verhaftung, die Anklageerhebung, Reprobus' Gesicht auf den Fotos in den Zeitungsartikeln – all das fügt sich nahtlos ein in die Kette beunruhigender Ereignisse und Nachrichten der letzten Zeit, und Claire steht kurz davor, in Panik auszubrechen. Ohnmächtig sieht sie zu, wie alle Fäden zusammenlaufen, die Ereignisse sich verdichten und gleichzeitig außer Kontrolle geraten.

Genug Zeit verschwendet. Claire braucht Antworten.

Mittlerweile ist es dunkel. Die Wolken hängen tief am Himmel und reflektieren die Lichter Missoulas. Claire geht hinüber zur Carver Hall, wo Reprobus immer bis spät am Abend seine Sprechstunde hält. Sie sieht das gelblich erleuchtete Bürofenster, stellt sich darunter und wartet, bis drinnen das Licht ausgeht.

Eine Minute später kommt Reprobus mit dem gebückt-geschmeidigen Gang eines alten Mannes, in dem noch jede Menge Tatkraft steckt, die Eingangstreppe hinunter. Die meisten Mitarbeiter leben in Missoula, aber Reprobus erzählt oft von seinem morgendlichen Fußweg ins Büro, was bedeutet, dass er in der angrenzenden Campusstadt wohnt.

Claire versucht, fünfzig Meter Abstand zu halten, damit er sie nicht hört, und erschrickt jedes Mal, wenn Reprobus für einen Moment hinter einer Häuserecke oder einer Baumgruppe verschwindet. Schließlich zieht sie ihre Stiefel aus und schleicht barfuß hinter ihm her, lautlos wie eine Katze. Als sie um die nächste Biegung kommt und Reprobus plötzlich zehn Schritte vor ihr stehen bleibt, gerät sie kurz in Panik. Dann sieht sie die kleine Flamme, mit der Reprobus seine Pfeife ansteckt, und atmet erleichtert auf. Der Pfeifenrauch riecht nach Kirsche.

Claire vermeidet den Lichtschein der Laternen und läuft im Dunkeln neben dem Weg weiter. Sie könnte einfach seinen Namen rufen, aber was dann? Soll sie ihn fragen, ob er ihren Vater kannte? Bis jetzt hat sie nur Vermutungen. Ein vergrößerter Bildausschnitt aus einem mehrere Jahrzehnte alten Zeitungsartikel ist noch lange kein Beweis.

Vor ihnen erstreckt sich eine Zeile typischer Siebzigerjahre-Reihenhäuser: rechteckig, hellbraun, zwei Wohnebenen, eine kleine Wiese dahinter, eine noch kleinere davor. Claire versteckt sich hinter einer Hecke und harrt aus, bis die Lichter drinnen an- und eine Stunde später wieder ausgehen. Eine weitere Stunde später schleicht sie zur Hintertür und findet sie unverschlossen.

Die Pendeluhr an der Wand tickt wie ein Zeitzünder. Eine nach der anderen zieht Claire behutsam die Schreibtischschubladen auf. Ihr Herz pocht, als wäre in einer davon die Bombe versteckt, die sie entschärfen muss. Im fahlen Mondlicht, das durch die Fenster hereindringt, geht sie die Papierstapel auf der Schreibunterlage durch. Nach einer Stunde ist sie kurz davor aufzugeben. Claire weiß nicht, wonach sie sucht, also durchsucht sie alles. Rechnungen, zwanzig Jahre alte Steuerbescheide, Betriebsanleitungen – von einem Rasenmäher, einer Mikrowelle, einem Laptop und einem Faxgerät.

Ein Laptop? Reprobus gibt sich als eingefleischter Technikfeind. Weder schreibt er E-Mails noch beantwortet er welche von seinen Studenten. Dazu passt auch die Schreibmaschine auf dem kleinen Tischchen. Und jetzt das. Ein Handbuch zu einem HP-Pavillon samt Rechnung. Zwei Jahre alt. Claire durchsucht den Raum noch einmal, dann das Wohnzimmer und findet nichts. Also muss es entweder in seinem Büro oder oben sein.

Die ganze Zeit über hat Claire ihren Rucksack nicht abgestellt, damit sie ihn später nicht vergisst, aber jetzt macht ihr das Gewicht in Kombination mit dem Geruch nach Pfeifenrauch und Mottenkugeln zusehends zu schaffen. Sie geht zu der Treppe, die neben der Küche nach oben führt, und lugt hinauf. Aus dem Augenwinkel sieht sie ein blaues Lämpchen schimmern: der Laptop. Er steht auf der Arbeitsplatte, ein Kabel führt zur Telefonsteckdose. Ein Call-by-Call Zugang.

Vorsichtig klappt Claire den Bildschirm auf. Die Festplatte läuft an, der Bildschirm flackert zweimal, dann erscheint der Desktop. Kein Passwort. Reprobus ist entweder zu vertrauensselig oder zu faul, oder er weiß schlichtweg nicht, wie man eines einrichtet. Als Claire auf das Outlook-Icon klickt, hat sie weniger Glück, und eine Eingabeaufforderung erscheint. Ihre Enttäuschung verfliegt jedoch sofort wieder, als sie den randvollen Posteingang und die dreitausend im Mülleimer angezeigten E-Mails sieht. Ohne Passwort kann sie zwar keine neuen Nachrichten herunterladen, aber die, die bereits auf dem Rechner sind, liegen praktisch ausgebreitet vor ihr. Eine halbe Stunde lang klickt und scrollt und liest Claire, findet aber nichts Außergewöhnliches.

Die Dielen im ersten Stock knarren. Claire klappt den Bildschirm zu und will schon aus dem Haus rennen, da hört sie ein Plätschern aus der Toilette. Die Wasserspülung rauscht, dann wieder Schritte und schließlich das Quietschen eines Lattenrosts. Ein paar Minuten lang wartet sie mucksmäuschenstill, bis von oben ein leises Schnarchen herunterdringt. Claire klappt den Laptop wieder auf und geht auf den Gesendet-Ordner. Sie ist bereits bei Juli angelangt und will gerade aufgeben, als ihr eine Adresse ins Auge springt: mairimiriam@yahoo.com.

Claire öffnet die Nachricht. Sie besteht aus einem einzigen

Wort: »Versprochen.« Im ersten Moment denkt sie, die Mail sei von Miriam, aber dann fällt ihr wieder ein, dass sie im Gesendet-Ordner ist und folglich Reprobus die Nachricht gesendet haben muss. Reprobus hat Miriam also etwas versprochen. Bloß was?

Sie scrollt ein Stück nach unten zu der Stelle, wo der Text der ursprünglichen Nachricht angehängt ist. »Versprich mir, dass du sie nicht mit reinziehst.«

Reprobus schnarcht immer noch. Claire könnte nach oben gehen, ihm ihr Messer unter die Nase halten und ihn aufwecken. Aber sie traut der Sache nicht. Ein Stück weiter oben verschwindet die Treppe um eine Ecke, und Claire hat keine Ahnung, wie es dahinter aussieht. Außerdem würden die Stufen mit Sicherheit knarzen. Aber die Zeiten der Unentschlossenheit und Furcht sind vorbei. Claire hat es satt, ständig im Dunkeln zu tappen und wie ein Kind behandelt zu werden.

Sie geht zurück ins Wohnzimmer, zieht einen Socken aus, schraubt die Glühbirne aus der Schreibtischlampe, steckt sie in den Socken und zerdrückt sie mit einem leisen Knirschen. Sie kehrt zum Fuß der Treppe zurück und wartet auf das nächste Schnarchen. Da. So laut, als würde Reprobus im Schlaf Umzugskartons zerreißen. Claire stülpt den Socken um und lässt tausend kleine glitzernde Splitter auf den Linoleumboden regnen.

Auf dem kleinen Tischchen in der Küche liegt eine *New York Times.* Claire reißt die Titelseite ab, so leise es geht, und sucht im Wohnzimmer nach dem charakteristischen roten Blinklicht des Rauchmelders. Gleich neben dem Messing-Kronleuchter wird sie fündig. Sie zündet den Gasherd an und hält das Zeitungspapier in die Flamme. Erst jetzt, im Licht des Feuers, sieht sie die Überschrift. »Unglücksritter« lautet sie. Darunter ein Bild von einem Mann in einem leuchtorangen Overall. Männer in dunklen Anzügen zerren ihn aus einem schwarzen Chevy Suburban. Claire hätte Jeremy nicht erkannt, so blass und abgemagert sieht er auf dem Foto aus. Aber sie erkennt den Mann neben ihm, den Riesen, der ihn am Oberarm gepackt hält. Sein Gesicht ist unkenntlich gemacht, aber sie weiß auch so, dass er es ist.

Die züngelnden Flammen holen sie zurück in die Gegenwart, als sie das Bild verschlingen und der Riese und Jeremy sich in schwarze Krümel auflösen. Hastig läuft Claire hinüber ins Wohnzimmer, klettert auf den Esstisch und hält das brennende Papier unter den Rauchmelder. Die Hitze versengt bereits ihre Finger, da springt er endlich an.

Brennende Papierfetzen fallen zu Boden, zerbröckeln und gehen aus. Claire duckt sich hinter die Küchentheke und versucht, das ohrenbetäubende Lärmen des Rauchmelders auszublenden. Das Leben auf dem Campus hat Reprobus weich gemacht, sonst hätte er die Hintertür nicht unabgeschlossen gelassen. Bestimmt wird er in Panik hochschrecken und nach unten laufen.

Claire hört, wie Reprobus aus dem Bett springt. Desorientiert und noch halb im Schlaf poltert er die stockfinstere Treppe hinunter. Claire wünscht, sie hätte ihre Glock dabei, aber das Messer dürfte auch reichen.

Reprobus schreit auf, und Claire springt hinter der Theke hervor. Wimmernd liegt er in weißem T-Shirt und Boxershorts auf dem Boden, die Hände auf die blutenden Fußsohlen gepresst. Claire macht das Licht an und geht mit dem Messer in der Hand auf Reprobus zu.

Vom hellen Licht geblendet reißt Reprobus die Arme hoch. Als sie direkt vor ihm steht, macht der schmerzverzerrte, verwirrte Ausdruck auf seinem Gesicht einer eigenartigen Verzückung Platz. »Wie kann ich dir helfen, Claire?«

Claire wirft die blutverschmierten Papierhandtücher und Verbandsreste weg. Sie wischt die Pinzette ab, stellt den Besen zurück in die Kammer und leert die Glassplitter in die Mülltonne vor der Tür. Reprobus sitzt immer noch in Unterwäsche mit einem Glas Scotch am Küchentisch und beobachtet sie grinsend. Sie wisse, wie man sich jemandes Aufmerksamkeit versichert, kommentierte er anerkennend, während sie seine Fußsohlen verarztete.

Claire ist erschrocken und erleichtert zugleich, dass er ihren richtigen Namen kennt, kommt sich vor wie ein Geist, der plötzlich feststellt, dass er sichtbar ist. Sie existiert. »Die ganze Zeit über kannten Sie meinen Namen?«

»Was glaubst du, wieso du aufgenommen wurdest? Miriam war früher eine meiner Studentinnen. Wusstest du das nicht?«

»Nein, wusste ich nicht. Es gibt eine Menge Dinge, die ich nicht weiß. Und eine Menge Leute, die es genau so haben wollen.«

Er stützt die Ellbogen auf, legt die Fingerspitzen aneinander und lächelt. »Ich habe nur meine Befehle befolgt. Dein Vater wollte es so. Dass du nichts weißt.« Seine Stimme klingt jetzt nicht mehr belustigt, sondern verächtlich.

Claire wird ihn später danach fragen. Zuerst muss sie ihm von Miriam und den Videos erzählen. Und während sie das tut, verschwindet auch Reprobus' Lächeln.

»Und du kannst nur über E-Mail mit ihr Kontakt aufnehmen?«, fragt er und fährt sich mit den Fingern durch den Bart. »Keinen Anhaltspunkt, wo sie sich im Moment aufhält?«

Nein, hat sie nicht.

»Eigentlich bin ich überzeugt, Miriam ist jemand, der auf sich aufpassen kann. Trotzdem sind das beunruhigende Neuigkeiten.« Er sagt, Claire solle sich ein Glas aus der Vitrine holen, und sie tut es. Reprobus schenkt ihr zwei Fingerbreit ein und hebt seinen Scotch.

Claire zögert einen Moment, bevor sie mit ihm anstößt. »Schmeckt nach Rauch.« Sie verzieht das Gesicht.

»Das kommt von dem Feuer, das er in dir entzündet.« Reprobus' Augen sind freundlich, aber trüb. Seine Arme sind dünn und fleckig, die Beine blass und haarlos, die Oberschenkel schwammig, die Unterschenkel dürr wie Zahnstocher, der Bauch in krassem Gegensatz dazu viel zu dick. Es ist seine Stimme, die diese unbändige Kraft ausstrahlt, tief und voll und etwas rauchig von dem vielen Pfeifentabak. Es ist seine Stimme, mit der er einen ganzen Hörsaal in seinen Bann schlägt, die Claire selbst jetzt noch einschüchtert, trotz seiner gebrechlichen Erscheinung.

»Ich muss wissen, was Sie vor mir verstecken.«

Reprobus deutet mit dem Kinn auf das Messer, das sich in Claires Hosentasche abzeichnet. »Stichst du mich ab, wenn ich es dir nicht sage?«

»Vielleicht.«

»Ich bin fast geneigt, dir zu glauben. Du hast etwas von deiner Tante. Etwas von ihrer Brutalität.« Er leert seinen Scotch und leckt die Tropfen, die in seinem Bart hängen bleiben, mit der Zunge ab.

»Sagen Sie's mir.«

Reprobus schaut hinüber zu der Uhr über dem Backrohr. Sie zeigt kurz nach Mitternacht. »Lust auf einen kleinen Spaziergang? Sie müssten noch da sein.«

Die Glasscherben haben seine Füße ganz schön zugerichtet, den rechten schlimmer als den linken, wo sich ein Spieß tief ins Gewölbe gebohrt hat. Claire hat ihm geholfen, zwei Paar Socken übereinander anzuziehen, aber er humpelt immer noch ein wenig, als sie den kurzen Weg hinüber zum Campus-Freizeitzentrum gehen.

»Tut mir leid.«

»Sollte es auch. Einen alten Mann so zuzurichten.«

Die Mondsichel steht schräg am Himmel. Sie gehen an kahlen Bäumen vorbei und an einer Hecke mit braunen Nadeln. Auf dem Campus ist es totenstill, lediglich eine Laterne brummt irgendwo. Reprobus deutet auf zwei Rehe, die am

Rand des Parks grasen. »Um diese Jahreszeit gehen sie immer auf Wanderschaft. Sie spüren, dass der Winter kommt.«

Das Freizeitzentrum liegt in einer kleinen Kuhle an der Flanke eines baumbestandenen Hügels. Die Bäume stehen so dicht, dass Claire den abzweigenden Kiesweg beinahe übersehen hätte. Sie folgt Reprobus die paar Schritte zu einer Stahltür auf der Rückseite. Er zieht einen klimpernden Schlüsselbund hervor, wühlt, bis er den richtigen gefunden hat, und sperrt auf. »Da wären wir.«

Noch bevor Claires Augen sich an das grelle Licht gewöhnt haben, nimmt sie den Geruch wahr: Sie ist in einem Raubtiergehege. Einen Moment lang fragt sie sich, ob Reprobus sie übertölpelt hat. Sie lechzt so sehr danach, jemandem zu vertrauen, dass sie seine Motive nicht eine Sekunde hinterfragt hat, bevor sie sich von ihm hierherbringen ließ. Unentschlossen steht sie in der Tür, da zieht er sie am Handgelenk vorwärts. »Beeil dich.«

Aus einer Stereoanlage dröhnt Thrash Metal. Der Gesang brüllt, eine Gitarre kreischt, die Doppelbassdrum hämmert. Der Boden besteht aus nacktem Estrich, an den gut sieben Meter hohen Wänden kann Claire kein einziges Fenster entdecken. Von den Stahlträgern an der Decke hängen dicke Kletterseile herab. An Halteketten sind mannshohe Boxsäcke befestigt, die meisten notdürftig mit Klebeband geflickt. Schwebebalken, Seitpferde, Trampoline, Barren und Hochrecks stehen scheinbar wahllos angeordnet überall im Raum verteilt. In einer Ecke lehnt etwas, das aussieht wie ein von Klauen zerkratzter Baumstamm. Der Boden ist übersät mit braunen und hellroten Flecken.

Claire ist so sehr mit dem verstörenden Anblick beschäftigt, dass sie erst nach einer Weile die Blicke der Lykaner bemerkt. Sie sind alle verwandelt, alle Männer und alle nackt. Sie lassen von ihren Boxsäcken ab, baumeln einarmig an einem Seil, kauern auf einem Seitpferd und starren sie mit offen stehenden Mäulern an. Die aggressive Musik lässt ihre muskulösen, behaarten Körper noch bedrohlicher wirken.

Von den Sandsäcken kommt einer ganz langsam heran. Seine Nüstern blähen sich, als wolle er Claire einatmen. Er schließt die Augen und sinkt mit einem Schrei auf alle viere, krümmt sich auf dem Boden. Als er kurz den Kopf hebt, erkennt Claire sein Gesicht. Es ist Matthew. Er braucht beinahe eine Minute, bis er keuchend wieder auf die Beine kommt, zu dem Edelstahlwaschbecken neben der Tür geht und sich dort mit einem Gartenschlauch abspritzt. Mit einem Handtuch wischt er sich das Blut und den Schweiß ab. Jemand schaltet die Musik aus.

»Hi«, sagt Matthew in die plötzliche Stille hinein.

Claire versucht, ihm ins Gesicht zu sehen statt auf seinen Körper. »Was … was ist das hier?«, stammelt sie.

Matthew wickelt sich das Handtuch um die Hüfte. »Das hier? Hier lassen wir ein bisschen die Sau raus.«

»Oder den Wolf«, ergänzt Reprobus und legt Claire eine Hand auf die Schulter. Sie hatte ihn vollkommen vergessen. »Du bist hier unter Freunden.«

Kapitel 42

Der Konvoi bewegt sich langsam den Hügel hinunter. Die gepanzerten Transporter sind gegen Minen und Hinterhalte geschützt, aber Patrick sitzt in einem Humvee. Die Mechaniker haben das Fahrzeug zwar mit zusätzlichen Panzerplatten versehen, die Federbeine verstärkt und dickere Fensterscheiben eingesetzt, aber Patrick hat mehr als einmal beobachtet, wie einer davon schwarz und von einer Mine in Stücke gerissen zurück zum Stützpunkt geschleppt wurde.

Patrick hat den Stützpunkt so lange nicht verlassen, dass er sich jetzt, inmitten der schneebedeckten Felder, vorkommt wie in einem Fesselballon, dessen Leine jeden Moment reißen könnte. Als die Straße kurz darauf zwischen den Bäumen verschwindet, die bis auf ein paar schmale Lichtstreifen den größten Teil des Himmels verdecken, fühlt er sich eigenartig geborgen.

Sie fahren das Tal entlang und durch die Stadt Hiisi, zuerst durch die Außenbezirke, wo die Minenarbeiter und Fischer in ihren bescheidenen einstöckigen Häusern wohnen. Dann treten sie ein in das enge Labyrinth aus halb verfallenen Gebäuden, manche davon mehrstöckig, aber alle in erbärmlichem Zustand. Viele sind nur noch Trümmerhaufen. Dicht an dicht stehen sie beieinander außer an den Stellen, wo ein Feuer eine Lücke gefressen hat. Sie überholen ein Motorrad mit Spikereifen, kommen an einer Gruppe Kinder vorbei, die ihnen nicht zuwinken, dann an einem voll beladenen motorisierten Dreirad, das sich auf dem Weg zum Markt befindet.

Patrick spürt, wie sie aus Fenstern und Eingängen beobachtet werden. Etwas bewegt sich in den Schatten. Die Scheiben des Humvee beschlagen ständig, und sie machen die Fenster einen Spaltbreit auf. Patrick riecht den süßlich-sauren Gestank von Abwässern und verrottendem Müll.

Am Stadtrand passieren sie einen Friedhof, der längst nicht mehr mit der Zahl der Toten mithalten kann. Manche Gräber sind gekennzeichnet, andere nicht. Manche Leichen sind begraben, andere nicht, liegen unter Schnee verscharrt oder einfach im Freien, manche davon mit ein paar Steinen notdürftig bedeckt. Halb verwest und schwarz. Skelette, die aussehen wie lepröses Eis. Ein Hund läuft mit einem Oberschenkelknochen im Maul herum. Hier und da stehen ein paar Männer und versuchen, in dem gefrorenen steinigen Boden ein frisches Grab auszuheben. Aber sosehr sie sich auch anstrengen, der Tod ist schneller. Wenn der Frühling kommt, wenn es wärmer wird und der Regen fällt, verschwindet das Gräberfeld unter einer Brühe aus Wasser und fauligem Fleisch. Dann kommen auch die Fliegen, zu Abertausenden suchen sie den Friedhof heim wie schwarze Gewitterwolken.

Patrick betrachtet die Szene mit flüchtigem Interesse. Seine eigentliche Aufmerksamkeit ist nach innen gerichtet. Er kann nicht aufhören, an seinen Vater zu denken, an den Schuppen und die Notizen, die er dort gefunden hat. All das lenkt ihn so sehr ab, dass er bei Weitem nicht so angespannt ist, wie er eigentlich sein sollte.

Trevor sitzt neben ihm. Er trägt immer noch die Wolfshaut über seinem Helm. Sie stinkt. Jedes Mal, wenn Trevor die Klappe aufmacht, fährt der Gruppenführer ihm über den Mund. Zumindest dafür ist Patrick dankbar.

Der Konvoi verlässt das Tal in nördlicher Richtung und wendet sich dann nach Osten. Die Hügel sehen aus, als wären sie oben abgesägt, und der Zustand der Straße wird mit jeder Meile schlechter. Als sie an den Rand eines Fjords kommen, fliegt ein Schwarm Möwen über die Fahrzeuge hinweg. Für einen Moment ist ihr Kreischen lauter als das Dröhnen der Motoren, dann sind sie wieder weg.

Sie durchqueren eine Schlucht mit geschichteten Felswänden. Am Ende der Schlucht liegt ein schmaler Pass, der hinüber ins nächste Tal führt, nach Ukko. Die Sonne kommt direkt von vorn und blendet Patrick trotz der dunklen Brille, die er trägt, brennt sich in seine Augen, bis er nur noch Weiß sieht. Alle Konturen um ihn herum fließen ineinander, es gibt keine Formen mehr, nur noch dieses grelle, gleißende Weiß.

Decker sitzt im ersten Fahrzeug des Konvois. »Runter vom Gas. Da vorne gibt's Ärger«, schnarrt seine Stimme aus dem Funkgerät. Vor ihnen öffnet sich die Schlucht zu einem kleinen Kessel. Am anderen Ende des Kessels, wo die Passstraße beginnt, versperrt eine Steinlawine den Weg.

Trevor will gerade einen Schluck aus seiner Feldflasche nehmen, als der Humvee ruckend zum Stehen kommt. »Gottverdammt, sieh dir bloß diese Schweinerei an«, flucht er und wischt sich über die Brust.

Mit einem leisen Pling! durchschlägt eine Kugel das Seitenfenster, und Trevors Kopf kippt nach hinten. Sein linkes Auge ist verschwunden. Ein dunkles Loch gähnt jetzt an der Stelle, und Blut läuft über seine linke Wange. Die Feldflasche fällt zu Boden und leert sich gurgelnd zwischen Trevors Stiefeln. Sein Körper zuckt kurz, wie von einem epileptischen Anfall geschüttelt, dann kippt er zur Seite, als wolle er an Patricks Schulter ein kurzes Nickerchen machen.

Patrick ist so sehr mit dem Blut auf seiner Schulter und dem Gewicht von Trevors Kopf beschäftigt, dass er die Außenwelt erst wieder wahrnimmt, als eine heftige Explosion den Humvee durchschüttelt. Durch die Risse in der Windschutzscheibe sieht er eine schwarze Rauchsäule, die sich an der Spitze des Konvois in den Himmel schraubt und die Sonne verdunkelt. Er will seinen Gruppenführer gerade nach Befehlen fragen, als er merkt, dass er allein ist. Fahrer- und Beifahrertür stehen offen, von draußen ertönen Gewehrfeuer und Schreie. Patrick packt den Türgriff, als eine weitere Kugel durchs Seitenfenster schlägt und sich wenige Zentimeter neben ihm in den Sitz bohrt. Er ist auf der falschen Seite, auf der, aus der der Angriff kommt. Sobald er die Tür aufmacht, ist er tot.

Das nächste Geschoss prallt mit einem Scheppern von der Panzerplatte unterhalb der Scheibe ab. Patrick flucht und duckt sich. Er packt seine M4, klettert über Trevors Leiche hinweg auf die andere Seite, stößt die Tür auf und lässt sich in den Schnee fallen.

»Gruppe V! Gruppe V!«, brüllt jemand. »Zwei Kampftrupps nach vorn, einer nach hinten!« Irgendwie haben die Fahrer es geschafft, richtig zu reagieren, und den Konvoi zumindest diagonal zu den Angreifern geparkt und nicht mit der Breitseite.

Patrick streckt den Kopf hinter dem eingelenkten Vorderreifen hervor und sieht den zerstörten Humvee an der Spitze. Muss eine Mine oder eine Panzerfaust gewesen sein. Drei Soldaten liegen reglos am Boden. Ihr Blut leuchtet grellrot aus dem weißen Schnee hervor. Ein vierter hängt zusammengesunken über dem MG des gepanzerten Transporters.

Die Lykaner greifen direkt aus der Sonne an. Patrick hält eine Hand vor die Augen und versucht im Gegenlicht etwas zu erkennen. Nichts. Nur kleine Blitze, die aussehen wie Sonneneruptionen. Mündungsfeuer von oben, von unten, von der Seite. Die Lykaner scheinen überall zu sein: auf den Felsen über ihnen, hinter dem Erdrutsch verschanzt, irgendwo seitlich der Straße versteckt. Mindestens ein Dutzend, vielleicht sogar mehrere.

Gefangen wie Sardinen in der Dose.

An der Spitze des Konvois entdeckt Patrick den Sergeant. Decker schultert eine Panzerfaust, robbt zum vorderen Ende des Transportlasters und feuert. Ein gleißender Feuerschweif spannt sich bis zu der Felswand fünfzig Meter voraus und explodiert dort.

Ohrenbetäubender Donner. Ein Feuerball steigt auf, Felssplitter regnen herab. Patrick versucht, sich an seine Ausbildung zu erinnern. Feuern aus der Deckung, feuern aus dem Hinterhalt, feuern im Liegen. Einzelschüsse und Dauerfeuer, immer abwechselnd. Kontrollieren, ob er irgendwas getroffen hat. Versuchen, den Feind möglichst schnell zu entdecken. Wenn schnelles Suchen nichts hilft, dann systematisch den Blick übers Gelände schweifen lassen, fünfzig Meter nach links, dann wieder zurück. Hundert Meter, dann hundertfünfzig. Diese und noch viel mehr Anweisungen schreien in Patricks Kopf durcheinander, blockieren sein Gehirn und lähmen ihn.

Nicht das. Nicht schon wieder diese Angst. Die Angst aus dem Flugzeug. Er kann sich nicht bewegen, weder Arme noch Beine, kann kaum atmen. Kopf und Körper sind ein einziges Knäuel aus Nervenbahnen, die ihm nicht gehorchen. Wie mit Fischerhaken und Angelleinen festgezurrt kauert Patrick hinter dem Humvee und hasst sich dafür.

Hinter ihm plätschert etwas. Patrick dreht den Kopf um und sieht Blut aus dem Humvee tropfen. Trevors Blut. Eine Kugel hat den Stöpsel aus seiner Aorta gezogen, so wie er kurz zuvor den Stöpsel aus seiner Feldflasche. Die Pfütze unter der offen stehenden Tür, das rote Muster, das sie im Schnee bildet, erinnert Patrick an einen Rorschachtest. Er fragt sich, was er darin erkennt. Seinen Tod, falls er nicht endlich handelt.

Wie von einer Ohrfeige aufgerüttelt, erwacht er aus seiner Starre. Patrick reißt die M4 hoch und entsichert den Abzug. Er stützt einen Ellbogen aufs Knie, presst den Kolben gegen seine Schulter und gibt einen zwanzig Schuss langen Feuerstoß in Richtung des Erdrutsches ab, dann duckt er sich wieder hinter den Reifen. Atmen. Er muss atmen. Möglichst gleichmäßig. Die Luft, die er einsaugt, brennt in seinen Lungen, so heiß ist sie, so gesättigt mit Schwarzpulverrauch.

Ein Granateinschlag erschüttert die Felswand voraus. Patrick spürt das Beben bis in die Schädeldecke. MG-Feuer von links, dann von rechts, wie zwei Gewitterwolken, die miteinander Pingpong spielen. Funken sprühen, Kugeln prallen an der Stoßstange des Humvee ab. Decker ruft seinen Namen, brüllt ihm zu, er solle aufschließen. Patrick wartet noch ein paar Sekunden, bis er seinen Atem wieder im Griff hat, dann rennt er los.

Er bewegt die Beine, so schnell er kann, aber von Sprinten kann nicht die Rede sein. Der Boden ist viel zu rutschig und uneben. Am oberen Rand der Felswand sieht Patrick einen kleinen Blitz. Er läuft noch drei Schritte, dann hört er auch den Donner. Der Boden vor ihm verschwindet, löst sich auf in einer Wolke aus Feuer und Dampf und pulverisierter Erde. Patrick fliegt durch die Luft wie ein kleines Kind beim Trampolinspringen. Die Druckwelle reißt ihm den Helm vom Kopf und einen Stiefel vom Fuß. Als er wieder aufschlägt, wird für einen Moment alles schwarz, dann grellweiß.

Lange liegt er einfach nur da. Seine Arme und Beine fühlen sich schlaff an. Er kann sich nicht bewegen. Er sieht den Himmel, sieht die schneebedeckte Felswand am Ende der Schlucht und einen Baum oben auf der Kante, der sich dunkel vor all dem Blau und Weiß abhebt. Patrick fragt sich, wie er sich mit seinen Wurzeln in dem nackten Fels festkrallen kann, da bewegt sich der Baum. Er hebt einen Ast, nein, es ist ein Arm. Er gibt ein Zeichen, signalisiert seinen Kameraden unterhalb irgendetwas, dann verschwindet er aus Patricks Gesichtsfeld. Der Baum, der kein Baum ist, sondern ein Lykaner in einem schwarzen Kampfanzug, ein dunkler Fleck an diesem sonnigen Tag.

Der Schusswechsel hält an – wie lange, kann Patrick nicht sagen. Er weiß nur, dass es nicht mehr lange dauern kann. Spätestens wenn die Lykaner das Schlachtfeld absuchen, die Leichen zählen und deren Taschen durchwühlen, ist er tot. Die M4 liegt gleich neben ihm, aber er kann sie nicht erreichen. Patrick spürt seine Hände nicht, kann weder die Kraft noch den Willen aufbringen, es wenigstens zu versuchen. Seine Schulter brennt wie rot glühendes Feuer. Wie ein winziger, giftiger Gasplanet.

Er nimmt alles nur noch in Momentaufnahmen wahr, wie in kleinen Scheibchen. Kälte kriecht an ihm herauf. Er riecht Blut und Schwarzpulver. Schockzustand. So haben die Ausbilder es genannt. Aber das Wort ändert nichts an seiner Situation, seiner Hilflosigkeit. Patrick sieht kaum etwas, seine Augen weigern sich zu fokussieren. Er überlegt, ob er ein Schädel-Hirn-Trauma hat, aber die Buchstaben wollen sich nicht recht aneinanderfügen. Schädeltraum, Traumhirn, Hirnraum … er hat einen Hirnraum?

Seine Sicht wird von Sekunde zu Sekunde verschwommener, wie ein Fenster, das vom Frost mit Eis überzogen wird. Er will etwas sagen, will seinen Kameraden zurufen: »Seht her, was aus eurem Wunderjungen geworden ist. Ich bin Patrick, mein Name ist Patrick!« Aber es hört ihn niemand. Irgendwann merkt er, wie die Sonne untergeht. Es wird dunkel. Schlafenszeit. Patrick will schlafen. Das Letzte, was er denkt, ist, wie weich und bequem der Schnee unter ihm ist. Wie gerne er sich jetzt ein bisschen ausruhen würde.

Kapitel 43

Es riecht nach Regenwürmern, alles ist von Moos überzogen. Wenn nicht die Sonne scheint, regnet es, und die Sonne scheint fast nie. Die Autos rosten in der salzigen Luft vor sich hin. Miriam ist im September hier eingezogen, in das Motel außerhalb von Tacoma, wo niemand Fragen stellt und sie die Miete jede Woche in bar bezahlen kann. Die Wände sind mit Kiefernholz getäfelt, die Teppiche fleckig, die Lampenschirme schwarz von den vielen toten Motten. Man kann überall rauchen. Drei der sieben Zimmer haben eine kleine Terrasse mit Lehnstuhl und Grill. Manche wohnen hier schon seit Jahren, darunter ein zahnloser alter Mann, den sie im Verdacht hat, dass er in seinem Zimmer Crystal Meth herstellt, und eine Hure mit abwasserblondem Haar, die jeden Tag denselben pinkfarbenen Minirock trägt.

Das Bundesgefängnis liegt zwölf Meilen außerhalb von Seattle. Keine Zäune, keine Wachtürme. Nicht nötig, weil es keinen Innenhof gibt. Die Insassen bleiben vierundzwanzig Stunden am Tag in den abgeschlossenen Räumen. Der graue Betonklotz wirkt wie eine uneinnehmbare Festung aus dem Mittelalter, auch wenn das Grundstück überraschend leicht einzusehen ist. Gleich in der Nähe befinden sich ein Gebrauchtwagenhändler, ein Pub und ein kleiner Supermarkt, vor dem sie oft ihren Ramcharger abstellt und das Gefängnis beobachtet.

An jeder Straßenecke Tacomas gibt es ein Starbucks mit kostenlosem Hotspot. Dort macht Miriam ihre Recherchen. Das Gefängnis wurde 1997 gebaut und ist auf sechshundertsiebenundsiebzig Insassen ausgelegt. Für Verurteilte und solche, die noch auf ihr Urteil warten. Ihre Vergehen reichen von Cyber-Anarchie, Überweisungsbetrug und Flugzeugdiebstahl bis hin zu Banküberfall und Inlandsterrorismus. Als Miriam von einer Telefonzelle aus anrief, wurde ihr gesagt, Jeremys Name stehe nicht auf der Liste der Gefangenen, aber das bedeutet gar nichts.

Miriam hat weder das Vertrauen noch die Geduld, um auf offiziellem Weg an den Grundriss heranzukommen, also macht sie den Architekten im Internet ausfindig, verschafft sich Zugang zu den Räumlichkeiten der Firma und stiehlt die Pläne sowie drei Computer, damit es aussieht wie ein ganz gewöhnlicher Einbruch.

Sie legt die Pläne auf die mit Schmetterlingen gemusterte Tagesdecke über dem Bett. Die Ecken beschwert sie mit ihren dreckverkrusteten Schuhen und den Peter-Beck-Krimis, die sie im Supermarkt gekauft hat. Was sie sieht, gefällt ihr nicht. Jeder Flur und jedes Treppenhaus ist mit alarmgesicherten Schleusentüren versehen. Die Heizungs- und Lüftungsschächte sind alle paar Meter vergittert – keine Chance hindurchzukriechen. Auf jedem Geschoss gibt es ein Wachhäuschen, auch in den beiden unterirdischen. In einem Trakt haben die Zellen nicht einmal Fenster, »Hochsicherheitsstandard« steht darüber. Dort wird er sein.

In Gedanken geht Miriam die Möglichkeiten durch. Sie könnte eine Geisel nehmen, ihr eine Schrotflinte unters Kinn pressen und einfach durch den Eingang marschieren. Sie könnte einen Transformator kurzschließen, um die Stromversorgung zu kappen, aufs Dach klettern, Molotowcocktails in die Abluftschächte werfen und sich dann mit der Feuerwehr hineinstehlen. Sie stellt sich vor, wie sie einem der Wachmänner nach Hause folgt, ihn mit Klebeband an einen Stuhl fesselt und über die Abläufe beim Schichtwechsel ausquetscht. Sie könnte sich seine Uniform schnappen und versuchen, seine Kollegen irgendwie zu übertölpeln.

Jeden Tag trainiert sie. Wofür, weiß sie selbst nicht genau. Das Einzige, was Miriam weiß, ist, dass sie es ihrem Mann schuldet. Sie haben sich entfremdet, aber natürlich liebt sie ihn immer noch. Sie muss versuchen, ihn zu befreien. Miriam hegt nicht den geringsten Zweifel daran, dass er gefoltert wird. Und mit der gleichen Gewissheit werden sie ihn zum Tode verurteilen. Ständig denkt sie an ihn. Beim Laufen auf den Waldwegen. Wenn sie in ihr Neopren schlüpft und in den Puget Sound springt. Wenn sie am Klettergerüst auf dem Spielplatz ihre Klimmzüge macht – Hände weit auseinander, direkt nebeneinander, Unterzug – oder Klappmesser im Sandkasten.

Ständig fühlt sie sich beobachtet, weshalb sie immer ein Messer oder eine Pistole dabeihat und oft an Durchgängen oder Straßenecken stehen bleibt. Nachts kommt ihr die Fensterfront ihres Zimmers vor wie ein riesiges lidloses Auge, das sie ununterbrochen anstarrt. Sie zieht die Vorhänge zu und schläft mit der Schrotflinte im Bett. Der Geruch des Waffenöls steigt ihr in die Nase wie das Parfüm eines Liebhabers. Der Lauf drückt sich ins Kissen ein wie ein Kopf.

Eines Morgens begrüßte der Crystal-Dealer sie mit »Hallo, Süße«, und Miriam zeigte ihm den Mittelfinger.

»Fotze«, antwortete er, und am nächsten Tag stellte sie fest, dass jemand den linken Vorderreifen ihres Wagens aufgeschlitzt hatte. Miriam ging sofort zu seinem Zimmer und trat die Tür ein. Der Kerl war gerade im Bad mit seinem Drogenlabor beschäftigt. Miriam packte ihn bei den Haaren, schlug ihm das Gesicht gegen den Spiegel, tauchte seinen Kopf in die Kloschüssel und erklärte ihm, er sei tot, wenn er ihr noch einmal schräg komme.

Sie parkt vor dem Supermarkt, kurbelt das Fenster herunter und starrt auf das Gefängnis. Sie weiß selbst nicht, wonach sie sucht, aber irgendwo da drin ist ihr Mann. Das Erste, das er je zu ihr sagte, war, wie gut sie rieche. Es war kein Spruch – seine

Nasenflügel blähten sich wie Blasebalge. Das war Jeremy: direkt, forsch, hungrig, zielgerichtet. Die Qualitäten, die ihn zu einem so guten Anführer machten und zu einem so miserablen Ehemann. All die Jahre hat sie ihm die Treue gehalten, und selbst jetzt tut sie es noch. Macht sein Wohlergehen zu ihrem einzigen Lebenszweck.

Einmal, als sie an der William Archer studierten und noch nicht fest zusammen waren, balgten sie sich auf einem Futon, und Jeremy sagte: »Ich will dich, jetzt«, sie könne nichts dagegen tun. »Bekommst du immer, was du willst?«, fragte Miriam. »Meistens«, war seine Antwort. »Ich auch«, erwiderte sie, packte ihn am T-Shirt und zog seinen Mund an ihre Lippen.

Wenn er auf einer Kundgebung sprach oder irgendwo eine Rede hielt, kam es ihr vor, als wäre sie mit ihm im Bett. Dieselbe Energie erfüllte sie, dasselbe Gefühl von Einssein, und an dem Leuchten in den Augen der anderen Zuhörer konnte sie ablesen, dass es ihnen ähnlich erging. Manchmal jedoch hatte sie es satt, seine Ideologie, den politischen Kampf. Dann sehnte sie sich nach einem normalen Leben, nach normalen Unterhaltungen, wollte ein Haus, die Veranda streichen, den Rasen mähen, sich mit Freunden im Park treffen, mit den Nachbarn im Garten grillen. Als ihre Tochter starb, starb auch die Energie, die sie so lange bei der Stange gehalten hatte. Sie verlosch wie eine ausgebrannte Glühbirne. Was blieb, waren nur ein paar Brösel ausgeglühter Draht.

Heute ist der wöchentliche Zehnmeilenlauf dran. Es nieselt. Vom Puget Sound weht ein Geruch nach Algen und totem Fisch herüber. Ein Krähenschwarm hat sich auf einem kahlen Baum niedergelassen, und die Äste hängen herab wie unter dem Gewicht giftiger, schwarzer Früchte. Als Miriam den Baum erreicht, fliegen sie auf wie Fledermäuse.

Ihre Lunge brennt, als sie wieder beim Motel ankommt. Ihre

Oberschenkel sind tonnenschwer. Miriam sperrt die Tür zu ihrem Zimmer auf und inspiziert das Talkum, das sie auf dem Teppich ausgestreut hat. Keine Fußabdrücke, wie immer. Sie zieht Laufhose und Sweatshirt aus und macht nackt ein paar Dehnübungen. Im Badezimmerspiegel betrachtet sie ihre von der kalten Luft gerötete Nase. Eine heiße Dusche wird die Kälte in ihrem Innern vertreiben. Der Duschvorhang ist von dem gleichen hässlichen Orange wie der PVC am Boden. Als sie ihn zur Seite zieht, um das Wasser aufzudrehen, steht Morris Magog vor ihr. Sie hat keine Zeit mehr, sich zu fragen, wie zum Teufel er es hier reingeschafft und so lange in der winzigen Kabine ausgehalten hat.

Sie ist eine alte Frau, wahrscheinlich eine Lykanerin. Mit dem langen grauen Umhang und Kopftuch sieht sie jedoch eher aus wie ein knorriger Ast oder ein windschiefer Findling. Ein paar weiße Strähnen lugen unter dem Kopftuch hervor und wehen ihr übers Gesicht. Sie bewegt sich langsam, bricht immer wieder in dem verharschten Schnee ein. Über ihrer Schulter hängt ein Bogen, der Köcher mit den Pfeilen überkreuzt ihn wie ein X. Ein riesiger Hund mit dickem Hals, langen Beinen und der spitzen Schnauze eines Wolfs zieht einen Schlitten mit erlegten Hasen hinter sich her. Zu Hause wird sie die Tiere häuten, ausnehmen und kochen. Jede Sehne und jedes noch so kleine Stückchen Fleisch wird verwertet. Pfeil und Schlinge sind ihre Jagdwerkzeuge. Das blutverschmierte weiße Fell der Hasen sieht aus wie eine Miniaturausgabe des Schlachtfelds, das sich vor ihr ausbreitet.

Lange steht sie da und betrachtet die Verwüstung. Die Humvees und gepanzerten Transporter schwelen noch. Was hier passiert ist, kann noch nicht allzu lange her sein. Die Wände des kleinen Felskessels sind von Kugeln und Granatexplosionen durchlöchert. Schwarze Höfe umgeben die Einschlagstellen. Der Wind dreht sich, und der Hund winselt, als ob er das rohe Fleisch und den verbrannten Gummi riecht. Leichen liegen herum wie auf einer Müllhalde, alles ist totenstill.

Sie geht weiter, hinunter zur Sohle des Kessels, hinunter zu den Leichen. Leere Patronenhülsen schimmern im Schnee. Die Frau zieht ein Messer aus den Falten ihres Umhangs. Sie hält sich nicht lange mit Knöpfen und Verschlüssen auf, sondern zieht die Klinge einfach durch den Stoff, durchsucht Taschen und Beutel, wirft weg, was sie nicht brauchen kann, den Rest auf den Schlitten: Patronen, Zündhölzer, Messer, Erste-Hilfe-Sets, Wischtücher, Gürtel, Feldflaschen, Ferngläser. Bei einem Soldaten fehlt die Hälfte des Schädels. Ein anderer sieht aus, als würde er lächeln, aus seiner Bauchdecke quellen die Eingeweide. Der daneben hat noch versucht, sich in Sicherheit zu bringen. Ein roter Streifen, etwa einen halben Meter breit und dreißig Meter lang, führt zu seiner Leiche – wie die Schleimspur einer Schnecke.

Der Nächste liegt flach auf dem Rücken. Ihr Hund schnaubt und scharrt neben seinem Kopf mit den Vorderpfoten. Das Gesicht des Soldaten ist von Blut und Ruß und einer Sonnenbrille verdeckt. Er ist noch ein Junge. Der Helm ist weg, und einer seiner Stiefel fehlt. Die Schulter sieht übel zugerichtet aus. Ob von einer Kugel oder einem Granatsplitter, kann die Frau nicht sagen. Sie kniet sich hin und zieht die aus Hasenfell gemachten Fäustlinge aus. Mit ihrer knochigen, fleckigen Hand nimmt sie ihm die Sonnenbrille ab. Seine Augenlider sind halb geschlossen.

Unter dem Jackenkragen tastet die Frau nach seinem Puls. Genau in diesem Moment öffnet der Junge für einen Sekundenbruchteil die Augen, so kurz, dass die Frau es wahrscheinlich übersehen hätte, hätte sie nicht nach einem Lebenszeichen gesucht. Sie steht noch einmal auf und blickt sich um, ob jemand sie beobachtet. Die Sonne blitzt auf ihrem Messer.

Kapitel 44

Neal steht vor der offenen Tür des Holzverschlags. Alle reden davon, wie ungewöhnlich warm es für die Jahreszeit ist, dass er dankbar sein sollte. Die Winde in der Republik sind manchmal so eisig, sagen sie, dass ein ungeschützter Finger innerhalb einer Minute erfrieren und abbrechen kann. Für ihn sind zwei Grad plus schlimm genug. Seine Augen lugen unter einer dicken Pudelmütze hervor, der Rest des Körpers ist von Schal, dickem Daunenanorak, Fäustlingen und Lammfellstiefeln bedeckt. Chase nennt ihn »Michelin-Männchen«.

Chase nennt ihn immer irgendwie: Mogli, Doc oder Captain Curry. Neal hätte nicht schlecht Lust, ihm die Nadel der Einwegspritze ins Auge zu rammen, die er ständig in der Brusttasche bei sich trägt. Dreißig Zentiliter Thiopental – genug, um Chase ins Reich der Träume zu schicken, falls er die Beherrschung verliert und die Pillen das Tier in ihm nicht länger im Zaum halten können. Neals offizieller Titel lautet auf Arzt, aber seine tatsächliche Funktion hier auf dem Stützpunkt ist die einer Krankenschwester. Erniedrigend. Würde er nicht zutiefst in der Schuld zweier Männer stehen, wäre er bestimmt nicht hier. Der eine ist Augustus, sein verschlagen grinsender Wohltäter, der andere Keith Gamble, Neals jahrzehntelanger Wegbegleiter und Freund.

Sie sind vor mehreren Tagen angekommen, aber Neal hat sich immer noch nicht an die Zeitumstellung gewöhnt. Die Tage kommen ihm vor wie Nächte, die Nächte wie Tage. Er blickt auf seine Armbanduhr. Das tut er ständig, als würde er dem Stand der Sonne in diesem Land nicht trauen. In einer Stunde fährt der Konvoi vom Stützpunkt zur Tuonela-Mine. Er und Chase werden dort ein paar Diplomaten und Führungskräfte treffen, danach folgt eine Pressekonferenz.

Neal späht in den schummrigen Schuppen. Von der Decke baumelt eine Glühbirne, aber als er an der Schnur zieht, passiert nichts. Seine Augen gewöhnen sich an die Dunkelheit, und er entdeckt den Wolfskadaver, der den »Labortisch« darüber aussehen lässt wie einen Schrein.

Die Ausstattung ist erbärmlich. Aber Keith' Stärke war schon immer, auf die richtige Idee zu kommen. Die Ausführung im Labor war nichts für ihn. Neal kann gar nicht mehr zählen, wie viele Gespräche mit Keith' Frage anfingen: »Was wäre, wenn wir …?« Captain Kirk und Mister Spock, so haben die anderen Studenten sie genannt, und einmal haben sie sich an Halloween auch so verkleidet. Keith war der gut aussehende Draufgänger, Neal der knochentrockene Langweiler. Nur Langweiler kommen mit den mühseligen Laborauswertungen, den endlosen Anträgen auf Bezuschussung, den politischen Hürden und der Borniertheit der Akademikerkollegen zurecht – mit all dem ganzen Bockmist, wie Keith immer sagte. Als er beschloss, Bierbrauer zu werden, war Neal entsetzt, nannte es eine Vergeudung seiner Fähigkeiten, aber er hatte sich geirrt. Das hier, Keith' Tod in der Republik, war die Vergeudung.

In dem Schuppen gibt es nichts, das für Neal von irgendwelchem Nutzen wäre. Er ist hier, um sich zu verabschieden. Er zieht die Handschuhe aus und streicht mit den Fingern über die Fläschchen und Reagenzgläser, blättert die Schnellhefter durch und die vergilbten Seiten in den Ordnern. Dicker Staub klebt an seinen Fingern, als er fertig ist.

»Genau wie du's beschrieben hast, alter Freund.«

Im Netz ist ein weiteres Video aufgetaucht. Das zweite, das Balor online gestellt hat. Gierig klickt Augustus auf den Link. Das erste hat er mehr als dreißigmal angesehen. Er sperrte die Bürotür hinter sich zu wie Leute, die in der Arbeit heimlich Pornos gucken. Mittlerweile kennt er es in- und auswendig. Er sieht Balors Gesicht vor sich, sieht das Zucken um dessen Augenwinkel und wie die Schultern sich mit jedem keuchenden Atemzug ein Stück weiter heben, hört die erstickten Schreie und das grausige Schmatzen, als wäre er selbst dabei gewesen.

Augustus weiß selbst nicht, was ihn daran so fasziniert. Aber jedes Mal, wenn er das Video ansieht, hält er die Maus fest umklammert. Ein elektrisches Kribbeln geht von ihr aus, kriecht seinen Arm hinauf bis in die Brust und lässt sein Herz immer schneller schlagen. Balor ist der Feind. Augustus hat Tausende von Stunden investiert, um ihn und das, wofür Balor steht, zu vernichten. Balor denkt, das Video sei ein Werkzeug und ein Beweis seiner Macht, aber Augustus weiß, das Gegenteil ist der Fall: Jeder Klick und jeder Kommentar zu dem Video ist eine Stimme für Chase Williams als nächsten Präsidenten der USA. Das Video stärkt ihre Position, zementiert sie geradezu.

Immer wieder wandern Augustus' Gedanken zurück zu dem Soldaten, den Balor in Stücke gerissen hat. Er war kein Mensch, er war Futter. Nicht einmal das, denn mit Hunger hatte es nichts zu tun. Der Soldat war ein Hilfsmittel, das Balor benutzt hat. Bei ihm und Chase ist das anders. Sie sind Freunde, sehr enge Freunde sogar. Trotzdem gibt es gewisse Parallelen, die Augustus nicht entgehen, aber er denkt nicht weiter darüber nach.

Die Wand in Balors Rücken ist mit Holz verkleidet. Kein Licht von der Decke – es muss eine Schreibtischlampe sein, die diese Schatten in Balors Gesicht zeichnet. Ein Brummen wie von einem großen Insekt – wahrscheinlich ein Stromgenerator – übertönt seine Stimme beinahe. Der Anflug eines Lächelns umspielt seine Lippen. »Wisst ihr, wie viel Geld es kostet, die USA zu vernichten? Ich spreche nicht davon, eine Brücke in die Luft zu sprengen, damit ihr um die Opfer trauert. Ich spreche auch nicht davon, eines eurer Heiligtümer zu sprengen, um euren Nationalstolz zu kränken. Ich spreche von vernichten. Wisst ihr, wie viel es kosten würde?« Er leckt sich mit der Zunge über die Lippen. »Dreißigtausend Dollar. Ihr werdet sehen. Schon bald.«

»Immer her damit«, sagt Augustus und klickt auf Wiederholen.

Chase isst nicht viel zu Mittag. Nicht, weil es in der Kantine farbloses Hühnerfrikassee mit grünen Bohnen und Wackelpudding gibt, sondern weil seine überstrapazierten Nerven seinen Magen in einen Stecknadelkopf verwandelt haben. Er entschuldigt sich und wartet draußen neben den Humvees, die wie prähistorische Käfer im Matsch stehen. An der kalten frischen Luft fühlt er sich sofort besser.

Er weiß, was im Moment in den Nachrichten läuft: Berichte über den Zusatzartikel zum Patriot Act und die Anhörungen zu den Klagen gegen den Impfstoff. Die Reden der Hardliner und Kompromisslosen. Sendungen zum bevorstehenden Militärgerichtsverfahren gegen Jeremy Saber. Die todlangweilige, zutiefst bodenständige Kampagne seines Vizepräsidentschaftskandidaten Pinckney Arnold, der von Kleinstadt zu Kleinstadt tingelt, Wahlkampfreden hält, Babys auf die Stirn küsst, Hände schüttelt und mit der rechten Hand auf dem Herzen die amerikanische Nationalhymne singt. Die PR-Fotos von Chase und Neal, wie sie in einem Truppentransporter der Air Force zusammen mit mehreren Hundert frischen Rekruten über den Atlantik donnern. Alles klappt wie am Schnürchen. Wie Büffel es versprochen hat.

Sämtliche Schmierkampagnen sind fehlgeschlagen – eben weil Chase alles offen zugibt: die Huren, die Sauftouren und Pöbeleien. Nichts, wofür man ins Gefängnis müsste, alles Teil des Gesamtpakets Chase Williams, des Mannes, der nichts zu verbergen hat. Es ist noch eine Woche bis zur Wahl, und er liegt in allen Umfragen vorn. Aber Chase reagiert kaum, wenn die Soldaten ihn mit »Mister President« ansprechen, verspürt keine freudige Erregung, wie er es eigentlich sollte. Die einzige Emotion, derer er hier in der Republik fähig ist, ist Angst. Manchmal auch Reue und manchmal trotzige Schuldverleugnung.

Als er heute Morgen auf dem Stützpunkt ankam, als der Kommandant ihn in sein Büro führte, machte Chase eine Bemerkung über das Wetter, sagte, wie angenehm warm es sei. Minus vierzig Grad wären ihm lieber, erwiderte der Kommandant, eine grauhaarige Kröte von einem Mann mit breiten, fleischigen Lippen und keinem Hals. »Da bleiben die Köter wenigstens in ihrem Bau«, sagte er. »Vor zwei Tagen haben wir in einem Hinterhalt einen kompletten Zug verloren. Fühlt sich an wie ein Dildo im Arsch. Und jetzt sind Sie hier.« Er nahm einen Schluck von seinem Kaffee und hüstelte. »Sie brauchen nicht zu glauben, dass die's nicht wissen. Sie wissen es. Und das heißt, dass irgendwelche Scheiße passieren wird.«

Dann erwähnte er Balor, und Chase fragte, welche Informationen sie über ihn haben. Er hatte die Videos gesehen, die Artikel gelesen, Büffel hatte ihn informiert, aber vielleicht wusste der Kommandant mehr als seine anderen Quellen.

»Irgendwas, das neu für Sie wäre? Ich würde mal sagen, er ist das Alphamännchen. Wir haben ihn schon lange in unserer Datenbank, über zwanzig Jahre. Hat früher für uns gearbeitet. Das wussten Sie nicht, was? Aber Sie hätten's bald erfahren. Irgend so ein Arschloch vom *New Yorker* hat rumgeschnüffelt und rausgefunden, dass wir ihn und ein paar von seinen Kötern in den Achtzigern mit Waffen versorgt haben, damit er die Russen rausschmeißt. Und jetzt hat er uns ins Visier genommen. Hat sich von ganz unten nach ganz oben hochgearbeitet. Er sagt was, und die anderen machen's. Wer uns seinen Kopf bringt, kriegt so viele Orden auf die Brust, dass ihm die Titte runterfällt.«

»Was ist mit seinem Auge?«
»Woher soll ich das wissen? Interessiert mich nicht.«
»War nur neugierig.«

Chase steht neben den Humvees und macht einen Schneeball. Er schleudert ihn in Richtung der inneren Schutzmauer wie eine Handgranate, aber der Wurf ist zu kurz. Eine Minute später gesellt sich der Lieutenant zu ihm, der während des Besuchs in der Mine sein Leibwächter sein wird. Nathan Streep, vierundzwanzig und ein Milchgesicht. Er sieht aus, als hätte er sich noch nie im Leben zu rasieren brauchen. Auf der Oberlippe hat er eine Narbe, die aussieht wie ein Wurm. Er zieht eine Schachtel Marlboros hervor, klopft zwei Stück heraus und bietet Chase eine an. Sie rauchen in kameradschaftlichem Schweigen.

Die Sonne scheint, spendet aber kein bisschen Wärme. Ein Schatten jagt über den Boden, und ein paar Sekunden später hört Chase den Überschallknall eines Kampfjets. Er weiß, sie sind ständig in der Luft. Nicht zu überhören, aber dafür umso schwerer zu sehen. Nur manchmal verrät sie das Glitzern der Raketen unter ihren Flügeln.

Chase kann nichts dagegen tun: Er zuckt wimmernd zusammen und reißt schützend die Arme über den Kopf. Er weiß, die wenigsten Leute können sich ihren eigenen Tod vorstellen. Sie machen sich Sorgen, Oma oder Opa könnte an einer Gräte ersticken oder in der Dusche ausrutschen und sich die Hüfte brechen. Sehen in der Fantasie ein kleines Kind hinter einem Ball herrennen und von einem Auto überfahren werden, stellen sich das Reifenprofil in der Blutspur auf dem Asphalt vor, die erst das nächste Gewitter wieder wegwaschen wird. Aber der eigene Tod bleibt ein Tabu. Erst sehr spät wird er zu einer vagen Möglichkeit, dann – in den letzten, geistestrüben Jahren – eine Zwangsläufigkeit. Chase kann sich selbst nicht erklären, wie es geschah, aber seitdem er gebissen wurde, senkt sich das Alter auf ihn herab wie eine bleierne Decke. Zum ersten Mal in seinem Leben hat er das Gefühl, dass der Tod ihn nicht nur letzten Endes holen wird, sondern schon bald.

Er richtet sich wieder auf, so schnell er kann. Glücklicherweise waren die Fotografen nicht dabei. Nur der Lieutenant beäugt ihn kritisch. Chase ist nicht sicher, ob er verächtlich grinst oder ob es an der Narbe liegt.

»Alles in Ordnung?«, fragt der Milchbubi.

»Alles bestens.«

»Wie lange ist es her?«

»Fast elf Jahre.« Wie immer hat er das Taschenmesser dabei, das sein Vater ihm geschenkt hat. Er hält den Griff fest umklammert.

»Nicht besonders lang.«

Lange genug, dass Adler und Anker auf seiner Schulter mittlerweile zu einem trüben Grau verblasst sind. Aber zu kurz, als dass er keine Albträume mehr hätte wie letzte Nacht. Er erinnert sich noch gut an das Pfeifen der Mörsergranaten, an die ohrenbetäubenden Einschläge, an die Lichtschweife der Leuchtspurgeschosse. Weiß und gelb und rot regneten sie vom Himmel, und Chase klappte jedes Mal der Kiefer nach unten, so überwältigend war der Anblick. Er erinnert sich an das Rattern der Kettenkanonen, der Rotorblätter der Blackhawks und an die eigenartige Stille in der Nähe der schwarzen Leichensäcke. Er erinnert sich an den Angriff auf ein Tunnelsystem – einen Bau, wie der damalige Kommandant es nannte – und an die Lykaner, die sich aus der Dunkelheit auf sie stürzten. Er sieht die Frau immer noch vor sich, die er mit seinem Flammenwerfer in eine lebendige Fackel verwandelte. Immer noch sucht sie ihn in seinen Träumen heim. Sie rannte einfach weiter, selbst nachdem ihr die Augäpfel aus dem Schädel geplatzt waren und ihre gesamte Haut als Asche vom Körper gerieselt war. Er musste seine Pistole aus dem Halfter reißen und sie mit einem Kopfschuss erledigen.

Chase nimmt einen tiefen Atemzug, hört überrascht das Knistern der Zigarettenglut und schnippt die Kippe mit einem Husten in hohem Bogen von sich.

Als sie bereits mit dem Konvoi unterwegs sind, fällt ihm auf, dass er von nichts hier den Namen kennt. Das Tal, die Mine, der Stützpunkt, sie alle haben denselben Namen, aber er kann sich nicht mehr daran erinnern. Am Wegesrand sieht er einen verkrüppelten immergrünen Strauch mit leuchtend roten Beeren, zwischen den Bäumen einen Hirsch, der so groß ist wie ein Elch. Chase will immer wissen, wie die Dinge heißen. Wenn er keine Namen für die Dinge hat, weiß er kaum, wer er ist.

Zehn Minuten später haben sie die Stadt erreicht und fahren im Schritttempo an einer Baustelle vorbei, auf der gerade ein neuer Wohnkomplex errichtet wird. Ein Gabelstapler setzt mit einem lauten Knall eine Palette voll Stahlträger ab. Die Flamme eines Schweißbrenners gleißt, eine Säge kreischt, und die Bauarbeiter starren unter ihren Helmen hervor dem Konvoi hinterher, als sie wieder Fahrt aufnehmen. Ein paar Straßenecken weiter kommen sie an einer von Bomben verursachten Baulücke vorbei. Immer noch dasselbe wie damals, denkt Chase, immer noch dieselbe widersprüchliche Aufgabe: aufbauen und zerstören.

Sie fahren durch eine Gasse mit Wandmalereien, die eine Schlacht aus dem Zweiten Weltkrieg darstellen, in der Lykaner Hunderte Nazis niedergemetzelt haben. Auf dem Platz dahinter hat sich eine Menschenmenge versammelt, und der Konvoi kommt zum Stehen.

»Sehen Sie sich das an«, sagt der Lieutenant. »Unsere Feinde geben eine Grillparty.«

In der Mitte des Platzes steht ein knorriger Baum. Von einem der blattlosen Äste baumelt eine in eine amerikanische Flagge gehüllte Strohpuppe. Eine Gruppe bärtiger junger Männer steht im Halbkreis um die Puppe herum und bearbeitet sie eine Zeit lang mit Heugabeln. Schließlich durchtrennen sie den Henkersstrick und werfen die Puppe samt Flagge auf einen Scheiterhaufen. Alle jubeln im Schein der Flammen. In einer Ecke wird ein Lamm aufgespießt, und zwei Jungen drehen es über dem Feuer. Männer rollen Zigaretten und trinken Apfelwein aus Tonkrügen, während die Frauen auf einem Klapptisch Wurstplatten anrichten. Kinder rennen zwischen den Beinen der Erwachsenen hin und her, spielen Fangen oder Wolf.

Chase versucht beim Anblick der Mistgabeln milde zu lächeln, aber bei jedem Stoß spürt er die Zinken zwischen den eigenen Rippen, in seinem Herzen.

Neal sitzt hinter ihm. Er beugt sich nach vorn und lässt die Schachtel Tic Tac in seiner Hand klappern. »Wie wär's mit einer von denen?«

In der Schachtel sind keine Minzdragees, es ist Volpexx. Neal begleitet Chase auf Schritt und Tritt, damit er sie auch nimmt wenn nötig.

Chase schüttelt eine heraus und schluckt sie.

»Hey, ich stinke aus dem Mund. Kann ich auch eine haben?«, meldet sich der Lieutenant wieder zu Wort.

»Nein«, erwidert Neal knapp und steckt die Schachtel ein. »Die gehören uns.«

Chase wird jede einzelne brauchen, und Neal darf sie nur häppchenweise herausrücken. Denn nach der ersten will Chase eine zweite und dann die dritte, bis er den Überblick verliert und in einem Rausch versinkt, wie er ihn in seinen Zwanzigern oft hatte und am nächsten Tag aufwachte, als hätte ihn in der Nacht eine Dampfwalze überfahren.

Je näher sie kommen, desto größer erscheint ihm die Mine. Die Schlote und die von Ruß geschwärzten Metallbauten lassen sie aussehen wie eine Albtraumfabrik. Der etliche Meilen lange Sicherheitszaun umschließt ein unfassbar großes Gebiet.

Der Krater der Tagebaumine ist so groß, dass die Kipplader, die darin herumfahren, aussehen wie Spielzeugautos. Chase stellt sich vor, wie Dynamit und Bohrer sich immer tiefer graben und der Erde Tonne um Tonne Uranerz entreißen. Unwillkürlich denkt er dabei an die Zellen und Gefäße in seinem eigenen Körper und das Gift, das darin wütet.

Sie kommen an einen mit Stahltoren und Nagelbändern gesicherten Kontrollpunkt. Ein Spiegel wird unter den Humvee geschoben und der Fahrer kurz befragt, dann fahren sie weiter zu dem ein paar Hundert Meter entfernt liegenden Parkplatz. Wiederum eine Sicherheitsmaßnahme, damit eine am Kontrollpunkt gezündete Autobombe die Anlagen der Mine nicht beschädigen kann. Bei den Reportern dauert die Überprüfung zehn Minuten länger. Sie und ihre gesamte Ausrüstung werden gründlich durchsucht, nach Waffen, Sprengstoff, Chemikalien.

Chase spürt das Volpexx in seinem Blut. Es macht ihn so stumpf wie drei Flaschen Bier. Er schließt die Augen, legt das Kinn auf die Brust und sieht den bunten Punkten zu, die auf den Innenseiten seiner Lider tanzen. Er hört den Humvee mit den Reportern herankommen und atmet einmal tief durch. Er steigt aus und geht auf die Vertreter von Alliance Energy zu, die ihn lächelnd und mit ausgestreckten Händen am Rand des Parkplatzes erwarten.

Kapitel 45

Das Erste, was Patrick bemerkt, ist der Schmerz in seiner rechten Schulter. Solange er stillhält, konzentriert der Schmerz sich auf einen Punkt, aber sobald er sich bewegt – ein Seufzen genügt –, explodiert er in Dutzende glühender Skalpelle, die bis in seine Brust und in seinen Arm schneiden.

Er liegt auf dem Boden einer einfachen grauen Holzhütte. Es gibt nur einen einzigen Raum. Wind pfeift durch die Ritzen. Das Dach ächzt unter der Last des Schnees, die weichen Bodendielen knarren unter seinem Gewicht, die lodernden Holzscheite im Kamin zerbröseln zu weißer Asche – alles an dieser Hütte scheint einen verzweifelten Kampf gegen die Schwerkraft zu führen. Es riecht nach Fisch und Zwiebeln. Von den Dachsparren baumeln Kräuter und Dörrfleisch, in den Ecken hängen staubige Spinnennetze mit halb durchsichtigen Insektenhüllen darin. Auf einem Ofen köcheln Töpfe vor sich hin.

Patrick nimmt seine Umgebung nach und nach in sich auf, jedes Mal ein bisschen, wenn er kurz aus dem bleiernen Schlaf erwacht, der ihn nicht aus seinen Fängen entlassen will. Er fühlt sich, als wäre er gar nicht hier, nicht einmal in seinem Körper. Könnte an der Verletzung liegen, aber vielleicht hat sie ihn auch unter Drogen gesetzt. Sie, die alte Lykanerin.

Sie hat einen Buckel, die Brüste sind flach vom Alter, ihr Hals ist dünn wie ein Zweig. Auf ihrem Kinn sprießen lange weiße Barthaare, die jedes Mal beben, wenn sie den zahnlosen Kiefer bewegt. Er versucht sie auf Englisch anzusprechen und mit dem bisschen Finnisch und Russisch, das er beherrscht, aber sie reagiert nicht. Sie starrt ihn nur aus ihren vom Altersstar trüben Augen an wie eine Mumie und lässt keinerlei Neugier oder andere Emotionen erkennen. Anfangs hält Patrick sie für taub oder senil, aber dann kommen ihm Zweifel. Vielleicht hat er gar nichts zu ihr gesagt. Vielleicht passierte es nur in seinen Gedanken, vielleicht hat er gar nicht die Kraft, seine Zunge zu bewegen.

Er träumt, wie die Maschinenpistole in seinen Händen rattert und einen Lykaner in einem Pfauenschweif aus Blut an eine Felswand nagelt. Er träumt, wie die alte Frau am Fenster steht. Ihre Haut ist so dünn und durchscheinend, dass er die Sehnen und das Blut darunter sehen kann. Wie ein eigenständiges, dunkles Wesen regen sie sich in der menschlichen Hülle. Er träumt, wie sie in Pfeifenrauch gehüllt auf einem Stuhl sitzt und ihn mustert. Skepsis spiegelt sich in ihren glasigen Augen. Und er träumt – oder ist er wach? – von einem Wolf, der ihn aus einer dunklen Ecke beobachtet.

Mit einem Bündel Lappen, einer Pfanne voll dampfendem Wasser und einer Spitzzange kauert sie sich neben ihn. »Das Fieber geht nicht weg, und deine Haut wird schon schwarz«, sagt sie mit einer Stimme, die klingt wie eine rostige Türangel. »Das Metall muss raus.«

Sie spricht, zeigt ihm ihr Messer. Patrick sagt nichts. Er dreht nur den Kopf zur Seite, damit er nicht hinsehen muss. In einem OP würde man ihn wahrscheinlich festbinden, aber er ist ohnehin zu schwach, um sich zu wehren oder auch nur zu zucken, als er das Tasten und dann den explodierenden Schmerz in seiner Schulter spürt. Er hört, wie die Granatsplitter klirrend auf den Boden fallen. Eine befreiende Leere macht sich in ihm breit. Für den Bruchteil einer Sekunde, bevor der Schmerz ihm das Bewusstsein raubt, denkt er an seinen Vater und begreift endlich den Zusammenhang.

Benommen wacht Patrick auf. Er weiß nicht, wie lange er geschlafen hat. Er weiß nur, dass es sehr lange gewesen sein muss. Draußen ist es dunkel, wie so oft. Könnte vier Uhr nachmittags sein oder auch vier Uhr morgens. Vor der Hütte hört er ein Heulen. Er hat keine Ahnung, ob es echte Wölfe sind oder Lykaner.

Es geht ihm besser, er fühlt sich irgendwie leichter, als hätten die Granatsplitter ihn mit ihrem Gewicht zu Boden gedrückt. Zum ersten Mal seit Langem setzt er sich auf. Die Felle, die seinen Oberkörper bedecken, rutschen nach unten, und Patrick bemerkt, dass er nackt ist.

Der Verband an seiner Schulter fühlt sich feucht an und riecht nach Pilzen. In der Ecke knistert ein Ofen. Patrick spürt die Hitzewellen, die von ihm ausgehen, trotzdem ist die Luft in der Hütte so kalt, dass er seinen Atem sehen kann. Auf einem dreibeinigen Tisch, der kaum größer ist als ein Schemel, flackert eine Kerze. Sie ist die einzige Lichtquelle in der Hütte. Patrick ist allein. Ein Stück neben ihm liegt, ordentlich gefaltet, seine Uniform. Daneben stehen die Stiefel.

Patrick steht auf. Der Raum um ihn herum dreht sich kurz und hält dann still. Sein Körper fühlt sich verspannt an und träge vom langen Liegen. Er hält den verletzten Arm eng an den Körper gepresst und setzt vorsichtig einen Fuß vor den anderen. Seine Uniform ist sauber, riecht nach Kiefernseife. Er will sich schon anziehen, da fallen ihm seine Gedanken wieder ein, die er zuletzt hatte, bevor er ohnmächtig wurde.

Patrick durchsucht seine Taschen nach den Ausdrucken und den Notizen, die er aus dem Schuppen mitgenommen hat. Er faltet sie umständlich auseinander und legt sie neben die Kerze.

Das Metall hat ihn vergiftet, und die alte Frau hat ihn gerettet, hat das tote Fleisch aus ihm herausgeschnitten wie ein verdorbenes Stück Pfirsich.

Patrick streicht das Papier glatt. Die Tinte ist teilweise verlaufen und fleckig, aber er kann alles entziffern. Es geht um Zellschutz, um Entgiftung und Metalle wie Silber im Körper. Silber. Silber ist einer der Hauptbestandteile von Volpexx. Ein Körnchen Wahrheit steckt immerhin in den alten Legenden: Silber ist giftig für Lykaner. Die größten Produzenten sind die Red Dog Mine und die Greens Creek Mine in Alaska, hat Patrick einmal gelesen. Zusammen produzieren sie etwa dreihundert Tonnen pro Jahr. Pfizer ist der Hauptanteilseigner.

Keith hatte seine Frau schon vor über fünfzehn Jahren verloren, und trotzdem hat er weiterhin versucht, sie zu retten. Den Wolf in ihr konnte er nicht töten, aber vielleicht die Nebenwirkungen des Medikaments. Die Metallothioneine sollten das Volpexx reinigen, es entgiften, vermutet Patrick. Die verheerenden psychischen Auswirkungen abmildern, ohne das Ergebnis des monatlichen Bluttests zu gefährden.

Patrick überlegt, über wie viele Jahre hinweg und auf wie viele verschiedene Arten sein Vater versucht hat, ein Gegenmittel zu finden. Keith arbeitete oft in seinem heimischen Labor in der Garage, in jenem kleinen Raum mit dem Abfluss in der Mitte des Bodens, den Edelstahlarbeitsflächen, den Kolben, Schläuchen und Zentrifugen. Es sah aus wie das Labor eines verrückten Professors in einem Film, der nur in der Spätvorstellung läuft. Die Tür war immer abgeschlossen. Patrick durfte nur zusehen, wenn er sich mucksmäuschenstill verhielt und sich nicht von seinem Stuhl in der Ecke wegbewegte. Er arbeite an Bierrezepturen, behauptete sein Vater immer. Aber Patrick kann sich noch deutlich an die Spritzen erinnern, die auf dem Regal herumlagen. Und er erinnert sich an die vielen Hunde, die er als Kind hatte. Sie sind so oft an »Krebs« gestorben, dass Patrick sich schließlich keine neuen Namen mehr ausdachte, sondern sie alle einfach Ranger nannte.

Er wendet sich den Ausdrucken zu, den E-Mails von der Universität von Oregon. Ndesai, Ndesai, Ndesai. Immer wieder derselbe Absender und Empfänger. Die komplette E-Mail-Korrespondenz der letzten zwei Jahre. Neal. Der alte College-Freund, mit dem sein Vater so oft telefonierte, von dem er so oft gesprochen hatte. Und immer wieder hatte er Patrick ans Herz gelegt, er solle ihn doch besuchen. Die Fußzeile der E-Mails weist Desai als Leiter des Labors für biologische Sicherheit im infektionsmedizinischen Forschungszentrum der Universität von Oregon aus. Er wird von Patrick hören, sobald er Zugang zu einem Computer hat.

Die Tür geht auf, und aus der Dunkelheit draußen kommt ein riesenhafter Hund hereingetrabt. Hinter ihm steht die alte Frau. Ein eiskalter Luftzug fegt in die Hütte, die Kerze flackert, und Patrick wird es eiskalt. Der Hund schüttelt den Schnee aus seinem Fell und streckt sich mit einem Knurren. Die Frau drückt mit der Schulter die Tür zu und schiebt den Riegel vor. In der einen Hand hält sie drei tote Hasen an den Ohren fest, mit der anderen schiebt sie ihr Kopftuch zurück. Ihr Blick wandert von Patricks Gesicht zu seinem Becken. Erst jetzt fällt ihm wieder ein, dass er nackt ist, und er bedeckt sich hastig mit den ausgedruckten E-Mails. Der Wind draußen schwillt zu einem Heulen an, und die Lykanerin lächelt zahnlos.

Sie dreht sich weg, schält sich aus Handschuhen, Stiefeln, Umhang und breitet sie zum Trocknen vor dem Kamin aus. Es ist ein seltsamer Tanz, den die beiden aufführen. Langsam aufgrund des Alters legt die Frau Schicht um Schicht ab, während Patrick, langsam aufgrund seiner Verletzung, Schicht um Schicht anlegt. In etwa dem gleichen Moment sind sie mit der Prozedur fertig und blicken einander an. Was jetzt?

»Du hast Hunger.« Sie fragt nicht erst, sie weiß es. Entsetzlichen Hunger, als hätte er wochenlang nichts gegessen.

Patrick beobachtet, wie sie einen der Hasen aufschneidet. Sie holt die Eingeweide heraus und wirft sie hinüber zu ihrem Hund, zieht das Fell ab und legt das rohe Fleisch darunter frei. Sie zupft es von den Knochen, schneidet es in Würfel und wirft es zusammen mit etwas Schnee, ein paar Wurzeln und Knochenstücken in einen Topf, den sie auf den Holzofen stellt. Etwas später setzen sie sich an den Tisch, und die Frau stellt ihm eine dampfende Schüssel Eintopf hin.

»Danke«, sagt Patrick.

Claire ist glücklich. Sie hat kein anderes Wort dafür. Leicht wie eine Feder kommt sie sich vor, als könnte der Wind sie davontragen, sobald sie nur das Fenster öffnet. Zum ersten Mal, seit sie hier angekommen ist, gibt es Leute, die sie nicht nur als Hope Robinson kennen, sondern bei ihrem richtigen Namen. Zum ersten Mal spürt sie so etwas wie Gemeinschaft. Zum ersten Mal hat sie Freunde, falls das das richtige Wort ist. Leute, mit denen sie in der Cafeteria zusammensitzt, denen sie im Park zuwinkt. Sind das ihre Freunde? Würden sie Claire ihre Freundin nennen? Sie glaubt es zumindest.

Die Wahlplakate auf dem Campus, auf denen steht: »Stimmt für Nader« oder: »Weg mit Williams«, nimmt sie kaum wahr, bekommt weder die Diskussionen um die angelaufene Impfforschung mit noch die massenhafte Begeisterung, die der Gouverneur von Oregon wegen seines Besuchs in der Republik für sich verbuchen kann.

Sie weiß, es ist unverantwortlich, aber nach Monaten der krampfhaften Angst genießt sie einfach den Moment. Sie fühlt sich wieder wie damals, als sie vor so vielen Jahren mit ihren Eltern nachts auf dem Highway fuhr. Alles war dunkel und friedlich, das Radio lief, da riss ihr Vater plötzlich das Lenkrad herum. »Verfluchte Scheiße!«, rief er, und sie alle sahen die Fahrräder durch die Luft fliegen, Dutzende davon. Sie wussten nichts von dem Kleinbus mit Anhänger, der vor ihnen fuhr. Er sollte Fahrräder in das Sommercamp irgendeiner Kirchengemeinde transportieren, aber die Anhängerkupplung hatte sich gelöst, und jetzt flogen die Räder Funken sprühend durch die Nacht wie Feuerwerkskörper – hier ein pinkfarbener Cruiser, da ein gelbes Mountainbike. Für Sekundenbruchteile tauchten sie im Scheinwerferlicht auf, Reflektoren blitzten, dann verschwanden sie Salti schlagend wieder in der Dunkelheit, und Claires Vater raste im Zickzack mitten hindurch. Gerade noch hatten sie alle drei aus vollem Hals geschrien, dann brachen sie in schallendes Gelächter aus und fuhren schlingernd weiter. Unbeschadet und so knapp an der Katastrophe vorbei, am Leben!

Letzte Woche war sie jede Nacht in der Turnhalle bei den drei Jungs, alle Hilfskräfte von Reprobus. »Das Rudel« nennt er sie. Anfangs behielten sie ihre Kleidung noch an, weil sie nicht sicher waren, wie Claire reagieren würde. Dann, am dritten Abend, fragte Claire, ob sie ihnen vertrauen könne, und Matthew sagte: »Wenn wir untereinander kein Vertrauen haben, sind wir kein bisschen besser als die Reinblüter.« Claire war ziemlich sicher, dass es sich dabei um einen von Reprobus' Aussprüchen handelte. Alan gab ständig Plattitüden und düstere Prophezeiungen von sich, die wie Binsenweisheiten klangen und gleichzeitig einen beängstigenden wahren Kern hatten. Aber selbst wenn es so war – der Spruch war gut, und Claire würde ihn sich merken, denn das war es, wonach sie sich am allermeisten sehnte: Vertrauen.

Sie zog sich aus, und die anderen folgten ihrem Beispiel. Kehliges Gebrüll erfüllte die Halle. Selbstbeherrschung war eine Begleiterscheinung der menschlichen Intelligenz. Das Tier in Claire hatte keinen Platz dafür. Wenn sie sich verwandelte, dann, um ihren Impulsen freien Lauf zu lassen, alles um sie herum zu vergessen. Das wusste sie, und das tat sie. Trotzdem wird ihr während der Verwandlung immer noch speiübel.

Die Stunden rasten nur so dahin, während sie die Sandsäcke bearbeitete, über Schwebebalken und Seitpferd sprang, an den Seilen herumturnte und sich schließlich erschöpft und glücklich, als hätte sie gerade den besten Sex ihres Lebens gehabt, auf den Weg zu ihrem Zimmer machte. Sie hatte vergessen, wie unbeschreiblich es ist, einfach loszulassen, alle Schranken und jegliche Selbstkontrolle hinter sich zu lassen und das Adrenalin in vollen Zügen auszukosten wie einen Drogenrausch. Ihre Wahrnehmung war komplett verändert. Im Biologieunterricht hat sie gelernt, dass die Sinne unterschiedlich schnell ansprechen. Auf Licht reagiert das menschliche Gehirn langsamer als auf Schall, bei Geschmack und Geruch dauert es noch länger. Jetzt nicht mehr. Jeder Reiz, jedes Signal kommt sofort und ungefiltert an.

Ob sie noch an Patrick denkt? Ja, tut sie. Aber nicht mehr so oft. Er gehört zu einer anderen Welt, nicht zu dieser, die jetzt ihre Welt ist. Matthew gehört zu ihr. Wenn Claire an Patrick denkt, beschleicht sie das Gefühl, dass sie ganz einfach ausgehungert war. Und wer ausgehungert ist, verschlingt gierig alles, was er bekommen kann – Dreck, eine verfaulte Banane, ein halb gegessenes Sandwich aus einer Mülltonne.

Das Aufwachen ist schwierig, genauso wie Hausaufgaben machen. Jeden Morgen fühlt sich ihr Körper an, als hätte sie statt Knorpelflächen Schmirgelpapier in den Gelenken. Die Zahnbürste ist blutverschmiert, weshalb sie mittlerweile lieber mit Mundwasser gurgelt. Zu Andrea hat sie gesagt, sie hätte jemanden kennengelernt. Einen Jungen. Sie steht wenige Minuten vor Unterrichtsbeginn auf, kleistert die Blutergüsse im Gesicht mit Make-up zu und rennt dann in die Vorlesung.

Deshalb hat sie auch von dem neuen Lykanergesetz nichts mitbekommen.

Der frische Schnee lässt den Campus funkeln wie Sternenfeuer. Vor dem Eingang klopft Claire ihre Stiefel ab, dann betritt sie den Hörsaal und hält nach Matthew Ausschau. Sie entdeckt ihn vorne am Pult. Er spricht mit Reprobus. Erst jetzt hört sie das aufgebrachte Gemurmel im Saal. Claire setzt sich und öffnet ihren Rucksack.

Reprobus faltet die Hände über dem Bauch. Als er spricht,

hört Claire am Ton seiner Stimme, dass etwas passiert sein muss.

»Wir stehen an einem interessanten Scheideweg«, sagt er und wartet, bis alle still sind. »Wir erleben, wie gerade Geschichte gemacht wird. Geschichte, die eines Tages hier in diesem Hörsaal unterrichtet werden wird, falls diese Universität dann noch existiert, was ich genauso inständig hoffe wie bezweifle. Gestern hat der Kongress mittels eines Verfahrenstricks, der normalerweise nur bei unverfänglichen Eingaben zur Anwendung kommt, in aller Eile einen Zusatzartikel zum Patriot Act verabschiedet. Der ursprüngliche Entwurf zu besagtem Zusatzartikel wurde drastisch verändert, ohne ihn vor der Abstimmung der Öffentlichkeit vorzulegen. Nur zwei Abgeordnete des Repräsentantenhauses stimmten dagegen. Zu dieser Stunde wird er dem Senat vorgelegt, der ihn aller Wahrscheinlichkeit nach durchwinken wird.«

Der Schnee in Claires Haaren schmilzt und fällt in dicken Tropfen auf ihre Schultern und Oberschenkel. Sie holt ihren Stift heraus, aber es gibt nichts zu schreiben. Sie hält ihn umklammert wie ein Messer.

Reprobus erklärt, das Ganze seien die Nachwirkungen der Razzia von letzter Woche. In Florida war eine Terroristenzelle ausgehoben worden. Sicherheitskräfte hatten einen ausschließlich von Lykanern bewohnten Apartmentblock gestürmt. Es hatte Dutzende Verhaftungen gegeben, Unmengen an Waffen waren beschlagnahmt worden. Nachdem seit zwei Jahren im gesamten Land erhöhte Gefahrenwarnstufe galt und jede Woche neue terroristische Bedrohungen aufgedeckt wurden, habe die Regierung nun beschlossen, weitere Schritte zu unternehmen, um für die innere Sicherheit zu garantieren.

»Sicherheit« notiert Claire und streicht es wieder aus.

Reprobus erläutert, was das im Einzelnen bedeutet: Ab dem nächsten Jahr werden alle Urkunden inklusive Pässe mit einem Zusatzmerkmal versehen, das den Inhaber als Lykaner ausweist. Das Flugverbot für Lykaner bleibt auf unbestimmte Zeit in Kraft. Eine Onlinedatenbank wird eingerichtet. Jeder kann auf sie zugreifen. Alle registrierten Lykaner sind dort mit Namen, Adresse und Foto vermerkt. Die Antidiskriminierungsgesetze werden aufgehoben. Jeder Arbeitgeber, jedes Geschäft darf Lykanern Anstellung und Serviceleistung verweigern. Im Licht der jüngsten Anschläge stuft die Regierung Lobos nun als akute Bedrohung der öffentlichen Gesundheit und Sicherheit ein. Verelendung, Ausgrenzung und Ausschreitungen gegen Lykaner seien damit Tür und Tor geöffnet. Und dem Impfprogramm, das sich dieser Cowboytrottel von Präsidentschaftskandidat auf die Fahne geschrieben hat.

»Ich weigere mich, mich dem zu fügen. Mein Verhalten kann eine Geld- oder Gefängnisstrafe nach sich ziehen, es kann mich auch den Job kosten. Ich weiß es nicht, und es ist mir auch egal. Als ich in eurem Alter war, war ich ein unbequemer Bürger. Eure Generation ist anders. Ich finde euch geradezu speichelleckerisch höflich und möchte euch hiermit ermuntern, auf die Straße zu gehen. Seid unbequem und lästig. Verschafft eurer Stimme Gehör. Heult, dass die Straßen beben.«

Damit beendet er die Vorlesung.

Kapitel 46

Eisklumpen prasseln auf Patricks Kampfanzug herab und beißen ihn in die Haut. Das Funkgerät ist kaputt, zerstört von einem Splitter oder einer Kugel, aber das GPS funktioniert noch. Er stellt entsetzt fest, dass er es versehentlich eingeschaltet hatte und die Batterie mittlerweile halb leer ist. Er überprüft seine Koordinaten, dann die des Stützpunkts und sieht, dass er noch über vierzig Meilen vor sich hat. Er muss Strom sparen. Patrick beschließt, sich auf seinen Orientierungssinn zu verlassen und seine Position nur noch alle paar Stunden zu überprüfen. Er kann nur hoffen, dass er in der Zwischenzeit nicht zu weit vom Kurs abkommt.

Als er vor einer Stunde aus der Hütte treten wollte, packte die Frau ihn von hinten am Arm. Der Griff ihrer knochigen Finger war erstaunlich stark, beinahe schmerzhaft. Mit der freien Hand reichte sie Patrick die Pistole, seine Pistole, die sie vor ihm versteckt hatte. Er bedankte sich und steckte sie ein, aber sie ließ ihn immer noch nicht los. Sie wollte ihm etwas sagen, er konnte es an ihrem bebenden Gesicht sehen. Patrick wartete. Er wartete, dass sie ihn warnen oder ihm Lebewohl sagen würde, aber sie blieb stumm. Schließlich ließ sie ihn los, schob Patrick zur Tür hinaus und verriegelte sie hinter ihm. Patrick stand da, schaute hinaus in die weite Leere und spürte die Kälte, die unter seine Kleidung kroch wie ein eisiger Hauch aus einer Höhle, wo keine Höhle war.

Patrick ist auf dem Land groß geworden, oft saß er nachts mit einer Cola auf der Veranda und hielt nach Sternschnuppen Ausschau. Er kennt die Dunkelheit, weiß, wie sie aussieht, wenn sie nicht von den Lichtern einer Stadt verfälscht wird. Aber hier, wo Halbmond und Sterne größtenteils hinter den grauen Wolken verborgen sind, fühlt er sich absolut verloren. So verloren, dass er, als er die wie ein Häcksler knatternden Rotorblätter eines Hubschraubers hört, nicht einmal versucht, ihn zu entdecken, geschweige denn eine Leuchtkugel abfeuert oder mit den Armen winkt. Hier draußen hat er keine Hilfe und keine Wunder mehr zu erwarten. Patrick hat sein ganzes Glück bereits für die alte Frau aufgebraucht.

Der Schnee kracht unter jedem seiner Schritte. Es klingt wie ein Hund, der einen Knochen zerbeißt. Normalerweise wäre Patrick beunruhigt wegen des Lärms, den er macht, aber nicht hier, in dieser unendlichen Leere. Er blickt über die Schulter und sieht seine Fußspuren. Wie ein Schützengraben ziehen sie sich durch den Schnee. Falls irgendjemand ihn aufspüren will, hat er leichtes Spiel.

Patrick spürt seinen Herzschlag als ein Pochen in der Schulter und versucht, sich auf etwas anderes zu konzentrieren. Auf einen der wenigen Sterne am Himmel, auf einen Eisklumpen am Boden, auf die bewaldeten Hügel vor ihm, die er durchqueren muss und wo sich schon seit einiger Zeit mit einem fahlen grünen Schimmern die Dämmerung bemerkbar macht. Patrick hat gerade die Spitze einer Anhöhe erklommen, als die Sonne schließlich hinter den Wolken hervorbricht. Die grellen Strahlen machen ihn einen Moment lang blind. Er rutscht aus und schlittert in einer kleinen Schneelawine den Abhang hinunter. Der Hügel ist steil, und Patrick wird immer schneller. Während sein Magen sich von der Beschleunigung hebt, schrammt er gegen Steine, hüpft wie ein herrenloser Schlitten über Kuppen, bis er endlich zum Stehen kommt.

Seine Schulter schmerzt, und Patrick befürchtet, die Wunde könnte wieder aufgeplatzt sein. Er bewegt Finger, Zehen und Gelenke, scheint sich aber nicht verletzt zu haben. Er rappelt sich hoch und schreit beinahe vor Freude und Erleichterung.

Beinahe, denn der Schrei bleibt ihm im Hals stecken, als er die anderen Fußspuren entdeckt. Stiefelsohlen, die Abdrücke sind noch ganz frisch. Patrick untersucht sie genauer und erkennt das Muster wieder: Es ist das Gleiche wie an seinen. Ein Stückchen weiter vorn laufen mehrere von ihnen zusammen und verschwinden dann in einem kleinen Wäldchen hundert Meter voraus.

Am liebsten würde er sofort losrennen und um Hilfe rufen, aber etwas hält ihn zurück. Was haben diese Soldaten – sechs Mann ungefähr, den Spuren nach zu urteilen – so weit draußen zu suchen, weitab von jeder Straße und jedem Dorf, weitab von allem? Vielleicht eine Spezialeinheit. Vielleicht sind sie aus dem Hubschrauber abgesprungen, den er zuvor gehört hat, und wollen ein Terroristennest ausräuchern. Oder sie haben es auf etwas anderes abgesehen.

Plötzlich schallt von dem Wäldchen ein durchdringendes Heulen herüber. Wölfe. Sie sind ganz aus dem Häuschen.

Patrick bekommt kaum mit, wie er die Pistole zieht, mit schnellen Schritten die letzten Meter zu den Bäumen zurücklegt und versucht, nicht über Wurzeln und herumliegende Äste zu stolpern. Der Lärm, den sie veranstalten, führt Patrick wie von selbst zu dem Rudel. Zuerst war es nur ein Heulen, jetzt hört er sie auch kläffen, hört, wie ihre Kiefer schnappen. Sie sind so laut, dass sie Patrick gar nicht bemerken. Im ersten Moment begreift er nicht, was er sieht: eine Lichtung voll Männern in Tarnanzügen, die um einen Elch herumtanzen. Der Schnee zu ihren Füßen ist flach getrampelt und blutig.

Wie eine Heugabel schwingt der Elch sein Geweih in die eine Richtung, dann wieder in die andere, als die Soldaten vorwärts springen und mit Speeren – es sind tatsächlich Speere, drei Meter lange, angespitzte Holzstangen – nach seinen Beinen stechen. Er kann nicht mehr fliehen, ein Hinterlauf steht in spitzem Winkel vom Körper ab. Er verdreht die Augen vor Angst und stößt einen brüllenden Klagelaut aus, der abrupt verstummt, als einer der Speere sich in seinen Hals bohrt.

Die Männer werfen brüllend die Köpfe in den Nacken, und noch bevor Patrick weiß, was er tut, hebt er die Pistole und feuert in den gleißenden Morgenhimmel.

Ohrenbetäubender Donner erschüttert die Lichtung. Ein paar der Männer wirbeln herum, einige werfen sich auf den Boden, andere verschwinden zwischen den Bäumen, und plötzlich ist es still wie in einer Kirche. Patrick lässt den Arm sinken.

Einer der Männer kommt auf ihn zu. Er sieht aus wie eine Missgeburt, hat einen grotesken Buckel und zwei Köpfe wie ein Monster, das in einem verwunschenen Wald haust. Patricks Brustkorb schnürt sich zu.

Es ist nicht einer, es sind zwei. Der eine trägt den anderen in einem Tragegestell auf dem Rücken wie ein Kind. Er hat keine Beine. Der Träger stellt sich schräg vor Patrick, damit beide ihn sehen können. Beide tragen verdreckte und zerfetzte Tarnanzüge, die aussehen, als hätten sie bis vor Kurzem an einer Vogelscheuche gehangen. Beide haben einen langen Vollbart, der die stumpfe Lykanerschnauze doch nicht verbergen kann. Ihre Augen sind blutunterlaufen. Dem Gesicht und der Kleidung nach könnten sie Zwillinge sein. Der im Tragegestell sagt etwas. Es beginnt als eine Aneinanderreihung von gurgelnden Lauten, aus denen Patrick schließlich seinen Namen heraushört.

»Patrick?«, sagt der Lykaner. »Bist du das, Patrick? Bist das wirklich du?«

Im Gegenlicht der Morgensonne und vor dem dunklen Hintergrund der Bäume ist es schwer zu sehen, und angesichts der vielen Meilen, die zwischen ihnen lagen, und der vielen Monate, die mittlerweile vergangen sind, noch schwerer zu glauben, aber schließlich begreift Patrick, dass der Mann ohne Beine sein Vater ist.

Chase ist ständig müde. Unter Tags kommt er einigermaßen zurecht, schluckt seine Tabletten, fragt Büffel, was er anziehen oder sagen soll, geht die vorbereiteten Reden durch, bis er sie mehr oder weniger auswendig kann, genießt die Aussicht, eventuell bald zum Präsidenten der Vereinigten Staaten gewählt zu werden, oder ignoriert sie. Aber nachts, wenn ihn der Schlaf überfällt, kann er seine Ängste nicht mehr im Zaum halten. Wie eine entfesselte Stierherde trampeln sie dann über ihn hinweg, also schläft er möglichst wenig. Weit weniger, als er sollte.

Früher hat er geschlafen wie ein Baby, wie ein Stein, wie ein Toter – so hat er es immer beschrieben, wenn jemand ihn danach fragte. Jeden Nachmittag machte er ein kurzes Nickerchen und wachte mit einem entspannten Lächeln und einer Mordserektion wieder auf, bereit zum Bäumeausreißen. Vorbei.

Der Schlafmangel holt ihn langsam, aber sicher ein. Sein Gedächtnis ist bruchstückhaft wie das eines Alkoholikers. Ständig fehlt ein Stück aus seiner Erinnerung, nie ist sie vollständig. Manchmal, wenn er einen Witz oder eine Anekdote erzählt – den mit dem Priester und seinen Schafen oder die Story, wie er im Glacier Nationalpark einem Grizzly eins auf die Nase verpasste –, lachen die Zuhörer zwar. Aber die Art, wie sie höflich zu Boden blicken, sagt ihm nur zu deutlich, dass er sich gerade wiederholt hat.

Genauso geht es ihm jetzt in der Mine, wo die Luft nach Schwefel und schwarzen Abgaswolken riecht. Er weiß nicht, ob er nicht schon einmal hier war, ob er gestern nicht dasselbe getragen hat wie heute. Er hat das Gefühl, als würde er ständig »ja, großartig, ganz großartig« erwidern, egal was die Leute zu ihm sagen.

Ein untersetzter Amerikaner mit schwarzen, drahtigen Haaren auf dem Kopf, wie sie aus Chase' Nase wachsen, ist ihr Tourleiter. Er heißt Mason, gestikuliert ständig mit den Händen und trägt ein graues Hemd, das an seinen breiten Schultern knittert wie zerknüllte Aluminiumfolie.

Als Erstes zeigt Mason ihnen die Büros. Wie Bienenwaben zweigen sie links und rechts von den schmalen Fluren ab. Türen gibt es keine. Drinnen sitzen blasse Männer mit schwarzen Krawatten, hacken auf ihre Tastaturen ein, stapeln Ausdrucke und trinken Tee aus Wegwerfbechern. Die meiste Zeit geht er rückwärts vor ihnen her, bleibt ab und zu an einer Ecke hängen und erläutert die Abläufe bei der Urangewinnung.

»Das Erz ist nur sehr schwach angereichert, also muss die Abbaumenge umso größer sein. Zwanzig Prozent«, sagt er und schlägt sich mit der Faust in die Handfläche, »zwanzig Prozent der weltweiten Uranproduktion kommen aus der Republik. Das sind zehntausend Tonnen, und ein nicht geringer Anteil davon stammt aus dem Boden unter Ihren Füßen. Das ist eine Menge.«

Er spricht davon, wie das Erz zu feinem Staub zermahlen und der Staub dann mittels eines chemischen Prozesses zu Yellowcake weiterverarbeitet wird, was wiederum ein gelbliches Pulver ist und unter der Bezeichnung U_3O_8 verkauft wird. »Das ist es, was hier jeden Tag zügeweise abtransportiert wird.«

Das meiste davon weiß Chase bereits. Er wurde ausführlich gebrieft, was das Thema Kernkraft als unverzichtbare Hauptenergiequelle der USA im einundzwanzigsten Jahrhundert betrifft. Er konzentriert sich eher darauf, den Bauch einzuziehen und nicht zu schlurfen, weil die Reporter ihn so oft fotografieren, dass er inzwischen selbst mit geschlossenen Augen Blitzlichter sieht.

Die Fliesen sind feucht, und Mason sagt, sie sollen bitte vorsichtig sein, als sie um die nächste Ecke biegen, hinter der ein Hausmeister mit einem blumenkohlgroßen Tumor am Hals sie überrascht anstarrt. Er trägt einen grauen Overall und steht über seinen Wischmopp gebeugt. »Oh«, sagt er, drückt sich höflich mit dem Rücken gegen die Wand und entschuldigt sich tausendmal, während sein Blick zwischen Mason und Chase hin- und herspringt.

Sie gehen nach draußen, wo die Sonne so hell ist, dass sie die Hand über die Augen halten müssen. Der Schnee auf der Besucherterrasse ist frisch geräumt, unterhalb erstrecken sich die Tagebauminen. Die eine ist von gelblichem Eis überzogen, die andere sieht aus wie der gigantische Abdruck einer auf dem Kopf stehenden Stufenpyramide. Dynamitexplosionen hallen durch den Krater, Warnsignale piepen, Motoren von Lastwagen und Baggern dröhnen. Die Fahrer tragen metallarmierte Schutzanzüge und sitzen in luftdichten Kabinen, die mit den neuesten Filtersystemen ausgerüstet sind und sie – »größtenteils«, wie Mason erklärt – vor Strahlung und radioaktivem Staub schützen.

Als sie wieder drinnen sind, stampfen sie sich die Kälte aus den Füßen, setzen Schutzbrillen und gelbe Plastikhelme auf, dann geht es in die Raffinerie. Auf einem klappernden Metalllaufsteg kommen sie an den Mühlen vorbei. Jeder Kratzer, jede Schraube und jede Niete schimmert rötlich vom Rost. Überall hängen tickende Geigerzähler und Radondetektoren, als wären sie in einem Uhrenmuseum, das die Sekunden bis zum Jüngsten Tag zählt.

Ein Aufzug mit Kritzeleien an den Wänden und Kaugummis auf dem Boden bringt sie zu einer der düster beleuchteten unteren Ebenen. Aus dem Zugangstunnel bläst ihnen kühle, modrige Luft entgegen wie der Atem eines Urtiers. In die Decke sind vergitterte Gebläse eingelassen, die radonverseuchte Luft absaugen und gefilterte von draußen hereinblasen, so laut, dass Mason schreien muss, damit sie ihn doch verstehen. Er erzählt von eingestürzten Schächten, Erzadern und Durchstichen. Von Tunneln, die, je nachdem, Aufbrüche oder Gesenke heißen und zum Erzabtransport dienen.

Ein Minenarbeiter mit Stirnlampe lächelt Chase mit schwarzen Zähnen an. Er sagt etwas auf Russisch und streckt ihm die

Hand entgegen. Noch bevor die Sicherheitsleute dazwischengehen können, ergreift Chase die Hand und schüttelt sie herzlich. Er weiß, jeder, der hier arbeitet, muss sich einem monatlichen Bluttest unterziehen. Wird kein Volpexx festgestellt, wird der Betroffene sofort liquidiert.

»Entspannt euch«, sagt Chase zu den Sicherheitsleuten und dreht das Gesicht der nächsten Kamera zu. »Ihr seid alle viel zu verkrampft.«

Als sie wieder den Aufzug betreten, beugt sich Mason kichernd an Chase' Ohr und fragt: »Stimmt es, dass Sie nach einem Besuch in einer Fleischfabrik eine Veganerin, die vor der Fabrik demonstrierte, mit Hackfleischbällchen beworfen haben?«

»Stimmt nicht. Sie war Vegetarierin.«

Chase versucht, in Masons Lachen einzustimmen, aber das Lachen fühlt sich schal an, und das Gefühl, wie er das rohe Fleisch zwischen seinen Fingern knetete, wie die Erinnerung eines anderen. Tief in seinem Innern kommt Chase sich vor – und das nicht zum ersten Mal – wie ein Demenzpatient.

Der Aufzug bleibt stehen, und sie treten hinaus auf einen weiteren Metalllaufsteg. Durch die Lücken in dem Gitter zu seinen Füßen sieht Chase den nächsten Laufsteg unterhalb, darunter den wieder nächsten und immer so weiter. Einen Moment lang ist er nicht einmal mehr sicher, auf welchem davon er überhaupt steht.

Wenig später drückt Neal ihm ein Telefon in die Hand. Chase zieht sich zurück in eine ruhige Ecke. Als er es ans Ohr hebt, hört er Büffel bereits am anderen Ende lossprudeln. Ein Fernsehsender will unbedingt ein Interview mit Jeremy Saber aus der Todeszelle. CNN und andere wollen die Exekution übertragen. »Wir können keine Kameras gebrauchen. Wir wollen nicht mal ein Mikrofon in seiner Nähe. Er darf keine Gelegenheit bekommen, noch mehr Schaden anzurichten, als er es ohnehin schon getan hat. Und das wird er, wenn im Fernsehen

Bilder von seiner Hinrichtung gezeigt werden. Kameras machen Märtyrer. Kameras scheuchen die Verrückten auf. Die Ausschreitungen in LA hätten niemals stattgefunden, wenn nicht dieses Video von den Cops aufgetaucht wäre, wie sie Rodney King zusammenschlagen.«

»Schon gut, schon gut«, beschwichtigt Chase und fragt, was er tun kann.

»Stopf ihm ein Handtuch ins Maul und gieß den Mississippi über ihm aus. Schneid ihm die Zunge raus und den Schwanz ab. Brich ihm das Genick, schmeiß ihn in einen Sarg und gieß ihn mit Beton aus und versenk den Sarg im Marianengraben!«

»Wieso rufst du an, Büffel?«

»Bis morgen brauche ich einen O-Ton von dir, wie gefährlich es ist, einem Terroristen eine Medienplattform zu geben. Dass ein tollwütiger Hund erschossen gehört. Ohne viel Aufhebens und hinter verschlossenen Türen, verdammt.« Büffel stößt einen Seufzer aus. Durchs Telefon klingt das Geräusch wie statisches Rauschen. »Ansonsten wollte ich nur mal hören, wie es so bei dir läuft.«

»Du vermisst mich, oder?«

»Du kannst mich mal.«

»Du klingst verärgert.«

»Es ist gerade ein bisschen viel los hier, aber anscheinend bin ich der Einzige, dem das auffällt.«

Die Pressekonferenz findet in einem Raum mit schräger Decke und drei Betonwänden statt. Die vierte ist eine Glasfront, von der aus man einen Ausblick bis zu dem Zaun hat, der das gesamte Gelände umspannt. Jede Ecke des Zimmers ziert ein Plastik-Ficus. Vor einem kleinen Podium stehen fünf Reihen Klappstühle.

Fünfzehn Minuten vor der Pressekonferenz – nach dem Mikrofoncheck, nachdem die USA-Fahnen aufgehängt und die Kamerastative aufgestellt sind und die ersten Leute in dunkelblauen Anzügen eintreffen – erklärt Chase, dass er gleich wieder zurück sein werde. Er müsse mal wohin, die letzte Tasse Kaffee loswerden.

Einer der Vertreter von Energy Alliance, ein stämmiger Mann mit einem Bart wie ein Stachelschwein, sagt: »Ich zeig's Ihnen.«

»Nur keine Umstände. Ich kann meinen Schwanz selber halten.«

Manchmal merkt Chase erst, wenn jemand lacht, dass er gerade einen Witz gemacht hat. Doch das Lachen, das ihm den Flur hinunter folgt, klingt betreten.

Er drückt die Tür zu den Toiletten auf. Die Fliesen auf dem Boden sind gelb, zwei nackte Glühbirnen spenden trübes Licht. Ein Waschbecken, ein Urinal, eine Kabine, überall Schimmelflecken. Volpexx drückt ihm schlimmer auf die Blase als Spargel.

Für die Rede steht ein Teleprompter bereit, aber er war noch nie gut im Ablesen, also versucht Chase, sich so viel wie möglich davon einzuprägen, Schlagwörter wie strategisches Energiemanagement, Uran ist das Gold des einundzwanzigsten Jahrhunderts und so weiter. Er ist zu sehr mit seinen Gedanken beschäftigt, um zu merken, wie die Tür hinter ihm aufgeht. Er schüttelt die letzten Tröpfchen ab, macht den Reißverschluss zu und sieht in den spiegelnden Fliesen, dass etwas mit ausgestreckten Armen auf ihn zukommt.

Chase wirbelt herum, und die beiden prallen zusammen. Er sieht schwarzes Haar, gefletschte Zähne, zwischen denen Blut hervorquillt. Finger mit langen scharfen Nägeln packen seinen Hemdkragen, dann kippt die Decke über ihm weg. Ein Tumor kommt in sein Blickfeld, groß wie ein Blumenkohl. Der frisch gewischte Boden vor einem der Büros fällt ihm wieder ein, der Hausmeister mit dem Wischmopp, der sich tausendmal entschuldigte. Noch während er nach hinten ins Leere stürzt, brüllt Chase: »Ich bin einer von euch!«, dann schlägt er mit dem Hinterkopf auf den Fliesen auf.

Chase sieht, wie sich sein angstverzerrtes Gesicht in den Pupillen des Lykaners spiegelt. Er riecht den blutigen Atem, spürt die Finger, die sich um seinen Hals legen und zudrücken. Es fühlt sich an, als würde er versuchen, durch einen Strohhalm zu atmen. Die Ränder seines Gesichtsfelds werden schwarz. Kurz bevor er überhaupt nichts mehr sieht, geht die Tür ein zweites Mal auf und Lieutenant Streep kommt herein, die Hand bereits am Reißverschluss.

Er lässt die Hand, wo sie ist, macht zwei schnelle Schritte und tritt dem Lykaner in die Rippen. Chase hört ein Geräusch wie von splitternden Zweigen. Der Lykaner jault auf und lässt locker. Chase' Kehlkopf fühlt sich an, als hätte er unter einer stumpfen Guillotine gelegen.

Streep holt ein zweites Mal aus und tritt dem Lykaner gegen die Schläfe. Kein Schmerzensschrei diesmal, nur ein dumpfer Aufschlag. Der Lykaner kippt von Chase herunter, liegt einen Moment lang reglos auf dem Boden und kriecht dann wie ein geprügelter Welpe wimmernd in eine Ecke.

Der Lieutenant beugt sich über Chase und tastet seinen ganzen Körper ab, als könnten seine Hände heilen. »Hat er Sie erwischt?«

Chase will etwas sagen, kann aber nicht. Er schluckt. »Nein.« Seine Stimme klingt wie der Laut einer Kröte. »Alles gut.«

Streep erwidert nichts und betrachtet Chase' rechte Hand. Tiefe Falten zeichnen sich auf seiner Stirn ab.

Chase spürt einen brennenden Schmerz wie von einem Wespenstich und hält die Hand vor sein Gesicht. Blut. Sie blutet. Im Daumenballen zeichnen sich deutlich die Zähne des Lykaners ab. Als hätte er Chase' Fleisch probiert und es sich dann anders überlegt.

Der Lieutenant lässt nicht mit sich reden. Chase wurde gebissen. Er muss sich behandeln lassen und einen Bluttest machen. Und wenn der Test positiv ausfällt, ist alles anders. Alles vorbei.

Chase sitzt da, lange, und starrt die Wunde an. Ganz langsam steht er auf. Sein Hals fühlt sich an, als stecke er in einem Ring aus glühendem Eisen. Seine Gedanken knistern und rauschen, ein Geräusch, als hätte er einen Kurzschluss im Gehirn.

»Pistole«, sagt Chase und streckt die Hand aus.

»Was?«

Er winkt ungeduldig. »Pistole!«

Der Lieutenant zieht seine Waffe aus dem Halfter und reicht sie Chase mit dem Griff voraus.

Er sieht den Abdruck von Streeps Hand auf dem Lauf, beobachtet, wie er nach und nach verschwindet. Es wäre so einfach. Einmal tief durchatmen, den Lauf in den Mund stecken und abdrücken, dann wäre alles vorbei: die Geheimniskrämerei wegen seiner Infektion, die vernebelten Gedanken und das beunruhigende Gefühl, dass Chase, je mächtiger er wird, immer mehr die Kontrolle verliert, immer mehr von seinem Willen. Er sollte sich einfach abknallen. Sich erschießen und all dem ein Ende machen.

Der Gedanke verschwindet genauso schnell, wie er gekommen ist.

Chase hebt die Pistole und schießt Streep in den Kopf. Die Narbe auf seiner Oberlippe zuckt, in der Stirn öffnet sich ein Loch. Blut fließt über Gesicht und Hals, dann bricht er zusammen.

Ihm bleiben nur wenige Sekunden. Die anderen haben den Schuss gehört, sie sind bereits unterwegs, schon fast da.

Chase geht zu dem Lykaner, der immer noch verwandelt in der Ecke kauert. Blut und Tränen, zu einem rosafarbenen Schleim vermischt, glänzen auf seinen Wangen. Er hebt die Hand. Sie zittert, sieht so zerbrechlich aus, das Handgelenk und die Finger so dünn. Kaum zu glauben, mit welch brutaler Kraft sie um ein Haar Chase' Kehlkopf zerquetscht hätten. Chase schaut genauer hin und sieht die langen gelben Fingernägel. Er zielt und stellt sich vor, was der Lykaner in diesem

Moment sieht: Chase' Körper, der die Glühbirnen an der Decke verdeckt. Die riesige Pistole und die gähnende Mündung direkt vor seiner Nase. Die Funken, die der Hahn spuckt, als Chase abdrückt. Wie der Rückstoß die Waffe nach oben reißt und die Kugel den Lauf verlässt. Nein, das nicht mehr. Er ist bereits woanders.

Kapitel 47

Das Video schlägt ein wie eine Bombe. Irgendjemand hat es geschafft, ein Smartphone in seine Zelle zu schmuggeln. Jeremy Saber hat damit eine fünfminütige Ansprache aufgezeichnet und ins Netz gestellt. Er ist kaum zu erkennen, zum einen wegen der schlechten Auflösung, zum anderen wegen der abgeschnittenen Haare und des aschfahlen, eingefallenen Gesichts. Er sieht aus wie ein Geist.

»Ich habe nichts zu verlieren. Ich strebe kein politisches Amt an, kein Geld und keine Macht.« Er hustet, seine Stimme klingt heiser, aber entschlossen. »Bitte hört auf mich, wenn ich sage: Ihr müsst euch wehren. Ihr müsst. Ihr dürft nicht wegsehen, dürft euch nicht fügen in die Rolle des tollwütigen Hundes, in die man euch drängen will. Wisst ihr, wie viele Menschen pro Jahr von einem Lykaner angefallen werden? Elf. Weniger als von Haien. Aber man behandelt uns wie Schwerverbrecher. Also können wir ihre Erwartungen ebenso gut erfüllen. Schlagt zurück. Beißt zurück. Die öffentliche Datenbank und die Aufhebung der Antidiskriminierungsgesetze sind Hassverbrechen. Sie sind Verbrechen gegen die Menschlichkeit. Lykaner sind Menschen. Wir sind *Menschen.*«

Kurz darauf tauchen die T-Shirts auf. Sie werden vor Geschäften verteilt, an Straßenecken, in Schulen. Unter anderem auch in der Poststelle und der Cafeteria der William Archer. »MENSCH« steht in schwarzen Großbuchstaben auf der Brust. E-Mails werden verschickt und Plakate aufgehängt, es steht sogar mit Kreide auf den Fußwegen geschrieben: Um

Punkt zwölf sollen alle auf dem Innenhof zusammenkommen.

Claire ist nicht bei Facebook, Miriam hat es ihr verboten. Andrea zeigt ihr, dass alle ihr Profilbild geändert haben. Eine erhobene Faust ist jetzt dort zu sehen. Unter Status steht bei allen nur ein einziges Wort: Solidarität.

Die Wolkenbänke, die sich am Horizont auftürmen, haben die Farbe von Zement und verdörrten Pflaumen. Wahrscheinlich bringen sie Regen oder Schnee, aber der Himmel über dem Campus ist klar, als Claire und Matthew sich zusammen mit mehreren Hundert anderen Studenten auf dem Innenhof versammeln.

Irgendetwas an ihm ist anders, an Matthew. Es ist weniger sein Aussehen als seine Körperhaltung. Sie wirkt aufrechter, erwachsener als bei den anderen Jungs. Männlicher. Claires Herz macht jedes Mal einen Sprung, wenn er sie berührt. So wie jetzt, als er sie durch die Menge begleitet. Claire fühlt sich von ihm beschützt. Die unheimlichen Briefe und der geheimnisvolle Besucher im Anzug, der auf den Listen im Sekretariat nach ihrem Namen gesucht hat, das alles sagt Claire, dass sie beobachtet wird. Aber sie weiß nicht, von wem. Ein Beschützer ist genau das, was sie jetzt braucht.

Es ist kalt. Ihr Atem steigt in weißen Wolken in den Himmel wie Dampf aus einem überkochenden Kessel. Presse und Fernsehen sind bereits da. Überall im Land finden in Parks und auf Plätzen ähnliche Protestkundgebungen statt, aber die Studenten der William Archer haben alle größeren Nachrichtensender informiert, und die Reaktion kam prompt. Dutzende Reporter drängen sich um sie. Auf den Mikrofonen und Kameras prangen die Logos von NBC, CBS, ABC, Fox News, CNN und MSNBC.

Es gibt keine Schlachtrufe, keine Reden und auch keinen Protestmarsch. Mehr oder weniger stumm stehen die Studenten zu einer riesigen Traube versammelt, während die Reporter sich Hörmuscheln ins Ohr stecken und in ihre Mikrofone plappern. Claire hört die Demonstranten husten und – wegen der Kälte – auf der Stelle hüpfen, und sie hört die Stimme eines Jungen, den sie aus dem Mathekurs kennt. Birkenstocks, langes Haar und ein Schleifenkreuz-Tattoo auf dem Nacken. Er spricht mit einem Reporter, das Objektiv der Kamera ist auf ihn gerichtet wie ein Gewehrlauf.

»Wir wollen einfach nur wir selber sein. Wir sind normale Menschen und wollen genauso normal behandelt werden wie jeder andere. Man kann nicht die Masse mit ein paar wenigen in einen Topf schmeißen. Nach Jeffrey Dahmer und John Wayne Gacy hat auch niemand behauptet, alle weißen Dreißigjährigen wären durchgeknallte Serienkiller. Wir sind keine Terroristen. Wir sind ganz normale Leute.«

»Sie halten sich nicht für gefährlich?«

»*Menschen* sind gefährlich. Punkt. Ich beiße niemanden. Warum sollte ich auch? Das ist krank. Man muss krank sein, wenn man so was macht. Genauso wie es krank ist, in einer Schule rumzuballern oder einen Festzug in die Luft zu sprengen. Aber manche Menschen sind nun mal so. Genau wie unser Professor gesagt hat: Der Mensch ist eine mit Fehlern behaftete Schöpfung. Jeder von uns hat seine Fehler, jeder.«

»Wer ist Ihr Professor?«

»Reprobus. Professor Alan Reprobus.«

»Hat er etwas mit dieser Kundgebung zu tun?«

Er verstummt kurz und sagt dann leise: »Nein.«

Hinter den Reportern sieht Claire auf einer Treppe den blonden Jungen aus der Geschichtsvorlesung stehen. Francis. Er ist über fünfzig Meter weit weg, aber sie erkennt ihn an seiner Kleidung, am Kragen des Nadelstreifenhemds, der aus seiner Jacke hervorlugt, und der gebügelten Hose. Er schaut in ihre Richtung und spricht in sein Handy.

Bei einer Demonstration in Berkeley, auf dem Parkgelände des Campus, steht eine lange Reihe Polizisten. Sie tragen Schutzausrüstung, schwarze Panzerplatten, die ihre Muskulatur betonen. Die langen Schlagstöcke halten sie mit beiden Händen, hüfthoch und waagerecht nach vorne weggestreckt wie Lanzenträger eines mittelalterlichen Heers. Einer hebt ein Megafon an den Mund. Das Gelände müsse sofort geräumt werden, dröhnt seine Stimme. Wer bleibt, wird verhaftet, und wer sich der Verhaftung widersetzt, wird entsprechend behandelt. Er lässt das Megafon sinken und wartet.

Einer der Demonstranten packt seinen Rucksack und läuft weg, die anderen zwei Dutzend rühren sich nicht von der Stelle. »GENUG!«, steht auf den aus alten Kartons und Postern gebastelten Schildern. »ALLE MENSCHEN SIND GLEICH« und »DAS IST KRANK!« Sie verschränken die Arme vor der Brust und bleiben, wo sie sind, selbst dann noch, als die Polizisten in geschlossener Linie vorrücken.

Im Central Park in New York haben etwa einhundert Demonstranten in der Nähe des Zoos eine Zeltstadt errichtet. Lykaner und Nicht-Lykaner, die meisten um die zwanzig. Struppige Bärte, Wollmützen, Army-Rucksäcke. Sie wollen bleiben, bis ihre Forderungen erfüllt werden.

»Was sind Ihre Forderungen?«, fragt ein Reporter, und sie antworten: »Ein Ende der Zweiklassengesellschaft.«

Als der Reporter weiterfragt, was genau sie damit meinen, erklärt einer: »Ich habe meine Familie seit sieben Monaten nicht mehr gesehen, weil ich in kein Flugzeug darf.«

»Mir wurde in Aussicht gestellt, dass ich mir ab Neujahr einen neuen Job suchen kann«, sagt ein anderer. »Gestern war ich in einer Bar, hab einen Burger und ein Bier bestellt. Sie haben nach meinem Ausweis gefragt und mich dann rausgeworfen«, ein Dritter.

Als die Einsatzwagen mit blinkenden Lichtern vorfahren, haken sich die Demonstranten unter und bilden einen Sitzkreis um die Zelte.

Die Polizisten geben ihnen dreißig Minuten Zeit. Als die halbe Stunde verstrichen ist, setzen sie Gasmasken auf und gehen in aller Seelenruhe mit Pfeffersspraydosen an der Reihe der Demonstranten entlang, sprühen in jedes einzelne Gesicht, bis alle schreiend am Boden liegen.

In Oxford, Mississippi, findet vor der Stadthalle eine Kundgebung statt. Demonstration und Gegendemonstration. Die Leute brüllen sich an, beschimpfen und bespucken sich. Die Polizei hat Pylonen zwischen den beiden Gruppen aufgestellt, hält sich ansonsten aber raus. Mit den Daumen in den Gürteln lehnen sie an ihren Streifenwagen und beobachten. Selbst dann noch, als jemand einen Stein aufhebt und die erste Flasche fliegt. Eine Schlägerei bricht aus, jemand stürzt, die anderen trampeln über ihn weg. Blut fließt, aber niemand greift ein.

C-SPAN überträgt aus dem Repräsentantenhaus die Rede eines demokratischen Kongressabgeordneten zur aktuellen Situation. »Gab es unprovozierte Übergriffe von Lykanern? Ja, die gab es. Jedes Jahr ein paar. Meistens waren es labile Persönlichkeiten. Leute, die ihre Medikamente abgesetzt hatten, haben jemanden gebissen. Und dann? Ist der Gebissene durchgedreht und hat den Nächsten gebissen, der dann wiederum seinen Nachbarn anfällt? Nichts dergleichen ist passiert. Wir leben nicht in einer Welt, in der hinter jedem Busch ein tollwütiger Wolfsmensch lauert. Die Infizierten suchen Hilfe und bekommen sie. Sie halten die potenziell gefährlichen Symptome unter Kontrolle und tun niemandem etwas zuleide. Es gibt nichts, das wir ändern müssten. Das System funktioniert. Es ist eine Handvoll Terroristen, die versucht, uns vom Gegenteil zu überzeugen. Die Terroristen sind das Problem, wir müssen sie schnappen und der Gerechtigkeit zuführen. Das muss unsere Strategie sein, und nicht die momentanen Maßnahmen, die angeblich für mehr Sicherheit sorgen und stattdessen nur einen friedfertigen und rechtschaffenen Teil der Bevölkerung provozieren.« Er wartet auf Applaus, aber es kommt keiner.

In Tulsa, Oklahoma, streicht eine ältere Frau die Einkaufsartikel auf ihrer Merkliste aus. Sie zieht ihre fliederfarbene Lieblingsjacke an, steckt das Portemonnaie ein, drückt auf den Garagentüröffner, und da stehen sie, unbeweglich wie Statuen. Es sind ungefähr zwanzig. Sie tragen schwarze Sturmhauben, haben sich vor der Einfahrt, auf der Wiese, dem Gehsteig und der Straße verteilt. Mattie Spencer, so heißt die Frau, umklammert ihren Schlüsselbund. Die Bärte ragen zwischen ihren pummeligen Fingern hervor wie Dornen. Ihr Puls beginnt zu rasen. Sie zittert am ganzen Körper, und ihre Stimme bebt, als sie sagt: »Was wollt ihr?«

Einer der Männer – es sind alles Männer, soweit sie es beurteilen kann – erwidert: »Wir haben dich im Internet gesehen. Du stehst auf der Liste.«

Mattie glaubt, die Stimme wiederzuerkennen. Die Stimme, die Haltung, den Körperbau. »Joel? Bist du das, Joel Rawlings? Dein ganzes Leben lang hast du mich fast jeden Tag gesehen und hattest nie ein Problem mit mir.«

Der Mann geht einen Schritt zurück und blickt links und rechts die Straße hinunter.

Mattie schüttelt aufgebracht ihren Schlüsselbund. »Ihr kommt hierher, bedroht mich, und was ändert das? Was?!«

Sie wissen nicht genau, weshalb sie hier sind. Wahrscheinlich wollten sie irgendetwas kaputt schlagen. Aber jetzt, da sie Mattie sehen, mit ihrem rundlichen Gesicht und dem zitternden Doppelkinn, kommen ihnen Zweifel.

»Verdammter Haufen Idioten«, flucht Mattie.

Ganz langsam geht sie zurück in die Garage und drückt noch einmal auf den Öffner. Keine der maskierten Gestalten hält sie auf, keiner unternimmt etwas, als das Tor sich wieder schließt.

Nachdem sich die Kundgebung an der William Archer aufgelöst hat, nach den Sechsuhrnachrichten und nachdem die Austräger ihre Zeitungen abgeliefert haben, kommt eine lange Kolonne Pick-ups den Hügel heraufgerast und braust über den

Campus. Sie lassen die Motoren heulen, hupen und blenden die Dachscheinwerfer auf, werfen Eier und leere Bierdosen aus den Fenstern. Mit quietschenden Reifen brettern sie über die Wege, fahren über Randsteine und lassen die Hinterreifen auf dem Gras durchdrehen. Jagen Studenten vor ihren Kühlerhauben her und verschwinden dann wieder. Rauch und Abgasgestank hängen in der Luft wie nach einer Schießerei.

Claire beobachtet die Szene von einem der Tische vor der Cafeteria. Die Tische sind leer und mit Eis überzogen. In der Mitte, wo vor Monaten schon die Sonnenschirme abmontiert wurden, gähnt ein schwarzes Loch. Sie ist mit Matthew nach draußen gelaufen, als sie die heulenden Motoren hörten. Mit dampfenden Pappbechern stehen sie da und starren den aufgemotzten Dodge Rams und Ford F-150 hinterher, bis der Kaffee in den Bechern kalt und bitter ist.

Sie gehen zurück nach drinnen und holen ihre Sachen. Claire möchte noch bei den Briefkästen vorbeischauen. Unterwegs kommen sie an einer kleinen Gruppe vorbei. Alle tragen das bedruckte T-Shirt, und sie flüstern aufgeregt miteinander. Ansonsten sind sie allein.

Claire stellt die Kombination ein und reißt den Deckel ihres Briefkastens auf. Eine kaputte Neonröhre an der Decke brummt wie eine Hornisse. Claire ist noch so durcheinander, dass ihr der große braune Umschlag im ersten Moment gar nicht auffällt. Als sie ihn herauszieht, bleibt er an einer Kante hängen und reißt ein. Claire steckt einen Finger in das Loch und will ihn gerade öffnen, da sieht sie den Poststempel und die Anführungszeichen vor und hinter ihrem Namen. Die Buchstaben sehen aus, als wären sie mit einem Messer hineingeritzt. Der Umschlag ist seltsam schwer und ausgebeult. Claire greift hinein und weiß zunächst nicht, was sie mit der kleinen aufgerollten Klarsichttasche darin anfangen soll. Erst als sie das Täschchen öffnet und etwas Rotes darin sieht, begreift sie und beginnt aus vollem Hals zu schreien.

Kapitel 48

Patrick bleibt nichts anderes übrig, als zu tun, was sie sagen, und im Moment bedeutet das: Durch den vereisten Schnee stapfen, der an manchen Stellen so tief ist, dass er ihm bis zur Hüfte reicht. Seit über einer Stunde geht das jetzt so. Die Sonne lässt alles zu einem blendenden Weiß verschwimmen. Patricks Beine schmerzen mittlerweile genauso wie seine Schulter. Trotz der Kälte ist ihm fiebrig heiß. Immer wieder stopft er sich eine Handvoll Schnee in den Mund, lässt ihn schmelzen und trinkt.

Am Morgen, nachdem sein Vater sich zu erkennen gegeben hatte, nahmen sie ihm die Pistole ab, durchsuchten ihn und ließen ihn dann verwirrt stehen, während sie den Elch aufschnitten, zerteilten und häuteten. Die Eingeweide und den Kopf ließen sie liegen. Das Ganze dauerte ungefähr eine Stunde. Während dieser Stunde saß Patrick mit seinem Vater auf einem umgestürzten Baumstamm, und sie sahen sich an. Saßen einfach nur da und blickten einander schweigend in die Augen. Am Anfang lächelte Keith noch, war glücklich, ihn wiederzusehen. Dann erstarb das Lächeln und wurde verdrängt von dem resignierten Blick eines Vaters, der vor dem Sarg seines einzigen Sohns steht.

»Die ganze Zeit über habe ich mir so sehr gewünscht, dich wiederzusehen«, sagte er. »Und jetzt wünschte ich, ich könnte es rückgängig machen.«

Dampf stieg von den Eingeweiden des zerlegten Elchs auf, sein Blut färbte den Schnee rot, vermischte sich mit anderen

Flüssigkeiten zu einer grün-violetten Lache. Krähen stürzten sich auf den Kadaver, pickten und hüpften und krächzten.

Jetzt ziehen die Lykaner zwei aus Ästen, Seilen und Sehnen improvisierte Schlitten hinter sich her, auf denen die Teile des zerlegten Elchs liegen. Die Speere benutzen sie als Wanderstöcke. Einer hat eine M57 über der Schulter. Sie alle tragen Uniform, aber sie sind keine Soldaten mehr. Sie gehen in einer Dreiecksformation, Patrick in der Mitte.

Schließlich erreichen sie ein ausgebombtes Dorf, das sich an die Flanke eines spitzen Felshügels schmiegt. Die Häuser bestehen größtenteils aus durch Mörtel zusammengehaltenem Naturstein. Die Dächer sind eingestürzt. Der Schnee ist von zahllosen Fußspuren festgetrampelt, an manchen Stellen gelb von Urin. Patrick sieht Blut auf dem Boden und Fäkalien.

Am Fuß des Hügels steht eine aus Granitblöcken errichtete Kirche. Sie sieht aus, als wäre sie direkt aus dem Fels gewachsen. Eine Krähe döst auf dem abgebrochenen Kreuz am Dachgiebel und flattert davon, als sie näher herankommen. Vor dem Eingang lehnt eine morsche Holztür ohne Angeln. Die Lykaner wuchten sie zur Seite, packen Schnee auf das Elchfleisch, schultern die Schlitten und tragen sie nach drinnen.

Das Weihwasserbecken liegt geborsten auf dem Boden. Bänke gibt es keine. Wahrscheinlich wurden sie alle verfeuert, denkt Patrick. Unter den Löchern im Dach haben sich Schneehaufen und Pfützen gebildet. Der Schieferboden unter seinen Füßen ist rutschig. Hier und da brechen Wurzeln durch die Wände.

Durch eine Tür hinter der Kanzel gelangen sie in eine schummrige Kammer mit heruntergebrannten Kerzen in den Wandnischen. In einer Ecke steht ein Stuhl mit einem Skelett darauf. Eine vermoderte Bibel liegt auf seinem Schoß. Der Lykaner, der Patricks Vater trägt, nimmt eine Fackel von einem Eisenhalter an der Wand, zündet sie an und geht weiter in einen tunnelartigen Gang.

Patrick bleibt stehen und beobachtet, wie die Flamme vor ihm immer kleiner wird, als würde sie in einen tiefen Brunnen fallen, bis jemand ihn von hinten anstößt.

Sie kommen durch eine Krypta voll Spinnweben, Totenschädeln und Knochen. Dahinter wird der Tunnel breiter, und sie erreichen eine Kluft, über die sich eine vielleicht drei Meter lange Holzbrücke mit Metallgeländer spannt. Sie wippt unter Patricks Schritten, als er sie überquert. Auf der anderen Seite öffnet sich der Tunnel zu einer Höhle mit einem kleinen Oberlicht in der hohen Decke. In der Mitte steht ein heidnischer Altar, darum herum aus Fellen und Kiefernzweigen gebastelte Pritschen. Die Feuerstelle glüht noch, und die Lykaner werfen ein paar von den an der Wand aufgestapelten Holzscheiten hinein. Bald schon züngeln die Flammen und lassen geisterhafte Schatten über ihre Gesichter tanzen.

Sie wickeln die Schals und Tücher von ihren wettergegerbten Gesichtern. Dunkle Flecken und rote Fächer aus geplatzten Äderchen kommen darunter zum Vorschein. Atemwolken hängen in der Luft wie verlorene Seelen, während das Feuer immer höher brennt und Patrick allmählich die ganze Höhle sehen kann. Die Decke ist geschwärzt von Rauch und unzähligen Fledermäusen. Er betrachtet die Malereien an den Wänden: Menschen, die Tiere töten, Tiere, die Menschen töten, Schlachten von gestern und heute und morgen – oder eine einzige nie endende Schlacht, geschlagen, um den Hunger zu stillen oder den Durst nach Blut.

Der sandige Boden ist von Fledermauskacke verklebt. Um die Feuerstelle herum liegen in einem Kreis große, flache Steine zum Sitzen und ein riesiger Schädel. Von welchem Tier er stammt, kann Patrick nur raten. Er setzt sich auf den Schädel, seinen Vater platzieren sie neben ihm. Keith' Beinstümpfe enden oberhalb der Knie. Es sieht aus, als wären seine Unterschenkel im Höhlenboden versunken, als hätte die Unterwelt ihn bereits halb verschlungen.

Patrick mustert ihre Gesichter. Jessie ist schwarz, die Hälfte seiner Zähne fehlt. Der Mexikaner namens Pablo hat ein daumengroßes Loch in der Stirn. Der Kerl, der Patrick die Pistole abgenommen hat, heißt Austin. Seine hervortretenden Augen sind ständig in Bewegung. Er lachte, als Keith und Patrick einander in die Arme fielen. »Seht euch das an!«, rief er. »Ist das nicht süß?«

Noch auf der Lichtung hatte sein Vater ihm erklärt, was passiert war. Ein Hinterhalt auf einer Routinepatrouille. Ein Sprengsatz hatte den blauen Himmel in ein rotes Feuerinferno verwandelt und den Konvoi zum Anhalten gezwungen. Noch bevor sie begriffen, was passierte, kamen zehn, zwanzig, dreißig Lykaner aus der Deckung gerannt. »Wir haben fast unsere gesamte Munition verschossen. Rauchgranaten, alles, aber es waren einfach zu viele. Sie wollten uns beißen, nichts anderes. Uns beißen.« Er krempelte einen Ärmel hoch und zeigte Patrick die Narbe auf seinem Unterarm. »Auftrag erfüllt.«

Vier überlebten, alle infiziert, einer davon ohne Beine. Die Explosion hatte ihm die Unterschenkel zerfetzt. Was noch davon übrig war, schnitten die anderen drei mit ihren Messern ab. Sie sammelten eine abgesprengte Radkappe auf, legten sie ins Feuer, bis sie rot glühte, und brannten damit die Wunde aus.

An dieser Stelle mischte sich Austin in das Gespräch ein. »Alle reden immer von ›was, wenn?‹. Was, wenn ich gebissen werde? Die einen sagen, jag dir eine Kugel in den Kopf. Die anderen sagen, find dich ab mit deinem Schicksal und bleib in der Republik. Wir haben alle Frauen und Kinder. Vermisst, gefallen, egal. Hauptsache, deine Familie kriegt die Rente. Als Lykaner wieder zurück nach Hause? Vergiss es. Du bist deinen Job los und bald auch deine Frau. Wirst unter Drogen gesetzt und verreckst.« In diesem Moment bewegte sich der Elch noch einmal, versuchte aufzustehen. Austin schoss ihm mit Patricks Pistole zwei Kugeln in den Kopf, und das Tier brach zusammen wie eine Marionette, an der jemand die Fäden durchtrennt hatte. »Scheißvieh.«

Jetzt sitzt Patrick in der Höhle und beobachtet die anderen schweigend. Beobachtet und lauscht, wie ihre Stimmen von den Wänden widerhallen, wie sie durch den Sand schlurfen oder ihre Messer an Steinen wetzen. Sie laden das Fleisch vom Schlitten auf den Altar und zerteilen es mit blitzenden Klingen. Ein paar Brocken verschlingen sie roh, den Rest schneiden sie in Scheiben und Würfel, verstauen sie in einer Vertiefung, die aussieht wie eine alte Grabnische, und packen Schnee darüber. Die Luft riecht nach Blut und stechendem Schweiß, sauer wie umgekippter Wein.

Die ganze Zeit will Patrick fragen, warum. Warum ist sein Vater nicht schon längst abgehauen, warum hat er sich nicht bei Patrick gemeldet, ihm gesagt, dass er noch lebt? Aber er kennt die Antwort bereits: Keith ist nicht mehr der Vorgesetzte dieser Männer. Sie gehorchen ihm nicht mehr, und er kann hier genauso wenig weg wie Patrick. Die Antwort gefällt ihm nicht.

Pablo kniet sich neben das Feuer und zündet sich an den Flammen eine Zigarette an. Hände und Mund sind blutverschmiert. Der Feuerschein lässt das Loch in seiner Stirn noch tiefer erscheinen. Er fängt Patricks Blick auf, saugt an seiner Zigarette und bläst den bläulichen Rauch aus. »Ist ein guter Mann, dein Vater.«

Er hat eine hohe Stimme. Erst jetzt begreift Patrick, wie jung Pablo ist, wie jung sie alle sind, höchstens ein paar Jahre älter als er selbst. Es ist die harte Witterung hier, die die Spuren des Alters in ihre Gesichter gegraben hat. »Tut mir scheißleid, dass ihr euch so wiedergetroffen habt. Aber, hey, wenigstens lebt er noch.«

Austin steht am Altar und bearbeitet den Elch. Er wirft sich einen Fleischbrocken in den Mund und sagt schmatzend: »Wenn das leben sein soll, bin ich lieber tot.«

Pablo nimmt einen weiteren Zug von der Zigarette, dann schnippt er sie Austin ins Gesicht, wo sie in einer Wolke aus Funken von seiner Wange abprallt.

Austin reißt entsetzt die Augen auf, befühlt seine Wange und stapft hinüber zu der M57 an der Wand. Er entsichert sie und richtet den Lauf auf Pablos Kopf. »Mach das noch *ein* Mal.«

»Wenn ich noch ’n paar mehr Kippen hätte, würd ich’s glatt tun.«

Austin zielt auf das Loch in Pablos Stirn. »Fick dich«, sagt er schließlich und stellt die Maschinenpistole wieder an ihren Platz. Er geht zurück zum Altar, nimmt das Messer und schneidet ein gut mit Fett durchwachsenes Stück Fleisch aus einem Hinterlauf.

Patrick sieht seinen Vater an, und sein Vater sieht ihn an. Schließlich senkt Keith geschlagen den Blick. Er hat nichts mehr zu sagen unter diesen Männern, kann nicht für Ruhe sorgen, geschweige denn für Ordnung. Noch kann er seinen Sohn vor ihnen retten.

Der zweite Schlitten steht direkt neben Pablo. Der beugt sich hinüber, nimmt ein faustgroßes Stück Fleisch herunter und steckt es auf einen Speer. Er hält den Speer in Patricks Richtung. »Hunger?«

»Gib ihm das nicht«, knurrt Austin.

»Mann, das ist Keith’ Sohn!«

»Du sollst ihm den Speer nicht geben.«

»Wir sind vier, er ist einer. Was soll er schon machen?«

Austin schaut zu Patrick hinüber. Zu Pablo sagt er: »Essen kann er. Aber den Speer kriegt er nicht.«

Pablo hält den Speer noch eine Weile in seine Richtung, damit Patrick ihn nehmen kann, falls er will, dann zieht er ihn zurück und drapiert ihn so auf seinem Schoß, dass das Fleisch über dem Feuer hängt. Blut tropft in die Flammen. »Dein alter Herr hat ein paar ganz schön verrückte Geschichten auf Lager.«

»Ja?«

»Hat uns erzählt, wie er in Yosemite mal LSD eingeschmissen hat. Ist voll drauf und kommt dann auf die Idee, wie geil es wäre, einfach nackt weiterzulaufen. Und er macht's. Zieht sich splitternackt aus bis auf die Stiefel. Dann trifft er so 'ne Frau, sie hat – was noch mal? – so'n dünnes durchsichtiges Kleid an. Die schönste Frau der Welt, hat er gesagt. Er berührt sie, und sie wird zu Asche, und der Wind weht sie davon.«

»Stimmt das, Dad?«

Keith antwortet nicht. Sein Kopf ist vornübergebeugt, und er reibt sich mit den Händen über die Oberschenkel, bis hinunter zu den rundlichen Stümpfen.

Patrick lächelt. Es scheint ihm die richtige Reaktion zu sein. Er ist zwar nicht gerade glücklich, aber deprimiert ist er auch nicht. Das Einzige, was er spürt, ist ein Gefühl von Gefangenschaft. In seinem Kopf ist Platz für nichts anderes als den Gedanken an Flucht. Er betrachtet die rötlichen Knöchel an seiner Hand und die blauen Adern unter der Haut, als könnte ihm das Muster irgendeine Antwort geben.

»Warum erzählst'n ihm das?«, mischt Jessie sich ein.

»Ich versuch nur, mich zu unterhalten.«

»Dann erzähl ihm irgendwelche Heldengeschichten. Nicht so'n Drogenscheiß. Niemand will so was von seinem Vater hören.« Jessie streckt sich auf seiner Pritsche aus und schließt die Augen.

Das Fleisch wird schwarz und fängt an zu verkohlen. Patrick lugt hinüber zu der Maschinenpistole. Sie ist nur drei Meter weit weg, aber auf der anderen Seite des Feuers. Er weiß nicht, wie viele Kugeln noch im Magazin sind, aber er schätzt, es müsste reichen. Sein Blick springt zu Austin, der immer noch über den Altar gebeugt steht, aber jetzt mit nacktem Oberkörper. Seine Arme sind bis zu den Ellbogen voll Blut. Ihre Blicke begegnen sich. Keine Chance. Austin wird nicht mit sich reden lassen. Keine Möglichkeit zur Flucht. Wenn Patrick es versucht, wird er entweder getötet oder gebissen. Er sieht die Schärfe in Austins Blick und weiß, es ist nur eine Frage der Zeit, bis er den anderen sagt, sie sollen Patrick festhalten, damit er ihn seine Zähne spüren lassen kann – oder auch seinen Schwanz.

Es dauerte lange, bis Claire aufhörte zu schreien, nachdem sie erkannt hatte, von wessen Hand die zwei abgeschnittenen Finger in dem Klarsichtbeutel stammten. Sie ließ ihn fallen und taumelte rückwärts, bis sie an der Wand nicht mehr weiter konnte, schrie und schrie und schrie.

Anfangs versuchte Matthew, sie zu trösten. »Schon gut, ist ja gut«, flüsterte er ihr immer wieder ins Ohr, aber es half nichts. Schließlich hielt er ihr den Mund zu, zerrte sie nach draußen, und die Kälte brachte ihr Gebrüll zum Verstummen.

Claire dürfe jetzt auf keinen Fall alleine sein, und sie dürfe auf keinen Fall Andrea begegnen. Andrea würde zu viele Fragen stellen, die sie nicht beantworten konnte. Also müsse sie mit ihm gehen, erklärte Matthew. »Ist das okay?«

Claire nickte und hörte erst damit auf, als er ihr Kinn festhielt. »Okay.«

Matthew ging zurück zu den Briefkästen, hob den Umschlag und das Tütchen auf und stopfte alles in Claires Rucksack. Er wog tonnenschwer auf ihren Schultern, als sie durch das Zwielicht hinüber zum Wohnflügel gingen.

Matthew hat ein Einzelzimmer. Er entschuldigt sich für das Chaos und schiebt mit dem Fuß einen Stapel schmutziger Klamotten in den Wandschrank. Schreibtisch und Regale quellen über von Büchern und Skripten, Kaffeebechern, einem Hacky Sack, einer halb leeren Chipstüte, einer Trollpuppe mit wilder Mähne. Über seinem Bett hängen zwei Poster. Eins von Star Wars und eins von Che Guevara. Matthew holt eine Flasche Mineralwasser aus dem kleinen Kühlschrank in der Ecke und reicht sie Claire. Die Tränen haben sie regelrecht ausgedörrt.

Vor dem Fenster steht ein iPod-Dock, daneben ein Leuchtglobus. Claire schaltet ihn ein und stößt ihn an wie einen Kreisel. Meere und Kontinente flackern über das Fenster, über die Wände, über ihre Gesichter.

»Wo würdest du am liebsten hinfliegen?«, fragt Matthew, und Claire hält den Globus an. Als sie sehen, wohin ihr Finger zeigt, fallen ihnen enttäuscht die Kinnladen herunter: auf die Republik.

Sie legt ihren Kopf auf Matthews Schulter. Er schließt sie in die Arme, und Claire betrachtet ihre Reflexion im Fenster. Sie versucht, Matthews Blick aufzufangen, kann aber nicht erkennen, ob er sie wirklich ansieht oder durch ihr Spiegelbild hindurchschaut. Eine ganze Zeit lang bleiben sie so stehen, und später im Bett schlafen sie mehr oder weniger in derselben Position ein.

Beim ersten Sonnenstrahl des nächsten Tages ist alles glasklar. Claire muss hier weg. Sie kann unmöglich bleiben. Nicht nach den Ereignissen der letzten Nacht. Sie schlüpft aus dem Bett, schultert ihren Rucksack und schließt leise die Tür hinter sich. Fünf Minuten später ist sie in ihrem Zimmer. Andrea schläft noch. Claire stellt ihren Koffer aufs Bett und leert ihre Schubladen. Sie wird den nächsten Zug nach Seattle nehmen. Kein Abschied, keine Tränen. Bis vor Kurzem hatte sie sich noch verachtet, weil sie so besessen war von der Vergangenheit. Sie hielt es für eine Schwäche. Jetzt fühlt sie sich schuldig, weil sie so gleichgültig war. Ihre Vergangenheit ist alles, was zählt, und Miriam ist das Einzige, was davon noch übrig ist.

Sie sieht noch einmal in der Kommode nach und auf dem Schreibtisch, ob sie auch alles eingepackt hat, und findet den Aufsatz, den sie für Reprobus geschrieben hat. Über ihren Vater. Sie hat eine Zwei minus bekommen. In der Bemerkung schrieb Reprobus: »Beim nächsten Mal mehr Quellen, bitte. Wäre schön, auch die Meinung anderer zu hören, nicht nur

Ihre. Vergessen Sie nicht: Ein Wolf ist nur so stark wie sein Rudel.«

Claire lässt den Koffer offen auf ihrem Bett stehen.

Sie kennt seine Gewohnheiten. Jeden Morgen verlässt er noch vor sieben das Haus, holt sich einen Kaffee und macht sich auf den Weg ins Büro, wo er mittlerweile angekommen sein müsste und entweder Zeitung liest, Aufsätze benotet oder die nächste Vorlesung vorbereitet.

Die Tür steht halb offen. Claire sieht Reprobus an seinem mit Tintenschmierereien bekritzelten Schreibtisch sitzen. Stand früher einmal in der Bibliothek, wie er ihr erzählte. In der Mitte thront eine Smith-Corona-Schreibmaschine. Er hat eine Zeitung vor sich ausgebreitet, im Mundwinkel hängt eine erloschene Pfeife. Die Wände sind vollständig hinter Bücherregalen und alten, ausgefransten Protestplakaten verborgen. Das Deckenlicht ist aus, nur die Schreibtischlampe spendet etwas grünliches Licht, das sich in Reprobus' Brille spiegelt.

Claire ist hin- und hergerissen, klopft an, während sie bereits durch die Tür tritt.

Mit einem Rascheln lässt Reprobus die Zeitung sinken.

»Miriam«, sagt Claire nur, und Reprobus presst sich einen Finger auf die Lippen. Er zieht einen Bleistift aus einer Tasse mit den unterschiedlichsten Schreibgeräten. »Nicht sicher. Nicht hier«, schreibt er auf ein Stück Papier. »Gehen wir ein wenig spazieren«, fügt er laut hinzu.

Der frühe Wintermorgen ist noch dunkel und lässt die Gebäude auf dem Campus aussehen wie blässlich graue Grabsteine. Ein paar Studenten und Universitäts-Mitarbeiter laufen umher, die meisten davon mit einem dampfenden Becher Kaffee in der Hand. Ansonsten ist der Campus leer. Das Gras ist mit weißem Raureif überzogen. Jedes Mal, wenn Reprobus sie mit seinem schlingernden Gang vom Weg abdrängt, knirscht es unter Claires Sohlen.

Sie zeigt ihm den Umschlag. Wegen des Barts ist sein Gesichtsausdruck schwer zu deuten. Claire hatte sich gefragt, ob er einen Schrei ausstoßen würde, wenn er die zwei abgeschnittenen Finger sieht, ob er weinen würde oder nur hilflos gestikulieren. Stattdessen gibt er ihr wortlos den Umschlag zurück, zündet seine Pfeife an und bläst seufzend den Rauch aus.

»Ich werde hier weggehen«, sagt Claire. »Und sie finden.«

»Woher weißt du, dass sie noch lebt?«

Sie weiß es nicht. Es ist eher ein Gefühl. Puck will sie schon so lange, und jetzt hat er sie endlich. Er wird die Befriedigung möglichst lange auskosten wollen.

Reprobus lässt den Blick starr nach vorn gerichtet. »Und was dann?«

Wieder drängt er sie vom Weg ab, wieder schiebt sie ihn mit der Schulter zurück. »So weit bin ich noch nicht mit meinem Plan.«

Reprobus' Pfeife knistert bei jedem Atemzug. Die ersten Sonnenstrahlen drängen hinter den vorüberziehenden Wolken hervor, lassen Schlagschatten auf dem Boden vor ihnen auftauchen und wieder verschwinden.

»Etwas ist im Gange«, flüstert Reprobus. »Ich bin nicht sicher, was. Untersuchungen und Verdächtigungen sind nichts Neues an der William Archer. Aber in letzter Zeit standen immer wieder Regierungslimousinen auf dem Parkdeck. Männer in Anzügen waren im Sekretariat, in der Buchhaltung, in der IT, beim Direktor.«

Da ist er wieder, dieser Drang, einfach loszurennen. Claire muss zwei Schlachten gleichzeitig schlagen. Die eine hier, die andere für Miriam. Sie darf sich zwischen den beiden nicht verzetteln. »Tut mir leid, aber darüber kann ich mir im Moment keine Gedanken machen.«

»Das verstehe ich. Aber vergiss nicht: Was hier gerade passiert, ist wichtiger als du. Wichtiger als Miriam. Wir befinden uns im Belagerungszustand. Wir, die Universität. Du und ich. Wir, die Lykaner.«

Der Boden unter Claires Füßen raschelt, als würde sie über tote Insekten laufen. In den Fenstern gehen die ersten Lichter an, Studenten stehen auf, Dozenten schalten ihre Computer ein, Reinigungskräfte räumen den Müll vom letzten Tag weg.

»Was soll ich Ihrer Meinung nach tun?«

»Du weißt nicht, wo Miriam ist?«

»Irgendwo in der Gegend um Seattle, dem Poststempel nach zu urteilen. Ansonsten habe ich nur die Videos als Hinweis.«

»Was ist mit E-Mails? Du hast erwähnt, dass ihr euch E-Mails geschrieben habt.«

»Sie hat nie geschrieben, wo sie ist.«

»Ich habe vor Kurzem etwas im Fernsehen gesehen, in so einer Polizeisendung. Sie haben eine Ausreißerin gesucht und sie anhand ihrer E-Mails ausfindig gemacht. Hatte irgendetwas mit so einer Hacker-Nummer zu tun.« Reprobus hebt die Hände und bewegt die Finger, als würde er an einer Tastatur sitzen. »Kennst du irgendjemanden, der sich mit so was auskennt?«

Claire öffnet eine Dose Diet Coke direkt neben Andreas Ohr und gibt sie ihr, als ihre Mitbewohnerin sich verschlafen aufrichtet und ein Auge halb öffnet. Ihre Wangen sind mit Wimperntusche verschmiert. Nach fünf Minuten ausweichend beantworteter Fragen – wo sie die letzte Nacht verbracht hat, was es mit dem Koffer auf sich hat – erklärt sie Andrea, was sie von ihr will.

»Kein Problem«, meint Andrea, zerdrückt die leere Dose und wirft sie zu dem restlichen Müll auf dem Boden.

Claire fährt ihr Laptop hoch und leitet Miriams letzte E-Mail an Andrea weiter. Sie muss an Reprobus' Warnung denken – vorhin, in seinem Büro –, und an das, was Miriam zu ihr über das WLAN auf dem Campus gesagt hat. Aber was hat sie jetzt noch zu verlieren? Nichts.

Andrea setzt sich vor ihren iMac. Die zerzausten Haare hat sie zu einem Pferdeschwanz zurückgebunden. Claire fragt, was sie vorhat, und Andrea spitzt die Lippen. »Nehmen wir mal an, ich bin in dem Tacoladen in der Stadt. Ich logge mich in ihr WLAN ein, sie geben mir eine IP-Adresse, und ich schicke dir von dort eine Mail. Wenn du wissen willst, wo die Mail herkam, musst du ihren Weg zurückverfolgen bis zur letzten Adresse. Das ist die ganz unten. Ich sehe mir die IP an – in dem Fall 75.402.157.195 – und überprüfe, wo das ist.«

»Okay, mach's.«

»Ich war gerade dabei, bis du mich mit deiner blöden Frage unterbrochen hast.«

»Dann mach's jetzt.«

»Tu ich ja.« Ihre Finger schweben untätig über der Tastatur.

»Was?«

Andrea schnalzt leise mit der Zunge. »Wenn derjenige natürlich nicht gefunden werden will, kann er seine Spuren ohne viel Aufwand verwischen. Ein Anbieter kann dir zwar die Nummer sagen, die angerufen hat, und wo der entsprechende Anschluss ist. Ich kann aber immer noch das Telefon nehmen, es woanders einstöpseln und von dort aus anrufen.«

»Woher wissen wir, ob die Adresse echt ist?«

»Ich kann dir sagen, ob die IP existiert. Und du sagst mir, ob die Anschrift stimmen kann.«

Andrea ruft eine Seite auf, die sich IP2Location nennt, gibt die Ziffernfolge ein, die sie zuvor gefunden hat, und die Seite spuckt ein Starbucks in Tacoma als Adresse für den Anschluss aus.

»Das ist es«, sagt Claire. »Das ist die richtige Adresse.«

Andrea fragt, ob sie noch irgendwelche anderen Hinweise hat.

»Nicht direkt«, antwortet Claire. »Ein Video.«

»Zeig's mir.«

Andrea zieht sich die beiden DVDs auf ihre Festplatte, konvertiert und komprimiert sie und öffnet sie gleichzeitig in zwei kleinen Fenstern, zwischen denen ihr Cursor ständig hin- und herspringt. Pause, vor, zurück, wieder Pause.

»Scheiße, ist das gruslig«, sagt sie, als Pucks Hand am Bildschirmrand auftaucht.

Immer wieder fragt sie nach mehr Informationen, mehr Details, aber Claire kann ihr diese Fragen nicht beantworten. Nicht, weil sie ihr nicht vertraut, sondern weil sie damit sie beide in Gefahr bringen würde. »Im Moment hilfst du mir nur, ein rätselhaftes Video zu entschlüsseln. Nichts Illegales.«

Andrea blickt ihr mehrere Sekunden fest in die Augen. »Na schön«, sagt sie schließlich. »Wusste gar nicht, dass du Geheimagentin bist.« Sie rückt ihren Haargummi zurecht. »Wie du willst.«

Sie ruft Google auf und gibt »Tacoma, motels« ein. Dutzende Einträge erscheinen, und sie wechselt zu Google Maps. Der Puget Sound färbt einen Teil des Bildschirms blau, orangefarbene Punkte kennzeichnen die vielen Motels der Gegend. »Sie ist in der Nähe von einem Wasserlauf. Also können wir die meisten von denen schon mal vergessen«, murmelt Andrea.

»Woher willst du das wissen?«

Sie verschiebt den Balken an der unteren Seite eines der Videofenster, bis Miriam auf dem Spielplatz zu sehen ist, wie sie gerade Klimmzüge macht. Sie stellt den Zoomfaktor auf dreihundert Prozent ein und verschiebt den Bildausschnitt, dann sieht auch Claire die Trauerweiden am Rand des Parks. »Okay«, sagt sie.

Andrea meint, Claires Tante sehe zwar recht fit aus, aber mehr als zehn Meilen würde sie bei so einem Wetter wohl kaum joggen. Bleiben also noch elf Motels, die in der Nähe eines Flusses oder Sees liegen, die meisten davon außerdem am Rand eines Parks. Sie schaltet auf Streetview. Das erste heißt Dew Drop Inn. Ein gelber Ziegelbau mit einer Betonveranda. Danach kommen Tacoma Inn, Rainier Inn, Cascade Motel.

»Nein«, sagt Claire. »Nein, nein. Auch nicht.«

Zurück zur Satellitenansicht, dann wieder auf Streetview. Wie auf einem Trampolin springen sie von Adresse zu Adresse, bis noch drei übrig bleiben, von denen es keine Fotoansicht gibt.

»Dann müssen wir es wohl auf die altmodische Art machen.« Andrea stellt ihr iPhone auf Lautsprecher und wählt eine Nummer, fragt nach der Zahl der Zimmer, ob es sieben sind oder ob es vielleicht noch ein zweites Gebäude gibt, dann rufen sie die nächste an.

Claires Zähne tun weh, so verkrampft ist ihr Kiefer. Sie will schon aufgeben, als Andrea bei der letzten Nummer anruft, dem Bigfoot Motel.

Eine von Zigaretten erstickte Stimme meldet sich, und Andrea fragt, wie viele Zimmer sie haben.

»Freie Zimmer oder wie viele insgesamt?«

»Insgesamt.«

»Sieben.«

Etwas regt sich in Claire wie eine dieser tintenblauen Wolken zu Hause in Wisconsin, die innerhalb der nächsten Stunden entweder zu einem ausgewachsenen Gewitter anschwellen oder sich in fransige graue Schlieren auflösen.

»Wie sieht das Motel aus?«

»Was meinen Sie damit, wie sieht es aus? Es sieht aus wie ein Motel.«

»Ist es braun?«

»Ja, es ist braun. Was kümmert Sie die Farbe?«

»Ich liebe braune Motels. Die sind spitze. Und gibt es einen Wald in der Nähe?«

»Ja. Lieben Sie die auch, Wälder?«

»Ja, tue ich. Sie können mir nicht zufällig die Namen der Leute sagen, die im Moment bei Ihnen eingecheckt sind? Bittebittebitte.«

»Nein.«

Claire beugt sich näher ans Telefon. »Hat jemand vor Kurzem unerwartet ausgecheckt? In den letzten zwei Wochen oder so?«

»Das kommt so häufig vor, dass ich's mir nicht mal merken kann. Wollen Sie jetzt ein Zimmer oder nicht?«

Andrea trennt die Verbindung und markiert die Adresse mit der Maus. »Das ist es. Das Bigfoot Motel.«

Claire hält ihr die Hand hin, und Andrea schlägt ein. Das Klatschen hängt noch in der Luft, als sie gleichzeitig sagen »danke« und »war mir ein Vergnügen«.

»Bis vor Kurzem hab ich dich noch für unterbelichtet gehalten«, murmelt Claire.

»Und ich dich für eine prüde, versnobte Zicke.«

Claire lächelt, aber das Lächeln verschwindet schnell, als sich wieder etwas in ihr regt. Wie ein Blitz durchfährt es sie, die Erkenntnis, dass alles doppelt ist: zwei Finger, zwei Videos, ihre zwei Namen, Sonne und Mond, Infizierte und nicht Infizierte, die Staaten und die Republik, der Präsident und sein Herausforderer, Matthew und Patrick, Reprobus und Miriam. Claire, nein, die ganze Welt fühlt sich zweigeteilt an.

Kapitel 49

Peter ist Lkw-Fahrer. Meistens arbeitet er für Amazon, lädt Container voll Bücher, DVDs und Kleidung auf den Hänger, was immer die Leute so im Internet bestellen. Aber manchmal fährt er auch auf eigene Rechnung, holt die Container vom Güterbahnhof oder den Docks. Vor ein paar Jahren hat er sich für vierundvierzig Riesen seinen eigenen Truck gekauft, einen Freightliner Columbia 120, einen weißen Dinosaurier von einem Lkw. Sein Bungalow sieht aus wie eine Zwergenbehausung, wenn er davor parkt. Zehnganggetriebe, luftgefederter Fahrersitz, Schlafkoje mit zwei Betten, fünfhundertfünfzehn PS, Airbrush-Verzierungen auf den Kotflügeln, das ganze Programm. Bis zu zwanzig Tonnen kann er damit ziehen. Mittlerweile hat er eine halbe Million Meilen auf dem Tacho, ist im ganzen Staat damit rumgekommen, aber das Ding sieht immer noch aus wie neu. Regelmäßig wachst er den Lack, und manchmal spricht er sogar mit dem Truck, wenn er über den gigantischen Kühlergrill streicht und die Insekten aus den Schlitzen schabt.

Sie haben ihn angerufen, sagten, sie hätten seine Nummer aus dem Internet. Am 1. November, wenn die Süßes-oder-Saures-Rufe verhallt sind, wenn die Bonbonpapierchen schon von der Straßenreinigung aufgesammelt sind und die ausgehöhlten Kürbisse in den Vorgärten in sich zusammenschrumpfen wie zahnlose Greise, solle er einen Container im Hafen abholen. Lieferadresse ist in Olympia. Hundertzwanzig Meilen Fahrt insgesamt. Ja, meinte er, kein Problem.

Leicht verdientes Geld, sagten sie, und das stimmte. Seltsam war nur, *wie* leicht verdient: drei Riesen für drei Stunden Arbeit. Peter verstummte, nachdem er das gehört hatte, und die Stimme am anderen Ende der Leitung – sie war hoch und schrill wie eine quietschende Bremse – erklärte: »Wir wissen Ihre Diskretion zu schätzen.«

Also stellte Peter keine Fragen. Das Geld konnte er gut gebrauchen. Geld war der Grund, weshalb er sich selbstständig gemacht hatte und manchmal sechzig Stunden oder mehr die Woche arbeitete. Er hat ein Auge auf einen dieser Riesen-LCDs mit HD-Auflösung geworfen. Auf denen sieht alles noch besser aus als im richtigen Leben.

Trotzdem ist ihm etwas mulmig, als der Kran den rostroten Container, der nach Meerwasser und Algen riecht, auf seinen Hänger lädt. Er winkt dem Kranführer, schlägt das Lenkrad ein und fährt auf die Polizeiautos zu, die immer vor dem Hafengelände stehen und stichprobenartig Lkw-Ladungen durchsuchen. Ob die Sache eine Nummer zu groß für ihn ist? Was, wenn sie ihn rausziehen? Scheiß drauf.

Er schaltet den CB-Funk ab und tritt das Gaspedal bis zum Anschlag durch. Wenn er sich beeilt, ist er wieder zu Hause, bevor die Footballübertragung anfängt. Die meisten haben ihren Arbeitstag bereits hinter sich. Es ist kurz nach fünf, die Sonne ist schon untergegangen, und die Docks schließen. In den angrenzenden Bars trinken sie jetzt Bier und Whiskey. Der Wind frischt auf. Peter spürt, wie sein Truck von den Böen geschüttelt wird. Bald werden ihm die Handgelenke wehtun, weil er ständig das Lenkrad festhalten und nachkorrigieren muss. Er hat zwar GPS, hat sich die Lieferadresse aber zuvor auch auf MapQuest angesehen. Sie liegt auf einer Schotterfläche neben einem Schrottplatz irgendwo weitab der Stadt. Der Anrufer hatte ihn darauf hingewiesen, dass das Gelände zwar umzäunt, das Tor aber offen sei.

Er hat nicht gelogen. Der Riegel am Tor ist zur Seite geschoben, wie die Klaue eines Greifvogels hängt er in der Luft. Dahinter erstreckt sich eine etwa fünfhundert mal fünfhundert Meter große Fläche, auf der einen Seite von einem Schrottplatz begrenzt, auf den anderen drei von dichten Baumreihen. Allerlei Müll hat sich im Zaun verfangen, ein paar Autos und Kleintransporter stehen im hohen Gras geparkt. Der Truck schaukelt durch ein paar Schlaglöcher, die der gestrige Regen mit Wasser gefüllt hat, dann bleibt Peter stehen. Er stellt den Motor ab, klettert aus der Kabine und massiert sich den unteren Rücken. Die Bandscheiben tun ihm weh, und es wird von Jahr zu Jahr schlimmer. Manchmal hat er nach dem Aufwachen solche Schmerzen, dass er kaum aus dem Bett kommt. Drüben auf dem Schrottplatz summt eine Natriumdampflampe. Es ist ungewöhnlich warm, fast schwül. Peter könnte im T-Shirt rumlaufen. Der Luftdruck ändert sich gerade, und die Windrichtung wechselt, was normalerweise nichts Gutes bedeutet.

Da hört er, oder glaubt zu hören, wie sich etwas im Container bewegt. Schwer zu sagen bei den ständigen Böen, die das Gras rascheln lassen, und dem Lärm, den seine Stiefel auf dem Schotter machen. Peter bleibt stehen und lauscht. Da ist es wieder, ein Kratzen wie von Metall auf Metall. In der Zeitung hat er von Containern aus Russland gelesen – mit auf der Überfahrt erstickten Prostituierten als Ladung. Hoffentlich ist er nicht in so was reingeraten. Hoffentlich nicht in irgend so eine Riesenscheiße.

Er weiß, er sollte sich einfach aus dem Staub machen, aber seine Neugier ist stärker. Er geht zur Ladeklappe des Containers und entriegelt sie. Eine halbe Minute lang lässt er die Hand auf dem Griff liegen. Seine Knöchel sind schon ganz weiß vom Druck. Scheiß drauf, denkt er sich, reißt die Tür auf und blickt zwischen zwei Reihen aufgestapelter Kartons in einen dunklen Tunnel. Sie sind mit dem Logo eines Pharmazieunternehmens bedruckt. »JOD« steht auf den Aufklebern daneben.

»Hallo?«, ruft Peter und kommt sich vor wie einer dieser

Trottel aus einem Horrorfilm, die in einen modrigen, unbeleuchteten Keller hinabsteigen, statt zum Auto zu rennen, alle Türen zu verriegeln und Vollgas zu geben.

Er schaltet die Minitaschenlampe an seinem Schlüsselanhänger ein und klettert in den Container. Seitwärts wie ein Krebs quetscht er sich in den schmalen Gang und zieht den Bauch ein, und trotzdem schabt er noch über die Kartons. Wie er sich's gedacht hatte: Etwa drei Meter der Gesamtlänge fehlen. Der Container hat eine doppelte Rückwand. Er klopft mit der Faust dagegen und hört ein hohles Dröhnen.

»Hallo?«, ruft er noch einmal. Es gefällt ihm nicht, wie dünn und blechern seine Stimme hier drinnen klingt – wie die Stimme eines anderen. Er lässt den winzigen, blassen Lichtkegel der Lampe über die Wand schweifen und entdeckt einen schmalen waagrechten Spalt etwa auf Hüfthöhe. Wie von einer Tür.

Peter ist abgestoßen und fasziniert zugleich. Er ist sicherer denn je, dass auf der anderen Seite ein ganzes Rudel leichter Mädchen auf ihn wartet. Schlampen wie die, mit denen er manchmal im Internet chattet: tätowiert, pinke Spitzenunterwäsche, der erste Zentimeter der blond gefärbten Haare schwarz, Bindegewebsrisse über den Doppel-D-Implantaten. Sicher genug ist er sich jedenfalls, dass er die nächsten fünf Minuten damit verbringt, die Kartons nach draußen zu schleppen, die den Zugang zu der Tür versperren. Die Kisten wiegen zehn Kilo, mindestens, und klappern beim Tragen, als wären Pillenschachteln darin. Er schwitzt und schnauft und verflucht sich wie jeden Tag, weil er nicht mehr für seinen Körper tut. Vielleicht kauft er sich vom Rest des Geldes einen dieser Multitrainer, die er aus den Dauerwerbesendungen kennt, stellt ihn vor den neuen Fernseher und reißt ein paar Übungen runter, während er die Sportübertragungen verfolgt. Peter sieht ihn regelrecht vor sich, seinen neuen Körper, muskulös und definiert wie bei diesen Seriendarstellern. Daneben sitzt eine der Russinnen in Reizwäsche und bewundert seine tolle Figur. Nur die paar Zentimeter Metall vor ihm trennen ihn noch von seiner Vision.

Peter hatte recht: Es ist eine hüfthohe Schiebetür. Endlich liegt sie frei. Er versucht, seinen keuchenden Atem zu beruhigen, schlägt zweimal gegen die Tür und wartet. Als keine Reaktion kommt, kniet er sich hin und presst ein Ohr gegen das Metall. Es fühlt sich kalt an auf seiner Wange. Vielleicht rührt sich drinnen doch etwas, vielleicht ist es aber auch nur der Wind draußen.

Er zieht vorsichtig, und die Tür gleitet zur Seite. Ein brackiger Geruch schlägt ihm entgegen. Nach nassem Hundefell, vermischt mit dem Gestank eines verstopften Gullis. Peter streckt die Taschenlampe in die Öffnung und hört, wie sich etwas bewegt. Es kommt auf ihn zu. Er sieht einen verschwommenen Umriss, der wie ein Polaroidbild langsam schärfer wird.

»Mein Gott«, sagt er. Es ist das Letzte, was er jemals sagen wird.

Ein Donner grollt, und die Laterne geht aus. Der heulende Wind bläst Luft vom Puget Sound herüber, riecht nach den Algen in den Docks und dem Seegras, das zwischen den Felsen hängt wie Haarknäuel in einem Abfluss. Eine Tür quietscht. Eine Plastiktüte taumelt raschelnd über den Schotter und wird hochgewirbelt in den von riesigen Wolken verdunkelten Himmel. Die ganze Welt scheint zu vibrieren.

Ein schwarzer Ford Expedition kommt auf den Schotterplatz gefahren. Jonathan Puck und Morris Magog steigen aus. Puck steht da, die Arme vor der Brust verschränkt. Über dem Bügel in Magogs Hand hängt ein frisch maßgeschneiderter Anzug. Neben ihm sieht der Anzug aus, als wäre er für ein Kind gemacht. Sein langes rotes Haar und der schwarze Ledermantel flattern im auffrischenden Wind.

Aus dem Container dringt das Geräusch von Schritten. Eine Gestalt erscheint in der geöffneten Ladeklappe. Es ist ein älterer Mann, nackt und am ganzen Körper mit Blut beschmiert. Er sieht nicht aus wie ein Verrückter. Vollkommen ruhig geht er auf die beiden zu, aufrecht und den Anflug eines Lächelns auf den Lippen. Sein eines Auge ist blind. Das andere hat sich noch nicht an das Licht draußen gewöhnt, die Pupille ist klein und schwarz wie ein abgebrannter Streichholzkopf. »Endlich ist es also so weit«, sagt er.

Puck macht die Andeutung einer Verbeugung. »Meister.«

Kapitel 50

Der Schädel, auf dem Patrick sitzt, fühlt sich an, als wäre er aus massivem Stein. Dank des halb verkohlten Stücks Elchfleisch, das Pablo ihm zu essen gegeben hat, kann er wieder klarer denken. Er ist nicht um den halben Globus gereist, hat nicht mit einer Unterschrift vier Jahre seines Lebens hergegeben, um hier zu sterben oder zu einem räudigen Köter zu werden wie Austin. Sein Vater kann ihm nicht helfen. Sein Vater ist ein gebrochener Mann, und das in mehr als einer Hinsicht. So viel ist klar, und somit sind die Rollen fürs Erste vertauscht: Patrick muss jetzt die Entscheidungen treffen.

So gerne er sich in ein kleines schwarzes Fünkchen verwandeln würde, frei von jedem Gedanken und jedem Willen, so sehr er sich wünscht, der Wind möge ihn davontragen und irgendwohin wehen, wo er noch einmal ganz von vorne anfangen kann, weiß Patrick, dass er handeln muss. Er könnte einfach aufspringen und rennen, sehen, wie weit er kommt. Aber hier, in dieser Höhle, wo die Tage zu endlosen Nächten werden, gelten andere Regeln. Geruch, Tastsinn und Gehör bestimmen diese Welt, und die anderen kennen die Dunkelheit hier drinnen weit besser als er. Sie hätten Patrick in null Komma nichts eingeholt und überwältigt. Er wird sich etwas anderes einfallen lassen müssen.

»Dad?«

Sein Vater stiert weiter in die Flammen. »Was?«

»Ich weiß über Mom Bescheid.«

»Das war zu erwarten.«

»Und ich weiß, woran du die ganze Zeit über gearbeitet hast.«

Keith hebt den Blick und sieht Patrick an. Seine Augen scheinen sich aufzuhellen, aber es könnte genauso gut die Reflexion des Feuers sein.

»Wie weit ist es von hier bis nach Tuonela, Dad?«

Keith' Stimme ist kaum mehr als ein Flüstern, und Patrick ist nicht sicher, ob sein Vater »nicht sehr weit« gesagt hat oder »nicht jetzt gleich«. Er greift in seine Brusttasche und zieht ein kleines schwarzes Notizbüchlein hervor. »Hier. Nimm das.«

Patrick steckt es zu den E-Mails und Notizen, die er vom Stützpunkt mitgenommen hat. »Wenn ich helfen will, Dad … Was müsste ich dann tun? Wie kann ich helfen?«

Keith beugt sich ein Stück näher heran und zuckt sofort wieder zurück, als Austin herüberruft: »Was redet ihr?«

Er sitzt ein Stück abseits des Feuers mit dem Rücken an die Wand gelehnt. Ein Tonkrug steht neben ihm. »Keine Geheimnisse.« Ein Speichelfaden spannt sich zwischen seinen offen stehenden Lippen. »Nicht hier drinnen.«

Patrick schaut in die Flammen. Seine Brust fühlt sich an wie ein nasser, schwelender Strohballen, der jeden Moment Feuer fängt.

Austin streicht seine verdreckte Hose glatt. Er hustet und pflückt ein paar Tannennadeln aus den Falten. »Ihr beiden geht nirgendwohin, kapiert?«

»Ich werd euch nicht verraten.«

»Vielleicht nicht, vielleicht schon. Kann ich nicht riskieren.«

»Ich werd euch nicht verraten.«

»Zweimal sagen ändert nichts.«

»Ich nehme meinen Vater mit. Ihr müsst euch nicht mehr um ihn kümmern. Und ich gebe euren Familien Bescheid, dass ihr noch lebt. Ihr könnt mir vertrauen.«

Austin hebt den Krug mit beiden Händen hoch und nimmt einen großen Schluck. Es ist Schnaps. Wahrscheinlich aus irgendeinem Keller oder Lagerhaus gestohlen. »Kein Vertrauen zu niemand. Die Welt ist ein Meer aus Lügen. Wir stecken bis zum Hals drin.« Er hebt den Zeigefinger, wie es der momentane Präsident so gerne tut, und imitiert dessen dünne, stockende Stimme. »Wir bauen Straßen, wir zerstören ihre Häuser. Lykaner können ein ehrliches Leben führen, Lykaner sind tollwütige Hunde. Alle Menschen sind gleich und auch wieder nicht. Lykaner haben die gleichen Rechte, und sie haben sie nicht.«

»Es wäre das Richtige, wenn du mich gehen lässt.«

»Genau wie Keith immer gesagt hat: Du kannst einfach nicht zuhören. Wir sitzen hier alle im selben Scheißboot, krieg das endlich in deinen Schädel. Ich hab dich nicht eingeladen. Du bist hier reingeplatzt.«

Patrick fallen tausend falsche Antworten ein, aber er sagt nichts. Das einzige Geräusch ist das Prasseln der Flammen und das Zischen der zerplatzenden Wassereinschlüsse im Holz. Patrick blickt der auffliegenden Asche hinterher und bemerkt, dass durch die Öffnung in der Decke immer noch Licht hereindringt. Er könnte seit einer Stunde hier sitzen oder seit hundert. Er hat jegliches Zeitgefühl verloren.

»Willst du das Ding noch den ganzen Tag festhalten? Sei ein guter Gastgeber, gib das Zeug mal weiter«, brummt Pablo.

Austin nimmt einen Schluck, dann steht er auf. Seine Kniegelenke knacken. Er versucht, sich nichts anmerken zu lassen, aber Patrick sieht, wie er leicht schwankt, als er zum Feuer geht. Die Hose hängt schlaff an ihm herunter wie an einem Kleiderhaken. Am Schritt ist sie mit einem Stück Fell geflickt, bauscht sich auf wie eine Windel.

Patrick macht eine Bestandsaufnahme: Sein Vater lässt ihn nicht aus den Augen. Jessie schläft tief und fest. Die M57 lehnt unbewacht an der Wand.

Austin stellt den Schnapskrug auf Pablos Schoß ab und erklärt, er müsse eine Stange Wasser wegstellen. Auf dem Weg zu der Kluft mit der Brücke stolpert er zweimal. Kurz darauf hallt das Plätschern seines Pinkelstrahls durch die Höhle.

»Patrick?«, flüstert Keith.

»Ja.«

Pablo trinkt schlurfend, zieht eine Grimasse und schüttelt sich.

»Du willst helfen?«

»Ja.«

»Tu, worum ich dich die ganze Zeit schon gebeten habe: Geh zu Neal.«

Pablo fährt sich mit dem Handrücken über den Mund und reicht den Krug weiter an Patrick. Er ist in etwa so groß wie eine Milchkanne, braun und mit dunkler Fledermauskacke besprenkelt. Die Flüssigkeit darin riecht nach fauligen Kartoffeln. Patrick wird übel. Er spürt den Schnee, der auf der Höhle lastet, spürt die Grabesfinsternis, die jenseits des Flammenscheins lauert, als gäbe es keine Grenze mehr zwischen dem Reich der Lebenden und der Toten. Sein Herz fühlt sich an wie ein Wespennest, wie ein verhungerndes Kind mit verklebten Augen, das nur geboren wurde, um wenige Tage später in einem Schuhkarton als Sarg verscharrt zu werden.

So ruhig, wie er nur irgend kann, fragt er Pablo nach einer Zigarette.

Pablo tastet nach seiner Schachtel. »Ich weiß nich, Mann. Hab nur noch so wenige.« Er gibt ihm trotzdem eine.

Patrick zündet sie am Feuer an, steckt sie zwischen die Lippen und zieht, bis die Spitze rot aufglüht. Jetzt bloß nicht inhalieren und husten. Er blickt seinen Vater an, und Keith nickt.

Patrick gräbt die Hände in den Sand. »Hey«, sagt er, »sieh mal!«

Als Pablo aufblickt, schleudert Patrick ihm die volle Ladung ins Gesicht. Pablo reißt die Hände hoch, Patrick springt auf und rennt mit dem Krug in der Hand zu der Maschinenpistole.

Sein Vater robbt um die Feuerstelle herum auf Pablo zu, will ihn erwischen, bevor es zu spät ist. Aber es ist bereits zu spät.

Pablo packt seinen Speer und sticht zu, erwischt Keith im Gesicht, am Hals, in der Brust, sticht und sticht und sticht.

Patricks Vater, der ihm die ganze Zeit über vorgekommen ist wie ein Gespenst, brüllt und blutet, auf perverse Art noch ein letztes Mal durch und durch lebendig. Er kann nichts tun, hört schon die trampelnden Schritte, die in seine Richtung kommen. Gerade noch rechtzeitig reißt er die M57 hoch.

Pablos Gesicht ist zu einer Mischung aus grenzenloser Überraschung, Enttäuschung und Wut verzerrt. Er hat die Zähne gefletscht, und Patrick sieht bereits das Blut dazwischen hervorquellen. Seine Bewegungen sind abgehackt, die Verwandlung schüttelt ihn durch, als hätte er einen Krampfanfall. Die Arme hat er in Patricks Richtung gestreckt, bereit, dessen Brustkorb samt Lunge zu zerquetschen.

Wäre die Waffe gesichert gewesen, wäre Patrick bereits tot. Aber Austin hält sich schon lange nicht mehr an irgendwelche Regeln. Der Abzug klickt, gelbes Feuer spuckt aus der Mündung, und zwei Kugeln schleudern den Lykaner genau in dem Moment zurück, als er Patrick erreicht hat.

Ein flatterndes Rauschen erfüllt die Höhle. Im ersten Moment glaubt Patrick, es wäre sein eigener Puls, der in seinen Ohren rast. Aber es sind die Fledermäuse. Die Schüsse haben sie aufgeschreckt. Ihre Flügel verdunkeln zuerst das Oberlicht, dann den Schein der Flammen und peitschen einen kleinen Sturm auf. Ihr Kreischen ist überall. Wie ein riesiges Netz fallen sie von der Decke, prallen gegen Patrick und zerkratzen seine Haut. Er duckt sich und rennt weiter. In seiner Panik ist er kurz versucht, den Krug nach ihnen zu schleudern. Stattdessen feuert er in wilden Salven um sich. Er glaubt, dass er auf die Brücke zuläuft, aber er hat die Orientierung verloren wie ein Ertrinkender, der nicht mehr weiß, wo oben ist. Ständig stolpert er über herumliegende Knochen, Decken, Steine. Er hört hektische Bewegungen und gurgelnde Schreie, die nur von seinen Verfolgern kommen können. Patrick weiß, dass es, würde er sich jetzt umdrehen, keine Menschengesichter wären, in die er blickte.

Um ein Haar wäre er in die Spalte gestürzt, aber das Geländer hält ihn auf. Der Aufprall trifft ihn wie ein Faustschlag in den Solarplexus. Patrick wird herumgerissen und blickt in den gähnenden schwarzen Abgrund. Schwankend steht er an der Kante, fängt sich wieder und stolpert auf die Brücke. Ein sengender Stich fährt in seine Schulter, als er den Krug hebt und ihn auf den Brettern zu seinen Füßen zerschmettert. Irgendwie hat er es geschafft, die Zigarette im Mund zu behalten. Sie brennt noch. Nach zwei Schritten hat Patrick die Mitte der Brücke erreicht und dreht sich um. Die Fledermäuse sind über und unter, links und rechts von ihm, als er den glühenden Stumpen in die Schnapspfütze schnippt, die sich um die Scherben des Krugs gebildet hat. Er betet, betet, betet, bis er das charakteristische Wump! hört und die blaue Stichflamme sieht, mit der der Alkohol Feuer fängt. Er taumelt nach hinten, und die Fledermäuse stieben auseinander, aber für manche ist es bereits zu spät – sie brennen und verglühen, noch während sie versuchen, dem Inferno zu entrinnen.

Patrick rennt weiter. Auf der gegenüberliegenden Seite dreht er sich um und sieht die brusthohe Feuerwand, die sich am anderen Ende der Brücke erhebt.

Ein Lykaner bricht durch die Flammen. Es ist Austin. Eine Hand hat er auf die Brust gepresst, Blut quillt zwischen seinen Fingern hervor. Mit der anderen hält er sich am Geländer fest. Er scheint die Hitze nicht zu spüren. Flammen züngeln an seinen Beinen und dem Rumpf, aber das Adrenalin oder seine Raserei lassen ihn weiterlaufen, bis Patrick ihn mit einer Salve in den Kopf niederstreckt.

Austin bricht zusammen und mit ihm die Bretter unter seinen Stiefeln. Wie ein Komet taumelt er in einem Feuerschweif in den Abgrund, der viel tiefer ist, als Patrick je für möglich gehalten hätte.

Auf dem Innenhof brennt ein Scheiterhaufen aus toten Hunden. Drei Männer mit Kopfkissenbezügen über den Gesichtern sprangen aus einem Pick-up ohne Nummernschilder. Sie warfen die Kadaver auf einen Haufen, übergossen sie mit Benzin, zündeten sie an und verschwanden wieder.

Sechs Angestellte des Reinigungspersonals stehen im Kreis um die schwelenden Überreste. Schnee, der vom Himmel fällt, sieht aus wie geschreddertes Reispapier. Claire beobachtet die Szene durch ein Fenster des Waschsalons im Erdgeschoss. Sechs Maschinen stehen an den Wänden aufgereiht, die Fliesen auf dem Boden sind rutschig von verschüttetem Waschmittel. Claire hört über Kopfhörer einen Radiokommentar zu den möglichen Auswirkungen der Proteste auf die morgige Präsidentschaftswahl. Der Politikanalyst Darrell West sagt eine rekordverdächtige Wahlbeteiligung und einen Jahrhundertsieg für Chase Williams voraus. »Ich glaube, Williams wird es schaffen. Er hat die Wahl schon so gut wie in der Tasche, und ich glaube, dass wir sehr, sehr vorsichtig sein müssen, was die Reaktionen auf dieses Wahlergebnis angeht – und zwar aus beiden Lagern. Manche Lykaner werden sich zu noch mehr Gewalt provoziert sehen, und manche Nicht-Lykaner könnten das Ergebnis als Freibrief verstehen, sich, sagen wir: diskriminierend zu verhalten.«

Sie versteht die Menschen nicht mehr, egal ob infiziert oder nicht infiziert. Sie versteht diesen Hang zur Gewalt nicht, diesen Zerstörungshunger. Nur Viren verhalten sich so. Politik, Nachrichten, Grenzen – alles ist von Gewalt bestimmt. Alles entscheidet sich danach, wer am härtesten zuschlägt.

Claire ist entsetzt, wie zynisch ihre Gedanken geworden sind. Während der letzten zwei Tage – seit sie diesen letzten Briefumschlag bekommen hat – ist ihre Sicht der Dinge so schwarz geworden, wie nur ein Blinder es nachvollziehen kann. Claires Welt ist jetzt so finster, als hätte die Erde während der letzten Nacht aufgehört, sich zu drehen. Wenn Matthew nicht wäre, hätte sie wahrscheinlich schon längst den Verstand verloren.

Er wollte sie nicht alleine gehen lassen, und Claire hat eingewilligt. Zögernd zwar, aber gleichzeitig erleichtert wie jemand, der sich im Hungerstreik befindet und dem ein Stück Kuchen vor die Nase gehalten wird. Morgen geht es los. Matthew muss noch ein paar Dinge erledigen, und Claire kümmert sich inzwischen um die Wäsche. Es ist erst halb sechs, und draußen herrscht bereits finstere Nacht. Es wird schon so früh dunkel um diese Jahreszeit, und Claire vermisst die Sonne.

Das Waschpulver in der Trommel sieht aus wie Puderzucker. Trotz ihrer düsteren Stimmung und der furchtbaren Umstände zaubert der Anblick des bunten Wäscheknäuels in der Maschine ein Lächeln auf ihre Lippen. Sie klappt den Deckel zu und sieht aus dem Augenwinkel einen Schatten über das Fenster gleiten.

Ganz langsam geht sie hinüber und späht nach draußen. Wasser rauscht in die Maschine, und die Trommel setzt sich rumpelnd in Bewegung. Vielleicht zehn Meter weit weg steht er mit dem Rücken zu ihr im gelblichen Lichtschein einer Laterne und beobachtet die Reinigungsleute, wie sie mit Schaufeln die verkohlten Hundekadaver in schwarze Plastiksäcke packen.

Er ist es. Claire weiß es einfach. Sie versteht nicht, was er von ihr wollen könnte, warum er sie unbedingt haben will, aber er hat sie gefunden. Er trägt einen knielangen dunklen Mantel, sein kahler Schädel leuchtet beinahe pinkfarben. In Claires Gedanken überlagert sich das Bild mit dem aus jener Nacht, als vor über einem Jahr ihre Eltern starben und der Riese unbeweglich auf der frisch verschneiten Auffahrt vor ihrem Haus stand.

Auch jetzt steht er unbeweglich wie der Laternenpfosten neben ihm, doch Claire ist absolut sicher, er wird sich jeden Moment umdrehen und ihr Gesicht am Fenster entdecken. Er wird in seine Manteltasche greifen und eine Pistole ziehen. Wie goldene Blitze werden die Kugeln die Dunkelheit zerteilen und sie finden.

Er tut nichts dergleichen. Der Riese geht in die Knie, hebt eine Handvoll Schnee vom Boden auf und presst sie zu einer Kugel. Statt sie zu werfen, beißt er hinein wie in einen geschälten Apfel und geht weiter Richtung Campusmitte.

Claire hat gar nicht bemerkt, wie sie den Atem angehalten hat, und schnappt blinzelnd nach Luft. Vielleicht ist er doch nicht ihretwegen hier. Vielleicht ist er wegen ihnen allen hier, um sie mit seiner Sense niederzumähen wie Ähren auf einem Feld. So oder so, Claire muss schnellstmöglich verschwinden.

Sie stolpert vom Fenster weg und stützt sich auf der Waschmaschine ab. Wie ein Flüstern arbeiten sich die Vibrationen ihren Arm hinauf und hallen durch ihren ganzen Körper. Sie hört ihre Eltern flüstern, hört, wie die Kugeln sie zum Verstummen bringen. Sie hört, wie Miriam ihr wispernd eine Hand entgegenstreckt, an der zwei Finger fehlen, hört, wie Jeremy in der Todeszelle auf und ab geht und auf die Spritze wartet, hört das Flüstern der auf dem Campus versammelten Studenten, die vor den laufenden Kameras gegen die Repressalien der Regierung protestieren. Und das Flüstern sagt ihr, was sie tun soll: Sich an die Fersen des Riesen heften und ihm ein Messer in den Rücken rammen, ihn aufschlitzen und seine Eingeweide im frisch gefallenen Schnee verteilen.

Aber er ist fast doppelt so groß wie sie, und er hat eine Pistole.

Trotzdem kann Claire nicht einfach hierbleiben und sich verstecken. Auch wenn jede Faser ihres Körpers sich dagegen sträubt, Claire muss herausfinden, weshalb er gekommen ist. Wenn er tatsächlich ihretwegen hier sein sollte – und es kann keinen anderen Grund geben –, dann weiß sie zumindest Bescheid. Weiß, wo er ist und was er vorhat. Und dieses Wissen bringt ihr unendlich viel mehr als ein sich Verkriechen in ihrem Zimmer.

Als Claire nach draußen läuft, verschlägt die Kälte ihr den Atem. Sie überlegt, ob sie nicht besser nach oben rennen und ihren Mantel holen sollte, aber dazu ist nicht genug Zeit. Also macht sie sich in Turnschuhen, Jogginghose und Kapuzenpulli an die Verfolgung. Die Kapuze zieht sie tief ins Gesicht – gegen die Kälte und gegen neugierige Blicke. Das Kinn hält sie auf die Brust gepresst, als würde sie auf ihre Zehenspitzen schauen, aber in Wahrheit behält sie den Riesen im Auge, wartet darauf, dass er sie spürt und sich umdreht. Claire sieht bereits vor sich, wie er auf sie deutet und aus allen Richtungen Männer in schwarzen Kevlarwesten auf sie zustürmen.

Keine Sterne, nur rußschwarze Wolken. Es ist noch früh am Abend, überall tummeln sich Studenten auf dem Weg zum Abendessen, und der Riese schlängelt sich zwischen ihnen hindurch. Claire wartet darauf, dass sie jeden Moment stehen bleiben und den Feind in ihren Reihen bemerken. Aber er scheint niemandem aufzufallen. Auf dem Campus ist ein Mann im Anzug nahezu unsichtbar. Könnte ein Professor sein oder ein Verwaltungsmitarbeiter, nichts von Bedeutung.

Claire ist nicht sicher, aber es klingt, als würde er pfeifen. Je länger sie ihm folgt, desto mehr bereut sie es, desto mehr fühlt sie sich, als wäre sie unter Wasser, in einem dunklen Fluss, dessen Strömung sie immer weiter nach unten zieht bis zum schlammigen Grund, wo sie unweigerlich ersticken wird. Was kann sie schon ausrichten, ein unbewaffnetes Mädchen in Jogginghose?

An einem der Hügel neben dem Campus ragt auf halber Höhe ein Windrad auf. Claire sieht das rote Licht auf der Spitze zwischen den Schneeflocken aufblinken. Es gehört zur Universität. Bei der Einführung wurde ihnen gesagt, das Rad produziere an die sechs Millionen Kilowattstunden Strom und damit fast ein Drittel des jährlichen Gesamtbedarfs der William Archer. Einmal, als ihr nach Laufen zumute war, ging sie hinauf, stand am Fuß des Turms und lauschte dem Brummen der Generatoren.

Als der Riese auf den Weg einbiegt, der zum Verwaltungsgebäude führt, verlangsamt Claire ihr Tempo. Mit langen Schritten geht er die Treppe vor dem von einer Kuppel gekrönten Kalksteinbau hinauf und reißt die schwere Eichentür auf. Schnee wirbelt vom Eingangsportal hoch, und die Tür schlägt klappend hinter ihm zu.

Claire betrachtet die Fußabdrücke des Riesen auf den Stufen. Sie sind über zehn Zentimeter länger als ihre eigenen. Sie überlegt, wie viel sie riskieren will, da wird eines der beleuchteten Fenster kurz von einer Silhouette verdunkelt. Claire blickt sich kurz um, dann quetscht sie sich durch die Hecke neben dem Aufgang. Die Eiseskälte an ihren nackten Knöcheln ignoriert sie einfach und schleicht weiter bis zum Fenster. Sie muss sich auf die Zehenspitzen stellen, um über das Sims hinweg und zwischen den schweren roten Vorhängen hindurch etwas erkennen zu können.

In dem großen Wandregal stehen ledergebundene Folianten, dazwischen Sammlerstücke. Eine alte Messinguhr, eine Lupe mit einem Griff aus poliertem Knochen. Als unvermittelt ein Gesicht direkt vor der Scheibe auftaucht, schreit Claire beinahe.

Es ist Francis, der blonde Junge aus der Vorlesung. Sie will schon weglaufen, da merkt sie, dass er sie gar nicht gesehen hat. Francis ist mit seinem Spiegelbild beschäftigt. Starr wie eine Säule beobachtet Claire, wie Francis sich nach vorn beugt und an einem Pickel auf seinem Kinn herumdrückt. Er quetscht und kneift, bis der Pickel endlich aufplatzt, und wischt sich zufrieden das Blut vom Kinn. Plötzlich fährt er herum und verschwindet Richtung Tür, sodass Claire den Rest des Raums inspizieren kann. An dem schweren Eichentisch in der Mitte sitzt ein klein gewachsener weißhaariger Mann in einem ausgebeulten braunen Anzug. Es ist einer der Dekane.

Der Dekan steht auf und streckt die Hand aus, um jemanden zu begrüßen.

Der Riese tritt auf ihn zu. Der darauf folgende Handschlag sieht eher aus wie ein Kräftemessen und dauert so lange, bis der Dekan geschlagen die Hand zurückzieht und sie in der Hosentasche vergräbt. Dann beginnen sie, sich zu unterhalten. Claire hört nicht, was gesprochen wird, aber die versteinerten Mienen und die Art, wie der Dekan immer mehr in sich zusammenschrumpft, sagen ihr, dass es nichts Gutes ist.

Francis kommt wieder ans Fenster. Er befingert den ausgedrückten Pickel und spricht in sein Handy. Claire ist nicht besonders überrascht, ihn hier zu sehen. Die Rolle des Spitzels passt zu ihm. Jetzt, da er direkt vor ihr steht, versteht sie sogar ein paar Worte von dem, was er ins Telefon spricht. Er sagt irgendetwas von »Campusschließung« und »sehr bald«. Genug, dass Claire sofort losrennt.

Auf halbem Weg über den Campus springt ihr wieder das Windrad ins Auge. Selbst über die mehrere Hundert Meter Entfernung hinweg hört sie das Schwirren der Rotorblätter, die die Luft zerschneiden. Das rote Blinklicht an der Spitze leuchtet wie ein Warnsignal.

Kapitel 51

Die Hinrichtung findet um 20.00 Uhr statt, genau zu der Zeit, zu der die Wahllokale schließen.

Nach weniger als einer Stunde Beratung war das Tribunal zu dem Schluss gekommen, die Todesstrafe für Jeremy Saber zu empfehlen. Das flammende Plädoyer des Verteidigers, in dem er die Frage aufwarf, wer das wahre Monster sei, und alle Lykaner dazu aufrief, sich gegen ihre Unterdrückung zu erheben, bestärkte das Tribunal nur in seiner Entscheidung. Dem Richter wurde freigestellt, die Todesstrafe in lebenslängliche Haft ohne Bewährung umzuwandeln, doch er machte davon keinen Gebrauch. Er verhängte das Urteil, und heute, an diesem klaren, bitterkalten Novemberabend, wird es vollstreckt.

Nach der Urteilsverkündung wurde Jeremy in das Hochsicherheitsgefängnis dreißig Meilen südlich von Denver verlegt, in einen rot-weißen Ziegelbau, der sich inmitten brauner Prärie aus einem Asphaltmeer erhebt.

Die ersten kamen, kurz nachdem der Präsident in einer offiziellen Mitteilung hatte verlautbaren lassen, Saber ereile »nun das Schicksal, das er vor einem Jahr selbst für sich gewählt hat. Die Angelegenheit kommt hiermit zu einem Abschluss, und unser Land kann sich wieder seiner Zukunft zuwenden.«

Zuerst waren es nur ein paar Dutzend, dann doppelt so viele, und es kamen immer noch mehr. Jede Minute fuhren weitere Autos auf den Besucherparkplatz, bis er restlos belegt war und die Leute ihre Fahrzeuge entlang der Straße abstellen mussten, die vom Highway 67 zum Gefängnis führt. Einige trugen William-Archer-Sweatshirts, andere Schilder mit der Aufschrift »Widerstand!« oder »Lieber tot als ruhiggestellt«. Um die Mittagszeit marschierte eine Mauer aus Sicherheitskräften vor dem Gefängnis auf. Sie trugen volle Schutzausrüstung mit Helm und Körperpanzer. In ihren Gürteln steckten Pistolen, die Gewehre hielten sie schräg vor der Brust. Als die Sonne unterging, kam eine Kolonne Einsatzwagen hinzu, die mit blinkenden Lichtern in einer Verteidigungslinie quer vor den Demonstranten in Stellung ging. Über Lautsprecher wurden die Demonstranten aufgefordert, das Gelände zu verlassen.

Sie blieben.

Um halb acht beginnen sie zu stampfen. Rhythmisch, im Gleichschritt, auf der Stelle, als wollten sie den Asphalt unter ihren Sohlen zertrümmern, als hätten sie vor, die Erde bis in ihr Innerstes zu erschüttern. Sie wissen, der Lärm ist über Meilen hinweg zu hören und dringt auch bis hinter die Mauern des Gefängnisses, bis zu Jeremy Saber, der, an Armen und Fußgelenken mit Scharnier-Handschellen gefesselt, gerade vom Priester und zwei Wachleuten über den langen Flur in eine gläserne Kammer geführt wird. Wie Kriegstrommeln schallt das Stampfen und hallt in Jeremys Herzen nach, selbst dann noch, als er auf dem Hinrichtungsstuhl festgezurrt und ihm ein Giftcocktail ins rechte Bein injiziert wird.

Er hatte sie im Netz gefunden, aber vielleicht waren es auch sie, die ihn gefunden haben. Er stöberte in einem Forum herum und bekam eine Einladung zu einem privaten Chat. Danach ergab sich eins zum andern. Und jetzt, ein paar Monate später, steuert er eine einmotorige Cessna Skyhawk durch den regenverhangenen Himmel. Er versteht es selbst noch nicht ganz.

Sein Name ist Marvin. Niemand konnte sich je seinen Namen merken, und das machte ihn wütend. Es machte ihn wütend, wie leicht man ihn vergaß. »Du siehst aus wie der durchschnittlichste Mensch auf der ganzen Welt«, sagte ein Mädchen namens Tiffany einmal zu ihm. Er hatte ihren Namen nicht vergessen. Er hasste sie, und lange Zeit stellte er sich vor, wie er sie umbringen könnte: Vor den Schulbus schubsen, ihren Kopf gegen den Spind schlagen, sie in der Umkleide mit einem Sportsocken erwürgen. Er hasste sie, und er hasste die Schule. Er hasste die bescheuerten Lehrer und die bescheuerten Schüler, die bescheuerten Bücher, in denen die Buchstaben nie stillhalten wollten und durcheinanderkrabbelten wie Ameisen.

Aber sie kannten seinen Namen, und sie schenkten ihm Sachen. Eine Xbox zum Beispiel und eine Pistole, eine Hardballer Kaliber .45. Und zum achtzehnten Geburtstag bekam er eine Frau. Das war nett von ihnen. Sie weigerte sich zwar, ihn zu küssen, aber ansonsten durfte er alles mit ihr machen, was schließlich darauf hinauslief, dass er seine Lippen auf die ihren legte und einfach in ihren Mund atmete. Seitdem bekam er noch viele Frauen, kürzlich eine schwarzhaarige, deren spitzes Gesicht ihn an einen Vogel erinnerte. Sie hielten sie immer an Händen und Füßen mit Handschellen an ein stählernes Bettgestell gefesselt. Es war ihm egal, wenn sie ihn anspuckte oder versuchte, ihn zu kratzen und zu beißen. Das machte ihm nichts aus.

Zwei Monate lang hat er gelernt, hat die medizinische Untersuchung bestanden und die vierzig Flugstunden absolviert. Als er mitbekam, dass das Ganze etwa dreitausend Dollar kosten würde, sagte er, das könne er nie und nimmer bezahlen, aber sie sagten, er solle sich keine Sorgen machen, sie würden sich darum kümmern. Sie würden sich um *ihn* kümmern, er würde nie wieder für irgendetwas bezahlen müssen. Das war nett von ihnen. Er hatte Schwierigkeiten mit dem Lesen, also lasen sie ihm die Bücher vor. Das war sehr schön, vorgelesen zu bekommen. Marvin kam sich vor wie ein Kind, als wären sie seine Eltern. Schließlich konnte er sich alles merken, die Abläufe beim Instrumentencheck, wie man den Motor auf zweitausend Umdrehungen hochdreht, Gemisch und Öldruck überprüft und all das. Nur beim Aufschreiben hatte er Probleme. Also besorgten sie eine Kopie der Prüfungsunterlagen und ließen ihn so lange damit üben, bis er es raus hatte. Und als er so weit war, sagten sie ihm, er sei ein schlaues Kerlchen, und das gefiel ihm. Es war nett, dass sie so etwas zu ihm sagten. In seinem ganzen Leben hatte er noch nie so von einem Ohr bis zum anderen gegrinst.

Ständig redeten sie von Balor hier, Balor da. Marvin war nicht sicher, wie viel er von den Geschichten glauben sollte, aber am liebsten würde er alles glauben: Dass Balor schon mal einem Menschen mit bloßer Hand das Herz aus der Brust gerissen und dann hineingebissen hat wie in einen Apfel. Dass Balor mit bloßen Händen einen Baum aus dem Boden reißen kann. Dass er mit seinem toten Auge Dinge sieht, die andere nicht sehen, dass er damit direkt in die Seele eines Menschen schauen kann und weiß, ob jemand glaubt oder ob er zweifelt. Also ist es besser zu glauben, sagten sie. Und Marvin glaubt fest.

Der Motor heult, der Propeller ist eine graue Scheibe. Marvin macht achtzig Knoten. Den Steuerknüppel hält er wegen der leichten Turbulenzen fest umklammert, hält die Maschine mit kleinen Bewegungen stabil. Ständig behält er Kompass und Höhenmesser im Auge. Das Flugzeug verhält sich ganz anders wegen der schweren Ladung. Gestern haben sie die anderen Sitze rausgeschraubt und den Rumpf voll mit C4 gepackt. Ein Chemiker hat das pulverförmige $C_3H_6N_6O_6$ in einem Labor im Keller hergestellt. Dann haben sie es mit Wasser zu einem Brei vermischt und Polyisobutylen zugesetzt, um den Brei festzumachen. Dann haben sie dem Brei mit Hitze und Filtern das Wasser entzogen, einen Weichmacher dazugemischt, und fertig war die Masse. Sie sah aus wie Knetgummi. Marvin war die ganze Zeit dabei, hat genau zugesehen, denn von Chemie versteht er was. So viel mehr als von den bescheuerten Büchern und Gedichten und Theaterstücken, die ihnen der bescheuerte Englischlehrer vorsetzt und dann stundenlang atemlos darüber redet, als würden die Leute nicht sowieso die ganze Zeit fernsehen.

Im Moment der Explosion setzt das C4 Wasserstoff und Kohlenstoffoxid frei, das sich mit mehr als siebenfacher Schallgeschwindigkeit ausbreitet und alles niedermäht, was im Weg steht. Mit weniger als einem halben Kilo C4 kann man eine Menge Menschen töten. Ein bisschen mehr reicht, um einen Geldtransporter in die Luft zu jagen. Im Rumpf der Cessna befindet sich eine Vierteltonne. Das ist viel. Genug, um ein Loch ins Universum zu reißen.

Das alles haben sie ihm beigebracht. Sie haben ihm vieles beigebracht: Dass er nach zwanzig Minuten kurz vorm Columbia River von seinem festgelegten Kurs abweichen muss, damit die Explosion möglichst genau mit dem Zeitpunkt der Hinrichtung zusammenfällt. Er soll die Positionslichter und den Funk abschalten und die anderen Flugzeuge einfach ignorieren. Er soll von dreitausend Metern auf tausend sinken und dann auf dreihundert. Dann soll er die Nase nach unten drücken und auf die Nuklearanlage von Hanford zuhalten.

Sie haben ihm beigebracht, wie er mit der Angst zurechtkommt, die ihn vielleicht überfällt, mit dem rasenden Puls und dem Drücken auf der Lunge. Alles würde schnell vorüber sein, sagten sie ihm, und dann würden die Schlagzeilen ihm gehören. Dann wäre er ein Held. Jeder würde seinen Namen kennen, sogar Tiffany.

Die Explosion wird in zwei Phasen verlaufen. Zuerst werden sich die Gase ausbreiten wie ein Höllenwind und dabei alle Luft aus dem Herzen der Detonation absaugen, sodass ein Vakuum entsteht. Nach der Ausbreitungsphase folgt dann der Saugeffekt, wenn alles zurück zum Zentrum rast. Die Vorstellung gefällt Marvin: All die Energie, die zurück ins Zentrum strömt, und im Zentrum ist er. Dann ist Marvin für die nächsten Tage, Monate und Jahre das Zentrum der Welt.

Er hat gefragt, ob viele Menschen sterben würden, und sie sagten Ja. Er hat gefragt, ob auch Babys sterben würden, und sie sagten wieder Ja. »Manchmal«, sagten sie, »muss man eben schreckliche Dinge tun.« Ob er das verstehe, fragten sie, und Marvin verstand.

Über die Nase des Flugzeugs peilt er die roten Blinklichter auf den Kühltürmen an, geht in eine Linkskurve, korrigiert mit dem Seitenruder nach. Nachdem er das Kaskadengebirge hinter sich gelassen hatte, war der Regen schwächer geworden, und er kann den Columbia deutlich sehen, wie er sich durch die Landschaft schlängelt. Er sieht Tri-Cities und die Strommasten auf dem Kraftwerksgelände. Sekunde für Sekunde werden die Details deutlicher, er erkennt die einzelnen Stockwerke der Gebäude, die Reaktorkuppeln, die wie Pilze in den Himmel ragen. Marvin geht vom Gas und drückt die Nase nach unten.

Sie fahren hinaus in die mondlose Dunkelheit. Über dem Kaskadengebirge erhebt sich eine schwarze Wolkenbank. Es ist 19.50 Uhr am 6. November, dem Tag der Präsidentschaftswahl. Auf der Fußmatte liegt eine zerknüllte Burger-King-Tüte. Vor ein paar Stunden haben Claire und Matthew Spokane hinter sich gelassen. Mittlerweile befinden sie sich auf der Höhe von Yakima und fahren durch die Ödnis im Osten Washingtons Richtung Seattle. Wenn Claire daran denkt, was vor und hinter ihr liegt, wenn sie an Jeremys Hinrichtung denkt, macht ihr Magen Anstalten, den Burger, den sie gerade gegessen hat, wieder von sich zu geben.

»Warum tust du das?«

»Du steckst in Schwierigkeiten, und ich möchte dir helfen.«

»Bist du so eine Art Mädchenbeschützer?«

»Vielleicht.«

Claire verdreht die Augen, auch wenn er es im schwachen Licht des Armaturenbretts nicht sehen kann.

Sie denkt an den Ausflug, den sie einmal mit ihren Eltern zum Lake Superior gemacht hat. Sie musste pinkeln und verkroch sich hinter den Dünen. Nachdem sie fertig war, sah sie drei weiße Schmetterlinge, die sich sofort neben der gelben Pfütze niederließen und davon tranken. Die Schmetterlinge waren wunderschön, und Claire hatte Angst, ihr Urin könnte giftig für sie sein. Genauso geht es ihr mit Matthew. Was immer die beiden miteinander verbindet – es wird nicht halten, denn Claire ist giftig. Jeden, der ihr zu nahe kommt, ereilt ein schlimmes Schicksal.

Matthew springt von einem Radiosender zum nächsten. Die meisten spielen Country-Musik, oder ein Prediger spricht, aber Matthew will etwas über die Wahlen und die Hinrichtung erfahren. Claire ist innerlich vollkommen zerrissen, kann sich auf nichts anderes konzentrieren als auf die Straße direkt voraus und auf Miriam. Darauf, wie sie sie finden kann. Sie hört ein Geräusch, das nicht aus dem Radio kommt. Es ist eine Bremse. Irgendwie hat sie es geschafft, die Kälte zu überstehen, hält sich stur an ihrem Leben fest. Als grünlich schimmernder Fleck brummt sie an Claires Kopf vorbei und prallt auf der Suche nach einem Ausgang gegen die Windschutzscheibe.

Matthew beugt sich nach vorn. Er schlägt nach der Bremse und verfehlt sie, woraufhin das Insekt nur noch hektischer umherfliegt.

»Lass sie in Ruhe.«

Draußen zieht der von bräunlichem Gras überwachsene Straßengraben vorbei. Dahinter erstrecken sich Meile um Meile abgemähte Weizenfelder, zwischen denen vereinzelt die Lichter einer Farm leuchten. Washington ist genauso unterteilt wie Oregon. Bald schon wird das trockene Hochland in Regenwälder übergehen, in denen die Pilze und Farne nur so aus dem Boden schießen. Darauf freut sie sich, auf das Grün in einer Welt, die grau und fahl geworden ist. Claire streckt einen Arm nach Matthew aus und umklammert seine Hand. »Sag mir, dass alles gut werden wird.«

»Alles wird gut werden, Claire.« Er erwidert den Druck ihrer Hand, und Claires Herz fühlt sich schon ein wenig leichter an.

In diesem Moment explodiert der Himmel vor ihnen in einem grellen Lichtblitz.

Buch III

KAPITEL 52

Patrick sucht nach einer Frau. Strawhacker heißt sie. Ihre Augen sind vom Star so grau, als wären sie aus Spinnenseide, aber die Leute haben ihm erzählt, dass sie Dinge sieht, die andere nicht sehen können.

Es ist März. Patrick befindet sich an der Staatsgrenze zwischen Idaho und Oregon, wo er seit einigen Wochen auf einem vorgeschobenen Entseuchungsstützpunkt stationiert ist. Beinahe fünf Monate sind vergangen, seit er mit halb erfrorenen Füßen endlich Tuonela erreichte, nur um festzustellen, dass die Basis bereits halb verlassen war.

»Pack deine Sachen«, sagte einer der Wachposten zu ihm. »Wir fliegen nach Hause.«

»Was?«

»Der Krieg findet jetzt zu Hause statt.«

Zuerst wurde er in einer Zeltstadt außerhalb von Omaha, Nebraska, stationiert. Es war eine von Hunderten, gedacht als Auffanglager für die Obdachlosen und als Quarantänestation für die frisch Infizierten. Die meisten hatten offene Haut und erbrachen Blut. Kurz darauf begann das große Sterben, danach begannen die Unruhen. Es war furchtbar. Aber das Schlimmste für Patrick war der Himmel. Der Himmel über Nebraska setzte ihm stärker zu als alles andere. Nicht ein einziger Hügel durchbrach das endlose Blau. Patrick kam sich vor, als würde er vom Gewicht des Firmaments zerquetscht.

Also beantragte er seine Verlegung zu den Entseuchungstrupps, und seinem Ersuchen wurde stattgegeben. Es war der

Job, den sonst keiner wollte. Sie schickten ihn nach Hause, nach Oregon, dahin, von wo alle anderen geflohen waren, zu den etwa einhunderttausend anderen Cleanern, wie die Mikrobiologen, Ärzte, Botaniker und Aufräumtrupps im Militärjargon heißen. Das Dauerbombardement mit hohen Dosen Gammastrahlung ist in etwa so gesund wie intravenös verabreichtes Quecksilber, und ungefähr ein Zehntel von ihnen ist mittlerweile an Strahlenvergiftung gestorben. Ein weit größerer Teil ist einfach verschwunden – vermutlich den Lykanern zum Opfer gefallen.

Es ist genau der Ort, an dem Patrick jetzt sein muss. Hier wird er finden, wonach er sucht, wonach sein Vater die ganze Zeit gesucht hat.

Nachts liegen die Temperaturen im Wüstenhochland gerade so über dem Gefrierpunkt. Es regnet, und der Schlamm zerrt an seinen Stiefeln, als Patrick über das Gelände des eineinhalb Hektar großen, mit Gabionen und Stacheldraht befestigten Stützpunkts stapft. Er wurde um ein verlassenes Gemeindezentrum außerhalb von Ontario errichtet. Patrick ist auf dem Weg zu einer Bar jenseits des Zauns. Dirty Shame heißt sie. Miss Strawhacker ist jeden Abend dort, trinkt ihren Whiskey und sagt jedem, der darum bittet, die Zukunft voraus.

Patrick kommt sich vor wie ein Vollidiot, aber er kann nicht anders. Neben der Interstate 84, in der Nähe des Kontrollpunkts, steht ein alter Wellblechschuppen, der zur zentralen Aushangstelle für die Vermisstenanzeigen geworden ist. Tausende sonnengebleichter Fotos hängen an den Wänden, werden vom Regen durchnässt und vom Wind davongeblasen. »Suche meine Tochter« steht auf vielen oder »Haben Sie dieses Kind gesehen?«, »Hat bei Nike gearbeitet« auf einem anderen, darunter E-Mail-Adressen und Telefonnummern. Auch Patrick hat einen Zettel dort aufgehängt. Zwei Namen stehen darauf: Susan Gamble und Claire Forrester.

Jeden Tag mustert Patrick die Gesichter der Überlebenden,

die sich ins Auffanglager schleppen. Viele von ihnen sind Lykaner, die an der Strahlenkrankheit leiden, oder Widerständler, die nach mehreren Monaten das Leben im Untergrund, abgeschnitten von allen Versorgungsmöglichkeiten, gründlich satthaben. Als er versuchte, seine Mutter anzurufen, kam eine computergenerierte Ansage, die Nummer sei nicht vergeben. Beiden hat er E-Mails geschrieben, aber keine Antwort erhalten. Das überrascht ihn nicht. Bis auf wenige Ausnahmen gibt es weder Strom noch Internet oder Handynetz im Geisterland. Geisterland, so nennen die Medien die Gebiete jenseits des Stacheldrahts.

Der Wind frischt auf, der Regen kommt von der Seite, und Patrick duckt sich unter das Vordach einer der zwanzig kastenartigen Holzverschläge, die den Verbindungsoffizieren, deren Sekretären und den sonstigen Zivilangestellten auf dem Stützpunkt als Büros dienen. Er kommt an Großraumzelten und fliegenden Bauten vorbei und schließlich an der Offiziersmesse, die sich direkt an die Küche des Gemeindezentrums anschließt. Aus der Küche dringt Pfannengeklapper an seine Ohren, und er hört das Tock-Tock-Tock der Messer, mit denen die Köche die Zutaten für das morgige Frühstück vorbereiten. Als Patrick an den Toilettenhäuschen vorbeikommt, hält er den Atem an. Sie stehen gleich neben einem wohnmobilgroßen, olivbraunen Zelt, aus dem das raue Lachen von Männern beim Kartenspielen ertönt. Die meisten Schlafunterkünfte sehen genauso aus, nur mit dem Unterschied, dass sich darin keine Tische, sondern Reihe um Reihe Klappgestelle befinden und überall Waffen und Rucksäcke am Boden herumliegen. Generatoren brummen. Aus dem Gemeindezentrum, in dem die Labors und Lagebesprechungsräume untergebracht sind, schimmert elektrisches Licht herüber.

Patrick trägt sich am Tor aus und stapft eine Viertelmeile über die von der Sonne ausgetrocknete und vom Regen wieder aufgeweichte unbefestigte Straße zum Dirty Shame. Die

Bar hat keine Fenster, sie steht an der Seite eines Hügels und ist aus Eisenbahnschwellen zusammengezimmert. Der Boden ist mit Sägespänen bestreut, hinter dem Tresen befindet sich ein langer Spiegel mit einem Einschussloch. Da die Stromversorgung selbst hier schon nicht mehr verlässlich ist, sorgen Kerzen und Öllampen für spärliche Beleuchtung. Sie flackern, als Patrick die quietschende Tür öffnet, seinen Regenumhang ausschüttelt und ihn an einem Wandhaken aufhängt.

Die Späne bleiben an dem Schlamm an seinen Stiefeln hängen. Die vom Rauch des Holzofens geschwängerte Luft riecht nach dem Teeröl und Formaldehyd, mit dem die Schwellen behandelt wurden. Allein dieser Gestank würde reichen, um ihm schwindlig werden zu lassen, ganz zu schweigen von dem Bierdunst, der von Hähnen und Gläsern aufsteigt, den Dämpfen aus den Schnapsgläsern voll Whiskey, die an der Bar mit einem röchelnden Schluck geleert und dann mit einem Krachen wieder abgestellt werden. Heute sind es etwa dreißig Gäste, manche davon Soldaten, manche Zivilisten. Es ist laut und heiß. Patrick schiebt sich bis zur Bar durch und bestellt ein Bier, das er sofort bezahlt. Niemand fragt nach seinem Ausweis. Papiere zählen nicht mehr an einem Ort und in Zeiten wie diesen. Wie so viele der alten Regeln.

Nicht weit von hier beginnt der Zaun. Eine knapp dreitausend Meilen lange, hastig errichtete Stacheldrahtbarriere, die den größten Teil Oregons und Washingtons umfasst, außerdem ein Stückchen von Idaho und Montana. Alle paar Meilen befindet sich ein Checkpoint oder ein Stützpunkt. Verkehrslärm, brüllende Fernseher, Handy-Klingeltöne und aus den Lautsprechern der Shops plätschernde Easy-Listening-Musik sind hier, jenseits des Zauns, für immer verstummt, verdrängt von einer gespenstischen Stille.

Kojoten streunen durch die Einkaufspassagen, auf den Straßen von Portland flanieren Elche. Lastzüge, Panzer und Flugzeuge stehen auf Feldern und Highways und rosten vor sich hin. Wie sterbende Dinosaurier liegen sie im wuchernden Gras. Die Lykaner haben sich dort ihr eigenes Amerika erschaffen, ohne Volpexx, ohne den Würgegriff einer diskriminierenden Gesetzgebung, die schlimmer ist als alle Gefängnisse der Welt – sagen sie zumindest.

Patrick lehnt sich an den Tresen und nimmt einen langen Schluck in der Hoffnung, das Bier würde die Kälte aus seinem Körper vertreiben. Der Kopf des Barkeepers scheint direkt aus den rundlichen Schultern zu wachsen, als hätte er keinen Hals. Er trägt einen mottenzerfressenen Strickpulli mit Zopfmuster, die Ärmel hat er bis über die fleischigen Unterarme hochgekrempelt. Er sammelt zwei leere Biergläser ein und wischt mit einem verdreckten Lappen nach.

Patrick blickt in den Spiegel hinter dem Barkeeper. Manchmal erkennt er sich selbst kaum wieder, wenn er das bis auf drei Millimeter lange Stoppeln abrasierte Haar sieht – die Haut so braun wie der Wüstenboden –, den sehnigen Körper und die kantigen Muskeln. Er mag aussehen wie ein Mann, aber er fühlt sich eher wie ein Kind.

Er schweift von seinem Spiegelbild ab und mustert die anderen Gäste. Eine Frau mit Traumfänger-Ohrringen und einem schrillen Lachen. Ein Mann in Zivilkleidung mit fliehendem Kinn und Army-Flattop. Ein Mexikaner mit Zwirbelbart und Aknenarben auf den Wangen. Vor einem Eckseparee stehen ein paar Männer, lachen und sprechen mit einer Person, die Patrick nicht sehen kann. Er fragt, ob in dem Separee die Frau namens Strawhacker zu finden ist, und der Barkeeper sagt: »Genau da.«

Patrick wischt sich den Schaum von den Lippen und sieht genauer hin.

Das Licht ist so schummrig, dass er zunächst nichts erkennen kann, doch dann beugt sich die Frau nach vorn. Ihr Gesicht ist so verknittert wie ein benutztes Taschentuch, die Haut auf ihrer Nase von kleinen roten und violetten Äderchen durchzogen. Ihre grauen Haare sind um die Ohren herum abgeschnitten wie bei einem kleinen Jungen. Das Auffälligste aber sind die milchigen Augen. Sie sehen aus, als könnten sie sich jeden Moment in einen Brei auflösen und an ihren Wangen hinablaufen. Vor ihr steht ein Whiskey-Tumbler, daneben liegt ein Stapel Tarotkarten.

Sie scheinen in eine Art Spiel vertieft zu sein. Einer der Männer legt einen Fünfdollarschein auf den Tisch. Er zieht eine Karte aus der Mitte des Stapels und zeigt sie den anderen.

Strawhacker richtet sich wieder auf und fährt sich mit der Zunge über die Lippen. »Magier«, sagt sie schließlich.

Die Männer brechen in schallendes Gelächter aus, schütteln die Köpfe und fluchen gut gelaunt.

Strawhacker schnappt sich den Geldschein und wünscht ihnen eine gute Nacht, und die Männer verschwinden von ihrem Tisch. Sie nimmt einen Schluck von ihrem Whiskey und blickt in Patricks Richtung. Sie sitzt mehr als drei Meter weit weg, und sie hat keine Augen, und trotzdem spürt Patrick ihren durchdringenden Blick auf sich ruhen. Er bekommt eine Gänsehaut und taumelt einen Schritt zurück.

»Wo willst du denn hin?«, fragt Strawhacker. »Bitte, komm doch her. Bleib ein bisschen.«

Patrick geht auf das Separee zu, sein Bierglas vor sich ausgestreckt wie eine Pistole. Die Eingangstür öffnet sich knarrend, als die vier Männer von vorhin die Bar verlassen. Patrick zuckt zusammen und verschüttet einen Teil seines Biers. Kalt und prickelnd läuft es über sein Handgelenk. Ein Windstoß fährt herein und lässt die Kerzen flackern, dann knallt die Tür wieder zu.

»Woher wussten Sie, was für eine Karte es ist?«

»Ach, das? Das war nur Glück, nichts als Glück«, erwidert Strawhacker, mischt die Karten und legt sie zurück auf den Tisch. »Vielleicht aber auch ein bisschen mehr.«

Die Wände des Separees bestehen ebenfalls aus Eisenbahnschwellen. Hunderte Namen sind mit Messern hineingeritzt, Namen von Männern und deren Geliebten.

Strawhacker deutet auf den freien Stuhl ihr gegenüber. »Bitte, setz dich.«

Patrick gehorcht.

»Manche kommen zu mir, weil sie ein bisschen spielen wollen, andere aus triftigeren Gründen. Ich versuche, den Leuten zu geben, wonach es sie verlangt.« Sie schiebt die Tarotkarten beiseite. »Du bist nicht zum Spielen gekommen.«

»Es gibt Leute, die glauben, Sie könnten Dinge sehen.«

»Nun, immerhin bist du hier. Also wirst du wohl auch ein bisschen daran glauben. Ja, ein bisschen schon, nicht wahr?«

»Ich weiß nicht, was ich glauben soll.«

»Dies sind seltsame Zeiten. Es ist schwer zu sagen, an was man noch glauben soll und an was nicht. Aber was ich für mich selbst herausgefunden habe, ist dies: Es gibt einen Muskel in meinem Gehirn, und dieser Muskel kann sich spreizen wie eine Iris. Ja, das tut er, und dann steigen Bilder in mir auf. Es ist nicht gerade eine wissenschaftliche Erklärung, aber die beste, die ich habe.«

»Sie klingen wie eine durchgeknallte Lehrerin.«

»Und du klingst wie ein ungezogener Bengel.« Strawhacker streckt trotzig das Kinn nach vorn, sodass es noch weiter hervorsteht als ihre lange Nase. Ihre Stimme ist leiser, als sie weiterspricht. »Du möchtest wissen, ob ich sehen kann? Ich kann sehen. Ich kann sehen, wie du in der Mitte des Baseballfelds mit einem anderen Jungen zusammengerauscht bist, der genauso wie du den Ball fangen wollte, sehe die Schwellung an deinem Knöchel, die dich noch drei Wochen lang hat humpeln lassen. Ich sehe dich hinter deiner alten Schule, wie du ein Mädchen befummelst und dir danach den ganzen Tag lang nicht die Hände wäschst, weil du von dem verlockenden Geruch nicht loskommst. Ich kann sehen, wie du deinen ersten Hirsch erlegt hast und mit dem Daumen das Blut probierst, das aus dem Einschussloch quillt. Ich kann sehen, wie du als kleines Kind deinen Vater beobachtest, wie er in einem Gewitter zurück nach draußen rennt, um deinen Teddy zu holen, den du vergessen hast. Und ich kann ihn jetzt sehen, als Leiche liegt er irgendwo in einer Höhle weit weg. Fledermäuse hängen von den Felsen über seinem Skelett.« Speicheltropfen schießen aus ihrem Mund. »Und wenn du mehr wissen willst, wirst du bezahlen müssen wie jeder andere Einfaltspinsel auch.«

»Wie um Gottes …«

»Er wird dir nicht helfen können. Nicht da, wo du hingehst.« Strawhackers Gesicht wird wieder weicher, und sie neigt unmerklich den Kopf, als hätte sie ein Geräusch gehört. »Was ist das für ein Buch, das du da in deiner Tasche hast?«

Patrick spürt das Gewicht in seiner Brusttasche, das Gewicht des Notizbuchs, das sein Vater ihm gegeben hat. Er trägt es immer bei sich, direkt über dem Herzen, und wenn er ab und zu eine Hand darauf legt, scheint es zu pulsieren wie ein lebendiges Organ. Früher fragte er immer seinen Vater, wenn er nicht mehr weiterwusste. Jetzt ist es das Notizbuch, das ihm sagt, was zu tun ist.

»Irgendetwas ist mit diesem Buch, aber ich verstehe es nicht.« Strawhacker streckt die knochigen Finger aus, und Patrick sieht ihre dreckigen Nägel. »Was steht in diesem Buch?«

»Das Buch geht Sie nichts an. Ich bin wegen zwei Leuten hier.«

»Sag mir, was in dem Buch steht, dann sage ich dir, was du wissen willst.«

Patrick legt einen durchnässten Fünfdollarschein auf den Tisch, und Strawhacker lässt ihn in ihrer Hand verschwinden. »Diese beiden, du willst wissen, ob sie noch leben. Die eine Person schon, die andere nicht. Mehr weiß ich nicht.«

»Und meine Zukunft?«

»Du hast etwas vor. Ja, das hast du. Du willst etwas ganz unsagbar Dummes tun, nicht wahr?« Sie streckt die Hand nach Patrick aus. »Was, glaubst du, wartet dort draußen auf dich? Hinter dem Zaun? Sag's mir. Bitte.«

Die Hand kommt immer näher, wie eine Spinne krabbelt sie über den Tisch. Patrick holt aus und zerquetscht sie mit der Faust.

Strawhacker brüllt, in der Bar wird es mit einem Schlag totenstill, und alle Gesichter drehen sich in Patricks Richtung.

»Hey!«, schreit der Barkeeper, aber noch bevor irgendwer irgendwelche Fragen stellen kann, springt Patrick auf, schnappt seinen Regenumhang vom Haken und reißt die Tür auf. Der Wind pfeift herein und bläst mit einem einzigen Stoß alle Kerzen aus.

Der Sturm tobt jetzt um einiges stärker. Der Regen trommelt auf Patricks Poncho, sticht ihn in jedes Fleckchen freier Haut. Alle paar Meter dreht er sich um, um zu sehen, ob ihm jemand folgt. Er wäre nicht überrascht, wenn die ausgemergelte blinde Greisin hinter ihm hergetorkelt käme. Er sieht sie förmlich vor sich, ihren augenlosen Schädel und die Spinnen, die aus den leeren Höhlen krabbeln.

Zweimal tastet er nach dem Notizbuch in seiner Brusttasche und ist erst beruhigt, als er es zwischen den Fingern spürt. Mit seiner Hilfe hat er eine Menge herausgefunden. Zum einen wollte sein Vater mehr erreichen, als nur einen Neuroblocker für die Nebenwirkungen des Volpexx zu entwickeln. Es waren Notizen zu den neurodegenerativen Auswirkungen von Prionen darin, angefangen von der Creutzfeldt-Jakob-Krankheit über TSE bis hin zu Lobos und den möglichen Übertragungswegen: infiziertes Fleisch, verunreinigte Wachstumshormone und Geschlechtsverkehr. Eine Infektion durch Prionen ist nicht heilbar, und der Erreger ist nur sehr schwer umzubringen, widersteht Hitze und Enzymen.

Und er hat ganze Seiten vollgeschrieben über Zellteilung, Zuchtkulturen, Agenzien, Natriumhypochlorit und tausend Dinge mehr, die Patrick vorkamen, als wären sie in einer anderen Sprache verfasst.

Und dann gab es da noch die allerletzte Seite, die bis auf einen kleinen Stummel komplett herausgerissen war. Der Anfang von Keith' gmail-Adresse stand darauf. In manchen Dingen war Keith geradezu paranoid. Er weigerte sich, über seinen Army-Account E-Mails an Patrick zu schicken aus Angst, jemand könnte sie lesen. Ständig änderte er Passwörter und Nummerncodes seiner Kreditkarten, seines Frequent-Flyer-Programms und anderer Konten, damit sich niemand einhacken konnte.

Anfangs machte Patrick sich nichts aus dem Fund. Die gmail-Adresse kannte er ja bereits. Aber irgendetwas ließ ihn immer wieder zu dieser letzten Seite zurückkehren. Eines Tages, als er seine vom Regen durchnässten Klamotten auszog, fiel ihm das rote Muster auf, das die Socken auf seinen kreidebleichen Fußrücken hinterlassen hatten. Lange starrte er sie an, bis er sich schließlich einen Bleistift holte und das Notizbuch hervorzog. Er schlug die vorletzte Seite auf, hielt die Mine fast parallel zum Papier und strich sanft darüber, vor und wieder zurück, vor und wieder zurück, bis sich neue, bisher unsichtbare Worte über die bereits vorhandenen legten: der Abdruck dessen, was Keith auf die letzte Seite geschrieben hatte. Zunächst konnte Patrick kaum etwas entziffern. Es war ein heilloses Durcheinander, wie Dutzende Schichten Graffitis, aus denen er die richtige freilegen musste. Da fiel ihm etwas auf, kurze, einfache Worte, alle durchgestrichen. Bier, Hefe, Kalifornien. Passwörter. Keith hatte sich seine Passwörter nie merken können, deshalb schrieb er sie immer auf. Das letzte dieser Worte – das einzige, das nicht durchgestrichen war – lautete Patrick. Sein Name. Patricks Name war das Passwort.

Er hatte erfolglos versucht, Neal zu erreichen. Er wurde vermisst, wahrscheinlich war er tot. Patrick hatte sich an die Armeeführung und an Google gewandt, um die Zugangsdaten zu Keith' E-Mail-Konten zu bekommen, aber die hatten sich geweigert, sie herauszugeben, bevor Patricks Vater nicht offiziell für tot erklärt und er selbst als sein rechtmäßiger Erbe anerkannt war.

Jetzt hatte er das Passwort, und Keith' E-Mails sagten ihm alles, was er wissen musste. Sie sagten ihm, was er zu tun hatte.

Wieder dreht Patrick sich um, um zu sehen, ob jemand ihm folgt. Scheinwerfer kommen durch den Regen auf ihn zu, er geht von der Straße und streckt den Daumen raus. Das Fahrzeug, ein behelfsmäßiger Krankenwagen, wie die Sanitäter sie während der Evakuierung eingesetzt haben, bremst ab.

Ein Blitz schlägt in der Nähe ein und taucht alles um ihn herum in blendend blaues Licht. Halb blind und mit Regenwasser in den Augen reißt Patrick die Beifahrertür auf.

»Steigen Sie schon ein!«, ruft eine Frauenstimme.

Patrick klopft seinen Poncho ab und zieht die Kapuze zurück.

»Oh.«

Es dauert eine Weile, bis er es begreift. Die Dunkelheit. Die labberige Uniform. Die verwirrende Begegnung von vorhin. Dann sieht er die roten Haare, kinnlang und hinter die Ohren frisiert. Sie leuchten wie ein vergifteter Apfel. Die Frau lächelt. Es ist Malerie.

»Du.« Patrick hat die Hand noch am Türgriff und einen Fuß bereits auf dem Trittbrett, als er loslässt und einen Schritt nach hinten macht. »Hab's mir anders überlegt. Ich geh lieber zu Fuß.«

Vielleicht liegt es daran, wie sie es von Anfang an auf ihn abgesehen hatte, vielleicht an ihrer händeringenden Entschuldigung, wie beschissen, wie unendlich beschissen sie sich verhalten habe. Vielleicht an dem sintflutartigen Regen oder seiner Einsamkeit und der grausigen Angst, die ihm im Nacken sitzt, seit er die Bar verlassen hat, aber schließlich sagt Patrick »okay, schon gut« und lässt sich von ihr zurück zum Stützpunkt fahren. Eine Stunde später sitzt Malerie mit gespreizten Beinen vor ihm auf einem Waschbecken. Patrick starrt sein Spiegelbild an und vögelt sie, was das Zeug hält.

KAPITEL 53

Claire ist komplett durchgeschwitzt, nachdem sie sein Grab ausgehoben hat. Im Schneidersitz lehnt sie an einer Eiche und starrt den Haufen Erde an, aus dem die Schaufel ragt. Der Schatten lindert die Hitze nicht, genauso wenig wie der Schluck Wasser aus ihrer Feldflasche und die nassen Spritzer im Gesicht. Über allem hängt eine drückende Feuchtigkeit – wie die Wolke über dem Reaktor. Eine dicke schwarze Fliege umkreist brummend Claires Kopf. Sie setzt sich auf ihr Handgelenk und nuckelt an ihrem Schweiß. Claire beobachtet die Fliege ein paar Sekunden und erschlägt sie dann. Was übrig bleibt, ist ein roter Fleck und zuckende Beinchen.

Sie hätte Matthew überall begraben können, in einem Park oder in einem Hinterhof, aber Claire hat sich für den Friedhof entschieden. Es war so viel Chaos in der Welt – knatternde Helikopter, auf den Straßen vor sich hin rostende Autos, ganze Stadtviertel brannten, Vögel fielen tot vom Himmel –, und die Ordnung hier, das Ritual, gefielen ihr. Matthew hier zu beerdigen, zwischen all den Grabsteinen und anderen Toten, fühlte sich gut an, richtig.

Claire ließ sich Zeit. Sie fand ein unberührtes Fleckchen Gras auf einem Hügel, rammte die Schaufel in die Erde, presste ihren Fuß auf das Blatt, lehnte sich mit ihrem ganzen Gewicht auf den Stiel und ließ die Schaufel ganz langsam in den Boden gleiten. Schweiß tropfte von ihrer Stirn, lief in ihre Augen und nahm ihr die Sicht, sodass sie kaum sah, wie das Loch zu ihren Füßen allmählich größer wurde. Der Geruch der lehmigen Erde vermischte sich mit dem Gestank der Leiche. Sie bekam Blasen an den Händen, die Blasen platzten auf, nässten und bluteten schließlich. Nach drei Stunden war die Grube tief genug. Claire versuchte, den Leichnam nicht anzusehen, als sie ihn an den Rand des Lochs schleifte. Sie rollte ihn zur Seite, bis er über die Kante fiel und unten mit einem dumpfen Knall aufschlug. Trotzdem sah sie aus dem Augenwinkel, dass Matthew mit dem Gesicht nach unten lag, einen Arm in einem unnatürlichen Winkel auf den Rücken gedreht. So konnte sie ihn nicht liegen lassen, nicht für die Ewigkeit. Claire sprang in die Grube und drehte Matthew mit einiger Mühe auf den Rücken. Seine Arme faltete sie auf der Brust, legte die Hände über die Stelle, wo das Herz war. Es war ein heißer Tag, aber Matthew war genauso kühl wie die aufgewühlte Erde um ihn herum. Claire verspürte den Wunsch, sich ihren Revolver in den Mund zu schieben und sich neben ihn zu legen. Sie betrachtete Matthew, sah die Haut, die bereits zu schwellen und sich zu verfärben begann, sah den halb offenen Schädel, und der Wunsch verschwand. Alles, was sie jetzt noch wollte, war, ihn mit Erde zu bedecken, zu vergessen.

Wie Hornissen schwirren immer wieder Chinook-Helikopter durch die Luft. Manchmal werfen sie Kisten voll Volpexx ab, manchmal Bomben. Manchmal springen Soldaten aus ihren Humvees und hängen Anschläge an Telefonmasten, Schaufenstern oder Garagentoren auf. Von Amnestie und Kontamination ist dort die Rede, davon, was jene erwartet, die hierbleiben: Gefangenschaft und ein langsamer Strahlentod. Oder eine standrechtliche Erschießung, sollten sie Militärpersonal angreifen.

Claire braucht die Anschläge nicht erst zu lesen, die Hinweise sind auch so deutlich genug. Sie sind überall: Leichen auf den Parkbänken, Leichen in den Autos, Leichen auf der Straße.

Von manchen ist kaum noch etwas übrig, nur noch eine vertrocknete schwarze Hülle und ein paar Knochen, an denen der Wind nagt. Andere sind noch nicht lange tot. Haben Schuss- oder Bisswunden oder Geschwüre von der Strahlenkrankheit und stinken so erbärmlich, dass kaum ein Tag vergeht, an dem Claire sich nicht übergeben muss.

Wegen Matthew ist sie noch am Leben, und ihretwegen ist Matthew tot. Vor fünf Monaten, nachdem sie die Explosion gesehen hatten, war Matthew direkt zum nächsten Outdoorladen in Seattle gefahren. Er schlug das Schaufenster ein und stürmte nach drinnen. Ohne sich um die heulende Alarmsirene zu kümmern, schnappte er sich einen großen Rucksack, und Claire tat das Gleiche. Die Rucksäcke stopften sie voll mit Jodtabletten, Müsliriegeln, Messern, Zündhölzern, einem Zelt, Schlafsäcken, Rettungsdecken und Regenbekleidung. Sogar einen Dachgepäckträger und zwei Trek Mountainbikes nahmen sie mit.

»Wozu?«, fragte Claire über das Brüllen der Sirenen.

»Wenn das Benzin ausgeht!«, antwortete Matthew. Er hatte die Situation so glasklar erfasst, als wären sie Figuren in einem Roman, den er schon gelesen hatte.

Sie hätten sofort zurückfahren sollen, zusammen mit den Millionen anderen, die flohen aus einer verheerten Welt, um ihre geschundenen Körper behandeln zu lassen, aber sie zögerten. Innerhalb eines Tages waren alle Tankstellen trocken und die Highways verstopft mit den Autos der Flüchtenden. Viele verließen in Panik ihre Fahrzeuge und ließen sie einfach stehen. Die Welt um sie herum war ein Inferno aus Flammen und Sirenen und Gewehrfeuer, und dann war es zu spät: Die Soldaten an den Kontrollposten ließen Claire nicht durch. Matthew hätte sie zurücklassen können, aber er tat es nicht.

Und jetzt ist sie allein. Matthew ist tot. Jetzt liegt er begraben unter einem Haufen dunkler Erde, aus der eine Schaufel ragt. Claire weint nicht. Der Schweiß sind ihre Tränen. Ihre Kleidung ist durchgeschwitzt, die Haare kleben ihr in feuchten Strähnen an der Stirn. Als an den Wurzeln die blonde Farbe wieder durchkam, fragte Matthew: »Warum hast du das vor mir versteckt? Das sieht aus wie Blattgold.« Er klinge wie ein Literaturdozent, erwiderte sie.

Als die blonden Strähnen lang genug waren, schnitt Matthew den Rest ab, und Claire sah nicht mehr aus wie zwei Menschen, sondern wieder wie einer.

Es passierte gestern, hier in Monmouth. Sie kamen gerade von der Küste zurück. Matthew hatte vorgehabt, ein Boot zu stehlen. Damit wollten sie sich nach British Columbia durchschlagen. Der Strand war übersät gewesen mit toten Krabben, Heilbutt, Haien und Walen, vergiftet vom vergifteten Wasser des Columbia. Dicke Trauben Fliegen krabbelten auf ihnen herum. Es stank erbärmlich. Draußen auf dem Meer sahen sie Schnellboote und Kreuzer patrouillieren, die jedes Schiff aufgreifen würden, das versuchte, nach Kanada zu entwischen.

Unterwegs hatten sie ein anderes Pärchen kennengelernt, Ella und Sam. Sie waren wie sie. Es gab so viele, die waren wie sie: Lykaner, die einfach nur ihr Leben leben wollten, in Ruhe und Frieden. Sie hatten die letzte Woche gemeinsam verbracht, in einem unauffälligen, verlassenen Farmhaus geschlafen. Sie tranken Gin, unterhielten sich über Bücher und Politik und rauchten Zigaretten. Gestern, während Claire noch ihren Kater ausschlief, saßen die anderen bei einer Tasse Kaffee draußen auf der Terrasse und blätterten in alten Illustrierten. Ein Helikopter flog vorbei.

Ständig flogen Hubschrauber herum, und sie ignorierten ihn. Aber der Hubschrauber ignorierte sie nicht. Der Pilot entdeckte sie, und der Bordschütze mähte sie mit einer Salve nieder. Eine Zielübung.

Claire schreckte vom Rattern der Kettenkanone hoch und hörte, wie der Helikopter draußen vor dem Haus schwebte.

Mit einem letzten Knall schlug der Luftzug des Rotors die Terrassentür zu.

Claire macht sich Vorwürfe, weil sie nicht bei ihm war. Sie macht Matthew Vorwürfe, weil er so unvorsichtig war. Sie verflucht den Piloten des Blackhawk und den Bordschützen. Verflucht die Militärs, die Kampftruppen in ein unrettbar verlorenes Land schicken, die Lykaner hinter Stacheldraht einpferchen und glauben, sie würden den Schwanz einziehen. Aber am heftigsten verflucht sie den Widerstand. Balor. Er ist schuld daran, dass so viele Menschen die Lykaner für wilde Tiere halten, die nicht imstande sind, ein zivilisiertes Leben zu führen. Er ist schuld daran, dass aus ihrem Leben ein einziger großer Friedhof geworden ist.

Claire legt ein paar Jodtabletten auf ihre Zunge und spült sie mit einem großen Schluck aus der Feldflasche hinunter. Sie weiß, das Jod wird sie nicht ewig vor der Strahlenkrankheit schützen. Sie weiß, im Lauf der Zeit wird sich die Strahlung durch ihren Körper fressen und gelbliche Tumore auf ihrer Haut wachsen lassen.

Es gibt noch andere frische und nicht gekennzeichnete Gräber auf dem Friedhof. Manche Leichen liegen einfach unbedeckt unter freiem Himmel. Vielleicht haben die Sterbenden sich mit letzter Kraft hierhergeschleppt, um zwischen den Gräbern ihr Leben auszuhauchen. Wieder überfällt Claire der Wunsch, sich einfach zu ihnen zu legen, sich eine Kugel in den Kopf zu jagen. Aber das ist nichts Neues. Sie denkt oft an Selbstmord. An einen Strick in einer Garage, von einem Gebäude springen, hinaus in den Ozean schwimmen, bis sie nicht mehr kann. Nach einem kurzen Moment des Schreckens hätte sie alles hinter sich: Hunger, Angst, Wegrennen, dieses ständige Wegrennen.

Auf der Schaufel klebt immer noch das neongelbe Preisschild. 19,99 Dollar. Wie im Fiebertraum stolperte sie durch das kleine Baumarktgeschäft an der Ecke und nahm nur mit, was sie brauchen konnte: eine Schubkarre, um Matthews Leichnam zu transportieren, und die Schaufel. Ella und Sam ließ sie einfach auf der Terrasse liegen. Claire hatte nur Kraft für eine Beerdigung, und jetzt ist es vollbracht. Wahrscheinlich sollte sie noch einmal zurück zu dem Geschäft gehen. Sie braucht Flickzeug – jeden Tag muss sie mehrmals den Hinterreifen ihres Mountainbikes aufpumpen – und Munition, falls sie dort so was haben. Trockenobst, Müsliriegel und eine neue Jacke. Die aus dem Outdoorladen in Seattle ist mittlerweile vom sauren Regen zerfressen.

Claire steht auf. Lange steht sie einfach nur da, schwankt wie eine Leiche, die frisch dem Grab entstiegen ist, dann stolpert sie den Hügel hinunter. Es ist ein gutes Gefühl, eine Aufgabe zu haben, einen Lebenszweck. Es lenkt sie von ihren Selbstmordgedanken ab, hilft, ihren Kopf wieder klar zu bekommen, ihren Körper in Bewegung zu versetzen. Sie wird den Friedhof ein für alle Mal hinter sich lassen, zusammensammeln, was sie braucht, und dann wird sie Balor aufspüren und ihn erschießen. Falls sie es schafft.

Sie hat das Eingangstor beinahe erreicht, als sie ein Geräusch hört: Hundegebell irgendwo in der Ferne, begleitet von einem schrillen, unverkennbar menschlichen Schrei.

Nachdem sie zweimal blockierte, hat Claire die Glock weggeworfen. Die Zuverlässigkeit und Durchschlagskraft der .357 Smith & Wesson sind ihr lieber. Claire hat sie in einer Küche außerhalb von Portland einer Leiche abgenommen. Selbstmord. Die Finger am Griff des Revolvers waren so starr, dass Claire sie brechen musste. Sie hat den Revolver immer dabei, an ihrer Hüfte bilden sich bereits Schwielen von dem schweren Gürtel. Sie zieht die Waffe.

Die meisten Gräber sind mit Holzkreuzen oder Grabsteinen gekennzeichnet, hier und da steht eine Krypta. Zwischen den Bäumen auf der Hügelkuppe sieht Claire eine Bewegung. Jemand rennt, ein Mädchen. Das weiße T-Shirt ist ihr um mehrere Nummern zu groß, es flattert und lässt die Kleine auf den ersten Blick aussehen wie ein Gespenst. Im Zickzack läuft sie zwischen den Gräbern hindurch den Hügel hinunter.

Das Bellen wird lauter, und da sieht Claire sie: ein ganzes Rudel, weiß und grau und braun, kommt hinter dem Mädchen her den Abhang hinuntergefegt. Der Abstand wird immer kleiner. Dreißig Meter, zwanzig, zehn. Die Kleine hat den Fuß des Hügels beinahe erreicht, als sie einen Blick über die Schulter riskiert.

Die Hunde haben sie fast eingeholt und bellen wie von Sinnen. Die Witterung, der Geruch des Mädchens, stacheln sie zur Raserei an.

Das Mädchen begreift, dass Wegrennen zwecklos ist, und klettert eine der Krypten hinauf. Ein Dobermann springt hoch und schnappt nach ihren Füßen, aber sie ist zu schnell, die von einer Engelsstatue gekrönte Krypta zu hoch. Sie hält sich an den Flügeln fest und klettert auf die Schultern der Statue.

Claire steht da wie eine Salzsäule. Erschöpfung und Apathie schaffen eine unüberwindbare Kluft zwischen ihr und dem Mädchen. Das Mädchen hat ihr gerade noch gefehlt. Claire kam hierher, um sich zu verabschieden, nicht um sich noch mehr Ärger einzuhandeln. Aber jetzt, da sie die Kleine aus der Nähe sieht – sie ist vielleicht zehn Jahre, hat langes schwarzes Haar, das bis über ihre Schultern herabfällt –, steigt unbändige Wut in ihr auf. Sie kann sich nicht länger zurückhalten, läuft los und spannt den Hahn des Revolvers.

Nachdem die Hunde sie nicht mehr erreichen können, betrachtet das Mädchen sie mit einer erstaunlichen Ruhe. Als wären sie ausgestopfte Teddys.

Sie knurren, haben die Ohren angelegt und lechzen nach ihrem Blut. Ein Pudel stellt sich auf die Hinterbeine und springt gegen die Krypta, als wolle er sie umstoßen, und die Kleine brüllt aus vollem Hals. Der Schrei facht den Blutrausch der anderen noch weiter an. Sie zittern am ganzen Körper und heulen wie ein mittelalterlicher Mob, der auf dem Richtplatz wartet, dass endlich die Guillotine fällt.

Mindestens zwanzig hat Claire gezählt. Rottweiler, Dobermänner, Schäferhunde, Labradore und sogar ein Dackel. Ihr Fell ist verfilzt und von Kletten verklebt. Zehn Schritte vor ihnen bleibt sie stehen. »Hey!«, schreit sie. »Hey, ihr dämlichen Hunde!«

Das gesamte Rudel wendet sich in ihre Richtung. Einige wedeln mit dem Schwanz, sind hin- und hergerissen zwischen zwei Instinkten: Ergebenheit und Hunger.

Claire kann den Kampf förmlich sehen, der in ihrem Innern tobt. »Haut ab, ihr blöden Köter!«, schreit sie, weil sie nicht weiß, was sie sonst tun soll.

Ein paar der Hunde fletschen die Zähne, andere winseln und kriechen zögerlich in ihre Richtung, als würden sie in Claire ihre ehemalige Herrin wiedererkennen.

Es sind mehr Hunde, als sie Kugeln in ihrem Revolver hat. Claire fragt sich, ob sie die Kraft aufbringen kann, sich zu verwandeln. Sie bezweifelt es. Die nass geschwitzte Kleidung klebt ihr am Körper, ihr Rücken schmerzt, die Hände tun ihr weh, und Matthew ist noch nicht mal eine halbe Stunde unter der Erde. Claire fühlt sich leer, vollkommen ausgehöhlt.

Der Pudel, ein schlammverkrustetes Knäuel Fell, trabt auf sie zu, sieht lächerlich und bedrohlich zugleich aus.

»Sitz«, sagt Claire. »Sitz. Platz. Mach Platz!«

Aber der Pudel gehorcht nicht.

Claire hebt den Revolver. Er ist unendlich schwer.

Der Pudel senkt den Kopf und prescht los. Geifer tropft aus seinem Maul, als er den Kiefer aufreißt.

Claire jagt ihm eine Kugel ins Bein, der Pudel jault, überschlägt sich und humpelt winselnd davon. Der Schuss hallt noch über das Friedhofsgelände, da ergreifen auch die anderen die Flucht den Hügel hinauf. Nur der Dackel ist noch da und lugt verunsichert hinter der Krypta hervor.

Claire steckt den Revolver weg und breitet die Arme aus. »Buh!«

Der Dackel macht eine kleine Pfütze auf den Boden, dann rennt er dem Rest des Rudels hinterher.

Claire sieht das Mädchen an, und das Mädchen sieht sie an. Die Kleine senkt den Kopf, sammelt all ihren Mut und blickt Claire fest an. Braune Augen, hohe Wangenknochen, ein Teint wie frische Tonerde. Unter dem viel zu großen T-Shirt trägt sie kurze Jeans und Tennisschuhe. Claire winkt, und das Mädchen winkt zurück. Schließlich bringen beide ein kleines Lächeln zustande.

»Sprichst du meine Sprache?«, fragt Claire.

Das Gesicht des Mädchens bleibt ungerührt. Wenn überhaupt irgendetwas, dann sieht Claire in ihm dieselbe Verwirrung wie zuvor bei dem Dackel. Eine Mischung aus Angst und Einsamkeit, das Bedürfnis, sich in ihre Arme zu stürzen und gleichzeitig wegzurennen.

»Komm runter«, sagt Claire. »Abajo.« Oder war es derriba? Claire kann sich kaum erinnern. Ihre Zeit an der Highschool ist Lichtjahre weit weg. Sie hebt die Hand und winkt. »Runter, komm runter, bevor sie zurückkommen.«

Das Mädchen rührt sich nicht. Nur die Augenbrauen zucken und übermitteln eine stumme Frage: Bist du böse?

»No estoy peligroso«, sagt Claire. »Wirklich nicht. Ich werde ganz lieb zu dir sein. Yo estoy su amiga.«

»Ich bin nicht dumm«, antwortet das Mädchen mit leichtem Akzent. »Ich kann deine Sprache.«

»Bist du Lykanerin?«

Die Kleine rollt theatralisch mit den Augen. »Ich bin eine Latina«, antwortet sie, und Claire fällt sofort wieder ein, warum sie nie Kinder wollte.

»Wir müssen los.«

Das Mädchen hebt die Hände vors Gesicht und niest zweimal, bleibt aber, wo sie ist.

Es wäre so viel einfacher, sie hierzulassen. Warum sollte Claire sich um sie kümmern? Welchen Grund gibt es, überhaupt noch weiterzuatmen? Ein Teil von Claire würde nichts lieber tun, als die Hunde zurückzuholen und ihnen ihre ausgestreckte Kehle hinzuhalten.

»Wo sind überhaupt deine Eltern?« Claire bereut die Frage sofort.

Das Mädchen keucht, die Nase kräuselt sich, und die Mundwinkel zucken, wie sie das bei kleinen Kindern tun, kurz bevor sie in einen Heulkrampf ausbrechen.

»Vergiss es.« Claire streckt die Arme aus. »Komm jetzt. Komm schon.«

Die Kleine zögert kurz, dann schiebt sie sich vorsichtig auf dem Hintern an den Rand der Kuppel, lässt die Beine darüber hängen und springt in Claires Arme.

Kapitel 54

Nachdem die Cessna im Herzen der Nuklearanlage von Hanford explodiert war, gab es einen Kurzschluss im zentralen Kontrollraum. Die Turbinen stellten den Dienst ein, das Kühlwasser stockte, die Temperatur stieg. Die Hitzeentwicklung führte zu einer Dampfexplosion, die den Reaktorsicherheitsdeckel pulverisierte. Die Steuerstäbe versagten, Grafitmäntel schmolzen, und es kam zu einer Kettenreaktion, die das Energieäquivalent von zwei Wasserstoffbomben freisetzte. Ein Atompilz stieg auf und tauchte den Mond in rotes Feuer. Autos segelten durch die Luft, alles Lebendige im Umkreis von hundert Meilen verbrannte zu Asche.

Der Präsident verhängte den Ausnahmezustand, zuerst über den pazifischen Nordwesten, dann über die gesamte Westküste und schließlich auch über die Great Plains. Oregon, Washington, Idaho und der westliche Teil von Montana wurden auf seine Anordnung hin evakuiert. Die Tatsache, dass die Wahllokale gerade geschlossen und die Medien ihn schon vor Stunden zum Verlierer der Wahl erklärt hatten, ignorierte er. Im Angesicht der verstopften Highways und der Massenflucht aus dem Westen war das nebensächlich.

Die Wolken türmten sich über dem offen liegenden Reaktor, Flammensäulen schossen in die Luft, Blitze zuckten wie Peitschen aus Licht. Ein heißer Wind wehte in Richtung Osten und trug die Strahlung bis nach Michigan.

Noch in der gleichen Nacht gab es ein neues Internetvideo, in dem Balor und der lykanische Widerstand sich zu dem Anschlag bekannten. Balor erklärte den pazifischen Nordwesten der USA zum unabhängigen Staat Lykania und rief alle Lykaner auf, sich ihnen anzuschließen. Wer bereits dort war, sollte bleiben und seine Nachbarn infizieren, sie zu Mitbürgern machen. Sie sollten bleiben, trotz der Strahlung, zum Wohl Lykanias.

Fünf Monate später beliefen sich die Schätzungen auf etwa fünf Millionen Todesopfer.

Alles funktioniert perfekt, exakt nach Plan. Seinetwegen, wegen Balor. Er hat einen neuen Staat erschaffen, der 6. November ist der neue Unabhängigkeitstag. Die Zäune und Militärbasen entlang der Grenzen Washingtons und Oregons kümmern ihn nicht. Genauso wenig wie die Kriegsschiffe, die an der Küste patrouillieren, oder die Drohnen, die kreuz und quer über den Himmel schwirren. Immer wieder hören sie die Bombeneinschläge in der Ferne, mit denen die Luftwaffe der USA Wassertürme und Kraftwerke in Schutt und Asche legt. Damit war zu rechnen gewesen. Genauso wie mit den wirtschaftlichen Auswirkungen: Standard & Poor's hat die USA auf A+ herabgestuft, was an der Börse zu einem Einbruch von über viertausend Punkten führte, was wiederum die baldige Einstellung sämtlicher Militäraktionen nach sich ziehen wird. Früher oder später werden die USA begreifen, dass sie das Geisterland ein für alle Mal verloren haben.

Balor überlegte lange, wo er sein Hauptquartier aufschlagen sollte. Das Kapitol war zu offensichtlich, ein Einkaufszentrum oder Wolkenkratzer zu schwer zu verteidigen. Sie hatten die Rajneesh-Farm in Antelope in Erwägung gezogen, sich aber dann dagegen entschieden, weil sie zu weit von allen Versorgungsmöglichkeiten entfernt war. Ein Gefängnis in Salem war ebenfalls in der engeren Wahl, aber Balor wollte verhindern, dass seine Gefolgsleute ihr neues Zuhause gleichzeitig als Metapher für ihr neues Leben begriffen. Er brauchte glückliche

Gefolgsleute. Er brauchte ein Gebäude, das sich leicht verteidigen ließ, und er brauchte eine Stadt, die sie plündern konnten.

Deshalb fiel seine Wahl auf die Pittock Mansion. Henry Pittock, der Herausgeber des *Oregonian,* hatte die Villa im Jahr 1914 in den Hügeln westlich von Portland bauen lassen. Sie hat dreiundzwanzig Zimmer und dreiundzwanzig Hektar Grund, eingefasst von schmiedeeisernen Zäunen, zwischen denen die Schafe, Ziegen und Rinder jetzt frei umherlaufen. Die Mauern des Hauses sind aus Hartsandstein und halten Pistolen- sowie Gewehrfeuer stand. Die offenen Kamine sorgen für wohlige Wärme im Winter, die hohen Decken für ausreichend kühle Luft während des Sommers. Die Außengebäude dienen als Lager für die zahllosen Benzinkanister und Jodtabletten, die sie in Essen und Trinkwasser mischen, um die Auswirkungen der Strahlenschäden einzudämmen.

Er sitzt in einem Konvoi aus drei schwarzen Ford Expedition. Die Fahrzeuge sind mit einem Rammbügel und kugelsicheren Scheiben ausgestattet. Hinter ihnen fährt ein Sattelschlepper mit Hänger. Trotz der Hitze trägt Balor seinen maßgeschneiderten schwarzen Anzug von Brooks Brothers. Keine Krawatte. Das lange silberne Haar ist in der Mitte gescheitelt und hinter die Ohren frisiert. Neben ihm sitzt, eingeklemmt zwischen Fahrersitz und Lenkrad, Morris Magog. Die Rückbank ist umgeklappt, darauf stehen Kisten voll Bohnen, Reis, Ketchuptuben, Chipstüten, Schokolade und frische Zuckermelonen – Geschenke für alle, die sich am Nachmittag zu der Versammlung am Pioneer Courthouse Square einfinden.

Balor kennt die Geschichten, die man sich über sein Auge erzählt. Er sei von einem Granatsplitter verwundet, von einer Schlange gebissen, von Agenten vergiftet worden, eine Kugel habe das Auge durchschlagen und sich in die Hirnrinde gebohrt … Die Wahrheit ist, dass er als kleiner Junge eines Tages nicht mehr richtig sehen konnte. Ständig bekam er Kopfschmerzen. Seine Mutter ging mit ihm zum Dorfarzt. Der untersuchte ihn und erklärte, es sei ein Tumor. Er könne ihn nicht operieren. Sie brachte ihn ins Militärkrankenhaus, flehte die Wachsoldaten an und wurde abgewiesen. Als sie sich weigerte zu gehen, schlugen sie ihr mit dem Gewehrkolben ins Gesicht und traten sie, als sie auf dem Boden lag.

»Aber er wird sterben«, wimmerte sie.

»Das wissen wir«, war die Antwort.

Von da an betete seine Mutter jeden Tag bei Sonnenaufgang und bei Sonnenuntergang. Sie betete vorm Essen. Sie faltete die Hände, und manchmal presste sie ihn dabei an ihre Brust, murmelte Worte, die er nicht verstand, beschwor den Himmel, das Nasenbluten möge aufhören und seine Augen nicht von Tag zu Tag schlechter werden. Eines Nachts wachte Balor auf und sah eine weiße Gestalt vor seinem Bett stehen. Wo das Gesicht hätte sein sollen, sah er nur einen verschwommenen Fleck. Wo Finger hätten sein müssen, wuchsen Ranken. Die Gestalt griff nach ihm, griff in ihn hinein, und Balor spürte einen unfassbaren Schmerz in seinem Kopf. Als die Hand sich wieder zurückzog, hielt sie etwas Schwarzes, Tentakelartiges in den Fingern. Das muss ein Albtraum sein, dachte Balor. Bis er am nächsten Tag aufwachte und wieder sehen konnte. Nicht perfekt, das linke Auge war eher wie ein schmutziges Fenster, aber er sah. Der Tumor sei weg, erklärte ihm der Arzt. Er verstehe es selbst nicht. Seine erste Diagnose sei wohl falsch gewesen.

»Es ist Gottes Wille«, sagte seine Mutter. Es war Gottes Wille, dass Balor überlebt hatte – *er* war Gottes Wille. Die Geschichte behielt er für sich, hält sie bis heute versteckt wie eine in seinem Garten vergrabene Heiligenstatue. Es kümmert ihn nicht, ob seine Leute an Gott glauben. Er ist es, an den sie glauben müssen.

Sie fahren durch das Tor und folgen der Straße den Hügel hinunter, zwischen all den Bungalows mit den überwucherten Vorgärten hindurch. Er sieht eine Schlange, die sich auf dem Asphalt sonnt, aus einem Briefkasten schwirren Bienen, ein Rotschwanzbussard frisst an den blutigen Überresten einer Katze. All das ist Balors Werk. Die Welt kehrt zurück in ihren natürlichen Zustand.

Ein Hirsch springt hinter einem Haus hervor und bleibt mitten auf der Einfahrt stehen.

Balor legt Magog eine Hand auf die Schulter und sagt ihm, er soll anhalten. »Langsam, ganz langsam.« Er zieht die Neun-Millimeter aus seinem Gürtelhalfter, lässt die Scheibe herunter, stützt den Ellbogen auf dem Fensterrahmen ab und schließt sein blindes Auge.

Der Hirsch, ein Jungtier mit gerade einmal den pelzigen Anfängen eines Geweihs auf dem Kopf, schaut ihn unverwandt an. Die Ohren drehen sich in Balors Richtung und zucken, als der Knall ertönt. Er kommt noch etwa drei Meter weit, dann bricht er zusammen. Vorder- und Hinterläufe zappeln, als wolle er noch im Todeskampf entwischen.

Balor beobachtet das Tier, bis es stillhält. »Wirf ihn hinten rein. Wir werden ihn später über dem Feuer grillen.«

Der Gigant stößt die Tür auf und klettert nach draußen. Der ganze Wagen schwankt, als er sein Gewicht los ist.

Balor steckt die Pistole wieder ein. Er schließt das Fenster und schaltet die Klimaanlage an. Eine wohlige Wärme durchflutet ihn, Glückshormone, die seinen Kopf schwirren und seine Haut prickeln lassen. Das Äquivalent zu einem Orgasmus, vermutet er. Er verspürt kein Verlangen nach Sex wie die anderen. Kein einziges Mal war er bei der Frau, die sie im Keller gefangen halten. Aber er ist froh, dass sie da ist. Froh, dass die anderen sich an ihr befriedigen können. Balor befriedigt seinen Appetit auf andere Weise. Wo andere ihren Samen vergießen, vergießt er Blut. Es befriedigt seinen Machthunger und sein Bedürfnis, Lobos zu verbreiten, sich zu vermehren.

Mehrere Hundert seiner Kinder werden heute da sein. Er weiß, Tausende andere sind über den pazifischen Nordwesten verstreut, und noch einmal mehr versuchen jeden Tag, sich an einem Militärposten vorbei über die Grenze zu schleichen. Er weiß, sie haben Angst. Er weiß, manche von ihnen sind krank. Er weiß, sie leiden unter dem Wasser- und Strommangel. Aber er wird ihnen sagen, dass diese Leiden bald vorbei sein werden. Er wird ihnen seine Pläne darlegen. Jedem Einzelnen wird er die Hand schütteln, ihm in die Augen sehen und ihm sagen, dass er sich keine Sorgen zu machen braucht, denn das ist erst der Anfang.

Kapitel 55

Auf dieser Seite der Berge, im Wüstenhochland im Osten Oregons, streifen Hunde herrenlos durch die Gegend, Glasscherben glitzern auf den Straßen, der Wind spielt mit den offen stehenden Eingangstüren der Häuser, aus Gefriertruhen tropft es rot, überall liegen Leichen in den unterschiedlichsten Stadien der Verwesung, dunkel wie Särge. Patrick trägt einen Strahlenschutzanzug, der aussieht, als würde er aus dem Kostümfundus von Buck Rogers stammen, und räumt mit den anderen Cleanern die Straßen von liegen gebliebenen Fahrzeugen frei. Die Leichen stapeln sie auf Haufen und zünden sie mit Flammenwerfern an. Der Sinn der Maßnahmen ist unklar, die Gegend für unabsehbare Zeit unbewohnbar, aber Befehl ist Befehl.

Wie in Tschernobyl wurde das Reaktorgelände von Hanford mit einem Betonsarkophag versiegelt, aber der Schaden ist bereits angerichtet. Der pazifische Nordwesten ist für Jahrtausende verstrahlt. Ob für hundert, tausend oder eine Million Jahre spielt keine Rolle, sagt der Präsident. Die USA werden Oregon und Washington Stadt für Stadt zurückerobern.

Niemand will auf Patrouille gehen, alle am Ontario-Checkpoint wollen lieber Wache schieben, die Neugierigen, die Verrückten und die Lykanersympathisanten draußen halten, und die, die schon drinnen waren, unter die Dekontaminationsdusche stellen. Stacheldraht, so weit das Auge reicht. Die Interstate, die zum Kontrollpunkt führt, ist mit Betonhindernissen gepflastert, die jeden Wagen zwingen, Schlangenlinien zu fahren, bis er schließlich im Schritttempo am ersten Kontrollpunkt zwanzig Meter vor dem Zaun ankommt. Wer das Geisterland verlassen will, muss eine vierstufige Prozedur über sich ergehen lassen. Zuerst wird das Fahrzeug durchsucht, dann die Insassen. Sie werden fotografiert und befragt, Fingerabdrücke werden genommen. Mit einem Dosimeter wird die Strahlenbelastung gemessen, das Blut wird getestet. Darauf folgen mehrere Stunden Aufenthalt in einem umzäunten Pferch, während derer über den Fall entschieden wird.

Anfangs reichte die Schlange der wartenden Autos fast bis zum Horizont, aber mittlerweile sind so gut wie alle geflohen, die fliehen wollten. Nur ab und zu taucht ein desillusionierter Lykaner auf, der Restaurants vermisst, Internet und Strom. Manchmal vergehen auch mehrere Tage, in denen sie keinen einzigen Zivilisten zu Gesicht bekommen.

Es gefällt ihnen, wie friedlich und vorhersehbar der Wachdienst geworden ist. Man hat jede Menge Zeit für Unsinn, Heftchen, Darts, zum Kartenspielen – es ist fast wie im Urlaub. Bis auf den Salbei, der überall wächst, ist die Welt um sie herum leer. Es ist eine nüchterne Schönheit, die sie umgibt, eine harmlose Leere.

Das hat die Wachposten träge gemacht. Patrick ist sicher, sein Plan wird funktionieren, und Malerie wird ihm dabei helfen, auch wenn sie noch nichts davon weiß.

Er hat Hunderte von Seiten E-Mail-Korrespondenz zwischen seinem Vater und Neal Desai ausgedruckt. Dass sie zusammen auf dem College waren, auf der UC Davis, wo sie Biochemie studierten, wusste er bereits, aber das war auch schon alles. Mittlerweile weiß er auch, dass sein Vater sich ungefähr zur selben Zeit bei der Armee verpflichtet hat, als Neal sein Promotionsstudium begann, dass sein Vater in etwa zur selben Zeit bei Anchor Brew anfing, als Neal an die Universität ging. Sein Vater experimentierte in der Garage an Hunden, während Neal Labortechniker ausbildete, ihnen beibrachte, wie man das Gehirn einer Ratte mit Prionen infiziert. Ihre Kinder – Patrick und ein Mädchen namens Sridavi – waren etwa gleich alt. Und beide Männer hatten ein persönliches Interesse an ihren Forschungen: Sie liebten Menschen, die infiziert waren.

In einer etwa zwei Jahre alten E-Mail schrieb Keith: »Ich muss immer wieder an diesen einen Abend denken, als wir uns Bier organisieren wollten. Erinnerst du dich noch? Wir haben uns extra falsche Bärte gekauft, aber der Typ im Spirituosenladen hat uns nur kurz angesehen und gesagt, wir sollen verschwinden. Wir waren vollkommen am Boden zerstört. Wir waren so sicher, dass es klappen würde. Und jetzt muss ich immer wieder an diese dämlichen falschen Bärte denken. Was, wenn der menschliche Körper keine so scharfen Augen hat wie der Kerl im Schnapsladen? Wir wissen, dass es so ist.«

Keith wollte einen Impfstoff entwickeln. Er wollte leicht veränderte, abgeschwächte Lobos-Prionen an einen Salmonellenstamm anhängen, die der menschliche Körper als bösartigen Erreger erkennt und daraufhin eine Immunreaktion auslöst.

Neal legte sofort los. Keith' E-Mail mit dem Betreff »Durchbruch!« stammte aus der Zeit, als es ihm gelungen war, den ersten infizierten Hund zu heilen.

Das Medikament war fertig. Es wurde noch nicht an Menschen getestet, aber es war fertig. Und es befand sich irgendwo im Geisterland.

Maleries Haarfarbe ist etwas Besonderes. Je nach Licht ist es manchmal rot, manchmal auch braun. Damals an der Highschool war sie hübsch, aber hier, wo es außer Männern nur verwilderte Hunde gibt, ist sie eine Göttin. Während der letzten Tage hat sie sich tausendmal bei Patrick entschuldigt. »Ich bin um einiges erwachsener als damals«, erklärte sie. Dasselbe trifft auf Patrick zu. Es waren andere Zeiten damals, und er ist tatsächlich geneigt, ihr zu verzeihen. Ihren straffen Körper zu genießen und den honigsüßen Ost-Oregon-Akzent. Sie reden viel, über alles Mögliche und sogar über Liebe. »Ich dachte, ich würde Max lieben«, sagte sie irgendwann, »aber ich habe mich getäuscht. Ich glaube, ich war noch nie richtig verliebt. So richtig Hals über Kopf, meine ich, wie in den Filmen. Wenn man nicht mal mehr geradeaus denken kann.« Seit dem letzten Schultag hatte sie Max nicht mehr gesehen, und darüber ist sie gottfroh. Nach dem Bombenanschlag in Portland war er noch besessener geworden, richtig gefährlich, meinte sie. »Und was ist mit dir? Warst du schon mal verliebt?«, fragte sie schließlich.

»Keine Ahnung. Vielleicht.«

Sie sind in der Kaserne, in Maleries Quartier, einer Schuhschachtel aus Beton mit einem Waschbecken, einem Bett und einem Bücherregal. Sie liegt auf ihm, nackt. Patrick ist breiter als damals, muskulöser, und er witzelt, wenn er wollte, könnte er sie mit einem einzigen Bissen verschlingen.

Malerie befühlt die knotige Narbe an seiner Schulter, legt ein Ohr auf seine Brust und lauscht seinem Herzschlag. »Alle reden davon, wie toll es wäre, ein Leben wie aus einem Film zu haben«, flüstert sie und krault Patricks Brusthaare. »Jetzt ist alles wie in einem Film. Es ist nur leider der falsche.«

»Du sagst es«, murmelt Patrick, aber er hört gar nicht richtig zu. Er ist zu sehr mit seinen eigenen Gedanken beschäftigt, mit dem Knoten in seinem Hirn. Mit der Hand fährt er ihre Wirbelsäule entlang bis hinauf in ihr Haar, dann wieder zurück, zwischen den Schulterblättern hindurch bis hinunter zum letzten Hüftwirbel. Er umkreist ihn mit der Fingerspitze.

Malerie schnurrt wie eine Katze. »Gefällt mir.«

Sollte es aber nicht, will Patrick sagen, lässt es aber. Die Stelle ist so etwas wie eine Zehn auf einer Schießscheibe: Hier bohrt man sein Messer hinein, wenn man den Gegner nicht töten, sondern nur lähmen will. Patrick ist selbst entsetzt darüber, aber jeder Fleck auf Maleries Körper ist für ihn Quelle verlockenden Entzückens und potenzielles Angriffsziel zugleich. Ihm wird beinahe übel bei dem Gedanken. Tief in seinem Herzen spürt er, dass dies der Anfang sowohl echter Zuneigung als auch deren exakten Gegenteils ist.

»Manchmal«, sagt er, »kommt es mir vor, als würde ich alles um mich herum wie durch einen Filter wahrnehmen. Und alles, was aus mir rauskommt, muss auch durch diesen Filter. Alles ist abgeschwächt, verfälscht.«

Er hat es nie jemandem erzählt, aber es stimmt. Patrick weiß nicht, ob es am Tod seines Vaters liegt, an dem, was er in der Republik erlebt hat, oder an dem Inferno, das der Anschlag auf die Hanford-Anlage hinterlassen hat. Vielleicht ist es auch eine Kombination aus allem, aber er fühlt schon lange nichts mehr. Nicht mehr so wie früher. Wenn eines seiner Lieblingslieder im Radio läuft oder er einen Film sieht, der früher seinen Pulsschlag in die Höhe getrieben hätte – nichts. Essen macht ihn voll, Sex macht ihn leer, das ist alles.

Malerie streicht mit den Fingernägeln über seine Brustwarze, bis sie hart wird.

»Du musst was für mich tun«, sagt Patrick.

»Alles, was du willst.« Malerie kneift ihn in die Brustwarze, und er schlägt ihre Hand weg.

Normalerweise würde er maximal übers Wochenende dienstfrei bekommen, aber um die Moral zu stärken, gibt ihnen der Kommandant immer wieder Sonderurlaube. »Ich hab bald ein paar Tage dienstfrei, und ich möchte, dass du mich ins Geisterland schmuggelst.«

Malerie setzt sich ruckartig auf. Ihre Brüste wackeln. »Wozu das denn?«

»Meine Sache.«

»Von wegen, deine Sache. Fick dich.«

»He, du schuldest mir was. Schon vergessen?«

»So viel auch wieder nicht.«

»Du schuldest mir was. Du hast es oft genug gesagt.«

»Du wirst draufgehen. Oder wir kommen beide in den Bau.«

»Du schuldest mir was.«

Kapitel 56

Natürlich gibt es viele Wege, die an den Checkpunkten vorbei ins Geisterland führen. Plünderer und illegale Mexikaner schneiden Löcher in die Zäune. Wie die Pioniere, die einst nach Westen zogen, um noch einmal ganz von vorne anzufangen, nehmen sie, was immer sie kriegen können, graben nach Erzen, bauen Saaten an, zimmern sich einfachste Behausungen und bringen dort ihre Kinder zur Welt.

Und dann gibt es noch die Freiheitskämpfer. Leute wie Max und seine Americans. Sie graben Tunnel und gehen im Geisterland auf Jagd. Max hat einen Blog, AngryAmerican heißt er. Dort postet er Musikvideos von Toby Keith, lässt sich über den Nutzen von Folter aus und über die Notwendigkeit, Internierungslager für Lykaner einzurichten, schimpft darüber, wie schlecht der Dollar gegenüber dem Euro steht. Seine Biografie besteht aus drei Worten: Ich hab's satt. Es gibt auch einen Kontakt-Button, und ab und zu bekommt er E-Mails, in denen er abwechselnd als Held oder als Schwein bezeichnet wird. Manche wollen sich seinem Freiheitskampf anschließen, andere wollen ihn widerlegen oder sogar bekehren. Es amüsiert ihn, wie gewalttätig die sogenannten Liberalen verbal werden können. »Ich will dich hängen sehen«, schrieb einer, »direkt neben dem Präsidenten. Und wenn dein Gesicht dann blau wird, deine Augen aus den Höhlen treten und zerplatzen und dir übers Gesicht laufen, stehe ich vor deinem Galgen und lache.«

Dann erhielt er eine Nachricht von einem Mann, der anonym bleiben wollte. Er arbeite für die Regierung und wolle

Max helfen, wo er nur kann. »Ich weiß«, schrieb er, »du verachtest die Regierung für ihr Versagen in der Republik und in unserem Heimatland. Mir geht es genauso. Ich bin weder Politiker noch Schreibtischtäter. Ich bin eine Pistole, eine Handgranate, eine Bombe. Als Waffe lege ich mich in deine Hand und als Freund.«

Ein paar Wochen und einige E-Mails später sitzt Max in einer verlassenen Methodistenkirche in dem an der Grenze zwischen Oregon und Kalifornien gelegenen kleinen Städtchen Dorris. Seit zwei Monaten ist sie ihr Hauptquartier. Es gab eine Zeit, da glaubte Max, Briefe schreiben, Flugblätter verteilen, auf Farmmärkten sprechen und in Washington demonstrieren würde etwas bringen, aber diese Zeit ist vorüber. Er glaubt nicht mehr an Worte, er glaubt an Taten. Er will handeln.

Und er hat ein Dutzend Anhänger, die dasselbe glauben. Auf den Kirchenbänken sitzen sie um ihn herum. Ihre Schädel sind rasiert, die T-Shirts weiß, die Hosen tarnfarben, die Stiefel glänzen schwarz. Sie fluchen nicht, rauchen nicht, trinken keinen Alkohol und halten ihren Körper rein. Jede Woche stemmen sie mehrere Stunden lang Gewichte und strampeln sich auf Hometrainern ab, um ihre Muskeln zu stählen und den Körper auf die langen Märsche und kleinen Scharmützel vorzubereiten, die das Geisterland ihnen abverlangt. Auf den Handrücken haben sie eine silberne Patrone tätowiert.

An der Wand hängt eine selbst gemachte Fahne. »KAMERADSCHAFT« steht darauf. Das Mondlicht lässt die bunt bemalten Kirchenfenster in einem sanften Blau schimmern. Auf dem Altar steht eine Öllampe, Kerzenleuchter flackern über den Raum verteilt.

In die Porenbetonverschalung des Kellers haben sie ein zwei mal zwei Meter großes Loch geschlagen und dahinter einen fünfzehn Meter langen Tunnel gegraben. Sie schieben ihre Enduros hindurch und klettern auf der anderen Seite des Zauns wieder ins Freie. Die Tischtennisplatte im Keller dient als »Werkzeugschrank«: Schrotflinten, Macheten, Kettensägen, Benzinkanister und Streichhölzer, Baseballschläger mit Metalldornen. An der Stelle, wo einmal ein Wandteppich hing, prangen jetzt ihre erbeuteten Skalps. Fünfzig waren es bei der letzten Zählung, in allen nur erdenklichen Farben, nur am Rand sind sie alle tiefrot. Max gefällt ihr kleines Kunstwerk besser als der Wandteppich.

Vor ihnen steht der Riese in seinem schwarzen Anzug, die Arme hat er ausgebreitet wie ein Prediger. Er bringt ihnen Nachschub: Handgranaten, Glocks, M4- und M16-Maschinenpistolen, ein Scharfschützengewehr PSG1 von Heckler & Koch und jede Menge Munition. Vor einer Stunde haben sie alles nach unten geschleppt. Es gebe noch mehr davon, erklärt der Riese, aber ihre kleine Vereinbarung sei natürlich an ein paar Bedingungen geknüpft: Niemand darf davon erfahren, dass Max und seine Leute im Geisterland operieren. Die Regierung hat nichts mit ihnen zu tun. Für ihr Stillschweigen diesbezüglich ist er ihnen sehr verbunden. Sollte er eines Tages mit einem konkreten Auftrag an sie herantreten, was passieren kann oder auch nicht, werden sie tun, was er ihnen sagt, und das genannte Ziel ausradieren. Vielleicht geschieht es aber auch nie. Die Zukunft wird es zeigen.

Er spricht in einem getragenen Bariton, artikuliert jedes einzelne Wort klar und deutlich, als spiele er eine Melodie auf einem Fagott. »Macht euch keine Sorgen, ob das, was ihr hier tut, legal ist oder nicht. Die Frage lautet, ob es richtig ist. Und das ist es, sonst wäre ich nicht hier.«

Max sitzt in der vordersten Bank, die Ellbogen hat er auf die Knie gestützt und die Hände vor dem Gesicht gefaltet, als würde er beten. »Wir bekommen also ab und zu einen Auftrag. Abgesehen davon machen wir einfach weiter mit dem, was wir schon die ganze Zeit über tun. Und Sie unterstützen uns.«

»Ihr leistet gute Arbeit. Ich möchte euch dabei helfen, sie fortzuführen.«

»Keine Einmischung vonseiten der Regierung?«

»Dies ist ein gesetzloses Land. Jeder ist hier für sich selbst verantwortlich. Jeder zeigt hier sein wahres Gesicht.«

Und was für ein Gesicht das in seinem Fall ist. Wie zerkauter und auf den heißen Asphalt gespuckter Kaugummi sieht es aus. Ein Gesicht, das Max genauso verstört wie es ihn beruhigt, denn wie der Riese gerade sagte: Er zeigt ihnen sein wahres Gesicht. Die Welt wäre übersichtlicher, wenn alle es so machen würden. Das gefällt ihm so an John-Wayne-Filmen. Der Schurke trägt einen schwarzen Hut, der Gute einen weißen. Jeder weiß sofort, woran er ist. Mit Lykanern ist das anders. Jeder könnte einer sein: dein Nachbar, deine Cousine, der Kellner im Restaurant, das Mädchen, das dir in der Schlange vor dem Postschalter schöne Augen macht. Sie täuschen dich, tragen Masken, die das Tier in ihnen verschleiern. Jetzt sind sie zumindest hinter einen Zaun gesperrt. Insofern ist das Geisterland das Beste, was Amerika passieren konnte. Die Soldaten an den Kontrollpunkten schicken jeden wieder zurück, der ins Geisterland will, aber Max sagt, lasst sie rein, lasst sie nur alle rein. Und dann erschießt sie, verbrennt die Leichen und zerstreut die Asche in alle Winde.

Er will, dass der Riese geht. Es ist schwer zu sagen, aber er scheint zu grinsen, zumindest steht sein Mund offen. Max will, dass er geht und die Waffen hierlässt. Aber der Riese geht nicht, sondern blickt Max lange und durchdringend mit seinen lidlosen Augen an.

»Sind wir uns also einig?«, fragt Max schließlich.

Der Riese steckt die Hände in die Hosentaschen und lässt den Blick über Max' versammelte Truppe schweifen. »Macht ihnen die Hölle heiß.«

Kapitel 57

Neal drückt auf einen Knopf an seiner Armbanduhr. Das Display zeigt kurz 3:20, dann werden die Leuchtziffern wieder dunkel. Sieben Stunden, seit der Generator ausgefallen ist. Neal überlegt, wie lange die Batterie der Uhr wohl noch durchhalten mag, wann auch für ihn die Zeit stehen bleiben wird wie für so viele andere. Er fragt sich, wie viele Uhren im Moment der Explosion zu ticken aufhörten und wie viele langsam vor sich hin schmolzen, bis das Ziffernblatt nicht mehr zu erkennen war. Hoffentlich waren seine Frau und seine Tochter einen schnellen Tod gestorben. Hoffentlich hauchen sie nicht Minute für Minute ein Stückchen mehr von ihrem Leben aus wie er selbst.

Neal hat so unglaublichen Hunger. Er weiß nicht, wann er zuletzt etwas gegessen hat. War es vor zwei Tagen oder vor drei? Er fühlt sich, als würde sein Körper sich von innen selbst verdauen. Das Uhrenarmband und den Gürtel hat er mittlerweile auf das letzte Loch eingestellt, sein Bauch wölbt sich nach innen, die Rippen stehen vor.

Er ist nicht allein. Er spürt es, das Ding auf dem Tisch, das Fläschchen, als wäre es lebendig. Er hasst dieses Fläschchen. Es ist der Grund dafür, dass er so viele Tausend Stunden seines Lebens im Labor verbracht hat, der Grund dafür, dass er sich nach dem Lichtblitz – als die Sirenen losheulten und er begriff, was passiert war – nicht eine Pistole in den Rachen steckte und abdrückte. Es ist der Grund dafür, dass er sich hier unten verkrochen hat und wartet. Worauf, weiß er selbst nicht mehr.

Sein Gehirn funktioniert nicht mehr wie gewohnt. Neal kann nicht mehr klar denken vor Hunger und Einsamkeit.

Sein ganzes Leben lang hat man ihm gesagt, wie unglaublich schlau er sei, aber jetzt kommt Neal sich unendlich dumm vor. Zu dumm, es zu Ende zu bringen. All die Jahre war Sridavi sein ganzer Lebensinhalt. All seine Arbeit war ihr gewidmet, nicht dem Wohl der Menschheit. Nicht der öffentlichen Gesundheit, keinem politischen oder persönlichen Ideal, keiner Ideologie. So denkt er zumindest jetzt – jetzt, da sie tot ist, da das Fläschchen mit dem Impfstoff zu seinem einzigen und letzten Lebensinhalt geworden ist.

Neal war gerade aus der Republik zurückgekommen und saß mit einem fürchterlichen Jetlag vor dem Fernseher, als es passierte. Er hatte es satt, den Reportern von dem fehlgeschlagenen Attentat auf Chase Williams zu berichten, wollte nur seine Ruhe, aber auf jedem Sender liefen Wahlberichte. Egal wie oft er umschaltete, überall sah er dasselbe dämliche Grinsen, hörte dasselbe feierliche Blabla. Sie hatten den Trottel tatsächlich zum Präsidenten gewählt.

Eigentlich war das gut für Neal, gut für seine Forschung. Aber er wurde das Gefühl nicht los, Komplize bei einem billigen Taschenspielertrick gewesen zu sein, ein Teil der Illusion, an die alle glauben wollten. Das Wahlergebnis sei eine Botschaft des amerikanischen Volkes, sagten die Nachrichtensprecher. Das amerikanische Volk wolle eine Veränderung, es wolle Sicherheit, meinten sie. Chase Williams stehe für diese Sicherheit und …

Ein greller Blitz erhellte die dunklen Fenster, als hätte ein draußen parkender Truck das Fernlicht eingeschaltet. Das Fernsehbild flimmerte, fror ein und löste sich in schwarze Pixel auf. Die Glühbirnen an der Decke knisterten und zerplatzten. Neals Teetasse, die auf dem Tisch stand, wackelte und fiel zu Boden.

Er rannte nach draußen und sah den Mond. Er glühte rot, als wäre eine zweite Sonne am Himmel aufgegangen. Im Norden war der Horizont schwarz von Wolken, vielleicht auch von Rauch. Sein erster Impuls war, nach seiner Frau und seiner Tochter zu rufen, aber sie waren fort. Sie waren nach Washington gefahren – dorthin, wo er den Blitz gesehen hatte, wo Sridavi eine Reha hatte absolvieren sollen. Er war allein.

Als er begriffen hatte, was passiert war – nachdem er seinen Revolver eingesteckt, Proviant zusammengepackt, seinen Computer ausgestöpselt und alles ins Auto geworfen hatte –, war es zu spät.

Alle Straßen waren verstopft. Die Nacht war ein einziges Inferno aus Hupen und Geschrei. Rauch stieg auf. Manche der Feuer waren durch einen Kurzschluss verursacht, manche durch Brandstiftung. Er hatte es nicht weit, bis zum Labor waren es nur fünf Meilen, aber die Straßen waren so gut wie unpassierbar. Neal hatte nicht nachgetankt, wie er es eigentlich vorgehabt hatte, und jetzt machte er sich Sorgen, das bisschen Benzin könnte nicht reichen, um es durch das Chaos zu schaffen. Überall leuchteten Bremslichter. Er hämmerte auf die Hupe, als könnte er die Autos vor ihm mit Schalldruck aus dem Weg räumen, da entdeckte er den ersten Lykaner.

Neal verstand nicht sofort, was er sah. Der Mann schien betrunken zu sein, verletzt oder vielleicht auch verrückt. Seine Bewegungen wirkten grotesk, der Oberkörper hing unnatürlich weit hintenüber. Die Laternen funktionierten nicht; erst als der Mann hinaus auf die Straße torkelte, in das gleißende Licht der Autoscheinwerfer, sah Neal das Fell, die stumpfe Schnauze und das Blut um den Mund. Der Lykaner riss die Tür eines kanariengelben VW Käfer auf und kletterte hinein. Die Insassen fuchtelten wild mit den Armen, kämpften vergeblich mit ihren Sicherheitsgurten.

Neal schlug auf den Zentralverriegelungsknopf und blickte sich hektisch um. Er war in einer Einkaufsgegend – Gehwege,

Parkplätze, alles war voll mit rennenden Menschen. Ein Stück weiter vorn entdeckte er zwischen einem Sandwichstand und einem Bücherladen eine schmale Gasse. Er riss das Lenkrad herum und bretterte über den Randstein. Leute sprangen zur Seite, fluchten, schlugen mit der Faust auf die Windschutzscheibe, dann hatte er es geschafft. Er schrammte an Müllcontainern vorbei, fuhr durch die Pfützen vom gestrigen Sturm, ein Außenspiegel streifte ein Regenabflussrohr und riss ab.

Als die Gasse ihn am anderen Ende auf eine von idyllischen Einfamilienhäusern gesäumte Straße ausspuckte, sah Neal im Licht der Scheinwerfer einen langhaarigen Lykaner. Ob Mann oder Frau, war nicht zu erkennen. Er beugte sich über den Bauch eines am Boden liegenden Mädchens und fraß. Neal umklammerte das Lenkrad, nahm den Fuß von der Bremse und drückte aufs Gas. Er hörte einen dumpfen Aufprall und spürte, wie das linke Vorderrad einen kleinen Satz machte, als er sie beide zermalmte.

Auf dem verschlungenen Weg, der ihn schließlich zum Labor führte, sah er noch viele weitere Lykaner. Sie rissen sich die Kleider vom Leib, rannten auf allen vieren, prallten mit anderen Flüchtenden zusammen. Neal sprang von Sender zu Sender, bis er endlich einen fand, der noch funktionierte, nur um zu erfahren, was er bereits wusste: Sie befanden sich mitten in einem Aufstand. Erst später begriff er, dass viele Lykaner in diesem Moment genauso viel Angst hatten wie er selbst, genauso nur ihr Leben retten wollten. Aber damals fühlte es sich für ihn an, als wäre die ganze Welt in einen Blutrausch versunken.

Im Radio hieß es weiter, die Explosion habe in der Gegend um Tri-Cities stattgefunden. Man gehe davon aus, es sei die Reaktoranlage gewesen, wo es zur Kernschmelze gekommen war. Für Neal hieß das: Seine Frau und seine Tochter waren tot, verglüht in einem Feuersturm, wie es ihn sonst nur auf der Sonne gibt. Er hatte keine Zeit, um sie zu trauern, und konzentrierte all seine Kraft auf die letzten Meter, die noch vor ihm lagen.

Die Generatoren hatten sofort übernommen, als die Stromversorgung ausgefallen war, und das Lobos-Forschungszentrum schwamm in einem Meer aus Licht. Der Parkplatz war leer, wie er es erwartet hatte. Selbst das Sicherheitspersonal war geflohen. Das Wachhäuschen stand offen, ein Taschenbuch lag noch aufgeschlagen auf dem Schreibtisch.

Neal brach durch die geschlossene Schranke und stellte den Wagen ab. Erst jetzt, in der plötzlichen Stille, fiel ihm auf, dass er keuchte, als wäre er gerade einen Marathon gelaufen.

Während der letzten Monate war es ständig zu Protestkundgebungen auf dem Parkplatz gekommen. Beinahe jeden Tag schleiften die Sicherheitsbeamten jemanden vom Gelände, Leute mit Messern, Leute mit Pistolen. Mehr als einmal wurde Neal wegen einer Bombendrohung evakuiert. Manche der Demonstranten waren Tierschützer, manche Lykanersympathisanten, manche Lykaner. Wenn das hier ein Aufstand war, würde das Lobos-Forschungszentrum eher heute als morgen zur Zielscheibe werden. Neal blieb nicht viel Zeit.

Er hatte die ganze Zeit über in seinem alten Labor gearbeitet, weil der fünf Millionen Dollar teure, von Pfizer finanzierte Erweiterungsbau noch nicht ganz fertig war. Das neue Gebäude wölbte sich wie ein gigantischer Walrücken in den Himmel. Soweit er wusste, sollten nächste Woche die ersten Labors in Betrieb genommen werden. Die Außenarbeiten waren abgeschlossen, als Nächstes kamen Stromversorgung, Boden- und Wandverschalung an die Reihe. Im Keller gab es einen Sicherheitsraum mit codierten Schlössern, Tiefkühlschränken, eigener Wasser- und Frischluftversorgung sowie Generatoren mit Brennstoff für sechs Monate.

Neal warf sich den Seesack über die Schulter, klemmte seinen Computer unter den Arm und lief die zweihundert Meter bis zum Eingang. Dabei spürte er die ganze Zeit über ein Stechen in der Seite, als hätte ihm jemand ein Messer zwischen die Rippen gestoßen. Er sperrte die Glastür auf, stolperte die Treppe hinunter und lief um eine Ecke zu der unscheinbaren Tür, die aussah, als würde sich dahinter eine Toilette verbergen – wäre da nicht das in Stahl gefasste Ziffernfeld über dem Knauf gewesen. Neal gab seinen Code ein, die Tür schwang auf, und ein kalter Lufthauch wie aus einer Gruft schlug ihm entgegen.

Er stellte seine Sachen ab, lief zurück die Treppe hinauf, taumelte eher, als dass er lief, zu seinem alten Labor, schloss den Stahlschrank auf und stopfte so viele Fläschchen in seine Hosentaschen wie hineinpassten. Er hatte schon die aus dem Kühlfach nehmen wollen, doch er hatte Bedenken wegen des Stroms und entschied sich für das gefriergetrocknete Pulver. Es war steril und musste nur noch mit Kochsalzlösung verflüssigt werden. Das Pulver würde auch schlechte Lagerbedingungen unbeschadet überstehen.

Neal hastete wieder nach draußen. Die Fläschchen in seiner Hose klapperten und klimperten bei jedem Schritt. Es war eine kalte Nacht, aber er schwitzte, bekam nicht genug Luft. Seine Lunge brannte, und bei jedem Herzschlag spürte er einen Stich in der Brust. Er lehnte sich an eine Wand und blieb dort stehen, solange er es wagte. Am liebsten hätte er sich ins Gras gelegt und ausgeruht. Es sah so weich aus, und er war so müde. Aber das durfte er nicht. Das rote Leuchten am Himmel sagte es ihm überdeutlich.

Auf zittrigen Beinen machte er sich wieder auf den Weg. Er lief nicht mehr, er ging, denn er wusste, er würde jeden Moment zusammenbrechen, wenn er nicht vorsichtig war. Die kahlen Bäume schüttelten sich in der Brise, als wären sie lebendig. Er war noch zwanzig Schritte von dem Pfizer-Gebäude entfernt, als er das Heulen der Motoren hörte und die Reflexion der Scheinwerfer in der Glasfront sah. Neal wollte losspurten, da knickte mit einem Ploppen sein Knie ein, und er stürzte. Er hörte ein Knirschen und spürte etwas Scharfkantiges an seiner Hüfte – die Fläschchen, mehrere davon waren zerbrochen. Wie ein Häufchen Elend lag er da und schnappte nach Luft. Seine Kehle fühlte sich wund an, als würde er durch ein Heißluftgebläse atmen. Etwas stimmte nicht mit seinem Knie. Es fühlte sich lose an, wie ausgekugelt. Als er versuchte, es zu bewegen, fuhr ein brennender Schmerz in das Gelenk wie von tausend Wespenstichen. Mühsam setzte er sich auf und rappelte sich schließlich hoch. Ihm blieb nichts anderes übrig, als den Schmerz zu ignorieren. Schritt für Schritt schleppte er sich vorwärts, humpelte und verschnaufte, humpelte und verschnaufte.

Neal hörte Glas bersten und Holz splittern. Vor seinem inneren Auge sah er, wie sie die Schreibtische und Regale umwarfen, die Computer an den Wänden zerschmetterten, sah Drähte und Platinen aus den aufgeplatzten Gehäusen ragen. Dann hörte er Schritte hinter sich.

Neal griff nach dem Revolver in seinem Hosenbund. Der Griff war tief vergraben zwischen seinen Speckfalten und glitschig vom Schweiß. Als er ihn endlich hatte, war die Lykanerin schon fast über ihm. Es war eine Frau mit Dreadlocks, das einzige Kleidungsstück an ihrem Körper ein aus Hanf geflochtenes Halsbändchen. Mehr konnte er nicht erkennen, so schnell kam sie auf ihn zu. Neal drückte ab. Der Revolver bellte, und die Lykanerin schrie. Sie fiel und blieb liegen.

Dann hörte er das Heulen. Es war nur eine Frage von Sekunden, bis sie bei ihm waren.

Irgendwie schaffte er es, die Tür aufzudrücken, die Treppen hinunterzustolpern und sich in den Sicherheitsraum einzuschließen, bevor sie ihn fanden. Aber gefunden haben sie ihn. Wieder und wieder warfen sie sich gegen die Stahltür, bis Neal die Hände auf die Ohren presste, um dieses nicht enden wollende Hämmern nicht mehr ertragen zu müssen. Bis es plötzlich aufhörte.

Das war vor fünf Monaten. Manchmal weiß Neal nicht, ob er wacht oder träumt. Manchmal spricht er mit sich selbst. Manchmal kackt und pinkelt er einfach auf den Boden. Einmal wachte er auf und glaubte, die weit aufgerissene Schnauze eines Lykaners direkt über seinem Gesicht zu sehen. Neal schrie wie ein Tier, sprang von seiner Liege auf und kauerte sich in eine Ecke. »Bleib mir vom Leib«, stammelte er. »Bleib mir bloß vom Leib!« Aber natürlich war er allein.

Trotzdem hat er den Revolver immer in der Nähe, die meiste Zeit über hinten in den Hosenbund gesteckt, sodass die Haut an seinem unteren Rücken schon ganz wund ist. Der Generator läuft wieder, aber vor einer Woche ist auch die letzte Glühbirne durchgebrannt. Jetzt ist er allein in der Dunkelheit, das Geräusch seines Atems die einzige Unterhaltung.

Nur ein einziges Fläschchen ist übrig geblieben. Alle anderen sind bei seinem Sturz zerbrochen. Es steht vor ihm auf dem Tisch, daneben sein Laptop und seine Unterlagen.

An der Wand ist ein Waschbecken. Es ist Neals Toilette, Dusche und Trinkwasserspender. Er versucht, seinen leeren Magen mit Wasser zu füllen. Mit zittrigen Fingern tastet er nach einer Karaffe. Er füllt sie auf und hebt sie mit geschlossenen Augen an den Mund, nimmt einen kleinen Schluck, aber der Schluck reicht nicht. Bei Weitem nicht, also schüttet er alles in sich hinein. Gurgelnd schießt das Wasser seine Kehle hinunter, sein Hals krampft bei jedem Schluck. Neal trinkt und trinkt, bis er würgen muss. Er hustet, übergibt sich und trinkt weiter.

Vor vielen Jahren machte er eine No-Carb-Diät und verlor innerhalb eines Monats fünfundzwanzig Kilo. Die Haut hing ihm in labberigen Säcken vom Körper, als würde er zerfließen. »Ich erkenn dich kaum wieder«, sagten die Leute zu ihm. Es lag daran, dass er nicht mehr er selbst war. Neal war von Natur aus schwer. Es entspricht seinem Körperbau, seinem Wesen. Doch jetzt bewegt er sich immer weiter weg von seinem Wesen. Er hat jedes Gramm Fett verloren, jeder einzelne Knochen zeichnet sich unter der dünnen Haut ab. Er ist an dem Punkt angelangt, an dem er nichts mehr zu verlieren hat. Eine Sendung fällt ihm ein, die er einmal auf Discovery Channel gesehen hat. Es kommt ihm vor, als wäre es vor zehn Minuten gewesen oder vor zehn Jahren. Es macht keinen Unterschied. Es ging um Identität. Ein Psychologe stellte die Frage, was einem Menschen das Gefühl gibt, er selbst zu sein. »Stellen Sie sich vor«, forderte er das Publikum auf, »ich würde Stück für Stück jede einzelne Zelle Ihres Körpers durch eine andere ersetzen. Sagen wir, von Ronald Reagan. Wann würden Sie aufhören, Sie selbst zu sein? Wo wäre die Schwelle, an der Ihre Identität kippen würde? Was, wenn Sie Ihren Körper behalten dürften und nur das Gehirn ausgetauscht würde? Was passiert, wenn Sie in ein Koma fallen oder dement werden – wann verschwindet Ihre Identität? Wo ist die Grenze, an der Ihr Ich endet?« Bei seiner Tochter wusste Neal genau, wann es gekippt war, ab welchem Zeitpunkt sie gleichzeitig seine kleine Sridavi war und es auch nicht mehr war. Aber bei sich selbst? Über dem Waschbecken hängt ein Handtuchspender aus Edelstahl. Bevor die Glühbirnen den Geist aufgaben, betrachtete er darin oft sein Spiegelbild. Während der letzten Wochen erkannte er sich selbst nicht mehr, so eingefallen und blass sah er aus. Und gleichzeitig fragte er sich, ob der Fremde im Spiegel nicht schon lange in seinem Innern gelebt hatte, lange vor dem Tag, als ein Atompilz seine Welt in Schutt und Asche legte.

Ein einziges Mal hat er die Tür geöffnet. Der Flur dahinter war stockfinster. Neal roch Rauch und musste husten. Als er glaubte, etwas in seine Richtung kommen zu hören, schlug er die Tür wieder zu und stemmte sich keuchend von der Innenseite dagegen.

Welche Chance hätte er schon da draußen? Wie sollte er überleben, wie sollte die Flasche überleben? Sein Knie ist nicht mehr zu gebrauchen – er schafft es gerade mal vom einen Ende des Sicherheitsraums zum anderen. Neal bleibt gar nichts anderes übrig, als zu warten. Irgendwann wird jemand kommen. Es muss jemand kommen.

Wenn nicht, wird er sterben. Er stirbt jetzt schon. Sein Körper verzehrt sich selbst. Und wenn er stirbt, war alles umsonst. All die Jahre im Labor und Sridavis Leiden. All die Zeit, die er in dieser Gruft ausgeharrt hat wie ein Toter. Er darf es nicht geschehen lassen. Er muss überleben. Und dazu muss er essen.

Manchmal glaubt Neal, Geräusche vor der Tür zu hören. Geflüster, Krallen, die leise über das Metall schaben. Aber jetzt, als er das Ohr gegen die Tür presst, hört er nichts als das Rumoren seines eigenen Magens. Hunger ist die einzige Stimme, die ihm noch geblieben ist. Neal krümmt sich, bis der Krampf vorüber ist, legt eine Hand auf den Knauf und sagt in die Dunkelheit: »Ich bin gleich wieder da. Warte hier. Ich gehe nur kurz raus und hol uns was zu essen.«

KAPITEL 58

Chase sagt zu den Frauen, sie sollen sich ausziehen. Es sind zwei, eine Blondine und eine Asiatin, beide an der Hüfte schlank wie Bambus. Sie tun, was er sagt. Die Asiatin trägt ein langes rotes Pulloverkleid mit schwarzem Gürtel und kniehohen schwarzen Lederstiefeln. Als sie sich nach vorne bückt und den Reißverschluss an den Stiefeln öffnet, dreht sie sich gleichzeitig um, sodass Chase ihren violetten Stringtanga sieht. Das Schlauchkleid der Blonden fällt wie ein nachtfarbener Schleier um ihre Fußgelenke zu Boden. Sie schlüpft aus ihren High Heels, schlenzt Schuhe und Kleid mit dem Fuß in eine Ecke.

Sie sollen sich berühren, sagt Chase, ihn ein bisschen unterhalten.

Sie bewegen sich, als würden sie tanzen, lassen Haar und Hüfte kreisen, streicheln über Oberschenkel, Brüste und Bauch der anderen. Sie lassen den Gummizug ihrer Tangas schnalzen und blicken Chase unter dick geschminkten Lidern hervor lüstern an.

An der Wand hängen zwei goldgerahmte Porträts von Andrew Jackson und Teddy Roosevelt. Die Innendekoration wechselt mit jedem neuen Präsidenten, und Chase wollte explizit diese beiden haben, die alten Schlitzohren, wie er sie nennt, auf die er sich so oft berufen hat während seiner Wahlkampfkampagne. Nicht Lincoln und nicht Reagan, die so gerne bemühten Reservisten. Teilnahmslos betrachten sie die beiden Mädchen.

»Unser Haus« heißt es im Volksmund, nicht »Weißes Haus«, und das gefällt Chase. Ihm gefällt, wie die Leute all die Skulpturen, das polierte Holz und die ernste Stille des Ortes übergehen und stattdessen das Normale betonen, die Möglichkeit von Schwäche, von kleinen schmutzigen Geheimnissen.

Obwohl er nichts dergleichen sagt, bewegen sich die beiden Frauen immer näher auf das Bett zu. Sie wissen, das ist der Platz, an dem Chase sie letztendlich haben will. Sie können sich nicht einfach darauf fallen lassen – sie müssen hinaufklettern. Das Bett ist riesig, die Matratze schwebt einen Meter über dem Boden, an den Ecken ragen vier geschnitzte Holzsäulen auf. Als die Innenarchitektin ihn fragte, ob er lieber ein Queensize wolle, blickte er sie nur verächtlich an und sagte: »Kingsize und kein bisschen kleiner.«

Chase lässt die beiden allein auf dem Bett. Er sitzt in einem Lehnsessel, hat die Beine übereinandergeschlagen und trägt einen der vielen dunkelblauen Anzüge, die wie von Zauberhand in seinem Kleiderschrank aufgetaucht sind, alle maßgeschneidert. Auf einem runden Holztisch steht eine Leselampe aus Messing, daneben liegen auf einem Stapel die Unterlagen, die sie ihm auf der Besprechung heute Vormittag in die Hand gedrückt haben. Er wird sie nicht lesen. Je mehr er liest, desto weniger weiß er.

Die Frauen stöhnen und rekeln sich. Sie ziehen die BHs aus und schwingen verführerisch ihre Brüste. Sie öffnen die Lippen und küssen sich, beobachten ihn aus dem Augenwinkel, warten auf die nächsten Anweisungen.

Chase knipst die Leselampe aus. Er will beobachten, nicht beobachtet werden.

Er hat gehört, Präsidenten altern schneller, bekommen während ihrer Amtszeit plötzlich graue Haare und Falten im Gesicht. Das kann er bestätigen. Seine Stirn ist viel höher als noch vor ein paar Monaten, seine Haut bräunlich gefleckt wie Herbstlaub. Seine Muskeln sind weich, der Bauch aufgedunsen. Chase hat aufgehört, den Wasserdampf vom Spiegel zu wischen, wenn er aus der Dusche kommt. Es widert ihn an, was er dort sieht. Er hat nicht mehr die Energie, seine Übungen zu machen. Das Einzige, was er will, ist essen und schlafen. Schon eigenartig. Es scheint noch gar nicht lange her, da war er ein Baby an der Brust seiner Mutter, ein Teenager in der Highschool-Footballmannschaft, ein Mittzwanziger mit einer Erektion hart wie Stahl, und was ist davon geblieben?

Es gab eine Zeit, da hätte der Anblick der beiden ihn in Raserei versetzt, aber diese Zeit ist vorbei. Chase spürt eine gewisse Neugier, aber kein Verlangen. Er versucht, sein Blut mit bloßem Willen in Wallung zu bringen, sich heiß zu machen. Vielleicht klappt es, vielleicht ist heute ein guter Tag. Er hat diese zwei Frauen, die alles tun werden, was er verlangt, und es gab den ganzen Tag noch keine schlechten Neuigkeiten. Nicht schlecht ist automatisch gut. Heute ist ein guter Tag.

Was für ein Jammerlappen aus ihm geworden ist. Er versucht es mit der Hand. Er öffnet den Gürtel und massiert sein Ding. Nichts. Es fühlt sich an wie ein toter Regenwurm.

Die Präsidenten an der Wand sehen ihn missbilligend an. Chase enttäuscht sie.

»Wann kommen Sie endlich her und vögeln uns?«, fragt die Blonde. Sie liegt auf dem Rücken, hat die Beine gespreizt, die Hände auf die Oberschenkel gelegt.

»Ich hatte einen langen Tag.«

»Was?«

»Ihr könnt jetzt gehen. Beide. Ich bin müde.«

Die zwei Frauen setzen sich auf. Ihr Lippenstift ist verschmiert, das Haar zerzaust. Die Asiatin lässt sich vom Bett heruntergleiten und schlendert auf ihn zu.

»Wir möchten gerne bleiben. Wir sind hier, um Sie zu verwöhnen.« Sie streckt die Hand aus.

Am liebsten würde Chase Reißaus nehmen, aber er kann nirgendwohin. »Raus jetzt.« Er macht den Reißverschluss wieder zu, fuchtelt zittrig mit der Hand und bedeckt sein Gesicht. »Lasst mich in Ruhe.«

Irgendwo hat er eine Geschichte aufgeschnappt von einem Mann, der in einer Munitionsfabrik arbeitet. Er stanzt Hülsen, presst Messingstreifen in Zündhütchen, füllt Schwarzpulver ab, setzt vernickelte oder verkupferte Böden ein, je nachdem. Tag für Tag steht er an der Presse und verfolgt jeden Abend die Nachrichten. Hört die Meldungen über Polizisten, die bei einer routinemäßigen Verkehrskontrolle erschossen wurden, über ein kleines Mädchen, das von seinem Bruder getötet wurde, als er mit der Pistole herumspielte, die auf dem Nachtkästchen lag. Er drückt auf einen Knopf an einer Maschine in einer Fabrik in Billings, und zwei Monate später verliert jemand, der dreitausend Meilen weit weg wohnt, sein Leben. Eins führt zum anderen.

Es gibt zahllose Beispiele. Du biegst irrtümlich links ab, statt rechts, und entgehst damit einem Frontalzusammenstoß, der dich zum Pflegefall gemacht hätte. Du ziehst einen Freund auf, weil er so zittrige Hände hat; er geht am nächsten Tag beunruhigt zum Arzt, und der stellt einen Gehirntumor fest, der kurz davor ist zu metastasieren. Du gehst noch schnell einen Rotwein fürs Abendessen holen und greifst im selben Moment nach derselben Flasche wie die Frau mit diesem umwerfenden Lächeln. Sie bekommt zwei Kinder von dir und brennt irgendwann mit dem Barkeeper aus der Kneipe an der Ecke durch. Wenn man zu viel darüber nachdenkt, welchen Dominoeffekt selbst die alltäglichste Handlung auslösen kann, verlässt man irgendwann nicht mehr das Haus.

Ein Flugzeug voll C4 stürzt ab und dann?

Die Bonneville Power Administration – sie war der Betreiber der Hanford-Nuklearanlage und von einunddreißig Wasserkraftwerken – existiert nicht mehr. Die Staaten Washington, Oregon und Idaho, der westliche Teil Montanas sowie angrenzende Gebiete in Kalifornien, Nevada, Utah, Wyoming und Ost-Montana sind ohne Strom. Zu den Abnehmern der BPA gehörten weitere Versorgungsunternehmen, öffentliche wie private, Stromnetze von Städten, Gemeinden und ganzen Landstrichen waren angeschlossen, Großbetriebe aus der Metall verarbeitenden Industrie. BPA betrieb außerdem einige der wichtigsten Überlandleitungen zwischen Kanada, Kalifornien und dem Südwesten der USA. Nach der Explosion kam es zuerst zu Engpässen, dann zu Totalausfällen, und schließlich brach das Netz im gesamten Westen des Landes zusammen.

Und danach? Was passiert, wenn es keinen Strom mehr gibt? Wenn die Strahlenbelastung in die Höhe schießt und die Menschen massenweise aus dem pazifischen Nordwesten fliehen?

Der Wegfall von Boeing und Precision Castparts bringt die Flugzeugindustrie zum Erliegen. Der Ausfall von Intels größtem Produktionsstandort, an dem weltweit die meisten Chips entwickelt und hergestellt werden, führt zu einem gigantischen Einbruch auf dem Elektronikmarkt. Die Großhandelskette Cosco bricht zusammen. Andere Firmen, die ihre Hauptsitze verloren haben, folgen auf dem Fuß: Nike, Columbia Sportswear, Microsoft, Starbucks, Cray Computers, Amazon, Safeco und PEMCO, Nordstrom, REI, Alaska Airlines, MSNBC, Nintendo, T-Mobile, Eddie Bauer, Expedia, Greenbrier und Daimler Trucks.

Die Häfen von Seattle und Portland sind Hauptanlaufstelle für die Containerschiffe aus Asien. Die anderen Häfen an der Westküste können den Kapazitätseinbruch nicht ausgleichen.

Sogar Facebook wird in Mitleidenschaft gezogen, als mit Prineville eines der wichtigsten firmeneigenen Rechenzentren für immer vom Netz geht.

All das führt zu Panik, die Panik führt zum Zusammenbruch des Aktienmarkts, und der Zusammenbruch des Aktienmarkts führt zu einer weltweiten Wirtschaftskrise.

Als Chase am 20. Januar vereidigt wird, hegt er nicht den geringsten Zweifel, wem sie für all das die Schuld in die Schuhe schieben werden. Seine Unterstützung in der Öffentlichkeit und dem Kongress ist gleich null. Mehrmals führen Gegenstimmen aus dem eigenen Kabinett zu einer Beinahe-Lahmlegung der Regierungsgeschäfte, und die Staatskasse kommt in Zahlungsverzug, wie es ihn in der bisherigen Geschichte der USA nicht gegeben hat.

Die Last ist zu viel für Chase' Schultern.

Nachdem die beiden Frauen unter hektischem Geflüster ihre Kleider aufgesammelt haben und verschwunden sind, springt Chase von seinem Sessel auf. Er fegt Leselampe, Zettel und Ordner vom Tisch, stampft zu den Porträts hinüber, reißt Roosevelt und Jackson von der Wand und schleudert sie quer durch den Raum. Das eine Bild kracht gegen das Gestell eines mittelalterlichen Globus, und die Leinwand zerreißt. Er zieht Kissen und Tagesdecke vom Bett und wirft sie zu Boden. Der Parfümgeruch, der daraus aufsteigt, lässt ihm übel werden. Er läuft ans Fenster und reißt die Vorhänge von den Stangen. Fahles Mondlicht dringt ins Zimmer und taucht alles in einen bläulichen Schimmer. Er schlägt mit der Faust gegen die Wand, flucht wegen des stechenden Schmerzes in seinem Handgelenk, klemmt die Hand unter die Achselhöhle und stolpert ins Badezimmer. Er packt das Volpexx, das im Schränkchen steht, und dreht ruckartig den Deckel herunter, als würde er einem Vogel das Genick brechen.

Das fensterlose Badezimmer fühlt sich an wie eine Gummizelle aus Marmor. Sein Spiegelbild sieht aus wie ein Gespenst. Er hat dem Tod schon öfter ins Auge geblickt, aber bisher fühlte sich der Tod immer wie etwas Vermeidbares an. Wie ein gleichpoliger Magnet schien er Chase abzustoßen, doch jetzt ist es umgekehrt. Der Tod ist wie ein dunkler Schlund, der ihn unweigerlich anzieht.

Eins führt zum anderen. Ursache und Wirkung. Wenn jemand mit einem Flugzeug voll C4 einen Krater in amerikanischen Boden reißen kann, in dem das ganze Land versinkt, kann Chase vielleicht etwas von ähnlicher Tragweite tun. Es ist nur eine Frage der Entscheidung, und Chase hat seine Entscheidung getroffen: Er wird gesund werden. Und dieser Moment ist der Anfang. Der Anfang von etwas Besonderem, das sich unaufhaltsam ausbreiten und sich auf jeden Bürger der Welt auswirken wird.

Chase beugt sich keuchend über die Toilette, schüttet den gesamten Inhalt der Dose hinein und drückt sofort auf die Spülung. Er weiß, wenn er nur eine Sekunde länger wartet, steckt er am Ende noch den Kopf in die Schüssel und schaufelt sich mit den Händen die bereits halb aufgelösten Pillen in den Mund.

Er hört ein Klopfen an der Tür. Immer klopft es. Das ist das Problem mit diesem Ort. Nie hat er seine Ruhe. Selbst hier im ersten Stock, in seiner Privatresidenz, ist er nie allein. Immer steht jemand auf dem Flur und wacht über alles, fragt, ob Chase noch irgendetwas braucht. Als wäre er gebrechlich oder ein Kind. In Camp David fühlt er sich wohler.

Ein Klopfen bedeutet nie was Gutes. Ein Klopfen bedeutet noch mehr schlechte Nachrichten über stagnierendes Wirtschaftswachstum, über in den Himmel schießende Öl- und Nahrungsmittelpreise. Über wirkungslose Zinssenkungen, nachdem die Zinserhöhung auch nichts gebracht hat. Über eine weitere Herabstufung durch S&P, Inflation, immer mehr Arbeits- und Obdachlose und wie wütend die Bürger sind, wie unglaublich wütend auf ihn.

Seine Umfragewerte sind mittlerweile auf dreißig Prozent gefallen. Hätte er sich mehr um Integration gekümmert, hätten die radikalen Lykaner nichts, wogegen sie sich erheben könnten. Aber jetzt ist es zu spät. Ein Teil des Landes wurde herausgeschnitten wie mit einem Messer. Seine Anstrengungen, das Geisterland zurückzuerobern, sind zwecklos, reine Geld- und Ressourcenverschwendung. Vor ein paar Tagen erschien ein Kommentar in der *New York Times,* in dem die Aufräumarbeiten und militärischen Operationen im Nordwesten des Landes als ein »Kampf auf verlorenem Posten« bezeichnet wurden, als »Laub rechen mitten in einem Herbststurm«.

Wieder dieses Klopfen. Eher ein Pochen jetzt, als würde jemand mit der Faust gegen die Tür trommeln, um endlich eingelassen zu werden. Statt darauf zu reagieren, geht Chase ans Fenster. Ein Wächter mit einem Schäferhund geht auf der Wiese Patrouille. Der Mond hängt teilnahmslos am Himmel. Von einem Kirschbaum rieseln Blütenblätter, die aussehen wie geschreddertes Papier. Die Lichter der Stadt überstrahlen jeden Stern. Chase kann nur ein einsames rotes Pünktchen am Himmel entdecken. Wahrscheinlich der Mars.

Vielleicht sind es diesmal gar keine schlechten Nachrichten. Vielleicht ist es nur eine der Huren, die ihre Ohrringe vergessen hat. Vielleicht ist es einer der Sicherheitsbeamten. Vielleicht hat er Chase' Tobsuchtsanfall gehört und will nach dem Rechten sehen. Ihn fragen, ob er etwas braucht, ein Sandwich oder die Hausangestellten, damit sie ihm beim Aufräumen helfen.

Die Tür geht auf. Es ist Büffel. Er steht auf der Schwelle und tastet nach dem Lichtschalter. Sein Schlagschatten fällt ins Zimmer und lässt ihn für einen Moment aussehen wie einen Riesen. »Chase?«

»Lass es raus.«

Büffel lässt die Hand sinken. Er schließt die Tür hinter sich und kneift die Augen zusammen. »Ist irgendwas los?«

»Nichts«, antwortet Chase. »Alles.«

Büffel stolpert über die Tagesdecke, die verknotet auf dem Boden liegt. »Ich sehe hier drinnen überhaupt nichts, verdammt noch mal.« Er knipst eine Stehlampe an und schüttelt den Kopf, als er die heruntergefallenen Papiere sieht, macht Anstalten, sie aufzuheben, lässt es dann aber bleiben. Er stellt die Leselampe zurück auf den Tisch, fingert an dem zerbrochenen Schirm herum und schaltet sie ein. Sein Brillengestell schimmert golden. »Wir haben Neuigkeiten über Balor.«

»Lass hören.«

»Es geht um die Pittock Villa in Portland. Wir sind nicht zu hundert Prozent sicher, aber die Satellitenbilder weisen auf eine Menge Aktivität auf dem Gelände hin.« Sie müssten handeln, erklärt er, wiederholt, was er schon bei hundert anderen Gelegenheiten gesagt hat: Dies sei *ihr* Moment. Wie für sie gemacht, um – nachdem sie das Lykanergebiet abgeriegelt und die gesamte Infrastruktur zerstört haben – den Druck auf die Aufständischen auf ein Maximum zu erhöhen. »Sie stehen mit dem Rücken zur Wand. Wenn wir jetzt dran bleiben, sind sie am Ende.«

Sie haben es schon oft durchgesprochen. Balor ist die Nummer eins auf ihrer Liste. Sie müssen der Schlange nur den Kopf abschlagen, dann werden nach ein paar letzten Todeszuckungen auch seine Anhänger Ruhe geben.

Nachdem Jeremy Saber aus dem Rennen ist, erklärt Büffel, sei ein gewisser Jonathan Puck die neue Nummer zwei. Ein Engländer, schon zweimal des Landes verwiesen, siebenundzwanzig Verurteilungen: Diebstahl, Körperverletzung, Vergewaltigung, Drogenmissbrauch, Nötigung, illegaler Waffenbesitz.

»Und, stell dir das vor, der Typ ist nicht mal eins sechzig. Ziemlich klein für ein so großes Tier. Nie und nimmer bekommt er diesen radikalen Haufen unter Kontrolle.«

Büffel würde noch die ganze Nacht weiterplappern, aber Chase schneidet ihm das Wort ab. »Schick ihm unseren Mann.«

»Ich hatte eher an Raketen gedacht.«

»Keine Armee, keine Luftwaffe. Die haben's schon zweimal verbockt. Zuerst diese Grundschule voll Mexikanerbälger, die sie in die Luft gejagt haben, dann der Staudamm … wie Ratten sind die Einwohner einer ganzen Stadt in der Flutwelle ertrunken.«

»Aber hier geht es nicht um Menschen. Das sind Aufständische.«

»Ich kann nicht noch mehr Bilder von Leichen gebrauchen, die wie Streichhölzer unter den Hubschrauberkameras vorbeitreiben. Schnell, leise und sauber. So werden wir's machen.«

»Werden wir?«

»Schick ihn los. Ende der Diskussion. Ich will seinen Kopf. Und dann gibt es eine Parade auf der Pennsylvania Avenue.« Mit einem scharfen Blick verbietet er Büffel jeden weiteren Einwand.

Die beiden Männer machen jeder einen Schritt nach hinten. Sie haben zugelegt, und die Bodendielen ächzen unter ihrem Gewicht. Büffel mustert Chase besorgt. Er zieht einen Stift aus seiner Brusttasche und kaut darauf herum wie auf einer Pfeife. »Ist alles okay?«

Chase denkt an das Rauschen der Toilettenspülung, an die Pillen. Wie Konfetti haben sie ausgesehen, als sie in der Schüssel verschwanden. Er überlegt, Büffel davon zu erzählen, ihm zu erklären, dass er clean werden wolle, zumindest für eine Weile. Seinen Körper mal richtig durchspülen und sehen, ob irgendwo, wenn die Nebelschwaden in seinem Gehirn sich lichten, der alte Chase wieder auftaucht. Aber er kann es nicht. Das ist es auch, was Büffel zu ihm sagen würde: dass er es nicht kann. Chase hat es satt, ständig gesagt zu bekommen, was er zu tun hat.

»Alles bestens«, sagt er schließlich. »Ganz einsame Spitze. Sieht man doch, oder?« Er schafft es nicht, Büffel in die Augen zu sehen. Stattdessen blickt er zu Boden, auf die Schatten, die sie im Licht der Lampen werfen.

»Du solltest dich glücklich schätzen, Chase. Du bist ein richtiger Glückspilz. Endlich haben wir erreicht, wofür wir die ganze Zeit über gearbeitet haben. All die Jahre.« Büffel flüstert beinahe.

»Das hier?« Chase breitet die Arme aus und deutet auf das Chaos ringsum. »Auf das hier haben wir hingearbeitet? Nimm es. Du kannst es haben.«

Kapitel 59

Noch bevor die Sonne aufgeht, wälzt Patrick sich von seiner Pritsche, schultert den Rucksack mit Regenumhang, Wasserflasche, ein paar Feldrationen und Snickers-Riegeln, einem GPS-Gerät, Satellitentelefon, wasserfesten Streichhölzern sowie Jodtabletten darin, und schleicht zum Fuhrpark. Gestern traf er sich vor der Kantine mit Malerie. Sie nannte ihm Fahrzeugnummer und Kennzeichen und erklärte, sie und eine andere Sanitäterin seien als medizinisches Begleitpersonal für den morgigen Cleaner-Konvoi eingeteilt. Gepanzerte Transporter, ein paar Humvees und ein Sanitätswagen. Er solle sich unter der Sitzbank des Sanitätswagens verstecken. Dort sei ein Stauraum, eigentlich für zusätzliches Gepäck gedacht, aber groß genug für ihn.

Patrick bedankte sich, und sie sagte, er solle keinen Mist bauen. Werde er nicht, antwortete Patrick, dann standen sie sich eine Weile schweigend gegenüber.

»Tja«, sagte er schließlich, »ich schätze, das war's dann« und blies ihr einen Kuss zu.

»Daneben!«, fauchte Malerie, verschränkte die Arme vor der Brust, drehte sich ohne ein Lächeln um und verschwand.

Er kauert in dem kleinen Hohlraum. In einer Stunde, bei Sonnenaufgang, geht es los. Eine der Stützstreben drückt sich immer tiefer in seine Stirn, während Patrick darauf wartet, dass das Trompetensignal alle aus den Betten holt, die Luft draußen sich mit Stimmen füllt, die Fahrzeugtüren zuschlagen, sich jemand auf die Bank über ihm setzt und die Motoren aufheulen. Er kann nicht mal richtig atmen, so eng ist sein Versteck. Patricks Nacken verkrampft sich jetzt schon, weil er den Kopf immer in der gleichen Position ein Stück nach rechts gedreht halten muss.

Sie fahren los. Nach ein paar Kurven hält der Tross noch einmal kurz am Kontrollpunkt an, dann beschleunigt der Konvoi Richtung Geisterland. Patricks Versteck hat kein Fenster, aber er ist schon oft genug durch diese weiten Ebenen gefahren, um die Salbeisträucher vor sich zu sehen, die rote Erde, die blassgrünen Gräser, die sich wie Besenköpfe aus dem sandigen Boden erheben. Truthahngeier gleiten in der Thermik, Wolken ziehen vorbei, Wacholdersträucher recken sich in die Höhe wie fleckige Skelette. Braune und schwarze Aschenkegel erheben sich aus der Wüste. Basaltsäulen ragen aus den Canyons wie Kirchtürme.

Patrick kommt sich vor wie ein Zeitzünder, während er die Sekunden herunterzählt. Er sieht förmlich die roten und schwarzen Kabel in seinem Innern, sieht die Null immer näher rücken und wünscht, sie würden sich verdammt noch mal beeilen. Schon jetzt hat er das Gefühl, er ist zu spät dran.

In Prineville halten sie endlich an. Der Einsatzbefehl lautet, den Ostteil der Stadt von Leichen zu räumen, alle Aufständischen zu töten, die Illegalen festzunehmen, alle Lagerhallen und Lebensmittelgeschäfte in Brand zu stecken.

»Komm schon, komm schon, komm schon.« Patrick formt die Worte stumm mit den Lippen und wartet. Der Fahrer tritt auf die Bremse und macht den Motor aus. Die Sanitäterinnen steigen aus, kurz darauf schlägt Malerie zweimal mit der flachen Hand auf die Tür: Die Luft ist rein. Patrick wartet noch kurz, dann klappt er die Sitzfläche hoch wie einen Sargdeckel und klettert nach draußen, dehnt die verspannten Nackenmuskeln.

Wie die Bruchstücke all der möglichen Zukünfte, die ihn erwarten, liegen die Glassplitter auf dem Boden verstreut. Mit einem Ziegelstein hat Patrick die Fensterscheibe eines Motorradladens eingeworfen und steht vor einer Harley Night Train. Er hat es eilig, aber er kann einfach nicht anders, streicht mit offen stehendem Mund über die geschwungenen Formen des dreiundsechzig PS starken Big Bikes. Die Schlüssel waren in dem abgesperrten Büro. In der Ecke steht ein Generator. Patrick wirft ihn an und macht an der Zapfsäule vor dem Laden den Tank voll sowie vier Kanister, die er in die Satteltaschen packt.

Seine Schutzausrüstung hat er auf dem Stützpunkt gelassen. Der Ganzkörperanzug, die Handschuhe und Stiefel aus einem Nano-Kompositmaterial namens Demron halten zwar die Strahlung ab, aber sie machen ihn zu schwerfällig, und ihm wird zu heiß darin. Er wird nur zwei Tage hier sein und alle paar Stunden Jodtabletten nehmen. Außerdem ist er weit genug weg vom viel schwerer verseuchten Nordteil des Geisterlandes. Die Strahlendosis dürfte auch nicht schlimmer sein, als wenn er für ein paar Stunden vor einer schlecht isolierten Mikrowelle stünde, hofft er.

Er schiebt die Night Train auf den Parkplatz, öffnet den Benzinhahn, zieht den Choke, dreht den Schlüssel und drückt auf den Anlasser. Der Zweizylinder wummert los. Wahrscheinlich ist er über die ganze Stadt zu hören. Spätestens jetzt wissen die Cleaner, dass sie nicht alleine hier sind. Patrick bleiben nur noch ein paar Minuten, bis sie Jagd auf ihn machen. Er lässt die Kupplung los, würgt beinahe den Motor ab und schlingert im ersten Gang hinaus auf die Straße. Als er den Highway 126 erreicht, dreht er den Gashahn bis zum Anschlag auf. Die Tachonadel klettert auf siebzig Meilen, achtzig, neunzig, die Landschaft zieht vorbei, verschwommen wie ein impressionistisches Gemälde, und für ein paar Sekunden vergisst Patrick, wo und wer er ist.

Er sieht das Grün durch die Risse im Asphalt wuchern und

Rehe, die auf einem verwilderten Golfplatz grasen. Er hat die Geschichten gehört, wie die Natur hier mit aller Macht zurückschlägt. Nachts sollen die Multnomah Falls rötlich leuchten, als würde die Erde dort bluten. Waschbären, so nackt wie ein Babypopo, stöbern durch die Müllcontainer und verlassenen Küchen. Pumas mit Reißzähnen wie Säbelzahntiger schleichen umher. Vögel, die aussehen wie Flugsaurier, verdunkeln den Mond. Ein Albinobär, der so groß ist wie ein Mülllaster, wirft Telefonmasten um.

Und dann sind da noch die Hunde, die jetzt in großen Rudeln frei umherstreifen. Sie leben in Wäldern und verlassenen Häusern, können endlich nach Lust und Laune Sofas und Betten besudeln. Patrick sieht sie, wie sie aus einem Wacholderwäldchen am Rand des Canyons gelaufen kommen, durch den er gerade fährt. Der Lärm der Harley hat sie neugierig gemacht. Mit aufgestellten Ohren und weit nach oben gereckten Köpfen schauen sie in Patricks Richtung, als hätte er sie gerufen. Dann preschen sie los, heulen wie Dämonen und fletschen die Zähne. Patrick tritt nach ihnen und verliert beinahe die Kontrolle über das Motorrad. Immer mehr kommen aus dem Wäldchen gerannt, bestimmt an die vierzig. Wie ein Läufer beim Football schlängelt er sich zwischen ihnen hindurch und rast die Serpentinen am Ende des Canyons hinauf, bis er sie abgehängt hat. Erst als er oben auf dem Plateau angekommen ist, bleibt er stehen, stellt das Motorrad ab und blickt hinaus auf das staubtrockene Crook County. Weit unterhalb rennen die grauen und schwarzen und braunen Köter immer noch den Highway entlang. Sie folgen seiner Witterung.

Weihnachten hat er seine Mutter das letzte Mal gesehen, kurz bevor seine Einheit in die Republik verlegt wurde. Die meiste Zeit seines Urlaubs verbrachte er mit Essen. Zimtplätzchen, Hackbraten, Spargelauflauf, alles, was er die nächste Zeit wohl nicht mehr so schnell bekommen würde.

»Komm wieder«, sagte seine Mutter ständig. Am letzten Tag, bevor er das Flugzeug nach Los Alamitos in Kalifornien bestieg, schüttelte sie zum Abschied krampfhaft seine Hand, als wäre jede weitere Berührung zu viel für sie. Schließlich hielt Patrick es nicht mehr aus und schloss sie in eine innige Umarmung. Als er sich wieder losmachte, streichelte sie ihm mit einem traurigen Lächeln übers Gesicht. »Hast du denn überhaupt keine Angst?«

»Klar hab ich Angst«, antwortete er.

Hatte er auch, aber jetzt nicht mehr. Es ist, als hätte man ihm die dafür notwendigen Nervenbahnen herausgeschnitten. Sosehr Patrick sich auch bemüht, sich zu erinnern, sosehr er dem Gefühl auch hinterherspürt, er kann sich nicht erinnern, seit seiner Rückkehr aus der Republik auch nur ein einziges Mal Angst verspürt zu haben. Auch keine Trauer oder Freude oder irgendetwas anderes. Er spürt überhaupt nichts mehr, und diese emotionale Taubheit schützt ihn wie eine Rüstung.

Deshalb ist er umso überraschter von dem Krampf in seinem Magen, als er mit quietschenden Bremsen vor dem Haus seiner Mutter stehen bleibt. Er hat kein anderes Wort dafür, es ist eindeutig Angst, die er verspürt. Lange steht er ratlos da und starrt die Holzmaserung der Eingangstür an, als könnten die feinen Linien ihm verraten, was er tun soll. Als er endlich hineingeht, bewegt er sich langsam und vorsichtig, um die friedhofshallenartige Stille nicht zu stören und den Monate alten Staub überall nicht aufzuwirbeln.

Patrick geht durch jedes einzelne Zimmer. Er ist sicher, er wird sie irgendwo finden. Als seine Befürchtung sich nicht erfüllt, verspürt er trotzdem keine Erleichterung. Er muss weiter warten, weiter leiden wie ein Verwundeter, dessen Krankenschwester vergeblich in der Ellbogenbeuge herumstochert und keine Vene findet, in die sie das rettende Medikament injizieren kann. Er steigt wieder aufs Motorrad und fährt durch Old Mountain, an der Müllhalde vorbei und zu dem bewaldeten Vorort, wo er sie schon einmal gefunden hat.

Sie wurden gehängt. Beide, der Arzt und seine Mutter. Susan erkennt er nur an den Kleidern, denn ihre Haut ist schwarz und das Fleisch haben die Vögel bis auf die Knochen abgenagt. An einem drei Meter langen Strick baumelt sie von einer hohen Kiefer, daneben hängt wie eine grausige Beigabe der Kopf des Arztes. Der Hals ist abgerissen und mit dem Rest des Körpers auf die Einfahrt gefallen. Das Skelett sieht aus wie ein Haufen übergroßer, von wettergegerbten Stofffetzen bedeckter Zahnstocher. Verwesungsgeruch hängt in der Luft.

Mit schwarzer Sprühfarbe hat jemand »Fahrt zur Hölle, Lykaner« auf die Garagentür geschrieben. Darunter und etwas kleiner: »Gute Reise, The Americans«.

Ein Schluchzen steigt in Patricks Kehle auf, aber es kommt nur ein Husten heraus. Schließlich bricht seine versteinerte Miene auf wie ein Fels unter dem Druck gefrierenden Wassers, und er weint. Patrick presst die Hände auf seine Augen, als könnte er so die Tränen wieder zurückdrücken. Es ist entsetzlich, wie schwach und hilflos er sich fühlt, so furchtbar, dass er die Kiefer mit Fußtritten traktiert, bis ein dicker Ast abbricht und ihm auf die Schulter kracht. Der Bluterguss, den er hinterlässt, wird noch lange zu sehen sein.

Kapitel 60

Die Lykaner sind nicht allein. Auch andere, hauptsächlich Mexikaner, leben im Geisterland. Wie Claire sind die meisten von ihnen hier, weil sie nicht wissen, wo sie sonst hin sollen. Wenn die Soldaten sie hier aufgreifen, kommen sie in ein Lager und werden abgeschoben. Das unverstrahlte Gebiet jenseits des Zauns ist nicht weit, sie könnten jederzeit dort untertauchen. Sie bräuchten nur durch einen der vielen Kojotentunnel kriechen und ein Stück durch die Wüste laufen, dann wären sie in Sicherheit. Aber warum sollten sie? Die Strahlung und die nässenden Geschwüre sind nichts im Vergleich zu dem Elend, der Massenarbeitslosigkeit und der darniederliegenden Wirtschaft, die sie zu Hause erwartet.

Sie haben keine Jodtabletten, die Haare fallen ihnen aus, und ihre Haut ist übersät mit Blasen. Aber sie fahren Mercedes, BMW und Landrover, decken sich in den verlassenen Luxuskaufhäusern ein. Manche leben in den ehemaligen Nobelvororten, in von Innenarchitekten eingerichteten Villen mit Gärten, aber die meisten halten sich an die Farmen, auf denen sie bis vor Kurzem gearbeitet haben. Dort kennen sie das Land, wissen, wann sie die Äpfel und Nüsse zu ernten haben, den Salat, die Trauben, Beeren, Karotten, Auberginen und Süßkartoffeln. Sie leben und das besser denn je.

Vor einer Woche hatten Claire und Matthew eine Gruppe von etwa fünfzig Leuten gesehen, die ein Feld pflügten und Samen ausbrachten. Der Kleidung nach hätten sie auch Gäste einer Cocktailparty sein können. Am Rand des Feldes saß ein alter Mann mit dünnem, weißem Bart und schaukelte gemütlich in seinem Stuhl. Er trug Smoking und Zylinder. Als sie vom Highway abbogen und über einen kleinen Schotterweg zu dem Feld fahren wollten, stand der Greis zitternd auf und hob seinen Spazierstock. So dachten sie zumindest, bis am Ende des länglichen schwarzen Dings eine gelbe Flamme aufleuchtete. Sie hörten einen Knall und spürten die Schrotladung auf der Haut – was aus dieser Entfernung kaum schmerzhafter war als ein Insektenstich – und machten schleunigst wieder kehrt.

Genau da kommt auch das Mädchen her. Von einer Farm in der Nähe von Salem, sagte sie. Ihr Name ist Roxana.

»Roxana Primavera Rivera«, erklärte sie stolz und wohl artikuliert, wie sie früher vielleicht in der Schule gesprochen hat. Sie ist neuneinhalb und ging in die dritte Klasse, bevor der Himmel Feuer fing, bevor alle von hier flohen. Sie hasst rechnen und liebt lesen. Das ist das Einzige, was es noch zu tun gibt: lesen und arbeiten. Die gesamte Bibliothek gehört jetzt ihr, und die Vampirgeschichten gefallen ihr am besten. Ihre Eltern sind tot, von Soldaten erschossen, als sie auf einer Besorgungstour waren. Roxanas Onkel kümmert sich jetzt um sie. Er ist ein bisschen unheimlich, ihr *tío,* und alle haben Angst vor ihm. »Aber zu mir ist er nett«, sagt Roxana.

Sie kommt kaum zu Atem beim Reden, während sie auf ihren Rädern über kleine Nebenstraßen Richtung Salem fahren, Claire auf ihrem Mountainbike, Roxana auf einem Cruiser mit rosa Fähnchen, die im Wind flattern. Den Cruiser haben sie aus einem Supermarkt geholt, zusammen mit einem altmodischen Taschenmesser, einem Päckchen Munition und ein paar Tafeln Schokolade. Sie haben vielleicht zehn Meilen hinter sich, als Roxana fragt, warum sie nicht einfach mit dem Auto gefahren sind, und Claire erwidert das Gleiche, was auch Matthew immer zu ihr gesagt hat: »Weil Benzin schwer zu bekommen ist und man in einem Auto nicht mitbekommt, was um einen herum passiert.«

Claires Stimme klingt ungeduldig und scharf. Sie wünschte, ihre Wege hätten sich nie gekreuzt. Mit dem Mädchen hat sie nur eine Sorge mehr. Noch ein Problem, um das sie sich kümmern muss. Wäre Roxana auf dem Friedhof gestorben, wäre sie jetzt eben tot. Na und? Eine Leiche mehr. Punkt. Aber wenn ihr jetzt etwas zustößt, würde ihr Tod an Claire haften bleiben und sie langsam vergiften wie ein lepröses Bein. Also bleibt Claire nichts anderes übrig, als Roxana wohlbehalten zurück zu ihrer Familie zu bringen, auch wenn sie in Gedanken mit ganz anderen Dingen beschäftigt ist. Überall sieht sie ihn. In den Mustern, die der Wind ins Gras zeichnet, in den Wolken am Himmel, in der Rinde der Bäume, überall sieht sie dieses Gesicht – Balors Gesicht – und stellt sich vor, wie sie sich an ihn heranschleicht und ihm die Kehle durchschneidet oder eine Kugel in die Brust schießt.

Claire weiß, er ist hier in Portland und schart seine Getreuen um sich. Er versorgt sie und baut seine kleine Privatarmee auf, nennt Oregon und Washington ihren rechtmäßigen, unabhängigen Staat. »Gott schütze Lykania« hat jemand auf das Kapitol gesprüht. Überall hängen Flugblätter aus, die das Land zum Hoheitsgebiet der Lykaner erklären. Claire hat es mit eigenen Augen gesehen. Das ist der Grund für die Drohnen und Hubschrauber, die hier überall herumschwirren, für die Raketen, die aus heiterem Himmel einschlagen und Krater in die Erde reißen. Die Regierung macht Jagd auf ihn.

Im Winter hatten Claire und Matthew jemanden getroffen. Ein Mann mit verfilztem Bart und verdreckter The North Face-Jacke war nachts aus dem Wald gekommen und hatte sich zu ihnen ans Lagerfeuer gesetzt. Er hielt beide Hände hoch und sagte, er wolle nur etwas Gesellschaft. »Entspannt euch«, sagt er, »ich bin einer von den Guten.«

War er tatsächlich. Viele im Geisterland hätten ihr die Kleider vom Leib gerissen oder ihr die Kehle durchgeschnitten, was der Grund dafür war, dass sie und Matthew immer ihre

Pistolen griffbereit hatten, aber es gab auch andere wie diesen hier, wie Robbie: Idealisten und friedfertige Selbstversorger, die sich lieber bedeckt hielten und ein unabhängiges Leben führen wollten, statt sich dem Kampf gegen den Rest der Menschheit anzuschließen.

Er hatte Whiskey dabei, den sie aus Zinnbechern tranken. Nachdem sie lange in die Flammen geschaut und Anekdoten aus ihrem Leben ausgetauscht hatten, kam das Gespräch auf Balor. Robbie hatte ihn gesehen. Auf dem Festplatz in Salem hatten sie eine Versammlung abgehalten. Balor ließ Essen verteilen und sprach in priesterlichem Singsang über ihr Land. Das waren seine Worte: ihr Land. Und ihr Land würde wachsen, sagte er.

Nach ein paar Meilen fängt Roxana an, Schlangenlinien zu fahren. »Meine Beine tun weh«, klagt sie.

Die Sonne verschwindet hinter ein paar Wolken, das Zwielicht der Dämmerung setzt ein. Am liebsten würde Claire ihr sagen, sie solle sich gefälligst zusammenreißen und weitertreten. Sie will die frisch ausgehobene Grube, in der Matthew liegt, die Stadt und den Friedhof, der ihn verschlungen hat, so weit wie möglich hinter sich lassen. Aber Claire weiß auch, dass sie bald anhalten und einen Platz für die Nacht finden muss. Wäre sie alleine, würde sie vielleicht weiterfahren, bis keine Luft mehr in den Reifen ist oder ihre Muskeln versagen, egal, wo sie landet. Sie will nur weiter, immer weiter, ihre Trauer ausschwitzen, sich den Schmerz aus der Seele strampeln. Aber jetzt gibt es noch jemand anders, um den sie sich kümmern muss.

Kurz nachdem Roxana sich beschwert hat, dass ihr nun auch noch der Hintern wehtut, entdecken sie eine Viertelmeile abseits der Straße ein Farmhaus. Sie stellen ihre Räder dahinter ab, durchsuchen die Zimmer nach Leichen oder Bewohnern, setzen sich auf die Hollywoodschaukel auf der Terrasse und beobachten den Sonnenuntergang. Claire kramt einen Schokoriegel aus ihrem Rucksack und fragt Roxana, ob sie abbeißen will.

»Bitte«, sagt sie und streckt die Hände aus.

Claire bricht ein Stück von dem Riegel ab und wirft es ihr zu.

Roxana lächelt und schmatzt genüsslich mit offenem Mund.

Claire betrachtet die weit auseinanderstehenden weißen Zähnchen des Mädchens und versucht vergeblich, ihr Lächeln zu erwidern. Sie reicht ihr eine Flasche mit jodiertem Wasser, und als Roxana den Kopf in den Nacken legt und mit großen Schlucken davon trinkt, sieht Claire den roten Streifen, der sich wie ein Peitschenstriemen um ihren Hals zieht. »Was ist passiert?«

Roxana schraubt die Flasche wieder zu, berührt ihren Hals und schüttelt den Kopf. Die Haare hängen ihr übers Gesicht, und sie bleibt genauso stumm wie zuvor, als Claire sie nach ihren Eltern fragte.

Im Haus ist es so staubig, dass sie beide niesen müssen. Claire vergräbt die Nase in der Ellbogenbeuge, knipst ihre Taschenlampe an, und die Dunkelheit zieht sich ein Stück zurück. Was sie sieht, ist eine Küche voller Äpfel: Äpfel auf der Tapete, Äpfel auf dem Geschirrtuch, Äpfel auf den Topflappen. Unwillkürlich denkt sie an eine Frau mit grauem Topfschnitt, die Kirchenlieder summt, während sie frischen Brotteig knetet. Auf den mit Blumen gemusterten Tellern in der Spüle wuchert der Schimmel.

Über einen kurzen Flur gehen sie von der Küche ins Wohnzimmer. Ein alter Röhrenfernseher taucht im Lichtkegel von Claires Taschenlampe auf, ein Couchtisch aus Eichenholz, ein abgewetzter Ohrensessel und ein Sofa mit einer rot-gelb karierten Häkeldecke über der Lehne. »Du schläfst hier«, sagt Claire, und Roxana will wissen, warum hier, warum nicht in einem Bett?

»Weil die Schlafzimmer alle oben sind.«

»Na und?«

»Wir schlafen im Erdgeschoss. Dann sind wir schneller wieder draußen. Nur für den Fall …«

Auf dem Boden ist es nicht gerade bequem, aber das ist nicht der Grund dafür, dass Claire nicht schlafen kann. Es ist Matthew. Sie sieht, wie die erste Schaufel Erde auf ihn fällt und seine fahle Haut bedeckt, sieht die Würmer, die wie gierige Zungen an seinem Körper lecken. Sieht, wie er mit weit aufgerissenen Augen auf der Terrasse saß, den Mund zu einem schwarzen Loch geöffnet. Fragt sich, wie es sich wohl angefühlt hat, als die Kugeln zuerst die Haut, dann den Knochen durchschlugen und die Hälfte seines Gehirns aus dem Hinterkopf platzte wie das Fruchtfleisch einer verfaulten Melone. Ob er den Schmerz noch gespürt hat? Ob er den Wind durch die Einschusslöcher pfeifen fühlte, bevor er das Bewusstsein verlor?

Jedes Mal, wenn sie ins Reich der Träume hinüberdämmert, steigt sein Bild in ihr auf, und Claire schreckt keuchend wieder hoch. Ihre Fäuste sind so verkrampft, dass die Fingernägel kleine blutige Halbmonde in ihre Handflächen geschnitten haben. Roxana scheint es wenig besser zu ergehen. Sie wälzt sich ständig hin und her und wimmert leise. Manchmal schreit sie.

Eine Weile liegt Claire nur stumm da. »Halt endlich die Klappe«, flucht sie leise, steht auf, schleppt sich ins Badezimmer und pinkelt in die trockene Toilettenschüssel. Sie überprüft, ob auch alle Türen verschlossen sind, und späht hinaus in die Dunkelheit. Schließlich geht sie zurück zu Roxana, legt ihr eine Hand auf die Schulter und flüstert: »Hey, alles okay?«

Aber sie reagiert nicht. Sie wimmert weiter, und Claire geht weiter auf und ab. Nach einer Stunde hält sie es nicht mehr aus und nimmt Roxana in die Arme, presst sie fest an die Brust, macht »schhhhh«, wiegt sie hin und her. Claire kann nicht sagen, ob die Kleine davon aufgewacht ist, aber schließlich geht ihr Wimmern in eine Art leises Murmeln über, und ihr Körper wird schlaff. Nach einer Viertelstunde deckt Claire sie mit der Häkeldecke zu und schläft neben ihr auf dem Boden ein.

Am nächsten Tag erreichen sie ohne weitere Zwischenfälle gegen Nachmittag die Farm.

Roxana sagte, sie wohne in der Nähe eines Flusslaufs am Rand eines großen Waldes, der »Aching Knee« heiße, und Claire suchte auf der Karte, bis sie schließlich den Ankeny Nationalpark entdeckte.

Ein Schotterweg führt unter hohen Eichen hindurch, dahinter liegen frisch gepflügte Felder, die aufgeworfene Erde darauf so feucht und dunkel wie Schokoladenkuchenteig. Links und rechts des Fahrwegs sind alle drei Meter Holzpflöcke in die Wiese gerammt, die Claire zunächst für bloße Dekoration hält, bis sie die darauf gespießten Köpfe sieht.

Die Münder stehen offen, die Spitzen der Pfähle ragen aus den Augenhöhlen oder der Schädeldecke wie Hörner. Fliegen umschwirren das verrottende Fleisch und stieben auseinander wie schwarzer Löwenzahnsamen, als Claire und Roxana näher herankommen.

Claire hört auf zu treten. »Was zum Teufel ist das hier?«

»Die sollen die Bösen abschrecken, die Wolfsmenschen.«

»Hat dein Onkel das gesagt?«

»Sí.«

Claire hat nicht um diese Begegnung gebeten. Sie war nicht scharf darauf, das Mädchen zu retten, und jetzt das. Alles in ihr schreit danach, umzudrehen und zu verschwinden. Aber ihre Beine treten einfach weiter und tragen sie den grasbewachsenen Hügel hinauf, auf dessen Kuppe das zweistöckige Farmhaus mit schwarzen Fensterläden steht. Die weiße Wandfarbe bröckelt an allen Ecken. Das Haus sieht aus wie ein verschimmelter Totenschädel. Claire sieht eine von der Sonne gebleichte rote Scheune, die weiß getünchte Molkerei, einen Geräteschuppen, einen Stapel mit Feuerholz, drei Getreidefässer. Zwei Dutzend Leute arbeiten auf den vielleicht fünf Hektar großen Feldern. Neben der Einfahrt stehen zwei Lastwagen.

Roxana springt vom Rad und läuft zum Gemüsebeet, ruft und winkt.

Zwei Männer und eine Frau richten sich auf und heben die Hände an die Augen. Ein Freudenschrei kommt über ihre Lippen, und sie umarmen Roxana. Das Mädchen deutet auf Claire. Die beiden mustern sie kurz, winken zögerlich und stecken die Köpfe zusammen. Ganz langsam setzen sie sich in Claires Richtung in Bewegung, nicken zu eifrig und lächeln ein wenig zu breit. Sie haben eindeutig Angst.

Wie Claire sind sie bewaffnet. Die Sonne spiegelt sich in den schimmernden Revolvern, aber die beiden sind nicht auf Gewalt aus, sie wollen nur reden, sagen danke, danke, danke, weil Claire ihnen das Mädchen zurückgebracht hat.

»Wie ist das möglich?«, fragt die Frau mit den fleischigen Schultern und der ausladenden Hüfte. »Tú eres un fantasma!«

Ein paar Sekunden lang schweigen alle unbehaglich, dann fragen die beiden, ob Claire irgendwelche Neuigkeiten von der Außenwelt hat.

»No sé nada«, erwidert Claire. Es stimmt. Sie weiß gar nichts. Kein Internet, kein Fernsehen, kein Radio. Alle Zeitungen, die sie während der letzten fünf Monate zu Gesicht bekommen hat – auf der Veranda eines verlassenen Hauses, in einem herrenlosen Kiosk –, waren vom 6. November. Manchmal fragt sie sich, ob die Welt sich tatsächlich noch weiterdreht, ob es tausend Meilen von hier tatsächlich noch andere Menschen gibt, die gerade in einem Café sitzen und bei einer Latte macchiato mit ihrem Smartphone auf Facebook stöbern.

Als sie mitbekommen, dass Claire Spanisch spricht, plappern sie wild gestikulierend drauflos. Sie fuchteln mit den Händen, als wären sie Vögel, und genauso hört sich der Wortschwall für Claire auch an.

»Lento, por favor. Lento.« Sie sprechen zu schnell und zu

kompliziert, aber als sie sich ein bisschen Mühe geben, versteht Claire ihre ängstlichen Fragen nach Essen, Benzin und amerikanischen Soldaten, die es auf sie abgesehen haben könnten. Sie scheinen nicht in der Lage zu sein, jemandem etwas zu tun. Sie wirken selbst wie unter die Räder gekommen. Das sonnengegerbte Gesicht des alten Mannes ist so runzlig, dass Claire bei seinem Anblick unwillkürlich an ein Bügeleisen denkt. Die rechte Hand ruht auf dem Griff seines Revolvers, als würde er sich daran festhalten. Der andere ist noch jung, noch nicht einmal zwanzig. Die Haut um seine langen Koteletten ist blasig und verschorft. Ein Arm steckt in einer Schlinge, der blutdurchtränkte Verband am Bizeps ist mit Klebeband befestigt. Sein Name ist Jorge. Als Claire fragt, was mit seinem Arm passiert ist, legt sich eine plötzliche Stille über die Gruppe, als säßen sie in einem Nobelrestaurant, in dem jemand seine Gabel hat fallen lassen.

Schließlich berührt Jorge den Verband und sagt: »Die Wölfe Roxana angreifen, und ich versuchen sie zu retten.«

Roxana senkt die Augen, die Frau macht ein glucksendes Geräusch und tätschelt ihren Kopf.

Da begreift Claire, wo die Striemen am Hals des Mädchens herkommen. Die Striemen und die Albträume.

»Du kein Wolf, oder?«, sagt die Frau. »No es posible.«

Noch bevor Claire antworten kann, rollt ein Donnern über die kleine Gruppe hinweg, und alle heben die Augen zum Himmel. Wie Fischgräten durchziehen Zirruswolken das Blau, dann sehen sie den Kampfjet. Sein Triebwerkgeräusch klingt in Claires Ohren wie ein fernes Wehklagen. Der Jet verschwindet hinter den Bergen, zurück bleibt nur ein sich schnell auflösender Kondensstreifen.

Wie wunderschön und friedlich alles von dort oben aussehen muss, denkt Claire.

»Du kein Wolf?«, wiederholt die Frau. »Nein?«

Auf der Wiese hinter Farmhaus und Schuppen steht eine kleine Kapelle. Sie ist aus Knochen. Die Wände bestehen aus von Zement zusammengehaltenen übereinandergestapelten Schädeln. Manche haben den Kiefer aufgerissen wie zu einem stummen Schrei. Mit dicker gelber Farbe bemalte Oberschenkelknochen sind zu Bänken aufgeschichtet. Die Mosaiken an Säulen und Decke bestehen aus Zähnen und Fingerknochen. In den Ecken stehen Kerzenleuchter aus Schien- und Wadenbeinen. Die Schale auf dem aus Wirbelkörpern zusammengesetzten Altar war einmal der Brustkorb eines Menschen. Claire wurde angewiesen, hier zu warten. Angewiesen, nicht gebeten.

Sie versuchte, ihnen zu erklären, dass sie wegmuss, und ging zu ihrem Fahrrad.

Das Lächeln verschwand von ihren Gesichtern. »Nein«, sagten sie und legten die Hände auf ihre Pistolen. Sie könne nicht gehen. Erst müsse sie mit Tío sprechen.

Sie haben den Rucksack und all ihre Waffen bis auf das Stiefelmesser. Claire hätte das Mädchen einfach auf der Krypta lassen sollen. Sie hätte es besser wissen müssen, als zu versuchen, etwas Gutes zu tun. Zu glauben, in einer Welt, in der alles kopfsteht, gäbe es noch so etwas wie richtig oder falsch. Und jetzt sitzt sie hier in einem Käfig aus Knochen und versucht die Bilder aus ihrem Kopf zu verscheuchen, in denen sie ihr eigenes Skelett zu einem Stuhl verarbeitet sieht.

Claire hört Tío lange, bevor sie ihn sieht. Im ersten Moment glaubt sie, das Geräusch käme von einem weiteren Kampfjet, doch je näher es kommt, desto mehr Facetten hört sie heraus. Etwas Metallisches, das über Stein schrammt. Es ist eine Heugabel, die Tío als Gehstock benutzt. Er steht im Eingang der Kapelle, wird von hinten von der Sonne angeleuchtet. Sein Kopf ist kahlrasiert, die Stirn wulstig, die Augen darunter sind dunkel. Als er hereinkommt, lässt das Quietschen der Zinken Claire die Haare zu Berge stehen.

Sie steht auf dem schmalen Mittelgang zwischen den Gebetsbänken, und Tío geht im Kreis um sie herum. Er ist fett, trägt Stiefel und Jeans. Sein Oberkörper ist nackt, er schwitzt, Stroh klebt an seiner Haut. Ein dünner Streifen Haare zieht sich die Vorderseite seines Bauchs hinauf. Auf den Rücken hat er ein Kreuz tätowiert. An der Schulter befindet sich ein U-förmiges Mal. Das Gewebe dort ist leicht verdickt, die Haut heller. Eine Bissnarbe. Claire sucht nach weiteren und sieht die Kratzspuren auf seinem Bauch. Sie hört seine Stimme kaum, so laut kreischen die Zinken der Heugabel, als er sagt: »Ich bin dir dankbar.«

»Seltsame Art, es zu zeigen.«

»Immerhin bist du nicht tot. Noch nicht.« Er geht weiter bis zum Altar und bleibt stehen. »Und dafür solltest *du* dankbar sein.«

»Welchen Grund hätten Sie, mich zu töten?«

»Weil du eine von ihnen bist.«

Claire deutet mit dem Kinn auf die Narbe an seiner Schulter. »Genauso wie Sie.«

Er fingert an der Narbe herum, als wünschte er, er könnte sie einfach abzupfen. »Noch nicht sehr lange und auch nicht freiwillig. Ich bin lediglich krank.«

»Wir sind nicht alle Anhänger von Balor. Selbst die, die im Geisterland leben, nicht. Nicht jeder von uns ist ein Tier.«

»Warum bist du dann hier?«

»Aus demselben Grund wie Sie: Ich kann hier nicht weg.«

Er geht auf sie zu, ganz langsam, dann weiter im Kreis um Claire herum, zieht die Heugabel hinter sich her wie eine Axt. Claire kann ihn riechen, seinen Schweiß. Sie fragt sich, ob er gleich herumwirbeln und sie aufspießen wird. Claire hat sich oft genug den Tod gewünscht, aber sie hat sich einen schnellen Tod vorgestellt, ein von einem Henkersstrick gebrochenes Genick, den Feuerball eines Raketeneinschlags. Sie will nicht sterben, nicht hier, nicht so.

»Ich werde Balor töten«, schreit sie beinahe. Die Worte laut auszusprechen, gibt ihr zum ersten Mal das Gefühl, dass sie es tatsächlich tun wird, dass es mehr ist als nur Fantasie.

Tío steht hinter ihr. Claire spürt seinen Atem in ihrem Nacken. »Weißt du, wo er ist?«, fragt er und beugt sich ganz nahe heran.

»Nicht genau.«

»Ich weiß, wo er ist.«

»Dann werden Sie mir eben helfen.«

Wieder umkreist er sie, lässt den Blick über Claires Körper schweifen, bleibt stehen, presst seinen Bauch gegen ihren Arm. Er nimmt eine Strähne von Claires Haar zwischen die Finger und schnuppert daran. »Wer bist du, dass du mir sagen könntest, was ich zu tun habe?«, flüstert er.

»Ich bin die, die Ihre Nichte gerettet hat, Idiot.«

Claire hört, wie er schmatzend den Mund öffnet und seine Kiefer über der Haarsträhne zuklappen lässt. Er lutscht daran, kostet sie, dann macht er plötzlich einen Schritt zurück, hebt die Mistgabel und rammt sie in den Boden, wo sie zitternd zwischen ihnen stecken bleibt.

»Weißt du, was mir auffällt? Ich nehme die Dinge nicht mehr so wahr wie früher, achte nicht mehr auf das, worauf ich früher geachtet habe. Wenn ich früher eine Straße entlang ging – weißt du, was ich dann gesehen habe? Ich sah Häuser und Autos. Ich dachte, Mann, sieh dir diesen Palast an. Den riesigen Garten, die Giebel, die hohen Fenster und den ganzen Mist. Wie gerne würde ich dort leben. Sieh dir diesen Wagen an, dachte ich, die glänzenden Felgen, den mächtigen Sechszylinder. So einen will ich auch.« Tío steckt den Zeigefinger in seinen Bauchnabel, als würde er ihn füttern. »Und weißt du, was ich jetzt sehe? Bewegung. Ständig sind meine Augen auf der Suche nach etwas, das sich bewegt, etwas Lebendigem. Alles, was mir früher wichtig war, zählt nicht mehr. Was jetzt zählt, ist Hunger. Appetit. Ich bin geworden wie du, und du kannst mich Tier nennen, nicht Mensch. Ich lebe nicht mehr in einer

Welt, in der der Fernseher mir vorgaukelt, wonach mich angeblich gelüstet. Was ich brauche, ist Fleisch. Was ich brauche, sind Klauen, die zupacken, Zähne, die beißen.«

Claire weiß, sie hat nur diese eine Chance, bevor Tío genug von ihr hat. »Ich werde ihn töten. Helfen Sie mir jetzt dabei oder nicht?«

»So denkt das Tier in dir. Es denkt: Bin ich der Räuber oder bin ich die Beute? Verschwinde ich gleich in einem Rachen oder reiße ich den meinen auf?«

»Ihre Nichte …«

Tío zieht die Heugabel aus dem Boden und hält sie sich vors Gesicht. Zwischen den Zinken hindurch starrt er Claire an. »Ich reiße meinen Rachen auf.«

Kapitel 61

Miriam weiß, dass sie sich in einem Keller befindet, aber sie weiß nicht, wo das Haus steht. Die Mauern sind aus Beton, von Wand zu Wand sind es zwölf Schritte. Wenn es regnet, tropft Wasser aus einem Riss in der Decke. Der Boden ist glitschig vom Moder. Aus einem Glassteinfenster direkt unter der Decke dringt spärliches Licht in den Raum.

Die ersten paar Tage war sie nur eingesperrt. Miriam kratzte an den Spalten zwischen den Glassteinen herum, bis ein Fingernagel abbrach und der andere ganz herausriss. Sie warf die Matratze vom Rost, zerschmetterte das Bettgestell und hämmerte mit einem der Pfosten gegen das Fenster, bis sich erste Risse im Glas bildeten. Zwei Lykaner kamen hereingestürmt, drückten sie auf den Boden und erteilten Miriam eine Lektion. So nennen sie es: ihr eine Lektion erteilen.

Aber sie kann nicht anders. Wenig später biss sie einem ihrer Bewacher ein Auge aus, dem anderen schlug sie mit dem Ellbogen den Kehlkopf ein, woraufhin sie Miriam mit Handschellen ans Bett fesselten. Zuerst nur die Hände. Als sie schließlich einem Dritten mit einem Tritt die Nase brach, fesselten sie auch ihre Füße ans Bett.

Sie wand sich am Boden und riss an den Handschellen, bis sie sich in ihre Haut schnitten. Von da an kamen sie ständig, einer nach dem anderen, und erteilten ihr eine Lektion, monatelang. Für sie ist Miriam ein Loch. Ein Loch, das nach einem Messer schreit.

Jetzt fühlt sich ihr Körper an, als würde er langsam, aber sicher in sich zusammenfallen. Miriam spuckt und schreit nicht mehr. Ihre Augen sind trocken, nur die wund gelegene Haut nässt. Sie füttern sie durch einen Strohhalm oder mit einem Löffel. Zum Kacken und Pinkeln hat sie eine Pfanne. Starr wie eine Leiche liegt sie da, den verschwommenen Blick auf einen imaginären Punkt unterhalb der abgehängten Decke gerichtet. Ab und zu hört sie eine Maus quieken, Wasser, das durch eine Leitung rauscht, oder Schritte irgendwo über ihr. Ansonsten gibt es keinerlei Ablenkung außer dem Wissen, dass dort oben, jenseits der grauen Decke und der verschimmelten Wände, noch mehr ist. Von dieser zumindest theoretischen Möglichkeit einer Flucht hängt ihr Leben ab. Es ist so viel leichter für Miriam, den Blick auf diese mögliche Zukunft zu richten, als in die Vergangenheit, in der es nichts gibt außer einer toten Tochter und einem toten Mann.

Miriam hört, wie jemand hereinkommt, und bleibt reglos liegen. Sie kann ihn riechen, riecht das Parfüm, das er so dick aufgetragen hat, als müsse er seinen Gestank damit übertünchen. Und sie kann ihn hören, hört den schmatzenden Kaugummi.

Puck beugt sich über sie, und Miriam starrt weiter ins Leere, selbst dann noch, als er sie beschnüffelt. Er hebt ihre Hand hoch und lässt sie wieder fallen. Die Hand, von der er zwei Finger geschnitten hat, damit sie wieder quitt sind. Das war vor über einem Monat. Puck hatte ein Bügeleisen und eine Gartenschere dabei. Während das Bügeleisen aufheizte, ließ er die rostige Schere vor ihren Augen auf- und zuklappen. Als das Bügeleisen schließlich heiß war, der Wassertank zu gurgeln und zu blubbern anfing und das kleine Lämpchen ausging, nahm er ihre Hand und schnitt die beiden Finger direkt über dem Knöchel ab. Miriams Blut verdampfte und das Fleisch verbrannte, als Puck das Bügeleisen auf die Stümpfe presste und die Wunden ausbrannte. Mittlerweile sind sie verheilt, aber sie leuchten immer noch in einem zornigen Rot.

Puck hebt Miriams Hand wieder hoch und nimmt ihren Daumen in den Mund, lutscht daran und beißt schließlich zu.

Miriam will schreien, sich von ihm losreißen, aber sie tut es nicht.

»Nur ein kleiner Vorgeschmack auf das, was noch kommt«, sagt Puck mit blutverschmierten Lippen.

Miriam ist bedeutungslos für sie. Weder haben sie eine Verwendung für sie noch einen Grund, sich an ihr zu rächen. Die Entführung und ihre Gefangenschaft gehen einzig und allein auf diesen einen kleinen Mann zurück, dessen perverse Begierde ihn in seinen Fantasien umso größer macht. Er sagt ihr, sie sei Dreck, sie sei widerlich, so abstoßend, dass er bei ihr nicht mal einen hochkriege. Er sagt ihr, sie sei der Grund, sie und ihre verfluchte Nichte, für die vielen Narben auf seinem Körper. Von einem Messer, von Kugeln, von einer Schere. Alles ganz wunderbare Folterinstrumente, und er freue sich schon darauf, Miriam mit ihnen bekannt zu machen. Dann, etwas leiser, sagt er: »Glaub ja nicht, dass es schnell gehen wird. Den Gefallen werd ich dir nicht tun. Du hast noch eine lange, lange Zeit vor dir als mein Spielzeug.«

Sein Gesicht schwebt noch eine ganze Weile über ihr, mustert sie, wartet auf eine Reaktion. »Ich weiß, dass du mich hören kannst«, sagt er schließlich.

Ein Teil von Miriam – der Teil, der sich wie abgestorben anfühlt – hört ihn tatsächlich nicht. Der andere Teil schon. Der Teil, der sich irgendwo tief in Miriam verkrochen hat und auf eine Gelegenheit wartet loszuschlagen.

Chase fühlt sich hervorragend, so gut wie seit Jahren nicht mehr. Viel zu lange hat er sein Leben gelebt, als sitze er auf der Couch und schaue sich selbst im Fernsehen zu, wie er auswendig gelernte Reden herunterleiert. Aber jetzt ist er hellwach, nimmt alles mit nie da gewesener Schärfe wahr, die Strukturen an einer Wand, die Kiesel unter seinen Schuhsohlen, die penetrante Parfümwolke der Frau, die vor ihm über den Flur geht. Sein Bauch ist wieder flach und hart. Die Adern an den Armen treten allmählich wieder hervor. Chase lässt sich einen Bart stehen, egal wie oft Büffel beteuert, die Wähler würden glauben, wer einen Bart trägt, habe etwas zu verbergen. Anstatt sich im Lehnsessel auszuruhen, geht er im Zimmer auf und ab, läuft auf der Stelle, macht Liegestützen oder Schattenboxen. Er kann nicht mehr still sitzen.

Vor Kurzem hatte er im Westflügel eine Besprechung mit der Landwirtschaftsministerin. Seine Gedanken waren leicht und beschwingt, als hätte er zwei Bier auf leeren Magen getrunken. Er schlug die Beine übereinander und legte sie auf den Tisch. Sie trug einen taubenblauen Hosenanzug, unter der Bluse lugten die schwarzen Spitzen ihres BHs hervor. Sie roch nach Honig.

»Bis jetzt ging es immer nur um Öl und Uran. Aber wir müssen uns auch um Lebensmittel und Trinkwasser kümmern. Mit Oregon und Washington haben wir Tausende Hektar Farmland verloren.«

Chase nahm seinen dicken Füller zur Hand, drehte ihn und ließ ihn zwischen den Fingern hin- und herrollen. Er wusste, dass sie ihn für unterbelichtet hielt. Selbst im Sitzen schaffte sie es, auf ihn herabzublicken. Mit einer Stimme, mit der eine Kindergärtnerin zu einem kleinen Jungen spricht, klärte sie ihn über Strategien und Wahrscheinlichkeiten auf, wies darauf hin, dass die Chinesen zwanzig Prozent der Weltbevölkerung ausmachten, das Land aber nur über sieben Prozent der weltweiten Anbauflächen verfüge, weshalb sich China nicht selbst versorgen könne. China habe der Bank of America und Northwestern Mutual großzügige Kredite gewährt, und jetzt sei die chinesische Regierung dabei, in großem Maßstab Ackerflächen in anderen Ländern anzukaufen, unter anderem Tausende Hektar in Afrika, aber auch in den USA.

»Lassen Sie das nicht zu«, sagte sie. »Sorgen Sie für entsprechende Gesetze, die das verhindern.« Außerdem brauche das Land ein Gesetz, das die weitere Zersiedelung stadtnaher möglicher Anbaugebiete verhindere. Bei den explodierenden Treibstoffpreisen sei lokaler Anbau nicht länger ein Luxus, sondern ein Muss.

Chase nickte lächelnd und brachte sogar ein halbwegs vernünftiges Gespräch zustande, obwohl er genau wusste, dass er in wenigen Tagen dem Kongress eine Abänderung des Foreign Investment and National Security Act von 2007 vorlegen würde, um Übernahmen und Ankäufe durch ausländische Agrarkonzerne zu erleichtern. Obwohl er kaum an etwas anderes denken konnte als an den Geschmack ihres Perlenohrrings auf seiner Zunge.

Chase' Füller schlug weiterhin Salti vom Daumen bis zum kleinen Finger und wieder zurück, und er sagte: »Danke. Vielen Dank für Ihre Ausführungen.«

Er brauchte die Fremdankäufe. Chase wusste nicht, was er sonst tun sollte. Ein Hektar Farmland in Iowa konnte der Staatskasse bis zu vierzigtausend Dollar einbringen. Und er brauchte dringend einmal wieder Sex.

Selbst Tage später kann er kaum an etwas anderes denken. Heute hat er auf einer Kundgebung der Gewerkschaft der Angestellten in der Automobilindustrie in Dearborn, Michigan, gesprochen. Er versprach ein Vierhundertsiebenundvierzig-Millionen-Dollar-Hilfspaket, Ankurbelungsmaßnahmen für die Wirtschaft, schnellen Ausbau der Infrastruktur, Steuer- und Sozialabgabenkürzungen, Senkung der Börsenumsatzsteuer sowie des Spitzensteuersatzes – und sah dabei die ganze Zeit über nichts anderes als die rothaarige Frau mit dem Harley-Davidson-Trägerhemd in der ersten Reihe.

Als sie nach der Rede nach vorne kommt, sich zwischen Fotografen und Gratulanten hindurchquetscht, ihm einen Arm um den Hals legt und in sein Ohr flüstert, pfeift Chase die Sicherheitsleute zurück, die dazwischengehen wollen, und lässt es zu.

Büffel ist ebenfalls dabei. Sie haben noch drei weitere Termine innerhalb der nächsten zwei Tage: in Flint, Ann Arbor und in Kalamazoo. Als sie nach der Veranstaltung in Chase' Limousine sitzen, knipst Büffel die Innenbeleuchtung an und schlägt das *Wall Street Journal* auf.

»Was hat die Frau zu dir gesagt?«, fragt er hinter seiner Brille hervor.

Chase lockert die Krawatte, zieht Sakko und Hemd aus und wirft das Zeug beiseite. Er trägt ein altes weißes T-Shirt mit Deoflecken unter den Achseln und einem Loch am Bauch. Seit er ins Weiße Haus einzog, konnte Chase nicht einmal mehr bestimmen, was er anzog. Nur noch gebügelte Hemden, Anzüge und sorgfältig gefaltete Unterwäsche in seinen Schränken. Er hat seine alten Sachen viel zu lange nicht mehr getragen. Bis jetzt. Der leicht muffige Geruch und der Schweiß rufen Bilder in ihm wach von einem dunklen, verborgenen Ort, und das gefällt ihm.

»Sie hat gesagt, ich wäre ein hirnverbrannter Trottel. Verblödet und eitel wie Don Quijote. Man müsste nur meine Eitelkeit befriedigen und mir ein bisschen Honig ums Maul schmieren, dann würde ich tun, was immer man mir sagt. Mir die nächstbeste Lanze schnappen und gegen eine Windmühle anrennen und mich danach mit stolzgeschwellter Brust einen Drachentöter nennen. Das waren so ungefähr ihre Worte.«

Büffel zerknittert entsetzt die Zeitung. »Und du bist einfach dagestanden und hast dir das angehört?«

»Tja, ehrlich gesagt, fand ich die Tirade ganz originell. Ich war gespannt auf die Schlusspointe.«

»Und, was war die Schlusspointe?«

Die Kundgebung fand in der Ford-Hauptniederlassung statt. Chase' Limousine verlässt von einer Polizeieskorte begleitet das Fabrikgelände und fährt durch das Spalier der Demonstranten, die sich draußen versammelt haben. Ihr wütendes Gebrüll ist selbst durch die schallgeschützten Fenster zu hören. Chase sieht die weit aufgerissenen Münder, die zu Fäusten geballten Hände. »WEG MIT WILLIAMS« steht auf den Schildern und »DER HENKER AMERIKAS«. An einem Strick baumelt eine Puppe in dunkelblauem Anzug von einer Straßenlaterne.

Chase spürt die alte Wut wieder in sich aufflammen. Am liebsten würde er die Tür aufreißen, die Protestschilder in Stücke schlagen und den Demonstranten ins Gesicht pinkeln. Stattdessen umklammert er den Türgriff und zieht daran, als müsse er sie mit aller Gewalt zuhalten. »Sie hat gesagt, wenn ich ein Mann wäre, würde ich endlich diesen kleinen fetten Blutegel von meinem Hintern abschneiden.«

Sie sind an den Demonstranten vorbei und fahren über die leeren, rissigen Straßen Dearborns. Der Himmel über ihnen ist so grau wie die Betonklötze links und rechts. Chase reißt seinen Blick vom Fenster los und sieht Büffel an. Die Augen seines Beraters sind zu Schlitzen verengt, die Lippen zu einem blassen Ring gespitzt. »Ich verstehe.«

Chase' Zorn ist wie weggeblasen. Sein Körper fühlt sich an wie ein entlüftetes Überdruckventil. Der Anblick von Büffels erschrockenem Gesicht ist zu viel für ihn. Büffel, sein alter Freund, vielleicht sein einziger Freund, der nur versucht, ihm zu helfen.

Während der letzten Woche fiel es Chase schwer, ruhig zu bleiben, das Adrenalin in seinen Adern unter Kontrolle zu halten. Um ein Haar hätte er ein klingelndes Telefon mit der Faust zertrümmert. Während einer Besprechung hätte er sich am liebsten das Hemd vom Leib gerissen und wäre aus dem Fenster gesprungen. Als er das eng anliegende Kleid einer Praktikantin sah, konnte er sich kaum beherrschen, sie nicht an die Wand zu drücken und an Ort und Stelle zu nehmen.

Sein Blick springt von dem Stoppschild an der Kreuzung

über den Schmutz an seinen Schuhen und die zerquetschte Fliege auf der Windschutzscheibe zurück zu Büffels Gesicht. Er mustert Chase.

Seit er das Volpexx die Toilette hinuntergespült hat, macht Chase sich ständig Sorgen, sein wohl gehütetes Geheimnis könnte irgendwann unkontrolliert aus ihm herausbrechen. Es wäre wie ein Verrat an ihrer gemeinsamen Sache. Er muss die Kontrolle behalten. Niemand darf erfahren, was in seinem Innern wütet. »War nicht so gemeint«, sagt er schließlich.

In der Mitte des Brunnens stehen vor einer erhöhten Plattform zwei Steinfiguren, die sich an den Händen halten. Ihre Gesichter sind mürrisch, aber entschlossen, das Kinn halten sie erhoben, die Lippen sind gespitzt. Normalerweise sprudelt Wasser aus ihren Augenhöhlen und füllt das Becken zu ihren Füßen. Aber am Pioneer Courthouse Square, wo an Weihnachten der Tannenbaum brannte wie eine Fackel und Dutzende Menschen ihr Leben ließen, fließt schon lange kein Wasser mehr.

Hunderte Lykaner versammeln sich jetzt dort, während Magog säckeweise Grillkohle in das Brunnenbecken schüttet. Über die Kohle gießt er drei Flaschen Spiritus, dann zündet er ein Streichholz an. Mit einem Geräusch wie von hundert Fäusten, die gleichzeitig in ein Kissen schlagen, erhebt sich ein Flammenring. Das Feuer leckt nach den Steinfiguren, schwärzt sie mit Ruß, brennt allmählich herunter und zieht sich schließlich zurück in die orangefarbene Glut zwischen den Kohlen. Magog stochert mit einer Schaufel darin herum, bis die Glut gleichmäßig verteilt ist, legt die Grillroste darüber, breitet Wild- und Hammelfleisch aus, Rindersteaks und Koteletts und reibt sie dick mit einer Gewürzmischung ein. Das Fleisch brutzelt, Grillduft verbreitet sich über den Platz.

Überall stehen Klapptische mit Tellern, Metallbesteck, Schalen voll Chips, Brezeln und Süßigkeiten. Es gibt Wasser, Bier, Äpfel und Melonen. Die Lykaner sitzen auf Bänken oder auf den Stufen des Amphitheaters, manche stehen in Gruppen zusammen. Die meisten sind Männer in Jeans und T-Shirt, sie haben lange Haare und Bärte, ihre Haut ist gegerbt und zäh wie Leder. Rucksäcke hängen über ihren Schultern, sie kauen auf Obst und Salzgebäck, trinken in großen Schlucken Cola und Heineken. Es mag an der Mittagssonne liegen, den vielen Menschen auf dem Platz oder dem riesigen Grill in der Mitte, aber es wird von Sekunde zu Sekunde heißer. Hosen und Hemden werden dunkel vom Schweiß, alle trinken und trinken immer noch mehr. Die Gespräche werden lauter, hier und da erschallt Gelächter. Es ist lange her, dass sie sich das letzte Mal wie normale Bürger fühlten, dass sie sich unter freiem Himmel aufhalten konnten, ohne sich Sorgen wegen eines vorbeifliegenden Jets oder eines Heckenschützen machen zu müssen.

Die Straßen Portlands liegen da, still wie Canyons, deren Wände aus Wolkenkratzern bestehen. Auf den Fenstersimsen haben Schwalben ihre Nester gebaut, die Gehwege quellen über von Vogelkacke. Die Scheiben sind gelb vom Blütenstaub, jeder Windhauch wirbelt braune Staubwolken von den Markisen auf.

Jemand wirft eine Dose um, es kommt zu einem Wortwechsel. Zwei Männer umkreisen einander mit seitlich weggestreckten Armen, den Oberkörper vornübergebeugt. Ihre Bärte sind schwarz wie Rohöl. Sie zittern, verwandeln sich, umklammern einander, fallen zu Boden. Fäuste klatschen, Zähne und Klauen graben sich in Fleisch. Niemand macht Anstalten einzugreifen. Der Kampf dauert nicht lange. Der Sieger bekommt den Hals seines Gegners zwischen die Kiefer und beißt zu. Der Körper des Verlierers zuckt noch ein paar Sekunden, dann ist es vorüber. Unterhaltungen und Lachen gehen weiter, während die Leiche ausblutet.

Balor weiß, dass es viele gutmütige Lykaner im Geisterland gibt, Leute, die auf Farmen und in Kommunen leben und nichts mit seinem Kampf zu tun haben wollen. Und er weiß, dass keiner von ihnen heute hier ist. Er ist umgeben von Kriminellen, von Tieren. Das ist auch der Grund dafür, dass er keine Gewissensbisse verspürt wegen dem, was er mit ihnen vorhat. Bald.

Als das Fleisch fertig ist, sind praktisch alle auf dem Platz betrunken. Sie haben unglaublichen Hunger und essen, so viel sie können. Balor geht zwischen ihnen umher, schüttelt Hände, klopft auf Schultern, streicht über Wangen. Ob er nichts essen wolle, fragen sie ihn, und er sagt, bald, aber nicht jetzt, erst wolle er sich versichern, dass niemand zu kurz kommt.

Schließlich setzt er sich auf eine der Stufen des Amphitheaters und wartet, die Hände auf sein Herz gelegt, bis alle verstummen. Er dankt ihnen. Nicht weil sie gekommen sind, sondern für das Opfer, das sie bringen für ein Ideal, das weit größer ist als sie selbst.

Ein Gänseschwarm fliegt zwischen den Wolkenkratzern hindurch und über den Platz. Ihre Silhouetten spiegeln sich in den Scheiben, ihre Schatten gleiten über den Asphalt.

Mit einem Lächeln blickt Balor der Formation hinterher und sagt, der Anblick erinnere ihn an eine Geschichte aus seiner Kindheit, an eine Geschichte von einer Gänsemutter und ihren Kindern. Sie schwammen gemeinsam auf einem Teich, als die Mutter einen Fischadler entdeckte, der aus den Wolken auf ihre Gänslein herabstieß. Die Mutter kreischte und flatterte, paddelte mit abgehackten Bewegungen von ihren Jungen weg, als sei sie verletzt. Als der Adler dies sah, änderte er den Kurs und packte die Mutter statt eines der Gänslein. Der Teich verfärbte sich rot von ihrem Blut, die Gänslein überlebten. Sie überlebten wegen ihres Opfers.

Balor spricht langsam und mit Bedacht, wählt seine Worte sorgfältig, bevor er mit der Erzählung fortfährt. Als seine Geschichte fertig ist, sind die Kohlen im Brunnen heruntergebrannt, und die meisten Lykaner liegen auf dem Platz, reglos, tot. Sie halten ihre Bäuche umklammert oder das Besteck oder die nackten Knochen, von denen sie eben noch das Fleisch genagt haben.

»Danke«, sagt Balor so leise, dass nur er selbst es hört. »Danke für euer Opfer.«

Magog macht die Ladeklappe des Anhängers auf, und sie beginnen, die Leichen einzuladen.

Kapitel 62

Patrick rast am Mittelstreifen entlang über den Highway durch Bend, Redmond und Sisters, weicht einem toten Pferd aus, herrenlosen Autos, heruntergefallenen Ästen, Erde und Felsen, die der letzte Sturmregen auf die Straße gespült hat. Er peitscht die Harley über die Kaskadenkette und erreicht schließlich das Willamette-Tal auf der anderen Seite. Wasserläufe durchziehen die Wälder ringsum und sammeln sich in den Senken zu Sümpfen, an deren Ufer Brombeergestrüpp wuchert. Er sieht Birkendickichte, Alfalfafelder und verwilderte Weinberge, in denen sich Vögel an den Trauben gütlich tun.

Auf einem in geraden Reihen bepflanzten Maisfeld entdeckt er Arbeiter, daneben eine Frau auf einem Pferd und die Abgasfahne eines Traktors. Am Kontrollpunkt hat er Lykaner verhört, die behaupteten, sie hätten mit Balor nichts am Hut. Sie würden im Geisterland ein unabhängiges Leben führen und sich von dem ernähren, was die Äcker ihnen geben. Es ist das erste Mal, dass er es mit eigenen Augen sieht.

Anfangs saß er noch aufrecht wie ein Stock, aber mit jeder Meile verschmilzt Patrick mehr mit seiner Maschine, schmiegt sich an den Tank der Harley, folgt mit jeder Körperbewegung dem Verlauf der Straße, spürt den Asphalt unter sich und den Lenker in seinen Händen, als wäre er eine Verlängerung seiner Arme. Der schwarze Lack, die bulligen, geschwungenen Formen, das satte Motorengeräusch, der Ölgeruch und die würzige Luft West-Oregons, alles verschmilzt zu einem berauschenden Ganzen.

Als er die Ausläufer Eugenes erreicht, nimmt Patrick das Gas raus. Überall sieht er Chase Williams' Gesicht: auf Anschlagbrettern, auf Plakaten, an Bäumen und Telefonmasten, an Häuserwänden. Von der Sonne gebleicht, vom Wind zerzaust und vom Regen aufgeweicht. Fetzen seines Lächelns liegen im Rinnstein. Erde und Blätter und Zweige, die niemand mehr von den Straßen räumt, fliegen von den Reifen auf wie unter den Hufschlägen eines Pferdes.

Patrick wirft einen letzten Blick auf die GPS-Koordinaten und bleibt stehen. Er stellt die Maschine auf der falschen Straßenseite vor einem Hydranten ab und macht den Motor aus. Manchmal fühlt es sich einfach großartig an, gegen jede nur erdenkliche Regel zu verstoßen.

Auf dem Parkplatz liegen Leichen. Kleidung und Haut hängen ihnen in dunklen Streifen von den Knochen. Sie sind kaum noch mehr als Skelette, und es ist unmöglich zu sagen, ob es einmal Männer oder Frauen waren. Hinter dem Zaun sieht er die Überreste eines Bürogebäudes. In der Mitte klafft ein Krater, als hätte eine Bombe dort eingeschlagen. Vögel flattern durch das Loch rein und raus. Patrick kann verkohlte Überreste von Schreibtischen erkennen, Aktenordner und Haufen halb verbrannten Papiers. Der Anblick erinnert ihn an einen aufgebrochenen Bienenstock.

Er hört ein metallisches Pling!, kann das Geräusch aber nicht orten. Wird ein Vogel gewesen sein oder der Wind, ein Kiesel, der auf eine Motorhaube gefallen ist.

Dann hört er es wieder, das gleiche Geräusch, und Augenblicke später noch ein drittes Mal. Es klingt wie eine Melodie. Sie kommt Patrick vage bekannt vor. Dann sieht er es. Fünfzehn Schritte vor ihm sitzt ein Mann im Schatten einer Eiche. Er ist kaum zu unterscheiden von dem Wurzelgeflecht unter ihm. Auf dem Schoß hält er eine Gitarre, die aussieht, als hätte sie jahrelang in einem modrigen Keller gelegen. Die Saiten quietschen wie verrosteter Stacheldraht. Er spielt noch eine

Minute weiter, irgendeinen Countrysong, klingt nach Johnny Cash, dann steht er auf. Die Melodie hängt noch in der Luft, als er sagt: »Du siehst nicht aus wie einer von uns.«

»Wie sehe ich denn aus?«

»Wie Mr. Superheld.«

»Bin ich nicht.«

Patrick denkt an seine Mutter, an Claire, an die alte Frau, die ihn in der Republik gesund gepflegt hat. Nicht jeder Lykaner ist eine Gefahr, aber das Grinsen dieses Kerls blitzt unter seinem Bart hervor wie eine Rasierklinge.

Er lässt die Gitarre fallen. Mit einem hohlen, vibrierenden Bong! schlägt sie auf dem Boden auf. Der Mann beginnt am ganzen Körper zu zittern, wirft stöhnend den Kopf in den Nacken.

Patrick wartet nicht erst, bis er sich verwandelt hat. Er zieht seine Pistole und schießt ihm eine Kugel in den Hals.

Der Lykaner presst die Hände auf die Wunde, will das Blut zurückhalten, aber mit jedem Herzschlag spritzt eine weitere kleine hellrote Fontäne zwischen seinen Fingern hindurch.

Patrick gibt noch einen Schuss ab, diesmal in die Brust, und der Mann bricht neben seiner Gitarre zusammen. Er war nicht der Erste, und er wird auch nicht der Letzte bleiben. So laufen die Dinge jetzt nun mal.

Er geht weiter durch das Tor, sieht die Trümmer auf den Wegen, den Schutt, der überall herumliegt, die schwarzen Brand- und Sprenglöcher in den Gebäuden. Ein lähmendes Gefühl steigt in ihm auf, die Gewissheit, dass er zu spät ist. Alles riecht verbrannt, und ihm ist heiß, als wäre er selbst eine schwelende Ruine.

Es ist zwecklos. Er hat den ganzen Weg hierher gemacht, sein Leben und ein Verfahren vor dem Kriegsgericht riskiert – für nichts. Kein Wunder, dass das Impfprogramm schon vor längerer Zeit aus den Schlagzeilen und Kongressdebatten verschwand. Es ist vorbei. Höchstwahrscheinlich hat die Forschungsabteilung alle Informationen und Unterlagen streng unter Verschluss gehalten, um das Medikament patentieren zu lassen, sobald es marktreif ist. Und jetzt ist alles vernichtet.

Patricks Beine schmerzen von der langen Fahrt, seine Knie zittern, der Rücken spannt. Entnervt verscheucht er eine dicke schwarze Fliege, die um seinen Kopf kreist. Er weiß nicht, was er erwartet hatte. Bestimmt keinen Tresor, in dem eine fertig aufgezogene Spritze liegt, aber bestimmt auch nicht das. Kein rauchendes Trümmerfeld.

Die nächste Fliege kommt angeschwirrt und setzt sich auf seinen Mundwinkel. Er spuckt sie weg, aber es kommen immer mehr. Wie ein Lampenschirm schwirren sie um seinen Kopf, und eine landet auf Patricks Arm. Er erschlägt sie und blickt zurück in die Richtung, aus der er gekommen ist. Er sieht zerstörte Gebäude, einen halb von Gras überwachsenen und von Ahornbäumen gesäumten Weg, aber nichts, das so viele Fliegen anziehen könnte.

Ihr Summen wird so laut, dass es jedes andere Geräusch übertönt. Patrick spürt sogar den Luftzug ihrer Flügel, so viele sind es. Der Himmel ist wolkenlos, es ist früher Nachmittag, und die Sonne blendet ihn. Er hebt eine Hand über die Augen und geht weiter, biegt um eine Ecke und sieht die Leiche im selben Moment, als er sie riecht.

Zwanzig Meter vor ihm leuchtet am Fuß eines kuppelförmigen Gebäudes eine Blutlache im kniehohen Gras. Der Mann kann noch nicht lange tot sein. Als Patrick näher herankommt, riecht er die offenen Eingeweide. Galle steigt in seiner Kehle hoch, und er zieht sich den Kragen des T-Shirts über die Nase.

Die Vögel haben sich bereits über die Leiche hergemacht. Vom Gesicht ist nichts mehr übrig außer nackten Knochen. Der Hals darunter ist von Raubtierzähnen aufgerissen, wie Klaviersaiten spannen sich die Sehnen über das nicht mehr vorhandene Fleisch. Das zerrissene Hemd mit dem Knopfkragen liegt wie Engelsflügel ausgebreitet unter ihm. Unterhalb des Brustkorbs gähnt die offene Bauchhöhle. Überall krabbeln Fliegen, auf dem Toten und auf jeder unbedeckten Stelle von Patricks Haut, aber er verscheucht sie nicht. Stattdessen holt er mit dem Stiefel aus und versetzt dem Leichnam einen krachenden Tritt.

Eine dunkle Wolke fliegt auf, und Patrick sieht die charakteristische Kette um den Hals. Auf dem Plastikkärtchen daran steht ein Name: Neal Desai.

Wer immer Neal getötet hat – vielleicht war es der Lykaner mit der Gitarre, vielleicht aber auch nicht –, könnte noch in der Nähe sein, und Patrick versucht, sich möglichst leise zu bewegen. Trotzdem knirschen die Scherben unter seinen Schritten, als er durch die zerschmetterte Eingangstür des Gebäudes geht.

Drinnen ist es kühl, Schatten sammeln sich unter der hohen Decke. Patrick sucht alle Räume im Erdgeschoss ab. Alle leer. Keine Stühle, keine Tische, keine Computer, nichts in den Schränken oder den Regalen. Das Gebäude ist so neu, dass es noch nicht einmal benutzt wurde. Er kann sich vage an ein Foto erinnern, das er während seiner Recherchen zu Desais Arbeit entdeckte. Er stand auf einer Baustelle, lächelte mit einer Schaufel in der Hand in die Kamera. Im Hintergrund wurde eine Art Richtfest abgehalten. Muss wohl hier gewesen sein.

Patrick schleicht über die Haupttreppe nach unten. Mit jedem Schritt wird das Licht von draußen weniger. Er bleibt stehen, holt die kleine Stifttaschenlampe aus seinem Rucksack und knipst sie an. Parallel zum Lauf der Pistole in seiner Hand lässt er den Lichtkegel über die dunklen Wände gleiten. Am Ende der Stufen steigt ihm ein neuer Geruch in die Nase. Es ist kein Rauch, eher eine Mischung aus Schweiß und Fäkalien. Ein Flur erstreckt sich nach links und rechts.

Patrick geht weiter und sucht die Wände nach Türen ab. Schatten tanzen im Licht der Taschenlampe. Er wartet jeden Moment darauf, dass einer davon ihn anfällt, da sieht er ein paar Meter voraus eine offene Stahltür mit einem Ziffernfeld über dem Knauf. Der Gestank ist jetzt so penetrant, dass er durch den Mund atmen muss.

Patrick geht in den dahinterliegenden Raum, sieht eine Jacke auf dem Boden liegen und einen Tisch an der gegenüberliegenden Wand. Auf dem Tisch steht ein Laptop, ein Ordner, daneben liegen Briefumschläge und ein Stapel Blätter. Er geht die Ausdrucke durch, sieht Tabellen, Daten, Zahlenkolonnen, chemische Formeln und Mengenangaben, die genauso gut auf Chinesisch geschrieben sein könnten, da reflektiert etwas den Strahl seiner Taschenlampe. Es ist ein Glasfläschchen mit silbernem Deckel. Funkelnd wie ein kleiner Stern steht es direkt vor ihm auf dem Labortisch.

Patrick fliegt. Leicht wie die Luft selbst jagt er über die Straße, die sich durch das Willamette-Tal auf die Kaskadenkette zuschlängelt. Der Wind, der ihm durchs Haar fährt, fühlt sich an wie die Finger einer Frau, er riecht nach frischem Harz und lehmiger Erde. Patrick hat alles in seinem Rucksack: den Laptop, die Unterlagen und das Fläschchen mit dem Aufkleber »LOBOS-IMPFSTOFF, PROBE #342, 5 ML, 10 DOSIERUNGEN«.

In einiger Entfernung sieht er eine braune Wolke aufsteigen. Für ein Lagerfeuer ist sie zu groß, für einen Brand nicht dicht genug, und sie kommt direkt auf ihn zu. Patrick bremst und lenkt die Harley auf den knirschenden Schotter neben dem Highway. »Irgendwas kommt da«, murmelt er.

Ein Stück weiter vorn macht die Straße eine Kurve und verschwindet hinter den Bäumen. Patrick konzentriert sich auf die Kurve, als würde er durch ein Zielfernrohr schauen, und der Rest der Welt um ihn herum verschwindet.

Die Luft beginnt zu vibrieren wie von Motorengeräusch – jede Menge Motoren. Patricks Kehle schnürt sich zu, sein Hals wird heiß und sein Brustkorb krampft sich zusammen. Etwas in ihm, etwas Altes, schwarz und klebrig wie Teer, beginnt zu schmelzen, und ihm wird übel. So lange hatte er nichts mehr gefühlt, doch das ist seit heute Morgen vorbei, und was er fühlt, ist Angst. Nackte, ungezügelte Angst. Nicht um sein Leben, sondern um die kostbare Fracht in seinem Rucksack.

Er reißt den Gashahn auf, poltert durch den steinigen Straßengraben und verliert beinahe die Kontrolle über die Harley, jagt im Zickzack zwischen den Bäumen hindurch ins Dickicht. Disteln, Farne und Sträucher schlagen nach seinen Beinen, kratzen über Tank und Motor, bis er etwa zehn Meter vom Highway entfernt einen umgestürzten Baum entdeckt. Zu nahe, aber es ist das beste Versteck, das er auf die Schnelle finden kann. Er tritt auf die Bremse, legt die Harley auf die Seite und bedeckt sie mit Zweigen. Der umgestürzte Baum war einmal eine mächtige Douglasfichte. Ihre Nadeln sind vertrocknet, die Rinde ist rußschwarz von einem Blitzschlag. Patrick quetscht sich zwischen den Ästen hindurch und robbt vor bis zum Stamm. Seine Kopfhaut beginnt zu jucken, und alle Haare an seinem Körper richten sich auf, als würde das tote Holz immer noch unter Strom stehen.

Das dumpfe Dröhnen wird immer lauter, und schließlich sieht er einen Fahrzeugkonvoi um die Kurve fahren: Motorräder, aufgemotzte Pick-ups und Cadillacs mit Flammenmustern auf den Kotflügeln. Aus den knatternden Auspuffen spuckt verbranntes Öl, Bremsen und kaputte Stoßdämpfer quietschen. Der Lärm verschmilzt zu einer Melodie, zu einer Marschmusik eines heruntergekommenen Wanderzirkus. Blaugrauer Rauch steigt wie in Zeitlupe in den Himmel.

Auf dem Dach eines der Cadillacs liegen blutüberströmte Menschen. Sie haben sie mit Seilen festgebunden wie erlegtes Wild. Entweder sind sie bereits tot oder nahe dran. Unermüdlich schieben die Wischerblätter das Blut von der Windschutzscheibe. Der Mann am Steuer hat die Nase fast ans Glas gepresst, um hinter dem roten Schleier überhaupt etwas erkennen zu können. Er lächelt. Vom Rückspiegel baumelt ein Rosenkranz.

Vor ein paar Minuten schien Patricks Welt noch so unberührt und friedlich. Jetzt ist die Luft erfüllt von Rauchschwaden, Motorenlärm, dröhnenden Hupen und Heavy-Metal-Geschrei. Tätowierte Männer grinsen im Fahrtwind, als hätte es die Nuklearkatastrophe nie gegeben.

Am Ende des Konvois fährt ein Sattelschlepper mit einem flachen Hänger. Darauf stehen Sofas und Stühle wild durcheinander. Leere Bierdosen rollen umher, Männer und Frauen rekeln sich in der Sonne, Pantera oder Slayer dröhnt aus CD-Playern und übertönt fast noch den Lärm der Dieselmaschine. Fünf Männer tanzen im Kreis um eine Frau in einem grünen Bikini. Ihre Bewegungen passen nicht zur Musik. Entweder sind sie betrunken, oder der Hänger wackelt zu stark. Die Arme halten sie seitlich weggestreckt wie Vogelscheuchen. Sie sind verdreckt und aufgekratzt. Ein paar haben sich verwandelt.

Ganz am Ende des Hängers steht ein Mann mit nacktem Oberkörper und schwingt eine schwere Kette mit einem Haken am Ende über dem Kopf. Patrick hebt die Pistole und nimmt seine Brust ins Visier. Speckfalten hängen von den Rippen über seinen Bauch, als hätte der radioaktive Fallout seine Haut geschmolzen.

Patricks Herz rast wie eine Trommel. Wie eine Faust schlägt es gegen seinen Brustkorb. Jede Faser seines Körpers ist bis zum Zerreißen gespannt. Vor lauter Adrenalin kann er nicht mehr klar denken und ignoriert, wie unendlich dumm es ist, was er da gerade tut. Er merkt kaum, wie sein Finger sich um den Abzug legt. Dann, kurz bevor er abdrücken und die tödliche Kugel auf den Weg schicken kann, scheint die Zeit stehen zu bleiben.

Die Musik wird von mehreren Donnerschlägen übertönt. Patrick blickt verwirrt auf seine Pistole, dann in den Himmel, sucht den Ursprung des Geräuschs. Ein roter Fleck erscheint unter der linken Brustwarze des Kerls mit der Kette, dann ein zweiter auf seiner Stirn. Er schreit nicht und lässt auch die Kette nicht los, bricht einfach zusammen, fällt in einer grotesken Verrenkung von dem Anhänger und bleibt tot auf dem in der Sonne glühenden Highway liegen.

Ein Reifen explodiert, die Felge schabt Funken sprühend über den Asphalt, und der Sattelschlepper kommt kreischend zum Stehen. Eins der Sofas kippt vom Hänger, und die Lykaner kullern wie Murmeln auf die Straße. Die Frau in dem grünen Bikini hat es irgendwie geschafft, auf den Beinen zu bleiben. Sie ist von oben bis unten mit Blut bespritzt und schreit, während der Tänzer neben ihr zusammensackt. Ein weiterer stürzt, und sie begreifen zu spät, dass sie angegriffen werden.

Mit dem Geräusch dutzender Kettensägen kommt der Lynchmob von hinten auf Enduros herangerast. Sie haben schwarze Rucksäcke, tragen Tarnhosen und T-Shirts mit der amerikanischen Flagge darauf. Ihre Köpfe sind kahlrasiert, in den Händen halten sie Pistolen und Gewehre. Rauch steigt aus den Läufen auf.

Patrick ist weit weniger überrascht, als er gedacht hätte. Er hätte es wissen müssen. Hätte wissen müssen, was aus Max eines Tages werden würde: der Anführer einer marodierenden Miliz.

Ohne vom Gas zu gehen, halten sie auf den Anhänger zu und nehmen ihn in die Zange, feuern von beiden Seiten, was das Zeug hält.

Ein Lykaner springt vom Hänger und stürzt sich auf einen der Fahrer. Die Enduro kippt um, und sie schlittern gemeinsam gut zwanzig Meter über den Boden.

Kurze Zeit später ist nur noch die Frau in dem Bikini am Leben. Sie hat sich ebenfalls verwandelt und kauert auf allen vieren, als Max auf den Hänger klettert – es kann nur er sein, dem runden, spitzen Kopf und der gedrungenen Statur nach zu urteilen –, sie von hinten packt und ihr ein Messer über den Haaransatz zieht. Die Lykanerin schreit noch, während er den Skalp in einen Plastikbeutel stopft.

Patrick ist sicher, ein Sonnenstrahl wird den Weg durch die Rauch- und Pulverschwaden hindurch zu dem verchromten Auspuff der Night Train finden. »Da!«, wird einer von Max' Leuten schreien und auf das Blinken zwischen den Bäumen deuten, und das war's dann. Patrick ist so gut wie tot, der Impfstoff verloren. Sie werden ihn umzingeln, wie sie es schon einmal getan haben, und zu Ende bringen, was sie an jenem Tag im Wald begonnen hatten. Doch Max steigt auf seine Enduro, und sie jagen davon, haben keinen Platz in ihren Gedanken für irgendetwas anderes außer sich selbst.

Ein Vogel auf einem Baum in der Nähe gibt Entwarnung, und der Wald füllt sich mit lautem Gezwitscher. Erst an dem plötzlichen scharfen Aus- und Einatemgeräusch merkt Patrick, dass er die ganze Zeit über die Luft angehalten hat.

Patrick ist nicht sicher, was er in Desais Labor zu finden glaubte. Antworten wahrscheinlich. Das Fläschchen in seinem Rucksack könnte eine Antwort sein. Doch diese Antwort wirft zahllose weitere Fragen auf, die ihm die Hirnwindungen verstopfen wie flüssiger Zement. Patricks erster Gedanke ist, die Flucht zu ergreifen, sich in Sicherheit zu bringen. Aber sobald er das Geisterland verlässt, wird es Konsequenzen geben. Nicht nur für ihn, sondern Konsequenzen von unvorstellbarem Ausmaß, falls mit dem Impfstoff tatsächlich etwas anzufangen ist. Konsequenzen für alle Lykaner. Schwer zu sagen, ob das Medikament nur eine Krankheit auslöschen wird oder viel mehr eine ganze Lebensart, einen Schlag Menschen, der zu so etwas wie einer eigenen Spezies geworden ist. Als Patrick das Fläschchen sah, war er berauscht, als hätte er einen verloren geglaubten Schatz wiederentdeckt. Jetzt nicht mehr. Angst durchzuckt ihn, Angst und Hilflosigkeit.

Der Wind frischt auf. Patrick seufzt und riecht das Blut und den Pulverdampf in der Luft. Seuchen – und nichts anderes ist Lobos – töten nicht nur Menschen, sie töten auch die Menschlichkeit.

Er steckt die Pistole weg, stemmt die Harley hoch und rollt sie auf die Straße. Patrick versucht, nicht auf die überall herumliegenden Leichen zu schauen, nicht auf das Blut, das auf dem Asphalt schimmert wie Ölflecken. Er steigt auf und lässt den Motor eine ganze Weile laufen, bevor er den Gashahn aufreißt und mit durchdrehenden Hinterreifen davonjagt. Das Leuchten in seinen Augen ist erloschen, verstörende Fragen gehen ihm durch den Kopf. Patrick fühlt sich wie ein Kriegsversehrter, der nach verlorener Schlacht heimkehrt. Er braucht Zeit zum Nachdenken. Und ein Versteck, in dem er sich so lange verkriechen kann, bis er eine Antwort gefunden hat.

Kapitel 63

Ein Sturm braut sich zusammen. In der Ferne grollt Donner, Blitze zucken über den Himmel, aber es fällt kein Regen. Es ist unnatürlich dunkel, die Luft lässt sich beinahe greifen, so feucht ist sie. Wetterfähnchen, Funkmasten, Briefkästen, Türgriffe und Fahnenmasten knistern vor Elektrizität. Der Wind wird immer stärker, der Schaukelstuhl auf der Terrasse des Farmhauses bewegt sich wie von Geisterhand. Ein hölzernes Windspiel klappert wie Knochen in einem Leichensack.

Es ist schon fast Abend, als Tío die Männer bei flackerndem Kerzenschein in der Kapelle versammelt. Der Wind pfeift durch die Ritzen zwischen den Totenschädeln, während Tío ruhelos vor den Bänken auf und ab geht. Immer wieder bleibt er stehen, feuert auf Spanisch Wortsalven auf seine Gefolgsleute ab wie aus einem Maschinengewehr. Jedes Mal, wenn er verstummt, schlagen sie die Knochen gegeneinander, die sie in den Händen halten. Es klingt wie ein Amen.

Claire sieht von draußen zu. Sie hört leise Schritte im Gras. Es ist Roxana. Eine Decke liegt über ihren Schultern, sie hat Tränen in den Augen. Wortlos macht sie den Mund auf und zu, in ihrem Gesicht spiegeln sich grenzenlose Furcht und Hass. »Du wirst mit meinem Tío gehen und Wölfe töten.«

»Ja.«

»Aber du bist selber ein Wolf.«

»Ja.«

»Aber ihr seid nicht alle gleich.«

Claire streckt eine Hand aus und zupft die Schuppe eines Pinienzapfens aus ihrem Haar. »Nein, sind wir nicht.«

»Manche sind gut, und manche sind böse.«

»Genauso wie bei allen Menschen.«

»Aber du bist eine von den Guten, oder?«

»Ich glaube schon.«

»Ich bin weggerannt, als sie alle betrunken waren. Sie haben geschlafen. Jetzt wünsche ich mir, ich wäre geblieben. Ich wünsche mir, ich wäre geblieben und hätte sie alle totgemacht.« Ihre Augen reflektieren den Kerzenschimmer aus der Kapelle, sie glitzern wie ein dunkler Teich in der Sonne. »Ich hoffe, ihr reißt ihnen allen die Eingeweide raus.«

Roxanas Stimme ist todernst, als sie das sagt. Claire hört nicht einen Funken Mitleid oder Übertreibung darin. Als die Worte verklungen sind, dreht sie sich um und geht weg, als wolle sie den Erinnerungen entfliehen, die an ihnen hängen. Es donnert wieder, Tío brüllt, und seine Männer klappern mit den Knochen.

Claires Vater las gerne Western von Zane Grey und Louis L'Amour. Fast auf jeder Seite der billigen Paperbacks ging es um Rache. Irgendein Kerl, meistens mit schwarzem Schnauzbart, bringt einen Freund oder ein Familienmitglied um, und der Held nimmt Rache. Mit einer Kugel. Es ist der einzig mögliche, der einzig richtige Weg. Der Weg des Gerechten.

Genauso fühlt sich Claire, wenn sie an Balor und seine Anhänger denkt. Mit Kugeln und Messern werden sie ihnen den Schmerz heimzahlen, den sie in die Welt gebracht haben. Egal, wie sehr sie in der Überzahl sein mögen, egal, ob Claires Kopf am Ende auf einen Pfahl gespießt sein wird. Sie schuldet es Matthew, sie schuldet es Miriam. Sie schuldet es ihren Eltern und den Hunderttausenden, die durch die Katastrophe von Hanford ihre Heimat und ihr früheres Leben verloren haben wie Claire. Es ist der einzige Weg, wieder so etwas wie Ruhe zu finden.

Claire blickt hinauf zu den Wolken. An einigen Stellen haben sie sich gelichtet, dahinter blinken die Sterne. Manche sehen ihre Zukunft oder ihre Wünsche, wenn sie in den Himmel schauen, aber Claire sieht nur ein schwarzes Leichentuch, auf dem kleine weiße Punkte leuchten wie Totenschädel. Sie will töten. Sie kocht vor Wut, und das ist ein gutes Gefühl, denn es bedeutet, dass noch ein Feuer in ihr lodert, dass sie vielleicht doch noch nicht restlos ausgebrannt ist.

Tíos Stimme wird immer lauter und das Geklacker der Knochen immer schneller, bis der Lärm aus der Kapelle in einem markerschütternden Kriegsschrei gipfelt.

Die Sonne lugt gerade noch über den Horizont. Sie brennt sich durch die violetten Gewitterwolken und taucht ihre Ränder in bräunliches Licht. Sie sehen aus wie schmelzendes Plastik. Wie Rauch breitet sich das Zwielicht über die umliegenden Berge und den Himmel aus. Donner rollt und Blitze leuchten, während Patrick über kleine Nebenstraßen fährt, bis er schließlich auf einer Lichtung am Ende eines langen Schotterwegs eine alte graue Blockhütte entdeckt. Ein Wohnraum, ein Bad, kaum Fenster. Niemand würde freiwillig hierbleiben. Ein sicherer Ort.

In der Nähe fließt ein kleiner Bach. Er kommt von den Gletschern der Kaskadenkette herunter, die vielen Mineralstoffe färben sein Wasser fast weiß. Patrick zieht sich aus und steigt mit zusammengebissenen Zähnen in das eisig kalte Wasser. Er taucht unter, reibt seine Haut mit Sand und Kies vom Boden des Bachbetts ab. Erstaunlich große Forellen tummeln sich in den Wellen. Unter Wasser schillern ihre Schuppen regenbogenartig. Ab und zu kommt eine auf ihn zugeschossen, knabbert an seinen Zehen oder seinen Fingerkuppen, und Patrick genießt das eigenartig angenehme Prickeln ihrer Zähnchen. Einen Moment lang fragt er sich, ob das Wasser ihn tatsächlich reinigt oder nicht eher vergiftet – es kommt direkt aus den schwer verstrahlten Bergen –, doch Patrick schiebt den Gedanken beiseite. Es gibt andere, wichtigere Dinge, mit denen er sich beschäftigen muss.

Bevor er die Hütte abschließt und die Fensterläden zuklappt, steht er noch eine Weile auf der Veranda und schaut hinaus in die Nacht. Immer um diese Zeit, wenn es dunkel wird und keine Lichter mehr am Horizont zu sehen sind, die verlassenen Häuser, die aufgerissenen Straßen und ausgebrannten Autowracks im Schwarz der Nacht verschwinden, wenn die Fledermäuse hervorkommen und die Frösche ihr Konzert beginnen, wenn die Berggipfel aussehen wie ein Scherenschnitt vorm tintenblauen Himmel, fühlt Patrick sich, als wäre er der letzte Mensch auf der Welt.

Er geht nach drinnen, zündet die Gaslaterne an, die er in der Abstellkammer gefunden hat, vertilgt eine Feldration und trinkt seine Wasserflasche aus. Im Regal stehen Unmengen von Büchern: Western, Liebesromane, Science-Fiction. Patrick war nie ein begeisterter Leser, trotzdem blättert er sie durch. Nicht nur, um sich die Zeit zu vertreiben, sondern auch, um Trost zu finden in den Geschichten über Menschen, die immer das Richtige sagen und am Ende immer die richtige Lösung finden.

Eine Viertelstunde später hat er kaum mehr als ein paar Seiten geschafft. Jedes Wort, das er zu entziffern versucht, löst sich in verschwommene Buchstaben auf, und schließlich legt er die Bücher weg. Zu viele Gedanken gehen ihm durch den Kopf, zu viele Möglichkeiten liegen vor ihm, je nachdem, wie er sich entscheidet.

Es gab eine Zeit, da waren seine Wünsche für die Zukunft klar und einfach: ein schnelles Auto, eine sexy Freundin, ein toller Job, ein Haus mit einer großen Wiese dahinter, auf der er mit seinen Kindern spielen kann. Doch all das ist jetzt abstrakt und weit weg. Alles, was Patrick geblieben ist, ist ein Gefühl der Leere, das er schließlich als Heimweh erkennt. Es ist nicht nur die Sehnsucht nach seinem Zuhause, es ist die Sehnsucht danach, die Zeit zurückzudrehen, zurückzukehren zu diesem Moment.

Der Impfstoff könnte ein Weg dorthin sein, ein Heilmittel für eine kranke Welt.

Für Patricks Befürchtungen hinsichtlich dessen, was passiert, nachdem er das Medikament übergeben hat, ob er vor ein Kriegsgericht kommt oder nicht, ist jetzt kein Platz mehr. Die Erde muss sich weiterdrehen, sie muss gesund werden.

Patrick kniet sich neben seinen Rucksack. Er holt das Satellitentelefon heraus, zögert nur einen kurzen Moment, dann schaltet er es ein und ruft den Stützpunkt: »Hier spricht Patrick Gamble. Ich bin in den abgeriegelten Gebieten und glaube, den verschollenen Lobos-Impfstoff gefunden zu haben.«

KAPITEL 64

Chase beobachtet die Kämpfe von der Tribüne aus. Er befindet sich auf einem Messegelände außerhalb von Fredericksburg, Virginia, in einem Gebäude, in dem normalerweise Viehmärkte abgehalten werden. Das Dach ist aus rostfreiem Stahl, der Boden unten ist mit Sägemehl bestreut. Manche der Lykaner haben ihr langes Haar zu einem Irokesenkamm frisiert, andere schneiden es sich kurz und rasieren Blitze und andere Muster hinein. Viele schminken sich das Gesicht als Totenkopf oder Dämonenfratze. Ihre Kostüme sind aus Leder oder Kunstfaser, verziert mit Pailletten, die im Licht der Scheinwerfer glitzern, wenn sie unter Applaus und Gejohle auf den Kampfplatz stürmen.

Es ist eher eine Arena als ein Ring. Es gibt keine Begrenzungspfosten und keine Seile, nur eine von einer drei Meter hohen Betonwand eingefasste kreisrunde Fläche mit fünf Metern Durchmesser. Der Boden ist aufgewühlt, zerfurcht und verklebt, Blut sammelt sich in kleinen Pfützen. Aus den schwarzen Boxen schallt die Stimme des Ringsprechers, der mit Namen wie »Hooded Justice« oder »Wolverine« die Kämpfer ankündigt.

Die Kämpfe werden von CombatZone veranstaltet, einem unabhängigen Fernsehsender, der die Zuschauer mit exzessiver Gewalt lockt. Stühle, Leitern, Reißzwecken, Rasierklingen, Leuchtstoffröhren und Stacheldraht gehören genauso zum Waffenarsenal wie Zähne und Klauen.

Die Lykaner springen einander an, als könnten sie fliegen, ringen im Stehen oder auf allen vieren, zerquetschen den Kehlkopf des Gegners oder drehen ihm den Arm auf den Rücken, bis er bricht, reißen Haarbüschel oder ganze Fleischklumpen heraus. Sie scheinen den Schmerz zu genießen – sowohl den eigenen als auch den des Gegners. Denn Schmerz ist gut, denkt Chase. Schmerz ist gut, weil er einen daran erinnert, dass man noch lebt. Ganz im Gegensatz zu dem Betäubungszustand, den das Volpexx bewirkt.

Vor ein paar Wochen war er in einem Internierungslager für Lykaner. Ein Dutzend gibt es mittlerweile über das ganze Land verteilt, eigens eingerichtet für Terroristen und Terrorverdächtige. Hohle Stimmen hallten über die kahlen Gänge, in den Zellen gingen halb verhungerte Gestalten mit leeren Augen auf und ab. Wie Zähne standen ihnen die Rippen heraus, jede einzelne war zu erkennen. Sie pressten die Gesichter zwischen die Gitterstäbe und flehten, spuckten oder redeten wirres Zeug. Sie taten ihm leid. Aber die in der Arena nicht. Chase beneidet sie sogar ein wenig, während er mit den anderen grölt und jubelt.

Er trägt Jeans, Kapuzensweatshirt und eine Baseballkappe, die er tief ins Gesicht gezogen hat. Der seit Tagen nicht mehr gestutzte Bart ist dicht wie eine Moosmatte. Chase sitzt zwischen zwei Leibwächtern, die sich alle Mühe geben, in ihren Redskins-Blousons wie Zivilisten auszusehen, aber sie sind so stocksteif und offensichtlich auf der Hut, dass Chase sie alle paar Minuten mit dem Ellbogen anstupst und ihnen erklärt, sie sollen sich ein wenig entspannen. Sie wollten nicht, dass er hierherkommt, aber Chase hat darauf bestanden, hat ihnen gedroht, sie zu feuern, falls sie sich weigern. Agent Trice und Agent Houston. So lauten ihre Namen. Aber Chase nennt sie Ei und Pelle. Ohne all die Spitznamen wäre er hoffnungslos verloren. Innenminister, Handelsminister, Leiter der Kommission für Haushaltsfragen, Kabinettsekretäre, Chef der Raumfahrtbehörde, Stabschef, oberster Richter – so viele Gesichter und viel zu viele Namen mit einem einzigen gemeinsamen Merkmal: Alle wollen etwas von ihm, das er nicht will.

Mittlerweile trainiert Chase drei Stunden am Tag, auf dem Crossstepper, an der Hantelbank und am Sandsack. Sein Körper jauchzt jedes Mal vor Entzücken, wenn er noch ein paar Scheiben mehr auf die Hantelstange legt, wenn er den Sandsack noch ein paar Minuten länger bearbeitet. Chase fühlt die Kraft in seinen Muskeln pulsieren, hat das Gefühl, seine alte Stärke kommt endlich zurück.

Wenn er die Männer unten in der Arena beobachtet, überkommt ihn ein ähnliches Gefühl. Er ballt die Fäuste, seine Muskeln zucken, und er keucht eher, als dass er atmet. Chase merkt, wie er allmählich die Kontrolle verliert, schmeckt Blut in seinem Mund. Er beugt sich an Pelles Ohr: »Zeit zu gehen.«

»Ja, Mr. President.«

Der Rendezvouspunkt liegt südlich von Salem auf einer Wiese, wo die Hubschrauber regelmäßig Bodentruppen absetzen. Neben der Wiese verläuft eine Überlandstraße, während der Nacht steigt Nebel aus den angrenzenden Wäldern und Wasserläufen auf und senkt sich über die Landschaft, füllt die Luft mit einem gespenstischen Grau. Bei Anbruch der Morgendämmerung sollten sie ihn abholen, doch sie müssen warten, bis der Nebel sich lichtet und die Sichtverhältnisse wieder besser sind.

Patrick wartet seit Stunden. Feuchtigkeit sammelt sich auf der Night Train wie Schweiß. Seine Haare und Kleider werden feucht. Das Glücksgefühl und seine Entschlossenheit werden allmählich von Furcht verdrängt. Im Nebel klingen alle Geräusche ganz anders. Manchmal fährt ein Windhauch in Patricks Ohr und lässt ihn herumwirbeln. Ein Pinienzapfen fällt auf den Boden. Ein Eichhörnchen fiept. Als irgendwo ein Ast knackt, denkt Patrick an das Geräusch beim Durchladen eines Gewehrs.

Als er noch auf der Harley saß und langsam durch den Dunst fuhr, sprang ein Maultierhirsch über die Straße. Unfassbar hoch flog er über einen Stacheldrahtzaun hinweg, sein Schwanz leuchtete kurz weiß auf, dann war er wieder weg. Nur der Nebel waberte noch an der Stelle, an der er ihn verschluckt hatte.

»Hast du das gesehen? Das hat großartig ausgesehen!«, rief Patrick und begriff erst dann, dass er allein war.

Da fühlte er sich noch gut, zuversichtlich, entschlossen. Er wünschte, er könnte sich dieses Gefühl in Flaschen abfüllen. Im Moment ist nichts mehr davon übrig. Seine Uhr tickt der Mittagsstunde entgegen, und der Dunst löst sich allmählich in dünne Schwaden auf, die um seine Beine kriechen. Gestern Nacht hatte er zuerst mit seinem Lieutenant gesprochen, dann mit dem Stützpunktkommandanten und sich entschuldigt. Er hat keinen Deal ausgehandelt. Es schien ihm nicht nötig. Sie stauchten ihn gehörig zusammen, wie er es erwartet hatte, nannten ihn einen Blindgänger. Was zum Teufel er sich dabei gedacht habe, einer vagen Vermutung nachzujagen, sein Leben zu riskieren und gegen alle Vorschriften zu verstoßen … Sie kapierten es einfach nicht.

»Sir«, sagte Patrick, »ich entschuldige mich hiermit in aller Form.« Dann erklärte er, was er glaubte gefunden zu haben, und es folgte eine lange Stille. Danach nannten sie ihm die Koordinaten, von denen sie ihn bei Anbruch des nächsten Tages ausfliegen würden.

Patrick ist nicht sicher, was ihn erwartet, ob sich die Unternehmung wirklich gelohnt hat. Vielleicht landet er am Ende doch noch im Bau. Vielleicht ist das Pulver in dem Fläschchen nichts als wertlose Asche. Mit dem Fernglas sucht er den Horizont ab. Hier und da ein paar Wolkenfelder, die wie nasse Baumwollflocken in der Luft hängen, ansonsten nur strahlendes Blau und die Sonne. In der Ferne gehen die Hügel in Bergkuppen über, und er sieht die scharfen weißen Spitzen des Mount Hood, daneben Mount Jefferson. Die Helikopter werden sich wahrscheinlich von Osten nähern. Zwei Blackhawks, vielleicht auch mehr. Er sucht die Kämme und Bergspitzen ab. Nichts.

Patrick lässt das Fernglas sinken. Eine rauschende Brise fährt durch die Bäume, schüttelt Äste und Blätter, pfeift zwischen den Stämmen hindurch. Dann trifft ihn ein warmer Luftschwall, bläst ihm Sand ins Gesicht und verscheucht die letzten Dunstschleier. Patrick schließt die Augen. Erst als er sie wieder öffnet, sieht er die lange Kolonne von Lastwagen und Jeeps, die auf der Straße zehn Meter vor ihm haltgemacht hat.

Die Brise schwächt ab, und er hört die wie Saurier blubbernden Motoren. Türen fliegen auf, zwanzig finster dreinblickende Gestalten stürmen auf ihn zu. Mexikaner.

Patrick bleibt keine Zeit, seine Pistole zu ziehen. Ein halbes Dutzend Gewehre ist bereits auf ihn gerichtet. Er starrt in die Läufe und wartet, fragt sich, ob er den Schuss hören wird, bevor ihn die Kugel tötet. Hoffentlich nicht. Hoffentlich kommt der Tod schnell, hoffentlich setzen seine Empfindungen einfach von einem Moment auf den anderen aus, dann Stille, dann Dunkelheit und schließlich Frieden.

Jemand sagt »Patrick«, und er zuckt zusammen, als hätte er das Klicken eines Abzugshahns gehört.

Er erkennt sie sofort, als sie sich zwischen den Männern hindurchschiebt. Aber was er vor sich sieht, passt nicht zu dem Bild in seinem Kopf, wie sie neben ihm in seinem Wrangler sitzt.

Sie unterhalten sich mit den Augen. Verwirrung und grenzenlose Freude spiegeln sich darin. Sie sieht älter aus – und er auch, sagen ihre Augen, als hätte der Zusammenbruch der Welt ihre Jugend verjagt und sie von einem Tag auf den anderen ins Erwachsenenalter katapultiert. Ich kann nicht glauben, dass du's bist, sagen ihre Augen.

»Du bist es«, sagt Claire schließlich.

»Ich bin es.«

Noch bevor sie weitere Worte wechseln können, hören sie das Wummern von Rotorblättern in der Luft.

Chase hat noch nicht auf den Lichtschalter gedrückt, und die Tür hinter ihm ist noch nicht mal zugefallen, als die Stehlampe am anderen Ende des Raums angeht. Neben ihr sitzt Büffel. Seine Brille reflektiert rotgelbes Licht, sieht aus, als stünde sie in Flammen. Mehrere Sekunden lang lässt er die Hand an dem Zugkettchen und wartet wortlos, während Chase mit halb ausgezogener Jacke dasteht. »Wo warst du?«, fragt er schließlich.

»Ich war aus.«

»Wo?«

»Aus.«

Als er vor ein paar Minuten durch den Metalldetektor ging und ein Diener ihm die Jacke abnehmen wollte, sagte Chase zu ihm, er solle sich verziehen. Er könne sich selbst um seine Garderobe kümmern.

Er zieht die Jacke aus und wirft sie auf den Boden. »Ich musste einfach raus.«

»Du bist der Präsident der Vereinigten Staaten. Du gehst nicht aus«, erwidert Büffel ruhig.

Chase hasst ihn in diesem Moment. Er hasst diesen versteinerten Gesichtsausdruck, den missbilligenden Blick, den er von den Porträts im Ostflügel kennt. Alle beobachten ihn, und alle unterstützen ihn, solange er funktioniert, solange er tut, was sie für richtig halten. Nirgendwo kann er alleine hingehen, nie kann er seine eigenen Entscheidungen treffen. Aber Chase ist nicht Mr. Smith von nebenan, er ist nicht ihr Lakai. »Ich vermute, du bist aus einem anderen Grund hier und nicht, um mir eine Standpauke zu halten.«

»Es ist etwas passiert.« Büffels leise Stimme ist beunruhigend. »Etwas Bedeutsames.«

Chase geht ins Badezimmer und macht seine Hose auf. Soll Büffel warten, bis er wieder da ist, oder eben so laut sprechen, dass Chase es auch über dem Plätschern in der Schüssel hören kann. Er lässt sich Zeit beim Händewaschen. Als er fertig ist, sitzt Büffel immer noch mit übereinandergeschlagenen Beinen in dem Sessel neben der Lampe. Er faltet die Hände über dem Knie und fragt Chase, ob er sich an den Wunderjungen erinnert, diesen Schüler, der als Einziger überlebt hat, weil er sich tot stellte, und dann später weitere Schlagzeilen machte, als er sich freiwillig zur Army meldete.

»Wie könnte ich das vergessen? Damit hat der ganze Mist hier angefangen.«

»Der Knabe hat ein kleines Kunststück fertiggebracht, das uns entweder perfekt in die Hände spielen oder aber auch das Genick brechen könnte.«

Büffel erzählt ihm, was er bis jetzt weiß: Zur selben Zeit, als das Flugzeug auf die Nuklearanlage in Hanford stürzte, haben die Lykaner das neue Lobos-Forschungszentrum niedergebrannt. Die gesamte Arbeit ging verloren. Privatlabors machen dort weiter, wo Desai vor Monaten aufgehört hat, aber sie sind noch mindestens ein Jahr davon entfernt, einen Impfstoff zu entwickeln. Und der Impfstoff ist das, was diese Regierung jetzt braucht. Besser gestern als heute. Der Wunderjunge behauptet, ihn gefunden zu haben. Er hat sich unerlaubt vom Stützpunkt entfernt, sich ins Geisterland geschlichen und einen Sicherheitsraum im Keller des Pfizer-Gebäudes entdeckt. Er hat Desai gefunden, alle seine Unterlagen, den Laptop und eine Probe, von der er glaubt, es sei der Impfstoff.

»Und wo genau liegt das Problem? In meinen Ohren klingt das wie ein feuchter Traum.«

»Er ist verschollen.«

Keiner bewegt sich, als könnten die Hubschrauber sie übersehen, wenn sie ganz stillhalten. Die zwei Blackhawks kreisen über der Wiese, einmal, dann noch einmal. Der Wind der Rotorblätter drückt das Gras flach, Bäume biegen sich zur Seite, Staub wirbelt auf und bombardiert ihre Gesichter. Wie zwei Wespen schweben die Helikopter über ihnen, und die Motoren brüllen so laut, dass Patrick die Stimme kaum versteht, als sie über Lautsprecher ruft: »Sind das Kumpel von dir, Rambo?«

Noch bevor Patrick etwas antworten kann, packt ihn jemand am Kopf, reißt die Pistole aus seinem Halfter und steckt ihm den Lauf in den Mund.

Die anderen reißen ihre Waffen hoch – darunter auch eine AR-15 – und beginnen zu feuern.

Patrick sieht Funken von den Helikoptern auffliegen, Glas splittert. Einer der Blackhawks bäumt sich auf, steigt in steilem Winkel hoch. Seine Rotorblätter touchieren den Heckrotor der anderen Maschine, und Patrick hört ein Geräusch wie von einer Heugabel, die in einen Häcksler geraten ist. Eins der vier kleinen Blätter schert ab, wirbelt wie ein Bumerang durch die Luft und durchschlägt kreischend die Seitenwand eines der Lastwagen.

Das Heck des beschädigten Helikopters schert aus, er beginnt sich zu drehen und schlingert auf den Wald jenseits der Straße zu. Er hackt sich durch Äste und Baumstämme, Rauch steigt aus der heulenden Turbine auf, die Nase senkt sich Richtung Boden, bis das verstümmelte Heck fast senkrecht in die Luft ragt, dann schmiert er ab. Ein Knall, aber keine Explosion. Er prallt auf den Asphalt wie ein stumpfer Pfeil und fällt mit einem Knirschen seitlich um. Eine Staubwolke steigt auf, die Turbine verstummt. Der Himmel ist leer, der andere Helikopter verschwunden.

Sie schleifen ihn zur Straße. Patrick stolpert, schlägt mit den Knien auf. Er hebt den Kopf, sucht nach Claire, die irgendwo zwischen den Männern steht. Sie wirkt weit weniger entsetzt, als er erwartet hätte. Sie schreit nicht, und sie weint nicht. Stattdessen hält sie einen riesigen Revolver in der Hand. Rauch steigt aus dem Lauf. Ihr Mund ist ein weißer Strich.

Ein paar der Mexikaner nähern sich dem abgestürzten Hubschrauber und versuchen die Seitentür aufzubekommen. Sie ist verklemmt, also feuern sie mit ihren Gewehren auf die

Scheiben, strecken die Läufe durch die Löcher und erledigen mit gezielten Schüssen die Besatzung, die noch in den Gurten hängt.

Büffel schildert den fehlgeschlagenen Evakuierungsversuch und den Absturz des Helikopters. Sie gehen von einer Entführung aus, sagt er. Jetzt verfolgen sie das Signal des Satellitentelefons, das der Junge bei sich hat. Dabei gestikuliert er ständig, führt mit den Händen fast eine Art Schattentheater auf, als er von dem Absturz erzählt.

Chase kann gar nicht anders, als sich vorzustellen, er wäre dort, mittendrin, mitten im Kampf. »Eine Probe?«, fragt er. »Er hat eine einzige Probe?«

»Exakt.«

»Eine einzige.«

»Ja.«

»Wie viele Dosierungen?«

»Zehn, soweit ich weiß. Vielleicht auch weniger. Ich bin nicht sicher.«

»Können wir sie vervielfältigen, wenn wir sie in die Finger bekommen?«

»Theoretisch.«

»Wie lange würde das dauern?«

»Kann ich nicht sagen.«

»Ein einziges kleines Fläschchen.«

»Ja.«

»Unsere goldene Kugel.«

Seit ein paar Wochen träumt Chase wieder. Als er noch auf Volpexx war, waren seine Träume leer. Jeden Abend stülpte sich diese tote Schwärze über ihn, und jetzt sind seine Träume fast realer als das Leben. Die Frau ist zurückgekommen, die Frau mit der verbrannten Haut und den zerplatzenden Augen, und noch viele andere. Gestern träumte er von dem Mann, den er auf der zweispurigen Hauptstraße südlich von Niflhel erschossen hat. Chase' Bataillon sollte die Straße für einen Versorgungskonvoi sichern, der hier bald durchkommen würde, und in seinem Traum war er wieder dort, wahrhaftig dort. Jeder Straßenabschnitt, jede Ansicht der Stadt war ihm vertraut. Sie fuhren an dem offenen Abwasserkanal entlang, vorbei an verfallenden Wohnblöcken, an aus Wellblech und Erde und Schnee notdürftig zusammengeschusterten Schuppen, an Karren mit Krügen, in denen halbgefrorene Milch hin und her schwappte. Sie passierten einen Lykaner. Er hatte sich verwandelt und kroch am Rand der Straße dahin. Sein Haar war so weiß wie der Schnee ringsherum. Er war barfuß, nur mit einer zerrissenen Hose und einem langärmeligen Pullover bekleidet. Den Motorenlärm der Fahrzeuge schien er nicht wahrzunehmen. Er starrte stur geradeaus und zog sich mit den Armen vorwärts. Blut tropfte aus seinem Mund und den Augenwinkeln. Chase drückte den Sprechknopf und befahl dem Konvoi anzuhalten. Er nahm Kontakt mit der Bataillonsleitung auf, erstattete Lagebericht und teilte ihren Standort mit. Im späteren Verlauf der Infektion verursachten die Prionen manchmal Blutungen im Gehirn, die dann zu demenzartigen Zuständen führten. »Sieht aus, als hätten wir hier einen räudigen Straßenköter«, sprach er ins Funkgerät.

Ein paar Sekunden später kam der Befehl, den Lykaner zu töten.

Chase hätte ihn an seine Männer weitergeben können, aber er wollte ihr Gewissen nicht mit einem weiteren Toten belasten. Er stieg aus, stapfte durch den Schnee, nahm den Lykaner ins Visier seiner M16, konnte sich aber nicht dazu bringen, ihn von hinten zu erschießen. Er rief nach ihm. Beim zweiten Mal drehte der Mann ihm den Kopf zu, hob eine halb von Eis überzogene Hand, als wollte er ihn verscheuchen, vielleicht aber auch, um ihn zu warnen. Er hätte Chase' Großvater sein können, so alt war der Lykaner. Er tötete ihn mit einem einzelnen Schuss und kletterte zurück auf den Lastwagen. Die Leiche ließen sie im Schnee liegen. Chase fühlte sich erbärmlich, aber wenigstens hatte er dem rotbäckigen neunzehnjährigen Tätowierten unter seinem Kommando dieses Elend erspart.

Das ist es, wonach er sich jetzt sehnt: Rausgehen, die Dinge selber in die Hand nehmen und alles mitnehmen, was ihm dort begegnet, egal ob Ruhm oder Schmerz. Chase weiß, er muss es tun. Es ist die einzige Möglichkeit, so schnell wie möglich an den Impfstoff heranzukommen. Denn ohne Medikation wird er seinen Zustand nicht mehr lange verborgen halten können.

Büffel ist bereits bei den Planungen, was innerhalb der nächsten vierundzwanzig Stunden zu passieren hat. Seine Worte werden langsamer, als er sieht, wie Chase sich auszieht.

Er schüttelt seine Schuhe ab, zieht das Hemd aus, lässt Hose, Boxershorts und Socken fallen, bis er nackt inmitten eines Kleiderhaufens steht.

»Was tust du da?« Chase könne jetzt nicht schlafen gehen. Sie müssen in den Lagerraum, eine Besprechung einberufen, den Stützpunktkommandanten kontaktieren. Er habe bereits mehrere Kannen Kaffee bestellt.

»Ich fahre hin.«

»Du fährst wohin?«

»Nach Oregon.«

Büffel weiß nicht, wohin er schauen soll. Er faltet die Beine auseinander und schlägt sie wieder übereinander. »Du willst … was?«

Chase geht auf den Sessel zu, bis er direkt vor Büffel steht. »Ich fahre hin und finde den Jungen.« Sein Bauch sieht aus wie aus Stein gemeißelt, an seinen Armen treten die Adern hervor, sein Penis füllt sich mit Blut.

Büffel dreht das Gesicht weg und schaut direkt in den Schein der Lampe. »Ich verstehe nicht … was du … Was glaubst du …«

Während der letzten Wochen hat Chase lange und intensiv nachgedacht. Wenn er die Dinge selber in die Hand nehmen würde, wenn er nicht ständig anderen auftragen müsste, sie für ihn zu erledigen, könnte dieser Job ihm tatsächlich Spaß machen. Die ganze Zeit redet er nur und tut nie etwas. Chase muss etwas tun, und jetzt hat er die Gelegenheit dazu. Er denkt an Oregon, an die Berge und Hügel, an die weiten, von Bewässerungskanälen durchzogenen Ebenen voll Salbei, an die großen Grasflächen und leuchtenden, von Stacheldraht umspannten Alfalfafelder im Herzen des Landes. An all die Jahre seines früheren Lebens, an Sonnenbrand und Rückenschmerzen, an das Leben seines Vaters und seines Großvaters, als sie ihr Wild noch selbst schossen, nachts draußen lagen und die Sterne zählten, Pferde und Rinder züchteten und für ihre Familien sorgten. All das existiert nicht mehr, zerstört von den Lykanern. Alles, was davon noch übrig ist, sind vertrocknete Sträucher und umgetretene Zäune, die vor sich hin rotten. Wenn Chase dorthin zurückkehrt, könnte er diesen Teil seiner Geschichte, seines Ichs, vielleicht wiederbeleben und der sein, für den die Wähler ihn gehalten hatten, als sie für ihn stimmten. Er hat den Amtseid geschworen, auf die Bibel und auf Gott, aber das waren nur Worte, voreilige Floskeln. Bloße Worte machen noch keinen Anführer. Die Leute müssen vertrauen können, und Chase wird ihnen das Vertrauen zurückgeben, das er selbst verloren hat. Damit sie an ihn als ihren Präsidenten glauben, müssen sie sehen, wie er etwas tut, eine Aufgabe anpackt und sie erledigt. Erst jetzt wird ihm klar, dass der Präsidententitel bisher nur Fassade war, ein Kostüm, das Chase getragen hat.

Büffel schaut immer noch in die Lampe. »Du machst Witze, oder?«

»Nein.«

»Du meinst es also ernst?«

»Todernst.«

Büffel presst die Lippen aufeinander und lässt den Kopf hängen. Etwas scheint über ihn zu kommen, und er springt auf. Als Chase ihm den Weg versperren will, schiebt Büffel ihn weg.

»Du wirst nicht fahren. Auf keinen Fall. Du hältst dich für die Kavallerie, aber das bist du nicht. Was du vorhast, ist lächerlich. Es ist dumm und gefährlich. Manchmal bist du so ein Narr, Chase, so ein gottverdammter Narr.«

Chase stößt Büffel gegen die Wand.

Der wimmert, die Brille hängt ihm schief im Gesicht, und er fährt sich mit der Hand über die kahle Stirn. Das bisschen Haar, das ihm noch geblieben ist, steht zu Berge, als stünde es unter Strom. »Ich verstehe nicht, was mit dir los ist. Irgendetwas stimmt nicht mit dir.«

Chase geht auf ihn zu. Sein Herz fühlt sich an, als hätte es einen Kurzschluss, als stünde ein schwelendes Kabel kurz davor, ihn lichterloh in Brand zu stecken. »Ich werde den Jungen finden und das Medikament. Ich werde mir die Hände schmutzig machen. Es ist meine Entscheidung, nicht deine.«

»Du hörst mir nicht zu!«

»Muss ich auch nicht. Ich bin dein verdammter Präsident.«

Augustus verpasst ihm eine schallende Ohrfeige. Es klingt wie ein zerplatzender Ballon.

Chase legt eine Hand auf die brennende Wange. Er taumelt ein paar Schritte zurück und kauert sich auf den Boden, will den Zorn ersticken, der in ihm auflodert und einfach nicht verschwinden will.

Büffel streckt hilflos die Arme aus. »O Gott«, stammelt er. »O nein. Es tut mir leid. Es tut mir ja so leid, alter Freund.« Mit derselben Hand, mit der er ihn eben geschlagen hat, streicht er Chase über den nackten Rücken. »Bitte. Es tut mir leid.«

Augustus spürt, wie die Haare auf Chase' Rücken zu sprießen beginnen, und zieht seine Hand weg. Er hat genug Zeit wegzurennen, Zeit, um Hilfe zu rufen, aber er tut es nicht. Er vertraut Chase, seinem Freund, seinem guten alten Freund, dass er sich beherrschen wird, sich zurückhalten, selbst dann noch, als Chase aufsteht und auf ihn zukommt, den Mund geöffnet wie zu einem Kuss.

KAPITEL 65

Die Nacht bricht herein. Die Nadeln der Fichten, Zedern und Schierlingskiefern verweben sich zu einem dichten Baldachin, so dicht, dass Patrick sich in ihrem Schatten vollkommen sicher fühlt vor etwaigen Drohnen und Helikoptern. Die Mexikaner heben eine flache Grube aus, sammeln Holz und türmen es zu einer Pyramide auf, deren Flammen die Dunkelheit ein Stück zurückdrängen. Fledermäuse und Eulen huschen über die auffliegenden Funken hinweg. Die Männer sitzen auf Steinen und knotigen Wurzeln, essen Pökelfleisch und Trockenobst, schleifen ihre Messer und reinigen die Waffen. Der würzige Geruch von Holzfeuer hängt in der Luft.

Claire hat die Arme um ihre Knie geschlungen und sitzt zu einer kleinen Kugel zusammengerollt zwanzig Meter abseits an ihrem eigenen kleinen Feuer. Patricks Blick ruht lange auf ihr. Er wäre gerne in ihrer Nähe, würde sie am liebsten in die Arme schließen – schon seit ihrem Wiedersehen heute Morgen, aber es war einfach nicht möglich.

Hals über Kopf war die Kolonne aufgebrochen. Patrick und Claire wurden in verschiedene Fahrzeuge gesteckt, dann rasten sie davon, weg von der Absturzstelle und durch das Asphaltlabyrinth Portlands zum Hoyt Arboretum, einem in den westlichen Hügeln gelegenen botanischen Garten. Dort stellten sie die Fahrzeuge ab. Fünf Meilen dichter Wald trennen sie jetzt noch von der Pittock Villa. Im Morgengrauen werden sie angreifen.

Jedes Mal, wenn Patrick während der letzten Stunden versuchte, einen Kontakt herzustellen, speiste sie ihn mit knappen Antworten ab. »Ich dachte, du wärst tot«, sagte er. »Hätte gut sein können«, erwiderte sie. Er wollte ein Gespräch in Gang bringen, aber sie blieb kühl. Alles lief auf eine einzige Frage hinaus, auf eine Frage an *ihn:* Wie er überhaupt hierherkam und was er hier wollte.

»Erkundigungen einziehen«, erklärte Patrick und war dankbar, dass Claire nicht nachbohrte. Jedes weitere Wort hätte sich in ihren Ohren wie Verrat anhören müssen.

In seinem Rucksack war der Impfstoff. Ein winzig kleines Fläschchen, das die Macht hatte, einen Teil von Claires Wesen auszulöschen. Noch vor vierundzwanzig Stunden war er so sicher gewesen, dass er die richtige Entscheidung getroffen hatte. Aber jetzt kamen ihm diese vierundzwanzig Stunden vor wie vierundzwanzig Jahre, seine Gedanken flossen in vollkommen anderen Bahnen. Fragen fraßen seinen Entschluss auf wie Holzwürmer einen morschen Ast.

Über Claire sieht Patrick zwischen den Bäumen den Mond hindurchschimmern. Er ist eine dunkle Scheibe, nur am Rand von einer schmalen silbernen Sichel erhellt. Es gibt Momente im Leben, da sticht das, was im Dunkeln liegt, stärker hervor als das im Licht. Jetzt ist einer dieser Momente.

Zweige knacken unter Patricks Stiefeln, bei jedem zweiten Schritt stolpert er beinahe über einen Stein oder einen heruntergefallenen Ast. Es kann nicht sein, dass Claire ihn nicht kommen hört, aber sie dreht sich nicht um, und kein Wort kommt über ihre Lippen, als er sich neben sie setzt. Aber sie geht auch nicht weg.

Wenn er sie ansieht, wenn die Gefühle von damals wieder in ihm aufflammen, spürt er Glück und Trauer zugleich. Ihr Anblick, ihr Haar und ihr Gesicht, das rot im Schein der Flammen schimmert, rufen lange verschüttete Gefühle in ihm wach, Erinnerungen an all das, was sie verloren haben, was sie nie miteinander erlebt haben.

»Hey«, sagt er, und als Claire nichts erwidert, scheint der Abstand zwischen ihnen noch größer zu werden. Patrick kann sich nur zu gut vorstellen, wie hart die letzten fünf Monate für sie gewesen sein müssen, und genau das will er ihr sagen: dass er sie versteht. Claire muss sich vorkommen, als sei auf der Welt kein Platz mehr für sie. Sie hat es satt zu leben, als hätte sie ständig ein Messer an der Kehle, nicht zu wissen, wann es das nächste Mal etwas zu essen gibt. Dauernd nur auf der Flucht sein, immer nur wegrennen, weiter und immer weiter. Sie muss kurz davorstehen zusammenzubrechen. Und genau darum geht es bei dem morgigen Überfall: Claire will sich endlich wehren oder bei dem Versuch sterben.

Tío reißt Patrick aus seinen Gedanken. Er kommt hinter einem Baum hervor und wirft seine Machete in die Luft. Die Klinge ist so lang wie sein Unterarm, der Griff aus Knochen. Mit einem leisen Pfeifen wirbelt sie durch die Luft und blitzt bei jedem Salto kurz auf, eins-, zwei-, drei-, viermal. Er starrt Patrick an und spielt weiter mit der Machete. »Du trägst keine Handschellen. Du bist nicht an einen Baum gefesselt. Du hast keinen Streifen Klebeband über dem Mund.«

Er holt aus und schlägt ein Stück Rinde aus einer Zeder. »Vielleicht glaubst du ja, dass du frei bist und tun kannst, was du willst.«

Er hackt weiter auf die Zeder ein, und allmählich kristallisiert sich ein Bild heraus. Zwei gelbe schlitzförmige Augen zeichnen sich in der rötlichen Rinde ab, ein Strich von einer Nase und der gezackte Mund eines Halloween-Kürbis.

»Heute haben wir Soldaten getötet. Morgen werden wir Wölfe töten, und ich will, dass du eines weißt: Solltest du irgendwie dazwischenfunken, bist du tot.«

Ein letzter Schlag, Harz tropft aus dem Mundwinkel des Kürbisgesichts, dann dreht Tío sich um und geht, lässt sie allein mit der Fratze. »Ich behalt dich im Auge«, ruft er noch über die Schulter.

Ein paar Minuten lang sitzen sie schweigend da. »Das Feuer geht aus«, sagt Patrick schließlich, steht auf und kommt mit einem Stapel Holz zurück. Er wirft die Äste ins Feuer, die Flammen knistern, Funken tanzen, und er beginnt zu erzählen. Er erzählt ihr vom Krieg wie von einem lebendigen Wesen mit einem Gebiss aus Stahl und Schwefelatem und einem Krummsäbel anstelle eines Penis. Er erzählt ihr von dem arktisch kalten Himmel über der Republik, von dem Schnee, der über allem liegt wie ein faltiges weißes Betttuch. Er erzählt ihr von seinem Vater, von seinen vergeblichen Versuchen, ihn aufzuspüren, und davon, was noch von ihm übrig war, als er ihn schließlich fand. Er sagt, er habe Angst, Claire könnte genauso auftauchen, nur um gleich wieder zu verschwinden, wie sein Vater. Sagt, dass es ihm leidtut, dass er verstehen kann, wenn sie ihn hasst. Er erzählt ihr von seiner Hoffnung, dass es irgendwo ein Universum gibt, in dem all das nie geschehen ist, in dem er und Claire nichts anderes tun, als am Strand zu liegen, sich gegenseitig mit Sonnencreme einzuschmieren und aus ausgehöhlten Kokosnüssen Piña colada zu schlürfen.

Claires Gesicht wird weicher. Sie lächelt und schaut in den Himmel, und Patrick weiß, dass sie dort dasselbe sieht wie er: ein Leben außerhalb aller Zäune und Mauern, einen Ort, an dem die Flüsse klar sind, an dem die Gärten im Frühling blühen, wo Kinder auf Wiesen Fußball spielen und Pärchen Händchen haltend durch Parks schlendern, mit XXL-Colas und einem Eimer Popcorn im Kino sitzen. Wo sie, Claire und Patrick, zusammen sein können, ohne ständig an die Vergangenheit zu denken. Wo sie eine Zukunft haben.

Sie hebt ihren Arm, und Patrick kuschelt sich an ihre Schulter.

»Weißt du noch, was du damals in deiner E-Mail über Strom gesagt hast?«, flüstert Patrick.

»Strom ist mir immer noch ein Rätsel.«

»Mir auch. Aber jetzt spür ich es wieder, dieses Fließen zwischen uns.«

Kapitel 66

Die Risse und Wasserflecken an der Decke verschmelzen zu einem Muster, zu einem Sensenmann mit dunkler Kapuze und Umhang. Miriam versucht, woanders hinzusehen, etwas anderes in dem Muster zu sehen, einen Fisch zum Beispiel, der die Oberfläche eines Teichs durchbricht, aber es nutzt nichts. Der Sensenmann ist immer noch da. Er wartet, wartet darauf, dass Miriam aufgibt. Und sobald sie aufgibt, wird er seinen Umhang ausbreiten und sich auf sie stürzen wie eine Fledermaus, wird sie mitnehmen in eine Höhle tief unter der Erde, ihre Knochen zu Schmuck verarbeiten, ihre Zähne zu Würfeln, ihre Lunge zum Blasebalg eines Akkordeons. Und Miriams Seele wird er in ein kleines Medaillon sperren, das er an einer Kette um den Hals trägt.

Es ist früher Morgen. Miriam sieht es an dem rosafarbenen Licht, das durch die Glassteine dringt. Nur ein paar Hundert Meilen weit weg läuten jetzt die Wecker, Menschen wälzen sich aus dem Bett, machen Kaffee, essen angebrannten Toast zum Frühstück. Für Miriam könnte es genauso gut Abend sein. Es gibt keine geregelten Abläufe. Es wird dunkel, es wird wieder hell, sie wird gefüttert, manchmal auch gewaschen. Manchmal kommen sie, um sie zu vergewaltigen, manchmal passiert gar nichts.

Jeremy hatte einmal gesagt, es gäbe eine Art mathematischer Gleichung für das Leben: Je älter man wird, desto schneller rast es an einem vorbei. Miriam hat es immer auf Routine zurückgeführt. Wenn man immer denselben Gewohnheiten folgt, immer am selben Ort wohnen bleibt, immer derselben Arbeit nachgeht, verwendet man nicht mehr viel Zeit darauf, die Dinge um einen herum wahrzunehmen. Es ist die Wahrnehmung des Besonderen, die Minuten, Stunden oder Tage zu etwas Besonderem macht. Andernfalls zieht das Leben einfach vorüber. So wie jetzt an Miriam. Tage, Nächte, alles fließt ineinander, die Zeit existiert nicht mehr.

Deshalb ist sie auch nicht sicher, aber sie glaubt, es muss über eine Woche her sein, seit sie Puck das letzte Mal gesehen hat. Bizarrerweise freut sie sich auf seine Besuche, genauso wie sie sich vor ihnen fürchtet. Er spricht mit ihr. Er hört ihr zu, auch wenn sie nichts anderes zu ihm sagt als »fick dich« oder »fahr zur Hölle«. Sie ist ihm wichtig. Pucks einziges Interesse an Miriam besteht darin, sie leiden zu sehen, aber dieses Interesse gibt ihr das Gefühl, noch eine Rolle auf dieser Welt zu spielen, mehr zu sein, als ein im Keller abgestelltes Möbelstück, das allmählich verrottet. Sie ist sein Widerpart. Sie hasst Puck. Sie will ihn tot sehen. Und gleichzeitig möchte sie, dass er sie beißt, mit dem Messer ihre Haut aufschneidet, denn solange sie noch bluten kann, ist sie am Leben, und ein Tag, an dem sie blutet, ist zumindest anders als all die anderen.

Es ist wieder nicht Puck, der heute Morgen die Tür aufsperrt. Es ist Caliban. Er hat beinahe weißes Haar, schlitzförmige Augen und runde Wangen. Er könnte genauso alt sein wie Miriam oder auch alt genug, um ihr Vater zu sein. Er bewegt sich anders als die anderen, schlurft mehr, als dass er geht und murmelt ständig vor sich hin, ist mehr Diener als Kämpfer. Manchmal bringt er ihr Essen, setzt sich auf die Bettkante und füttert sie mit dem Löffel, öffnet jedes Mal den Mund, wenn Miriam schluckt. Er spricht nicht mit ihr, egal, was Miriam zu ihm sagt, und er sieht sie fast nie an. Vielleicht beschämt ihn ihre Nacktheit. Vielleicht sieht er auch nie jemanden an, vielleicht spricht er nicht. Vielleicht tickt er einfach so, vielleicht geht er der Welt lieber aus dem Weg.

Er ist gekommen, um Miriam zu waschen. Er stellt eine Schüssel voll dampfendem Seifenwasser neben das Bett, taucht einen Waschlappen hinein und wringt ihn aus. Fährt damit über Miriams Gesicht, ihren Bauch, ihre Oberschenkel, Waden und Füße. Es liegt nichts Sinnliches in seinen Berührungen und auch nichts Brutales. Er schrubbt sie einfach ab, wie er einen Boden schrubben würde, widmet ihren Wunden besondere Aufmerksamkeit, weicht sie auf und kratzt mit dem Fingernagel die abgestorbene Haut weg.

Er fährt über ihre Leisten, wirft den Waschlappen in die Schüssel und macht sich daran, das Bett abzuziehen. Die Fesseln an Händen und Füßen lassen Miriam gerade genug Bewegungsfreiheit, um sich zur Seite zu drehen oder Platz für eine Pinkelschlüssel zwischen ihren Beinen zu machen. Der Matratzenbezug ist aus Gummi – für den Fall, dass etwas danebengeht – und wird alle paar Tage gewechselt.

Caliban zieht an dem Gummilaken, und Miriam dreht sich ein Stück zur Seite. Als er sich über sie beugt, sieht Miriam den Schlüsselbund, der aus seiner Hosentasche lugt. Er glänzt silbern, als würde er ihr zuzwinkern.

Als Kind glaubte sie fest daran, Gegenstände bewegen zu können, wenn sie sich nur stark genug darauf konzentrierte. Es kam ihr ganz normal vor. Das Gehirn war für Miriam ein Muskel, der nur trainiert werden musste wie alle anderen auch. Jeden Tag setzte sie sich mehrere Minuten lang vor eine ihrer Murmeln oder vor einen Stift und konzentrierte sich darauf, ihn zu bewegen, manchmal so lange, bis ihr Kopf zu zittern begann und ihr Gesichtsfeld an den Rändern schwarz wurde. Seit sie in diesem Keller gefangen sitzt, hat Miriam mehr als einmal daran gedacht: Wenn sie sich konzentriert und sich etwas mit aller Macht vorstellt, wird es irgendwann passieren. Vielleicht kommt sie frei. Sie stellt sich ihre Hütte vor, das Moos auf den Baumstämmen, die weiße Rinde der Erlen, und dann ist sie dort, streift nackt durch den feinen Nebel, schlendert über taunasse Wiesen, Rispen streichen über ihre Unterschenkel. Jeremy ist auch da. Und ihre Tochter.

Jetzt ist dieser Moment gekommen.

Der Schorf über den Striemen an Miriams Handgelenken platzt auf, und sie streckt sich nach dem Schlüsselbund, so weit sie nur kann. Es fehlen zwei Zentimeter. Sie stellt sich vor, ihre Finger wären Magneten, ihre Gelenke würden sich auseinanderziehen, Bänder und Sehnen würden einfach zerreißen wie spröder Gummi, damit sie diese letzten zwei Zentimeter überbrücken kann. Die Handschellen schneiden tief in ihr Fleisch, die Haut schält sich ab, Blut fließt über die Gelenke. Das ist gut, es wirkt wie Schmiermittel. Wie in Zeitlupe bewegt sich ihre Hand Stückchen für Stückchen nach vorn, und Miriam schafft es, einen Finger durch den Schlüsselring zu stecken.

Caliban dreht den Oberkörper ein Stück herum, zieht an der anderen Ecke des Bettbezugs, und der Schlüsselbund gleitet klimpernd aus seiner Hosentasche.

Miriam hustet laut und scheppert mit den Ketten, um das Geräusch zu übertönen. Ihr bleibt weniger als eine Minute. Caliban wird das verbrauchte Wasser in den Ausguss schütten, sich das Gummituch unter den Arm klemmen, zur Tür schlurfen und nach seinem Schlüssel tasten. Und dann ist es zu spät.

Es hängen nur zwei Schlüssel an dem Ring, einer für die Tür und einer für die Handschellen. Miriam klemmt den kürzeren der beiden zwischen Daumen und kleinen Finger. So kann sie ihn zwar schlechter festhalten, aber anders kommt sie an das Schloss nicht heran. Ihr Blick springt zu Caliban.

Er beobachtet gerade eine Spinne, die über die Wand krabbelt. Er lässt das Gummilaken fallen und richtet sich auf, murmelt etwas in einer Sprache, die Miriam nicht versteht, und geht zu der Spinne.

Der Schlüssel entgleitet Miriam zweimal, bevor sie das winzige Schloss erwischt. Genau in dem Moment, als Caliban nach der Spinne schlägt, dreht sie den Schlüssel herum.

Er betrachtet den schwarzen Fleck auf seiner Handfläche, wischt sie an seiner Hose ab und kommt zurück ans Bett.

Steif wie ein Brett liegt Miriam da, als er sich wieder über sie beugt. Sein Gesicht ist jetzt genau über ihrem, sie sieht den offen stehenden Mund, spürt seinen Atem. Miriams freie Hand schießt nach oben und krallt sich in Calibans Kehlkopf. Er blickt sie an, schaut ihr direkt in die Augen, wahrscheinlich zum allerersten Mal.

»Tut mir leid«, flüstert Miriam, packt noch fester zu und zieht mit aller Kraft. Ein Geräusch, als würde jemand in einen Apfel beißen.

Patrick liegt zusammengerollt auf der Seite, Claire vor ihm – wie zwei unterschiedlich große Löffel in einer Schublade –, als er von einem Geräusch aufwacht, das er im ersten Moment für Wassereinschlüsse hält, die in den Flammen zerplatzen. Doch das Feuer ist heruntergebrannt. Unter den Bäumen ist es immer noch Nacht, aber zwischen den Zweigen hindurch sieht er bereits die erste Morgenröte am Himmel heraufziehen. Dann hört er es wieder, dieses Knacken. Es ist Gewehrfeuer.

Er schläft noch halb und denkt: Richtig, wir wollten im Morgengrauen angreifen. Mit wässrigem Blick starrt er das Gesicht an, das Tío in den Baumstamm geritzt hat, als eine Kugel zwischen den Augen der Fratze einschlägt. Gelbliche Splitter spritzen aus dem Holz, und Patrick begreift, dass sie es sind, die angegriffen werden.

Claire reißt die riesige .357 aus dem Halfter, und Patrick will seine eigene Waffe ziehen, doch er greift ins Leere. Immer noch nicht richtig wach springt er über eine niedrige Hecke und rennt zu seinem Rucksack, in dem die Pistole sein muss. Die Schüsse fallen jetzt ohne Unterbrechung, wie eine einzige lange Salve, und er versteht kaum ein Wort von dem, was all die Stimmen um ihn herum brüllen. Erde spritzt auf, Holz splittert, die Sträucher am Rand des Lagerplatzes beben.

Tío bellt Kommandos auf Spanisch. Ein Mexikaner geht hinter einem Baumstumpf in Deckung und bringt sein Gewehr in Anschlag, ein anderer liegt mit dem Gesicht nach unten in der Feuerstelle. An seinem Hinterkopf klafft ein kreisrundes Loch wie ein zu einem Schrei aufgerissener Mund. Patrick schnappt sich das Repetiergewehr, das neben der Leiche in der kalten Asche liegt, duckt sich hinter einen Baumstamm, sieht nach, ob es geladen ist, hält Ausschau nach Mündungsblitzen im Zwielicht zwischen den Bäumen, feuert, wirft die Patrone aus und lädt durch, bis das Magazin leer ist, wirft das Gewehr weg. Er hat keine Ahnung, wer sie angreift und weshalb, bis er das Rattern eines Hubschraubers hört. Erst jetzt kommt ihm der Gedanke, er könnte auf seine eigenen Leute geschossen haben.

Endlich sieht er seinen Rucksack und neben einer weiteren Leiche auch eine Waffe. Es ist eine 22er Ruger, nur auf Distanzen bis maximal dreißig Meter zu gebrauchen, was genau dem Abstand entspricht, der die vorrückenden Soldaten noch von ihm trennt. Patrick will ihnen gerade seinen Namen, Dienstgrad und Bataillonsnummer zurufen, ihnen sagen, sie sollen das Feuer einstellen, als er Tíos Blick auffängt.

Er sitzt auf dem Boden mit dem Rücken gegen einen Baumstamm gelehnt. Er tätschelt den Lauf der Schrotflinte auf seinem Schoß und deutet auf Patrick, als wolle er sagen: »Für dich.«

Das Blickduell wird unterbrochen, als von einem Baum in der Nähe etwas abprallt und scheppernd zu Boden fällt. Patrick hört ein Zischen und sieht den Nebel, der daraus aufsteigt: Tränengas. Eine weitere Granate kommt durch die Äste geflogen und fällt genau zwischen sie. Einer der Mexikaner schreit auf und presst sich die Hände auf die Augen.

Eine Kugel faucht zwischen Patricks Fingern hindurch wie eine Hornisse. Er hebt die Hand und sieht die versengte Haut. Der Schuss hat ihn nur um Millimeter verfehlt. Noch einmal wird er nicht so viel Glück haben.

Seine Augen beginnen zu tränen, und er spürt ein Kratzen im Hals. Er muss hier weg. Er packt seinen Rucksack, blickt sich hektisch nach Claire um, aber es ist, als hätte er Zwiebelsaft in die Augen bekommen. Er sieht kaum einen Meter weit. Er gibt blind ein paar Schüsse ab, duckt sich und rennt los.

Miriam kann kaum gehen. Zweimal stolpert sie auf dem Weg aus ihrer Zelle. Sie muss ihre Beine zwingen, sich zu bewegen. Ihre Gelenke sind steif, wie eingerostet. Miriams Knochen fühlen sich spröde an, wie ausgehöhlt, als könnten sie zersplittern, wenn sie falsch auftritt. Die Sehnen haben sich verkürzt, ihre Waden spannen wie Klaviersaiten. Miriam setzt sich hin und massiert sie und schreit beinahe vor Schmerz. Sie steht wieder auf und stützt sich an einem Kartonstapel ab. Etwas darin klappert. »Jod« steht auf den Aufklebern. Miriam blickt sich um, sieht Reihe um Reihe von diesen Kartons. Der Keller irgendeiner medizinischen Einrichtung, denkt sie.

Sie schleppt sich die Treppe hinauf, läuft ein paar Schritte und öffnet so leise und vorsichtig wie möglich eine Tür. Durch den schmalen Spalt sieht sie einen Wandteppich, daneben zwei Ölgemälde mit vergoldeten Rahmen. Sie drückt die Tür ein Stück weiter auf und blickt sich um: ein Marmortisch mit einer Porzellanlampe darauf, ein offener Kamin, auf dessen Sims eine antike Uhr steht, ein Sessel aus dunklem Holz mit Lorbeerschnitzereien sowie ein Perserteppich, der sich fast über die gesamte Länge des Raums erstreckt. Eine Wohnstube in einer Art Heimatmuseum.

Miriam muss sich auf der Türklinke abstützen, als sie das Zimmer betritt. Die Wände sind mit Eichenholz getäfelt, dicke Vorhänge hängen an den Fenstern, draußen wuchern Gartenhecken, das Gras steht kniehoch, dahinter geht die Sonne auf. Miriam hat keine Zeit, sich weiter zu fragen, wo sie ist. Sie muss hier weg, und das ist alles, was zählt.

Sie stellt sich vor, wie riesig das Gebäude sein muss – wie

ein Bienenstock, Zimmer über Zimmer, Flur über Flure, und überall lauern Giftstacheln mit Widerhaken. Die Dielen ächzen unter ihren schleppenden Schritten und könnten sie jeden Moment verraten. Sie ist nackt, sie ist schwach, und sie ist unbewaffnet. Aber ihr Blut beginnt sofort zu kochen, wenn sie daran denkt, wie jemand sich ihr in den Weg stellt, jetzt, da sie es so weit geschafft hat. Sie geht zum Kamin. Die vom Ruß geschwärzten Fliesen vor der Feuerstelle fühlen sich kalt an unter ihren Füßen. Der Schürhaken ist genau das Richtige: Waffe und Gehstock zugleich.

Als sie sich umdreht, sieht sie durch die offen stehende Eingangstür einen kurzen Flur und dahinter einen großen Raum, das Foyer vermutlich. Ihr Weg in die Freiheit. Sie geht darauf zu und bleibt mitten in der Vorhalle stehen. Links von ihr befindet sich eine breite Wendeltreppe. Schritte nähern sich von oben. Miriams erster Gedanke ist, sich neben dem Treppenabsatz zu verstecken und wem oder was auch immer von dort oben herunterkommt mit dem Schürhaken den Schädel einzuschlagen. Aber ihr Körper ist zu steif, ihre Bewegungen sind zu unbeholfen für einen Kampf. Sie kann den Haken nicht mal über den Kopf heben, ohne zu zittern.

Neben dem Kamin sieht sie eine Flügeltür. Miriam drückt sie mit dem Rücken auf und schlüpft in die Küche. Der Linoleumboden hat ein Schachbrettmuster. Das glänzende Weiß der Wände, Regale und Schränke schmerzt in ihren Augen. Etwas köchelt auf dem Herd. Fleisch. Ihr Körper verlangt sofort danach, aber sie unterdrückt den Impuls.

In der Mitte befindet sich eine Kücheninsel. Ein nackter Mann liegt auf der Arbeitsplatte. Er ist blass und dürr, ein dünner Bart sprießt an Kinn und Wangen, Augen und Mund sind offen. Wäre da nicht die offene und ausgenommene Bauchhöhle, würde Miriam meinen, er wäre noch am Leben. Neben der Leiche steht eine große Metallschüssel. Sie sieht genauso aus wie die Waschschüssel, die Caliban benutzt hat. Über dem Toten kreisen Fliegen, eine davon verschwindet in seinem Mund.

Miriam hört Bodendielen knarren. Das Geräusch kommt aus der Wohnstube. Sie muss sich verstecken. Sie stolpert zur Speisekammer, aber als sie die Tür öffnet, sieht sie eine weitere Leiche. An einem Haken hängt sie kopfüber von der Decke, die Kehle ist durchgeschnitten, unter ihr steht ein Putzeimer voll Blut. Beinahe hätte Miriam vor Schreck geschrien. Sie fährt herum und sieht eine Nische unter der Arbeitsplatte der Kücheninsel. Stauraum für Töpfe und Pfannen vermutlich, aber die Nische ist leer. Miriam humpelt los und verkriecht sich darin, genau in dem Moment, als die Küchentür aufgeht.

Sie sieht ihn nur ab der Hüfte abwärts, aber die baumdicken Oberschenkel und die Stiefel, die so groß sind, dass ein Kind hineinpassen würde, lassen keinen Zweifel: Es ist Morris Magog. Er war nie bei ihr im Keller, und zumindest dafür ist Miriam ihm dankbar. Sein Gewicht und seine Größe hätten … sie darf gar nicht daran denken. Er trägt schwarze Jeans, darüber eine blutverschmierte Schlachterschürze.

Sie hört ein Tick-Tick-Tick und glaubt im ersten Moment, es käme von der Heizung an der Wand, doch dann merkt sie, dass es der Schürhaken in ihren Händen ist, der bei jedem Pulsschlag leise gegen die Seitenwand der Nische schlägt, in der sie sich versteckt hat.

Am liebsten würde sie wegsehen, aber sie kann nicht. Sie muss ihn im Auge behalten, damit sie ihm sofort den Schürhaken ins Knie oder zwischen die Beine rammen kann, falls er sie entdeckt.

Magog geht zum Spülbecken und dreht den Hahn auf. Als das Wasser losplätschert, dreht Miriam sich ein Stück herum, um ihn besser beobachten zu können. Die roten Haare hängen ihm über den breiten Rücken. Er nimmt ein Hackmesser von der Wand und zieht einen Schleifstein über die Klinge, fünfzigmal auf jeder Seite. Das Kratzen von Metall auf Metall dringt

Miriam bis ins Mark, als wären es ihre Knochen, die Magog da bearbeitet. Er fährt mit dem Daumennagel über die Klinge, ein kleiner Kringel löst sich vom Nagel und fällt zu Boden.

Magog dreht sich um und kommt in Miriams Richtung, so nahe, dass sie ihn riechen, ihn beinahe berühren kann und überlegt, ob sie einen Überraschungsangriff riskieren soll. Sie umklammert den Schürhaken so fest, dass ihre Knöchel weiß werden. Wenn sie nur nicht so schwach wäre.

Ein dumpfer Schlag erschüttert die Arbeitsplatte. Er kam von dem Hackmesser. Miriam hört, wie es sich schmatzend wieder löst und Magog ein zweites Mal zuschlägt, dann noch einmal. Gewebe reißt, etwas fällt in eine Schüssel, und Miriam sieht, wie er den Kopf der Leiche zu einer Mülltonne trägt. Ein großes Loch gähnt in der Schädeldecke. Er hat das Gehirn herausgenommen.

Etwa zehn Minuten lang geht das so. Magog geht um die Kücheninsel herum, Stück für Stück, schlägt und schlägt, reißt und schabt. Blut tropft auf den Boden und sammelt sich in einer Pfütze, in der sie Magogs Spiegelbild sieht. Wie ein Kriegsgott hebt er das Hackmesser. Als ihr Rücken immer mehr verkrampft und die Beinmuskeln zu zittern beginnen, beißt Miriam sich in die Handfläche, um sich von den Schmerzen an den tausend anderen Stellen ihres Körpers abzulenken.

Irgendwo in der Küche schrillt ein Alarm los. Magog legt das Messer weg, geht zum Ofen und zieht drei Pfannen heraus. Der Geruch von gebratenem Fleisch steigt Miriam in die Nase. Sie verflucht seine Süße, verflucht die Verlockung und den Hunger, den sie nicht abstellen kann.

Magog holt eine Küchenmaschine aus einem Schrank, setzt einen Mixer darauf und kippt das gebratene Fleisch hinein. Er schaltet das Gerät ein und wartet, bis der Inhalt zu einem hellbraunen Brei verarbeitet ist.

Was er da tut, ergibt keinen Sinn. Nichts von alledem ergibt einen Sinn – die Kartons voll Jodtabletten, diese alte Villa, die zerlegte Leiche. Vielleicht hat sie den Verstand verloren. Miriam fragt sich, ob sie nicht immer noch gefesselt auf dem Bett im Keller liegt, ob sie das nicht alles träumt, ob ihr Unterbewusstsein ihr die Frage aufdrängt, ob diese Lykaner wirklich Menschen sind, wie sie behaupten, oder doch nur Tiere in menschlicher Gestalt.

Die Küchentür schwingt auf, und Miriam macht sich so klein wie möglich. Sie sieht Turnschuhe und Jeans. »Sie ist weg«, sagt eine Stimme, dann verschwindet der Mann so schnell wieder, wie er gekommen ist. Magog folgt ihm mit dröhnenden Schritten.

Sie könnten jeden Moment zurückkommen, aber Miriam kann nicht anders. Wie eine Krabbe kriecht sie aus ihrem Versteck und legt sich mit verkrümmten Gliedern flach auf den Boden. Ganz langsam streckt sie zuerst die Arme, dann die Beine, atmet durch zusammengebissene Zähne und massiert die Krämpfe aus ihren steinharten Muskeln. Es dauert mehrere Minuten, bis sie endlich aufstehen kann.

Miriam betrachtet die Fleischklumpen und die zersägten Knochenstücke auf der Arbeitsfläche. Sie sehen nicht mehr aus wie ein Mensch, eher wie ein zerlegtes Puzzle. Soll sie sich weiter verstecken oder versuchen zu fliehen? Sie suchen jetzt nach ihr, und wenn sie sie finden … Miriam blendet den Gedanken aus.

Neben dem Mixer auf der Theke ist ein kleiner Durchgang mit einem kurzen Flur dahinter. An dessen Ende sieht sie eine Tür mit einem kleinen Fenster, das auf eine große Wiese mit einer Rhododendronhecke hinausgeht. Es kann gar nicht sein, aber auf der Wiese grasen eine junge Kuh, ein Schaf und mehrere Ziegen. Wieder fragt Miriam sich, ob sie träumt. An einem Wandhaken hängt eine Jacke. Miriam streift sie über und dreht den Türknauf herum, bevor sie es sich noch einmal anders überlegen kann.

Miriam schaut stur geradeaus. Sie blickt nicht zurück, denn

das würde ihr nicht weiterhelfen. Sie hält den Blick fest auf die Rhododendronhecke geheftet, konzentriert sich voll und ganz auf diese Hecke, bis alles andere um sie herum verschwindet. Fleischige grüne Blätter, leuchtend rote Blüten. Wenn sie es bis dahin schafft, wenn sie nur die nächsten zwanzig Schritte noch unentdeckt bleibt, ist sie außer Sichtweite des Hauses. Eins nach dem anderen, ein Gedanke nach dem anderen. Zuerst zu der Hecke. Dann zu dem schmiedeeisernen Zaun. Und von dort in den angrenzenden Wald. Schritt für Schritt geht sie mit dem Schürhaken als Krücke weiter. Miriam würde rennen, wenn sie könnte, aber sie kann nicht mehr als humpeln.

Jeder einzelne Muskel in ihrem Körper brennt, ihr Rachen fühlt sich an, als würde sie Feuer atmen. Schmerzenstränen, Tränen der Angst und Tränen der Erleichterung steigen ihr in die Augen. Alles verschwimmt, und sie kann nicht sagen, ob die Blätter vor ihr sich tatsächlich bewegen.

Noch zehn Meter. Miriam will sich nur noch in diese Hecke stürzen, sich durch Zweige und Blüten und Stacheln wühlen und den Schmerz ausblenden, wie sie während der letzten Monate jeden Schmerz ausgeblendet hat. Sie muss nur durchhalten, dann wird sie auf der anderen Seite zerkratzt und von Blütenstaub verschmiert wieder herauskommen. Zerschunden, aber am Leben, und alles wird gut werden.

Sie steht vor der Hecke. Sie hat es geschafft. Miriam lässt sich vornüberfallen, mitten hinein in die Hecke, in ihr Versteck. Sie kann nicht mehr, auch wenn ihre Beine zucken, als wollten sie sie weitertragen.

Sie hört ein Rascheln und brechende Zweige und hebt müde den Kopf. Vielleicht zwanzig Meter weit weg schleicht jemand durch die Hecke und tritt hinaus auf die Wiese. Miriam sieht noch zwei andere, sie haben rasierte Köpfe, tragen T-Shirts mit einer Amerikaflagge darauf und einen Rucksack auf den Schultern. In den Händen halten sie Gewehre und Schrotflinten. Der Anblick ergibt keinen Sinn, so wie nichts hier einen

Sinn ergibt: die antike Uhr auf dem Kaminsims, die zerstückelte Leiche in der Küche, die Ziegen, die auf der Wiese grasen. Die Bilder kommen ihr vor wie Halluzinationen. Sie bräuchte sich nur in den Arm zu kneifen, um sie zu verscheuchen.

Im ersten Moment glaubt Miriam, die Männer suchen nach ihr. Nein, sagt sie sich, so haben wir nicht gewettet. Sie hat es bis hierher geschafft, und jetzt ist sie frei. Niemand kann sie jetzt noch aufhalten. Sie umklammert den Schürhaken mit beiden Händen und macht sich bereit.

Die Skinheads laufen auf das Haus zu. In ihren Rucksäcken klimpern Munitionspäckchen.

Miriam lächelt. Es hält nur eine Sekunde lang an, aber ihr Gesicht bebt vor Glückseligkeit. Es fällt ihr nicht leicht, fühlt sich fremdartig an und wie eine Farce in Anbetracht der Umstände, aber sie kann nicht anders. Sie hat es tatsächlich geschafft, sie wird überleben.

Überall fliegen Kugeln. Patrick rennt in die eine Richtung, Claire in die andere. Sie hat den Revolver in der Hand und ihren Rucksack über der Schulter. Sie weiß nicht, in welche Richtung sie läuft, und auch nicht, wie lange. Als sie irgendwann stehen bleibt, brennt ihre Lunge, sie hat Seitenstechen, und sie ist allein. In der Ferne hört sie immer noch Schüsse und das Geräusch von Rotorblättern. Sie ist außer sich, außer sich vor Wut und Ratlosigkeit. Ihr Körper fühlt sich an wie eine Stange Dynamit, und was gerade passiert ist, muss deren brennende Zündschnur sein.

Sie versteht nicht, wie die Soldaten sie gefunden haben. Sie versteht nicht, warum sie überhaupt gekommen sind, aber es muss wegen Patrick sein. Sie würde ihn erschießen, wenn sie die Gelegenheit dazu hätte. Er hat sie ein weiteres Mal verraten. Sie hätte ihm nicht vertrauen sollen. Sie sollte niemandem vertrauen, nicht einmal sich selbst, so weich und schwach, wie sie ist.

Claire läuft weiter. Wohin, weiß sie nicht. Einfach weiter, weg. Bewegung ist das Einzige, das sich im Moment noch richtig anfühlt, es ist das, was sie kennt, was sie am besten kann. Wegrennen. Claire versucht schneller zu laufen, aber der Boden unter ihr steigt an, wird zu einer Hügelflanke. Schlingpflanzen und herabgefallene Äste zerren an ihren Füßen. Mit jedem Schritt verfliegt ihr Zorn und wird verdrängt von der wieder aufkeimenden Sorge, dass Patrick vielleicht etwas passiert ist.

Sie erklimmt eine Kiesböschung, findet sich in einem ausgetrockneten Bachbett wieder und geht weiter. Sie denkt an die Überraschung auf seinem Gesicht, an die Panik. Daran, wie sie beide aufschreckten, als die ersten Schüsse fielen, den Schlaf aus ihren Augen blinzelten, und wie er schützend eine Hand vor ihr Brustbein hielt, genau wie es ihr Vater immer machte, wenn sie im Auto saßen und er scharf bremsen musste. Dieselbe Hand, rau wie Kiefernborke, hatte sie die halbe Nacht lang gestreichelt, war durch ihr Haar gefahren, über Claires Kinn und ihren Hals. »Ich liebe deinen zarten Hals«, flüsterte er.

Claire berührt die Stelle zwischen ihren Schlüsselbeinen, genau dort, wo Patricks Hand gelegen hatte, und spürt ihren Pulsschlag.

Sie versucht, ihn hässlich zu machen. Knubblige Knie, zu große Ohren, flacher Hintern, hohles Gesicht, falsche Augenfarbe, aber es hilft nichts. Der Funke zwischen ihnen fühlt sich richtig an, überlagert alles andere. Sie will ihn. Mehr als alles andere auf der Welt.

Ihr Mund ist trocken vom vielen Laufen. Sie hat Durst, und ihr wird allmählich schwindlig, weil sie so lange nichts mehr getrunken hat. Sie schleppt sich weiter das Bachbett entlang, immer weiter bergauf, bis sie die Spitze des Hügels erreicht hat. Claire steht vor einem Felssims, unter ihr gähnt ein dreißig Meter tiefer Abgrund, und dieses wohlvertraute Gefühl steigt wieder in ihr auf: Der Moment des Absprungs und der lange Sturz wären entsetzlich, aber was danach kommt, wäre wie eine Erlösung.

Einen Moment lang steht sie schwankend an der Kante, dann dreht sie sich um und folgt dem Trampelpfad, der ein Stück weiter rechts nach unten führt. Sie erreicht einen asphaltierten Weg. Blätter liegen darauf herum und feuchter Sand. In dem Sand zeichnen sich Pfotenabdrücke ab.

Sie hätten ihr schon längst auffallen müssen, aber sie war zu sehr mit ihren Gedanken beschäftigt. Erst jetzt sieht Claire die halb überwachsenen Gebäude, die sich ringsum zwischen den Bäumen erheben. Die Luft riecht süßlich nach Moschus. »PORTLAND ZOO« steht in weißen Buchstaben auf einem Torbogen aus Plexiglas.

Es ist nicht zu fassen. Claire erinnert sich, wie sie am Tag zuvor mit Tío die Karte studierte und den Zoo mit dem botanischen Garten auf der anderen Seite des Hügels sah, wo sie ihr Lager aufgeschlagen hatten. Sie ist ganz woanders, als sie geglaubt hatte.

Claire steckt den Revolver zurück ins Halfter und geht weiter. Sie betrachtet die künstlichen Eislandschaften, ein Klettergerüst, einen verrosteten Miniaturzug mit sieben Waggons, stellt sich die rotbäckigen Kinder darin vor und die unermüdlich knipsenden Kameras der Eltern. Auf der anderen Seite eines Wassergrabens liegt ein toter Tiger, im angrenzenden Gehege ein verendeter Grizzly. Über einem hohen Zaun hängt eine tote Giraffe, der Körper auf der einen Seite, Hals und Kopf auf der anderen. Anscheinend hat sie versucht, die Blätter des Baums hinter dem Zaun zu erreichen. Wie ein Stachelkamm ragen die Wirbelkörper aus dem halb verwesten Hals. In einem Schaukasten entdeckt sie einen Stofflöwen. Das winzige Maul hat er zu einem stummen Brüllen aufgerissen. Er ist das Einzige in diesem Zoo, das auch nur halbwegs lebendig wirkt.

Claire geht weiter zu dem Teich gleich daneben und sieht leuchtende Farben im Wasser schillern. Es sind Koi-Karpfen, die sofort schnappend an die Oberfläche kommen, als sie eine Handvoll Kies in das Becken wirft.

»Hast du das gesehen?«, fragt eine Stimme. »Sieh dir das an.«

Zwei Jahre lang glaubte Claire, er könnte jeden Moment irgendwo aus dem Nichts auftauchen. Zwei Jahre lang war er wie ein Schatten, den sie einfach nicht abschütteln konnte. Zwei Jahre lang ging sie nicht einmal unter die Dusche, ohne eine Waffe griffbereit zu haben. Nachts träumte sie von ihm und davon, was er mit ihr machen würde, wenn er sie schließlich findet. Sie lief weg, aber ihre Beine wollten sich einfach nicht bewegen. Er schlug sie, und sie stürzte. »Du hast mich zornig gemacht«, sagte er in ihren Träumen. »Sehr, sehr zornig.« Wimmernd schloss sie die Augen, dann hörte sie ein Knistern. Rauch stieg ihr in die Nase, und als sie wieder hinsah, brannte sein entstelltes Gesicht lichterloh, entzündet von seinem unbändigen Zorn. Seine flammenden Augen glitzerten wie Feuersteine, und Claire war das Stroh.

Und jetzt steht er tatsächlich vor ihr, der Riese. Trotz des heißen Morgens trägt er einen schwarzen Anzug. Die eine Hand baumelt entspannt herab, in der anderen hält er eine Pistole, beiläufig wie einen zusammengeklappten Regenschirm. Claire soll sie nur sehen. Sie soll sehen, dass die Pistole da ist und er jederzeit Gebrauch davon machen kann falls nötig. Schweiß glänzt auf der vernarbten Stirn. Er zieht ein Seidentuch aus der Sakkotasche und tupft sich übers Gesicht.

Der Riese steht etwa zehn Schritte weit weg vor einem umzäunten Teich mit einer Insel in der Mitte. Auf der Insel sieht Claire ein chaotisch anmutendes Holzgestell mit Seilen und Autoreifen daran. Im Gras darunter liegen Dutzende Skelette.

»Er hat die anderen alle aufgefressen.« Der Riese steckt das Seidentuch wieder ein und deutet mit der Pistole auf die Insel. »Und jetzt frisst er sich selbst.«

Claire folgt seiner Blickrichtung und sieht einen halb verhungerten Affen zwischen den Knochenhaufen. Sein Gesicht ist so runzlig wie das eines Greises. Der Affe kaut an seinem eigenen Arm. Selbst aus der Entfernung kann Claire den roten Stumpf an seiner Schulter erkennen.

»Er tut alles, um zu überleben. Erstaunlich, diese Entschlossenheit.« Er lächelt. Das straff gespannte Narbengewebe auf seinem Kopf scheint beinahe aufzuplatzen wegen des Zugs auf der Gesichtshaut. »Trotzdem scheint es mir, als wäre seine Zeit bald abgelaufen. Mir scheint, als wäre das hier die Endstation.«

»Sie sind mir gefolgt?«

»Aus dem Wald? Ja. Was für eine Überraschung, dich dort zu sehen. Aber natürlich. Ich folge dir schon lange, Claire.« Er berührt sein Gesicht. »Um mich angemessen bei deinem Vater zu bedanken für das, was er mir angetan hat. Feuer kann eine spezielle Form der Nervenschädigung verursachen. Sie bewirkt, dass der Betroffene ständig das Gefühl hat, er würde brennen. Wusstest du das? All die langen Jahre über brenne ich schon. Jeden einzelnen Tag.«

Claire sollte ihn erschießen. Sie sollte ihren Revolver ziehen und ihn erschießen. Ihre Knie werden wacklig wie vorhin auf dem Felssims, als der Abgrund zu ihren Füßen sie magisch anzog. Sie könnte sterben, sobald sie sich bewegt, aber das gilt auch für den Riesen. Sie könnten beide sterben. Doch Claire kann sich nicht bewegen, sie ist wie gelähmt von seinem Blick. Ihre Gedanken drehen sich im Kreis, finden keine Richtung, in der es weitergehen könnte. Seine grauen Augen sind dunkel, beinahe schwarz, als wäre kein Licht in ihnen, doch Claire lässt sich nicht täuschen. Sie weiß, es gibt so gut wie nichts, das diese Augen nicht sehen. Ihre Hand zuckt, der Riese hebt den Arm und mustert Claire über den Lauf seiner Pistole hinweg.

Der Affe war die ganze Zeit über stumm, doch jetzt beginnt er zu kreischen. Er hat sie entdeckt. Er hüpft an den Rand des Grabens und schlägt mit der Hand, die ihm noch geblieben ist, auf das Wasser, spritzt und planscht und schreit, um ihre Aufmerksamkeit zu erregen.

Der Riese blickt in seine Richtung, und der Affe macht einen kleinen Sprung. Er rennt einmal im Kreis herum und schlägt dann wieder mit der Hand aufs Wasser.

Wenn er sich wegdreht, ist es leichter. Sein Gesicht wird dann überlagert von Miriams Gesicht, von den Gesichtern ihrer Eltern, von Matthew, und das gibt ihr die Sicherheit, die sie braucht.

Der Affe kreischt weiter, und der Riese hebt einen Finger an den Mund. »Schhhhh«, sagt er. Als er sich wieder Claire zuwendet, hat er den Finger immer noch dort, als könnte er so den Revolver in ihrer Hand zum Schweigen bringen.

Claire denkt an den Baum hinter Miriams Hütte, an den Anblick, als ihre Kugeln ihn durchschlugen und er wie in Zeitlupe umstürzte. Als der Riese fällt, sieht es fast genauso aus.

Es braucht fünf Kugeln, um den Giganten zu Boden zu bringen, und selbst dann ist er noch nicht tot. Sein Atem blubbert und pfeift aus den Löchern in Brust und Hals. Wie eine umgekippte Standuhr liegt er im Foyer der Villa, die Americans stehen in einem Halbkreis um ihn herum und geben Kommentare ab, was für einen riesigen Brocken Fleisch sie da erlegt haben. Er sagt nichts, als sie ihn nach Balor fragen, hebt nur eine Hand, um den Lauf der Schrotflinte wegzuschlagen, die Max ihm unter die Nase hält. Aber es ist zu spät. Ein Donnerschlag hallt durch das Foyer, und die Hand fällt schlaff zur Seite.

Systematisch durchsuchen sie alle Räume im Erdgeschoss, töten zwei weitere Lykaner, dann gehen sie die breite Treppe hinauf. Von oben eröffnet jemand das Feuer, sie werfen eine Handgranate, gehen in Deckung. Putz regnet von der Decke, dann ist alles still. Am Ende der Treppe versperrt ein eisernes Falttor den Weiterweg. Vor dem Eingang zum Hauptschlafzimmer am Ende des dahinterliegenden Flurs befindet sich noch eins. Mit zwei Ladungen C4 sprengen sie die Tore auf.

Er sitzt auf einem Sofa aus Nussbaumholz. Der Rahmen ist

mit Blumenschnitzereien verziert, die Polster sind aus grünem Samt. Er trägt ein weißes Leinenhemd. Die oberen Knöpfe sind offen, dazwischen schimmert silbernes Brusthaar hervor. Die Beine hat er übereinandergeschlagen, die Hände auf dem Schoß gefaltet.

Max ist enttäuscht. Er stürzt sich nicht auf sie oder geht in Deckung. Er sitzt einfach nur da und starrt in den leeren Kamin. Erst als sie sich vor ihm aufbauen, blickt er sie einen nach dem anderen gleichgültig an, unbeeindruckt von den Gewehrläufen, die auf ihn gerichtet sind.

»Du bist es«, sagt Max.

»Wer?«

»Er.«

»Ja. Ich schätze, ich bin es wohl.« Er schnaubt leise und schaut weiter in den Kamin. »Es ist zu spät. Weißt du das?«

»Zu spät für was?«, fragt Max.

»Du wirst es bald merken. Sehr bald schon. Es hat bereits begonnen.« Sein eines Auge hat die bläulich silberne Farbe von Salbei, das andere ist violett wie ein Bluterguss.

»Früher war ich wie du, aber dann habe ich dazugelernt«, sagt Max. »Ich habe begriffen: Reden ist das eine, Tun etwas ganz anderes.« Er zieht ein Messer aus dem Stiefelschaft. »Wenn du wirklich was bewegen willst, rede nicht so viel.«

Ein Sonnenstrahl wird von der Klinge reflektiert und fällt auf das Sofa. Max dreht das Messer und lässt den Lichtstreifen über die Polster gleiten, Balors Oberschenkel entlang und über den Brustkorb bis hinauf zu dem blinden Auge, das kurz aufblitzt wie ein sterbender Stern.

Sie holen die Kanister, die sie in den Außengebäuden gefunden haben, gießen das Benzin über die Wände, Teppiche und Treppen, bis ihre Augen von den Dämpfen tränen und ihnen schwindlig wird, husten und lachen gleichzeitig. Mit dem letzten Kanister legen sie eine Spur aus dem Foyer hinaus über die

Terrasse und den mit Ziegelsteinen gepflasterten Zugangsweg bis zur Auffahrt.

»Zeit für den Hausputz«, sagt Max, zündet ein Streichholz an und lässt es fallen. Ein Zischen, blaurote Flammen schießen auf die Villa zu.

Kurz darauf explodieren die ersten Fenster, das Feuer lodert aus den leeren Rahmen und schwärzt die Außenwände mit Ruß. Funken wirbeln durch die Luft, und das Dach verschwindet in einem Feuerball. Die Hitzeentwicklung ist unglaublich. Rauch verdunkelt die Sonne. Max tätschelt lächelnd den neuen Skalp an seinem Gürtel, streicht mit den Fingern über die langen Strähnen, die schimmern wie Silberfäden.

Wie viele wurden getötet? Was ist mit Claire passiert? Wird er verfolgt? Patrick hat keinen Schimmer. Es dämmert immer noch, und er kann nur ein kleines Stück weit in das wuchernde Unterholz hineinsehen. Er zieht den Schlitten der Ruger nach hinten, sieht nach, wie viele Kugeln noch im Magazin sind – eine –, und versucht, nicht daran zu denken, auf wie viele Weisen gleichzeitig er jetzt im Arsch ist.

Der Boden vor ihm fällt ab. Am Ende des Hangs befindet sich ein kreisrundes, ebenes Fleckchen mit einer seit Langem nicht mehr benutzten Feuerstelle. Zigarettenkippen liegen herum, ausgebleichte Chipstüten und benutzte Kondome. Ein ehemaliger Partyplatz von Teenagern. Eine leere Bierdose knirscht unter seinem Stiefel, und Patrick zuckt zusammen.

Er sieht die in einen Baumstamm geritzten Namen, Herzen und Liebesschwüre. »FICKT EUCH UND EUER SCHEISS HÄNDCHEN HALTEN LIEBESGETUE« hat jemand sprachlich unbeholfen in riesigen Blockbuchstaben quer darüber geschrieben. Patrick hört die unvermindert fallenden Schüsse in der Ferne und verspürt einen kurzen, aber umso heftigeren Anfall abgrundtiefen Hasses. Hass auf den Menschen und seine Zerstörungswut.

Soll er den Impfstoff wirklich dieser Kreatur aushändigen, die im Morgengrauen ein Lager überfällt, mit Maschinenpistolen um sich schießt, Lykaner niedermetzelt, sich Skalps an den Gürtel hängt und einen mit Liebeserklärungen verzierten Baum verunstaltet?

Sein Blick fällt auf ein zertrümmertes Handy, das pinkfarben zwischen dem Müll neben der Feuerstelle hervorlugt, und da fällt es ihm wie Schuppen von den Augen: So haben sie ihn gefunden. Er reißt sich den Rucksack von den Schultern und wühlt nach dem Satellitentelefon. Er legt es auf einen Baumstumpf, hebt einen großen, scharfkantigen Stein vom Boden auf und steht lange regungslos da. Das Telefon ist seine einzige Verbindung zur Außenwelt. Er stellt sich vor, was ihn dort erwartet, den Spießrutenlauf durch die Horden von Fotografen, die Zelle, in der sie ihn verhören werden. Mit einem wilden Schrei holt er aus und zerschmettert das Satellitentelefon in hundert glitzernde Splitter.

Einen Moment lang spielt er mit dem Gedanken, dasselbe mit dem Impfstoff zu tun. Er rollt die Mütze auf, in die er das Fläschchen gewickelt hat, und betrachtet es. Da hört er hinter sich einen Ast knacken.

Patrick wirbelt herum und sieht nur den verkritzelten Baum. Er ist abgestorben, der untere Teil des Stamms hohl wie die Augenhöhle eines Totenschädels. Sie scheint ihn zu beobachten, als er das Fläschchen zurücksteckt, den Rucksack schultert und mit dem Finger am Abzug der Ruger vorwärts schleicht.

Ein Mann mit Helm und Kampfanzug tritt hinter einem der anderen Bäume hervor.

Patrick macht einen Schritt zurück und hebt die Pistole, während der andere sein Gewehr in Anschlag bringt. Eine Weile starren sie sich über die Visiere ihrer Waffen hinweg an. Schließlich lassen sie die Läufe sinken.

»Du weißt, wer ich bin, *huah?*«

Patrick braucht ein paar Sekunden – der Bart, die Umstände

dieser Begegnung –, dann macht es klick: Es ist dieselbe Stimme, dasselbe Gesicht, das er so oft in den Nachrichten und Zeitungen gesehen hat. »Ja, Sir.« Er fragt sich, ob er salutieren soll. »*Huah,* Sir.«

Es ist Chase Williams, sein Präsident.

»Wir hatten doch einen Fototermin in der Republik, aber du hast nicht auf mich gewartet. Bist einfach verschwunden. Ungefähr so wie gestern beim Abholpunkt oder vor zehn Minuten, als wir versucht haben, dich rauszuholen. Du scheinst die unangenehme Angewohnheit zu haben, nicht da zu sein, wenn man dich braucht.« Sein Lächeln hat nichts Freundliches. »Du hast das Medikament?«

Patrick zögert lange, schließlich nickt er.

»Die Unterlagen, Desais Unterlagen, und den Laptop? Du hast gesagt, du hast sie.«

Wieder nickt Patrick.

Das Lächeln breitet sich über Chase' gesamtes Gesicht aus. »Ich danke dir. Ich bin dir wirklich und aufrichtig dankbar. Und ich glaube, ich brauche dir nicht erst zu erklären – du hättest die Sache nicht durchgezogen, wenn du's nicht schon vorher gewusst hättest –, dass dir bald auch die gesamte Nation dankbar sein wird. Die gesamte Menschheit.«

Die Schüsse haben aufgehört. Der Wald ist still, genauso wie Patrick.

»Du machst dir Sorgen, hm? Hast gegen ein paar Regeln verstoßen, gegen deine Vorschriften. Aber weißt du was? Ich mach das auch ständig. Ich werde dafür sorgen, dass dir nichts passiert. Dass dir nur Gutes passiert. Du wirst deine Belohnung bekommen. Wir werden vor die Kameras treten, du und ich. Das ist es, was die Menschen jetzt brauchen. Sie brauchen jemanden, dem sie zujubeln können, und du bist so ein Jemand.«

Die ersten Sonnenstrahlen brechen durch das Blätterdach und fallen auf die Feuerstelle. Patrick schreit nicht, rennt auch nicht weg, auch wenn er es gerne tun würde. Er schließt die

Augen, um zu vergessen, und sei es nur für einen Moment. Die Sonne fällt auf seine geschlossenen Lider, und er sieht die Äderchen, die sich dunkel wie Baumwurzeln vor dem Orangerot abzeichnen.

Das war's, denkt er. So kommt es zum Ende. Still, ohne Schüsse, ohne Kampf. Ohne Geschrei oder Gebettel. Es wäre ganz einfach, er sieht es förmlich vor sich, wie er das Fläschchen übergibt und dem allen ein Ende macht. Jetzt. Einfach so.

»Was hältst du davon, wenn du mir das Fläschchen mal zeigst?«, sagt Chase mit einer Stimme, die anders klingt als zuvor, brüchig. »Was hältst du davon, wenn du es mir einfach gibst?«

Patrick sieht, wie Williams' Muskeln zu zucken beginnen, sein ganzer Körper bebt. Er bewegt sich wie eine Stummfilmfigur, schnell und abgehackt. Ein Bluttropfen quillt aus seinem Augenwinkel, läuft die Wange hinunter und verschwindet in seinem Bart.

Patrick schüttelt den Kopf, macht einen Schritt zurück. »Sie sind einer von ihnen?«

Chase scheint ihn nicht zu hören. »Du bist ein Held«, sagt er und streckt ihm die zitternde Hand entgegen. »Und du könntest für den Rest deines Lebens einer bleiben.«

»Kein Interesse.«

Irgendwie schafft es Patrick, sie zu finden. Er sieht eine Rauchwolke aufsteigen, sieht die Asche, die daraus herunterrieselt, und läuft den Hügel hinauf, bis er an der Spitze angelangt ist. Von hier oben hat er bessere Sicht, kann sich einen Überblick verschaffen, und da entdeckt er sie. Sie steht auf einer Felskante, über ihr leuchtet der türkisblaue Himmel, und der Wind bläst ihr Haar in alle Richtungen. Es sieht aus, als würde sie auf dem Rücken liegend im Wasser treiben.

Patrick hat das gesamte Notizbüchlein durchgearbeitet und alle E-Mails. Sein Vater und Neal haben jahrelang geforscht, haben versucht, das Undurchschaubare zu durchschauen, eine Antwort zu finden, ein Heilmittel für eine kranke Welt. Doch jetzt, da Patrick Claire vor sich sieht und diese Anziehung spürt, scheint ihm all das irrelevant, jedes Medikament und jede Kosten-Nutzen-Rechnung fehl am Platz.

Sie scheint ihn nicht zu bemerken, als er näher kommt, hat den Blick starr nach unten in den Abgrund gerichtet. Der Wind ist stärker geworden, und die Baumkronen unterhalb biegen sich in den heftigen Böen. Würde Patrick eine Mütze tragen, hätte der Wind sie ihm längst vom Kopf gerissen. Claire schwankt, kippt ein Stück vornüber und fängt sich wieder. Er ruft zweimal ihren Namen, bevor sie sich zu ihm umdreht.

»Kannst du bitte mal da wegkommen? Es macht mich nervös, wenn du da stehst.«

Claire verharrt regungslos und mustert ihn lange, bevor sie schließlich tut, was er sagt. Sie macht einen Schritt nach hinten, dann noch einen, weg von der Kante.

Während der letzten Monate hatte sich sein Herz zurückgezogen in einen dunklen Winkel irgendwo in seiner Brust, war nur noch ein kleines flackerndes Fünkchen, doch jetzt hat er das Gefühl, als würde der Wind dieses Fünkchen anfachen wie ein glühendes Stück Kohle, aus dem endlich eine Flamme schlägt.

Sie ruft ihm etwas zu, aber eine Böe trägt die Worte davon.

»Was?«, ruft er.

»Du solltest wieder gehen.«

»Und was, wenn ich lieber bei dir bleiben will?«

»Wir sind verschieden, du und ich. Du hast es selbst gesagt, schon vergessen?« In ihrer Stimme liegt eine Mischung aus Anklage und Resignation. Claire sieht ihn kurz an und wendet dann den Blick ab, als bereue sie ihre Worte, kaum dass sie gesprochen sind. »Du hattest recht.«

»Nein. Hatte ich nicht.«

Er streckt ihr eine Hand entgegen. Auf dem Unterarm zeichnet sich ein roter Kreis ab wie von Lippenstift. Es ist eine Bisswunde.

Er hatte nur noch eine einzige Kugel. Williams zu erschießen, hätte gar nichts bewirkt. Die Soldaten hätten den Schuss gehört, Patrick in weniger als einer Minute umzingelt, zu Boden gerissen und gefesselt zum Stützpunkt geflogen. Als Mörder.

Also hob Patrick die Pistole und schoss ihm in den Fuß.

Die Kugel durchschlug das Leder, Blut quoll aus dem Loch. Chase riss entsetzt die Augen auf, stürzte, umklammerte seinen Fuß. »Ich kann nicht glauben, dass du das getan hast«, stammelte er und keuchte bei jedem Wort. »Ich fass es einfach nicht.«

Er zitterte immer stärker, bedeckte das Gesicht mit den Händen und starrte Patrick zwischen den Fingern hindurch an. Als er die Arme wieder sinken ließ, war es, als hätte er eine Maske abgenommen. Williams' Gesicht hatte sich verändert, die Lippen waren blutverschmiert, viel zu lange Zähne ragten aus seinem Mund. Er schien die Schussverletzung nicht mehr zu spüren, sprang auf und warf sich auf Patrick.

Ineinander verknotet wälzten sie sich über den Boden. Patrick wusste nicht mehr, wo oben und unten war, schrammte mit dem Gesicht über Steine, der Rucksack bohrte sich in seinen Rücken, aber irgendwie schaffte er es, Williams einen Schlag auf den Kehlkopf zu versetzen. Der Präsident hustete und würgte, und Patrick rammte ihm ein Knie zwischen die Beine. Er stieß ihn von sich herunter, krabbelte rückwärts von ihm weg, hörte die Rufe und Stiefelgetrampel, das sich durchs Unterholz näherte, und sein Blick fiel auf den hohlen Baum. Samt Rucksack quetschte Patrick sich in den Spalt und schob sich nach oben, immer weiter und ohne Rücksicht auf Spinnen oder Fledermäuse oder was sonst in der morschen Höhle über ihm hausen mochte. Sie durften ihn auf keinen Fall entdecken. Das war alles, was zählte.

Patrick ist nicht sicher, was dann geschah. Er hörte die Soldaten Kommandos brüllen, hörte, wie Williams sie anknurrte. Es fiel ein weiterer Schuss, gefolgt von einem Schmerzensschrei, der in ein Winseln überging. Patrick hörte, wie Williams sich wehrte, als die Soldaten ihn an Händen und Füßen fesselten. Er hörte einen Hubschrauber, hörte die Bäume unter dem Luftzug des Rotors stöhnen und Pinienzapfen auf den Boden regnen wie Granaten.

Dann war alles still, und als die Stille lange genug angehalten hatte, kroch er aus seinem Versteck. Bis auf ein paar Blutspuren im Gras waren alle Spuren beseitigt. Als wäre es nie passiert.

Er nahm den Rucksack ab und wühlte nervös nach dem Fläschchen, sah die Glassplitter und das überall verstreute weiße Pulver schon vor sich, da bekam er es endlich mit den Fingern zu fassen. Er zog es heraus und hob es ans Licht.

Das Fläschchen war unversehrt, aber Patrick verspürte keine Erleichterung. Er war zu abgelenkt von dem Blutfleck auf seinem Unterarm, den Zähnen, die sich darin abzeichneten. Williams hatte ihn gebissen. Lange saß er regungslos da und betrachtete den blutigen Abdruck.

Er streckt ihr eine Hand entgegen, und Claire macht einen Schritt auf ihn zu, berührt das angetrocknete Blut auf seinem Arm.

Patrick neigt den Kopf, als solle sie ihn segnen, wartet darauf, dass sie etwas sagt, aber Claire schaut ihm nur stumm in die Augen, legt die Lippen auf die Wunde und küsst sie sanft.

Patrick sagt, er müsse ihr etwas zeigen, und Claires Gesicht verhärtet sich, als hätte er sie endgültig verraten. Sie hat keine Kraft mehr, ihm irgendwelche Fragen zu stellen, folgt ihm nur wortlos den Abhang hinunter, zurück in den Zoo, vorbei an den verendeten Tieren und dem kalten Leichnam des Riesen, bis Patrick vor einer Übersichtstafel stehen bleibt. Er fährt mit dem Finger über die kaum noch zu erkennenden Wege, sagt

»da« und geht weiter. Nach etwa zwei Minuten stehen sie vor der Veterinärstation, Patrick tritt die Tür ein und wühlt in den Regalen, bis er gefunden hat, wonach er sucht: zwei Spritzen und einen Kanister mit einer klaren Flüssigkeit darin. »STERILES DESTILLIERTES WASSER« steht auf dem Behälter.

Er öffnet seinen Rucksack, holt das Fläschchen heraus und stellt es zwischen sie auf den Tisch wie eine Provokation, wie eine Aufforderung zum Russischen Roulette.

Claire dreht es in den Fingern, bis sie die Aufschrift lesen kann. »Das war der Grund? Der Grund, weshalb du ins Geisterland gekommen bist?«

»Ja.«

»Du bist hier wegen … wegen eines Medikaments?« Claire hält das Fläschchen fest umklammert, als könne sie sich nicht entscheiden, ob sie es an der Wand zerschmettern oder die gesamte Dosis auf einmal hinunterschlucken soll.

»Ich dachte, es wäre der Grund. Aber ich habe etwas anderes gefunden.« Patrick legt seine Hand auf die ihre, sodass das Fläschchen nicht mehr zu sehen ist, und Claire verspürt einen kurzen Moment der Erleichterung. »Du weißt, wie es sich anfühlt, wenn in einem etwas ist, das man nicht kontrollieren kann.«

»Auf vielen Ebenen, ja.«

»Jetzt hast du die Möglichkeit, dem ein Ende zu machen.«

Claire denkt lange nach. Sie ist hin- und hergerissen, mal in die eine Richtung, mal in die andere. Ein scherzhafter Kommentar ihres Vaters fällt ihr wieder ein. Vor Jahren sagte er einmal, selbst die glücklichsten Ehen würden nur deshalb halten, weil beide ausblenden, was sie an ihrem Partner hassen, und sich nur auf das konzentrieren, was sie an ihm lieben. Dann schloss er Claires Mutter in die Arme und knutschte sie auf den Hals. Seine Worte waren ein Scherz und gleichzeitig bitterer Ernst. Wenn Claire jetzt in sich hineinschaut, hinter all die Erschöpfung und hinter die Verlockung, ihre Doppelnatur ein für alle Mal abzulegen, sieht sie zwei Wesen in ihrem Herzen, die untrennbar zueinander gehören. Sie weiß, wer sie ist, und sie weiß: Es ist richtig so. Sie schiebt Patrick das Fläschchen hin. »Ich möchte, dass du es nimmst.«

Patrick drückt es zu ihr zurück, aber Claire hält dagegen, und er lässt schließlich locker. »Es ist genug für uns beide drin.«

»Ich möchte, dass *du* es nimmst.«

»Stell dir vor, wie viel leichter alles wäre. Willst du wirklich weiter eine von ihnen sein?«

»Sie sind mir fremd, aber ich weiß, wer ich bin.«

Patrick zögert lange, und schließlich nickt er. Claire hilft ihm dabei, das Pulver in dem sterilisierten Wasser aufzulösen, die Spritze aufzuziehen und eine geeignete Vene in seiner Armbeuge zu finden. Sie tupft das Blut von der Einstichstelle und küsst ihn – diesmal auf die Lippen.

Epilog

Er ist ein klein gewachsener Mann; vielleicht ist das der Grund dafür, dass niemand ihn beachtet. Er trägt eine Schutzbrille, und auf dem weißen Overall und der Baseballkappe, die das wasserstoffblonde Haar fast vollkommen verbirgt, prangt das Logo von General Mills. Er bewegt sich durch eine Trockenmahlanlage außerhalb von Des Moines. Mit Klemmbrett und Stift in der Hand geht er auf einem stählernen Steg zwischen surrenden Laufbändern, Häckslern und Öfen hindurch, die Mais zu Flocken, Mehl, Grieß und Schrot verarbeiten.

Gelblicher Staub hängt in der Luft, den große, in die Wand eingelassene Ventilatoren nach draußen saugen. Der Maschinenlärm, das Brüllen der Absauganlage und das Knirschen der Häcksler machen jede Unterhaltung unmöglich, aber das stört ihn nicht. Er fühlt sich rundherum wohl, fast wie zu Hause. Es ist die zwanzigste Anlage, die er in diesem Monat als angeblicher Qualitätskontrolleur besichtigt. Neben ihm ergießt sich ein endloser Strom geschälter Maiskörner in eine Schütte.

Das Fehlen von zwei Fingern behindert ihn nicht, als er die eigens in die Ärmel seines Overalls eingearbeiteten Reißverschlüsse öffnet. Weißer Staub ergießt sich daraus, zuerst aus dem einen Ärmel, dann aus dem anderen. Es sieht aus wie ein Begräbnisritual oder als würde er selbst sich in Asche auflösen, denn es passt eine Menge hinein in die präparierten Ärmel. Vier Liter Samen auf jeder Seite. So nennt er das aus den zerkleinerten und getrockneten Überresten der Infizierten bestehende Pulver.

Balor ist tot und Magog ebenfalls, aber ihre Mission nicht.

Schon vor Wochen fuhr Puck mit einem Pick-up los, randvoll beladen mit diesen Vierliterbeuteln.

Schließlich sind die Ärmel leer, und Puck klopft sich den Rest des Staubs von den Händen.

Wie Neal Desais viel gelesene Arbeiten erläutern, sind Prionen extrem widerstandsfähig. Sie überstehen Kochen, Bestrahlung, Trockenhitze und Chemikalien, verringern lediglich vorübergehend ihre Aktivität und warten auf den nächsten Organismus, den sie infizieren können. Um Prionen abzutöten, müssen sie viereinhalb Stunden auf hundertzweiunddreißig Grad Celsius erhitzt und dabei zusätzlich mit Hydrochlorid und Hypochlorit behandelt werden. Die Trockenmühlen in Des Moines setzen ihnen ungefähr genauso stark zu wie eine Stunde unter dem Solarium. Von hier aus werden sie verschickt und weiterverarbeitet und finden den Weg in Zahnpasta, Joghurt, Säfte, Müsli, Chips, Cracker, Bier, Brot – in so gut wie alles.

Der Himmel schimmert dunkelviolett, als Puck die Fabrik verlässt und zum Parkplatz geht. Er sperrt den Pick-up auf, zieht die Baseballkappe vom Kopf und wirft sie auf den Beifahrersitz, da taucht hinter ihm ein kantiger, untersetzter Mann im Anzug auf. Er ist der stellvertretende Manager. Ob auch alles in Ordnung gewesen sei, fragt er.

»Alles war bestens«, erwidert Puck und überprüft im Außenspiegel seine Frisur. »Ganz wunderbar.«

»Werden Sie mir einen Bericht schicken?«

Puck klettert in den Fahrersitz und dreht den Zündschlüssel herum. »Sie hören von mir«, sagt er.

Und das wird er. Alle werden von ihm hören. Eines Nachts, wahrscheinlich bei Vollmond, werden sie von Fernsehern und Esstischen aufspringen oder aus dem Liebesspiel hochschrecken. Sie werden ans Fenster gehen, die Köpfe recken und durch ihre verzerrten Spiegelbilder auf den Scheiben nach draußen schauen und sich fragen, was dieses Heulen zu bedeuten hat, das sich überall in der Nacht erhebt.

Danksagung

Ein Dank an Katherine Fausset, Holly Frederick und den Rest der Crew bei Curtis Brown Ltd.

An das Team Werewolf: Helen Atsma, Kirsten Reach, Oliver Johnson und an Hachette für das hervorragende Lektorat und Marketing.

An Lyric Bartholomay, Cory O'Neel, Jason Ryan Arment, Julie Babbit, Chris Herring, Michael Kimber, Peter Percy und Elizabeth Whitley für ihre Hilfe bei den intensiven Recherchen zu *Roter Mond.*

An Tyler Cabot, Rob Spillman, Kevin Larimer, Donovan Hohn und Radhika Jones für ihre Unterstützung, an Dean Bakopoulos für seine Freundschaft sowie an Peter Straub und John Irving für Zuspruch und Beistand mit Rat und Tat.

An meine Kollegen und Studenten am St. Olaf College, der Pacific University sowie der Iowa State University.

An das National Endowment for the Arts.

Und einen besonderen Dank an meine Familie, vor allem an meine Frau, deren Toleranz, Begeisterungsfähigkeit und Liebe mir alles bedeuten. Für dich würde ich den Mond vom Himmel holen, Chefin.